polar
VERLAG

J. Todd Scott

Weiße Sonne

Aus dem Amerikanischen von Harriet Fricke
Herausgegeben von Wolfgang Franßen

Polar Verlag

Originaltitel: High White Sun

This edition published by arrangement with G.P. Putnam's Sons, an imprint of Penguin Publishing Group, a division of Penguin Random House LLC

Deutsche Erstausgabe, 1. Auflage 2023
Aus dem Amerikanischen von Harriet Fricke
Mit einem Nachwort von John Bassoff, Übersetzung von Harriet Fricke

www.polar-verlag.de

Lektorat: Tobias Schumacher-Hernandéz
Korrektorat: Andreas März
Umschlaggestaltung: Robert Neth, Britta Kuhlmann
Coverfoto: © Didier San Martin/Adobe Stock
Autorenfoto: © J. Todd Scott
Satz/Layout: Martina Stolzmann
Gesetzt aus Adobe Garamond PostScript, InDesign

Druck und Bindung: CPI Books GmbH,
Ulm, Deutschland

ISBN: 978-3-948392-71-0

CO_2-Kompensation
2023 Printprodukt
FirstClimate.com

Für meine Chief Deputys:
Madeleine, Lily und Lucy

»Aber die Gottlosen, spricht der HERR, haben keinen Frieden.«
Jesaja 48:22

Sometimes I wanna be like Jesus,
Sometimes I wanna be Jesse James …
»Jesse James«, Songtext von Ben Glover, Kyle Jacobs und Joe Leather

Damals

Sweetwater, Texas
1999

Goodbye stranger ...

Er donnerte über den Texas Highway 70, hatte das Radio voll aufgedreht und sang laut mit, als er die Frau am Straßenrand winken sah. Die Motorhaube ihres Wagens, ein zweifarbiger Ford Fiesta, war hochgeklappt. Er hatte das Auto schon einige Male auf dem Parkplatz vor dem Aces High stehen sehen. Eine Schrottmühle, mehr Rost als Auto; dass es liegengeblieben war, überraschte ihn nicht. Er blendete die Scheinwerfer kurz auf, um ihr zu signalisieren, dass er die Geschwindigkeit drosselte, und fuhr in einer Wolke aus Staub rechts ran, wo der Straßenbelag in hohes, trockenes Präriegras überging.

Bevor er aus seinem Pick-up-Truck stieg, musste er sich erst einmal sammeln, weil er merkte, dass ihn die vielen Pearls, die er sich im Aces gegönnt hatte, nach unten zogen wie die Schwerkraft. Auf dem Beifahrersitz lag ein Sixpack, das er sich für die Fahrt mitgenommen hatte, und die erste Flasche wurde auf seinem Schoß bereits warm. Er wollte das halbe Dutzend austrinken und die leeren Flaschen in irgendeinem Graben entsorgen, bevor er in die Stadt reinfuhr, deren vertraute Lichter momentan nur goldene Flecken waren, die sich wie verschwommene Fingerabdrücke in der Nacht verloren. Kurz hatte er mit dem Gedanken gespielt, zum Lake Sweetwater rauszufahren, neben dem alten Pfadfinder-Camp zu parken und sie dort zu trinken und bei heruntergelassenen Fenstern vielleicht für ein, zwei Stunden auf der Rückbank die

Augen zuzumachen. Am See war es manchmal etwas kühler, manchmal auch nicht, warum, wusste er nicht. Vermutlich hatte es mit dem Wind zu tun ... diesem gottverdammten Wind, der fast das ganze Jahr über Sand durch diesen Teil von Texas jagte. Der Wind war *lebendig*, bösartig, und streute auf alles eine Schicht Staub. Man konnte eine Küchenschublade aufziehen, und die Löffel waren damit überzogen. Manchmal war der Wind so laut, dass man die eigenen Gedanken nicht mehr hörte oder das Autoradio, weshalb er es immer bis zum Anschlag aufdrehte. Eine schlechte Angewohnheit. Doch in dieser Nacht war es anders. Der Vollmond übergoss alles mit seinem Licht, sodass die ganze Welt zu leuchten schien, und der Wind blies ruhig und gelassen, rüttelte nur leicht am Präriegras und zerzauste es, wie er es gern mit Dannys Haaren tat.

Trotzdem war es immer noch verdammt heiß, und das Hemd klebte an seinem Rücken.

Er drehte das Radio leiser, schnappte sich seinen Hut, richtete seinen Gürtel – sein Holster – und hoffte, dass er halbwegs nüchtern wirkte. Dann stellte er das angefangene Bier ab, stieg aus dem Pick-up und ging auf die Frau zu.

Sie war eine halbe Portion, füllte das dünne Kleidchen nicht mal ansatzweise aus, ihre Titten keine Handvoll. In der linken Hand hielt sie Plateauschuhe mit hohen Absätzen, mit der rechten schirmte sie die Augen gegen seine Scheinwerfer ab. Ihr Make-up war ruiniert, und im grellen Licht konnte er nicht erkennen, ob ihre Wimperntusche nur verlaufen war oder ob sie ein blaues Auge hatte. Er hatte sie schon tanzen, hatte sie schon nackt gesehen, doch jetzt, knapp bekleidet und barfuß am Straßenrand, wirkte sie noch verletzlicher. Das weißgelbe Licht umgab sie wie ein Heiligenschein und zeigte, wer sie wirklich war. Man sah ihr wahres Alter, ein halbes Kind, und das machte ihm ein schlechtes Gewissen, hatte er doch schon geglaubt, eine Begleitung für den See und vielleicht noch andere Dinge gefunden zu haben. Ein schlechtes Gewissen wegen des Eherings, der sich zu eng um seinen Finger schloss.

Und als sie auf Zehenspitzen hochkam, stellte er sie sich auf einer anderen Bühne vor. Bei einer Highschool-Aufführung. Als Tochter eines anderen Mannes.

»Miss, wie kann ich Ihnen helfen?«

»Ich heiße Sierra«, sagte sie, der Akzent unverwechselbar West Texas.

Er trat näher, warf einen Blick zur hochgeklappten Motorhaube. »Okay, Sierra.« Sie hieß ganz sicher nicht Sierra. Sara oder Becky, vielleicht, oder Catherine, aber mit Sicherheit nicht Sierra. Seine Frau, die zu Hause schlief, hieß Catherine.

»Was hat er? Kolbenfresser? Tank leer?« Er wies mit dem Daumen zum Auto.

»Ach, das.« Sie schaute zum Fiesta, als würde sie ihn zum ersten Mal sehen. Die Hand, in der sie keine Schuhe hielt, zuckte nervös, als wollte sie eine Zigarette zum Mund führen, und auf der Straße lagen tatsächlich etliche Kippen, umgaben ihre Füße wie tote Motten. Sie stand hier schon eine ganze Weile. »Ich hab Sie schon mal gesehen«, sagte sie. »Im Aces? Ich tanze da.«

Er nickte. »Yeah, ich schaue hin und wieder vorbei. Dachte mir doch, Sie kommen mir irgendwie bekannt vor. Heute Abend war ich auch da, aber Sie hab ich nicht ... auf der Bühne gesehen.« Bei den letzten Wörtern verhaspelte er sich und schaute weg.

»Nee, heute nicht. Mir ging's nicht so gut. Down Low wird mir die Hölle heiß machen, aber was soll's.«

Down Low – Daryl Lynch – war der Besitzer des Aces, und außerdem Barmann, Türsteher und Zuhälter in einer Person. Hielt sich für einen beinharten Typen und bildete sich sonst was ein, wenn er seine brandneue Harley, eine Softail Night Train, vor der

Tür des Ladens parkte, wo jeder daran vorbeimusste und sie mit der Weihnachtslichterkette, die das ganze Jahr über an der Veranda hing, um die Wette strahlte. Er kannte Lynch seit einigen Jahren, wusste, dass er ein Scheißkerl und ein Spitzel war, der ihm hin und wieder einen Tipp gab. Die teure Maschine hatte Lynch mit dem Geld bezahlt, das er im Gegenzug von ihm bekam, aber gereicht hatte es mit Sicherheit nicht. Nicht mal ansatzweise. Auch das Aces war keine Goldgrube, also musste Down Low ein verdammt guter Geschäftsmann sein, ein Selfmademan, der seine schmutzigen Finger überall drin hatte. Der Gedanke, dass der Möchtegernbiker die Mädels verdrosch, missfiel ihm. Vielleicht war mal wieder eine längere Unterhaltung mit Lynch fällig.

»War er das?« Er deutete auf ihr Auge.

Ihre Hand schoss nach oben. »Das? Nee, war was anderes. Sie wissen ja, irgendwas ist immer.«

»Stimmt wohl.« Wer wusste das besser als er? Sein Blick wanderte wieder zum Ford Fiesta. Der Motor knackte nicht, verströmte keine Hitze. Der Wagen stand schon länger da.

»Sie sind Cop, oder?«

Er nickte und drehte sich so, dass sie den silbernen Stern an seinem Gürtel sehen konnte. »Texas Ranger. Bob Ford.«

Sie lachte nervös. »Dachte, ihr seid auf Pferden unterwegs.«

Er lachte mit. »Nein, schon lange nicht mehr.« Schlagartig fühlte er sich müde, so müde, und fürchtete sich schon vor dem Kater, der ihn am nächsten Morgen erwartete. *Irgendwas ist immer …* An den See würde er nicht mehr fahren. Nachdem er das Auto von Sierra, oder wie auch immer sie hieß, zum Laufen gebracht oder die junge Frau irgendwo abgesetzt hatte, würde er auf direktem Weg nach Hause fahren. Leise würde er sich zur Tür reinschleichen und kurz nach Danny sehen, der zwar längst hätte schlafen sollen, aber mit Sicherheit unter der Bettdecke mit einer Taschenlampe noch einen Comic las, gegen den Schlaf ankämpfte und auf seinen Daddy wartete. Am Sonntag wollten sie angeln gehen und morgen bei Sears die neue Rute abholen, die sie für Danny ausgesucht hatten. Und nachdem er nach seinem Sohn gesehen hatte, würde er neben Caty ins Bett fallen, hoffentlich ohne sie zu wecken.

Davor würde er noch eine Handvoll Aspirin einwerfen, die er im Bad unten versteckte, und sie mit einem letzten lauwarmen Bier runterspülen und dabei möglichst nicht in den Spiegel schauen – auf das erste Grau in seinem Bürstenschnitt oder die sich ausdehnende Wampe, die die Druckknöpfe an seinem Hemd abzusprengen drohte.

In diesen Spiegel, der zeigte, wer *er* wirklich war. Die ganze Wahrheit. Und Bob Ford gefiel nichts davon.

»Schon lange nicht mehr.«

Er beugte sich über den kalten Motor, versuchte, sich ein Bild zu machen, obwohl er kein Fachmann war. Sierra redete jetzt ohne Punkt und Komma, die Wörter hoben und senkten sich mit dem Wind, während das Radio in seinem Pick-up weiterlief. »Goodbye Stranger.« Das Lied hatte er immer gemocht, schon zu Highschool-Zeiten in Midlothian. Es erinnerte ihn daran, wie er mit Caty hinten im Chevy seines Dads gesessen hatte, beide mit einem Plastikbecher Johnnie Walker plus Cola bewaffnet, und er versucht hatte, eine Hand in ihre Bluse zu schieben, während Caty so tat, als wollte sie es nicht. Und wie sie hinterher, als die Becher leer waren und sie beide sich innen drin ganz warm fühlten, händchenhaltend auf dem alten Quilt seiner Mom lagen, in den Sternenhimmel schauten, den Grillen lauschten und die hin und wieder aufleuchtenden Glühwürmchen zählten – ein Zauber, der sich niemals abnutzte. Damals nicht und heute nicht, aber als er im Kopf ausrechnete, dass diese Nächte mindestens zwanzig Jahre zurücklagen, wollte er lieber nicht mehr daran denken.

»Keine Ahnung, was mit dem Auto los ist. Aber ich kann Sie

mit nach Sweetwater nehmen. Dann können Sie morgen jemanden herschicken.«

»Oh, okay.« Offenbar war ihr die Lust am Reden vergangen. Auch das Auto interessierte sie nicht mehr. Und er auch nicht. Sie schaute nur über das sich sanft bewegende, vom Mond versilberte Präriegras.

Es waren über dreißig Grad, seine Arme trieften vor Schweiß, er tropfte ihm von der Stirn in die Augen, als ihm auffiel, dass sie die Schuhe achtlos zwischen die Zigarettenkippen fallen gelassen hatte. Sie schaute zu den Gräsern am Straßenrand und zitterte.

Als würde sie frieren.

Oder Angst haben.

Sie war auf Drogen, todsicher – Meth, Pillen, Crack. Wenn er ihr Auto durchsuchte, würde er wahrscheinlich zusammengeknüllte Alufolie, eine rauchgeschwärzte Glühbirne oder irgendeine andere selbst gebastelte Pfeife finden. Wenn er näher an sie herantrat, so nah, dass er die Wärme ihres Körpers spürte, würde er vielleicht Einstichnarben an ihren dünnen, nackten Armen entdecken. Das erklärte alles. Down Low dealte im Aces, aber Bob Ford sah meistens weg – ein notwendiges Übel und der Preis, wenn man mit harten Jungs Geschäfte machte. Sie war den ganzen Abend high gewesen und kam jetzt runter und blickte auf den Boden, der sich ihr näherte – *viel zu schnell.* Gleich würde sie abstürzen und verbrennen.

Deshalb waren ihre Augen mit einem Mal schwarz und riesig, die Iris wie große Fenster, hinter denen nur leere Räume lagen. Ihre flatternden Lider wie dünne Vorhänge, die im Wind wehten.

Sie drehte sich um die eigene Achse, wie eine Tänzerin, eine Hand erhoben, die andere auf dem Bauch, *schützend.* Sie schaute ihn an, und einen Herzschlag lang blickte er durch die Fenster in ihren Augen und *durch sie hindurch*, in sein eigenes Schlafzimmer, das so weit weg war und wo Caty unter der Decke träumte. Und weiter in Dannys Zimmer, an die Wände mit den Superhelden-Postern, in das Regal mit dem Aquarium, das er ihm zum neunten Geburtstag geschenkt hatte, leer bis auf die bunten Steine auf dem Boden. Danny liebte seine Superhelden und wollte, wenn er groß war, auch einer werden, nur davon, dass er Cop, ein Ranger wie sein Vater werden wollte, redete er nie. Es wäre ihm nie eingefallen, dass der eine auch das andere sein konnte.

Dann war der Moment vorbei und er meinte, sie flüstern zu hören: *Es tut mir so leid.*

»Was haben Sie gesagt?« Er ging zu ihr, legte ihr eine Hand auf die Schulter, wollte sie beruhigen.

Wollte sich selbst beruhigen.

»Es tut mir so leid«, wiederholte sie, lauter jetzt, und rannte los.

Das Gras fing an zu brennen, entzündet vom Mündungsfeuer, das von der Seite kam.

Er drehte sich in dem Moment um, als die erste Kugel unterhalb seines rechten Arms einschlug; wie ein heftiger Boxhieb, nur dass scheinbar alle wichtigen Organe und auch das Herz zugleich getroffen wurden. Er spürte seinen Arm nicht mehr, der jetzt nutzlos an seinem Körper hing, also griff er mit der linken Hand nach seiner SIG Sauer.

Wirbelte herum, stürzte, landete auf den Knien.

Dann sah er das Blut. Mehr als er jemals gesehen oder für möglich gehalten hatte – ein richtiger Bach, der sich über die Straße ergoss und bis zur hochgeklappten Motorhaube des Fiesta spritzte. Wäre Sierra nicht davongerannt, es wäre auf ihrem Gesicht gelandet.

Die zweite Kugel traf ihn in den Bauch und trat hinten wieder aus. Er hörte, wie sie von dem Fiesta abprallte, ein metallisches Echo in der Nacht. Er betete, dass sie nicht die Frau traf, die jetzt ebenfalls auf den Knien hockte, eine Hand vor dem Mund, die andere auf dem Bauch, während sie ihm beim Sterben zusah.

Schwanger. Caty hat ihre Hand damals auch so gehalten und Danny beschützt, bevor er überhaupt auf der Welt war.

An seine Waffe würde er nicht mehr herankommen. Nie mehr. Er schwankte auf seinen Knien, während der Wind den Rauch der beiden Schüsse über ihm verwehte.

Durch Tränen sah er, dass das trockene Präriegras tatsächlich brannte, Funken stiegen auf, tanzten um ihn herum, bevor sie auf dem schwarzen Asphalt niedergingen und starben.

Sie leuchteten auf und erloschen wie die Glühwürmchen vor zwanzig Jahren.

Zwei Männer kamen aus dem hohen Gras, bei jedem ihrer Schritte stoben weitere Funken auf, der eine hielt eine Pistole, der andere eine Schrotflinte. Den mit der Flinte erkannte er, den anderen, der eine Sturmhaube trug, nicht. Aber darauf kam es nicht mehr an.

Den ganzen Abend war der Wind leise gewesen, doch nun wurde er plötzlich laut. Wahnsinnig laut, ein grausames Rauschen in seinen Ohren – ein ganzer Güterzug, der über ihn hinwegdonnerte, sodass er die eigene Stimme nicht mehr hören, den Namen seines Mörders nicht mehr herausschreien konnte. Sein Mund war voller Rost, Funken und Blut.

Aber er war kein Mann, der um sein Scheißleben bettelte.

Vielleicht hatte sein Junge von Anfang an recht gehabt. Cops waren keine Superhelden. Bloß Menschen, die alt und müde und langsam wurden und zu viele Fehler machten und manchmal mitten in der Nacht anhielten, um einem hübschen Mädchen zu helfen.

Helden starben nicht auf einer gottverlassenen Straße.

Die Mündung der Flinte berührte einen Punkt zwischen seinen Augen.

Sanft, zärtlich, so wie Catys Hand sich um seine gelegt hatte, damals, als sie noch Teenager – nein, *Kinder* – waren und die Sterne gezählt hatten.

»Howdy, Bob«, sagte der Mann mit der Flinte und drückte ab.

Bob Ford hörte weder die Begrüßung noch den eigenen Herzschlag oder das Radio aus seinem Pick-up oder den Schuss.

Der Wind auf seinem Gesicht war zu laut.

• • •

Fast zehn Jahre später wurden entlang des Texas Highway 70 die ersten Windräder der Sweetwater Wind Farm in Betrieb genommen – Reihe um Reihe aus Türmen mit dreiblättrigen Rotoren, die über dem Fleckchen Erde, auf dem Texas Ranger Bob Ford gestorben war, Wache hielten.

Hundert hoch aufragende weiße Kreuze, meilenweit zu sehen.

Sie versuchten, den gottverdammten Wind einzufangen und in etwas Gutes zu verwandeln.

Fünfzehn Jahre später

Zielen.
Ausatmen.
Abziehen.
So löscht man das Leben eines Menschen aus ...

Das ist nicht mein Gesicht.

Ein, zwei Dinge daran erkenne ich wieder, aber es ist das Spiegelbild eines anderen. Wie ein Foto, das ich vor vielen Jahren betrachtet habe.

Die Augen könnten meine sein. Die Farbe kommt in etwa hin. Doch hinter ihnen spielt sich eine Menge ab, als hätte jemand, während ich weg war, zu viele Sachen hineingeschoben, die sich jetzt dort drängen, wo früher Leere war.

Vielleicht ist es Nervosität oder Angst, etwas, das ich früher kannte, aber vergessen hatte.

Dann die Form des Kinns, der Schwung des Munds, die kleine sternförmige Narbe an der Schläfe. Das alles wirkt vertraut und dann doch nur wie von einem anderen geborgt.

So wie die Tätowierungen auf meiner Haut. Sie sind die Landkarte mit den Orten, an denen ich gewesen bin, den Menschen, die ich gewesen bin.

Inzwischen glaube ich meine Lügen selbst.

Was aber vor allem nicht stimmt, sind die Haare. Sie sind nicht mehr so lang, um mit den Fingern hindurchzufahren, und trotzdem immer noch zu lang.

Nach meiner Rückkehr vom anderen Ende der Welt habe ich sie wachsen lassen. So wie viele von uns – eine Horde Scheißhippies, so hätte mein Vater uns wohl genannt –, aber ich fühlte mich nie richtig wohl damit. Meine Haare waren zu dunkel, zu schwer, sie passten nicht zu dem ausgemergelten, leeren Gesicht. Als ich dann an der Akademie angenommen wurde, war ich froh, sie wieder abschneiden zu können, und für die Zeit in McKinney rasierte ich sie richtig ab und ließ sie auch in Tyler und Ballinger so. Danach habe ich noch einmal versucht, sie wachsen zu lassen, wie damals als Kind, weil ich mir einbilde, mich daran zu erinnern, dass mein Vater sie immer verwuschelt hat. In Wahrheit hat alles an mir eine andere Form und Größe angenommen. Die Ecken und Kanten meiner Puzzleteile passen nicht mehr ineinander, es gelingt mir nicht, das frühere Bild zusammenzusetzen. Einige fehlen ganz. Ich weiß nicht, wo sie geblieben sind.

Ganz bestimmt nicht in diesem Spiegel, der mir nur zeigt, was alles fehlt. Was an mir nicht mehr stimmt.

Deshalb mache ich allen etwas vor. Lächle bei den psychologischen Beratungsgesprächen, zu denen ich verdonnert wurde, und bei der Schreibtischarbeit – tippe die Berichte der anderen ab und helfe, wo ich nur kann. Ich lächle und reiße Witze, weil sich die Menschen besser fühlen, wenn man sie anlächelt. Tust du es nicht, werden sie nervös. Sie hatten mich einigermaßen zusammengeflickt, ich war fast wieder ganz.

Bis heute Morgen … als Dyer mich zu sich bestellte und es mir erzählte.

Er wollte, dass ich es zuerst von ihm erfahre.

Er kannte meinen Vater. Damals, als das alles passierte – Scheiße, jeder kannte ihn. Er kennt die ganze Geschichte, meine Geschichte, und war im ersten Ermittlerteam. Er gehört zu den guten Menschen, die immer bemüht sind, noch besser zu werden. Und er wollte nicht, dass ich es von einem anderen erfahre. Oder es irgendwo auf der Straße aufschnappe. Dabei wissen wir beide, dass sie mich erst mal nicht wieder auf die Straße lassen. Wenigstens nicht mehr so wie in McKinney und Tyler. Und ganz sicher nicht wie in Ballinger.

Als er fertig war, schaute er mich lange an, weil er sehen wollte, wie ich es aufnehme.

Ich habe gesagt, es geht mir gut.

Ich habe mich bedankt, weil er sich Zeit für mich genommen hat. Er ist ein guter Mensch.

Und ich habe dabei gelächelt.

Höflich. Respektvoll. Ruhig.

Inzwischen glaube ich meine Lügen selbst.

Und beim Rausgehen lächelte ich immer noch.

Das ist nicht mein Gesicht. Nicht mehr.

Die Haare sind wieder ab, nackte Kopfhaut, hier und da noch ein paar Stoppeln. Besser kriege ich es mit einer Rasierklinge und einer Dose Schaum nicht hin.

Im Waschbecken ist Blut, auf meinem Schädel auch.

In meinen Augen.

Alles an mir ist neu, roh.

Meine Dienstmarke liegt auf dem Waschbecken, meine Waffe auch. Nur eins davon werde ich noch brauchen.

Ich richte die Waffe auf das Gesicht im Spiegel, und meine Hand zittert. Ich will es nicht mehr anschauen.

Ich will nicht sehen, was aus mir geworden ist. Wer ich jetzt bin.

Zielen. Ausatmen. Abziehen.

So löscht man das Leben eines Menschen aus …

Heute, Juli

Teil eins
Die Frau mit der Pistole

1

Einer Blutspur zu folgen war alles andere als einfach, wenn man mit achtzig Meilen über den Highway bretterte.

Sehen musste Sheriff Chris Cherry das Blut nicht, es war da, das wusste er auch so. Dicke Tropfen auf dem U.S. 90, sie liefen hinten von der Stoßstange des Nissan Maxima, der alles gab, um aus Chris' Sichtfeld zu verschwinden, und Staub aufwirbelnd links und rechts über Fahrspuren und Randstreifen ausscherte.

Das Blut stammte von Tommy Milford, einem seiner Deputys. Ob er noch lebte, wusste Chris nicht.

Deputy Dale Holt kümmerte sich zehn Meilen entfernt um den Schwerverletzten. Er war mit Tommy Streife gefahren, als alles passierte, und obwohl er nur ein Jahr älter war als Tommy, hatte er, als Chris die Verfolgung aufnahm, die Hand des Kollegen gehalten wie ein Vater und immer wieder gesagt, *halt durch, bitte halt durch.* Ob sie Tommy bewegen durften, hatte Chris nicht gewusst. Gut sah es jedenfalls nicht aus. Doch bevor Dale den Sheriff alarmiert und den Krankenwagen gerufen, bevor er neben seinem verletzten Freund auf die Knie gegangen und dessen Körper mit dem eigenen abgeschirmt hatte, war es ihm noch gelungen, eine Handvoll Schüsse auf den flüchtenden Nissan abzufeuern. Ein Projektil hatte die Heckscheibe durchschlagen, sodass sich auf dem Sicherheitsglas ein Spinnennetz ausgebreitet hatte.

Auf dieses Spinnennetz konzentrierte Chris sich nun und nicht auf das Blut seines Deputys auf dem Asphalt.

Er betete, dass Tommy sich an Dales Hand festhielt und mit jedem Herzschlag fest zudrückte, damit Dale und alle anderen wussten, dass er noch am Leben war.

Bitte nicht sterben. Gott, bitte nicht heute.

Nicht heute. Nicht an Tommys erstem Arbeitstag.

Deputy Amé Reynosa kam hinter Chris herangeschossen und überholte ihn so dicht, dass ihr Wagen fast am Lack seines Pickups kratzte. Über Funk hatte er sie angewiesen, hinter ihm zu bleiben, aber natürlich hörte sie nicht auf ihn. Er beschleunigte, setzte sich wieder vor sie. Sie fuhren jetzt neunzig, fast hundert, fraßen sich an den Maxima heran, dessen Heck plötzlich ins Schlingern geriet, während die Bremsleuchten an- und ausgingen. Der Fahrer musste weiter vorn das blau-rote Blinklicht auf dem Wagen von Chief Deputy Ben Harper gesehen haben, und wusste wahrscheinlich nicht mehr, wo er jetzt hinsollte; vielleicht verlor er ebenfalls Blut, weil Dales Kugel auf ihrem Weg durchs Wageninnere abgelenkt worden war und doch noch ihr Ziel getroffen hatte. Harp hatte tagsüber in Artesia zu tun gehabt und war auf dem Rückweg nach Murfee gewesen, als Dale den ersten Schuss abgegeben hatte. Er fuhr dem flüchtenden Auto bereits entgegen, und Chris hatte ihn über Funk gebeten, auf der Höhe von Mile Marker 67 anzuhalten und die Nagelsperre auszulegen.

Im Vorbeifahren sah Chris das kleine grüne Schild.

Marker 65

Die Nagelsperren waren verflucht teuer gewesen. Chris hatte mit dem Kauf gezögert, weil er gelesen hatte, dass Polizisten beim Auslegen der verdammten Dinger gestorben waren – totgefahren von den Autos, die sie eigentlich hatten anhalten wollen –, und als Harp dann auch noch zugegeben hatte, dass das Dallas PD inzwischen auf solche Sperren verzichtete, war Chris die Entscheidung nicht leichter gefallen.

Aber hier draußen, in dieser weiten Leere, musste man den Flüchtigen im Zweifel bis El Paso oder gar bis nach Mexiko verfolgen, wenn man keine Möglichkeit hatte, ihn zum Anhalten zu zwingen.

Deshalb hatte Harp keine Ruhe gegeben, bis Chris dem Kauf zugestimmt hatte. Bis er *klein beigegeben* hatte. Das beschrieb ihr Verhältnis eigentlich am besten.

Tatsächlich hatte Chris gleich zwei Nagelsperren für jeden Streifenwagen bestellt, damit seine Leute sie über beide Fahrspuren ziehen konnten. Beim Training auf dem Parkplatz des Präsidiums hatten sich die Deputys relativ geschickt angestellt, aber bis heute hatte keiner sie im Ernstfall einsetzen müssen.

Marker 66

Fast da.

Chris drosselte die Geschwindigkeit und hoffte, dass die Nägel ihren Zweck erfüllen würden … und Harp sich aus der Gefahrenzone gebracht hatte.

Die Reifen des Nissans fraßen sich in den Asphalt, Rollsplitt wirbelte hoch, als der Fahrer hart auf die Bremse stieg, und der Wagen zur Seite ausbrach. Er verlor die Bodenhaftung, wurde vom Wind ergriffen und für eine Schrecksekunde sah es aus, als würde er sich auf dem Highway überschlagen und in einem Haufen aus gestauchtem Blech und zersplittertem Glas enden. Doch dann fing er sich wieder und schoss mit sechzig Sachen geradewegs über die Sperre. Die Stacheln durchlöcherten alle Reifen, und Chris hätte schwören können, unter dem Nissan einen Tanz aus grellen Funken zu sehen – ein Feuerwerk wie am 4. Juli –, als dieser unbeirrt weiterraste.

Um die Sperre zu umgehen, fuhr Chris über den ausgetrockneten Wüstenboden. Harp, der seinen Pick-up am gegenüberliegenden Straßenrand geparkt hatte, war nicht einmal hinter dem

Wagen in Deckung gegangen, als der Nissan angedonnert kam und Gefahr bestand, dass der Fahrer beim Auftreffen auf die Sperre die Kontrolle über das Fahrzeug verlor und frontal in ihn hineinraste. Stattdessen hatte Harp sich ein paar Meter weiter hingehockt und mit seinem Colt AR-15 auf die Windschutzscheibe des Nissan gezielt. Als das Fahrzeug nun an ihm vorbeizog, stand er auf und schaute ihm kurz nach, bevor er zu seinem Auto rannte, hineinsprang und parallel zu Chris aufschloss.

Der Nissan war mittlerweile mitten auf der Straße zum Stehen gekommen, die Schnauze schräg zur Fahrbahn, mit gut sichtbarer, aber noch geschlossener Fahrertür. Sie näherten sich im Schritttempo. Qualm hüllte den Wagen ein, die getönten Scheiben waren völlig verdreckt. Das Auto wirkte müde, erschöpft, der Lack an seiner linken Flanke war von einem langen Kratzer verunstaltet, wo ihn eine von Dales Kugeln getroffen hatte.

Chris schnappte sich seine Browning A5, stieg aus und ging hinter seiner Motorhaube in Deckung, während Harp auf der anderen Straßenseite dasselbe tat. Chris hörte, dass Amé hinter ihnen abbremste, da er den Nissan aber nicht aus den Augen ließ, spürte er nur, dass sie sich neben ihn stellte.

Sie atmete heftig und stützte die Hand mit dem Colt 1911 auf der Motorhaube ab.

»So ein mieses Arschloch«, sagte sie. »*Pendejo.*«

»Allerdings.« Nun schaute er doch kurz zu ihr hin; die Haare fielen ihr ins Gesicht, sie kniff die dunklen Augen zusammen und versuchte, irgendetwas hinter den getönten Scheiben des Nissan zu erkennen. In diesem Moment bereute Chris es zum ersten Mal, dass er Amé zum Deputy Sheriff des Big Bend County ernannt hatte. Nicht, weil sie ihren Job nicht gut gemacht hätte – sie hatte schon oft bewiesen, wie hervorragend sie sich dafür eignete, und war tougher als die meisten ihrer männlichen Kollegen –, sondern weil er sie keiner Gefahr aussetzen wollte.

In seinen zwei Jahren als Sheriff war keinem seiner Deputys im Job etwas zugestoßen. Das Leben in seinem Revier erinnerte an eine Schönwetterfront mit milden Temperaturen, an einen Wüstenregen. Doch so angenehm es auch war – nichts währte ewig.

Und er würde nicht zulassen, dass es gleich zwei seiner Leute an einem Tag traf.

»Sheriff, die Zeit rennt uns davon«, rief Harp ihm über die Straße zu.

Sein Chief Deputy machte mal wieder Druck. Harp beschwerte sich ständig, Chris wäre zu langsam, zu abwägend, *zu unentschlossen* ... wie bei ihren endlosen Diskussionen, ob sie die Nagelsperren anschaffen sollten oder nicht. Obwohl Chris sich meistens gegen ihn durchsetzte, konnte der Ältere sich seine Sticheleien oft nicht verkneifen: *Agieren statt reagieren, darauf kommt es an, Sheriff ... man kann nichts zu Ende bringen, was man nie begonnen hat.* Diese Art Belehrungen ließ Harp oft und ungefragt vom Stapel, und Amé Reynosa hatte schon viel zu viele davon verinnerlicht.

Chris wusste, was seine Deputys von der Strategie gehalten hätten, die ihm als Erstes in den Sinn kam: im sicheren Bereich hinter den Fahrzeugen so lange warten, bis das Arschloch im Nissan aufgab.

Einfach hoffen, dass der andere irgendwann die Geduld verlor und ausstieg – und wenn sie den ganzen Nachmittag warten mussten.

Das wäre wirklich verdammt unentschlossen.

Doch zu Harps Belehrungen gehörte auch der Spruch: *Chris, Hoffnung ist keine Strategie ...*

Sheriff, die Zeit rennt uns davon.

Verdammte Scheiße.

Chris atmete tief durch und schaute kurz zu Amé. »Ich fordere ihn jetzt auf, auszusteigen. Wenn wir Glück haben, ist er allein und sogar verletzt. Ich sage ihm, er soll rückwärts auf uns zukommen. Wenn ich ihn dann auffordere, auf die Knie zu gehen, läufst du zu ihm hin, drückst ihn mit dem Gesicht auf den Boden und legst ihm Handschellen an. Ich behalte das Auto im Blick, falls da noch einer drinsitzt. Es steht genau in meiner Schusslinie, deshalb gibt Harp dir Rückendeckung. Sollte der Scheißtyp auch nur zucken und irgendwas aus der Tasche ziehen wollen, dann wird Harp schießen. Verstanden?«

Amé nickte, löste bereits die Handschellen von ihrem Gürtel und machte einen Schritt zum Heck des Pick-ups, wo sie ungeschützt wäre. Nicht lange zwar, aber doch ausreichend, falls der andere eine Waffe auf sie gerichtet hatte.

Chris legte ihr eine Hand auf die Schulter. »Du bist wütend, das sind wir alle. Aber du darfst das nicht so an dich heranlassen. Halte dich genau an die Vorschriften. Warte, bis er auf den Knien ist.« Er ließ sie los. »Okay?«

Sie lächelte finster. »*Bueno.*«

Er gab Harp ein Zeichen. »Ich fordere den Fahrer auf, auszusteigen und rückwärts auf uns zuzukommen. Amé führt aus, du gibst ihr Deckung.« Harp, der den Nissan nicht aus den Augen ließ, nickte.

Am liebsten hätte Chris sich den Fahrer selbst vorgenommen, aber er wusste nicht, ob auf sein kaputtes Knie Verlass war. Nach einer Sportverletzung hatte er sich bei der Schießerei auf der Far Six erneut am Knie verletzt, und sein Bein hatte sich nie vollständig davon erholt. *Du hast dich nicht vollständig davon erholt.* Er schob den bitteren Gedanken beiseite. Zum Glück hatte Harp fast dreißig Jahre beim Midland PD gearbeitet, einen Großteil davon bei der taktischen Spezialeinheit SWAT. Und obwohl Harp mit Amé fast jede freie Stunde am Schießstand in der Nähe der Chapel

Mesa trainierte und sie inzwischen für eine hervorragende Schützin hielt, gab es niemanden, dem Chris einen gezielten Schuss mehr zutraute als seinem Chief Deputy. Er war aus seinem Team der Einzige, der mehr Menschen getötet hatte als Chris. Und deshalb blieb ihm keine andere Wahl, als Amé in den direkten Kontakt mit dem Fahrer zu schicken, sofern dieser denn überhaupt ausstieg.

Chris atmete einmal tief durch, machte sich innerlich bereit. Über den gekürzten Lauf seiner A5 beobachtete er den Nissan. Nichts rührte sich darin, der Fahrer wartete weiter ab.

Wartete darauf, dass er etwas tat. Wie seine beiden Deputys.

»Lassen Sie das Fenster runter und werfen Sie den Schlüssel raus. Dann strecken Sie die linke Hand aus dem Fenster und öffnen die Tür.« Seine laute Stimme überraschte ihn selbst.

Doch nichts geschah.

»Lassen Sie das Fenster runter und werfen Sie den Schlüssel raus.« *Sonst ... was?* Chris wollte Harp und Amé nicht zum Auto schicken, um den Fahrer mit Gewalt herauszuholen. Der Weg dahin war zu weit, und hier draußen gab es keine Deckung. Und von ihrer jetzigen Position aus das Feuer zu eröffnen wäre sinnlos. Und selbst wenn er dem Fahrer drohte, den Nissan mit Blei vollzupumpen, würde der ihm das abkaufen? Würde er selbst überhaupt glaubwürdig klingen können? Vielleicht erfüllte sich sein Wunsch, und sie standen den ganzen Nachmittag hier wie alte Westernhelden beim Duell, für immer im High Noon gefangen, ohne dass einer zuerst zog.

Verdammte Scheiße.

Schweißtropfen sammelten sich in seinen Augen. Keine seiner Optionen war gut, jede auf ihre Art beschissen. Sein Hemd klebte wie eine zweite Haut an ihm – die hochstehende weiße Sonne brannte erbarmungslos auf alles nieder. Seit Tagen war es höllisch heiß, und keine Abkühlung in Sicht. Die Blätter der Kreosotbüsche ringsherum waren braun verbrannt, skelettartig, spröde, kurz davor, zu Staub zu zerfallen. Abgesehen von den Agaven, die von elfenbeinfarbenen Blüten gekrönt wie Soldaten zu den entfernten Bergen zu marschieren schienen, wirkte die Welt hier draußen vollkommen leblos. Als würde ein heißer Atemzug reichen, um alles in Brand zu setzen.

Die Luft über dem Nissan schlug Wellen, reflektierte die Hitze des Motors zum Himmel, wo sie sich verlor.

Amé machte einen Schritt nach vorn und hatte den sicheren Bereich hinter seinem Fahrzeug verlassen; sie war zu weit weg, als dass er sie noch hätte zurückhalten können. Sie hatte Harps Lektionen tatsächlich schon zu sehr verinnerlicht.

»*Lassen Sie …*«, begann er mit mehr Nachdruck, aber bevor er den Satz beenden konnte, glitt das Fenster auf der Fahrerseite herunter.

Chris visierte mit seiner A5 einen Punkt in der dunklen Kabine an.

Erst jetzt fiel ihm auf, dass der Motor nicht mehr lief.

Die Sekunden zogen sich hin, alle hielten den Atem an.

Dann fiel ein Schlüssel aus dem geöffneten Fenster und landete scheppernd auf dem Asphalt.

Im nächsten Moment schob sich ein Arm aus dem Fenster, eine Hand langte nach dem Türgriff und öffnete die Tür.

Ein Mann stieg aus.

Das stimmt nicht ganz, er war jung, Anfang zwanzig, wenn es hochkam, Hispano, in schwarzer Jeans und weißem T-Shirt. Seine Haare waren nach hinten gegelt, und er trug eine Sonnenbrille – schmale Fassung, Designermarke.

Blut war nicht zu sehen.

Chris richtete die A5 auf ihn. »Drehen Sie sich um, verschränken Sie die Hände hinter dem Kopf und kommen Sie rückwärts auf uns zu ... langsam ... bis ich Sie auffordere, stehen zu bleiben.«

Der Junge – denn das war er für Chris, obwohl er selbst kaum älter war – befolgte die Anweisungen. An seinem Handgelenk hing eine Uhr, sehr groß, teuer. Rückwärts ging er los, warf dabei einen kurzen Blick über die Schulter.

»Augen geradeaus und weitergehen. Langsam.« Da die Tür des Wagens nun offen stand, konnte Chris sehen, dass niemand auf dem Beifahrersitz saß – was aber nicht hieß, dass sich keiner auf der Rückbank versteckte. Während Harp und Amé den Jungen festnahmen, würde er sich also vergewissern müssen, ob der Wagen tatsächlich leer war.

Und dann hörte er es, blecherne Musik, die durch die Wüste hallte. Ein Rap-Stück, das er im Radio schon ein paarmal weggedrückt hatte. Ein, zwei Takte, in Dauerschleife – *ein Klingelton* – irgendwo im Auto lag ein Handy. Hatte der Junge während der Fahrerflucht etwa telefoniert? Auf einen Scheißanruf *gewartet*, während Tommy Milford auf der Straße verblutete?

Als der Fahrer die beiden pfeilförmig angeordneten Pick-ups erreichte, hörte das Klingeln auf.

»Noch fünf Schritte. Zählen Sie laut mit, und runter auf die Knie. Die Hände bleiben hinter dem Kopf.«

Eins.

Zwei.

Falls der Junge mitzählte, hörte Chris es nicht.

Drei.

Vier.

Fünf.

Er hatte die Knie erst halb gebeugt, da rannte Amé auch schon los, die Handschellen wie ein Kreuz vor sich her haltend.

Gottverdammt.

Diese Ungeduld.

Chris richtete seine A5 auf die offene Tür, das dunkle Maul des Nissan, wartete auf eine Bewegung im Wageninnern. Aber dann konnte er nicht anders und schielte kurz zu Amé hin, die dem Jungen gerade die freie Hand auf den Hinterkopf legen wollte, um ihn mit dem Gesicht auf den Boden zu drücken. Im selben Moment drehte der Junge den Kopf blitzschnell zu ihr um. Er schien sie zu mustern. Und obwohl seine Augen hinter der teuren Brille versteckt waren, hatte Chris das Gefühl, dass in ihnen etwas vorging ... *als würde er Amé erkennen* ... und dann bewegte er die Lippen, sprach aber so leise, dass nur Amé es verstehen konnte.

Sie erwiderte nichts, drückte ihn nur fest auf den Boden, bevor sie seine Arme nach hinten drehte und die Handschellen zuschnappen ließ. Beide waren so jung ... sein Deputy und ihr Gefangener. Sie erinnerten Chris an Kinder, vielleicht sogar Bruder und Schwester, die im Garten miteinander rangen. Amé zog den Mann hoch, schleifte ihn in Richtung der Pick-ups. Harp bewegte sich bereits auf den Nissan zu, schwenkte sein Gewehr dabei nach links und rechts, ruhig und regelmäßig wie ein Pendel. Harp würde die Beifahrerseite des Nissan übernehmen, während Chris zur offenen Fahrertür ging, damit sie die Überprüfung des Wagens abschließen konnten. Vielleicht fanden sie dort die Erklärung, warum der Scheißkerl durchgedreht war.

Doch dann sagte der Junge noch etwas zu Amé. Lauter jetzt und auf Spanisch, seine Zunge schnellte hervor wie bei einer gottverdammten Schlange.

Chris blieb stehen, vergaß Harp und den Nissan. Trotz der bereits herrschenden Gluthitze schien die Temperatur noch um ein paar Grad zuzulegen.

»Amé ... *nein* ...«

Ihren Gesichtsausdruck konnte er nicht deuten: War es Wut, Überraschung oder etwas anderes? Sie nickte, als würde sie sich das, was der Junge gesagt hatte, oder Chris' Befehl noch einmal durch den Kopf gehen lassen, doch dann holte sie aus und schlug dem gefesselten Scheißkerl mit voller Wucht ins Gesicht.

2

Stunden später, als die Sonne unterging und sich lange Schatten zwischen den Chisos und Santiago Mountains sammelten, stand Chris auf der Veranda seines unfertigen Hauses und trank ein Bier, auf das aller Voraussicht nach noch etliche folgen würden. Die Sterne ließen sich Zeit, hielten den Atem an, warteten – während über den niedrigeren Bergen ein Sommergewitter tobte.

Hundert Blitze, aber immer noch keine Abkühlung. Seit Wochen war der Regen ausgeblieben, und es war so bald auch mit keinem zu rechnen.

In Murfee hatten es einige befremdlich gefunden, dass Chris das Grundstück seines Vaters verkauft und sich dieses weitab gelegene Stück Land gekauft hatte, einen Teil der alten Far Six Ranch. Chris war in der kleinen Stadt aufgewachsen, aber gleich nach der Schule weggezogen, und niemand, Chris am allerwenigsten, hatte damit gerechnet, dass er zurückkommen und sich auch noch ein Stück Land ... *dieses* Stück Land ... kaufen würde. Doch vor zwei Jahren war dann alles anders gekommen, als er hier draußen fast gestorben wäre. Als er drei Kugeln kassiert und drei Männer erschossen hatte. Ins Gesicht hätte es ihm niemand gesagt, aber wenn die Leute im Earlys über ihrem Bier oder Whiskey saßen, sprachen sie Melissa darauf an – sie wollten wissen, warum er ausgerechnet hier leben wollte, und wieso Mel es überhaupt zuließ. Doch Mel zuckte jedes Mal nur die Schultern und fragte lächelnd, ob sie noch ein Getränk bringen durfte. Wie hätte sie es auch erklären sollen, wenn nicht mal Chris eine Erklärung dafür hatte? Vielleicht lag es an Augenblicken wie diesem, wenn die Natur nur für ihn ein Spektakel veranstaltete. Oder daran, dass das Land spottbillig gewesen war und er so nicht länger in der Stadt wohnen musste, die sich schon vor der Schießerei viel zu klein angefühlt hatte, und hinterher richtig beengend, weil die Leute an seinem Haus vorbeifuhren und darauf zeigten, wie sie es früher bei Sheriff Ross' Anwesen getan hatten.

Hier draußen, auf diesem unermesslichen, menschenleeren Land sah er ein Auto bereits aus meilenweiter Entfernung. Hier draußen sah er alles.

Vielleicht war er aber auch hergezogen, weil er hier Blut verloren hatte und nun glaubte, er würde dem Land etwas schulden oder umgekehrt. Zu Mel hatte er das allerdings nicht gesagt. Und sie hatte seine Entscheidung nie infrage gestellt oder versucht, es ihm auszureden, obwohl sie nun lange Fahrten zur Stadt und zum Earlys auf sich nehmen musste, wo sie immer noch stundenweise arbeitete. Mehr als einmal hatte er ihr gesagt, sie solle den Job aufgeben; aber in Wahrheit brauchten sie das Geld, und Mel beklagte sich nie. Er wusste, dass sie während der Fahrten bei offenem Fenster rauchte, immer sorgsam darauf achtend, die vertrockneten Büsche ringsum mit der Asche nicht aus Versehen in Brand zu setzen.

Doch vor allem war es hier draußen am Rand der Wüste verdammt schön.

Mit dem Haus allerdings war es so eine Sache. Das meiste funktionierte, nur eben nicht immer alles zur selben Zeit. Die Klärgrube hatte ihre Macken, der Strom setzte hin und wieder aus und die Holzbohlen der Veranda waren krumm und schief. Chris hatte fast alles allein gebaut, aber es aufgegeben, nachdem Mel im Earlys einen Witz über Chris' Handwerkskünste gemacht und Judah Canter angeboten hatte, mit seiner Crew rauszufahren und die Schäden zu reparieren. Als Judah Chris' Stümperei sah, hatte er nur mit der Zunge geschnalzt und nicht einen Schluck von dem gereichten Bier getrunken, als hätte er Angst, auch damit wäre irgendwas nicht in Ordnung. Helfen wollte er trotzdem. Auf Judah war nicht nur Verlass, er war auch noch billig – seit Jahrzehnten schon besserte er in der Gegend um Murfee Häuser aus – und dank ihm und seiner Leute war das Haus inzwischen einigermaßen bewohnbar. Erst kürzlich hatten sie zwei Kanonenöfen eingebaut, doch bis Mel und Chris Gelegenheit für einen Testlauf hätten, würden noch Monate ins Land gehen. Da Chris diesmal nicht selbst Hand angelegt hatte, standen die Chancen gut, dass die Öfen nicht das ganze Haus einräuchern würden.

Und dass es schon so lange nicht mehr geregnet hatte, hatte auch sein Gutes ... denn so musste Chris sich keine Gedanken machen, wo das Wasser als Nächstes durchs Dach tropfte.

Mel kam durch die Fliegengittertür nach draußen und reichte ihm ein herrlich kaltes Rahr & Sons. Sie setzte sich auf die Verandaschaukel, die sie mit ein paar wenigen anderen Sachen aus dem alten Haus mitgenommen hatten. Die Schaukel hatte seiner Mutter gehört, und Mel hatte sich so wenig davon trennen können wie er.

»Amé hat ihm also eine runtergehauen?«, nahm sie das Gespräch wieder auf.

»Ja, einen hübschen rechten Haken, mitten ins Gesicht. Der Typ hat Blut gespuckt.«

Mel schüttelte den Kopf. »Was hat er bloß zu ihr gesagt?«

»Irgendwas über Tommy, dass er froh ist, dass er ihn angefahren und schwer verletzt hat. Behauptet sie wenigstens. Aber ob das stimmt? Keine Ahnung.«

Mel schaute zum dunkler werdenden Himmel hin. »Was sagt Ben dazu?«

Chris zuckte die Schultern und trank einen Schluck Bier. *Was sagt Ben dazu?* hatte sich im letzten Jahr zu Mels Standardfrage entwickelt. Ben Harper hatte den Dienst beim Midland Police

Department eigentlich schon quittiert gehabt, weil er seinen Lebensabend mit seiner Frau Jackie am Falcon Lake in Starr County mit Biertrinken und Barschangeln verbringen wollte, doch dann hatte Jackie einen Schlaganfall gehabt und war kurz danach gestorben. Nachdem Chris zum Sheriff des Big Bend County gewählt worden war, hatte ihm ein Kollege aus Midland von Harp erzählt – er sei ein erfahrener Polizist und könne sein Revier auf Vordermann bringen, in dem das nackte Chaos herrschte, seit der alte Sheriff Stanford Ross von seinem Chief Deputy Duane Dupree ermordet worden war.

Als Chris bei Harp anrief, stellte dieser ihm keine Fragen, weil er offenbar zwischen den Schlagzeilen der Zeitungen herausgelesen hatte, dass hinter der Geschichte weit mehr stecken musste. Und er hatte versprochen, ihm zu helfen, obwohl Chris ihm gestanden hatte, dass man ihn nach Ross' Tod nur zum Sheriff gewählt hatte, weil er in Murfee als Held galt und nicht etwa wegen seiner Befähigung, ein Revier zu leiten. Ben hatte von der Polizeiarbeit mehr verlernt, als Chris in seinem einen Dienstjahr gelernt hatte, und schon seine Anwesenheit brachte Ruhe in den Laden. Vor anderen stellte er Chris nie infrage und er versuchte auch nicht, seine langjährige Erfahrung gegen ihn auszuspielen, doch wenn sie allein waren, hatte er kein Problem damit, Chris gute Ratschläge zu erteilen. *Seine berühmten Belehrungen.* Chris hatte ihn sofort zum Chief Deputy ernannt, und Harper hatte die anderen Deputys, allen voran Amé, unter seine Fittiche genommen und sich außerdem mit Mel angefreundet. Er hatte die Wohnung über Modelle Greers Garage gemietet und verbrachte viele Abende im Earlys, wo er Mel am Tresen Gesellschaft leistete.

Chris mochte ihn und vertraute ihm; das taten sie beide.

»Harp stand näher dran und hat gehört, dass der Junge was gesagt hat, aber weil es auf Spanisch war, hat er kein Wort verstanden.« Chris drehte die Bierflasche in den Händen. »Harp hat sie später danach gefragt, und sie hat ihm dasselbe erzählt wie mir. Aber darauf kommt es nicht an. Man schlägt niemanden, der Handschellen trägt, ganz gleich, was er sagt oder tut.«

Mels Blick schien zu sagen, dass sie es anders sah. »Hast du noch mal im Krankenhaus angerufen? Wie geht's Tommy?«

»Besser als befürchtet und wesentlich besser als er aussah, als er auf der Straße lag. Er ist bei Bewusstsein, hat sogar Witze gerissen. Buck und Dale sind jetzt bei ihm. Er wollte einen Burger aus dem Hamilton, und sie haben ihm einen geholt. Für Bier ist er eigentlich noch nicht alt genug, aber ich hab den Jungs erlaubt, ihm eins ins Krankenhaus zu schmuggeln. Seine Verletzungen lesen sich wie eine Einkaufsliste. Punktierte Lunge, geprellte Milz, gebrochene Rippen und was nicht alles. Das linke Bein hat es übel erwischt ... richtig übel. Gehen kann er erst mal vergessen. Wenn er Pech hat, wird er nie wieder richtig laufen können.« Chris schaute nicht auf sein eigenes Knie. Mit schweren Beinverletzungen kannte er sich selbst nur allzu gut aus, vor allem mit solchen, die niemals vollständig verheilten. Er kippte den letzten Schluck Bier hinunter. »Harp hat mich *gewarnt*, die beiden nicht allein auf Streife zu schicken. Er mag Dale, denkt aber, der Junge hätte zu viele Filme gesehen. Und er hat Tommy dabei erwischt, wie er auf der Toilette mit der Waffe auf sein Spiegelbild gezielt und trocken abgedrückt hat. Es sollte nur für ein paar Tage sein, um Tommy einzuarbeiten. Harp kann sich nicht um alles kümmern. Und er kann nicht bei jedem mitfahren.«

»Und du auch nicht. Es ist passiert. Und es wird wieder passieren.« Mel streckte ein Bein aus und tippte ihn mit dem nackten großen Zeh an. »Du konntest das doch nicht ahnen.«

»Ja, aber vielleicht wird gerade das von mir erwartet.« Er griff nach ihrem Fuß, hielt ihn fest. »Dale ist gerade mal zwanzig, Amé nicht viel älter. Till Greer ist was? Dreiundzwanzig? Buck Emmett ebenfalls. Gott, Tommy ist *vorgestern* neunzehn geworden. Alles noch halbe Kinder. Und ich schicke sie raus, wo sie verletzt werden können.«

»Sagt der alte Mann von sechsundzwanzig Jahren. Wir sind uns einig, dass Ben und du nicht überall sein könnt. Ihr müsst sie so gut es eben geht einarbeiten, und dann hoffen, dass sie das Richtige tun. Und weißt du was? Selbst dann wird ab und zu mal was schiefgehen. So ist der Job nun mal.«

Er ließ ihren Fuß los. »Harp sagt mir ständig, dass *Hoffnung* keine Strategie ist. Aber du hast recht. So ist der Job nun mal. Trotzdem wird es dadurch nicht besser. Vielleicht weiß ich selbst noch nicht genug, um sie richtig einzuarbeiten.«

Sie stand auf, legte einen Arm um ihn und schaute in dieselbe Richtung wie er, dorthin, wo das Sommergewitter tobte und bald die Sterne aufziehen würden. »Du weißt eine Menge. Schließlich hast du ein Vermögen für diese ganzen Bücher ausgegeben.« Sie lachte noch einmal, und dieses Mal stimmte er mit ein. Er hatte sich Dutzende Bücher besorgt, über Strafverfolgungsmethoden, Polizeipsychologie, Personalführung. Alles, was ihm half, seinen Job gut zu machen. Die Bücher lagen in seinem Pick-up, auf dem Nachttisch, einige hatte er sogar in seiner Schreibtischschublade auf dem Revier versteckt. Harp hatte sie gesehen, aber sich einen Kommentar verkniffen, doch vor ein paar Monaten hatte er Chris sein zerlesenes Exemplar von Edward Conlons *Blue Blood* gegeben. Für einen großen Leser hatte er Harp nicht gehalten, aber der Mann war schon mehr als einmal für eine Überraschung gut gewesen. Er bemalte seine Fischköder mit der Hand, spielte Schach gegen sich selbst und hatte Chris die paar Male, als er ihn herausgefordert hatte, mühelos geschlagen, obwohl Chris kein schlechter Spieler war. Außerdem kannte er unzählige Geschichten aus dem Wilden Westen, konnte stundenlang Cowboy-Gedichte aufsagen und hörte nur Jazz. Einen Fernseher besaß er nicht, stattdessen ließ er in seiner Wohnung und dem Auto immer eine CD aus seiner gigantischen Sammlung mit Alben von Art Tatum, Charles Mingus und Thelonious Monk laufen.

»Warum wollten Tommy und Dale den Typen eigentlich anhalten? Und warum ist er abgehauen?« Sie schwieg einen Augenblick, bevor sie hinzufügte: »Drogen?«

Ein heikles Thema wegen der Geschichten, die sich in Murfee abgespielt hatten und in die nicht nur der ehemalige Sheriff und sein Chief Deputy verwickelt gewesen waren, sondern auch Deputy Amé Reynosas älterer Bruder Rodolfo.

»Nein, er ist zu schnell gefahren, und dann haben die Jungs das Nummernschild aus Arizona gesehen, und das hat sie stutzig gemacht.« Den anderen Grund, den *wahren* Grund, wie er vermutete, erwähnte er nicht. Seine beiden *weißen* Deputys hatten einen jungen Mexikaner gesehen, der nicht in einem rostigen Pick-up mit einem Nummernschild aus Ojinaga saß, sondern in einem Neuwagen, der ein Jahresgehalt kostete. Nur deshalb waren sie auf den Mann aufmerksam geworden. *Ein Mex in einem schicken Auto* – das hatte sie stutzig gemacht.

»Als sie ihn angeblinkt haben, ist er rechts ran, aber als Tommy zu dem Auto hinwollte, hat er mit Vollgas zurückgesetzt und Tommy einfach über den Haufen gefahren. Vielleicht war er genauso nervös wie die beiden, und es war keine Absicht. Woher sollen wir das wissen? Er weigert sich, mit uns zu reden. Ich habe morgen früh einen Termin bei Royal, mal sehen, was sich da ergibt.«

Royal Moody war der Staatsanwalt, der für Big Bend, Terrell, Jeff Davis und noch ein paar andere Countys zuständig war – für einen Großteil der Trans-Pecos-Region, fast sechzehntausend Quadratmeilen. Mehr als die Hälfte davon wurde von Chris und seinen Deputys kontrolliert. Royal selbst hatte ein Büro in Murfee und eins in Nathan.

»Laut Führerschein heißt er Azahel Avalos und ist dreiundzwanzig.«

Mel schmiegte den Kopf an Chris' Schulter. »Also auch nicht viel älter als Tommy oder Amé.«

Chris küsste sie aufs Haar, legte den Arm um ihre Schulter, zählte die Blitze und wartete auf den Donner, der nicht kam.

»Nein, nicht wirklich.«

• • •

Chris hatte im Schlaf die Decke weggetreten, sodass sein langer, dünner Körper bis auf die Boxershorts nackt war. Nach der Schießerei und der anschließenden Reha hatte er sein ehemaliges Sportlergewicht nicht wiedererlangt. Aber wenn man ihn heute in Uniform oder Zivilkleidung sah, sodass seine Narben verdeckt wurden, wäre man nie darauf gekommen, wie schlimm es ihn damals erwischt hatte. Nur wer ihn von früher kannte, konnte sehen, welchen Preis er bezahlt hatte.

Wie viel er von sich zurückgelassen hatte – im Guten wie im Schlechten.

Mel legte sich neben ihn auf die Decke. Sie hatte zwei Kastenventilatoren im Schlafzimmer aufgestellt und ließ sie auf Hochtouren laufen, trotzdem war es immer noch viel zu heiß. Sie war völlig nackt, weil sie die Wärme seines Körpers an ihrer Haut spüren wollte. Er rührte sich, redete im Schlaf, während der Mond auf sein Gesicht schien.

Manchmal konnte sie sich kaum vorstellen, dass er hier draußen fast gestorben wäre, vielleicht sogar in Sichtweite ihres Schlafzimmers. Ihm hatte sie nie erzählt, dass sie, wenn sie allein war, Angst hatte, aus dem Fenster zu schauen. Angst, Chris' früheres Ich als Geist zu sehen, der nun den Weg nach Hause nicht mehr fand und durch die Wüste irrte. Ihr war bewusst, dass es ihn tröstete, hier zu wohnen; gerade so, als könnte er mit dem Menschen, der er einmal war, in Kontakt treten. Doch dieser Mensch existierte nicht mehr. Alles, was auf der Far Six und in Murfee geschehen war, hatte

Chris für immer verändert. Einige seiner Charakterzüge waren verschwunden, andere wirkten jetzt ausgeprägter, manche *dunkler*, was der Dauerstress, ein Revier zu leiten und die Verantwortung für seine Mitarbeiter zu tragen, noch verstärkte. Denn er tat alles, um nicht zu werden wie Sheriff Ross und Chief Deputy Dupree – die Männer, die ihn damals hatten töten wollen. Aber auch Mel hatte an dem Tag, als er angeschossen wurde, etwas verloren: das Gefühl von Sicherheit, eine sorglose Zukunft. Sie brauchte Chris, wie sie ihn immer gebraucht hatte, und ein Leben ohne ihn konnte sie sich nicht mehr vorstellen. Dennoch würde sie hier draußen immer Angst haben, weil der Geist des Mannes, in den sie sich damals verliebt hatte, so nah war. Des einzigen Mannes, den sie jemals lieben würde.

Diese Angst ließ sich nicht mit der Alarmanlage oder den Bewegungsmeldern vertreiben, mit denen sie das Haus ausgerüstet hatten.

Vielleicht war es die Sorte Angst, die sich niemals legen würde.

Ben hatte ihnen geraten, sich einen Hund anzuschaffen, damit Mel hier draußen nicht so allein wäre. Wie sie wusste, war er vor der wilden Verfolgungsjagd in Artesia gewesen, um sich einen Wurf Welpen anzusehen. Das hatte er ihr vorgestern Abend im Earlys erzählt, aber sie hatte erwidert, wenn jemand einen Hund brauche, dann er. In Wahrheit brauchte er aber eine neue Frau.

Mel war sich nicht sicher, ob Chris wusste, wie sehr Ben noch immer unter dem Tod seiner Frau Jackie litt. Dass er in der Einzimmerwohnung über Modelle Greers Garage kaum schlief und jeden Tag viel zu viel trank, und das nicht nur, wenn er bei ihr im Earlys saß. Sie mochte den älteren Mann sehr, der auf seine Art immer noch gut aussah. Er war dünn, drahtig, das grau durchwirkte Haar trug er stoppelkurz, und seine Augen hatten die Farbe eines kalten Himmels, der von Schnee kündet. Sie fühlte sich in seiner

Nähe wohl, schätzte seine Lebenserfahrung und rechnete es ihm hoch an, dass er Chris unterstützte und ihm Selbstvertrauen gab. Dass Chris das Revier ohne ihn so gut im Griff hätte, konnte sie sich nicht vorstellen, so wenig wie sie sich vorstellen konnte, was Ben Harper machen würde, wenn er Chris nicht mehr unter die Arme greifen durfte. Auf den ersten Blick waren die beiden Männer grundverschieden, bei genauerer Betrachtung jedoch mehr wie die beiden Seiten einer Münze. Chris und Ben brauchten einander, auch wenn sie das selbst vielleicht nicht wussten. Trotzdem machte Mel sich Sorgen wegen der vielen Nächte, in denen Ben allein in seiner Wohnung hockte, Jazz-CDs hörte und trank. Und wenn er tatsächlich einmal schlief, sicher von seiner Frau träumte.

Sie stellte sich vor, wie Amé Reynosa diesem Azahel Avalos eine runtergehauen hatte, und musste unwillkürlich lächeln. Wie jeder in Murfee hatte sie am Anfang Zweifel gehabt, ob es richtig gewesen war, die junge Frau zum Deputy zu ernennen. Selbst heute noch hörte Mel hin und wieder, wie sich die Leute etwas über ihren verstorbenen Bruder und ihre Familie in Mexiko zuraunten. Doch Chris betonte immer wieder, dass sie ihren Job verdammt gut machte und es für das Sheriff's Department des Big Bend County ein notwendiger Schritt gewesen war, jemanden wie sie einzustellen. Er hatte volles Vertrauen zu Amé und hatte zu Mel schon oft gesagt, sein Deputy würde ihn daran erinnern, wie sie gewesen war, als sie sich an der Baylor University kennengelernt hatten – höllisch temperamentvoll und geradeheraus.

Baylor kam ihr inzwischen unendlich weit weg vor. Dort hatte sie Chris zum ersten Mal gesehen, als er mit einem Football an der Seitenlinie des Spielfelds stand. Doch seit der Schießerei hatte er keinen Ball mehr angerührt. An jenem Abend aber hatte er hinter ihrem alten Haus etliche Bälle in die kalte, dunkle Wüste gefeuert, bevor er aufgebrochen war, um sich mit Duane Dupree auf der Far Six zu treffen. Zu der Zeit hatten Chris und sie sich schon länger nicht mehr richtig verstanden und wegen Dingen gestritten, die heute keine Bedeutung mehr hatten; doch an dem Abend war er für wenige Stunden wieder der *alte* Chris gewesen, hatte mit ihr gelacht, sie geküsst und seine Bälle geworfen, bevor er seine Pistole geholstert hatte und weggefahren war. Nach den Monaten voller Streit hatte sie geglaubt, ihn zurückgewonnen zu haben, aber dann war der Mann, der von der Far Six zurückgekehrt war – *der überlebt hatte* – nicht mehr derselbe gewesen; doch sie war es auch nicht mehr.

Die Melissa Bristow, die Chris an der Baylor kennengelernt hatte, war nun ebenfalls ein Geist.

Mel wurde dieses Jahr dreißig, und obwohl Chris älter war als seine Deputys – von Ben einmal abgesehen – und gern Witze über die »jungen Leute« machte, war ihr klar, dass sie beide selbst viel zu jung waren, um sich so abgeklärt zu fühlen. Gut, sie hatten Narben davongetragen, aber sie waren an der Vergangenheit nicht zerbrochen. Und sie würde immer dagegen ankämpfen, damit sie nicht eines Tages nur noch nebeneinanderher lebten und sich an die Erinnerungen an ihr früheres Selbst klammerten.

Sie drehte sich auf die Seite, schaute ihm beim Schlafen zu. Fragte sich, wovon er träumte. Vor ein paar Monaten hatte er angefangen, Notizblöcke vollzuschreiben und sie in einer Schublade in seinem Arbeitszimmer zu verstecken. Sie hatte keine Ahnung, *was* er schrieb – Geschichten oder Ideen, wie er die Arbeit auf dem Revier verbessern konnte –, aber wenn er es tat, hatte er denselben Gesichtsausdruck wie an dem Abend, als er in ihrem alten Garten Bälle geworfen hatte. Hochgradig konzentriert – der Körper zwar anwesend, aber der Kopf weit weg. Auch jetzt im Schlaf sah er so aus.

Um ihn nicht zu wecken, küsste sie ihn sanft auf die Wange, bevor sie die Augen schloss.

Sie wachte auf – in Panik, weil Chris auf dem Bett saß und telefonierte.

Irgendwas war los … ging es um Tommy Milford oder den jungen Mexikaner, den sie ins County-Gefängnis gebracht hatten? Oder gar um Ben? Sie setzte sich auf, zog die Decke bis zur Brust hoch, schaute zum Fenster, hinter dem sich der Mond verzogen hatte und sich die Morgendämmerung grau ankündigte. Chris beendete das Gespräch und schaute jetzt ebenfalls zum Fenster hin, ins sich langsam ausbreitende Licht.

Er wollte gerade aufstehen, als er merkte, dass sie wach war.

»Ist alles in Ordnung?«, fragte sie.

Er schüttelte den Kopf. »Das war Harp. Es wurde ein Toter gefunden, drüben in Terlingua, in der Nähe des Wikiup. Das ist eine Kneipe, gibt es schon ewig.«

»Von dem Laden habe ich schon gehört.« Mel hielt die Decke umklammert, weil sie trotz Hitze im Zimmer plötzlich fror. Bei der letzten Leiche, die man in der Nähe von Murfee gefunden hatte, hatten Chris' Ermittlungen zur Identität des Opfers einen Flächenbrand entfacht, bei dem ein FBI-Agent sowie der korrupte Sheriff Ross und sein Deputy Dupree gewaltsam ums Leben gekommen waren; Duane Duprees enthauptete Leiche hatte man in den verbrannten Überresten seines Hauses gefunden. Sheriff Ross' minderjähriger Sohn Caleb hatte Murfee daraufhin verlassen. Und in Amé war der Wunsch geweckt worden, in den Polizeidienst einzutreten, nachdem herausgekommen war, dass es sich bei dem Toten, den Chris in der Wüste gefunden hatte, um ihren Bruder Rodolfo handelte – ermordet wegen seiner Verbindungen zu einem mexikanischen Drogenkartell. Alles war erst zu Ende gewesen, nachdem Chris auf der Far Six drei Killer des Kartells erschossen hatte und dabei selbst fast gestorben wäre. Eine abenteuerliche Geschichte, die so klang, als wäre sie anderen Leuten passiert – aber es war ihre eigene. Und wenn das, was Tommy gestern zugestoßen war, schon schlimm genug war, so wäre ein weiterer namenloser Toter ... ein weiterer Mord ... mit Sicherheit hundertmal schlimmer.

»Wisst ... wisst ihr schon, wer es ist ...?«

»Ja, ein gewisser Billy Bravo, hat als River Guide gearbeitet. Seine Freundin hat ihn identifiziert. Sie hat ihn auch gefunden. Nach einem Unfall sieht es nicht aus, aber ...« Chris stand auf. »Ich schicke Harp und Amé hin. Ich muss heute zu Moody, besprechen, wie es mit unserem Gefangenen weitergeht.«

»Ich mache schnell Kaffee.« Mel sprang auf. Sie war froh, dass Chris nicht selbst nach Terlingua fahren musste und sie *dieser* Leiche bereits einen Namen zuordnen konnten; dass es kein Geheimnis gab. Kein schöner Gedanke, aber sie konnte nicht anders. Leute starben jeden Tag, schlimme Dinge geschahen, und sie hätte sich gewünscht, Chris wäre nicht für alles zuständig; doch sie musste sich damit abfinden, dass es im Big Bend County nun einmal so war.

»Nicht nötig, aber trotzdem danke, Schatz.« Chris schaute wieder aus dem Fenster. Mit jedem Herzschlag wurde es draußen heller, und die Scheibe nahm allmählich die Farbe von Kupfer und Blut an.

»Wenn es wenigstens mal regnen würde, aber ich fürchte, das wird wieder ein verdammt heißer Tag.«

3

Ben konnte die Toten, die er in seinem Leben gesehen hatte, nicht mehr zählen; noch dazu waren zu viele durch seine eigene Hand gestorben.

In seinen zehn Jahren bei der Mordkommission und den zwanzig bei der Spezialeinheit hatte er sich an ihren Anblick gewöhnt – nur bei einer war es anders gewesen: bei seiner Frau, die in ihrem Hochzeitskleid im Jessup Funeral Home aufgebahrt gewesen war. Auf ihrem Gesicht war zu viel Puder, auf einer Wange hatte der Bestatter sogar einen Fingerabdruck hinterlassen, als hätte er ihr eine Träne weggewischt. Ihre Augen waren geschlossen, als würde sie nur schlafen.

Ganz gleich, wie die Leute starben, die Toten wirkten alle auf tragische Art schön – Körper, die in der Bewegung erstarrt waren, voller stiller Würde. Die schönen Toten waren auf ewig gefangen zwischen dem Ticken einer Uhr und dem Schlagen eines Herzens. Ein winziger Moment nur, und doch umfasste er ein ganzes Leben. Es war ihr Zufluchtsort, wo sie keinen Schmerz mehr empfanden, wo man ihnen nicht mehr wehtun konnte – ganz anders als bei denen, die sie zurückließen.

Ganz gleich, was die Leute sagten, sterben war einfach, mühelos. Kräftezehrend war nur das Leben.

Harp nippte an seinem Kaffee und schaute von der Leiche zu Amé Reynosa hin. Sie stand ein paar Meter weiter neben der Frau, die den Toten gefunden hatte und, wie sie sagte, seine Freundin gewesen war. Sie war jung, Hispana wie Amé, und hatte die langen, schwarzen Haare mit bunten Bändern zum Zopf gebunden.

Während sie mit Amé redete, weinte sie. Die beiden sprachen im schnellen Spanisch, und Harp verstand kein Wort. Alle paar Sekunden schaute Amé zu ihm hin, gerade so, als hätte sich der Tote, der unter dem Ocotillo-Strauch lag, vielleicht doch noch bewegt.

Ganz sicher nicht.

Amé hatte ihn von zu Hause abgeholt, ihm zwei Becher schwarzen Kaffee in die Hand gedrückt und vier Aspirin gegeben, die er auf der Fahrt nach Terlingua mit einer Handvoll Pfefferminzbonbons zerkaut hatte. Dass er getrunken hatte, wusste sie, schließlich tat er es jeden Abend, und einen großen Aufstand machte sie deswegen nie. Ohne ein Wort über das zu verlieren, was sie in Terlingua erwartete, war Amé gefahren, und er hatte seinen Kaffee getrunken, während vor ihnen die Sonne langsam aufging.

Doch auch der Sonnenschein machte die Geisterstadt nicht hübscher. Terlingua war entstanden, nachdem im 18. Jahrhundert in der Gegend Zinnober – Quecksilber – entdeckt worden war und die Chisos Mining Company dort ihr Quartier aufgeschlagen hatte, woran heute nur noch ein paar versiegelte Minenschächte mit längst vergessenen Namen erinnerten. Doch inzwischen hatte Terlingua sich zu einem Schlupfwinkel für Herumtreiber, Künstlertypen und Hippies entwickelt. Außerdem war der Ort berühmt für seinen jeden November stattfindenden Chili-con-Carne-Kochwettbewerb. Auch Harp war mit Jackie einmal dort gewesen. Sie hatten sich ein Zimmer im Lajitas Resort genommen und bei strahlend blauem Himmel nicht weit von seinem jetzigen Standort Chili mit Klapperschlangen- und Wapitifleisch probiert und sich mit den kältesten Bieren, die sie auftreiben konnten, ziemlich betrunken. Später hatten sie sich in dem viel zu teuren Hotelzimmer geliebt, nachdem sie sich lachend aus ihren Sachen geschält hatten. Jackies Haut hatte nach Chili gerochen, ihr Atem nach Rauch, und als sie kam, hatte sie seinen Namen geschrien. Wie groß war die Chance gewesen, dass er jemals wieder herkommen würde, nur diesmal ohne sie? Manchmal hatte er den Eindruck, dass ihn alle Wege wieder zu Jackie führten.

Mit ihr hatte alles begonnen und geendet.

Terlingua hatte sich in den letzten Jahren außerdem zu einem beliebten Ort für Rafting-Touren gemausert. Der Terlingua Creek mündete in den Rio Grande, den die Mexikaner Río Bravo nannten, und es gab etliche Anbieter von mehrtägigen Touren durch die zahlreichen Schluchten. Hier und dort waren sogar noch Felsbilder erhalten geblieben, mit Geschichten über Menschen, die seit Jahrhunderten nicht mehr lebten. Man musste nur wissen, wo man sie suchen musste.

Und hier kam Billy Bravo ins Spiel, den alle nur »Bear« genannt hatten, wie seine Freundin sagte. Seit gut fünf Jahren war er in Terlingua als River Guide unterwegs gewesen, davor hatte er am Salt River in Arizona und am Green River in Colorado dasselbe gemacht. Er war mit jeder Biegung des Flusses vertraut, kannte sich bestens mit der hiesigen Tier- und Pflanzenwelt aus und wusste alles über die Felsbilder und die alten Kulturen, die sie hervorgebracht hatten. Ein harter, tougher Typ war er gewesen, der sich nicht allein durch seine Körpergröße den Spitznamen verdient hatte. Wer auch immer ihm den Schädel eingeschlagen hatte, musste entweder selbst ein Hüne sein oder Billy Bravo aus dem Hinterhalt angegriffen haben.

Harp ging in die Knie und nahm durch den Gestank von Blut den scharfen Geruch von Alkohol war. Bravo hatte eine Menge getrunken, vermutlich bis kurz vor seinem Tod.

Aus dem Hinterhalt angegriffen schien die naheliegende Erklärung zu sein, weshalb auch die weinende Freundin, so zierlich sie auch war, als Täterin infrage kam.

Bravo lag unter einem Ocotillo-Strauch, aber gestorben war er dort nicht. Harp hatte die Schleifspuren im Sand bemerkt, die nun wiederum nicht für die Mexikanerin als Täterin sprachen. Selbst ein großer, starker Mann hätte das Gewicht des toten Bravo nur mit einigem Kraftaufwand bewegen können. Der Täter hatte sich beim Verstecken der Leiche keine Mühe gegeben, aber die Blutlache, die etwa sechs Meter entfernt auf dem Sand zu sehen war, sprach ohnehin nicht dafür, dass er auch nur einen Gedanken daran verschwendet hatte, das Verbrechen zu vertuschen. Bravo war in Sichtweite des Wikiup gestorben, wo er am Vorabend getrunken hatte. Der aus einer indianischen Sprache entlehnte Name bezeichnete eigentlich die traditionellen kreisförmigen Behausungen der Apachen. Und wie Bravos Spitzname war auch dieser gut gewählt – die Kneipe war eine aus allerlei Treibgut erbaute Höhle, um die herum jemand ein paar Holzkohlegrills aufgestellt hatte. Vor der Hütte standen handgemalte Schilder und abgenutzte Gartenmöbel, und um die Äste eines Mesquite-Baums waren Lichterketten geschlungen. Weiter hinten stand ein reifenloses Auto, in dessen Blech die Besucher seit Jahren ihre Namen ritzten, auf der Ladefläche lagen Kissen, damit man es sich dort bequem machen und in die Sterne schauen konnte, die hier draußen mit Sicherheit den gesamten Himmel ausfüllten. Wie es hieß, konnten Apachinnen ein Wikiup in wenigen Stunden hochziehen, und die gleichnamige Kneipe sah aus, als hätte man für ihre Errichtung auch nicht viel länger gebraucht.

Bravo lag auf der Seite, die Arme über dem Kopf ausgestreckt, weil man ihn nach dem Hinschleifen einfach fallen gelassen hatte. Sein Hemd war zerrissen und bis zu den Achselhöhlen hochgerutscht, und man sah alte Narben und Tattoos – Namen, ein paar lateinische Wörter, Zahlen und auf Höhe seines Herzens die grobe Zeichnung eines Bärenkopfes. Der Gürtel an seiner Hose war geöffnet, die Knöpfe ebenfalls ... als hätte er gerade gepisst oder es zumindest vorgehabt. Auf den ersten Blick sah er aus wie ein Betrunkener, der seinen Rausch ausschlief, doch wenn man weiter hochschaute, zu seinem Kopf ...

Die rechte Gesichtshälfte fehlte, Hautfetzen und Knochensplitter klebten im dichten schwarzen Bart, am Hals, am Hemdkragen. Unter seinen wirren Haaren war kein Auge mehr, nicht mal die Augenhöhle war geblieben, alles war zu Blut und Knochensplitter zermalmt. Sein Kopf sah aus wie ein unförmiger Halbmond, als hätte ein großes Tier einen Bissen aus dem Schädel herausgerissen. Wenn der Mörder vor ihm gestanden hatte, musste er den Schlag von links nach rechts ausgeführt haben ... ein Linkshänder, doch Harp vermutete, dass er von hinten attackiert worden war. Es war ein brutaler Angriff gewesen, mit dem Ziel, den Mann umzubringen. *Ein vorsätzlicher Mord.* Ob der Täter einmal oder mehrfach zugeschlagen hatte, würde der Gerichtsmediziner feststellen müssen, sofern das denn möglich war. In der Nähe des Wikiup lagen Stücke von Bravos Schädel und Gehirn. Vielleicht befand sich auch das Mordwerkzeug noch hier, ein harter, flacher Gegenstand – ein Stein, eine verdammte Schaufel, was auch immer – achtlos in die Wüste geworfen.

Harp sah die ersten Fliegen und richtete sich auf. Ein paar Leute liefen vor der Bar herum und schauten zu ihm und Amé herüber, ansonsten rührte sich in Terlingua zu dieser frühen Morgenstunde kaum jemand. Der schwere, tropische Geruch des nahen Flusses hing in der Luft, doch sehen konnte Harp das Wasser nicht. Fahnen klebten schlaff und leblos an Masten, in der Ferne stand ein Windrad aus Holz, dessen Blätter sich nicht drehten. Das Blech vereinzelt abgestellter Wohnwagen reflektierte das Morgenlicht. Alles wirkte wie in Sepia getaucht, nur hier und da blitzte Farbe auf: von Abfall, den die Leute irgendwo hingeworfen hatten. Ein Hund fing an zu bellen, andere stimmten ins Gekläffe mit ein, und dann entdeckte Harp einen unglaublich dünnen Mann, der einen unbefestigten Weg entlanglief, ohne T-Shirt, die Haut ausgedörrt wie Beef Jerky. Fast hätte Harp ihn nicht gesehen, wären da nicht die knallgrünen Shorts und die an einem Gürtel befestigten pinkfarbenen Wasserflaschen gewesen. Er hatte keine Mütze auf, seine Haare standen in wilden Locken ab, Schuhe trug er nicht. Barfuß lief er durch die Hügel, vorbei an den aufgegebenen Minenschächten, hinein in die Wüste. Falls er bemerkt hatte, dass er soeben an einem Toten vorbeigekommen war, ließ er es sich nicht anmerken, er verlangsamte das Tempo nicht, schaute nicht über seine Schulter.

Auf einem elendigeren Stück Erde konnte man nicht sterben.

Amé kam zu ihm, Bravos Freundin blieb allein zurück; sie hatte die Arme verschränkt und wippte vor und zurück. Ihre Trauer wirkte echt, aber restlos überzeugt war Harp von ihrer Unschuld noch nicht.

Amé warf einen kurzen Blick auf die Leiche und schaute weg. Sie hatte einen Notizblock in der Hand, der Harp bisher noch nicht aufgefallen war. Vermutlich hatte sie sich bei der Vernehmung der jungen Frau ein paar Stichpunkte notiert.

America Reynosa war aufgeweckt und wissbegierig, und wenn sie ihr verdammtes Temperament endlich in den Griff bekam (als ob ausgerechnet er sich da ein Urteil erlauben durfte), würde sie sich zu Chris' bestem Deputy entwickeln. Vermutlich war sie es bereits. Ihr Aussetzer bei der Gefangennahme von Avalos würde mit Sicherheit Disziplinarmaßnahmen nach sich ziehen, aber das war Aufgabe von Chris. Sie wusste, dass sie einen Fehler gemacht hatte, und würde die Konsequenzen tragen. In dieser Hinsicht war sie echt tough. Außerdem war sie eine der schönsten Frauen, die Harp je gesehen hatte, setzte aber ihr Aussehen nie bewusst ein. Meistens blendete sie die Wirkung, die sie auf andere – in der Regel Männer – hatte, einfach aus. Chris kannte sie noch aus der Zeit, als Stanford Ross Sheriff und sie selbst ein Teenager gewesen war. Aber sie verlor nie ein Wort darüber oder über das Jahr, in dem sie woanders gelebt hatte, kurz nachdem Ross ermordet und die Leiche ihres Bruders identifiziert worden war. Eigentlich wusste Harp kaum etwas über ihr Privatleben. Nie redete sie über ihre Hobbys oder Interessen. Wenn sie zusammen Streife fuhren und er eine CD von Mingus oder Billie Holiday einlegte, beschwerte sie sich nicht. Stattdessen *hörte* sie bei jedem Stück aufmerksam zu, als würde sie es im Kopf durchgehen, so wie sie es immer tat, wenn er ihr etwas über Polizeiarbeit erzählte. Er bewunderte sie sehr, und sie waren inzwischen ein verdammt gutes Team, das seine eigene stumme Sprache entwickelt hatte. So wie heute Morgen, als sie ihm ungefragt Kaffee und Aspirin mitgebracht hatte, oder ihre regelmäßigen Anrufe am Abend, wenn sie so tat, als wolle sie ihn um seine Meinung fragen – obwohl sie ihm in Wahrheit nur zeigte, dass er nicht allein war.

Er nickte zur Freundin des Toten hin. »Was hat sie gesagt?«

Amé kaute auf ihrem Stift herum und schaute auf den Notizblock. »Sie heißt Vianey Ruiz. Arbeitet in Presidio an einer Tankstelle und hat Billy manchmal hier besucht, wenn er nicht auf dem Fluss unterwegs war. Sie waren seit *más o menos* zwei Jahren zusammen. Gestern Abend waren sie beide im Wikiup was trinken, aber sie war müde und ist allein zu seinem Trailer gegangen.« Amé zeigte nach Osten. »Der steht irgendwo dort. Er ist im Wikiup geblieben und hat noch was getrunken. Als sie heute Morgen aufgewacht ist, hat sie ihn gesucht und hier gefunden.« Mit dem Stift wies sie auf Bravos Leiche.

»Hat er viel getrunken?«

Amé nickte. »Und wie. Er war wohl oft der Letzte in der Kneipe. *Era un problema.*«

»Du weißt schon, dass ich kein Spanisch verstehe?«

Amé grinste. »Wenn du es lernen würdest, hättest du mal was anderes zu tun, als den ganzen Abend bei Mrs. Cherry im Earlys zu sitzen und zu trinken. *Eso es un problema, mi amigo.*«

»Die beiden sind nicht verheiratet.«

Amé winkte ab. »Das macht keinen Unterschied. Und du verstehst mich sehr gut.«

Harp lachte und fragte sich, ob die Handvoll Gaffer es mitbekamen, dass sie neben einer Leiche standen und Witze machten. Es war ihm schon oft passiert, einmal sogar bei einem Dreifachmord in Odessa – ein Vater hatte seine Frau und die beiden kleinen Töchter erschossen, danach aber nicht den Anstand gehabt, die Waffe gegen sich selbst zu richten. Als Harp mit seinen Kollegen ins Haus gekommen war, hatte der Mann am Tisch gesessen, das Abendessen überall verstreut und das Blut seiner Familie an den Wänden ... auf seinem Gesicht ... sogar auf dem Essen. Nachdem sie ihn in Handschellen abgeführt hatten, hatte Detective Bruce Cooper gesagt, dass dem Typen wohl der verdammte Hackbraten nicht geschmeckt hatte, und sie hatten sich weggeschmissen vor Lachen, während die Jungs von der Spurensicherung Dutzende Fotos von der schrecklichen Szene im Esszimmer schossen. Galgenhumor gehörte zu seinem Job dazu. Man brauchte ihn, denn sonst nisteten sich die Bilder für immer im Kopf ein. Cooper hatte sich seine Dienstwaffe vor drei Jahren in den Mund gesteckt und abgedrückt.

»Okay, *niña*, wie gehen wir jetzt vor?«

Amé wurde wieder ernst. »Ich habe eine Liste mit Namen von Leuten, die, wie Vianey sagt, gestern in der Kneipe waren. Wir werden jeden befragen müssen. Auch den Besitzer und die River Guides, die mit Bravo zusammengearbeitet haben.« Sie schirmte die Augen gegen die Sonne ab und schaute über Terlingua. »Wir werden sie alle aufstöbern müssen.«

Harp nickte. »Was denkst du über die Frau?«

»Ich glaube, sie sagt die Wahrheit. Sie hat keine Ahnung, warum jemand Billy das angetan hat. Alle mochten ihn.« Amé kaute wieder auf ihrem Stift herum, die Angewohnheit einer ehemaligen Raucherin.

Harp lachte auf. »Natürlich mochten sie ihn.« Er musste Amé nicht erzählen, dass das absoluter Bullshit war – genauso wenig wie er sie auf die blauen Flecke am Arm der jungen Frau hinweisen musste, die eine handfeste Auseinandersetzung verrieten. Amé hatte den Instinkt eines guten Cops und wusste, dass die Welt voller schlechter Menschen war, voller *Wölfe*. Wäre es anders gewesen, hätte Harp sicher nicht so viele Tote gesehen. In Filmen oder im Fernsehen rätselten die Leute immer, warum Menschen andere so grausam behandelten. Aber er hatte schon vor Jahren lernen müssen, dass es dafür oft gar keinen Grund gab. John Delaney, der Vater, der in Odessa seine Familie erschossen hatte, hatte nie ein Motiv für seine Tat angegeben. Vielleicht hatte er Stimmen gehört oder seine Frau hatte ihn betrogen oder ihm hatte tatsächlich der verdammte Hackbraten nicht geschmeckt, wer wusste das schon? Harp erinnerte sich an die Namen aller Toten, die er gesehen hatte, nicht aber daran, *warum* sie hatten sterben müssen. Am Ende zählte nur, dass der Tod zu ihnen gekommen war – auf seinen dunklen Schwingen – und das jedes Mal viel, viel zu früh. Der Tod hatte tausend Gesichter: ein Autounfall, eine Kugel, ein Messer, ein Blitz oder ein schwerer Gegenstand, der eben gerade in Reichweite lag; manchmal aber kam er auch als Schlaganfall daher.

Der Tod nahm einem alles, was man liebte. Und hinterher suchte man nach Antworten, die es nicht gab, bis man irgendwann selbst an der Reihe war.

Jackie hatte es immer geschafft, seine dunklen Gedanken zu vertreiben. Sie hatte seine Stimmungen zu deuten gewusst, hatte ihn immer verstanden.

»Da war aber noch was anderes.« Amé schob den Notizblock hinten in die Hosentasche. Ihre Sonnenbrille hatte bisher im Ausschnitt ihres Hemds gesteckt, doch nun gab Amé sich geschlagen und setzte sie auf. »Vor Kurzem sind so Typen im Wikiup aufgetaucht. Sollen in Killing wohnen.«

Harp kannte die Stadt nur vom Namen her. »Und was ist mit ihnen?«

»Vianey mochte sie nicht ... Die sind von oben bis unten tätowiert, schlimmes Zeug. Vianey meinte, sie hätten über Mexikaner und Schwarze hergezogen. Richtig üble Typen. Sie haben rumgeschrien, obwohl sie nicht betrunken waren. Vor ein paar Tagen hatte Billy Streit mit einem, sie haben ihn wohl angemacht, weil er mit einer Mexikanerin befreundet ist. Aber Vianey meinte, sie haben sich gegenseitig ein paar Bier ausgegeben und damit hatte sich die Sache dann.«

»Oder auch nicht.«

»Das glaube ich auch.«

»Waren die gestern auch im Wikiup?«

Amé nickte, die Augen hinter der großen Sonnenbrille verborgen.

Harp überlegte. Rassisten kannte er zur Genüge – Biker, paramilitärisch organisierte Gruppen, knallharte Skinheads wie die Mitglieder des Aryan Circle. In Midland hatten Hammerskins sogar mal ein Klubhaus eröffnet, und er war dabei gewesen, als sie mit Durchsuchungsbeschluss im Haus Waffen und Drogen sichergestellt hatten. Die meisten waren noch blutjung, halbe Teenager, aber sie waren eine Spezies, die sofort auffiel. Wo sie auch auftauchten, gab es Ärger: Ruhestörung unter Alkoholeinfluss, Tragen von verdeckten Waffen, Androhung von terroristischen Akten, rechtsextreme Graffitis, Drogenhandel. Dazu natürlich jede Menge Prügeleien ... mit einer Gewaltbereitschaft, die durchaus zu einem eingeschlagenen Schädel führen konnte. Im Big Bend waren ihm solche Typen bisher nicht aufgefallen, hier im Grenzgebiet zu Mexiko – ihrem Feindesland – fühlten sie sich mit Sicherheit nicht allzu wohl, trotzdem musste dem Hinweis nachgegangen werden. Es konnte das Motiv für den Mord sein, so wenig Sinn es auch ergab. Die Welt war voller übler Typen, selbst hier, in dieser beinahe menschenleeren Gegend. Man musste nie lange nach ihnen suchen, und Leute wie Billy Bravo liefen ihnen früher oder später immer über den Weg.

Der Tod auf seinen dunklen Schwingen ... kein Ort war ihm zu weit.

»Richtig üble Typen, also?«, fragte er, während er seine Sonnenbrille suchte und das Handy aus der Hosentasche zog.

Amé nickte. »*Malos hombres. Muy malos.*«

4

Wenn ich an die Beerdigung meines Vaters denke, fallen mir als Erstes die Fahnen ein.

Dutzende Fahnen, die auf halbmast vor dem Friedhof hingen, vor allem aber die eine, die zuerst den Sarg bedeckte und dann zusammengefaltet an meine weinende Mutter übergeben wurde. Sie wollte sie an mich weiterreichen. Aber ich mochte die Fahne nicht anfassen. Sie wirkte so schwer in ihren Händen, und ich hatte Angst, sie fallenzulassen. Also überließ ich es meiner Mutter, sie an die Brust zu drücken und ihr Gewicht allein zu tragen, während mein Vater in die Erde gesenkt wurde.

Damals war ich neun.

Das Zweite, woran ich mich erinnere, sind die Schüsse, Salutschüsse. Sie folgten rasch aufeinander, und obwohl ich vorgewarnt war, zuckte ich bei jedem zusammen. Jemand, wer, weiß ich nicht mehr, legte mir eine Hand auf die Schulter, als wolle er mich am Weglaufen hindern. Die Hand hielt mich am Boden, während die Schüsse Richtung Himmel zogen. Vermutlich war es gut so, denn vielleicht wäre ich sonst wirklich weggerannt – über das kurze Gras auf dem Friedhof, unter dem grauen Himmel, der mit Regen drohte. Ich wäre gerannt und gerannt, bis ich einen ruhigen Ort gefunden hätte; vielleicht wäre ich niemals wieder stehen geblieben. Später, in Wanat, als sich die Lage zusehends verschlechterte, und ich solche Angst hatte, weil ich nur noch das metallische Ploppen und Krachen von RPG-Granaten und Mörsern und den Donner der 155-mm-Artilleriegranaten aus Camp Blessing hörte – fünf Meilen von mir entfernt abgefeuert und trotzdem tausendmal lauter als die Salutschüsse bei der Beerdigung meines Vaters – da wollte ich wieder nur noch wegrennen, aber zurückhalten musste mich niemand. Es gab nichts, wo ich hingekonnt hätte, keinen sicheren Ort. Man hätte gar nicht schnell genug laufen können, um es rechtzeitig aus Wanat rauszuschaffen. Man musste töten, damit es um einen herum wieder still wurde.

Und das tat ich.

Das Letzte, was mir von der Beerdigung in Erinnerung geblieben ist, sind die vielen Hände, die ich schütteln musste. Große, schwielige Hände, die meine ergriffen, manchmal klopfte mir einer mit der anderen auf die Schulter oder legte sie mir kurz auf den Kopf. Und einer nach dem anderen sagte zu mir, dass alles gut werden würde. Ein Mann ging vor mir auf die Knie und brachte sein Gesicht so nah an meins, dass ich den Whiskey in seinem Atem roch, und schaute mit Augen in der Farbe des leeren Himmels durch mich hindurch und flüsterte: »Junge, wir werden die Mistkerle, die das getan haben, finden und zur Strecke bringen.« Dazu formte er mit Daumen und Zeigefinger eine Pistole und zielte auf mein Herz, bevor ein anderer ihn wegzog, und er davonwankte, während die Sporen seiner Stiefel über den Boden kratzten. Der Nächste in der Reihe zwinkerte mir zu, um mir zu zeigen, dass er dasselbe dachte, dass er die Worte des Betrunkenen für die Wahrheit des Teufels hielt, wie alle anderen auch, obwohl es sonst keiner laut aussprach. Zum Schluss stand dann einer vor mir und drückte mir einen silbernen Stern in die Hand, der noch warm war von den vielen Händen, durch die er gewandert war – richtig heiß, als würde er brennen. Und obwohl ich befürchtet hatte, dass die Fahne vom Sarg zu schwer sein könnte, ging mir erst bei dem Stern in meiner Hand auf, wie schwer einige Dinge tatsächlich sind.

An T-Bob und Jesse klebt Blut, aber ihr eigenes ist es nicht.

T-Bob ist wie immer total besoffen. Doch Jesse ist ruhig und gelassen wie bei unserer ersten Begegnung in Lubbock, bevor ich seinen Vater John Wesley Earl kennenlernte. Auch Jesse hat getrunken, wirkt aber nüchtern. Er nimmt den Gartenschlauch, der vor dem Haus liegt, und wäscht sich das Blut von den Händen, bevor er sein T-Shirt auszieht und mit ihm dasselbe versucht. Es hilft nichts, das Blut lässt sich nicht rauswaschen, er macht es nur noch schlimmer. Dann kommt Earl aus dem Haus, schreit rum und prügelt auf seinen besoffenen Bruder ein, bis dieser heult, und tritt ihn selbst dann noch, als der andere bereits auf dem Sand liegt, den Jesse mit dem vielen Wasser in Schlamm verwandelt hat. Earl macht T-Bob regelmäßig für den kleinsten Scheiß zur Sau, aber diesmal hatte er uns allen verboten, nach Terlingua oder Murfee reinzufahren ... hatte uns gewarnt, dass wir verdammt noch mal keinen Ärger machen sollen. Aber der Ärger ist auch so zu ihnen gekommen – wie Eisenspäne, die von einem Magneten angezogen werden, oder Wasser, das in die Senke fließt. Und zu mir ist er auch gekommen.

Mit seinem Sohn schimpft Earl nicht. Er hält Abstand zu Jesse, und Jesse schaut gelangweilt zu, während sein Dad seinen Onkel verprügelt, und unternimmt nichts dagegen. T-Bob kassiert die Schläge für Jesses Fehler, das wissen wir alle. Vor allem weiß es Jesse, aber keiner von uns sagt irgendwas.

Joker steht schweigend, zungenlos daneben, seine Augen Schlitze, die tätowierten Arme vor der Brust verschränkt. Er könnte ein Felsbrocken von den nahegelegenen Bergen sein.

Lee Malady versteckt sein Grinsen hinter einer Dose Pearl. Sein Cousin Cole raucht eine Zigarette, schnickt die Asche auf den Boden und starrt auf die Glut, die sich in seinen Schielaugen widerspiegelt. Cole ist nicht ganz da, er begreift nicht, was vor sich geht. Geistig ist er auf der Höhe eines Viertklässlers, der im Körper eines Mannes steckt, der fünfmal so alt und gewalttätig ist.

Sunny öffnet den Mund – T-Bob hat was für sie übrig, obwohl sie Earls Freundin ist –, macht ihn aber schnell wieder zu, ohne etwas zu sagen, und richtet den Blick in die Ferne. Vielleicht sucht sie nach einem Weg, der hier rausführt, oder nach den Kreuzen auf dem alten Friedhof hinter dem Hügel und zählt sie im Kopf.

Little B, der zweite Sohn von Earl und Kind von Sunny, steht neben ihr. Kreist um sie wie immer. Er beobachtet jeden Schlag, jeden Tritt, den sein Onkel abbekommt, und bewegt die dünnen Lippen tonlos, als würde auch er etwas zählen ...

Und Kasper, Little Bs bleicher Freund, der so gern Musiker wäre – ohne seine Gitarre sieht man ihn fast nie –, wird mit jeder Sekunde blasser und weicht den Blicken aus, nur meinem nicht. Ich nicke ihm zu, als wäre alles in Ordnung. Dabei ist überhaupt nichts in Ordnung, und vielleicht ist das meine größte Lüge. Ich habe ihm schon ein paarmal zu verstehen gegeben, dass er hier rausmuss, aber er geht nicht. Eine Kraft hält ihn zurück, und sie heißt Little B. Kasper selbst scheint nicht klar zu sein, wie stark diese Anziehung ist ... sie zerquetscht sein verdammtes Herz ... aber ich erkenne es in jedem Blick, den er Little B zuwirft, daran, wie er Earls Jungen *beobachtet*, ohne dass dieser einen Verdacht schöpft. Ich tue das an seiner Stelle.

Kasper hat die Hände vor dem Bauch verschränkt, damit sie nicht zittern, die Gitarre fehlt jetzt.

Jesse schickt seine Freundin Jenna – die die ganze Zeit neben mir stand – ins Haus, damit sie ihm ein kaltes Pearl holt, und im Vorbeigehen streift sie mich fast ... und ich bete, dass er es nicht mitkriegt. Falls doch, sagt er nichts dazu. Als sie wieder rauskommt und ihm das Bier gibt, reißt er die Dose mit seinen gewaschenen Händen auf, die in Wahrheit nicht sauber sind, und leert das Bier auf ex, wobei sich sein Hals wie eine Schlange bewegt, die etwas Lebendiges im Ganzen runterschluckt.

Danach zerdrückt er die leere Dose und wirft sie mir zu, zusammen mit seinem nassen, noch blutigen T-Shirt.

Er sagt, ich soll es verbrennen, vergraben, vernichten. Eigentlich will er nur, dass ich es halte, damit ich nicht vergesse, dass meine Hände genauso schmutzig sind wie seine.

Earl ist inzwischen mit T-Bob fertig, der nun nicht mehr heult und sich auch nicht mehr rührt. Während Earl sich den Krampf aus der Schlaghand schüttelt, schaut er seinen älteren Sohn und mich an. Die Sonne ist rausgekommen, steht aber noch zu flach, sodass Earl zu einem Schatten wird, den ich mit meinem Blick nicht durchdringen kann.

Er ist kein Mensch, nur eine leere Hülle.

Ich frage mich, was er sieht, wenn er Jesse anschaut, oder mich. Der eine sein Sohn, der andere ... was eigentlich?

Seit Wochen bin ich schon bei ihnen; erkennt er etwas in meinem Gesicht wieder, das ich nicht mehr wiedererkennen kann?

Weiß er es?

Ich erinnere mich daran, wie ich die Dienstmarke meines Vaters halte – ein silberner Stern, tonnenschwer.

Und jetzt halte ich ein tropfendes T-Shirt, dunkel gefärbt vom Blut eines Mannes. Eines Mannes, den Jesse getötet hat, wie ich vermute – nein, ich weiß es. Trotzdem tue ich so, als wüsste ich es nicht.

Ich hatte keine Ahnung, wie schwer einige Dinge tatsächlich sind.

5

Él sabía su nombre ...

America saß auf einem Stuhl, während Sheriff Cherry telefonierte, und tat so, als würde sie ihr eigenes Handy checken, obwohl sie mit Sicherheit keinen Anruf, keine Nachricht verpasst hatte. Das Handy enthielt nichts Persönliches, nur die Fotos, die sie in Terlingua gemacht hatte: von der Leiche und den blutigen Schleifspuren im Sand. Vielleicht lieferten sie einen Hinweis auf das, was sich in der letzten Nacht abgespielt hatte. Später würde sie mit Ben noch einmal zum Wikiup fahren und die Trinker befragen, morgen würden sie in Killing nach diesen Männern suchen. Bis dahin wäre Doc Hanson hoffentlich mit der Obduktion fertig und konnte sie darüber aufklären, wie und wann Billy Bravo gestorben war.

Ihr Papa hatte immer gesagt, *nadie sale vivo de este mundo.* Niemand verlässt diese Welt lebend. Wie recht er damit hatte, war ihr erst klar geworden, nachdem man ihren Bruder Rodolfo ermordet in der Wüste gefunden hatte, so wie jetzt Billy Bravo. Und dann noch einmal, als sie Máximo kennengelernt und er in ihrem Auftrag Chief Deputy Duane Dupree getötet hatte. Danach waren sie zusammen nach Houston geflüchtet, aber sie hatte den jungen Mexikaner dort allein zurückgelassen und für immer aus Texas weggehen wollen. Máximo hatte sie tatsächlich nie wiedergesehen, aber nach Murfee war sie schließlich doch zurückgekehrt. Hier war ihr aufgegangen, was der Spruch ihres Papas noch bedeuten konnte.

Auf dieser Welt – *in diesem Leben* – gab es Orte und Dinge, die man niemals hinter sich lassen konnte; ganz gleich, wie weit man lief, man würde sie nie vergessen. Ein Teil von sich ließ man immer zurück, so wie ein Teil des Erlebten für immer bei einem blieb.

So wie die Erinnerung an Rodolfo. Oder an Máximo aus Ojinaga, dessen Haare in der Nacht, in der Dupree starb, nach Asche gerochen hatten, und der sie ähnlich wissend und gefährlich angegrinst hatte wie der Mann, dem sie gestern auf dem Highway 90 eine verpasst hatte. Vor allem aber die Erinnerung an Caleb Ross, der ihr einmal gesagt hatte, er würde sie lieben und sie retten. Der sie *gerettet* hatte, aber auf andere Art, als er oder sie damals gedacht hatten.

Manchmal fragte sie sich, wo er jetzt war, und wie sein Leben seither verlaufen war.

Ob Sheriff Cherry noch Kontakt zu ihm hatte, wusste sie nicht. Sie hätte ihn danach fragen können, aber jedes Mal, wenn sie kurz davor war, ließ sie es am Ende bleiben. Der Sheriff schien zu spüren, dass sie nicht darüber reden wollte, denn er sprach nie über Caleb oder fragte sie, was damals vorgefallen war. Darüber war sie froh, denn Caleb gehörte der Vergangenheit an. Seit sie nach Murfee zurückgekehrt war – an den Ort, den sie beide so schnell wie möglich hatten verlassen wollen –, hatte sie noch mehr das Bedürfnis, das Vergangene ruhen zu lassen. Ob es ihr jemals gelingen würde, war allerdings mehr als fraglich. Trotzdem hoffte sie, dass Caleb alles, was hier geschehen war, vergessen konnte. Sie hatte sich geschworen, niemals nach ihm zu suchen, weil sie nicht diejenige sein wollte, die ihn hierher zurückholte und alte Wunden wieder aufriss. Und sie hoffte, dass sie ihn nicht in seinen Träumen heimsuchte, so wie es Rodolfo und andere in ihren taten. Falls er noch an sie dachte, dann hoffentlich nur an die wenigen schönen Momente.

Wenn sie sich auf der Ladefläche seines Pick-ups eine Zigarette geteilt und nach den Geisterlichtern Ausschau gehalten hatten.

Wenn sie nach der Schule auf der Tribüne des Footballstadions gesessen und gelacht hatten.

Und an das eine Mal, als sie auf seinem Bett gelegen und sich nackt in den Armen gehalten hatten, sodass sie den Herzschlag des anderen spürten.

Und sie hoffte, dass diese Gedanken ihm ein kurzes Lächeln entlockten. Mehr nicht.

Denn das musste ihnen beiden genügen.

Chris beendete das Gespräch, rutschte auf seinem Stuhl nach hinten und sah Amé erwartungsvoll an.

Sein Büro war klein, zu klein für den Sheriff des Big Bend County, wie sie fand. Sheriff Ross hatte den großen Raum im ersten Stock benutzt, aber nachdem Chris ins Amt gewählt worden war, hatte er die gesamte obere Etage für die Deputys umbauen lassen. Wie er meinte, würde ihm der kleinere Raum im Erdgeschoss neben dem Durchgang zu den Gefängniszellen genügen. Amé gefielen eigentlich nur die Fensterläden vor den Gitterfenstern, durch die, wenn man sie wie jetzt geöffnet hatte, flüssiges Licht hereinfiel. Der Deckenventilator sorgte kaum für Abkühlung; für Amé fühlte sich der leichte Windhauch im Nacken eher an wie warmer Atem. Das Gebäude war so alt wie Murfee selbst, im Winter zu kalt, im Sommer zu heiß. Man konnte die Klimaanlage so weit hochdrehen, wie man wollte, es half nicht. Aus diesem Grund hatte der Sheriff die Fenster vermutlich das ganze Jahr über geöffnet. Bei seiner Größe musste ihm das Gebäude viel zu klein vorkommen. Und vielleicht konnte er der Welt hier drinnen für ein paar Augenblicke entfliehen, wenn er durch das Fenster auf die echte Welt da draußen schaute.

»Das war Staatsanwalt Moody. Eigentlich hatte ich heute früh einen Termin bei ihm, nur ist ihm was dazwischengekommen. Terlingua, wie bei uns allen. Wenn ich gleich zu ihm gehe, werden wir über unseren Freund in der Zelle reden, Mr. Avalos. Und ich habe den Verdacht, dass dabei auch der rechte Haken zur Sprache kommen wird, den du in seinem Gesicht gelandet hast.«

Sie erwiderte nichts, starrte nur auf ihr Handy mit den blutigen Fotos.

»Willst du mir nicht doch mal erklären, wie es dazu gekommen ist?«

»*Lo siento.* Es wird nicht wieder vorkommen.«

Chris seufzte. »Nein, wird es nicht. Das weiß ich. Aber es hätte gar nicht erst passieren dürfen. So etwas schadet dem Ansehen und der Glaubwürdigkeit des gesamten Reviers. Die Leute müssen uns vertrauen, uns mit Respekt begegnen. Das wird aber nicht geschehen, wenn wir Leute verprügeln, die wir in Gewahrsam genommen haben. Auch dann nicht, wenn einer sich so verhält wie dieser Azahel Avalos – gerade dann nicht. Wir tragen die Scheißverantwortung für ihn. Solche Aussetzer bewirken am Ende nur, dass Typen wie er freikommen. Verdammt, das weißt du doch alles selbst.« Er zeigte zum Fenster. »Da draußen laufen immer noch Leute rum, die der *guten alten Zeit* unter Sheriff Ross und Duane Dupree nachtrauern. Die warten nur darauf, dass mir oder dir irgendein Fehler unterläuft, damit sie den Beweis haben, dass wir unseren Job nicht beherrschen. Denen reicht jeder noch so kleine Fehler. Also liefere ihnen keine Munition. Vor allem lade die Waffe nicht selbst und halte sie dir an den Kopf.«

»Es war falsch von mir. Das weiß ich.«

»Okay, dann spare ich mir eine weitere Predigt. Warten wir ab, was Moody dazu sagt.« Chris schob ein paar Papiere auf seinem Tisch zusammen, als wolle er das Thema darunter begraben, doch dann sprach er weiter. »Ich habe dir gesagt, du darfst so was nicht an dich heranlassen. Hast du wirklich nur die Fassung verloren, weil er einen blöden Spruch über Tommy gemacht hat?«

Sie rührte sich nicht. Um Tommy war es gar nicht gegangen,

aber das konnte sie ihm jetzt noch nicht sagen. Obwohl sie wusste, dass auch das ein Fehler war, wollte sie noch einmal allein mit Avalos reden ... um sicherzugehen, dass sie sich gestern nicht verhört hatte. Bevor sie sich überlegte, ob sie es Chris erzählen sollte, würde sie sich Rat von Ben Harper holen.

Und weil sie Chris nicht belügen wollte, gab sie auf seine Frage keine Antwort.

Er schaute sie immer noch an, vorgebeugt, das Kinn auf eine Hand gestützt. Seine Augen wirkten verquollen, als hätte er schlecht geschlafen. Sie kannte solche Augen, ganz ähnliche hatten sie heute Morgen aus ihrem Badezimmerspiegel angeschaut, nachdem sie am Telefon darüber informiert worden war, dass man in Terlingua einen Toten gefunden hatte. Sie war schon seit Stunden wach gewesen und hatte im Kopf immer wieder die Szene mit Avalos ablaufen lassen, während sie das Spiel der Schatten über ihrem Bett beobachtete.

Sie wusste, dass Chris ihr die Geschichte nicht ganz abnahm, obwohl er ihr glauben *wollte*, und sie hasste sich dafür, dass sie sein Vertrauen missbrauchte.

Endlich: »Okay, dann interpretiere ich das als ein Ja. Jetzt bin ich aber wirklich mit dem Thema durch.« Er rutschte auf seinem Stuhl nach hinten. »Gut, dann erzähl mal, was ihr in Terlingua rausgefunden habt.«

Das meiste hatte Ben ihm schon berichtet, aber sie ging alles noch einmal mit ihm durch: den Toten, die Freundin, das Wikiup. Einer der beiden Krankenwagen des Countys hatte Billys Leiche nach Murfee gebracht, und Ben und sie waren erst einmal zurück zum Revier gefahren, um Kontakt zu Billys Arbeitgeber, dem Touranbieter Trek River, aufzunehmen, in der Hoffnung, Namen von Angehörigen zu erfahren, die benachrichtigt werden mussten. Außerdem wollten sie heute noch einmal nach Terlingua fahren.

Sie mussten dort jeden vernehmen, und rechneten sich nachmittags bessere Chancen aus, die Leute anzutreffen. Am Vormittag waren viele der Touristen schon auf dem Fluss unterwegs gewesen, andere hatten noch ihren Rausch ausgeschlafen. Die Nachricht von Billys gewaltsamem Tod würde sich in dem kleinen Ort rasend schnell verbreiten, und Ben und sie planten für die Vernehmungen den ganzen restlichen Tag ein. Ben hatte Till Greer zum Patrouillieren auf die Landstraße geschickt, die von Presidio nach Terlingua führte, und Buck Emmett nahm sich den Tatort und Billys Trailer vor. Dale Holt wiederum sollte ein paar Leute anrufen und nach Tommy und Avalos sehen. Das Revier war ohnehin schon unterbesetzt – Ben und sie hatten Hunderte Dinge zu erledigen –, aber der Sheriff hatte sich dennoch die Zeit genommen, Amé wegen der Sache mit Avalos in sein Büro zu zitieren. Avalos war ein Problem, um das sie sich dringend kümmern musste, aber sie wollte auch die Ermittlungen im Todesfall Billy Bravo übernehmen. Und sie fürchtete, dass der Sheriff sie als Strafe für ihr Fehlverhalten vom Terlingua-Fall abzog. Zwar würde Ben dann ein gutes Wort für sie einlegen, nur reichte das vielleicht nicht aus.

»Was wissen wir über die Männer in Killing, mit denen Bravo sich angelegt hatte? Diese Biker?«

»*Nada.* Nur das, was Billys *compañera* gesagt hat. Wir haben nicht mal einen Namen, Vianey kannte die nicht.«

»Aber sie sind ihr aufgefallen. Da wird sie die Typen sicher wiedererkennen ...« Chris drehte sich zu der Wand, an der eine uralte, durch Rauchglas geschützte Landkarte von Texas hin. Sie gehörte zu den wenigen Gegenständen, die er aus dem ehemaligen Büro von Sheriff Ross mit nach unten genommen hatte. Die antiken Gewehre, Pistolen und Ferrotypien, die dieser dort in Vitrinen ausgestellt hatte, hatte Chris verkauft und das Geld gespendet und für die Sanierung des Reviers verwendet. Er stand auf und zeigte auf einen Punkt auf der Karte. »Killing ist eine Geisterstadt, neben der Terlingua wie Houston wirkt. Dienstlich hatte ich dort noch nie zu tun und bin schon Jahre nicht mehr durchgefahren. Zwei, drei Familien wohnen da zwar noch, aber das war's auch schon. Soweit ich weiß, wenigstens.«

»Wir fahren morgen hin oder heute Abend, wenn wir noch Zeit haben.« Das Wort *wir* betonte sie stärker, um Chris zu signalisieren, dass sie mitfahren *musste* … dass Ben sie brauchte.

Chris drehte sich zu ihr um. »Kann sein, dass ich die Ermittlungen an die Ranger übergeben muss. Wie Royal Moody sagte, haben sie bereits angeboten, bei der Sache mit Tommy zu helfen. Und ich glaube, er wird zustimmen. Royal ist auch einer von denen, die an uns zweifeln, vor allem an meinen Fähigkeiten als Sheriff. Gut möglich, dass er ihnen auch die Ermittlungen im Bravo-Mordfall überträgt.«

»Wir kriegen das hin. Ben und ich kriegen das hin.«

Chris nickte. »Ja, ich weiß.« Er lächelte dünn und ließ sich wieder auf seinen Stuhl fallen. »Na schön, Deputy Reynosa, dann fahrt ihr erst mal nach Terlingua und Killing … und wir reden später weiter.«

Sie sprang auf. »Yes, Sir.« Sie wollte schnell aus dem Zimmer, bevor er seine Meinung doch noch änderte.

»Und, Amé, bitte versuche, heute niemandem eine reinzuhauen, ja?«

Eigentlich hätte sie sofort zu Ben gehen sollen, aber es gab etwas, das sie zuerst erledigen musste. Und zwar schnell, damit der Sheriff es nicht mitbekam.

Als sie aus seinem Büro kam, bog sie zur Treppe nach oben ab, aber sobald sie außer Sichtweite war, ging sie einmal um den Kopierer herum und durch die Metalltür zu den Verwahrräumen. Es kam ihr immer so vor, als würde hinter der Tür die Zukunft liegen, denn dieser Teil des Gebäudes war nachträglich angebaut worden, um Platz für das moderne, fünf Zellen umfassende Gefängnis zu schaffen – eine Idee von Chris. Seit sie für ihn arbeitete, waren die Zellen allerdings selten belegt gewesen.

Momentan war gerade mal eine besetzt, deshalb war nur ein Wärter, Victor Ortiz, da; Amé hatte ihn Chris damals empfohlen.

Sie hatte Victor heute früh angerufen und ihm gesagt, dass sie kurz vorbeischauen würde. Er hielt sich in dem winzigen Zimmer auf, in dem die fünf Überwachungsmonitore für die Zellen standen. Er trank im Dunkeln Kaffee, nur sein faltiges Gesicht wurde vom Licht der Bildschirme beleuchtet. Victor kannte sie seit ihrer Kindheit, als er in derselben Straße gewohnt hatte wie ihre Familie, der Straße, in der sie heute selbst ein Häuschen besaß.

Als Victor sie im Türrahmen stehen sah, nickte er ihr wortlos zu, und sie nahm den Duft seines Kaffees wahr, schwarz und stark, so wie auch Ben ihn am liebsten trank. Sie grüßte und ging weiter.

Azahel Avalos saß in der ersten Zelle. Er hatte ein Plastiktablett auf den Knien und stocherte lustlos in seinem Frühstück. T-Shirt und Jeans waren gegen einen blauen Overall ausgetauscht worden, und seine Füße steckten in dunklen Socken. Als er bemerkte, dass er durch die Kunststoffscheibe in der Tür beobachtet wurde, blickte er hoch.

Und grinste, als er sie sah.

Aber das Grinsen war anders als am Vortag, dünner jetzt, wie eine Schicht Eis auf einem Fluss. Aufgesetzt. Avalos hatte Schiss. Und sie hatte keine Ahnung, ob es die Angst vor den Konsequenzen seines Verbrechens war, oder ob es einen anderen Grund dafür gab.

Und diese Möglichkeit machte ihr wiederum Angst.

Er stand auf, kam zum Fenster. Sein Atem beschlug das Plastik, und er zeichnete mit einem Finger Kreise auf die Scheibe.

»*Oye, chica, ¿Me extrañaste?*«

Sie ignorierte die Frage, klopfte an die Scheibe, und redete auf Spanisch, leise, damit Victor sie nicht hörte.

»Gestern haben Sie etwas zu mir gesagt. Wissen Sie noch?«

»Ist doch egal. Ich werde nicht lange hierbleiben.«

»Ach ja? Im Moment sehe ich hier nämlich niemand, der Sie rausholt.«

Er zuckte die Schultern, schaute zu Boden, konnte ihr nicht in die Augen blicken. Sie sah die geschwollene Lippe, die sie ihm gestern verpasst hatte, nahm wahr, dass die Hand, mit der er vor wenigen Sekunden noch auf die Scheibe gemalt hatte, nun zitterte. Der Mensch von gestern war verschwunden wie Rauch, nur ein Schatten war geblieben. Und sein Blick verriet ihr, dass er in Wahrheit nicht gefährlich war. Er war kein Killer, ganz gleich, wie er sich gestern auf der Straße aufgeführt hatte. Sie hatte schon in eiskalte Killeraugen geblickt – von Duane Dupree, von Máximo – und die von Avalos waren anders.

»Sie haben mich l*a chica con la pistola* genannt«, bohrte sie weiter. »Und Sie kannten meinen Namen.«

Das war der Moment gewesen, als sie gestern ausgeholt und ihm die Faust ins Gesicht gedonnert hatte – als er sie angeschaut und gesagt hatte ... *du bist die Frau mit der Pistole, America Reynosa.* An ihrer Uniform war kein Namensschild gewesen, auch die Dienstmarke an ihrem Gürtel konnte ihm ihren Namen nicht verraten haben. Trotzdem hatte Azahel Avalos gewusst, wer sie war.

Als er ihren Namen gesagt hatte, wirkte er überrascht, verängstigt. Es war dieselbe Angst, die er auch jetzt nicht verbergen konnte. In seinen Haaren hingen Schweißtropfen, und als er sich umdrehte und zu seiner Pritsche ging, sah Amé, dass auch der Rücken seines Overalls klitschnass war.

Er kannte ihren Namen.

Und er hatte Schiss vor ihr, und sie wusste nicht, warum.

6

Royal »Roy« Moody war das Gesetz. Er hatte zwei Büros, eins in Murfee, das andere in Nathan, und wenn Chris mit ihm reden musste, hielt er sich immer gerade im jeweils anderen auf, was darauf hinauslief, dass Chris häufig lange auf ihn warten musste. So wie jetzt auch.

Seit einer Ewigkeit schon war Royal auf der Toilette. Chris saß in Moodys Büro, das ebenfalls wirkte, als wäre es nur *halb* da. An einer Wand hingen ein paar angestaubte Bilder mit klassischen Cowboy-Motiven, auf dem Schreibtisch stand ein Foto von einer lächelnden Frau und einem Jungen, das wahrscheinlich schon beim Kauf in dem schwarzen Plastikrahmen gesteckt hatte. Alles andere – Gesetzestexte und Fallakten, wie Chris vermutete – lag in wasserfleckigen Kartons, die sich auf dem Boden und in den Regalen stapelten. Bis auf das Foto und einen zerkratzten Laptop war der Tisch leer. Chris hatte zuerst vor einem der beiden großen Fenster gestanden und auf den Parkplatz und den Dollar Green auf der anderen Straßenseite geschaut. Bis auf Chris' Pick-up war der Parkplatz ebenfalls leer. Er hatte die toten, von der Sonne ausgedörrten Fliegen auf dem Fensterbrett gezählt, bevor er sich frustriert hingesetzt hatte.

Er hörte die Toilettenspülung, einige Sekunden später schlenderte Royal ins Zimmer, wobei er sich die Hände an der Hose abwischte. Chris gab sich Mühe, nicht zurückzuzucken, als Royal ihm die Rechte hinstreckte.

»Sheriff«, sagte Royal und setzte sich auf den Drehstuhl hinter dem Schreibtisch. »Sie haben ein echtes Problem an der Backe. Sogar zwei, wenn ich es richtig sehe.« Er streckte zwei Finger in die

Luft, bevor er in seine Sakkotasche griff und einen Kaugummi herauszog, den er mit einer Hand auswickelte und in den Mund stopfte. Royal Moody war klein, höchstens eins siebzig, und trug dasselbe wie immer – blaues Chambray-Hemd, Bolo Tie, schwarze Weste, dunkles Sakko, das weder blau noch schwarz war. Dazu den wie festgeschweißt wirkenden Stetson Bent Tree, der die Beinahe-Glatze kaschierte. Wie Chris gehört hatte, war Royal früher ein verdammt guter Baseballspieler gewesen, was man sich bei dem kleinen, ungelenkig wirkenden Mann kaum vorstellen konnte. Royal war ein guter Freund von Sheriff Ross gewesen und über dessen Tod nie richtig hinweggekommen – genauso wenig wie über die Tatsache, dass Chris dessen Amt übernommen hatte. Ihr Verhältnis untereinander war, wohlwollend ausgedrückt, auf professionelle Art freundlich. Aber er war ein guter Anwalt, verdammt gut sogar, wenn ihm der Sinn danach stand. Mehr verlangte Chris von ihm nicht.

»Wie lautet die Anklage gegen Avalos?«, fragte Chris.

Royal ließ eine Kaugummiblase platzen. »Schwere Körperverletzung mit Tötungsabsicht. Er ist mit einer Waffe auf einen Gesetzeshüter losgegangen.« Er schwieg kurz. »Mit Waffe meine ich das Auto.« Chris nickte. »Das ist ein Kapitalverbrechen, weshalb ich die Kaution hoch ansetzen werde, eine Viertelmillion, wenn nicht höher. Wir dürfen nicht zulassen, dass irgendwer unsere Deputys über den Haufen fährt. Falls er die Kaution nicht aufbringt, und davon gehe ich aus, haben Sie für Ihre Ermittlungen neunzig Tage ... wahrscheinlich etwas weniger. Danach muss ich die Anklageschrift der Grand Jury übergeben. Die zweite Möglichkeit wäre, dass er freigelassen wird, weil jemand persönlich für ihn bürgt. Und dann heißt es *adiós* und ab auf die andere Seite des Flusses.«

Bei ihm klang *adiós* wie drei Wörter.

»Royal, er kommt nicht von der anderen Seite des Flusses. Er hat einen Führerschein aus Arizona, und das Fahrzeug wurde in Phoenix zugelassen.«

Royal ließ die nächste Kaugummiblase platzen. »Okay ... so viel dazu.« Er pflückte einen Krümel von seiner Weste. »Was wissen Sie sonst noch über ihn?«

»Nicht viel. Er besitzt zwei Handys. Ich werde für die Durchsicht beider Telefone einen richterlichen Beschluss brauchen.« Royal zog eine Augenbraue hoch, sagte aber nicht Nein. »Außerdem hatte er eine kleine Reisetasche mit Kleidung dabei, aber nicht genug für einen längeren Aufenthalt. Dazu zweitausend Dollar in bar, und unter seinem Sitz haben wir eine Schusswaffe gefunden, für die er keine Lizenz hat.«

Royal formte mit Daumen und Zeigefinger eine Pistole und richtete sie auf Chris. »Dann nehme ich die Waffe in die Anklage auf.«

»Gut. Bei den Fingerabdrücken gab es keine Treffer, Haftbefehle liegen gegen ihn nicht vor, wenigstens keine auf den Namen in seinen Ausweisdokumenten. Aber wir prüfen das noch. Vielleicht ist Azahel Avalos nicht sein richtiger Name.«

»Wissen Sie schon, warum er wie eine gesengte Sau durch unser County gerast ist?«

»Nein, er redet nicht mit uns. Wir haben ihn einmal telefonieren lassen, es war eine Nummer in Phoenix, aber er hat Spanisch gesprochen. Wir haben das Gespräch aufgezeichnet, und Vic Ortiz hat es für uns übersetzt, aber ich werde es noch einmal gegenchecken lassen. Niemand hat den Anruf direkt entgegengenommen, und er hat nur eine Nachricht hinterlassen. Wo er steckt und dass es ein Problem mit seinem Auto gab, sonst nichts. Niemand hat zurückgerufen und sich nach ihm erkundigt, bisher wenigstens nicht.«

»Also haben wir keine Ahnung, warum er geflüchtet ist?«

»Nein. Wir können nur raten«, gab Chris zu. Hätten sie es

getan, sie hätten beide sicherlich auf Drogen getippt. Er sah, wie Sonnenstrahlen auf den staubigen Boden fielen, und erkannte die Abdrücke seiner eigenen Stiefel, hin zum Fenster und zurück zum Stuhl.

»Und das Auto?«

»Ein Nissan, neueres Modell. Wir haben das Kennzeichen durch den Computer gejagt, aber nichts gefunden. Ich hatte mit Harp schon besprochen, dass wir uns einen Drogenhund von der Border Patrol holen, aber dann ist das mit Billy Bravo dazwischengekommen. Wir melden uns heute noch bei den Grenzern, es sei denn, Avalos redet vorher mit uns.«

Royal zog einen gefalteten Zettel aus der Innentasche seines Sakkos, überflog ihn und steckte ihn wieder ein. »Sein erster Gerichtstermin ist um drei, zuständig ist Richter Hildebrand. Keine Ahnung, wer gerade als Pflichtverteidiger dran ist, aber wir werden wohl jemanden brauchen, der Spanisch kann. Vielleicht Santino Paez, es sei denn, Avalos besorgt sich selbst einen Anwalt. Das kann ich nur hoffen, Paez ist eine echte Nervensäge.« Royal trommelte mit den Fingern auf seinem blanken Tisch. »Sonst noch was?«

Chris verlagerte unbehaglich das Gewicht. »Leider ja. Mit einem meiner Deputys sind die Nerven ein bisschen durchgegangen. Avalos hat wohl etwas zu America Reynosa gesagt, als sie ihm Handschellen angelegt hat. Irgendein fieser Spruch über Tommy. Sie hat ihm eine verpasst.«

»Als er gefesselt war?«

»Ja.«

Royal blies Luft durch seine Nasenlöcher. »Oha. Das klingt nicht gut. Überhaupt nicht gut. Wenn er sie anzeigt, und damit meine ich nicht nur Reynosa, sondern das ganze Revier, dann müssen Sie mit Grantham reden. Vorläufig möchte ich mich dazu nicht äußern.«

Sue Grantham vertrat als Anwältin das County und sämtliche seiner Beamten einschließlich Chris, wenn jemand gegen einen Polizisten Anzeige wegen einer Straftat im Dienst erstattete.

»Bisher hat er deswegen noch keinen Aufstand gemacht.«

Royal winkte ab. »Und das wird er wahrscheinlich auch nicht. Wer war noch da draußen? Nur er und Ihre Leute, richtig? Wir sind hier ja nicht in der Großstadt, wo gleich Tausende ihr Handy zücken und Fotos schießen oder ein Video drehen.«

Chris wies ihn nicht auf die Dashcams hin, die nach seiner Anordnung alle Deputys einzuschalten hatten, sobald sie auf der Straße jemanden anhielten.

»Wenn Sie sich intern auf Widerstand gegen die Festnahme einigen, dürfte das kein Nachspiel haben.« Royal verzog den Mund. »Wenn ich das mal sagen darf – überraschen tut es mich nicht. Ich hätte der jungen Dame niemals Dienstmarke und Waffe gegeben.«

»Sie macht ihre Arbeit gut.« In Wahrheit wollte Royal sagen, dass *Sheriff Stanford Ross* jemanden wie Amé – eine Frau und obendrein noch *Hispana* – niemals zum Deputy ernannt hätte. Aber es steckte noch mehr dahinter ... Royal spielte darauf an, dass man Amé wegen der Geschichte mit ihrem Bruder nicht über den Weg trauen durfte. Chris hatte solche Andeutungen schon hundertmal gehört und ging nicht darauf ein. »Von meiner Seite war es das.«

Royal wischte sich über die Stirn. »Wie ich am Telefon schon sagte, sollten wir die Sache besser an die Ranger übergeben. Und Bethel Turner einschalten.« Bethel war der Leiter der Texas-Ranger-Einheit, die für den Bezirk El Paso und somit auch für das Big Bend County zuständig war. »Einer von Ihren Leuten wurde schwer verletzt, und niemand erwartet von Ihnen, unvoreingenommen an die Sache ranzugehen. Scheiße, ich könnte das nicht. Und Ihre Leute offenbar auch nicht, wenn sie einen Gefangenen in Handschellen verprügeln. Und jetzt kommt noch der Mordfall in Terlingua dazu, über den wir noch gar nicht gesprochen haben. Bethel und seine Jungs haben eher das Rüstzeug, um sich um beide Fälle zu kümmern.«

Chris hatte das Gespräch vorher etliche Male im Kopf durchgespielt und sich verschiedene Erwiderungen zurechtgelegt. »Ich verstehe Ihre Bedenken und will mich nicht mit Ihnen streiten ... vor allem nicht wegen der Sache mit Avalos. Ich weiß aber auch, dass Sie meinem Revier solche Ermittlungen prinzipiell nicht zutrauen. Scheiße, Roy, Sie trauen *mir* nichts zu.« Roy bestritt es nicht, erwiderte nichts, schaute Chris nur an. »Aber ich habe Ben Harper auf den Mordfall in Terlingua angesetzt, und Sie werden kaum behaupten wollen, dass er ein schlechter Ermittler ist. Er war zehn Jahre bei der Mordkommission.«

Royal nickte. »Harp ist ein guter Polizist. Der Beste, den Sie haben.«

Chris ignorierte den Seitenhieb. »Dann geben Sie ihm eine Woche. Geben Sie *uns* eine Woche für die Ermittlungen in beiden Fällen, und wenn Sie mit unserer Arbeit nicht zufrieden sind, dann holen Sie meinetwegen Bethel, und wir ziehen uns zurück.«

»Verdammt, Sheriff, in einer Woche richten Sie und Ihre Leute nur Chaos an. Danach wird sich Bethel nicht mehr die Hände daran schmutzig machen wollen.«

»Nein, das tun wir nicht. Und Bethel interessiert das am Ende sowieso einen Scheiß. Ich bitte Sie nur um eine Woche. Zwei, maximal.«

Royal spuckte seinen Kaugummi in den Papierkorb. »Na gut, ich denke drüber nach. Aber morgen schicken Sie mir schon mal alles, was Sie zu Bravo haben.«

Chris stand auf. »Mache ich. Harp klemmt sich bereits dahinter.« Dass Amé ihn unterstützte, ließ er unerwähnt. Kurz vor der Tür kam ihm ein Gedanke. »Hatten Sie in letzter Zeit mal was mit Killing zu tun?«

Royal schüttelte den Kopf. »Killing? Dieses Dreckskaff? Wieso fragen Sie?«

»Offenbar hat sich Billy Bravo mit Leuten angelegt, die sich dort seit Kurzem aufhalten. Biker angeblich. Muss ein paar Tage vor seinem Tod gewesen sein. Ich glaube, sie haben sich an seiner mexikanischen Freundin gestört, was bei Bravo nicht so gut ankam. Offenbar haben sie etwas gesagt, das die meisten Leute lieber für sich behalten. Könnte eine Spur sein.«

Royal zuckte die Achseln. »Sie wären nicht die Ersten, die sich an den ganzen Mexikanern hier stören. Aber deshalb ist man ja noch lange kein schlechter Mensch oder gar Rassist.«

Chris lachte, ohne zu lächeln, damit Royal begriff, dass er es absolut nicht komisch fand.

»Meiner Meinung nach ist jemand, der so denkt, genau das.«

Royal musterte ihn von oben bis unten. »Wissen Sie, was ich gehört habe? Bethel soll mit dem Gedanken spielen, sich zur Wahl für *Ihren Posten* aufstellen zu lassen. Er ist ein fähiger Kerl. Die Leute kennen ihn, und er hat in Murfee und im ganzen County viele Freunde.«

Chris setzte seinen Hut auf. »Gut zu wissen, Royal. Verdammt gut zu wissen. Und wenn die nächste Wahl ansteht, und Sie für ihn stimmen, dann kann er gerne meinen Job haben.«

Er verließ das Büro des Staatsanwalts, bevor dieser noch etwas erwidern konnte.

7

Wie sich herausstellte, hieß der Tote nicht Billy Bravo.

Sein richtiger Name war William Haley, und er stammte aus London in Kentucky. An der University of Pikeville hatte er eine Zeit lang Football gespielt, aber nach seinem Abschluss war er in den Westen gegangen, wo er sich mit Gelegenheitsjobs über Wasser hielt. Meistens hatte man ihn für die Jagd oder den Fischfang angeheuert, und laut seiner älteren Schwester June war er nur glücklich, wenn er unter freiem Himmel mit den Händen arbeiten konnte. Leider war er aber auch ein Mensch gewesen, der den Ärger förmlich gesucht hatte – Ruhestörung unter Alkoholeinfluss, schwere Körperverletzung, ungedeckte Schecks. Man konnte die Abwärtskurve seines Lebens lesen wie eine Landkarte, und der tiefste Punkt war erreicht, als er im Big Bend County ankam.

June Haley, jetzt June Buford, schickte Harp das letzte Foto, das sie von ihrem Bruder hatte, per E-Mail zu. Es war aufgenommen worden, kurz bevor er Kentucky verlassen hatte, und seine Schwester hatte ihn danach nicht mehr gesehen und in all den Jahren vielleicht ein halbes Dutzend Mal mit ihm telefoniert. Auf dem Foto war ein großer junger Mann zu sehen, attraktiv, kurze Haare, mit dem Anflug eines Barts. Wie er dort mit einer Bierdose in der Hand auf einem Footballfeld stand, unterschied er sich nicht von den anderen College-Kids, die ihn umringten. Das Foto musste im Frühsommer entstanden sein, denn das Gras war noch üppig grün und die Bäume im Hintergrund wirkten wie frisch belaubt. Nur über eine obere Ecke des Fotos zog sich ein Streifen Gegenlicht, genau dort, wo sich Bill Haleys erhobene Hand befand, sodass es aussah, als würde er bereits verblassen. Wenn man lange genug auf das Foto schaute, überlegte Harp, würde man sehen, wie das Bild des Mannes allmählich schwächer wurde, bis nur noch ein leerer Fleck zurückblieb.

Am Ende wäre er aus dem Bild verschwunden wie aus dem Kreis seiner Familie, aus Kentucky und all den anderen Orten, an denen er gelebt hatte.

Harp bot June nicht an, ihr die Sachen ihres Bruders zu schicken; er musste ihr auch kein aktuelles Foto schicken, damit sie ihn identifizierte. Sie fragte nicht, wer ihn getötet hatte, flehte Harp nicht an, alles zu tun, um den Mörder zu schnappen. Und falls sie am Telefon weinte, hörte Harp es nicht. Als er auf die Beerdigung zu sprechen kam, sagte sie nur, er solle mit dem Leichnam machen, was man mit Toten, die keine Angehörigen hatten, eben so machte.

Er wollte ihr sein Beileid aussprechen, ihr für die Mithilfe danken, aber sie hatte bereits aufgelegt.

Die Sonne hatte die Erde in Glas verwandelt, das ihre Hitze und alles Licht reflektierte.

Jedes bisschen Farbe war weggebrannt, doch die Chihuahua-Wüste *glühte* noch, ein ausgebleichtes Weiß, das in den Augen schmerzte, und die Luft über dem Asphalt schlug Wellen. Harp hatte die Klimaanlage im Pick-up voll aufgedreht, trotzdem waren Amés Gesicht und die Haut unter ihrem offenen Hemdkragen mit Schweiß überzogen. Sie hatte ihre Sonnenbrille aufgesetzt und starrte schweigend durch die Windschutzscheibe in die farblose Hitze. So saß sie nun schon da, seit sie Murfee verlassen hatten. Eigentlich hätten sie direkt nach Terlingua fahren sollen, aber Harp hatte kurzfristig entschieden, sich erst einmal in Killing umzusehen. Über ihr Gespräch mit Chris hatte Amé bisher kein Wort verloren.

»Ist es beim Sheriff gut gelaufen?«

»*Sí*«, erwiderte sie und verlagerte das Gewicht. »Er war sauer, aber ...« Sie zuckte die Schultern.

»Hast du ihm erzählt, was Avalos zu dir gesagt hat?«

»*Sí.*«

»Ich meine, was er wirklich gesagt hat.«

Amé schaute zu ihm, dann wieder aus dem Fenster.

»Ich weiß, dass der Scheißtyp nicht nur einen blöden Spruch über Tommy gemacht hat. Und ich habe keine Ahnung, warum du es weder dem Sheriff noch mir sagen willst, aber ich erwarte, dass du mich irgendwann einweihst, okay?« Er fuhr an einem Schild vorbei, die Wörter waren ausgebleicht, der Ort dazu existierte schon lange nicht mehr. »Warst du bei ihm in der Zelle?«

Amé zuckte zusammen, nur kurz, aber es hatte sie verraten.

Er schüttelte den Kopf. »Der alte Vic hat dich nicht verpetzt. Was da zwischen euch auch abgelaufen ist, du musst damit klarkommen. Wenn du willst, überlegen wir uns zusammen was, ja? Wir alle haben unsere kleinen Geheimnisse, aber du kannst so nicht mit dem Sheriff umgehen. Er setzt sich immer für dich ein, also pass auf, dass er es nicht eines Tages bereut.«

Amé nickte langsam. »*Lo sé.* Aber wieso wusstest du, dass ich bei Avalos war?«

Er lachte. »Weil ich ein verdammt guter Cop bin.«

Das Erste, was man sah, wenn man bergab nach Killing hineinfuhr, war die alte katholische Kirche, ein schiefes Gebilde aus nicht zusammenpassenden Hölzern, das vom Wind gerade noch aufrecht gehalten wurde. Es war das höchste Gebäude im Ort und ragte zwischen den Häusern aus Lehmziegeln und Beton empor. Es war auch das einzige im Ort, das aus Holz errichtet war, abgesehen von den Grabkreuzen ... Dutzende Kreuze, die über den Hügel hinter der Kirche verstreut waren.

Die Stadt lag in einer Talsenke der Chinati Mountains, an einem schmalen Seitenarm des Alamito Creek, dessen staubiges Bett allerdings aussah, als hätte es seit einer Ewigkeit kein Wasser mehr gesehen. Der Flusslauf erinnerte an die abgeworfene tote Haut einer Schlange. Wie Terlingua war auch Killing ein altes Bergbaustädtchen, das seine Blütezeit in den Vierzigerjahren des letzten Jahrhunderts gehabt hatte. Früher hatte man hier Silber, Blei und Gold aus den Bergen geholt, und Harp hatte kurz vor dem Ortsschild den verrammelten Eingang eines verlassenen Minenschachts gesehen. Wie er irgendwo gelesen hatte, war in Killing in den Siebzigerjahren ein Science-Fiction-Film gedreht worden, aber das war das letzte Mal gewesen, dass sich ein Mensch für den Ort interessiert hatte.

Woran das lag, war offensichtlich.

Er steuerte den Pick-up durch die Hauptstraße und überlegte, wie viele Menschen sich derzeit noch hier aufhielten. Vor einigen Häusern standen Autos, aber sie sahen aus, als wären sie so alt wie der Ort selbst. Ein hässlicher Köter, eine Mischung aus Schäferhund und sonst was, hockte mitten auf der Straße, das eine Bein schlimm verdreht. Er entblößte gelbe Zähne, wich aber nicht einen Millimeter zur Seite, also fuhr Harp im Bogen um ihn herum.

Der Köter pisste einen dunklen Strahl auf den Sand und starrte zum Autofenster hoch, als würde er abschätzen, ob er hineinspringen konnte.

Harp hatte Buck Emmett zu der jungen Mexikanerin geschickt, damit sie ihm eine genauere Beschreibung der Männer gab, mit denen Billy Bravo in Streit geraten war. Am ersten Abend waren sie zu dritt gewesen, ein älterer Mann mit grau melierten Haaren, ein junger mit kahl rasiertem Schädel und einer, der noch größer und kräftiger war als Billy. Ihre Namen hatte sie nicht mitbekommen, nur der Große war von den anderen »Joker« genannt worden, obwohl an ihm nichts lustig wirkte. Er hatte die ganze Zeit kein Wort gesagt, nicht mal gegrinst, sondern nur mit verschränkten Baumstammarmen dagestanden, wenn er einen Augenblick lang gerade kein Bier in der Hand hielt.

Als er aber gemerkt hatte, dass sie ihn anstarrte, hatte er seine wulstige Unterlippe nach unten gezogen und den eintätowierten Totenschädel entblößt.

Gestern waren nur zwei Männer auf Motorrädern zum Wikiup gekommen, und Vianey war kurz danach gegangen. Sie war müde gewesen und hatte die Typen nicht leiden können; die Sprüche, die sie klopften, die Blicke, die sie ihr zuwarfen, vor allem der Jüngere. Der Ältere, der auf beiden Armen Flammen und am Hals merkwürdige Kreuze tätowiert hatte, hatte sich nur fürs Trinken interessiert und Vianey wie Luft behandelt. Doch der andere hatte sie unentwegt beobachtet, sein kalter Blick war über ihren Körper gewandert. Er hatte ein weißes T-Shirt getragen, seine Arme waren sonnenverbrannt und auf jedem Unterarm hatte er einen eintätowierten Revolver wie aus einem alten Western.

Die vielen Tattoos waren ihr im Gedächtnis geblieben.

Das Wort HATE auf den Knöcheln seiner rechten Hand, die Zahlen 1488 auf denen der linken.

LIE OR DIE auf der rechten Seite seines Halses und GOD FORGIVES BROTHERS DON'T auf der anderen.

Ein grinsender Totenschädel auf der linken Handfläche, zwei Patronen auf der rechten.

Wie Amé gesagt hatte: *Un hombre muy malo.*

Vor einem heruntergekommenen Ranch-Haus entdeckten sie die Motorräder, zwei Harley Fat Boys, vier Low Rider. Etwas weiter weg stand ein rostfleckiger Fleetwood Southwind, dessen Windschutzscheibe mit Laken verhängt war. Harp hatte sich mit Jackie etliche Wohnmobile angesehen, weil sie nach seinem Ruhestand viel unterwegs sein wollten, daher kannte er sich mit dem Fahrzeugtyp aus, und dieser war eine Spritschleuder, die bestimmt schon zwölf Jahre auf dem Buckel hatte. Er erinnerte Harp an ein Boot auf einem ausgetrockneten See, stand leicht schief und unter dem Boden sammelten sich bereits Sand und Tumbleweed. Doch die Reifen sahen noch gut aus, also war er aus eigener Kraft nach Killing gefahren und rottete noch nicht in der Erde vor sich hin wie alles andere in dem Ort. Neben dem Wohnmobil parkte ein Grand Marquis mit unbestimmter, ins Bläuliche spielender Farbe. Wahrscheinlich handelte es sich um einen alten Streifenwagen, den der jetzige Besitzer irgendwo ersteigert hatte. An der Seite sah man ein paar kreisrunde Dellen im Blech, Einschusslöcher.

Er wollte Amé bitten, sich die Kennzeichen zu notieren, doch sie hatte sich bereits das Fernglas aus der Mittelkonsole geschnappt und ihren Schreibblock gezückt. Um ihr die Arbeit zu erleichtern, drosselte er die Geschwindigkeit im Vorbeifahren auf Schritttempo.

Auch hinter den Fenstern des Hauses hingen Laken und Decken, alles war doppelt und dreifach gegen fremde Blicke abgesichert. Das Haus hatte mehrere billige Betonanbauten, die fast bis zu dem Hügel dahinter reichten. Der Hof war mit Bierdosen übersät, die in der Nachmittagssonne glühten, und hier und da glitzerten Glasscherben wie Diamanten. In einer Ecke qualmte eine große Tonne und sandte eine Zunge aus Feuer in den flirrenden Wüstenhimmel. Und wie aus dem Nichts stand plötzlich ein Mann auf der seitlichen Veranda, rauchte und schaute zu ihrem Wagen hin.

Harp trat auf die Bremse, setzte ein Stück zurück, während der Mann die Zigarette auf den Boden schnickte und mit dem Stiefel austrat. Er löste sich aus dem Schatten des Hauses und kam auf sie zu, als hätte er sie schon den ganzen Tag erwartet.

Groß war er nicht, aber langgliedrig, und er passte zu keiner der Beschreibungen, die die Mexikanerin abgegeben hatte. Er hatte dichtes, angegrautes Haar, das er mit Pomade nach hinten geklatscht hatte. In seiner dunklen Jeans steckte ein Gürtel, den er nicht brauchte, dazu trug er ein blendend weißes T-Shirt und schwarze Westernstiefel. Seine Arme waren lang, fast zu lang, und den dick geschwollenen Knöcheln seiner Hände sah man an, dass er sie oft für Schlägereien einsetzte. Doch das Auffälligste an ihm waren die Tätowierungen. Von den Handgelenken bis zu den Oberarmen war die Haut des Mannes eine blaugrüne Leinwand. Keltenkreuze und Totenschädel, Spielkarten und Nazisymbole, über dem linken Unterarm ein nacktes Pin-up mit hinter dem Kopf verschränkten Händen und großen, fast dreidimensional wirkenden Brüsten. Knast-Tattoos, und nach der vielen Tinte zu urteilen, musste er lange gesessen haben. Um seinen Hals war eine Henkersschlinge gestochen, und unter dem T-Shirt schimmerte auf Brusthöhe eine von Flammen eingerahmte Landkarte von Texas durch, mit einem vierblättrigen Kleeblatt und den Buchstaben ABT in der Mitte.

Harp wusste, wofür die Buchstaben standen ... Aryan Brotherhood of Texas, eine seit Jahrzehnten aktive Knastgang.

Zu hundert Prozent üble Typen.

Harp stieg aus, Amé ebenfalls. Sie hielt die rechte Hand locker über ihrer geholsterten Waffe.

Einer führt das Gespräch, die andere sichert. Wie bei der Aktion mit Avalos, doch diesmal würde Harp das Reden übernehmen.

Der Mann blieb kurz vor ihrem Pick-up stehen und hob leicht die Hände. Seine Stirn war faltendurchfurcht, Krähenfüße zerrten an seinen Augenwinkeln. Er musste mindestens Harps Alter haben. Und er hatte den Blick eines Menschen, der es gewohnt ist, sich der Texashitze ohne Sonnenbrille auszusetzen. Das grelle Licht störte ihn nicht; wahrscheinlich konnte er stundenlang in die verfluchte Sonne starren. Und in den Jahren im Gefängnis waren ihm mit Sicherheit auch im Hinterkopf Augen gewachsen.

»Verdammt heiß«, sagte Harp.

Der Mann zuckte die Achseln. »Bisschen Hitze stört mich nicht.«

Hinter ihrer Sonnenbrille spähte Amé zu den Fenstern hin, um zu checken, ob sich hinter den Laken etwas regte.

Harp nickte dem Mann zu. »Name und Führerschein?«

»Namen kann ich Ihnen sagen, Führerschein hab ich nicht. Auto bin ich schon lange nicht mehr gefahren. JW Earl, so heiß ich.«

»Dann gehört Ihnen keins von den Motorrädern? Oder der Marquis, oder das Wohnmobil?«

Der andere zeigte auf ein älteres Motorrad. »Das da, aber ich bin, wie heißt es so schön? Ein *Naturtalent*. Führerschein hab ich dafür nicht und hatte auch nie einen. Mein Dad hat mir beigebracht, wie man damit fährt, das hat mir gereicht. Alles andere gehört den Leuten, die mit mir hier sind.« JW Earl schaute zu Amé, ignorierte sie. »Würde jetzt meine Zigaretten und Feuerzeug hinten aus der Tasche holen, wenn das in Ordnung ist.«

»Nur zu.« Harp trat bis auf wenige Schritte an Earl heran, während dieser ein Feuerzeug aus seiner Jeanstasche zog. Mit einer Hand zündete er sich eine Zigarette an, ohne die Flamme vor dem Wind zu schützen. »Wo haben Sie gesessen?«

Earl blies Rauch in die Luft. »Coffield, Dalhart, Walls.«

»Walls« war der gängige Name für das texanische Staatsgefängnis in Huntsville, benannt nach den hohen Backsteinmauern. In Huntsville befanden sich außerdem der Todestrakt und die Hinrichtungszelle.

»Lange Haftstrafen?«

Earl zuckte die Achseln. »Lang genug.«

»Ben ...« Amé zeigte zur Tür des Hauses, aus der soeben mehrere Männer kamen.

Die ersten beiden waren etwa in Amés Alter. Einer war dünn und sehnig, mit kahl rasiertem Schädel und nacktem Oberkörper, die Haut wie bei Earl eine einzige Plakatwand; die verdreckte Jeans saß tief auf seiner Hüfte, sodass ein weißer Streifen Unterhose herausschaute. Der zweite war größer und zog sich gerade ein schwarzes T-Shirt über den Kopf. Seine gesamte rechte Seite, von der Brust bis zum Handgelenk, war mit Bildern bedeckt: ein Adler mit erhobenen Schwingen, eine amerikanische Fahne, zwei gekreuzte Gewehre. Über den Torso waren weitere Tattoos verteilt, die darauf hinwiesen, dass er Militärdienst geleistet hatte, bevor es ihn nach Killing verschlagen hatte. Seine Haare waren millimeterkurz geschoren, und die blonden Stoppeln schimmerten golden in der Sonne. Auf seinen durchtrainierten Armen traten die Adern hervor.

Der Letzte war riesengroß, ein wandelnder Fleischberg. Wie der Erste trug auch er kein Hemd, seine gesamte Brust nahm das eintätowierte Skelett eines Vogels ein, dessen Flügel sich über sein Schlüsselbein erstreckten. Der Vogel hielt einen Flammenkreis in den Klauen, in dem ein Hakenkreuz prangte, und über den massigen Bauch des Mannes zogen sich die Buchstaben NLR.

Wie Harp vermutete, war das der Typ, den die anderen »Joker« nannten. Laut Bravos Freundin war er an dem Abend, als es Streit gab, im Wikiup gewesen, nicht aber in der Mordnacht.

Unterhose und Adler bezogen auf der Veranda Posten, während sich der mutmaßliche Joker mit verschränkten Armen neben Earl aufbaute.

Harp wandte sich wieder Earl zu. »Es gab gestern Ärger in einer Kneipe in Terlingua, der Laden heißt Wikiup. Ein Mann ist tot. Wie ich hörte, waren ein paar von Ihren Leuten in letzter Zeit da.«

Earl nickte ungerührt. »Jepp, ein-, zweimal.«

»Laut Zeugenaussage kam es dort vor Kurzem zum Streit zwischen dem Toten und *ihm*« – Harp wies auf den Koloss – »und ein paar anderen. Zwei von ihnen waren gestern Abend auch in der Kneipe. Mit denen muss ich reden.«

»Tja.« Earl haute dem Mann an seiner Seite auf die Schulter. »Joker war gestern Abend bei mir, haben die ganze Nacht Fernsehen geguckt. Und die anderen ... könnte sein, dass Sie meinen Bruder meinen, T-Bob, und meinen ältesten Sohn, Jesse. Kann sein, dass die gestern in Terlingua waren. Und wenn Sie sagen, es gibt einen Zeugen, dann muss das wohl stimmen. So ein Zeuge hat ja immer recht.«

»Kommt auf den Zeugen an, würde ich sagen. Aber dann muss ich mit Ihrem Bruder und Ihrem Sohn reden.« Harp zeigte auf den Mann, den Earl soeben als »Joker« identifiziert hatte. »Und mit dem da auch.«

Earl lachte. »Tja, scheiße, das dürfte 'ne verdammt kurze Unterhaltung werden. Der alte Joker redet nicht. Ihm hat's sozusagen für immer die Sprache verschlagen, hat seit zehn Jahren nicht mal mehr gegrinst.«

Earl stieß den Großen an, der den Mund langsam öffnete und eine dunkle, leere Höhle freilegte. Die Zunge fehlte.

Harp schüttelte den Kopf. »Und die anderen beiden? Haben Sie denen auch die Zunge rausgeschnitten?«

Earl blinzelte. »Nee, aber auch da haben Sie kein Glück. Sind beide unterwegs. Aber wenn Sie eine Karte dalassen, schicke ich sie zu Ihnen. Wo mag das wohl sein?« Earl blickte angestrengt auf die Dienstmarke an Harps Brust. »Big Bend County, Sheriff Department? Die Straße rauf, in Murfee?«

Während Earl redete, verließ Unterhose die Veranda und kam, die Hände in den Hosentaschen, langsam auf sie zu. Sobald er in Jokers Nähe war, flüsterte er dem Großen etwas zu, ließ Amé dabei aber nicht aus den Augen.

»Seit wann sind Sie schon hier? Bleiben Sie länger?«, fragte Harp.

Earl zuckte die Achseln. »Schwer zu sagen. Mein älterer Sohn hat hier Freunde, Joyce heißen die, und vielleicht kommen noch ein paar andere vorbei. Ich bin mehr so auf der Durchreise. Bin nicht sicher, ob die Einheimischen hier so wahnsinnig freundlich sind.«

»Solange ich nicht mit jedem geredet habe, planen Sie besser erst mal keine Reise.« Harp zeigte zum Haus. »Wie viele Personen sind noch da drin? Was dagegen, wenn ich mal reingehe und mich umschaue?«

Bevor Earl etwas erwidern konnte, meldete sich Unterhose zu Wort. Seine Stimme war höher und weicher, als Harp vermutet hatte. Es war die Stimme eines Kindes, das Erwachsener spielt. Mit einem Blick auf Amé sagte er: »Lassen Sie hier jede kleine *señorita* mit so einer Riesenkanone rumlaufen?«

Harp spürte Wut hinter seinen Augen aufflackern. »Passen Sie besser auf, was Sie sagen. Die *señorita* vertritt hier das Gesetz, genau wie ich. Erst gestern hat sie einem, der auch nur *auf der Durchreise* war, fast die Zähne ausgeschlagen, jetzt hockt er bei uns in der Zelle. Wollen Sie ihm Gesellschaft leisten? Dann machen Sie nur so weiter. Bis auf Ihren Namen will ich nämlich kein verdammtes Wort von Ihnen hören.«

Earl hob eine Hand, wollte den Friedensstifter spielen. »Achten Sie bloß nicht auf ihn, Deputy. Das ist mein jüngerer Sohn, Bass, aber wir sagen Little B, weil er sich manchmal wie ein kleiner Pisser aufführt. Er hat nur Grütze im Kopf und meinte es nicht so.« Earl schaute durch seinen Sohn hindurch. »Tu, was der Deputy sagt, Little B, und halt das Maul. Sonst stopf ich's dir.« Earl zeigte zu dem Mann auf der Veranda. »Das da ist Hero. Hero, warum gehst du nicht mit Little B rein, bis ich hier fertig bin? Lange wird's nicht mehr dauern.«

Der Mann mit der Adlertätowierung, den Earl als Hero angesprochen hatte, löste sich aus dem Schatten, ging zu Little B und stellte sich neben ihn, als wolle er ihn notfalls ins Haus schleifen. Die beiden schienen etwa gleich alt zu sein, doch Hero wirkte wesentlich reifer. Das Gesicht und die Augen hatte Little B vom Vater, doch seine Körpersprache war gänzlich anders. Er wirkte nervös, seine Augen und Hände waren unaufhörlich in Bewegung. Als Harp noch in Midland und Odessa Streife gefahren war, hatte er an den Straßenecken Hunderte Kids wie Little B herumlungern sehen. Sein alter Partner Revel hatte sie immer *TV Outlaws* genannt, weil sie ihre Harte-Jungs-Posen aus irgendeinem verdammten Film oder Rap-Video übernommen hatten. Sie waren der Typ »bellt, beißt aber nicht«. Wenn man sie hin und wieder am Kragen packte und durchschüttelte, waren sie keine echte Bedrohung.

Typen wie Joker, Hero oder JW waren ein anderes Kaliber. So verschieden sie auf den ersten Blick wirkten, ging von allen dreien etwas Bedrohliches aus; wenn sie es darauf anlegten, konnten sie richtig für Ärger sorgen.

Earl zog an der Zigarette und blies Rauch aus. »Noch mal zu Ihrer Frage, ob Sie reinkommen dürfen: Da muss ich Sie höflich *abweisen*, es sei denn Sie haben einen Zettel in der Tasche, der was anderes besagt. Das verstehen Sie sicher. Ich bin ein freier Mann und kann hier machen, was ich will.« Earl strahlte Harp an.

Einen Moment lang standen sie sich gegenüber wie bei einem Duell, bei dem keiner zuerst aufgeben will.

Dann nickte Harp. Erst jetzt merkte er, dass ihm der Schweiß nur so runterlief. Er brannte salzig in seinen Augen. Und mit einem Mal fühlte Harp sich müde, tonnenschwer, als würde ihn der Boden nach unten ziehen.

Zu wenig Schlaf, zu viel Alkohol, zu viele Gedanken an Jackie. *Ich werde langsam zu alt für diesen Scheiß.*

Er fühlte sich uralt und ausgelaugt, hatte keine Lust auf ein weiteres sinnloses Wortgefecht mit Earl. Trotzdem würde er mit Joker und den anderen – Jesse, T-Bob und wie sie im Haus alle hießen – reden *müssen*. Er hätte mehr Deputys mitnehmen sollen, hätte erst einmal in Erfahrung bringen sollen, wer diese Mistkerle in dem Haus eigentlich waren und warum sie nach Killing gekommen waren. Er hatte keine Ahnung, was genau hinter den verdreckten, mit Laken verhängten Fenstern vor sich ging, *spürte* aber, dass dahinter Augen waren, die Amé und ihn beobachteten. Vielleicht war sogar eine Waffe auf sein Gesicht gerichtet oder das von Amé. Wenn sie sich jetzt wieder ins Auto setzten und davonfuhren, wäre das nicht nur schlechte Polizeiarbeit, sie hätten auch wertvolle Zeit verloren. Die Alternativen kamen allerdings noch weniger infrage. Doch vor allem wünschte er sich, Amé würde nicht neben ihm stehen.

Eine spürbare Gefahr ging von diesem toten Ort aus, wo die Felsen die Farbe von getrocknetem Blut hatten und der Sand so hell war wie ausgebleichte Knochen. Man konnte es schmecken, auf der Haut spüren, wie den Schweiß, der sich nur mit zwei eiskalten Duschen würde abwaschen lassen.

Die Gefahr war so real wie das Grinsen von JW Earl.

Angst um sich selbst hatte Harp nicht. Er war ganz ruhig und fürchtete sich nicht vor dem, was auf ihn zukommen mochte – und wenn es der Tod auf seinen dunklen Schwingen war, an den er bei dem Vogelskelett auf Jokers Brust unweigerlich denken musste. Aber Amé stand neben ihm, vertraute ihm, und er wusste, dies war weder die richtige Zeit noch der richtige Ort.

Schach, schachmatt.

Er erwiderte Earls Grinsen. »Na schön. Dann haben wir beide uns ja verstanden.« Er wollte seine Karte aus der Brusttasche ziehen, doch Amé kam ihm zuvor. Sie machte einen Schritt auf Little B zu und hielt ihm ihre Karte hin. Der Junge schaute das Stück Papier an, als wäre es eine Schlange, aber als Amé ihm die Karte zuwarf, fing er sie mit beiden Händen auf.

»Da steht auch unsere Adresse drauf«, sagte Harp. »Ob sie erst anrufen oder gleich vorbeikommen, ist mir egal, aber ich erwarte, dass Ihr Bruder und Ihr Sohn sich bei uns melden. Sollte das nicht bis spätestens übermorgen passiert sein, komme ich wieder und habe den Zettel dabei, den Sie so gern sehen wollten. Mit der Unterschrift eines Richters darunter. Und sollte einer von den beiden oder jemand anderes aus Ihrer Truppe die Stadt vorher verlassen, dann finde ich ihn. Ist das klar?«

Earl schaute zu seinem Sohn, der die Karte hin und her drehte, und die Lippen beim Lesen bewegte. »Ist klar, Deputy. Glasklar.« Er formte mit Zeigefinger und Daumen eine Pistole, richtete sie auf Harp und drückte ab.

»Verdammte Scheiße ... *America*?« Little B hielt die Karte hoch, damit die anderen den Namen lesen konnten, doch die reagierten nicht.

Harp gab Amé ein Zeichen, in den Pick-up einzusteigen, und sie wendete sich wortlos von den Männern ab.

Als sie wegfuhren und die Männer im Rückspiegel hinter einer Staubwolke verschwinden sahen, hätte Harp schwören können, dass derjenige, den sie Hero nannten, ein Lächeln unterdrückte.

8

Den ersten Menschen habe ich an meinem achtzehnten Geburtstag getötet.

An dem Morgen gab es für mich keinen Kuchen und keine Geschenke, niemand sang »Happy Birthday«.

Stattdessen weckte Sergeant Wahl mich noch vor der Dämmerung mit einem Boxhieb in die Seite.

Als ich die Augen aufmachte, spürte ich seinen Atem auf meinem Gesicht. Sein Helm saß wie immer schief. Weil er nie richtig saß, sah sein Kopf immer ganz komisch aus ... irgendwie deformiert. Erst dachte ich, es wäre das Ende eines Traums, aber dann schrie er mich an, ich solle verdammt noch mal aufstehen und meine Waffe holen.

Aber es war ein Traum, nur eben nicht das Ende, sondern der Anfang. Ein schlimmer Albtraum. Den ich seitdem tausendmal gehabt habe.

Der Sergeant sagte, er hätte was Verdächtiges gehört.

Und er muss Ohren wie eine Fledermaus oder ein Hund gehabt haben, denn im After Action Review stand, dass jemand aus dem Dorf die ganze Nacht über Wasser aus einem Bewässerungsgraben auf ein Feld gepumpt hatte, um die Aufständischen zu übertönen, die sich an unseren Stützpunkt heranschlichen. Doch Sergeant Benji Wahl aus Flint in Michigan hatte sie gehört. Vielleicht hatte er sie auch gerochen, jedenfalls waren wir beide nur wegen seines sechsten Sinns wach und schauten nach Osten, Richtung Sonnenaufgang, als sie uns angriffen.

Ich war noch gar nicht richtig wach, als eine RPG-Granate die Mörserstellung traf und den 120-mm-Mörser mitsamt der Bereitschaftsmunition außer Gefecht setzte. Das Zeug schoss in den Himmel, und es gab ein Licht und einen Krach, wie ich es noch nie gesehen oder gehört hatte. Die Detonation saugte alles, was nicht festgenagelt war, in ihren Schlund und kotzte es sofort wieder in die Luft. Es klang nicht wie im Fernsehen oder im Film, sondern war mehr so ein hohes Pfeifen, beinahe wie Musik. Meine Mom, die richtig gläubig wurde, nachdem mein Dad gestorben war, hätte geschworen, dass der erste Engel seine Posaune blies und das Ende gekommen war, und eine halbe Sekunde lang glaubte ich das auch. Der TOW-Raketenwerfer war als Nächstes dran, dann wurde der Beobachtungsstand getroffen. Ich stand siebzig Meter weiter, sah aber trotzdem, wie Stafford, der sich mit dem Rest der Kompanie unter einem Baum eingegraben hatte, aus seiner Stellung geschleudert wurde.

Die Aufständischen hatten inzwischen das Dach des einzigen Hotels im Dorf eingenommen und beschossen unseren Stützpunkt von oben. Unser Radlader hatte einen Tag vorher schlappgemacht, deshalb waren unsere Deckungswälle keine zwei Meter hoch. Selbst die Deckungslöcher hatten wir mit der Hand graben müssen. Und an einigen Stellen hatten wir nur den NATO-Draht ausgerollt.

Von der ersten Sekunde an war die Lage absolut katastrophal.

Ich drehte mich in dem Moment um, als Sergeant Wahl getroffen wurde und auf die Knie ging. Sie hatten ihm den Helm weggepustet, er kullerte über den Boden, und zuerst dachte ich, es wäre sein ganzer Kopf, aber dann sah ich, dass er sich den Hals hielt und mich erstaunt anblickte, die Augen tellergroß. Blut lief ihm über die Hände, obwohl ich das im Dunkeln eigentlich nicht sehen konnte. Trotzdem weiß ich, dass es da war, weil ich es in meinen Träumen sehe – noch rot, weil sein Herz es gerade erst durch seine Adern gepumpt hat, aber an der Luft färbt es sich bereits schwarz.

Der zweite Treffer zerfetzte ihm die Beine, und er fiel kopfüber in den NATO-Draht. Er sah aus wie ein Vogel mit gebrochenen Flügeln, der sich in einem Netz verfangen hat.

Dann rannten Männer im Dunkeln auf mich zu.

Ich riss mein MG hoch und beharkte das Dach des Hotels, traf zwar niemanden, aber immerhin ließen sie die Köpfe unten. Bei siebenhundert Schuss pro Minute blieb von dem Dach nicht viel übrig.

Mein Funkgerät schrie mich an, es waren meine Freunde, die schwer verletzt und in Todesangst nach mir riefen. Apache-Hubschrauber und Predator-Drohnen waren bereits im Anflug und die schwere Artillerie aus Camp Blessing schoss sich auf uns ein, aber erst einmal waren wir auf uns allein gestellt.

Ich wollte zum Sergeant laufen, als einer der Aufständischen über eine der Barrieren kletterte. Er war klein und konnte die AK, die fast so groß war wie er, kaum tragen, und mir kam der Gedanke, dass auch die Waffe um einiges älter war als er. Er war noch ein Kind, jünger als ich an diesem Geburtstag, schwenkte das Sturmgewehr wild hin und her und schoss blind um sich, weil er wohl auf einen Glückstreffer hoffte. Der Junge war ein Ablenkungsmanöver, ein Opfer, damit seine Kumpel ungelenkte RPG-Granaten in unsere Stellung schießen konnten. Wie ich später hörte, hatte man ihn und ein paar Gleichaltrige vorgeschickt, damit sie zu unserem Beobachtungsposten liefen und mit Steinen schmissen – faustgroße Steine, die in der Dunkelheit und dem Chaos aussahen wie Handgranaten. Auch das war nur ein Ablenkungsmanöver. Unsere Jungs waren aus ihren Deckungslöchern geflüchtet, um von den vermeintlichen Handgranaten nicht in Stücke gerissen zu werden, und gerieten in konzentrierten Beschuss aus Handfeuerwaffen.

Das war von Anfang an ihr Plan gewesen.

Der Junge hatte den Sergeant fast erreicht und würde jeden

Moment über ihn stolpern. Ob Benji Wahl noch lebte, wusste ich nicht. Aber ich durfte nicht zulassen, dass er noch mehr abbekam, deshalb drehte ich mein MG in Richtung des Jungen, bis er hinter dem Lauf verschwand wie ein schwarzer Schatten in der noch schwärzeren Dunkelheit. Er war kein Mensch mehr, nur noch ein Umriss ohne Gesicht. Das rede ich mir zumindest ein.

Doch in meinen Träumen sehe ich sein Gesicht so deutlich wie das Blut von Sergeant Wahl.

Klein, rund, kindhaft. Ein Leberfleck unter dem rechten Auge, Bartflaum über dem Mund.

Er weinte, als er auf mich zurannte.

Und wie beim Hoteldach ließ ich von ihm nicht viel übrig.

Den ersten Menschen habe ich am Morgen meines achtzehnten Geburtstags getötet. Er war nicht der Letzte.

Die Deputys fahren weg, und Jesse und T-Bob stellen hundert Fragen.

T-Bob hatte sich im Fleetwood versteckt, Jesse im Haus, aber sie waren die ganze Zeit da und haben versucht, aus ihrem Versteck heraus alles mitzuhören.

Earl weiß, dass sie sich nicht auf Dauer verstecken können und wir die Scheiße, die sie in Terlingua verzapft haben, regeln müssen. Jesse und die anderen werden sowieso hierbleiben, bis Flowers aufkreuzt. Earl ist dieser Thurman Flowers in Wahrheit genauso egal wie dessen Rassistenkirche und die Pläne, die er mit Jesse seit Jahren ausheckt. Aber in der Gegend hier gibt es irgendetwas, das ihm nicht egal ist.

Es gibt einen Grund, warum er in diese gottverlassene Wüste gekommen ist, und er wird so lange bleiben, wie er eben muss.

Nichts ist so gekommen, wie ich es mir ausgemalt hatte. Auch Earl ist anders als in meiner Vorstellung, und jetzt sitze ich hier mit ihm fest, und es fühlt sich an, als wäre ich wieder in dem Stützpunkt in Wanat.

Flowers und dieses Haus in Killing – das sind für Earl nur *Ablenkungsmanöver*.

Nur Steine, die so tun, als wären sie Handgranaten.

Earl nimmt Little B die Karte der Frau ab und sagt ihm, er solle nie wieder mit ihr oder irgendeinem anderen Deputy reden. Wenn er es doch tut, reißt er ihm mit einer Zange die Scheißzähne raus. Als Jesse zu seinem Vater sagt, er soll still sein, weil Little B sich von so einer Bohnenfresserin nichts bieten lassen muss, schaut Earl ihn mit diesem Blick an, den ich inzwischen kenne – die Augen tiefenlos wie ein Fernseher, auf dem ein toter Kanal läuft. Hätte das Rauschen zwischen Radiosendern eine Farbe, dann wäre es diese. Meistens reicht ein solcher Blick, und alle halten die Klappe, sogar Jesse, obwohl er ihn nur selten abbekommt. Zwischen Jesse und seinem Vater herrscht immer Hochspannung. Richtig aufeinander losgehen, tun sie nicht, trotzdem kriegen wir anderen es mit. Seit ich dabei bin, ist es heftig, und nach dem, was in Lubbock zwischen Jesse und mir abgegangen ist, wird es nicht besser, was vor allem daran liegt, wie Earl mich seitdem behandelt, aber auch daran, dass Flowers nach Killing unterwegs ist. Heute zuckt Jesse – wie immer – nur mit den Schultern und sagt zu seinem Dad, er soll sich nicht so aufregen, alles ist halb so wild. Aber das, was er in Terlingua gemacht hat, war richtig scheiße. Das wissen wir alle, obwohl Jesse so tut, als würde er es nicht kapieren. In Wahrheit ist er schlau, viel schlauer als Little B oder Kasper oder die Maladys oder irgendeiner von denen, die er um sich geschart hat. Er ist gerissen wie sein Daddy ... der geborene Anführer.

Wahrscheinlich hätte er einen guten Soldaten abgegeben, wäre er nicht so ein verdammter Feigling.

Jetzt ist aber erst mal die Luft raus, Jesse und Little B verziehen sich mit Sunny und Jenna, auch die anderen lassen Earl in Ruhe. T-Bob, der nach der Abreibung von heute Morgen ziemlich mitgenommen aussieht, will noch was sagen, aber Earl will nichts mehr hören, also verzieht T-Bob sich ebenfalls, wahrscheinlich gießt er sich noch einen Maker's ein. Sein Gesaufe bringt ihn um, und Earl kann das gar nicht schnell genug gehen.

Jetzt sind nur noch Earl und ich vorn im Zimmer, wo es viel zu heiß und eng ist. Als wäre die Sonne mit uns eingesperrt. Ich warte kurz ab, ob er was zu mir sagen will. Manchmal tut er das. Er redet mehr mit mir als mit den anderen, sogar mehr als mit seinen Söhnen. Dann fragt er mich, was ich von einer Sache halte, oder erzählt mir von Walls oder den anderen Gefängnissen, in denen er gesessen hat. Oder er spielt mit mir Karten, meistens Texas Hold'em, und mischt die Karten mit den großen, gefährlichen Händen und redet dabei die ganze Zeit. Er erzählt eine Geschichte besser als jeder andere, den ich kenne, und am Ende lacht man über die Pointe, nur er selbst lacht nie. Keine Ahnung, ob er mir noch auf den Zahn fühlt oder ob er *denkt*, er würde mich mögen ... was das bei einem Mann wie Earl auch immer bedeuten mag. Lange hatte ich dieses Bild von ihm im Kopf – ich wollte und musste ihn auf eine bestimmte Art sehen –, und nun stelle ich fest, dass ich danebenlag.

Wenn ich ihn mit Jesse vergleiche, fällt es mir fast leicht, John Wesley Earl nicht zu hassen. Das hätte ich nie für möglich gehalten, und ich hasse mich selbst allein für den Gedanken. Er hat mir das Leben gerettet, aber in Wahrheit schuldet er mir sehr viel mehr.

Auf dem Kalender kann man die Tage nicht mehr zählen, aber ich habe all die Jahre für jeden einzelnen im Kopf einen Strich gemacht.

Heute will er nicht mit mir reden. Stattdessen schaut er ununterbrochen auf die Karte vom hispanischen Deputy ... *America Reynosa.*

Wie sie mit Little B umgegangen ist, fand ich gut. Sie ist nicht vor ihm zurückgewichen. Ich kann mir vorstellen, wie anstrengend es ist, in einer Gegend wie dieser Deputy zu sein; für eine junge Frau wie sie muss es doppelt anstrengend sein.

Sie ist noch jünger als ich.

Ich hoffe, sie kommt nicht wieder her. Ich hoffe für sie, dass sich unsere Wege nicht mehr kreuzen, weil ich nämlich keine Ahnung habe, wie alles ausgehen wird.

Earl richtet seinen tiefenlosen Blick nun doch auf mich und sagt, ich soll mich endlich verpissen, obwohl er dabei fast lächelt, wie er es mir gegenüber manchmal tut. Wie seine Geschichten kann ich auch dieses halbe Lächeln nie richtig deuten. Es ist unser Geheimnis, obwohl ich mit John Wesley Earl lieber nicht zu viele Geheimnisse habe.

Ich gehe raus, während er die Visitenkarte vom Deputy hin und her dreht, als wäre sie ein Ass aus einem Kartenspiel, und ich frage mich, woran er denkt und ob ich in diesen Gedanken auch vorkomme.

9

Im Earlys roch es nach schalem Bier und Holzpolitur. Mel ließ den Deckenventilator auf Hochtouren laufen, aber er wirbelte kaum Luft auf, kühlte den Raum trotz später Stunde nicht ab. Chris saß mit Harp am Tresen und hielt sich noch an seinem ersten Bier fest, während der ältere Mann bereits beim vierten angekommen war. Der Tag war lang gewesen, aber sie hatten sich trotz Müdigkeit noch zur Lagebesprechung getroffen.

Chris schaute zu Mel und nickte leicht in Richtung Kaffeemaschine, um ihr zu signalisieren, dass sie Harp einen Becher statt einer Bierflasche hinstellen sollte.

Harp hatte mit der Besprechung nicht bis zum nächsten Morgen warten wollen, also musste ihn etwas beschäftigen. Als er im Earlys ankam, klebte noch der Staub aus Terlingua und Killing an ihm und er hätte dringend eine Dusche gebraucht. Doch als Chris ihn darauf hinwies, hatte Harp nur abgewunken.

»Der Richter hat die Kaution für Avalos festgelegt. Eine Viertelmillion, wie Moody angekündigt hatte. So schnell kommt der nicht raus«, sagte Chris.

»Hat denn immer noch niemand nach ihm gefragt? Kein Anruf, nichts?«, fragte Harp.

»Nein. Rufst du noch die Grenzer an, damit die uns einen Spürhund für das Auto schicken?«

Harp nickte und drehte die leere Bierflasche in den Händen. »Ich rufe beim Kontrollpunkt in Presidio an, damit Elgin Bartlett mit seinem Hund Max kommt. Mit ihm habe ich schon zusammengearbeitet.«

»Meinetwegen, nur beeil dich bitte. Royal würde uns die Avalos-Sache am liebsten entziehen und den Mordfall Bravo gleich mit. Er traut uns nichts zu und will beide Fälle an Bethel Turner übergeben.«

»Der Dämlack Bethel Turner findet seinen Arsch doch nicht mal mit einer Taschenlampe.«

Chris lachte. »Mag sein, aber wenn ihm die weiterhelfen würde, kriegt er von Royal eine geliefert. Oder gleich einen Scheinwerfer.«

Harp schaute in den Spiegel hinter der Bar. »Ich hab gesagt, ich kümmere mich um beides, und das werde ich auch. Avalos kommt hier so schnell nicht weg. Aber Bravo wird mit jeder Sekunde kälter.«

»Ich kann auch bei den Grenzern anrufen«, schlug Chris vor.

»Kommt nicht infrage, Chris, du bist der Sheriff, ich bin der Deputy. Ich kümmere mich darum.« Im Büro und auf der Straße redete Harp ihn mit Sheriff Cherry an, privat nannten sie sich beim Vornamen. Harp winkte Mel mit der Bierflasche zu. »Bringst du mir noch eins und diesem lausigen Stecher, den du geheiratet hast, gleich eins mit?«

Mel kam zu ihnen und stellte Harp einen Kaffeebecher hin. Sie stand seit acht Stunden hinter dem Tresen, hatte die Haare zurückgebunden und trug kaum Make-up, aber für Chris war sie trotzdem die schönste Frau.

»Wir sind nicht verheiratet, das weißt du. Und woher willst du wissen, wie er im Bett ist? Ich glaube, ihr verbringt zu viel Zeit miteinander.« Sie tätschelte Harps Hand, nahm seinen Geruch wahr. »Ben Harper, bei dir ist dringend eine Dusche fällig.«

»Das kommt, weil ich so schwer schufte. Jackie mochte meinen männlichen Duft«, murmelte er, während er den Kaffeebecher wegschob. »Hat sie angemacht.«

»So genau wollte ich das nun auch wieder nicht wissen. Aber gut, dass ihr so lange verheiratet wart, sie war vermutlich die Einzige, die ...« Mel verstummte und schaute Hilfe suchend zu Chris.

Wenn man mit Harp redete, begab man sich auf ein Minenfeld, auf dem überall Erinnerungen an seine tote Frau lagen; ein falscher Schritt konnte eine Detonation auslösen.

»Gib ihm noch ein Rahr als Absacker, ich fahre ihn nach Hause. Den Kaffee trinke ich.« Chris zog den Becher zu sich und zwinkerte Mel zu. Er würde Harp nach Hause bringen, danach hierher zurückkommen und ihr auf der langen Strecke zur Far Six im eigenen Auto folgen. Mel stellte Harp die Flasche hin, drückte Chris kurz die Hand und ließ die Männer allein.

Chris wusste, was sie ihm zu verstehen geben wollte. *Pass auf ihn auf … Bring ihn nach Hause … Und bleib bei ihm, wenn du den Eindruck hast, es geht ihm nicht gut.*

Er nippte am Kaffee – heiß, schwarz, ohne Zucker – und wechselte das Thema.

»Was gibt's Neues zu Bravo?«

»Du meinst William Haley, auch bekannt als Billy Bravo oder Bear? Harter Typ, hartes Leben. Mir muss nicht erst der Forensiker sagen, wie es mit ihm zu Ende gegangen ist.« Harp nahm einen tiefen Zug aus der neuen Flasche. »Schlimm. Zu Tode geprügelt … in zwei, drei Tagen dürfte das Untersuchungsergebnis vorliegen.«

»Habt ihr schon Leute befragen können? Seine Freundin, Kollegen?«

»Die Freundin ist ein nettes mexikanisches Mädchen. Dass sie es war, glaube ich nicht, obwohl ich es mir fast wünschen würde. Würde vieles vereinfachen. Alle, mit denen wir bisher in Terlingua gesprochen haben, mochten ihn. Nur hat das jemanden nicht davon abgehalten, ihm den Schädel einzuschlagen. Wie schon gesagt, er war ein harter Typ und hat in seinem Leben nicht immer die richtige Entscheidung getroffen. So was holt einen irgendwann ein. Vor dem eigenen Schatten kann man eben nicht davonlaufen.« Harp trank seine Flasche mit einem Zug fast leer, und Chris fragte sich, ob er wirklich nur von Billy Bravo sprach. »Wir sind in Terlingua aber längst noch nicht fertig.«

»Du glaubst nicht, dass Menschen sich ändern können und ihr Leben wieder in den Griff kriegen?«, hakte Chris nach.

Harp verzog das Gesicht. »Nicht wirklich. Verstellen kann man sich, mehr nicht. Aber ein Eimer frische Farbe, eine Tapete und ein paar teure Lampen machen ein Schrottfundament auch nicht besser. Denk an meine Worte, Sheriff, wenn du mal wieder an deinem Geldgrab auf der Far Six rumwerkelst.«

Chris lachte. »Ich werd's mir merken. Aber was habt ihr noch rausgefunden?«

»Wie es aussieht, hat Bravo das Wikiup mit mindestens einer unbekannten Person als Letzter verlassen. Der Barmann war da schon weg, was für den Laden wohl nicht ungewöhnlich ist. Wer gerade Schicht hat, schenkt die letzte Runde Bier aus und verzieht sich dann. Offenbar bedient man sich manchmal sogar selbst und legt das Geld einfach auf den Tresen. Es gibt nur eine Regel: Der Letzte macht die Tür zu. Doch was genau geschah, nachdem Billy Bravo das Wikiup verlassen hat, ist unklar. Die Typen aus Killing waren vermutlich noch mit ihm in der Kneipe, aber wann sie gegangen sind, weiß niemand. Erschwerend kommt hinzu, dass ich eine Horde Vollblutalkoholiker befragen muss und sich keiner erinnert, wer wann mit wem da war. Im Vergleich zum Wikiup ist das Earlys das verdammte Mirage in Vegas. Da geht keiner hin, um gesehen zu werden, man geht hin, um von allen vergessen zu werden. Und selbst alles zu vergessen.«

Chris nippte an seinem Kaffee. »Amé meinte vorhin, ihr habt in Killing einen Zwischenstopp eingelegt.«

»Ja, und darüber wollte ich mit dir reden. Nicht auf dem Revier, sondern hier, außer Hörweite von ...«

»... von Amé«, beendete Chris den Satz.

Harp nickte langsam. »Sie sollte da nicht hin, das ist kein Ort für sie. Ich möchte, dass du sie von dem Fall abziehst und ihr eine andere Aufgabe gibst.«

»Na hör mal, ich muss jeden Tag bei Royal betteln, damit wir den verdammten Fall behalten dürfen, und jetzt soll ich Amé sagen, sie ist draußen? Das hat sie nicht verdient. Und auf den Avalos-Fall kann ich sie nicht mehr ansetzen, nachdem sie ihm eine verpasst hat. Du solltest mal sein Auge sehen.« Chris hob den Becher zum Mund, stellte ihn aber gleich wieder ab. »Glaubst du, sie ist dir keine Unterstützung?«

»Darum geht's nicht, das weißt du. Sie ist schlauer als Till, Buck und Dale zusammen, vielleicht sogar als wir beide.« Er schaute Chris über den Rand seiner Flasche an. »Eines Tages übernimmt sie vielleicht *deinen* Job ...«

Chris lachte. »Du bist heute schon der Zweite, der mir erzählt, jemand anderes könnte es auf meinen Job abgesehen haben ...«

»Es liegt jedenfalls nicht an ihr. Sondern an diesen Männern in Killing. In Terlingua dachte ich schon, so was habe ich noch nicht gesehen, aber Killing? Das ist die reinste Schlangengrube.«

»Eine Horde Biker, oder?«

»Wenn's nur das wäre.« Harp stellte die Bierflasche beiseite, zog ein paar Zettel aus seiner Jeanstasche und breitete sie auf dem Tresen aus. Es handelte sich um Ausdrucke aus der zentralen Datenbank des FBI. »Die gehören zur ABT, zur Aryan Brotherhood of Texas, wenigstens gehörten einige dazu, was auf dasselbe hinausläuft, denn bei dem Verein kündigt man nicht einfach. Die Knastgang der ABT ist in alles Mögliche verwickelt – Drogen, Erpressung, Mord. Seinen Tattoos nach ist der große Stumme, den sie Joker nennen, ein Nazi Low Rider. Die Low Rider sind Hardcore-Biker und für die ABT so was wie Laufburschen. Außerhalb der Gefängnismauern agieren sie als deren Schläger. Sämtliche Motorräder vor dem Haus in Killing sind auf Personen zugelassen, die keinerlei Vorstrafen haben. Das ist natürlich Bullshit, zeigt aber, wie schlau die sind. Zu schlau, fast wie unsere Amé. Bisher habe ich nur einen vollständigen Namen. Von dem Scheißkerl, mit dem ich geredet habe ...« Harp tippte auf einen Zettel. »John Wesley Earl. Das sind nur die ersten Seiten seines Eintrags, den Rest hätte ich nämlich nicht mitschleppen können.«

Chris nahm eine Seite und las sie im dämmrigen Licht der Barbeleuchtung. John Wesley Earl war Mitte fünfzig und 1980, mit einundzwanzig Jahren, wegen Einbruch und schwerer Körperverletzung zum ersten Mal zu einer Gefängnisstrafe verurteilt worden. Weil er auch im Gefängnis Straftaten begangen hatte – gewaltsame Übergriffe auf andere Gefangene, Drogenbesitz – hatte sich seine Haftzeit verlängert, sodass er erst 1993, also dreizehn Jahre später, freigekommen war. Danach hatte er sich noch einer Handvoll weiterer Vergehen schuldig gemacht – häusliche Gewalt, Scheckbetrug, Drogenbesitz. 2000 war er wegen des versuchten Mords an einem Biker wieder ins Gefängnis gewandert und erst im Mai 2015 auf Bewährung entlassen worden. Das war nun ein paar Monate her.

Chris überschlug die Zahlen – Earl hatte beinahe sein halbes Leben hinter Gittern verbracht.

Harp tippte auf einen anderen Zettel. »Ich bin mir sicher, das ist längst nicht alles. Ich hab in Walls, wo er zuletzt gesessen hat, eine Anfrage gestellt und hoffe, dass mich bald jemand zurückruft. Die werden da ja interne Aufzeichnungen über mögliche Gangaktivitäten der Insassen haben. Ich hab so das Gefühl, Earl war in der ABT nicht nur Handlanger, sondern ein hohes Tier.« Harp zog eine Seite mit handschriftlichen Notizen aus dem Stapel. »Er hat was von einem Bruder gesagt, T-Bob. Das dürfte Thomas Robert Earl sein. Auf den ist ein Wohnmobil zugelassen, das vor dem Haus in Killing stand. JW hat offenbar zwei Söhne, Jesse und Bass. Gegen den Bruder liegt bis auf ein paar kleinere Vergehen nichts vor, und der jüngere Sohn Bass hat gar keinen Dreck am Stecken.

Aber der ältere ist kein unbeschriebenes Blatt – Androhung terroristischer Gewalt, Drogenbesitz, Verdacht auf Handel mit Betäubungsmitteln. Ich wette, der steckt wie sein Dad bis zum Hals in dieser Nazi-Gang-Scheiße drin, aber bald weiß ich mehr. Das Texas Department of Public Safety hat eine eigene Kartei für Gangmitglieder. Kann sein, dass die was für uns haben. Die Freundin von Billy Bravo behauptet jedenfalls, der Bruder und Jesse wären gestern mit Bravo im Wikiup gewesen.«

»Und dieser John Wesley ist auf Bewährung draußen? Obwohl er wegen Mord gesessen hat?« Chris runzelte die Stirn. »Wurde er etwa wegen guter Führung entlassen? Und was will er in Killing? Da draußen ist doch nichts.«

»Wegen *versuchtem* Mord.« Harp faltete die Zettel wieder zusammen und steckte sie in die Hosentasche. »Vielleicht ziehen die da draußen ja was auf. Ein Vereinsheim für Biker oder einen Scheißferienpark für Rassisten. Was weiß ich. Haus und Grundstück haben sie von Ray Joyce gemietet, und als ich ihn angerufen habe, war er nicht besonders gesprächig. Bei dem beißt man sich die Zähne aus. Na ja, vielleicht hat er Schiss vor den Typen oder hängt bei dem, was sie vorhaben, mit drin. Mein Bauchgefühl sagt mir jedenfalls, so schnell gehen die hier erst mal nicht wieder weg. Wie es aussieht, gehört dieser JW Earl mit seinem Clan und einer Horde Skinheads jetzt zur Nachbarschaft.«

»Ja, vielleicht«, erwiderte Chris nach kurzem Überlegen.

»Immer am Abwägen.« Harp schüttelte den Kopf. »Aber, selbst wenn sie mit dem Mord an Bravo nichts zu tun haben, was ich bezweifle, dann werden die uns anderen Ärger machen. Solche Typen können gar nicht anders. Und wir dürfen nicht abwarten, bis sie zuschlagen, sondern ...«

»Verstanden«, unterbrach Chris ihn. »Agieren statt reagieren ... man kann nichts zu Ende bringen, was man nie begonnen hat ... wer zu spät kommt ... und so weiter und so fort. Ich habe das alles schon hundertmal gehört. Vielleicht solltest du einen Ratgeber schreiben. Aber weißt du was? Weil du mir ständig damit in den Ohren liegst, habe ich mir ein paar Bücher zu dem Thema besorgt, und Studien besagen …« Chris sah Harps Ausdruck und verstummte. »Okay, okay, ich höre ja schon auf. Aber was soll ich deiner Meinung nach tun? Das Haus zwangsräumen lassen? Sie in ihrem Versteck ausräuchern?«

»Chris, ich weiß, was in deinen Büchern steht. Dass man weniger auf Härte und Strenge setzen soll. Aber diese Welt gibt es nur auf dem Papier. Denn in unserer Welt, in der einer wie John Wesley Earl auf Bewährung aus dem Gefängnis kommt, da müssen arme Schweine wie wir mit Typen wie ihm fertig werden und alles, was er kaputt macht, wieder zusammenflicken. Denn er wird etwas kaputt machen, der kann gar nicht anders. Er ist schon als Arschloch auf die Welt gekommen, so einen Menschen kann man nicht ändern.«

»So wenig wie man ein Schrotthaus mit einem Eimer Farbe in eine Luxusvilla verwandeln kann?«

»Genau. Ich werde nicht ewig da sein, und du hast auch nicht ewig Zeit, um selbst darauf zu kommen. Ich versuche doch nur, dir die Augen zu öffnen.«

Chris nickte. Aus Harp sprach nicht zu viel Alkohol und zu wenig Schlaf, es war echte Besorgnis. »Ich weiß, und ich will gar nicht den Klugscheißer spielen. Du kannst mir glauben, ich bin nicht blind, ich weiß schon seit einer Weile, wie es auf der Welt zugeht.« Er musste Sheriff Ross nicht namentlich erwähnen, Harp verstand ihn auch so. »Aber du wirst uns alle überleben. Das ist das Einzige, worüber ich mir keine Sorgen mache.«

»Wie du meinst. Aber noch mal zu Amé … das sind Typen, mit denen sie noch nicht fertig wird. Bei denen gießt sie nur noch Öl ins Feuer. Lass mich das allein übernehmen. Ich kriege schon noch raus, was die hier vorhaben.«

»Meinst du nicht, Amé hört hier von morgens bis abends schon genug Rassistenkacke und wird mit den Jungs auch noch fertig?«

»Das kann man nicht vergleichen. Ich rede hier nicht von Ranchern, die sich irgendeinen dummen Spruch in den Bart murmeln, wenn sie von Amé rechts rangewunken werden. Das sind richtig üble Typen. Gut, Amé wird sich fürchterlich bei dir aufregen. Bei mir mit Sicherheit auch, weil sie sich denken kann, dass das auf meinem Mist gewachsen ist. Wäre ich nicht hundert Prozent überzeugt, ich würde uns den Streit ersparen. Aber du hast mich nach Murfee geholt, damit ich dir Tipps gebe. Und nichts anderes tue ich gerade.«

»Nun reg dich nicht auf …«

Harp rieb sich die Augen, selbst im schummrigen Licht sah man ihm jedes einzelne seiner siebenundfünfzig Jahre an. Erst in diesem Moment ging Chris auf, dass John Wesley Earl und Harp fast gleich alt waren.

Harp sackte leicht zusammen und richtete sich sofort wieder auf. »Na gut, ich erzähle dir eine Geschichte, vielleicht siehst du es dann anders. 2010 fing ein junger Schwarzer namens Andre Lawson bei uns im Revier an. Er war erst bei der Navy gewesen und hatte dann beschlossen, Cop zu werden. Ein schlauer Junge, hätte einen guten Anwalt abgegeben.«

Harp schaute über Chris' Schulter zu Mel hin, die einen Gast bediente, und redete weiter. »Er war vielleicht acht Monate im Dienst, da wurden er und sein Partner zu einem bewaffneten Einbruch in einen Supermarkt gerufen. Sie sind kaum angekommen, da kriegt sein Partner Brian Cox eine Kugel verpasst, genau hier …« Harp zeigte auf einen Punkt neben seinem Herzen. »… die Kugel hat sich durch seine Schutzweste gefressen. Einen solchen Eins-zu-eine-Million-Schuss kriegen nur die üblen Typen hin. Das Scheißglück der Outlaws. Andre will den Kollegen in Sicherheit bringen, aber die Einbrecher stürzen sich auf die beiden, schleifen sie in den Laden und denken jetzt, sie hätten zwei Geiseln. Für Brian ist es da schon zu spät, er ist verblutet.«

Harp pulte das Etikett von der leeren Bierflasche und legte die Papierstreifen auf den Tresen.

»Chester Peltz und Charles Elley, so hießen die Typen, die Andre Lawson als Geisel genommen haben. Zwei echte Scheißtypen. Peltz hatte in Dalhart und Mineral Wells gesessen und war der Schlauere, was aber nicht viel heißt. Sie haben sich fast drei Stunden in dem Laden verschanzt und absurde Forderungen gestellt. Sie wollten zwei große Pizzen von Nino's und einen Helikopter. Sie wollten vor Reportern eine Art Manifest verlesen. Das waren Meth-Heads, denen ständig neue Scheiße eingefallen ist. Aber ab und zu haben sie Andre das Telefon gegeben, damit wir wussten, dass es ihm gut geht. Aber es ging ihm nicht gut. Überhaupt nicht gut.«

Die Flasche war inzwischen nackt. »Ich gehörte zum SWAT-Team und bin als Dritter rein, als wir endlich grünes Licht bekamen. Wären nur die beiden im Laden gewesen, hätten wir wohl so lange mit denen geredet, bis sie aufgegeben hätten. Scheiße, vielleicht würden wir heute noch mit ihnen reden. Aber mit einem toten Kollegen und einem anderen als Geisel konnten wir nicht bis in alle Ewigkeit warten. Außerdem haben wir am Telefon gehört, wie sie Andre ... scheiße ... diese Wichser hatten genug Zeit, um ihm richtig wehzutun, ihn zu *foltern*. Du glaubst ja gar nicht, auf wie viele Arten man einen Menschen brechen kann, wenn man es sich in den Kopf setzt oder sowieso nur Scheiße im Hirn hat. Und wir haben sie machen lassen. Wir hätten nicht halb so lange warten dürfen, aber ich hatte nicht das Kommando.«

Harp schob die Papierfetzen mit einer Hand zusammen und warf sie in den Aschenbecher. »Wir haben eine Blendgranate geworfen, bevor wir rein sind, und als ich Chester Peltz durch den Rauch sehe, die Augen riesig, der Mund aufgerissen, die Hände halb erhoben, aber *nicht ganz,* da habe ich ihm in die Brust geschossen und ihm eine zweite zwischen die Augen verpasst. Elley will durch den Hinterausgang türmen, rutscht aber auf einer Bierpfütze aus, und so findet ihn das Team, das hinten rein ist … mit dem Gesicht nach unten in einer Bierlache und das Blut von Andre Lawson noch an den Händen.« Harp schluckte, als würde er den Tag noch einmal durchleben. »Kurz nachdem ich Peltz erschossen hatte, finde ich Andre. Er ist mir buchstäblich in die Arme gefallen, aber er war nicht mehr da, als wäre niemand zu Hause. Solche Augen habe ich nie wieder gesehen. Wie aus Glas, wie Spiegel, in denen ich mich selbst tausendfach sehe. Ich hätte ihm Sand reinstreuen können, er hätte nicht mal geblinzelt.«

Chris wusste darauf nichts zu erwidern.

»Ich habe Ricky Mumford gesagt, er soll sich um Andre kümmern, weil ich sichergehen wollte, dass er den Laden auf seinen eigenen Beinen verlässt. Dann bin ich zu Charles Elley rüber. Ich bin ganz nah an ihn ran, damit er mein Gesicht sieht und hab ihn erschossen, während er noch heulend versuchte, sich Andres Blut vom T-Shirt zu wischen. Da war so eine Comicfigur drauf, für Kinder … ich werde das nie vergessen, dieses knallgelbe T-Shirt, auf dem überall rote Blutflecken sind. Im offiziellen Bericht hieß es, wir hätten ihn erschießen müssen, weil er sich der Festnahme widersetzt hat. Alle Kollegen haben das bezeugt. Ich habe gelogen, wir alle haben es, und ich habe nie wieder darüber geredet, bis heute wenigstens. Und Andre Lawson hat nie wieder eine Dienstmarke getragen.«

»Mein Gott … Ben …«, begann Chris, aber Harp unterbrach ihn.

»Ich weiß, was du jetzt denkst, nein, was du glaubst, denken zu *müssen.* Und ich würde wohl dasselbe denken, wenn ich du wäre. Aber wir sind nun mal verschieden, und das hat womöglich auch sein Gutes.« Harp lächelte. »Für Brian war es, wenn man so will, ganz leicht. Sie haben ihn erschossen, das ging schnell.« Harp schnippte einmal mit den Fingern. »Aber während wir vor der Tür viel zu lange gewartet haben, haben sich die beiden Tiere über Andre hergemacht. Sie haben ihm schlimme Dinge angetan, und als es vorbei war, habe ich ihn in meinen Armen gehalten. Und er hat sich an mich geklammert, als wollte er, dass ich ihn nie wieder loslasse. Eigentlich haben sie ihn auch umgebracht. Andre Lawson ist in diesem Laden gestorben. Ich weiß nicht, wer da am Ende rausgewankt ist.«

Chris schaute unangenehm berührt weg. Ein Mann, den er mochte, dem er mehr vertraute als jedem anderen, hatte ihm soeben einen Mord gestanden, den Mord an einem wehrlosen Gefangenen. Dabei hatte Chris sich vor wenigen Stunden erst Amé vorgenommen, weil sie den gefesselten Avalos geschlagen hatte. Er wollte Harp für das, was er getan hatte, hassen, weil es gegen sämtliche Grundsätze verstieß, die er für sich und sein Revier aufgestellt hatte; aber wenn er sich vorstellte, dass Amé oder Mel etwas Ähnliches zustieß, dann konnte er Harp nicht mehr hassen.

Der Gedanke machte ihm Angst, und Harp schien das zu spüren.

»Dass man innerlich mit sich kämpft, verstehe ich ja«, sagte Harp. »Aber das waren wilde Tiere. Da draußen laufen *Wölfe* rum, Chris. Diese Verbrecher ... Outlaws ... üble Typen – nenn sie, wie du willst –, das sind Raubtiere, für die jeder andere Mensch nur Beute ist. So müssen wir sie sehen, und so müssen wir sie auch behandeln. Vergiss das bitte nie.«

Harp schaute in Mels Richtung und winkte ihr zum Abschied kurz zu.

»Und manchmal müssen wir die Wölfe sein, Chris. Manchmal geht das nicht anders.«

Er stand auf, reckte sich. »Okay, fährst du mich jetzt nach Hause?«

10

Es war bereits die zweite Nacht in Folge, in der Amé an die Decke ihres Schlafzimmers starrte und die eigenen Atemzüge zählte.

Wenn man nur lange genug in die Dunkelheit schaute, konnte man selbst dort Farben erkennen. Schattierungen von Schwarz und Blau, die dahinglitten wie die Wellen des Meeres. Weil sie das Meer hatte sehen wollen, war sie aus Murfee weggegangen und nach Miami gefahren, wo sie ein paar Monate in einem teuren Strandhotel gewohnt hatte – aus Glas und glänzendem Chrom, so wie sie es sich immer vorgestellt hatte. Die Tage hatte sie am Strand verbracht unter einer Sonne, die nicht ganz so heiß war wie die über der Chihuahua-Wüste; nachts hatte sie auf ihrem Balkon gesessen, den salzigen Wind in den Haaren gespürt, auf das Wasser geblickt und herauszufinden versucht, wo das Meer endete und der Nachthimmel begann.

Die vielen Nächte im Hotel hatte sie mit dem Geld bezahlt, das Caleb Ross seinem Vater, Sheriff Ross, weggenommen hatte, der es wiederum dem Nemesio-Kartell gestohlen hatte. Es war das Geld, weswegen Máximo aus Ojinaga auf diese Seite des Flusses gekommen war und Sheriff Ross und sein Chief Deputy Duane Dupree nun tot waren. Es war dasselbe Geld, das sie in einem Koffer unter ihrem Bett aufbewahrte.

Manchmal fragte sie sich, ob es verflucht war und nur Unglück brachte.

Sheriff Cherry *wusste* von dem Geld, vermutlich glaubte er, Caleb hätte es damals mitgenommen. Aber er wusste nicht von Máximo, wusste nicht, dass Amé Schuld an Duprees Tod trug – dass Máximo den Chief Deputy in ihrem Auftrag getötet hatte.

Dass er das Haus mitsamt der enthaupteten Leiche angezündet hatte.

Dass er danach zu ihr gekommen war, nach Rauch gerochen und Asche im Haar gehabt hatte.

Dass sie Dupree beinahe selbst mit der silbernen Pistole ihres Bruders erschossen hätte.

Azahel Avalos hatte sie *la chica con la pistola* genannt.

Und er kannte ihren Namen.

Avalos hatte gewusst, wer sie war, und das hieß, andere wussten es auch; Leute von der anderen Seite des Flusses.

Wie Nemesio ...

Vielleicht wussten diese Leute auch von dem Geld und kamen bald her, um es sich zurückzuholen.

Nach ihrer Rückkehr war sie mit dem Rest sparsam umgegangen, hatte sich nur ein Häuschen in dem Viertel gekauft, in dem sie aufgewachsen war. Angst hatte sie keine, sie weigerte sich, welche zu haben. Sie hatte schon einmal in ständiger Angst gelebt und sich geschworen, dass es nie wieder dazu kommen würde. Vorsichtig war sie trotzdem. Als sie damals aus Murfee weggegangen war, waren ihre Eltern wieder nach Ojinaga gezogen. Seitdem hatte sie vielleicht ein halbes Dutzend Mal mit ihnen telefoniert, doch immer wenn sie fragten, ob sie sie einmal besuchen wollte, sagte sie Nein. Denn sie hatte ihrem Bruder Rudolfo das Versprechen gegeben, den Fluss niemals zu überqueren, und sich bisher daran gehalten. Da drüben lebten immer noch Männer, vor denen Rodolfo Angst gehabt hatte, und vor denen auch sie Angst haben musste. Sie erinnerte sich an das, was ihre Mutter über ihren eigenen Bruder erzählt hatte – Amés Onkel, der sich Fox Uno nannte. Früher hatte sie sich eingeredet, Rodolfo wäre von einer schönen Frau in einer Bar angesprochen und überredet worden, für Nemesio zu arbeiten; aber im Grunde ihres Herzens wusste sie, dass ihn keine Fremde rekrutiert hatte, sondern jemand, dem er von Anfang an vertraut hatte ... jemand aus der *familia*. Nein, sie würde den Fluss niemals überqueren, aber das hieß nicht, dass niemand auf *diese* Seite des Flusses kam, um nach ihr zu suchen. Sie musste wieder an Avalos denken. Früher oder später würde sie mit Chris oder Ben über ihn reden müssen; es war falsch und viel zu gefährlich, die beiden im Dunkeln tappen zu lassen. Doch zuerst musste sie herausfinden, wer sich hinter den Schatten versteckte.

Hinter den Schattierungen von Schwarz.

America stand auf und checkte die Dienstwaffe auf ihrem Nachttisch. Dann ging sie durchs Haus und spähte durch die Jalousien sämtlicher Fenster.

Schaute nach, ob ein Auto durch die Straße fuhr oder jemand draußen stand, eine Zigarette rauchte und so tat, als würde er ihr Haus nicht beobachten.

Doch in dieser Nacht war nichts zu sehen, bis auf den Mond, halb verdeckt von Wolken. Ein dünner silberner Kreis wie ein Ring, den man am Finger trägt.

Da Avalos fürs Erste im Gefängnis saß, blieb ihr vermutlich noch Zeit. Nur wie viel, das wusste sie nicht. Einmal hatte er mindestens telefoniert, deshalb hatte sie nach dem langen Tag in Terlingua und Killing zu Hause nur schnell etwas gegessen und sich dann bereit gemacht.

In der Küche hatte sie die Schublade, in der sie das alte Besteck ihrer Mutter aufbewahrte, ausgekippt und die Beretta Storm hineingelegt, die sie bei einem Pfandleiher in Galveston gekauft hatte.

Im Badezimmer hatte sie einen Smith & Wesson Governor an der Innenseite der Tür ihres Medizinschranks befestigt und dort, wo ein Fläschchen Hustensaft stand, ausreichend Patronen hingelegt. Den Revolver hatte sie einem Mann abgenommen, der sie in Savannah ausgeraubt und beinahe vergewaltigt hatte. Sie war sich ziemlich sicher, dass man weder die Beretta noch den Governor zurückverfolgen konnte.

Sie hatte ein Spyderco-Ronin-Messer in eine Topfpflanze gesteckt und den Griff mit Blättern getarnt.

Als Letztes hatte sie die Winchester M12, die sie in Odessa im Walmart gekauft hatte, mit der Mündung zur Tür unter den Couchtisch gelegt. Ein Freund von Victor hatte den Lauf abgesägt, damit sie die Waffe besser handhaben konnte.

Jetzt nahm sie die Flinte und setzte sich im Schneidersitz aufs Sofa. Auch in dieser Nacht würde sie nicht schlafen können, das war klar. Sie zog die Jalousien im Fenster hinter sich einen Spaltbreit auf, ließ wässeriges Mondlicht ins Zimmer und zählte die Schatten auf der Straße. Ein Auto fuhr langsam vorbei, bremste aber nicht ab und war im nächsten Moment wieder verschwunden.

Zum ersten Mal seit Langem sehnte sie sich nach einer Zigarette, um sich die Zeit des Wartens zu vertreiben. In einem anderen Leben hatte sie mit Caleb Ross unzählige Zigaretten geraucht und gewartet.

Sie dachte an Killing. *Los hombres malos.* Der, den sie Hero nannten, hatte sie angelächelt, als sie JW Earls Sohn die Karte zugeworfen hatte. Und sein Lächeln war nicht wie das von Avalos gewesen, halb bedrohlich, halb ängstlich.

Nein, in seinem Lächeln hatte Respekt gelegen.

Ben hatte es vermutlich mitbekommen. Während der Rückfahrt hatten sie kein Wort gewechselt, aber was er gedacht hatte, wusste sie auch so. Er wollte nicht, dass sie auch nur in die Nähe dieser Männer kam. Er hatte Angst, sie würden etwas Verletzendes zu ihr sagen, ihr etwas Schlimmes antun. Aber mit Typen wie ihnen war sie ihr Leben lang fertig geworden. Und ganz gleich, was sie zu ihr sagten oder mit ihr machten, es konnte ihr nichts anhaben.

Solche Männer zählten nicht mehr.

Sie zielte mit der Winchester auf die Stelle, wo das Auto vorbeigefahren war, ließ den Blick noch einmal über die Straße wandern und legte die Flinte auf ihre gekreuzten Beine.

Nein, sie hatte keine Angst mehr. *Nunca más.*

Aber sie war auf alles vorbereitet.

La chica con la pistola.

11

Harp hatte nicht damit gerechnet, dass sich die Typen aus Killing jemals melden würden, aber dann tauchten sie eines Mittags unangemeldet vor dem Revier auf. Trotz unerträglicher Hitze trugen sie Jeans und langärmlige schwarze Shirts, vermutlich um möglichst viele Tattoos zu verstecken. Bevor sie reinkamen, rauchten sie auf der Straße eine Zigarette und lachten über die Autofahrer, die das Tempo drosselten und sie anglotzten.

Der Wagen, der sie abgesetzt hatte – der Grand Marquis mit den Einschusslöchern –, umkreiste das Gebäude zweimal, bevor der Fahrer ihn auf der anderen Straßenseite parkte und die Fenster herunterließ. Wie Harp vermutete, handelte es sich um diesen Hero. Da der Mann seinen Sitz aber weit zurückgeschoben hatte und zudem noch eine Sonnenbrille trug, war er sich nicht zu hundert Prozent sicher.

Die beiden vor der Tür, John Wesley Earls Bruder T-Bob und JWs älterer Sohn Jesse – zwei der Menschen, die Billy Bravo als Letzte lebend gesehen hatten – hatten die Zigarette inzwischen aufgeraucht. T-Bob trat die Kippe mit der silbernen Spitze eines Stiefels aus, und Jesse Earl warf noch einen langen prüfenden Blick zum Grand Marquis, aber ob er dem Wagen oder dem Fahrer galt, ließ sich seinem Gesichtsausdruck nicht entnehmen.

Harp wollte mit T-Bob beginnen und das am liebsten sofort.

Chris besuchte gerade Tommy im Hancock Hill Hospital, Buck, Till und die anderen waren ebenfalls unterwegs, und wenn er nicht stundenlang auf ihre Rückkehr warten wollte, würde er Amé kaum davon abhalten können, die Vernehmung mit ihm gemeinsam durchzuführen. Bei diesen Typen durfte er keine Scheißsekunde verlieren, womöglich überlegten sie es sich sonst doch noch anders. Also würde er die Fragen stellen, Amé konnte das Protokoll schreiben. Zwingend nötig war das nicht, denn Chris hatte den einzigen Vernehmungsraum mit einer Videokamera ausgerüstet, aber wenn er Amé nicht mit ins Zimmer nahm und sie nur über den Monitor zuschauen ließ, wäre sie mit Sicherheit beleidigt und am Ende würde sie ihm auch noch eine verpassen wie diesem Avalos. Außerdem hatte sie T-Bob und Jesse reinkommen sehen und umkreiste Harp bereits wie ein verfluchter Falke, der sich auf seine Beute stürzen will. Denn auch sie kannte Chris' Anordnung, dass bei einer Vernehmung aus Sicherheitsgründen immer zwei Deputys anwesend sein mussten. Hätte er nun versucht, die beiden allein zu befragen, hätte sie wahrscheinlich sofort den Sheriff alarmiert und einen Mordsaufstand gemacht.

Die Klauen ausgefahren, ein Siegerlächeln auf den Lippen, hatte sie ihn am Wickel, also gab er kampflos auf und sagte ihr, sie solle den Vernehmungsraum in Gottes Namen vorbereiten.

Das karge Zimmer war in militärischem Grau gehalten, es gab einen Tisch, vier unbequeme Stühle, die Videokamera hing oben in einer Ecke wie noch so ein Falke, der auf einem Mast hockend alles beobachtet. An einer Wand, in Blickrichtung der Befragten, hing ein Rauchverbotsschild in Englisch und Spanisch, obwohl auf dem Tisch ein Aschenbecher stand. Wurde ein Befragter nervös, weil er offenbar etwas zu sagen hatte, aber noch nicht wusste, wie er es sagen sollte, gestattete Harp ihm auf Wunsch hin eine Zigarette. In seinen vielen Dienstjahren war ihm oft aufgefallen, dass jemand, der ein Geständnis machen will, die Hände beschäftigen muss. Aber wenn ein Befragter mauerte, konnte er noch so sehr bitten und betteln, Harp zeigte dann nur auf das Schild, ließ den leeren Aschenbecher aber als Lockmittel auf dem Tisch stehen.

Er holte T-Bob aus dem Wartebereich, wo Jesse Earl auf einem

Stuhl saß und in einer Ausgabe der *True West* blätterte. Bevor er T-Bob in das Zimmer brachte, besorgte er ihm noch einen Kaffee und merkte, wie stark die Hände des Mannes zitterten, als er den Becher entgegennahm. Nervosität war es nicht, sondern der Tatterich des Gewohnheitstrinkers. Wahrscheinlich hatte T-Bob nichts mehr getrunken, seit sie Killing verlassen hatten, und alles in ihm schrie bereits nach dem erlösenden Schluck. Kurz überlegte Harp, ob er nicht doch mit Jesse beginnen sollte, damit dieser ihm eine zurechtgelegte Lügengeschichte erzählte, die er dann mithilfe von T-Bobs Gestammel zerpflücken konnte. Doch er hatte den Vernehmungsraum mit T-Bob fast erreicht und wollte jetzt wirklich keine Zeit mehr verlieren.

Harp hatte sich mit einem Spiralblock und einem Kugelschreiber bewaffnet, obwohl er nicht vorhatte, sich irgendwelche Notizen zu machen.

Denn auch er musste seine Hände beschäftigen.

Obwohl es eigentlich nicht unbedingt nötig war, verlas er T-Bob als Erstes seine Rechte. Falls der Mann sich in Lügen verstrickte und zu einer schriftlichen Aussage bereit erklärte, würde er den Vorgang wiederholen müssen, aber er hoffte, dass dieser Warnschuss, festgehalten auf Video und von Amé bezeugt, die Wirkung auf den anderen nicht verfehlte.

Doch die Befragung von T-Bob erwies sich als so schwierig, als wollte man Köderfische mit der Hand fangen – T-Bobs Wörter waren glitschig, sie huschten hin und her, hielten kein einziges Mal still. Ja, T-Bob war zum Trinken im Wikiup gewesen, sogar mehr als einmal. Nein, Ärger hatte es dort nicht gegeben. Ja, Billy Bravo hatte er dort auch gesehen, aber dass Billy und Jesse sich gestritten hatten, davon wusste er nichts. Und ja, an dem besagten Abend waren sie da gewesen und Billy auch, aber wann sie gegangen waren, daran konnte er sich beim besten Willen nicht erinnern.

Aber als Jesse und er *zusammen* gegangen waren, da hatte Billy munter und vergnügt am Tresen gesessen und Schnäpse gekippt.

Das war das Einzige, woran er sich zu hundert Prozent erinnern konnte.

Ausgebrannt ... an dieses Wort musste Harp bei T-Bob denken. Der magere alte Mann mit den grauen Haaren und den Flammentattoos auf der sonnengegerbten Haut erinnerte ihn an ein benutztes Streichholz. T-Bob hatte nie länger im Gefängnis gesessen und behauptete, kaum etwas über die Aryan Brotherhood oder ähnliche Knastgangs zu wissen, obwohl die Tinte, die unter seinen Ärmeln und über dem Ausschnitt seines Shirts hervorlugte, eine andere Sprache sprach. Er sagte, das sei alles sein Bruder gewesen, deshalb müssten sie John Wesley danach fragen. Aber dabei linste er kurz zu Amé hin, als sei ihm ihre Anwesenheit unangenehm. Und als Harp fragte, wieso er und sein Bruder und die anderen eigentlich nach Killing gekommen waren, antwortete T-Bob zum ersten Mal bewusst ausweichend. Er redete schneller, die Fische zappelten hin und her, aber im Grunde sagte er gar nichts. Vom Zuhören allein bekam Harp schon Kopfschmerzen.

Blieb noch eine letzte Frage – Harp war der Bluterguss an T-Bobs rechter Schläfe aufgefallen, der sich bis zum Auge hinzog. T-Bob gab zu, dass er ihn seinem Bruder zu verdanken hatte. Sie hatten sich wegen nichts gestritten und den Streit wie so oft mit den Fäusten beigelegt. *Sie wissen doch, Familie und so*, erklärte T-Bob schulterzuckend. Und obwohl Harp sich gewünscht hätte, dass Billy Bravo ihm den Schlag verpasst hatte, war es das Erste, was er T-Bob tatsächlich abnahm. Wer einen Mann wie John Wesley Earl in der Familie hatte, musste mit Sicherheit eine gehörige Portion Prügel einstecken.

Trotzdem bat er Amé, den Bluterguss und das blaue Auge mit dem Handy zu fotografieren.

Und als T-Bob kurz vor Schluss dann doch noch fragte, ob er

sich eine Zigarette anstecken dürfe, wies Harp nur auf das Schild und klappte den leeren Spiralblock zu.

Man hätte Jesse Earl als gut aussehend bezeichnen können, wären da nicht die eintätowierten Texas-Sterne auf seinem Hals gewesen und die Sprüche LIE OR DIE und GOD FORGIVES BROTHERS DON'T; oder das kleine Keltenkreuz unter seinem rechten Auge. Einem Auge, dessen Blau richtig zu strahlen schien. Filmstarblau hätte Jackie wohl dazu gesagt. Wie sehr sie Filme geliebt hatte und ihre Zeitschriften mit den Geschichten über Hollywoodstars. Beim Einkaufen hatte sie vor der Kasse immer alle durchgeblättert und dabei den letzten Eagles-Song gesummt, den sie im Autoradio gehört hatte. Aus aktuellen Filmen und Popmusik hatte Harp sich nie viel gemacht, aber gegen die guten, alten Eagles hatte er nichts einzuwenden. Bis heute bewahrte er Jackies iPod auf und die vielen Zeitschriften, die er ihr bei ihrem letzten Krankenhausaufenthalt mitgebracht hatte. Eine Woche lang hatte er jede Zeitschrift gekauft, die er auftreiben konnte, war in die umliegenden Städte und manchmal sogar bis nach New Mexico gefahren, nur um nachzusehen, ob in irgendeinem Laden eine neue auslag. Natürlich hatte er gewusst, wie albern das war, aber er hatte sich beschäftigen, hatte sich ablenken müssen. Jetzt lagerten die Zeitschriften neben seinem Bett in einem zugeklebten Karton, den er nicht wegschmeißen, aber auch nicht mehr öffnen mochte. Nach ihrem Tod hatte er die Hefte Hunderte Male durchgeblättert und dabei die Musik von ihrem iPod gehört, aber die Zeitschriften würden ihn auf ewig verfolgen, denn sie standen für die letzten Tage ihres Lebens.

Jesse rutschte auf dem Stuhl nach hinten, auf dem sein Onkel bis vor wenigen Minuten gekauert hatte, und legte die Hände flach auf den Tisch. Er hatte keine Angst, die Tattoos zu präsentieren, an die sich Bravos Freundin so gut erinnert hatte: das Wort HATE auf den Knöcheln seiner rechten Hand, die Zahlen 1488 auf denen der linken. Harp hatte die Zahlen gegoogelt – 14 stand für die »Vierzehn Wörter«, den Glaubenssatz der Neo-Nazis: *Wir müssen die Existenz unseres Volkes und die Zukunft für unsere weißen Kinder sichern.* Die Zahl Acht stand für den achten Buchstaben des Alphabets: H. Zweimal hintereinander bedeuteten sie *Heil Hitler.* Bei T-Bob war Harp sich nicht ganz sicher, aber Jesse schätzte er als überzeugten Nazi ein. Nicht nur wegen der Keltenkreuze und Siegrunen auf seiner Haut, sondern vor allem wegen seiner verfluchten blauen Augen. Die Farbe war um ein paar Grade heller als bei seinem Vater John Wesley, aber sie hatten denselben eiskalten Killerblick. Um mit diesem Blick schaute er nun durch Amé hindurch, die nicht mal blinzelte. Jesse sah sie an, als wäre sie ein Hund, den er gleich erschießen wollte.

Jetzt wusste Harp, dass ihn sein Instinkt nicht getäuscht hatte. Er musste Amé in Zukunft von diesen Männern – vor allem von diesem einen – fernhalten.

Harp griff noch einmal auf den Trick zurück und fing an, Jesse seine Rechte zu verlesen, doch der Blick aus dessen eisig blauen Augen ließ ihn verstummen.

Also versuchte Harp eine neue Strategie und zeigte auf zwei identische Tattoos, die unter Jesses Shirt hervorschauten. »Was ist das da auf Ihren Armen?«

Jesse grinste breit und schob langsam und voller Stolz die Ärmel hoch, sodass die beiden Revolver auf der Innenseite seiner Unterarme sichtbar wurden und nun auf Harp und Amé zielten. Billy Bravos Freundin hatte sie sehr gut beschrieben, auch den Totenkopf auf der einen Handfläche und die Patronen auf der anderen. »Die hab ich mir mit sechzehn stechen lassen. Das sind zwei Colt .45 Peacemaker, wie Jesse James sie getragen hat.«

»Hat Ihr Dad Sie nach ihm benannt?«

Jesse nickte langsam. »So lange war er immerhin noch da, bevor er eingefahren ist.«

Als Jesse von seinem Vater sprach, meinte Harp unter der Gleichgültigkeit in seiner Stimme eine tiefsitzende Wut wahrzunehmen. »Und was ist mit Ihrem Bruder?«

»Little B? Sein richtiger Name ist Bass.«

»Nach Sam Bass?« Harp lachte. »Dann sind Sie Jesse James und Ihr Vater ist John Wesley Hardin? Da haben wir ja eine ganze Familie von Outlaws.«

Jesse grinste wieder. »Kann man so sagen.«

Harp klopfte mit dem Kugelschreiber auf den Tisch, als wäre ihm soeben ein Gedanke gekommen. »Jesse, hassen Sie Nigger?«

Das Grinsen geriet in Schieflage. »Wie bitte?«

Harp lehnte sich zurück. »Schon okay, Jesse, wir quatschen doch nur ein bisschen. Alles halb so wild. Ich frage mich nur, ob Sie Nigger hassen ... Juden, Schlitzaugen, Bohnenfresser ... Sie wissen schon.« Harp tat, als würde er etwas in seinem leeren Spiralblock lesen. »Das wollen Sie mit der White-Power-Scheiße auf Ihrer Haut doch sagen, oder? Sie hassen Menschen, die nicht weiß sind, die nicht wie Sie sind.« Harp lehnte sich vor. »So wie die Freundin von Billy Bravo zum Beispiel.«

Jesse schaute zu Amé und wieder zu Harp. »*Shit*, keine Ahnung, wovon Sie reden.«

»Es gibt Leute, die Sie so einschätzen, sehr viele Leute sogar. Die haben Sie im Wikiup gesehen, Sie und Ihren Onkel und diesen Schwachkopf, wie hieß er noch gleich? Joker? Die sagen, Sie haben sich mit Billy angelegt. Wegen seiner Freundin. Und dass Sie die ganze Zeit Sprüche gemacht haben, von wegen, dass sie eine Bohnenfresserin ist. Das würde doch passen, nicht? Zu *Heil Hitler* und dieser ganzen Scheiße.«

»Worum es da ging, weiß ich nicht mehr. Wir haben nur gequatscht, so wie man das in einer Kneipe eben macht. Ein bisschen Scheiße gelabert.«

»Warum erzählen Sie uns nicht mal, was da so für Scheiße gelabert wurde? Erzählen Sie Deputy Reynosa und mir doch mal, was Sie über Billy Bravos mexikanische Freundin gesagt haben.«

Jesse drehte den Aschenbecher auf dem Tisch im Kreis. »Kann sein, *Sir*, dass ich gesagt habe, sie hätte ziemlich hübsche Titten. So wie die von Deputy Reynosa.« Jesse ließ den Blick über Amé wandern und zwinkerte ihr zu. »Man kann eine Bohnenfresserin sein und trotzdem hübsche Titten haben.«

Harp schaute zu Amé, doch sie saß mit versteinerter Miene da, als hätte sie die Beleidigung nicht gehört. Er hatte Jesses Aufmerksamkeit nicht auf sie lenken wollen und genau das getan. Eigentlich hatte er den kleinen Pisser nur ein bisschen reizen wollen, damit ihm etwas rausrutschte, denn alles, was er jetzt sagte, ließ sich später vielleicht gegen ihn verwenden. Nun ärgerte er sich über sich selbst, weil er Jesse genug Spielraum gelassen hatte, um Amé anzugreifen. Doch zum Glück war sie, wie er zu Chris gesagt hatte, schlauer als sie beide zusammen. Ihr Gesichtsausdruck sprach Bände: Sie würde den Fehler, der ihr bei Avalos unterlaufen war, nicht wiederholen.

Die Vernehmung eines Verdächtigen war eine Kunst, die er eigentlich immer gut beherrscht hatte. Denn er hatte ein Gespür dafür, in welche Rolle er schlüpfen musste, um jemanden dazu zu bringen, zu viel zu erzählen und am Ende zu gestehen, was für einen schrecklichen Mist er verzapft hatte. *Vater, Freund, Priester.* Doch das war gewesen, bevor er ständig abgelenkt wurde, weil er plötzlich an Jackie denken musste, bevor er so müde und langsam geworden war.

Vielleicht bin ich wirklich zu alt für diesen Kram.

Jesse redete weiter. »Sie haben also gehört, dass Leute über mich reden? Tja, ich habe auch so ein paar Sachen gehört. Zum Beispiel, dass die halbe Stadt hier aus Bohnenfressern besteht. Wie sagt ihr hier noch mal? Beantown? Da gleich hinter der Eisenbahn.« Jesse wies mit dem Daumen über seine Schulter. »Wir sind auf dem

Weg durchgekommen, haben es *gerochen.*« Er schaute zu Harp, redete aber eigentlich mit Amé. »Stehen Sie auf so was? Kleine braune Mädchen? So wie Billy?«

Harp zählte innerlich bis zehn und fragte sich, ob er diesmal derjenige sein würde, mit dem die Nerven durchgingen. Ein jüngerer Ben Harper hätte diesen kleinen Scheißer womöglich vom Stuhl gezerrt und durchs Zimmer geschleudert, aber das kam heute und vor allem in Amés Gegenwart nicht infrage. Stattdessen sagte er nur: »Sie und T-Bob waren an dem Abend, als Billy Bravo starb, im Wikiup.«

Jesse zuckte die Schultern. »Wenn Sie das sagen und wenn diese Leute, von denen Sie da ständig reden, das sagen, dann muss es wohl stimmen.«

»Ja, genau das sagen sie. Und Ihr Onkel übrigens auch. Er hat zugegeben, dass Sie beide an dem besagten Abend in der Kneipe waren und was getrunken haben. Und kurz darauf schlägt einer Billy den Schädel ein. Lässt ihn in der Wüste liegen, wo er elendig verblutet.«

»Klingt nach einem beschissenen Tod.«

Harp nickte. »Aber Sie wissen nichts darüber?«

»Ich hab doch schon gesagt, ich weiß nichts darüber. Noch weniger als über die Titten von der Mex hier. Aber wenn Sie mich das noch mal fragen wollen, fragen Sie wohl besser meinen Anwalt. Den Anwalt, der mir zusteht, wie Sie am Anfang ja gesagt haben.«

»Wollen Sie das, Jesse? Dass ich Ihnen einen Anwalt besorge? Brauchen Sie einen?«

Jesse zuckte die Schultern. »Ich meine ja nur so, ich gucke nämlich fernsehen.«

»An Ihrer Stelle würde ich ein bisschen aufpassen. Sie sind freiwillig hergekommen. Ich habe Sie nur darum gebeten, mehr nicht.«

Jesse stand langsam auf, reckte sich, zielte mit den Revolvertattoos an die Decke. »Na dann kann ich ja auch wieder gehen.«

Harp überlegte. Sie hatten eine rote Linie erreicht ... sollte er sie überschreiten oder nicht? Wenn er Jesse jetzt sagte, er solle sich verdammt noch mal wieder hinsetzen, dann wäre es nicht länger eine Zeugenvernehmung, sondern eine vorläufige Festnahme und Harp würde dem vorlauten Arschloch einen Anwalt besorgen müssen, bevor dessen Hintern den Stuhl überhaupt erreichte. Jesse würde mit Sicherheit dichtmachen ... auch das wusste er vermutlich aus dem Fernsehen oder sein Dad hatte es ihm beigebracht.

Doch bevor Harp etwas sagen konnte, sprang Amé ein.

Sie sprach leise, aber mit fester Stimme.

»Sie heißt Vianey ... die *Bohnenfresserin*, wie Sie sie nennen. In Ihren Augen zählt sie nicht, schon klar. Aber nehmen wir mal an, es wäre noch jemand anderes beim Wikiup gewesen, nachdem sie fort war. Weil Vianey sich Sorgen um Billy gemacht und einen Freund angerufen hat, damit er hinfährt und ihn abholt. Billy war ein großer, kräftiger Mann, allein hätte sie das nicht gekonnt.« Während sie redete, blickte sie starr auf ihren Notizblock und schrieb etwas hin.

Jesse legte den Kopf schief, schaute auf sie herunter.

»Nehmen wir mal an, sie hätte jemanden zum Wikiup geschickt, was glauben Sie, hätte der Freund von Billy vor der Kneipe gesehen?«

Jesse machte den Mund auf und wieder zu wie ein Fisch, bevor er erwiderte: »Ein *Freund*? Noch einer von diesen geheimnisvollen Leuten, von denen Sie die ganze Zeit reden? Keine Ahnung, was der gesehen haben soll.«

»*Yo creo que sí.*« Sie schaute von ihrem Heft hoch.

»Was hat die Bit...« Jesse verstummte, blickte von Amé zu Harp. »Was hat die gesagt?«

»Tja, genau weiß ich das auch nicht, ich spreche nämlich kein Spanisch. Aber ich bin mir ziemlich sicher, sie hat gesagt, Sie wären ein Stück Scheiße, das nur Lügen erzählt. Und sie hat bestimmt auch gesagt, dass wir uns einen richterlichen Beschluss holen, damit wir Ihnen Blut abnehmen können. Billy hat sich nämlich gewehrt. Hatte Blut unter den Fingernägeln. Blut, DNA? Das kennen Sie bestimmt auch aus dem Fernsehen. Sie hat gesagt, sie glaubt, Sie und Billy sind an dem Abend aneinandergeraten und Sie haben ihn getötet. Und ich glaube das auch.« Harp spann Amés Geschichte, ein Zeuge hätte Jesse in der Nähe von Billys Leiche gesehen, noch etwas weiter. Es war nur Bluff, aber momentan hatten sie kein besseres Blatt in der Hand.

Jesse schwieg. In solchen Momenten wurden Menschen, die etwas verbrochen hatten, normalerweise nervös; dann wusste Harp, ob ein Täter reden oder komplett dichtmachen würde.

Er schaute Jesse Earl in die Augen, wartete ab.

Doch dann lachte Jesse, der Moment war vorbei, und er zog Zigaretten und ein Feuerzeug aus der Tasche, zündete sich aber keine an. »Ach, es gab eine *Schlägerei*? Ich würde sagen, wenn dieser Freund von der Bohnenfresserin wirklich was gesehen hätte, dann würden wir jetzt anders reden, nicht? Nur zu, besorgen Sie sich Ihren Scheißrichterbeschluss, Sie wissen ja, wo Sie mich finden. So schnell haue ich hier nicht ab.«

Harp stand auf und schaute kurz auf Amés Notizblock. »Was wollen Sie und Ihre Familie in Killing? Warum sind Sie dort und warum jetzt?«

Jesse schob sich eine Zigarette zwischen die Lippen. »Wir sind hier mit Freunden verabredet, ist so was wie ein Familientreffen.«

»Wer wartet draußen im Auto auf Sie?«, fragte Amé. »Jemand aus Ihrer Familie? Sollten wir ihn vielleicht mal zu Billy Bravo befragen?«

»Wer? Ach, so, das ist Hero.« Jesse zog die Zigarette aus dem Mund und steckte sie wieder in die Packung. »Der ist unser Fahrer, mehr nicht. Der alte JW denkt wohl, ich brauche einen Aufpasser.« Jesse lachte, aber Harp merkte, dass er es nicht witzig fand. Es war das zweite Mal, dass er Earl erwähnte, und jedes Mal wirkte er dabei, als würde er auf Glas kauen. »Außerdem haben Sie den schon mal gesehen. Als Sie und die Mex letztens bei uns waren.« Damit marschierte er an Harp und Amé vorbei zur Tür.

»Freuen Sie sich nicht zu früh, Jesse«, rief Harp ihm nach. »Wir sehen Sie hier nämlich bald wieder.«

Jesse winkte ab. »Nicht, wenn ich Sie zuerst sehe, Deputy.« Er drehte sich noch einmal um und ließ seinen Blick an Amé herunterwandern. »Aber, wenn ich so darüber nachdenke ... vielleicht komme ich jetzt öfter her, wo ich in der Dreckskneipe in Terlingua ja nicht mehr willkommen bin.« Er zwinkerte ihr zu. »Vielleicht können wir unser Schwätzchen dann fortsetzen.«

Harp hielt die Türklinke fest, öffnete die Tür dann aber doch und ließ Jesse hinaus, bevor er mit Amé in den Flur trat.

Sie zerknüllte den Zettel mit ihren Stichpunkten und warf die Kugel in einen Mülleimer, aber Harp hatte sie bereits gelesen.

Muy malos ...

Harp hatte also richtiggelegen. Jesse Earl war in Killing gewesen. Entweder hatte er sich im Wohnmobil oder im Haus versteckt gehabt. *Und seine eiskalten Augen hatten sie die ganze Zeit über beobachtet.*

Aber noch etwas hatten sie heute in Erfahrung gebracht, etwas, das ihnen tatsächlich weiterhalf ... als Harp behauptet hatte, Billy hätte sich gewehrt, hatte Jesse viel zu gelassen reagiert. Er wusste, dass es vor dem Wikiup keine Schlägerei gegeben hatte, weil er nämlich dort gewesen war. Höchstwahrscheinlich hatte er Billy von hinten angegriffen, und der andere hatte sich nicht mehr wehren können.

Heute hatte Jesse den Spieß einfach umgedreht, aber Harp würde dafür sorgen, dass so etwas nie wieder vorkam.

12

Kurz bevor die Sache mit Sheriff Ross völlig aus dem Ruder gelaufen war und Chris' Leben eine Wende genommen hatte, war Chris von einem Unbekannten angerufen worden.

Dieser Mann, der ihn nach dem Hinterhalt auf der Far Six im Krankenhaus besucht und ihm Fotos der erschossenen Männer gezeigt hatte, hieß Joe Garrison und gehörte zum Führungsstab der DEA-Abteilung in El Paso. Doch bei seinem ersten Anruf war es um zwei seiner Agents gegangen, Darin Braccio und Morgan Emerson. Sie waren wochenlang in Murfee gewesen und hatten den Sheriff, Chief Deputy Duane Dupree und sogar Chris heimlich observiert. Dupree hatte die beiden in der Wüste angegriffen, den Mann getötet und das Zivilfahrzeug der beiden mitsamt der schwer verletzten Frau angezündet. Garrison hatte sich an Chris gewandt, weil er die Wahrheit wissen wollte, und nicht lockergelassen, bis Chris ihm Antworten lieferte.

Seitdem waren zwei Jahre vergangen, und sie waren in der Zeit in losem Kontakt geblieben. Chris hatte ihm nie erzählt, was in der Nacht, in der Ross und Dupree gestorben waren, sonst noch vorgefallen war, und Garrison war über das, was Darin und Morgan zugestoßen war, nie richtig hinweggekommen. Wie Andre Lawson aus Harps Geschichte hatte auch Morgan Emerson den Angriff zwar überlebt, aber danach nie wieder eine Dienstmarke getragen.

Am Ende waren ihre Verletzungen wohl zu schlimm, die Narben zu tief gewesen.

Vielleicht traf das auf jeden von ihnen zu.

Doch der Punkt, an dem Chris' Leben eine Wende genommen hatte, war im Grunde gar nicht die Schießerei auf der Far Six gewesen oder der Moment, als er Sheriff Ross in dessen Büro schwerverletzt mit der Wahrheit konfrontiert hatte.

Nein, es war der Augenblick, als Garrison beim ersten Anruf gefragt hatte: *Wem können Sie trauen, Deputy Cherry?* Damals hatte Chris aufgelegt, weil er darauf keine Antwort wusste und er den Mann am anderen Ende der Leitung nicht kannte.

Und nun hatte er zum zweiten Mal in seinem Leben den Anruf eines Unbekannten entgegengenommen – und dieser hatte ihm Sachen erzählt, die er nicht ganz durchschaute, und Fragen gestellt, die er nicht beantworten konnte. Deshalb stand er nach dem Auflegen noch lange in seinem Büro und starrte auf das Telefon, als könnte es jederzeit wieder klingeln.

Vielleicht sollte er einfach nicht mehr rangehen.

Irgendwann hörte Chris auf, das Telefon anzustarren, und rief Harp und Amé in sein Büro. Jesse und T-Bob hatten das Revier schon vor Stunden verlassen, und seine Deputys warteten seitdem darauf, ihm von der Vernehmung zu berichten. Von seinem Besuch bei Tommy war er zwar schon lange wieder zurück, aber dann war dieser verdammte Anruf dazwischengekommen.

Harp war kaum zur Tür herein, da legte er schon los.

»Dass die tatsächlich hier auftauchen, damit hätte ich nie gerechnet. Wahrscheinlich wollen die nicht, dass wir sie noch mal in Killing stören. Aber es war Jesse Earl oder der Onkel. Darauf wette ich.« Harp setzte sich auf einen Stuhl, Amé lehnte sich an eine Wand. »Die Rassistenschweine haben Billy Bravo wegen seiner Freundin blöd angemacht, es gab Streit und sie haben ihn getötet.«

»Das haben die alles bei der Vernehmung erzählt?«, fragte Chris.

»Natürlich nicht. Eigentlich haben die nur bestätigt, dass sie an dem Abend im Wikiup waren. Aber ich hatte auch nicht damit gerechnet, dass sie da lügen. Und sie behaupten, sie wären lange vor dem Mord zusammen weggefahren, und werden sich da gegenseitig ein Alibi geben. Aber wir finden schon noch jemanden, der bezeugt, dass sie die Letzten waren, die mit Billy in der Kneipe saßen. Wir reden noch mal mit den Stammgästen. Irgendwer muss sie gesehen haben.« Harp rutschte auf dem Stuhl nach hinten. »Ich glaube, Jesse ist hinter Billy her, als der die Bar verlassen hat, und hat ihn von hinten angegriffen. Wahrscheinlich konnte Billy sich nicht mal mehr wehren.« Er schaute zu Amé. »Ich habe nur gepokert, als ich Jesse damit gedroht habe, einen richterlichen Beschluss für seine Speichelprobe zu holen, aber vielleicht ist die Idee gar nicht so schlecht. Auch wenn nichts dabei rauskommt, setzen wir ihn so weiter unter Druck.« Er wandte sich wieder Chris zu. »Tut mir leid, ich habe nicht rechtzeitig daran gedacht. Ich hätte den Onkel seine Scheißzigarette rauchen lassen sollen. Dann hätten wir eine Probe. Die, die sie vor der Tür noch geraucht haben, dürfte inzwischen dreckig sein. Leider hat T-Bob auch den Kaffee nicht getrunken, den ich ihm gegeben habe, an dem Becher sind also auch keine Speichelreste. Verdammte Scheiße, ich war so nah dran, und jetzt haben wir nichts. Jesse hatte im Vernehmungsraum ganz kurz eine Zigarette im Mund, hat sie dann aber wieder eingesteckt und mitgenommen. Der Pisser ist ganz schön gerissen.« Harp sackte in sich zusammen. »Moody wird mir den Schrieb bestimmt nicht geben. Es sei denn, du redest ein bisschen auf ihn ein.«

»Einen richterlichen Beschluss? Da wird er garantiert nicht mitspielen, ganz gleich, wie lange ich auf ihn einrede.« Chris suchte nach den richtigen Worten, denn das, was er Harp und Amé jetzt sagen musste, würde ihnen ganz sicher nicht gefallen. »Ich weiß, wie sehr ihr euch in die Sache reinkniet, und vielleicht habt ihr recht und die beiden haben mit dem Mord zu tun. Verdammt, ich würde darauf wetten, dass ihr recht habt. Aber darauf kommt es jetzt nicht mehr an. Ich habe gerade mit den Rangern telefoniert, und ...«

Harp machte eine wegwerfende Handbewegung. »Verdammte Scheiße, Chris ... *Sheriff* ... ich dachte, du hättest bei Moody noch etwas Zeit für uns rausgeschlagen. Lange werde ich nicht mehr brauchen. Bethel Turner wird es todsicher vergeigen ...«

»Bethel hat mich nicht angerufen«, unterbrach ihn Chris. »Das war Major Carl Dyer, er ist für die Region C zuständig. Er will sich mit uns treffen und über die Earls reden. Und über tausend andere Sachen auch.«

»Dyer? Nie gehört. Aber das hier ist nicht mal seine Region. Was geht ihn das überhaupt an? Scheiße, wieso weiß er überhaupt davon?«

»Ich schätze mal, deine Anrufe beim Department of Public Safety und beim Midland PD haben einige hellhörig gemacht. Nicht nur bei den Rangern, auch beim FBI.« Chris ging im Kopf noch einmal den Anruf von Major Dyer durch. »Wie es aussieht, ist einer dieser Biker in Killing ein Cop ... wenigstens war er mal einer. Zu allem Überfluss ist ein anderer wohl FBI-Informant. Viel mehr war aus Dyer nicht rauszukriegen. Aber was er gesagt hat, klang reichlich vertrackt.«

Harp stand auf. »Das ist doch alles Bullshit.«

»Ja, und wie es aussieht, sind wir voll reingetreten.« Chris rieb sich übers stopplige Kinn. Wann er sich zuletzt rasiert hatte, wusste er nicht mehr. »Haben T-Bob oder Jesse Earl einen gewissen Flowers erwähnt? Thurman Flowers?«

»Nein«, erwiderte Harp.

Chris schaute zu Amé, die mit verschränkten Armen dastand und bisher kein Wort gesagt hatte. Jetzt schüttelte sie nur den Kopf. Auch Chris hatte der Name nichts gesagt, und Dyer war nicht ins Detail gegangen. Er würde den Namen im Anschluss an die Besprechung also einmal durch sämtliche Suchmaschinen jagen.

»Okay, ihr seid jetzt auf demselben Wissensstand wie ich. Harp, wir fahren in den nächsten Tagen nach Lubbock und treffen uns mit Major Dyer und einem vom FBI. Hoffentlich klären die uns auf. Doch bis dahin haltet ihr euch bitte von Killing fern. Und mit Killing meine ich die Earls und ihre Leute, egal wo sie sind. Verstanden?« Chris schaute zu Amé, die wieder nur nickte.

Er erwartete, dass Harp jetzt protestierte, aber der Chief Deputy wandte sich stattdessen an Amé. »Du musst diese Frau anrufen – Vianey, ja? Sag ihr, sie soll zu ihrer Familie fahren oder bei Freunden in Presidio bleiben. Sie darf sich auf gar keinen Fall in Terlingua blicken lassen.«

Chris schaute von einem zur anderen. Harp hatte zwar mit Amé gesprochen, in Wahrheit aber ihn gemeint. »Wieso das jetzt?«

Amé schien die Spannung in der Luft zu spüren, denn sie antwortete, bevor Harp etwas Unüberlegtes sagen konnte. »Ihr Name fiel bei der Vernehmung. Aber ich kümmere mich um sie.«

»Was soll das heißen? Kriegen wir da ein Problem?«, fragte Chris.

Harp schaute an die Decke. »Nur, wenn einer der Earls eines Morgens aufwacht und beschließt, dass sie eins ist. Sie ist eine mögliche Zeugin. Sie könnte aussagen, dass die Earls und Billy zur selben Zeit im Wikiup waren. Bisher ist sie da die Einzige. Sie weiß, dass sie sich dort gestritten haben und dass es dabei um sie ging. Das wäre ein *Tatmotiv*. Vielleicht haben wir bei der Vernehmung angedeutet, dass sie mehr weiß, weil wir Jesse unter Druck setzen wollten. Aber, hey, der Mord an Billy interessiert ja keine Sau mehr und die Earls lassen wir in Zukunft schön zufrieden ...«

»Verdammte Scheiße, leg mir keine Worte in den Mund und tu nicht so, als ob das auf meinem Mist gewachsen wäre.« Chris spürte, dass ihm langsam der Kragen platzte. »Das ist nicht fair. Außerdem war nicht ich derjenige, der die Frau zur Zielscheibe gemacht hat. Das habt ihr beide euch selbst zuzuschreiben. Was soll ich denn deiner Meinung nach jetzt tun? Wir klären das in

Lubbock. Spar dir deine ganzen verdammten Fragen bis dahin auf und stelle sie denen.«

Harps Blick wanderte von der Decke zu Chris. »Du bist der gottverdammte Sheriff vom Big Bend und kannst hier tun, was du für richtig hältst. Dafür brauchst du keine Erlaubnis. Aber keine Sorge, wir kümmern uns um diese Vianey. Nur wissen wir doch beide, egal was die uns in Lubbock erzählen, geklärt wird da gar nichts.« Harp hatte die Hand schon am Türknauf, obwohl Chris das Treffen noch nicht für beendet erklärt hatte. »Sind wir hier fertig, Sheriff?«

Fast hätte Chris ihm befohlen, seinen Arsch wieder auf den Stuhl zu schwingen, aber da Amé anwesend war, verkniff er es sich. Harp hatte seine Autorität soeben infrage gestellt, und das auch noch vor den Augen eines anderen Deputy. Aber im Moment wollte er die Gemüter nicht noch weiter erhitzen. Doch sobald Harp sich beruhigt hatte, würde Chris mit ihm darüber reden müssen. Fürs Erste beließ er es bei: »Ja, sind wir.«

Ohne noch ein Wort zu sagen, marschierte Harp aus dem Zimmer. Amé ging hinter ihm her, vermied es aber, Chris noch einmal anzusehen.

Nachdem sie die Tür zugemacht hatte, war Chris wieder allein und starrte auf das verfluchte Telefon auf seinem Schreibtisch.

13

Ich war noch keine drei Wochen bei Jesse und seiner Gang, da wäre ich beinahe gestorben. Aber ich lernte endlich den Mann kennen, der meinen Vater umgebracht hat.

Wir waren zu einer Skinhead-Party ins Terry County gefahren, kurz hinter Lubbock. Dort stand ein alter Trailer, der früher wohl blau gewesen war, inzwischen aber die Farbe von Asphalt angenommen hatte. Er war mit schiefen Konföderiertenflaggen besprüht, über dem Eingang hingen riesige rote Buchstaben aus Holz – SWP für *Supreme White Power.* Das Stück Land lag inmitten von Baumwollfeldern; die orangenen Plastikabdeckungen der gepressten Ballen zogen sich endlos hin, der Wind peitschte über sie hinweg und wirbelte weiße Kapseln umher wie Schnee. Um das Grundstück war ein Maschendrahtzaun gezogen, in dem tote Vögel und Katzenkadaver hingen, aber auch ein paar billige Halloweenkürbisse aus Plastik, in denen sich Regenwasser gesammelt hatte. Hinter dem Haus standen mehrere aufgebockte, verrostete Autos. Die Sicht von der Straße her versperrte eine Reihe halb vertrockneter, windschiefer Bäume, die mich an Skelette und Vogelscheuchen erinnerten, aber ein bisschen auch an die Windräder zu Hause in Sweetwater, denn der Wind in den Ästen machte ein ähnliches Geräusch wie die rotierenden Propeller. Wie ein Herz, das irgendwo in der Ferne schlägt.

Das Haus diente den Skinheads seit etwa einem Jahr als Pennplatz, verschiedene Aryan-Gangs gaben sich dort die Klinke in die Hand, aber es unterschied sich auch nicht groß von den schäbigen Wohnungen und Motels, die ich aus McKinney, Tyler oder Ballinger kannte. Skinheads nutzen solche Bleiben, bis man sie verjagt, doch vorher nehmen sie alles auseinander und lassen nur Flugblätter, Graffitis, benutzte Kondome und kaputte Bierflaschen und Fensterscheiben zurück. In ganz Texas findet man solche Verstecke, wo sich Skins auf der Flucht verkriechen, wo sie Scheinhinrichtungen durchführen oder ihre »Streifzüge« organisieren, bei denen sie durch irgendeine Stadt fahren und nach Feinden Ausschau halten. Vor allem aber finden in solchen Häusern die Partys statt, auf denen sie Rekruten anwerben. Ältere Skins sind immer auf der Jagd nach einsamen Teenagern – solchen wie Kasper, dem Freund von Little B –, die sie dann mit Freibier, Musik und einem Gefühl von Gemeinschaft an sich binden. Das ist es, was viele Menschen nicht verstehen, der wahre Grund, weshalb sich die Gangs in der Gesellschaft ausbreiten wie Krebs – am Anfang geht es nicht um Hass, sondern um so etwas wie Liebe. Die Gangs bieten Jugendlichen, die niemanden haben, eine Ersatzfamilie, ein Zuhause, einen Ort, *wo sie gesehen werden und jemand sind.* Das ist ein bisschen so, als würden sie zur Armee gehen, nur dass der Krieg jeden Tag direkt vor der Haustür stattfindet. Diese Liebe, diese Akzeptanz wirken stärker als Alkohol oder Drogen, und viele der Jugendlichen bekommen ihre erste Kostprobe auf Partys wie der im Terry County. Dort hatten sie ganz schön was aufgefahren, die Band Hate Storm aus Austin sollte spielen und in einem alten Kinderplanschbecken lagen etliche Bierfässer. Als wir kurz vor Mitternacht ankamen, standen auf dem Hof eine Handvoll Neulinge sowie ein Dutzend Vollblutskinheads mitsamt ihren Freundinnen, alle von oben bis unten tätowiert.

Die Tattoos erzählen die Geschichte, sie sind die Brandzeichen. Um die Neuen für immer kenntlich zu machen, werden sie vor den anderen mit den Symbolen ihres Hasses tätowiert. Danach gibt es kein Zurück mehr. Bei einigen Partys habe ich es erlebt, dass Nachwuchsskins als Initiationsritus vor der versammelten

Horde tätowiert wurden, danach stellten sich die anderen im Kreis auf und schlugen laut singend auf das rohe Fleisch ein, bis das Blut spritzte.

Ich weiß das, denn auch ich habe es über mich ergehen lassen müssen.

Tattoos dienen außerdem der Zuordnung. Die Aryan Brotherhood markiert ihre Mitglieder mit wappenartigen Tattoos. Man kann einen Hammerskin von einem ABT, einen Aryan Knight von einem Nazi Low Rider unterscheiden, indem man die Zeichen auf seiner Haut liest; Joker trägt auf seiner Brust zum Beispiel ein Vogelskelett und darunter die Buchstaben NLR. Es gibt Outlaw-Biker wie die Low Riders, »echte« Skinheads wie Combat 18 oder die Confederate Hammerskins und etliche Knastgangs: Peckerwoods, PEN1, die Dirty White Boys, die ABT und den Aryan Circle. Früher waren die Unterschiede zwischen Skinheads und Knastgangs größer, die einen waren Anhänger der Nazi-Ideologie, die anderen »nur« Dealer und Mörder, doch heute ist die Grenze durchlässig geworden. Nehmen wir nur mal Jesse Earl: Er wurde im Schatten der ABT, der Knastgang seines Vaters, geboren, trieb sich als Jugendlicher bei verschiedenen Neonazi-Gruppen herum und landete am Ende in den Fängen von Thurman Flowers. Seine Haut spiegelt das alles wider, angefangen bei den Flammenzeichen der ABT, über das Schwert und Schild der Aryan Nations bis hin zum Totenschädel und der Rose von Flowers Church of Purity.

Deshalb sind die Tätowierungen so wichtig. Sie erzählen die Geschichte. Davon, wer du bist und woher du kommst.

Welche Geschichte erzählt meine Haut?

Und die Totenschädel, Kreuze und Henkerschlingen erzählen oftmals auch, wie die Geschichte enden wird.

Die Party im Terry County kam nur langsam in die Gänge, wie so ein Tanzabend in der Highschool, aber irgendwann wirkten das

Bier und der Schnaps dann doch. Die Mitglieder von Hate Storm droschen die einzigen beiden Akkorde, die sie konnten, und schrien, bis die Adern an ihren Hälsen hervortraten. Dann begann das Pogen, die Leute rempelten einander an, einige brüllten *Rahowa* oder *Burn nigger burn*, aber eigentlich wärmten sie sich nur für die richtige Schlacht auf. In dieser Szene will jeder immer nur beweisen, wie tough er ist. Jesse hat das hinter sich gelassen, dieser Typ Kämpfer ist er ohnehin nicht, er nutzt die Partys, um sich zu vernetzen und Rekruten für Flowers und dessen Church of Purity anzuwerben. Doch Little B mischte kräftig beim Pogen mit, weil er härter und brutaler sein will als sein Bruder oder sein Dad. Auch Kasper war mitgekommen, aber eigentlich nur, weil er nicht wusste, wohin er sonst sollte. Immer redet er davon, dass er mit Little B eine Band gründen will, aber das war nicht der Grund, warum er mit bei der Party im Terry County war oder später mit uns nach Killing gefahren ist – was ihn bei den Earls hält, ist Little B, und das kann nicht gut ausgehen. Mir tut er leid, weil er den ganzen Tag um Little B herumschleicht und gegen eine andere Art von Abhängigkeit ankämpft, die sich nicht so leicht abstellen lässt. Aber wenn er noch länger bei ihnen bleibt, wird alles Gute in ihm absterben, und wenn ich ihn nicht hier rausbringe, wird er in ein paar Monaten im Gefängnis sitzen oder vielleicht sogar tot sein.

Falls er richtig viel Glück hat, kann er nach Hause zurück – ganz gleich, wie beschissen es da sein mag, er würde immerhin am Leben bleiben.

Jenna war in jener Nacht auch da, in hautenger Jeans und superknappem Ledertop, die verblassten Schmetterlingstattoos flogen über ihre Schultern und wirkten verloren in dem Meer aus Totenschädeln und Keltenkreuzen. Eigentlich kommt sie aus Kalifornien und ist über die Band Fuck Shit Up aus Huntington Beach in die Skinheadszene gerutscht. Damals wusste ich es noch nicht, aber sie hat Verwandte in Texas, Joyce heißen sie mit Nachnamen, und ihretwegen ist Jesse überhaupt erst auf die Idee gekommen, mit uns nach Killing zu fahren. Zu dem Zeitpunkt hatten Jenna und ich noch kaum miteinander geredet, weil Jesse immer an ihr klebte. Aber mir war wohl aufgefallen, dass sie mich immerzu aus den Augenwinkeln beobachtete. Auch sie würde ich gern hier rausholen, nur darf ich keinen Ärger mit Jesse und seinem Dad riskieren, deshalb halte ich mich von ihr fern. Noch mal darf mir so was wie in Ballinger nicht passieren, aber zum Glück weiß hier keiner von der Sache. Den Kontakt zu Jesse hatte mir ein Volksfront-Skin aus McKinney vermittelt, ein V-Mann, der mit der Polizei zusammenarbeitet, weil er sonst wegen Körperverletzung in den Knast wandern würde. In Ballinger habe ich einen anderen Namen benutzt, deshalb dürfte meine Tarnung nicht auffliegen, aber in jener Nacht in Terry war Jesse mir gegenüber noch extrem misstrauisch. Er vertraute mir nicht und tut es heute, auf andere Art, noch weniger; damals wusste ich nur, dass ich ihn unbedingt von mir überzeugen musste, wenn ich in die Nähe seines Vaters kommen wollte. Dass mich Jenna allerdings so sehr an das Mädchen in Ballinger erinnerte, machte die Sache für mich nicht leichter.

Wenn ich an Ballinger denke, kommt es mir vor, als wäre die Geschichte einem anderen Menschen passiert und läge inzwischen eine Ewigkeit zurück.

In den letzten beiden Jahren sind mir so viele von diesen Skinheads, diesen selbst ernannten *Herrenmenschen* begegnet, dass ich inzwischen weiß, wie wenig dahintersteckt. Das sind verlorene Seelen wie Kasper und Jenna, die vor irgendetwas davonlaufen. Sie reißen die Klappe auf und geben sich tough, einige reden sogar klug daher, aber die meisten von ihnen sind hohl, leer. *Sie tun nur so, als ob* – genau wie ich. Sie stehen am Rand, bis jemand wie Jesse oder Thurman Flowers sich auf sie stürzt und ihnen den Mist eintrichtert. Das macht sie allerdings nicht ungefährlicher, vor allem nicht, wenn sie zusammen unterwegs sind.

In der Gruppe fühlen sie sich stark, wie ein Rudel Hunde oder Wölfe. Wie Piranhas.

Der Typ, der die obligatorische Schlägerei in Terry begann, war ein massiger Hammerskin, und der Auslöser war Kasper. Der Skin meinte gesehen zu haben, dass Kasper seine Freundin im Vorbeigehen gestreift oder berührt hatte, obwohl Kasper wirklich der Letzte gewesen wäre, der sich auf der Party für ein Mädchen interessiert hätte. Ich bekam es erst mit, als Kasper Blut spuckend vor meinen Füßen landete. Er ist eher klein und schmächtig und würde wahrscheinlich schon nach einer Ohrfeige zu Boden gehen, aber der Hammerskin hatte ihm ohne Vorwarnung die Faust ins Gesicht gedroschen. Kasper ist absolut kein Schläger, seine Reflexe sind viel zu langsam und er ist auch nicht der Typ dafür. Er weiß nicht, wie man anderen Menschen Schmerzen zufügt, wenn er aufwacht, sind seine Handballen nicht blutig, weil er die Fingernägel im Schlaf fest hineingedrückt und wild um sich geschlagen hat ...

Anders als bei mir.

Der Hammerskin trug kein Hemd, sein Kopf war kahl und mit Narben übersät. Um seinen Hals war eine dicke Kette aus eisernen Ringen geschlungen, auf seiner Brust sah man zwei gekreuzte Hammer und auf seiner Stirn prangte 55/HFFH in roter Tinte. Er war einen Kopf größer als Kasper und wog mindestens fünfzig Kilo mehr. Und obwohl er auch mich um einige Zentimeter überragte, witterte ich, als ich Kasper auf dem Boden liegen und Little B bereits die Fäuste schwingen sah, meine Chance, Jesses Vertrauen zu gewinnen.

Ich schoss eine Faust auf den Bauch des Hammerskins ab und zielte mit der anderen auf das Hammer-Tattoo. Er war schneller als ich und wesentlich nüchterner, als ich gedacht hatte, und der rechte Haken, den ich danach auf sein linkes Auge abfeuern wollte, traf ins Leere. Er hatte sich weggeduckt, schlang einen Arm um mich, riss mich hoch und wollte mich zu Boden werfen, nur hielt ich seine Beine bereits mit meinen umklammert, sodass wir uns nur einmal im Kreis drehten. Ich spürte seinen Schweiß auf meinem Körper, seinen Atem in meinem Gesicht und rammte ihm einen Ellbogen in die ungeschützte Flanke. Zwei gut platzierte Krav-Maga-Kniestöße später hörte ich, wie etwas in seinem Inneren platzte. Er schrie auf und ließ mich los, versuchte aber trotzdem noch, mich mit einer schlaffen Hand am Kopf zu treffen. Doch ich drehte mich unter seinem Arm weg und stieß ihm dabei den linken Ellbogen mit voller Wucht ins Gesicht. Er ging wie ein Mehlsack zu Boden, und ich schlug ihm im Fallen mit der Handkante fest auf die Kehle.

Er kotzte dunkles Blut und Bier und verdrehte die Augen, bis nur noch das Weiße zu sehen war, wie blank gelegte Knochen.

Ich hörte Leute schreien, verstand aber kein Wort. Um den Hammerskin und mich hatte sich ein dunkler Kreis geschlossen, alles Licht war verschwunden, als wären wir beide in einem schwarzen Loch gefangen. Doch ein Teil von mir schwebte über diesem Loch und schaute mit den grölenden Menschen zu, wie ich den Mann totprügelte. Ich habe das schon ein paarmal erlebt – Momente, in denen ich mich selbst verliere, in denen ich verzweifelt nach mir suche.

So wie bei der Beerdigung meines Vaters ...

So wie in Wanat, als ich den Jungen erschoss, der auf Sergeant Wahl zulief ...

Oder in Ballinger, als ich diesen Mann krankenhausreif schlug, für eine Frau, die ich nicht mal kannte. Sie hatte mich um Hilfe gebeten, aber als es dann so weit war, schrie sie nur noch *nicht so, doch nicht so.*

Ich wollte ihr erklären, dass es nicht anders geht. Aber keiner hat mir mehr zugehört.

Und vielleicht steht mir auch in Killing ein solcher Moment bevor. Denn je länger ich bei ihnen bin, umso weniger weiß ich, wer ich bin und was ich tue.

Doch als der Hammerskin damals vor mir lag und ich kurz durchatmete, da gelang es mir, mich selbst aus diesem Zustand zu reißen. Ich wollte ihm sogar schon die Hand hinstrecken und ihm aufhelfen, als sich seine Freunde auf mich stürzten.

In der Gruppe fühlen sie sich stark, wie Hunde oder Wölfe.

Ich fiel hin, einer packte meine Beine, schleifte mich zu dem Planschbecken und stieß mich kopfüber in das Wasser, in das ich einige Skins vorher hatte pinkeln sehen. Meine Stirn prallte gegen ein Bierfass, und mein Mund füllte sich mit Pissewasser. Jemand drückte meinen Kopf nach unten, und ich sah es vor meinen Augen silbern aufblitzen – die Klinge eines Messers. Panisch riss ich den Kopf hoch, wurde aber gleich wieder nach unten gedrückt. Doch in der einen Sekunde hatte ich Jesse gesehen, der zu mir schaute und sich dann wegdrehte.

Ein Zweiter legte die Hände um meinen Hals, jemand trat mir ins Kreuz. Meine Lungen waren kurz vorm Platzen, ich hatte das Gefühl, die ganze Party hätte sich auf mich draufgestellt, damit ich niemals wieder aus dem Wasser auftauchen konnte.

Doch dann spürte ich mit einem Mal, wie alle erstarrten und den Atem anhielten, und wusste instinktiv, dass jemand eine Waffe gezogen hatte.

Ich lag unter Dutzenden Menschen begraben, hatte kaltes Wasser und Pisse im Mund und war allein.

Die Hände ließen von mir ab, ich riss den Kopf hoch, rang nach Atem und wartete auf den Schuss. Ich kam auf die Knie, spuckte einen ganzen Ozean aus, tiefes, dunkles Wasser, bevor ich hochschaute und einen alten Mann sah, der einen mindestens genauso alten Ruger Revolver auf die mich umringenden Menschen gerichtet hatte. Neben ihm stand noch einer, Joker, wie ich später erfahren sollte, und hielt einem Skinhead, den er von mir heruntergezogen hatte, ein Messer an die Schläfe, nur einen Atemzug vom Auge entfernt. Joker grinste nicht, bewegte sich nicht, schien nicht mal zu blinzeln. Auch Little B war wieder auf den Beinen und wischte sich mit einer Hand über den blutverschmierten Mund. Er hatte zwar keinen einzigen Treffer gelandet, es aber wenigstens versucht.

Kasper, der aus einer Platzwunde im Gesicht heftig blutete, lächelte mir zu, bevor er in Jennas Armen ohnmächtig wurde.

Der alte Mann trug ein weißes Unterhemd, das seine Tätowierungen noch betonte, und eine saubere, gebügelte Dickies-Arbeitshose. Die grauen Haare hatte er mit Pomade nach hinten gekämmt. An seinem Gürtel hing eine Kette, deren Ende in der hinteren Hosentasche steckte. Im Licht der nackten Glühbirnen leuchtete sie so grell, dass es mir in den Augen wehtat. Die Kumpel vom Hammerskin, die mich wenige Sekunden zuvor töten wollten, umringten uns noch, doch keiner traute sich in *seine* Nähe, und das lag nicht nur an dem Revolver. Er schaute mich neugierig an, aber als er merkte, dass Jesse zu uns kam, verzog er das Gesicht. Nur ganz kurz, doch ich hatte den Blick gesehen: voller Verachtung, Enttäuschung. Jesse hatte sich die ganze Zeit über aus dem Kampf herausgehalten.

Dann schüttelte der alte Mann den Kopf und schaute wieder zu mir. Ich wusste sofort, wer er war.

»Du musst ein Scheißhero sein, wenn du es mit den ganzen Peckerwoods alleine aufnimmst, hä? Ich fand's gut. Ziemlich dicke Eier, nicht, Joker?«

Joker, der Mann mit dem Messer, sagte nichts.

»Jepp, ein echter Hero. Ein richtig harter Hund, nicht wie andere Pussys hier.« Sein Blick streifte Jesse. »Hero, du musst mir mal erzählen, wo du so zu kämpfen gelernt hast. Wette, das wird 'ne verdammt interessante Geschichte.« In dem Moment war mir klar, dass er den Kampf von Anfang an beobachtet hatte. Wahrscheinlich hatte er wissen wollen, ob ich es allein schaffte, oder sich daran weiden wollen, dass Jesse sich aus allem heraushielt.

Er steckte den Revolver in seinen Hosenbund, wo ihn jeder sehen und er schnell an ihn herankommen konnte ... wo er jederzeit eine Gefahr darstellte. Genau wie er.

Das habe ich an dem Abend begriffen und versuche seitdem, immer daran zu denken.

»Howdy, Junge, ich bin JW Earl.«

John Wesley Earl hielt mir die Hand hin und half mir hoch.

Ich habe im Auto auf T-Bob und Jesse gewartet, so wie Earl es wollte. Er hat sie nach Murfee geschickt, damit sie die Fragen des Deputy beantworten, weil er in Killing nicht noch mehr Ärger brauchen kann, doch selbst will er nicht in die Stadt. Er versteckt sich, hält die Füße still. Er hat gesagt, ich soll sie hinfahren, was Jesse richtig scheiße fand, und seinen Sohn und seinen Bruder im Blick behalten. Ich glaube, da steckt mehr dahinter, wie bei Earl eigentlich immer. Manchmal erinnert er mich an eine Filmkulisse, nur bin ich auch nicht anders als er. Nichts von dem, was wir anderen zeigen, ist echt. Wir schauen die Leute an, aber hinter unseren Gesichtern sind nur leere Zimmer und Flure. Dort treiben sich unsere eigenen Gespenster herum, verfolgen uns, jagen uns.

JW hat mich außerdem gebeten, eine Karte von Murfee zu zeichnen: mit den wichtigsten Gebäuden und Straßen, dem Sheriff's Department, der Bank, der Feuerwehr.

Wie eine Schatzkarte.

Die anderen warten in Killing auf Thurman Flowers. Er will dort mit ihnen seine Church of Purity aufziehen. Sie haben lauter durchgeknallte Sachen vor, und Jesse glaubt tatsächlich an die ganze Scheiße, nur Earl glaubt an nichts anderes als sich selbst. Er schert sich einen Dreck um Killing oder Flowers, selbst seine eigene Familie ist ihm scheißegal. Immer hält er sich abseits, steht auf dem Hügel hinter dem Haus und telefoniert.

Mit wem er wohl redet?

Vielleicht sind es auch nur Gespenster, denen er Geschichten erzählt, die er uns verschweigt.

Auch er wartet auf etwas, aber nach Killing wird es nicht kommen. Wie ich vermute, erwartet Earl es in Murfee und nirgendwo sonst.

Als T-Bob und Jesse sich wieder ins Auto setzten, fing dann plötzlich Jesse an, nur noch über Murfee zu reden, und regte sich wahnsinnig über die *Bohnenfresser*-Deputys in der Stadt auf. Deputy America Reynosa geht ihm gegen den Strich, das ist bei Earl und Little B nicht anders. Und Jesse weiß jetzt, dass er für seinen Ausraster in Terlingua bezahlen wird, dafür werden die Deputys sorgen oder Earl, dem das aus irgendeinem Grund nicht egal ist. Jesse hat nur was von Blut, einem Kampf und Bravos Freundin, irgendeine Vianey, gemurmelt und dann geschwiegen. Weil er sich vor der Auseinandersetzung mit seinem Dad noch drücken will, fahren wir seitdem durch Murfee. Seit fast zwei Stunden. *Hin und her.*

Da er immer noch nichts sagt, entscheide ich, dass es reicht, und fahre aus der Stadt raus, zurück in die Wüste, die Berge. Er protestiert nicht, sondern schaut nur auf die kleiner werdenden Menschen und Häuser, und seine Augen wirken dabei tot und still wie Gräber.

Augen, die denen seines Dads so sehr ähneln. Doch während man in Earls nie etwas lesen kann, ist Jesse immer wie ein offenes Buch. Er spielt nicht mit verdeckten Karten, aber das macht ihn für jemanden, der ihm in die Quere kommt, nicht ungefährlicher.

Wie der Vater, so der Sohn.

1999 hat John Wesley Earl *meinen* Vater ermordet, hat ihn nachts auf einer Straße hinter Sweetwater abgeknallt. Doch trotz aller Versprechen, die mir die Leute auf seiner Beerdigung gegeben haben, wurde Earl nicht zur Strecke gebracht, wurde für den Mord nicht verurteilt und hingerichtet. Ich habe über fünfzehn Jahre gewartet, damit ich ihm in die toten Augen schauen und das Geständnis aus ihm herauspressen kann, damit ich ihn ebenfalls abknallen kann. Doch nun merke ich, dass ich es nicht kann. Ich rede mir ein, ich muss erst rausfinden, was er in Murfee vorhat, dabei habe ich meine Dienstmarke abgegeben. Das hier ist nicht meine Stadt, ich bin für niemanden verantwortlich, auch nicht für Jenna und Kasper, obwohl ich manchmal gern so tun würde, als wäre ich noch ein Cop und müsste sie vor Jesse und Earl beschützen.

Aber auch das ist eine Lüge.

Ich hätte Earl gleich in jener Nacht in Terry töten sollen. Aber er hat mir damals das Leben gerettet und behandelt mich seitdem fast wie einen Sohn. Oft sogar besser als seine echten Söhne. Eigentlich sollte ich mich nicht davon beeindrucken lassen, schließlich hat er meinen Vater ermordet, trotzdem fühle ich mich dabei wieder wie das Kind, das schon so lange niemanden mehr hat, und halte mich daran fest.

Um mich daran zu erinnern, dass ich dieses Kind nicht mehr bin, schaue ich mich auf der Fahrt nach Killing immer wieder im Rückspiegel an. Dieser Junge, dieses Ich, ist in der Nacht gestorben, als mein Vater starb. Was mir aus dem Spiegel entgegenblickt, ist nicht mehr der neunjährige Junge. Aber das ist die größte Lüge von allen.

Denn auch ich war immer eine verlorene Seele, hohl und leer wie Kasper und die anderen, und habe all die Jahre nur auf jemanden gewartet, der diese Leere füllt.

Vielleicht habe ich mir die ganze Zeit über nicht den Tod von Earl gewünscht, sondern nur einen neuen Vater.

Murfee erinnert mich an Sweetwater, auch wenn diese Stadt sehr viel hübscher ist. Sie hat auch etwas von einer Filmkulisse, die schönen Fassaden der Häuser, die rechtwinklig angeordneten Straßen, die Lage im Schatten der Berge. Als ich aus Sweetwater weg bin, hatten sie vor der Stadt bereits die ersten Windräder errichtet. Jetzt gibt es dort nichts Schönes mehr – keine Bäume oder Berge, nur die verfluchten Windräder, die sich unaufhörlich drehen. Ich bin ein Dutzend Mal zu der Stelle zurückgekehrt, wo mein Vater erschossen wurde, und habe den Boden berührt, auf dem er verblutet ist. Jedes Mal standen noch mehr Windräder dort, bald werden sie die Sicht auf den Himmel völlig blockieren.

Als mein Vater starb, lag er auf dem Rücken und hat nach oben geblickt. Jahrelang habe ich mir vorgestellt, das Letzte, was er sah, wären die Millionen Sterne am Nachthimmel gewesen.

Ein schöner Gedanke, den ich aufgeben muss.

Ich darf nie vergessen, dass das Letzte, was mein Vater vor seinem Tod in Wahrheit sah, das Gesicht von John Wesley Earl war, der zu ihm runterschaute und abdrückte ...

Wie der Vater ... so der Sohn.

Teil zwei
Hombres Malos

14

Er hatte seinen besten Freund, seinen einzigen Freund umgebracht. Lebendig angezündet und verbrannt.

Die Vorbereitungen hatten Monate gedauert. An die Streichhölzer kam er leicht ran, aber genug Feuerzeugbenzin in den Knast zu schmuggeln – das war verflucht schwer. Sunny hatte ihm ab und zu was mitgebracht und die Alte von Mack Doty auch, in winzige Kondome gefüllt, die sie Doty während der Besuchszeit bei dem einzigen erlaubten Kuss mit heißer Spucke in den Mund schob und die Doty später in seiner Zelle wieder auskackte. So lieferte die Familie sämtliche Drogen in den Knast, und John Wesley Earl hatte über die Jahre mitgekriegt, dass ein Mann in seinem Arschloch alles Mögliche verstecken konnte, wenn er für so was zu haben oder verzweifelt genug war. Wie bei einem Zaubertrick, nur dass man kein Kaninchen aus einem Hut, sondern eine Zwölf-Zentimeter-Klinge oder sonst was aus dem eigenen Arschloch zog.

Wenn das mal kein verdammt guter Zaubertrick war.

Als er genug Benzin zusammenhatte, kippte er alles in einen Gummihandschuh, den er im Fressraum geklaut hatte. Er wartete auf den richtigen Zeitpunkt, schnappte sich Doty und ging mit ihm an Georges Zelle vorbei, wo der Dreihundert-Pfund-Fleischberg rumhockte und strickte. George war derjenige gewesen, der Earl das Stricken beigebracht hatte, weil er meinte, das wäre wie meditieren; man musste sich verflucht konzentrieren, konnte dabei aber im Kopf wegfliegen, durch die Gitterstäbe und über die Zäune in die große weite Welt. Earl hatte das Stricken irgendwann aufgegeben und sich was Eigenes zum Meditieren ausgedacht, die Fantasieausflüge mit seinem Motorrad, die er im Kopf unternahm.

George war auch derjenige gewesen, der ihn vor mehr als zwanzig Jahren als Rekruten angeworben und später zum General ernannt hatte. Fünf Jahre lang hatten sie den reibungslosen Ablauf sämtlicher Geschäfte der Familie – der Aryan Brotherhood of Texas – mit organisiert. Zusammen bildeten sie zwei Fünftel des *Wheel*, des »Führungskomitees« der Familie, sie hatten das Sagen in mehreren Staatsgefängnissen und einem Bundesknast. Earl konnte nicht mehr zählen, wie viele Namen sie zusammen in den Hut geworfen hatten, was in der Familie bedeutete, dass man jemanden zum Abschuss freigab. Aber wenn sich all die Toten aus ihren Gräbern erhoben hätten, wäre für die Lebenden nicht mehr viel Platz geblieben. Zusammen hatten sie einen Höllenritt hingelegt, aber jetzt war es vorbei.

Blood in. Blood out.

Man musste Blut vergießen, um sich seine Sporen zu verdienen, und die Familie verließ man nur im Leichensack.

George »Big King« Chives saß in seiner Zelle und strickte einen Topflappen, als Earl ihm das Benzin ins Gesicht spritzte. Er hatte in den Handschuhdaumen Löcher gestochen, das Ding war wie eine verdammte Gießkanne, und als er fest zudrückte, landete die Flüssigkeit in Georges Augen, seinem offenen Mund und verteilte sich vorn auf seinem Hemd. Auch der Scheißtopflappen, den keiner benutzen würde, saugte sich voll, und als George brüllend aufsprang, warf Earl ihm das Streichholz, das Doty inzwischen angezündet hatte, mitten in die Fresse. Die Luft um sie herum schien Feuer zu fangen, und der Atem aus Georges Mund verwandelte sich in Flammen. George wollte zur Gittertür, aber da loderte es in seinem Schädel bereits auf wie die Lampen an einem Karussell. Er wollte noch was sagen, aber seine Zunge schmolz schon weg.

An diesem Abend trug Big King eine gottverdammte Krone aus Feuer.

Earl warf ihm den Handschuh ins Gesicht und noch mehr Flammen schossen hoch. Obwohl er am liebsten bis zum Schluss geblieben wäre, marschierte er mit Doty schnell, aber nicht zu schnell weiter, während dichter Rauch wie Blut zwischen den Gitterstäben hervorquoll. In zwanzig Sekunden wäre im gesamten Trakt die Hölle los, aber bis dahin wären sie schon die Treppe runter und halb auf dem Hof, wo sie sich eine Zigarette teilen und lachen würden, als wäre nie was gewesen. Das Benzin an seinen Händen musste er vorher noch abwaschen, aber das war nur wegen der Wärter und der dummen Fragen, die sie ihm später stellen würden. Alle Peckerwoods in Walls würden auch so wissen, dass er es gewesen war. Das war der einzige Grund, warum er so einen Scheißaufwand betrieben hatte. Wesentlich einfacher wäre es nämlich gewesen, wenn er George unter der Dusche mit einer Klinge oder einer angespitzten Gitarrensaite abgestochen hätte. Aber er hatte eine Ansage machen wollen und ein Höllenspektakel aus Flammen veranstalten müssen, das jeder sehen konnte und keiner jemals vergessen würde. Das hatte George ihm vor all den Jahren nämlich als Erstes beigebracht:

Sie müssen glauben, dass du zu allem bereit bist, JW … dass es keine rote Linie gibt, die du nicht überschreiten wirst, denn die gibt es für uns nicht. Du bist nur so stark wie die Angst, die sie vor dir haben, und Stärke ist hier drinnen das Einzige, was sie respektieren. Nur so setzt du dich im Knast durch und überall sonst auch.

Damit hatte George recht gehabt, wie sich Hunderte Male gezeigt hatte. George war ein guter Lehrer gewesen und ein noch besserer Freund, und wenn es keine Ansage war, seinen besten Freund (und noch dazu ein hochrangiges Mitglied der Familie) an einem schönen Oktobertag in seiner Zelle lebendig zu verbrennen, was dann?

Wenn er damit nicht ein für alle Mal seine Stärke bewiesen hatte, dann wusste er nicht, wie es sonst gehen sollte.

Earl stand unter der erbarmungslosen Sonne und schaute auf die Karte, die Hero von Murfee gezeichnet hatte. Sie war militärisch präzise, die Handschrift gestochen scharf, ein Beweis für die Jahre, die Danny Ferro in der Armee gedient hatte. Nichts weniger hatte Earl von dem Jungen erwartet. Seit ihrer ersten Begegnung nannte er ihn »Hero«, aber drüben in Afghanistan oder Irak oder welchem Kameltreiberland auch immer hatte er echten Superhelden-Shit abgezogen, und Earl wusste, dass er sich durchschlagen konnte. Scheiße, in Lubbock hatte er mit eigenen Augen gesehen, wie der Junge allein mit einer Horde Skins gekämpft hatte, während sein verfluchter älterer Sohn nur dumm dagestanden und zugesehen hatte. Danny war von da drüben nicht mehr ganz richtig im Kopf zurückgekehrt und deshalb aus dem Dienst entlassen worden, aber er hatte Jesse gegenüber felsenfest behauptet, er hätte noch jede Menge Freunde in der Armee, die jederzeit Zugriff zu schweren Waffen hatten, mit denen Flowers seine gottverdammte Church of Purity für den bevorstehenden Rassenkrieg ausrüsten konnte. Wenn das stimmte, war das natürlich ein Riesending, aber Earl hatte seine Zweifel, ob Danny seine großen Versprechen tatsächlich wahr machen würde. Danny war ein schräger Vogel, aus dem man nicht richtig schlau wurde. Ständig wich er den anderen aus und hielt sich abseits, als wollte er etwas verbergen (da war er nicht der Einzige), aber er war auch verdammt schlau, und das konnte er nicht verstecken. Er war schlauer als Jesse und Little B zusammen und würde sich niemals in Flowers' Bullshit reinziehen lassen.

Trotzdem war er mit nach Killing gekommen und laberte genauso blöd rum wie die anderen – wieso? Das war eine Frage, der er auf den Grund gehen musste.

Zum Glück besaßen weder Jesse noch Flowers einen Pisspott oder ein Fenster, aus dem sie ihn hätten schmeißen können, und wenn er Jesse aus seinen Geschäften raushielt, würde den beiden auch nie nur ein Cent gehören. Sollte Danny aber wirklich Granaten und sonst was anschleppen, dann wäre es für alle das Beste, wenn Flowers sich mit dem Zeug selbst in die Luft jagte.

Earl faltete die Karte zusammen und zündete sich eine Zigarette an. Er stand auf dem Hügel hinter dem Haus, das Jesse für sie aufgetrieben hatte, und schaute über den weißen Kirchturm, die vielen Grabkreuze und die paar Straßen, die von der Stadt in die öde Landschaft führten und ihn an die Speichen in einem kaputten Wagenrad erinnerten ... an ein Bild, das ein kleines Kind in den Sand gemalt hat. Auf dem Hügel war der Empfang noch am besten, und er war hochgestiegen, weil er diesen Halbblutpisser Manny Suárez anrufen musste. Es war ein kurzes Gespräch gewesen.

Eigentlich war es saukomisch ... denn nachdem sie jahrelang miteinander Geschäfte gemacht hatten und sich in der Zeit fast nur über verschlüsselte Knastbriefe und überbrachte Botschaften ausgetauscht hatten, stellte sich jetzt, wo sie zum ersten Mal frei miteinander reden konnten, heraus, dass sie sich verdammt wenig zu sagen hatten.

Mehr als zehn Jahre lang hatten ihnen ein paar Wörter genügt, um sich gegenseitig reich zu machen.

Manny hatte zwar zugegeben, dass er und seine Leute für den Haufen Scheiße, in dem Earl bis zum Hals steckte, mitverantwortlich waren, aber ihm – mit sehr wenigen Worten – klar zu verstehen gegeben, dass er nicht vorhatte, Earl da wieder rauszuziehen.

Und ja (oder *sí,* wie der Arsch Manny gesagt hatte), ihr eigener Mann (in Wahrheit sogar Mannys eigener Sohn Miguel) hatte es total vergeigt, aber das war jetzt ganz allein Earls Problem, denn er hatte sich ja ausgerechnet dieses gottverlassene Dreckskaff aussuchen müssen. Denn Manny hatte ihn hundertmal gewarnt, sein Weihnachten im Sommer nicht hier zu feiern, weil es mit zu vielen Risiken verbunden war. Er musste Abmachungen treffen, Versprechen geben, Geld hinblättern, damit die anderen es sich überhaupt durch den Kopf gehen ließen, denn in diesem Teil von Texas hatten Mannys Leute keinen Einfluss, keine Macht. Und Earl hatte das eigentlich schon vorher gewusst, denn er hatte im Knast selbst mitgekriegt, dass sämtliche Gangs – die Black Guerilla Family, die Mexican Mafia, das Texas Syndicate, die ABT – innerhalb der Gefängnismauern ihre eigenen unsichtbaren Mauern hochgezogen hatten, sodass jeder, der durch ihr kleines Königreich wollte, dafür bezahlen musste. Weil aber weder Earl noch Manny eine große Wahl gehabt hatten, hatte Manny sich am Ende doch an sein Versprechen gehalten und Earl das Gewünschte geliefert, nur um jetzt zu erfahren, dass er und sein Sohn diejenigen waren, die den Preis dafür zahlen mussten. Warum Earl sich diesen Fliegenschiss von einer Stadt ausgesucht hatte, konnte er Manny nicht erklären. Fest stand nur, am Arsch waren sie jetzt beide.

Doch was geschehen war, war nun mal geschehen. Und Mannys Leute gaben sich im Augenblick damit zufrieden, darauf zu warten, dass sich die Dinge mit der Zeit wieder zurechtrüttelten, nur war Zeit gerade das, was John Wesley Earl nicht hatte. Selbst er musste darüber lachen, dass ein Mann wie er, der so viele Jahre in einem Loch verbracht hatte, in dem Zeit überhaupt keine Rolle spielte – in dem sie sich hinzog wie Tausende dieser brutal heißen Texas-Sommer –, auf einmal jede Stunde zählen musste. Aber vor dem Auflegen hatte Manny noch eins gesagt: Earls Geschenk lag immer noch gut verpackt dort, wo sie es für ihn versteckt hatten. Doch irgendwann würde es mit Sicherheit jemand finden. Wenn Earl also sein Weihnachten im Sommer feiern wollte, dann musste er sich eben selbst darum kümmern.

Und wenn er das nicht wollte, dann konnte er sich verdammt noch mal ins Knie ficken.

Deshalb war Earl froh, dass er Danny morgens mit Jesse und T-Bob in die Stadt geschickt hatte. Denn so konnte jemand, auf den er sich verließ, dem er vertraute, einen ersten Blick auf dieses Murfee werfen. Earl musste sich einen Überblick verschaffen und überlegen, wie er die Sache durchziehen konnte.

Bevor die Jungs losgefahren waren, hatte Jesse noch gesagt, dass dieser Rattenfänger Flowers in einer Woche hier sein würde, vielleicht sogar früher. Jesse laberte ständig davon, dass endlich alles anders werden würde, wenn Flowers erst mal in Killing wäre, als wäre das ein Versprechen oder gar eine Drohung. Mit dem Gequatsche konnte Earl leben, wenn das hieß, dass Jesse doch kein jämmerlicher Feigling war. Nur ging ihm Jesse auch schon seit Wochen damit auf den Sack, was *er ihm alles schuldete,* und das zeigte wiederum nur, dass sein älterer Sohn ihn kein Stück kannte. Auch Sunny, T-Bob und der Rest hatten keine Ahnung, wer John Wesley Earl war und wozu er imstande wäre, wenn er wie jetzt mit dem Rücken zur Wand stand.

Sie hatten keine Ahnung, dass es für ihn *keine rote Linie* gab. Aber wenn es so weit war, würden sie es schon merken.

Der Tote aus Terlingua brachte Earl jede Menge Ärger ein, auf den er nicht vorbereitet gewesen war, und der Gestank war bis zum Sheriff's Department in Murfee geweht. Abwaschen konnte Earl ihn genauso wenig, wie Jesse das Blut an seinen Händen hatte abwaschen können. Jepp, alles würde anders werden, und das schon bald, nur eben nicht so, wie Jesse und die anderen es sich vorstellten.

Er trat die Zigarette aus und zog die nächste aus dem Päckchen. Obwohl er schon länger aus dem Gefängnis raus war, lebte er immer noch nach der Knastuhr. Als wären ihm die Mauern und die strikten Regeln in die Freiheit gefolgt und würden ihn nun für immer begleiten. Manchmal saß er um dieselbe Uhrzeit in seinem Zimmer wie früher in der Zelle und wartete auf einen unsichtbaren Wärter, der ihm sagte, dass er jetzt futtern, eine Runde auf dem

Hof drehen oder scheißen durfte. Er war frei und trotzdem gefangen. Selbst Sunny, die wegen Erpressung auch mal kurz gesessen hatte, kapierte nicht, warum er immer noch jeden Scheißmorgen um halb fünf aufstand, wo doch niemand mehr da war, der ihn aus dem Bett scheuchte. Aber da war jemand, sie konnte ihn nur nicht sehen oder hören.

Manchmal schnappte er sich noch vor Sonnenaufgang seine fette Harley und bretterte los; seine FXL Low Rider, Baujahr '87, mit der flammend roten und glänzend schwarzen Lackierung, in der man im richtigen Licht Totenköpfe grinsen sah. Zum letzten Mal hatte er auf der Rückfahrt von Corpus Christi auf ihr gesessen, kurz bevor er wieder in den Bau gewandert war. An die Geschichte in Corpus dachte er nicht gern, aber das verdammte Bike liebte er immer noch, dieses Gefühl, alles aus der Maschine rauszuholen. Er trieb das Biest durch die engsten Kurven, mit geschlossenen Augen, weil er die Welt nicht an sich vorbeiziehen sehen oder daran denken wollte, dass er sich doch immer nur im Kreis drehte.

Und niemals irgendwo ankam, egal wie schnell und weit er fuhr.

Aber auch das würde sich bald ändern.

Er schaute nach Süden, über die trockene Landschaft bis hin zur Mesa, die ihn an kaputte, aufgestapelte Teller erinnerte; und noch weiter zu den zerklüfteten Bergen, die den Horizont versperrten und hinter denen Mexiko lag. Das Land war offen und weit und bleich wie ein Skelett, der Sand trocken wie Asche und fein wie Pulver. Der Wind warf den Staub in die Luft, wo er herumwirbelte wie der Teufel höchstpersönlich.

Frei.

Sein Dad hatte dieses Lied von Johnny Rodriguez geliebt – »Ridin' My Thumb to Mexico«. Johnny Rod hatte gesungen, dass er nach Mexiko wollte, weil er eine Luftveränderung brauchte, und Earl hatte alles und jeden verkauft, weil er auch eine Luftveränderung brauchte. Um den Weg freizumachen, hatte er seinen besten Freund lebendig verbrannt. Nun brannte er selbst; das Feuer in seinem Inneren war mit den Jahren immer heftiger geworden, es hatte alles zerfressen und nur verkohltes Narbengewebe zurückgelassen.

Und wenn es sein musste, würde er Killing und Murfee und die ganze Scheißwelt in Brand stecken. Wie der Teufel höchstpersönlich.

Er schaute auf seine Uhr. Es wurde Zeit, sich zu melden. Das war fast so schlimm wie die nächtlichen Kontrollen in Walls, vielleicht sogar noch schlimmer. Aber wenn das alles erst einmal vorbei war, dann würde er seine Uhr ins Meer werfen und sich niemals wieder nach der Zeit eines anderen richten. Und wenn er Glück hatte, würde das viele Wasser endlich auch das Feuer in seinem Inneren löschen.

Er bückte sich und zog aus seinem Stiefel das andere Handy, von dem niemand wusste, nicht mal Sunny. Vor zwanzig, dreißig Jahren hätte dort ein Messer gesteckt, mit Zwölf-Zentimeter-Stahlklinge; lang genug, um die Rippen eines Mannes zu durchdringen und etwas Lebenswichtiges zu treffen. Heute konnte man einen Mann mit nur einem Anruf wesentlich stärker verletzen. Man musste nur mit den richtigen Leuten reden. Das war eine der wenigen Sachen, die er nicht im Knast, nicht von Big King oder Manny Suárez gelernt hatte.

Sondern von FBI Special Agent Austin Nichols, dem Mann, den er jetzt anrufen würde.

15

Auf dem ersten Teil der Strecke war die Stimmung zwischen ihnen reichlich frostig gewesen, aber nachdem sie hinter Odessa kurz angehalten hatten, um sich einen Kaffee zu holen und die Beine zu vertreten, tauten sie allmählich auf. Die Earls oder Billy Bravo erwähnte Chris nicht, und auch Harp fing nicht von ihnen an. Gerade so, als wären sie stillschweigend übereingekommen, erst einmal das Treffen in Lubbock hinter sich zu bringen. Damit konnte Chris leben.

Und sein Chief Deputy offenbar auch.

Als sie das moderne Gebäude in Downtown Lubbock betraten, fragte niemand nach ihren Waffen, der gelangweilte Wachmann wollte nur ihre Dienstmarken und die Führerscheine sehen. Es handelte sich um eine Filiale der Bank of America, die weitläufige Eingangshalle war ganz in grünem Marmor gehalten, in der Mitte stand ein pyramidenförmiger Springbrunnen – der Grund, warum es wie in einer Höhle roch. Nachdem sie zwanzig Minuten gewartet hatten, führte eine Empfangsdame sie an hell beleuchteten Konferenzräumen vorbei in eine sterile Büroetage im zweiten Stock.

In den Regalen standen keine Bücher, an den Wänden hingen keine Bilder. Auch die geradlinigen Schreibtische waren leer bis auf zwei, mit feiner Staubschicht überzogenen Computermonitore. Selbst der Mülleimer wirkte unbenutzt.

Doch dann landeten sie in einem Besprechungszimmer, das tatsächlich benutzt wurde: Auf dem langen Tisch lagen zahlreiche Aktenordner, mehrere iPads und die Handys der Männer, die dort bereits auf sie warteten. Major Dyer war groß und kräftig und trug wie der Mann, den er als Stackpole vorstellte, die Uniform der Texas Ranger: weißes Hemd, blaue Krawatte, kakibraune Hose, heller Stetson-Strohhut, Stiefel. Der silberne Stern steckte bei beiden über der Brusttasche.

Bei dem dritten handelte es sich um einen Afroamerikaner in einem teuer aussehenden Anzug; ein FBI-Agent aus Dallas, Austin Nichols hieß er. Chris hatte nicht den Eindruck, dass Nichols sehr viel älter war als er selbst. Und er wirkte wie jemand, der jedes Treffen vorzeitig verließ, zum nächsten aber trotzdem immer eine Viertelstunde zu spät kam. Er war schlank, sah gut aus wie ein Fernsehmoderator, und als Chris und Harp ins Zimmer kamen, hielt er gerade eins seiner vielen Handys ans Ohr und schaute gleichzeitig auf seine Armbanduhr.

»Schön, Sie endlich kennenzulernen, Sheriff Cherry. Bethel Turner hat nur Gutes über Sie erzählt.« Major Dyer drückte ihm fest die Hand, bevor er auf die vielen freien Stühle um den Tisch wies. Harp schüttelte Stackpoles Hand, und die beiden Männer wechselten einen kurzen Blick, den Chris nicht deuten konnte. »Ich war bei der Trauerfeier für Sheriff Ross«, fuhr Dyer fort, »er war bei den Rangern sehr beliebt, eine lebende Legende. Typen wie ihn findet man heute nicht mehr.«

»Nein, das stimmt wohl.« Dabei beließ Chris es.

»Danke, dass Sie die lange Fahrt auf sich genommen haben«, sagte Dyer. »Eine ungewöhnliche Vorgehensweise, ich weiß. Ich bin zwar schon lange dabei, aber so etwas habe ich noch nie erlebt.« Er blickte misstrauisch zu den Aktenordnern auf dem Tisch. »Ab hier lasse ich wohl besser Agent Nichols übernehmen.«

Nichols hatte sein Telefongespräch inzwischen beendet und einen der Ordner zu sich herangezogen. Er entnahm ihm einen Stapel Fotos, die er auf dem Tisch anordnete.

Chris erinnerten sie an die Fotos, die ihm Joe Garrison nach der

Schießerei auf der Far Six im Krankenhaus gezeigt hatte. Das waren Fotos der Männer gewesen, die Chris erschossen hatte. Jetzt vermied er den Blick auf die neuen Gesichter und schaute stattdessen Agent Nichols an, der sich, zufrieden mit seinem Werk, auf dem Stuhl nach hinten lehnte.

»Also, Gentlemen, wen erkennen Sie wieder?«

Harp zog vier Fotos zu sich heran.

»Das sind James Wesley Earl, sein Bruder Thomas Robert und seine beiden Söhne Jesse und Bas«, sagte Nichols.

Harp betrachtete die restlichen Fotos genauer, bevor er auf ein fünftes zeigte. »Den hier habe ich auch schon mal gesehen.«

»Das ist Larry Wayne Hasse. Bei denen heißt er nur Joker.«

Harp schaute sich noch einmal alle Fotos an, zögerte kurz und tippte dann auf ein sechstes. »Der da«, erklärte er. »Die Haare sind jetzt kürzer, aber ich habe ihn in Killing gesehen, und ich glaube, er hat zwei von den anderen zur Vernehmung zu unserem Revier gefahren.«

Nichols wollte das Foto nehmen, aber Major Dyer kam ihm zuvor. Er betrachtete es länger, drehte es dann in Richtung von Chris und Harp. »Solche Fotos werden gemacht, wenn man beim Texas Department of Public Safety anfängt. Das Foto müsste auch auf seinem Dienstausweis sein, wenn er ihn denn noch bei sich tragen würde. Tut er aber nicht mehr. Und die Dienstmarke auch nicht.« Er legte das Bild mit dem Gesicht nach unten auf den Tisch.

»Das ist Danny Ford, und bis vor sieben Wochen hat er für mich gearbeitet.«

Agent Nichols redete, ohne auch nur ein einziges Mal etwas in einem seiner vielen Ordner nachzuschlagen.

»John Wesley Earl hat fast sein gesamtes Leben im Gefängnis

gesessen, zuletzt wegen versuchten Mordes. Man kann da nichts beschönigen – er ist ein gemeingefährlicher, gewaltbereiter Schwerverbrecher. Wahrscheinlich ist er schon als Scheißkerl auf die Welt gekommen.«

»Aber dumm ist er nicht. Im Gegenteil. Ich habe das psychologische Gutachten aus der Haftanstalt gelesen, der Mann scheint sogar ziemlich intelligent zu sein. In seinen über fünfundzwanzig Jahren hinter Gittern ist er in der Hierarchie der Aryan Brotherhood of Texas bis an die Spitze gestiegen. Die ABT ist eine der brutalsten Neonazi-Gangs in diesem Bundesstaat und eine der größten noch dazu. Man darf sie nicht mit der anderen Aryan Brotherhood verwechseln, die in den Sechzigern in Kalifornien in einem Gefängnis gegründet wurde und inzwischen in fast jedem Bundesgefängnis angekommen ist. Das heißt aber nicht, dass die Texaner weniger gefährlich wären. In den Richtlinien der ABT heißt es, dass sie an die *heiligen Prinzipien der weißen Vorherrschaft* glauben und die ABT ausschließlich *Ariern* vorbehalten ist. Neue Mitglieder müssen erst eine Schulung durchlaufen, bei der ihnen insbesondere die ›Vierzehn Wörter‹ eingeimpft werden: *Wir müssen die Existenz unseres Volkes und die Zukunft für unsere weißen Kinder sichern.* Heute ist die ABT allerdings längst nicht mehr nur eine rassistische Vereinigung. Einige sind noch nicht mal mehr überzeugte Neonazis. Nein, das ist eine kriminelle Organisation, die in zahllose illegale Aktivitäten verwickelt ist.«

Nichols schlug einen Ordner auf und schob ihn Chris hin. Kopien von Zeitungsartikeln waren darin abgeheftet. Chris überflog einige Artikel. Es ging um Morde und andere Gewaltverbrechen, die die ABT in Texas begangen hatte, die wenigsten davon allerdings im Gefängnis. Einer beschrieb eine FBI-Operation namens *La Flama Blanca* – die weiße Flamme –, die zur Verhaftung von über zwei Dutzend ABT-Mitgliedern geführt hatte, denen der Handel mit Crystal Meth vorgeworfen wurde. Neben dem Artikel war ein Foto von Nichols abgebildet; er stand hinter einem Rednerpult und zeigte auf ein Flipchart mit den Nahaufnahmen verschiedener Personen.

Chris klappte den Ordner zu und schob ihn weg.

Nichols nahm das Foto von Earl und platzierte es in der Mitte. »John Wesley Earl gehörte dem sogenannten Wheel an, dem Führungskomitee der Organisation. Er war einer ihrer Generäle und hatte bei zahlreichen illegalen Aktivitäten die Finger im Spiel. Vor allem aber hat er den Drogenhandel der Gang in sämtlichen Haftanstalten von Texas organisiert. Er verfügte über die richtigen Connections und stand zusammen mit George ›Big King‹ Chives an der Spitze dieses äußerst gewinnbringenden Geschäftszweigs der Organisation. Earl und Chives haben eine Menge Geld verdient, das teils in ihre eigenen Taschen geflossen ist. Vermutlich wurde Earl gar nicht für alle Morde belangt, die er hinter Gittern begangen oder in Auftrag gegeben hat.« Nichols stand auf und ordnete die Fotos neu an. Chris fiel der Siegelring an seiner Hand auf. »Na, jedenfalls stand für ihn vor knapp einem Jahr mal wieder eine seiner Bewährungsanhörungen an. Auch dieses Mal wäre sein Antrag auf Haftentlassung wie all die Male zuvor mit Sicherheit abgewiesen worden. Doch bei dieser Anhörung wechselte er die Strategie und tat etwas, das er in seinen über zwei Jahrzehnten im Gefängnis nie getan hatte. Er hat uns einen Deal vorgeschlagen, wollte auspacken.« Nichols setzte sich wieder hin. »Er wollte als Informant für uns arbeiten.«

»Bullshit.« Harps Stimme klang fast, als würde er gleich lachen.

Nichols zuckte die Schultern. »Das habe ich zuerst auch gedacht. Tatsächlich verdächtigte man ihn da schon des Mordes an einem anderen ABT-General, dem erwähnten Chives. Angeblich war es Chives, der Earls Aufstieg in der ABT überhaupt erst ermöglicht hat. Doch das hat Earl nicht davon abgehalten, ihn bei lebendigem Leib in seiner Zelle anzuzünden. Nachweisen konnten wir ihm das allerdings nicht. Und als er anbot, mit uns zu reden, da haben wir ihm zugehört. Und ich bin froh, dass wir uns so entschieden haben. Wegen Earls Aussagen konnten wir der ABT in wenigen Monaten mehr schaden als das FBI oder die lokalen Polizeibehörden in etlichen Jahren.« Nichols zeigte auf den Ordner mit den Zeitungsartikeln. »Die Tipps kamen alle von ihm.«

»Und deshalb haben Sie ihn vorzeitig aus der Haft entlassen«, sagte Chris. »Aber wieso wollte er erst jetzt reden? Er hat doch sicher auch etwas von Ihnen verlangt, oder?«

Nichols legte die Hände übereinander. »Tja, wie es aussieht, hat ihn die Entwicklung der ABT enttäuscht. Bei jemandem wie Earl kann man sich das zwar nicht vorstellen, aber er hat behauptet, ihm würde es gegen den Strich gehen, dass neue und jüngere Gangmitglieder, die in der Hierarchie aufsteigen wollen, jetzt für das Durchsetzen interner Entscheidungen zuständig sind. Er meinte, sie wären zu brutal, hätten keinen Respekt und würden draußen nicht mal vor den Frauen und Kindern der anderen haltmachen. Selbst bei einem Haufen Psychopathen und Mördern steht die Familie eben an erster Stelle.« Er schwieg kurz. »Ich glaube eher, er ist müde geworden. Er ist ein Zocker, vielleicht hat er von dem Scheißblatt, das ihm das Leben zugeteilt hat, endgültig die Schnauze voll und will etwas ändern. Er hat lange, lange Zeit gesessen und will seine letzten guten Jahre nicht hinter Gittern verbringen. Offenbar glaubt er nicht mehr an den rassistischen Bullshit. Außerdem muss es ziemlich anstrengend sein, sich so lange an der Spitze zu halten. Denken Sie nur an das, was Chives zugestoßen ist.«

»Sie meinen, was *er* Chives angetan hat. Trotzdem muss doch noch mehr dahinterstecken. Einer wie Earl wacht doch nicht eines Morgens geläutert auf, oder?« Chris schaute zu Harp, der nur nickte.

»Das glaube ich auch nicht«, erwiderte Nichols. »Und vielleicht haben Sie recht und er hat nicht plötzlich wehmütig an die gute alte Zeit in der Gang zurückgedacht ... aber hier kommt sein älterer Sohn Jesse ins Spiel. Jesse und ein gewisser Thurman Flowers.« Nichols zog das Foto von Jesse Earl nach vorn. »ABT hin oder her, Earl ist in Wahrheit nicht rassistischer als jeder Wald-und-Wiesen-Redneck.« Nichols vermied es, Harp oder Dyer anzusehen. »Er glaubt nicht an diesen Heil-Hitler-Bullshit, jedenfalls nicht mehr. Für ihn war es in erster Linie ein Mittel zum Zweck, es hat ihm geholfen, im Knast zu überleben. Glauben Sie mir, die ABT ist heute vor allem eine kriminelle Organisation, die Anführer befehlen den anderen nicht mehr, irgendwo Kreuze zu verbrennen oder Leute zu lynchen. Das wäre nämlich schlecht fürs Geschäft, das Drogengeschäft im Gefängnis, aber verstärkt auch auf den Straßen. Was denken Sie, woher bezieht die ABT diese gewaltigen Mengen Drogen? Eine Horde Nazi Low Rider, die in irgendwelchen Bruchbuden ein paar Meth-Labore betreibt, würde da nicht mehr hinterherkommen. Nein, die beziehen die Drogen beim Erzeuger – den mexikanischen Kartellen. Und das hat alles Earl eingefädelt, darauf beruht seine Macht. Aber Jesse Earl? Das ist eine andere Geschichte. Während Earl im Gefängnis saß, hat Jesse die Nazi-Ideologie der ABT in sich aufgesogen wie ein Schwamm. Heute glaubt er fest daran. Er bereitet sich auf den Krieg der Rassen vor, und wenn es losgeht, will er als Erster abdrücken.«

Harp schnaubte. »Auf den Unterarmen hat er ja bereits Revolver tätowiert.«

»Ich weiß.« Nichols nahm ein Foto hoch. »Das ist Thurman Flowers. Aufgewachsen ist Jesse zwar bei seinem Onkel und der Mutter von Earls jüngerem Sohn, einer gewissen Mary Deshazo, die von allen Sunny genannt wird. Aber während Earl weggesperrt war, ist Flowers für Jesse so was wie ein Ersatzvater geworden. Getroffen haben sie sich vielleicht ein Dutzend Male, stehen aber seit

Jahren in Kontakt. Er ist Jesses Mentor, sein Lehrmeister. Was richtig Neues macht Flowers nicht, er folgt nur der Schneise der Verwüstung, die die alte Garde der White-Power-Bewegung geschlagen hat. Weniger gefährlich wird er dadurch allerdings nicht. Schüsse aus einem fahrenden Auto auf einen Bundesanwalt in Terrell, eine Schießerei in einer von Schwarzen besuchten Kirche in Georgia, ein zu Tode geprügelter junger Schwarzer in Arkansas und erst letztens ein Bombenanschlag auf ein jüdisches Gemeindezentrum in Oregon – überall hatte Flowers seine Finger im Spiel. Er hält sich im Hintergrund und lässt Leute wie Jesse Earl die Drecksarbeit machen. Und er versucht, etwas aufzuziehen, das noch größer werden soll als die Aryan Nations. Eine Kirche, die er Church of Purity nennt und sich selbst Pastor Flowers, doch alles, was er predigt, sind Hass und Gewalt. Er steht landesweit auf der Liste der Terrorverdächtigen.«

Chris nahm das Foto. Ein unauffälliger Mann: schütteres Haar, billige Drahtgestellbrille, wässrige Augen, übergroßer Adamsapfel. Er zeigte Harp das Foto, aber der schüttelte nur den Kopf.

Chris legte es wieder auf den Tisch. »Den Mann habe ich in Murfee noch nie gesehen.«

»Davon bin ich auch nicht ausgegangen. Aber Sie werden ihn mit Sicherheit bald sehen. Jesse und seine Gruppe ziehen seit Monaten umher. Dass sie jetzt in Killing gelandet sind, wissen wir nur, weil John Earl es uns gesagt hat. Nach unseren Informationen ist Flowers bereits auf dem Weg dorthin. Wir beobachten einschlägige Chatforen, und wie es aussieht, wollen Jesse und Flowers in Killing eine rein weiße Gemeinde aufziehen. Flowers hat seine Jünger bereits aufgefordert, nach Killing zu kommen, damit sie ihre neue Weltordnung schaffen können.« Nichols betrachtete den Siegelring an seiner Hand. »In den Sechzigerjahren gab es sogenannte Sundown Towns, in denen Afroamerikaner und andere Minderheiten nicht erwünscht waren. Da hatten sie Schilder hängen, dass sich kein *Nigger* nach Sonnenuntergang dort mehr blicken lassen soll. Diese Schilder gibt es heute natürlich nicht mehr. Jedenfalls kann man sie nicht mehr sehen.«

Harp stützte eine Faust auf den Tisch. »Wollen Sie uns etwas unterstellen, Agent?«

»Schon gut, Harp«, sagte Chris schnell. »Agent Nichols, in Murfee und anderen Städten des Big Bend haben wir genauso mit Rassismus zu kämpfen wie in vielen Grenzregionen, da will ich nichts beschönigen. Trotzdem kann ich mir nicht vorstellen, dass sich hier jemand einem Menschen wie Flowers anschließt.«

Nichols zuckte die Schultern. »Mag sein. Aber er wird genug von seinen Anhängern um sich scharen. Irgendwann tauchen die hier mit Sicherheit auf. Und er ist in wenigen Tagen hier.«

»Und Earl soll Ihnen helfen, die Leute aufzuhalten?«

Nichols schob die Fotos zusammen. »Es geht einzig und allein um Flowers. Er redet davon, dass er ein Gerichtsgebäude in die Luft jagen will und was nicht alles. Dafür braucht er Geld, Waffen, Sprengstoff. Earl soll rausfinden, wann er wo zuschlagen will, und im Gegenzug für seine Kooperation haben wir ihm zugesichert, seinen beiden Söhnen, vor allem aber Jesse, einen Deal anzubieten. Er will nicht, dass auch Jesse jahrelang hinter Gittern sitzt, nur weil er sich zum Werkzeug von Flowers' kranken Fantasien macht. Sobald wir Flowers haben, lassen wir sämtliche Klagen, die wir dank Earl gegen die ABT vorbringen können, auf die Brüder los und kassieren jeden einzelnen ein. Und nachdem Earl dann bei den monatelangen Verhandlungen als Zeuge vor Gericht ausgesagt hat, kommt er ins Zeugenschutzprogramm.«

Harp lachte. »Der Typ hat sein Leben lang andere leiden lassen und darf zur Belohnung frei rumlaufen? Da hat sich der Spaß für ihn ja gelohnt.«

»Das Zeugenschutzprogramm ist kein Spaß, *Deputy*. Er wird für den Rest seines Lebens unter strenger Bewachung stehen. Außerdem hat er schon über zwanzig Jahre hinter Gittern verbracht. Er läuft frei rum, richtig, und ich habe das ermöglicht. Aber er muss uns dafür auch zwei Dinge liefern: die ABT und Flowers. Er hätte einfach *leckt mich* zu uns sagen können, dann wäre sein Antrag auf Bewährung wieder einmal abgelehnt worden. Aber wer weiß? In zwei, drei Jahren wäre der Antrag vielleicht bewilligt worden, aber dann hätten wir nichts in der Hand gehabt. Momentan halten wir ihn an einer sehr kurzen Leine, und wenn das hier vorbei ist, wird er weiter ein Halsband tragen. In diesem Fall heiligt der Zweck tatsächlich die Mittel.«

Nichols schwieg kurz. »Die ABT und viele der Probleme mit den Knastgangs rühren noch vom alten Trusty-System her, als man sich Gefangene ausgesucht hat, die dann unter ihren Mithäftlingen für Ordnung und Disziplin sorgten. Für die Gefängnisse war das eine billige Methode, aber dadurch bildete sich eben auch eine brutale Hierarchie heraus. Gefangene, denen man besonders vertraute, durften sogar eine Waffe tragen. Sie waren mit den gleichen Machtbefugnissen ausgestattet wie die Wärter und hatten die Kontrolle über sämtliche Häftlinge. Oft waren es weiße Aufseher, die über schwarze Insassen wachten. Im Grunde lief das auf Rassentrennung hinaus. In den Siebzigerjahren wurde das System fast überall abgeschafft, nur in Texas hat es sich bis in die Achtziger gehalten. Ich habe das System, das Typen wie Earl hervorgebracht hat, nicht geschaffen, aber ich habe auch keine Hemmungen, ihn und das System für mich arbeiten zu lassen.«

»Geht Ihnen die Sache persönlich nahe, Agent Nichols?«, fragte Harp.

»Fragen Sie das, weil ich Afroamerikaner bin? Nein, natürlich nicht. Das ist mein Job, mehr nicht.«

Harp schüttelte den Kopf. »Den meisten Cops hilft es, wenn ihnen etwas persönlich nahegeht. Dann kann man seinen moralischen Kompass besser norden. Wenn es Ihnen nahegehen würde, könnte ich Ihre Entscheidung besser verstehen.« Harp wandte sich an Chris. »Jetzt sind wir nämlich an dem Punkt angelangt, wo er uns erzählen wird, dass wir den Mordfall in Terlingua fürs Erste vergessen sollen. Er will nämlich nicht, dass wir die Jungs in Killing aufschrecken oder Flowers verjagen, bevor er überhaupt hier auftaucht. Für ihn *heiligt der Zweck die Mittel*, sprich, wenn er Flowers drankriegen kann, lässt er Earl sogar mit einem weiteren Mord davonkommen.«

Nichols überlegte. »So könnte man es natürlich auch formulieren. Allerdings hat Earl im Big Bend niemanden ermordet. Das wissen Sie so gut wie ich.«

»Ich würde sagen, anders *kann* man es gar nicht formulieren«, warf Chris ein. »Die Leine, von der Sie reden, muss verdammt lang sein, denn Sie sitzen hier und er ist da draußen, vor meiner Haustür sozusagen. Aber Sie stehen in Kontakt mit ihm, richtig? Was hat er denn genau über Terlingua gesagt? Über den Mord an Billy Bravo? Deswegen sind wir doch überhaupt nur hier, da hat Harp ganz recht.«

»Ja, Earl hat es erwähnt. Er meinte, in Terlingua wäre jemand ermordet worden und dass Ihre Leute seinen Bruder und Jesse dazu befragen wollten. Ich habe ihm gesagt, er soll dafür sorgen, dass Jesse und T-Bob mit Ihnen kooperieren, und er hat es gemacht. Nur deshalb sind die beiden bei Ihnen auf dem Revier gewesen, und dafür sollten Sie mir eigentlich danken. Verstehen Sie es als Friedensangebot. Leider müssen wir ihm manchmal entgegenkommen, schließlich wohnt er mit diesen Leuten zusammen. Er ist jeden Tag vierundzwanzig Stunden in ihrer unmittelbaren Nähe und riskiert verdammt viel. Natürlich können wir nicht jeden von ihnen rund um die Uhr im Blick behalten, aber mit Earl stehe ich täglich in Kontakt. Er wird den Deal ganz bestimmt nicht aufs Spiel setzen.«

»Täglich in Kontakt? Heißt das, über Telefon? Sie wissen schon, dass der Empfang im Big Bend miserabel ist? Vielleicht erreichen Sie ihn nicht immer. Oder Sie verstehen nicht jedes Wort«, entgegnete Chris. »Und falls er etwas über den Mord an Bravo weiß, würde er es Ihnen dann sagen? Wir reden hier immerhin von seinem Sohn, seiner Familie. Über den Sohn, für den er das alles macht. Haben Sie wirklich so viel Vertrauen zu ihm?«

»Er will unter gar keinen Umständen wieder ins Gefängnis ... ich glaube ihm.«

»Nein, Sie *müssen* ihm glauben, sonst sind Sie am Arsch«, warf Harp ein. »Dass er frei rumläuft, geht auf Ihre Kappe. Und der Wichser dreht den Spieß einfach um und ruft seine Freunde vom FBI an, damit die uns zurückpfeifen.«

»Und wir reden von Mord, nicht von einem Ticket wegen Falschparkens.« Chris schüttelte den Kopf. »Sie verlangen ganz schön viel von uns, vielleicht zu viel.«

Nichols trommelte mit den Fingern auf der Tischplatte. »Gut, die Situation ist für uns alle nicht angenehm. Aber wir müssen nur so lange warten, bis Flowers auftaucht. Earl weiß, sobald er da ist, muss er sich an die Abmachung halten, und die Sache ist durch. Danach werde ich persönlich aus Earl rausquetschen, was in Terlingua vorgefallen ist. Falls sein Bruder oder sein Sohn damit zu tun haben, werden sie die Konsequenzen tragen. Da kriegen die von uns keinen Deal, darauf gebe ich Ihnen mein Wort. Aber bis dahin muss ich Sie bitten, sich aus der Sache herauszuhalten.«

Im Zimmer war es still. Die Klimaanlage sprang an und fing an zu summen, aber kühler wurde es nicht.

»Das heißt für mich, ich muss *Ihnen* glauben«, sagte Chris. »Alles spielt sich vor meiner Haustür ab, aber wenn das in Terlingua nicht passiert wäre, hätten Sie es nicht für nötig gehalten, mich einzuweihen. Sie hätten mir nie was über Earl, Jesse oder Flowers erzählt. Die sitzen jetzt also in Killing und planen Gott weiß was, und bis sich etwas tut, gefährden *Sie* die Sicherheit meiner Stadt, meiner Deputys ... *Ihrer* Kollegen, Agent Nichols.« Er schüttelte den Kopf. »Sie reden die ganze Zeit über den großartigen Deal, den Sie mit John Wesley Earl ausgehandelt haben, aber momentan sehe ich nur Sie an diesem Tisch sitzen. Läuft die Sache schief, werden Sie dafür die Konsequenzen tragen. Darauf gebe ich *Ihnen* mein Wort. Für mich sieht es so aus, als wäre Earl derjenige, der für Sie die Gefangenen bewacht. Ich hoffe, Sie wissen, was Sie da tun.«

Chris wandte sich an Stackpole und Major Dyer, die bisher schweigend zugehört hatten.

»Dann erzählen Sie mal, was Ihr Kollege Danny Ford mit all dem zu tun hat.«

16

Chris und Harp waren frühmorgens ohne Amé nach Lubbock gefahren. Der Sheriff hatte sich bei ihr entschuldigt, aber ihr war es sogar ganz recht, nicht mitzumüssen. So gern sie die beiden auch mochte, auf die acht Stunden mit ihnen im Auto konnte sie gut verzichten.

Außerdem hatte sie selbst genug zu erledigen.

Sie hatte vor Avalos' Zelle gestanden, als Victor ihm das Mittagessen brachte – ein Sandwich, eine Tüte Chips, ein Trinkpäckchen Milch. Avalos war erst seit zwei Tagen in Haft, wirkte aber bereits bleicher, schmaler. Er erinnerte sie an einen Fisch, der in der Sonne liegen gelassen worden war. Mit ihrem Papa war sie vor vielen, vielen Jahren öfter angeln gewesen, an einer Biegung des Flusses, kurz vor der Puente Ojinaga. An einem Morgen hatte sie dort einen kleinen Fisch gefunden, den jemand nicht ins Wasser zurückgeworfen hatte. Er lag auf einem Felsen und war nicht viel größer als ihre Kinderhand; die Schuppen, die einmal glänzend wie silberne Pesos gewesen waren und wie ein Regenbogen geschillert hatten, waren inzwischen trocken und lösten sich ab. Die Augen waren tief in ihre Höhlen gesunken, und aus seinem Maul hing eine ausgefranste Angelschnur, die an dem verrosteten Haken in seinem Kiefer befestigt war. Sie hatte furchtbar weinen müssen, weil sie sich vorgestellt hatte, wie der Fisch sich gewunden und gezappelt hatte, weil er wieder ins Wasser wollte. Ihr Papa hatte gesagt, *sí*, es wäre sehr traurig, aber das Wasser wäre *muy mágico* und würde den *pescado* wieder lebendig machen. Dann hatte er ihn in das kalte, dunkle Wasser gelegt, wo er mit der Strömung getrieben und schließlich untergegangen war. Sie wusste, dass ihr Papa sie anlog, und war froh darüber, und nachdem sie selbst ein Dutzend große glitzernde Fische gefangen hatte, dachte sie nicht mehr an den kleinen.

Auf wen Avalos auch immer wartete, er war noch nicht gekommen und würde vielleicht nie auftauchen. Sein einziger Besucher war der Pflichtverteidiger Santino Paez, der aber immer nur kurz blieb und den Geruch seines Aftershaves zurückließ. Die meiste Zeit über war Avalos allein, nur Victor saß hin und wieder bei ihm. Dann stellte Avalos ihm auf Spanisch ein paar Fragen über die Stadt und ihre Bewohner, mehr nicht. Victor berichtete ihr alles, aber nichts half ihr weiter. Sie konnte sich immer noch nicht erklären, warum er sie zu kennen glaubte und was er in Murfee wollte.

Sie schaute ihm beim Essen zu und nahm ihm hinterher das Tablett ab. Er sah sie nicht ein einziges Mal an.

Danach suchte sie Paez in seinem Büro neben dem Hamilton auf, wo es draußen nach Burgern und drinnen nach seinem Aftershave roch. Übers Büro verteilt standen Kunstpflanzen, alle viel zu grün, ein halber Dschungel. Paez war kleiner als America, auch seine gepflegten Hände waren winzig. Die Haare hatte er straff nach hinten gekämmt und mit Öl an den Kopf geklebt, seine dunkle Anzughose hatte eine messerscharfe Bügelfalte. Er saß America gegenüber, die Hände flach auf dem Tisch, eine goldene Uhr am Gelenk.

Die Hände wie zum Gebet hebend, sagte er, es täte ihm leid, aber er dürfe über seinen Klienten nicht reden. Señor Avalos habe einen schrecklichen Fehler gemacht, mit tragischen Folgen für alle Beteiligten, aber er würde vor Gericht seine Version der Geschichte darlegen, dann würde man weitersehen.

Sie fragte, ob Avalos nicht schon vorher reden wolle; er könne doch ein paar Dinge klären, dann müsse es vielleicht gar nicht erst zur Verhandlung kommen. Deputy Milford sei ja noch am Leben, und man könne sicherlich ein, zwei Anklagepunkte fallen lassen, wenn Avalos im Gegenzug offenbarte, warum er aus Phoenix nach Murfee gekommen sei.

Was wollte er hier?

Paez lehnte sich zurück, kniff die Augen leicht zusammen. Sie hatte ihn schon häufiger mit dieser albernen Brille gesehen: schmale Fassung aus Metall, Fenstergläser. Er konnte auch ohne sie sehr gut sehen, das wusste America. Er wischte ein unsichtbares Staubkorn vom Tisch, und fragte sie geradeheraus, ob Royal Moody von ihrem Besuch wisse; ob der Staatsanwalt seinem Klienten einen Deal anbieten wolle oder ob es allein *ihre* Idee sei. Wären sie nämlich in einer etwas größeren Stadt, dann hätte dieses Gespräch gar nicht erst stattgefunden. Aber sie waren nun einmal in Murfee, und sie und Paez und Avalos sprachen nicht nur dieselbe Sprache, sondern hatten auch dieselben Wurzeln, die bis auf die andere Seite des Flusses reichten – des Flusses, den die Hälfte der Einwohner von Murfee täglich überquerte.

Statt etwas zu erwidern, zuckte sie nur die Schultern. Paez stand auf, richtete seine mit winzigen goldenen Sonnen bedruckte Krawatte und sagte, er würde mit seinem Klienten reden und sich dann bei ihr melden.

Veremos – wir werden sehen, sagte er und hob die Hände erneut Richtung Himmel.

Er brachte sie zur Tür, hielt sie für sie auf und fragte, ob sie Lust hätte, in den nächsten Tagen etwas trinken zu gehen. In Artesia hätte ein Restaurant aufgemacht, das ziemlich gut sein solle ... *für Artesia-Verhältnisse,* erklärte er und lachte. Wie Amé wusste, hatte er in El Paso studiert, aber er benahm sich, als hätte er in Houston oder Dallas oder sogar in New York gelebt. Er hatte keine Ahnung, in wie vielen Städten sie selbst schon gewesen war.

Sie setzte ihre Sonnenbrille auf, bedankte sich bei ihm für das Gespräch und erkundigte sich nach seiner Familie in Presidio und San Angelo. Als er erneut von dem Restaurant in Artesia anfing, diesmal mit mehr Nachdruck, lächelte sie nur.

Veremos ... sagte sie dann und ging an ihm vorbei nach draußen.

Danach besuchte sie Tommy, der noch immer im Krankenhaus lag und verschämt eine *Penthouse* unter die Bettdecke schob, als sie in sein Zimmer kam. Sie hatte ihm ein paar Bücher und Zeitschriften und zwei kalte Flaschen Bier mitgebracht und blieb eine halbe Stunde bei ihm sitzen und berichtete von den Ermittlungen im Bravo-Mordfall. Er bekam täglich Besuch von einem der Deputys, deshalb konnte sie ihm nichts erzählen, was er nicht schon wusste, und sie merkte ihm die Müdigkeit und Teilnahmslosigkeit an. In wenigen Tagen sollte er entlassen werden, aber bis er wieder gehen konnte, würde es noch Monate dauern. Ob das Bein bleibende Schäden davongetragen hatte, würde sich allerdings erst in der Reha zeigen. Trotzdem freute er sich über ihren Besuch, und sie hielt die ganze Zeit seine Hand, doch als sie sich nichts mehr zu erzählen hatten, sagte sie, sie würde ihn jetzt mit seinem schmutzigen Heftchen wieder allein lassen. Er zwinkerte ihr zu und sagte, sie sei schärfer als alle Frauen in dem Heft, und sie lachte und ging.

Und dann, als sie es nicht mehr länger aufschieben konnte, holte sie die Asche von Billy Bravo ab.

Es war bereits später Nachmittag, als sie nach Terlingua aufbrach, wo sie mit Billys Freundin Vianey verabredet war. Am Tag zuvor hatte sie Vianey angerufen und ihr eingeschärft, unbedingt zu ihrer Familie nach Presidio zu fahren, weil es dort für sie sicherer sei, solange die Ermittlungen liefen. Aber es gäbe noch etwas, das sie vorher in Terlingua gemeinsam machen konnten. *Eigentlich sogar zwei Dinge.* Die Spurensicherung in Billys Trailer sei abgeschlossen, falls sie noch einen persönlichen Gegenstand als Andenken haben wolle, könne sie sich gern dort umsehen. Mit der Untersuchung von Billys Leiche seien sie auch fertig, wenn sie ihn beerdigen wolle, könne sie es gern tun.

Ganz gleich was Ben bei der Vernehmung von Jesse Earl behauptet hatte, es bestand von Anfang an kaum Hoffnung, dass die Leiche Hinweise auf den Täter liefern würde. Nichts hatte darauf hingedeutet, dass Billy sich mit dem Angreifer einen Kampf geliefert hatte. Trotzdem hatte man seine Kleidung und die Fingernägel untersucht und tausend Fotos geschossen, bis Doc Hanson es irgendwann aufgegeben hatte. Er hatte versprochen, seinen Bericht fertigzustellen und ihnen zuzuschicken. Billy war in Pearl's Funeral Home eingeäschert worden, und Amé hatte den in eine Plastiktüte eingewickelten Behälter abgeholt, bevor sie Murfee verlassen hatte.

Während der Fahrt stand er auf dem Beifahrersitz, und sie versuchte, weder auf den Behälter noch die braune Tüte daneben zu schauen.

Als sie in Terlingua ankam, saß Vianey bereits auf der Treppe vor Billys Trailer und rauchte. Überall auf dem winzigen Grundstück standen leere Bierdosen und Flaschen in Habachtstellung wie Soldaten. Am Abend zuvor hatte es eine Gedenkfeier für Billy gegeben, und seine Freunde und Kollegen aus der Stadt hatten sich hier versammelt, auf ihn angestoßen und ihre Nachrufe mit Sprühfarbe auf sein Zuhause geschrieben.

Dort, wo man seine Leiche gefunden hatte, hatte Amé im Vorbeifahren ein ähnliches Bild gesehen: hundert Flaschen wie dunkle Blumen, halb gefüllt mit den letzten Sonnenstrahlen des Tages.

Vianey und sie stellten sich vor den Trailer und lasen stumm, was die Leute geschrieben hatten: *Billy wir lieben dich ... Immer der Sonne nach Bruder ... Bis bald Bear ...*

Danach betraten sie schweigend den brütend heißen Trailer.

Eine Stunde lang gingen sie Billys Sachen durch. America hatte Vianey einen Nike-Schuhkarton hingestellt, doch diese legte nichts hinein.

Es gab eine Sammlung von Pfeilspitzen, die Billy wohl im Fluss gefunden hatte, und in einem Aschenbecher lagen rostrote Musketenkugeln.

Es gab ein paar Notizbücher mit Billys Zeichnungen. Besonders gut waren sie nicht, aber America konnte immerhin erkennen, was sie darstellen sollten – flache Berge mit einer runden Sonne darüber, ein langstelziger Vogel, der den Kopf ins Wasser steckte, ein Bär, der durch eine kaputte Scheibe spähte, ein Mädchen, das nicht Vianey war und ein Drachentattoo auf der Schulter hatte.

In einem großen Glas lagen alte Eintrittskarten für Kinos und Konzerte, viele über zehn Jahre alt.

Über dem Bett hing ein Traumfänger mit lila und blauen Federn.

In einer Schublade lag ein Messer ohne Griff, nur die nackte Klinge.

In einem Schrank lag ein in Weihnachtspapier eingepacktes Geschenk, verblichen und nie geöffnet.

Es gab Dutzende Fotos von Menschen, die sie beide nicht kannten, aufgenommen an Orten, wo keine von ihnen je gewesen war, eins von einem kleinen Jungen mit zerzausten Haaren, der auf einem Teppich aus grünem Gras stand und an einer Angelschnur einen Catfish hochhielt. Der Junge stand halb im Schatten, die Beine unter der kurzen Hose braun gebrannt, die schlaksigen Arme unter dem breit gestreiften T-Shirt abgespreizt. Man konnte nicht erkennen, ob der Junge lächelte. Auf die Rückseite hatte jemand etwas geschrieben, aber die Buchstaben waren inzwischen verschmiert, unleserlich.

Und dann gab es noch ein neueres Foto von Vianey, die Arme vor den vollen, nackten Brüsten verschränkt, lachend, den Kopf zurückgeworfen. Ein gutes, natürliches Foto. Das Mädchen darauf war schöner und lebendiger als die Frau, die nun neben America stand. Vianey schaute es lange an, als würde sie sich selbst zum ersten Mal sehen, bevor sie es zusammen mit dem Foto des Jungen in die Tasche ihrer Jeans steckte.

America legte die restlichen Fotos und die Hefte mit den Zeichnungen in den Schuhkarton, trug ihn nach draußen und kippte den Inhalt auf Billys Grill. Vianey zündete das Papier mit ihrer Zigarette an.

Dann standen sie schweigend da und schauten zu, wie alles verbrannte.

Ben redete unentwegt davon, dass Leute sich niemals änderten, wenigstens nicht zum Positiven hin – aber America war sich da nicht so sicher. Vielleicht musste sie an die Möglichkeit glauben, weil Azahel Avalos so tat, als wüsste er etwas über den Menschen, der *sie* einmal gewesen war, und über die Dinge, die *sie* einmal getan hatte. Und sie wollte sich nicht mit der Erklärung zufriedengeben, dass Billy Bravo hatte sterben müssen, weil er in der Vergangenheit Fehler gemacht hatte – seit er ins Big Bend gekommen war, hatte er sich Mühe gegeben, ein besserer Mensch zu werden. Das bewiesen die Nachrufe auf seinem Trailer. Aber vielleicht konnte man die eigene Vergangenheit eben doch nie ganz hinter sich lassen.

Während sie zuschaute, wie sich Billys Fotos in Asche verwandelten, dachte sie an Duane Dupree, an das Geld unter ihrem Bett, an Azahel Avalos. Und als die Asche kalt war, schüttete America sie in den Schuhkarton.

Danach setzten Vianey und sie sich in ihren Pick-up und folgten dem Terlingua Creek bis zu der Stelle, wo er in den Fluss mündete.

America stellte den Wagen ab, sie stiegen aus und nahmen den Karton, Billys Asche und die braune Tüte mit. Sie gingen bis zu einer Stelle am Fluss, wo jemand das Schilfgras für eine Kanulandestelle entfernt hatte. Die Sonne ging bereits orangerot unter, und das durch die Trockenheit stark zurückgegangene Wasser floss träge dahin wie eine braune Schlange.

Das Zirpen von Grillen erfüllte die Stille, und in tausend Farben schillernde Libellen schwebten reglos über dem fast unbewegten Wasser.

Sie fragte Vianey, ob sie ein paar Worte sagen wolle. Diese nickte, nahm ihr den Behälter mit Billys Asche vorsichtig ab und hielt ihn über den Fluss ...

Santa Muerte, te convoco. Santa Muerte, te invoco. Dame justicia, justicia contra mis enemigos ... Santa Muerte, ich rufe dich an. Verschaffe mir Gerechtigkeit und übe Rache an meinen Feinden ...

Es war nicht das katholische Totengebet, das America erwartet hatte, auch keine der Fürbitten, die sie aus ihrer Kindheit kannte. Es war eine Anrufung der *Nuestra Señora de la Santa Muerte*, der Göttin des heiligen Todes, die als weibliches Skelett mit Sense und im langen Umhang dargestellt wurde. Ihr Kult, der von den Menschen aus den kleinen Städten Mexikos über den Fluss gebracht worden war, hatte sich inzwischen bis nach Murfee verbreitet und die Anhängerschaft war in den letzten Jahren ständig gewachsen. Besonders beliebt war die Schutzheilige bei den Armen und den Narcos, die daran glaubten, dass sie Wunder bewirken und nach ihrem Tod ein gutes Wort für sie einlegen konnte. Viel mehr wusste America über den Kult nicht, nur, dass es in Vianeys Gebet nicht um Billys Seelenfrieden ging.

Es ging um Rache.

Nachdem sie zu Ende gesprochen hatte, öffnete Vianey den Behälter und verstreute Billys Asche über dem Fluss, wo sie von einem leichten Wind oben gehalten wurde. America tat dasselbe mit den verbrannten Fotos und Zeichnungen aus dem Schuhkarton, und einige Sekunden lang vermischten sich die Aschen zu einer weißen Wolke, die dann langsam ins Wasser sank.

America nahm die braune Papiertüte hoch und zog einen kleinen Revolver heraus: einen Taurus 85, Kaliber .38. Als sie mit Ben nach dem Auffinden der Leiche Billys Trailer durchsucht hatte, hatten sie dort etliche Waffen gefunden, einige Jahrzehnte alt und nur wenige registriert. Bis auf diese eine lagerten sie jetzt in der Asservatenkammer des Reviers.

Am Abend zuvor hatte America den Revolver mehrmals gecheckt, hatte Lauf und Trommel gereinigt und das Griffstück mit Gewebeband umklebt, damit er besser in der Hand lag.

Sie reichte Vianey die Waffe und zeigte ihr, wie sie damit umgehen musste. Zuerst hatte sie die Patronen gegen die Hohlspitzgeschosse, die sie im Revier benutzten, eintauschen wollen, es sich dann aber anders überlegt. Sie schärfte Vianey ein, die Waffe in der nächsten Zeit immer bei sich zu tragen. Und sie sagte ihr noch einmal, sie solle nicht in Terlingua bleiben, sondern nach Presidio oder Mexiko fahren. Dann schrieb sie ihre Privatnummer auf eine ihrer Visitenkarten und sagte Vianey, sie solle unbedingt anrufen, falls irgendetwas sei.

Und als Vianey die Waffe in der einen Hand und die Visitenkarte in der anderen hielt, fing diese schließlich doch noch an zu weinen.

Amé ließ sie allein und ging zu ihrem Pick-up.

In der ganzen Zeit, die sie am Ufer gestanden hatten, hatte sie im Wasser nicht einmal die silbernen Schuppen eines Fisches aufblitzen sehen.

Am Horizont hingen bereits die ersten Sterne, als sie aus Terlingua wegfuhr. Außer einer kurzen Nachricht von Ben, dass sie in Lubbock angekommen waren, hatte sie von ihm oder Chris nichts gehört. Wahrscheinlich bedeutete das nichts Gutes ... Vor heute Nacht oder morgen früh wären die beiden Männer mit Sicherheit nicht zurück.

Sie spielte mit dem Gedanken, nach Killing zu fahren, aber Ben und Chris hatten ihr klar zu verstehen gegeben, dass sie sie dort nicht haben wollten. Die Angst der beiden fand sie lächerlich, wollte die Ermittlungen aber auch nicht gefährden. Doch wenn der Sheriff recht behielt, dann würde man ihnen in Lubbock die Order erteilen, den Mordfall nicht weiter zu untersuchen.

Was sie davon halten sollte, wusste sie nicht. Eigentlich war sie noch nicht bereit, die Suche nach Billy Bravos Mörder aufzugeben.

Sie hatte Vianeys Gebet am Fluss gehört. Nach Rodolfos Verschwinden hatte sie um Ähnliches gebetet und war erhört worden, im Guten wie im Schlechten.

Kurz vor der Abzweigung zur alten Bergarbeiterstadt drosselte sie trotzdem das Tempo, aber die Straße lag schon im Schatten der Berge. Sie fuhr an einem der Pegelstandsanzeiger vorbei, die man entlang der Bachbetten und tiefer liegenden Ebenen des Big Bend aufgestellt hatte; dieser würde den Wasserstand des Alamito Creek messen, sofern es denn jemals wieder regnete und das Bett sich füllte. In dem Schild aus Holz waren zwei Einschusslöcher, eines in Höhe der Ein-Meter-Marke, das andere bei ein Meter fünfzig, und die untergehende Sonne zwinkerte America durch die Löcher zu.

Falls in Killing schon Lichter brannten, sah America sie aus der Entfernung nicht.

17

Major Dyer redete, während Stackpole neben ihm saß und nirgendwohin schaute.

»Ich kannte Dannys Dad noch aus der Zeit, als wir uns bei den Rangern hochgearbeitet haben. Robert Ford war ein guter Mensch und ein verdammt guter Ranger, eine Legende, wenn man so will. Damals, im Sommer 1999 untersuchte er einen Bankraub in Roscoe in Nolan County. Er hatte Daryl Lynch, einem Möchtegernbiker, dem hinter Sweetwater der Strip-Club Aces High gehörte, in die Mangel genommen. Daryl hatte Bob hin und wieder einen Tipp gegeben, und angeblich wusste er auch, wer hinter dem Bankraub steckte. Angeblich war es John Wesley Earl.« Dyer zeigte zu der Stelle auf dem Tisch, wo bis eben noch das Foto von Earl gelegen hatte.

»Bob Ford wurde in der Nähe von Sweetwater auf dem Highway erschossen und ist dort verblutet. Er hinterließ seine Frau und einen Sohn, Danny. Unser Ermittlerteam hat sich den Arsch aufgerissen, aber nie was rausgefunden. Erschwerend kam hinzu, dass das Aces High nur eine Woche nach dem Mord an Bob bis auf die Grundmauern niedergebrannt ist und Daryl Lynch sich noch in dem Laden befand. Wie wir glaubten, steckte Earl hinter der ganzen Scheiße, dem Mord und dem Feuer, aber bevor wir ihm etwas nachweisen konnten, wanderte er für den versuchten Mord ins Gefängnis, den Agent Nichols erwähnt hat. Deshalb hatte sich die Sache für die meisten von uns erledigt. Wir konnten nichts mehr tun.«

»Aber für Danny hatte es sich nicht erledigt?«, warf Harp ein.

»Nein, für Danny nicht.« Dyer blickte zu Boden. »Stellen Sie sich vor, Sie wären ein neunjähriger Junge – wie soll man damit fertig werden? So etwas muss man erst einmal verarbeiten. Das gelingt einigen besser als anderen.« Er atmete geräuschvoll aus, als hätte sich eine Schicht Staub in seinem Hals festgesetzt. »Für ihn und seine Mom Catherine war das alles nicht einfach, überhaupt nicht einfach. Sobald er konnte, ist Danny zur Armee gegangen, er hat sich sogar eine Ausnahmegenehmigung geholt, weil er gleich nach seinem siebzehnten Geburtstag hinwollte. Seine Mutter hat für ihn unterschrieben, und weg war er. Er war drüben in Afghanistan und hat sich dort sehr gut gemacht, wenn man das bei einem solchen Einsatz überhaupt sagen kann.«

Dyer trank einen Schluck Wasser. »Als er zurückkam, ist er zum Department of Public Safety gegangen, wollte Ranger werden wie sein Dad. Er hat sich im DPS schnell hochgearbeitet und wurde in eine behördenübergreifende Task Force aufgenommen, die zur Bekämpfung von organisierten Neonazi-Gangs eingerichtet wurde. Danny übte dort eine wichtige Funktion aus. Sie haben ihn erst nach Tyler, dann McKinney und schließlich Ballinger geschickt, damit er Kontakt zu rassistischen Skinheads aufnimmt. Danny ist der geborene Undercover-Agent, und weil diese Irren ja immer auf der Suche nach Waffen sind, hatte Danny sich die passende Geschichte zurechtgelegt. Er erzählte ihnen, er sei gerade aus der Armee entlassen worden, könne aber jederzeit an Granaten und Gewehre rankommen. Und er hat seine Sache sehr gut gemacht. Zu gut. Er hat sich sogar solche Tattoos verpassen lassen, wie die Typen sie tragen. Als würde er buchstäblich in eine andere Haut schlüpfen. Ich fand das nicht gut und habe ihm das auch gesagt.« Die Muskeln an Dyers Hals spannten sich, als würde er etwas Hartes herunterschlucken. »Aber er war mir ja nicht mehr unterstellt, und die Mistkerle haben es ihm abgekauft.«

»Und er wusste von Anfang an, wer Jesse Earl ist? Vor allem, wer Jesses Vater ist?«, fragte Harp.

»Sagen wir mal so: Es wurde ein-, zweimal erwähnt. Wenn Sie

denken, Danny hätte sich nur deshalb bei der Task Force beworben, dann würde ich Ihnen nicht widersprechen. Aber obwohl die dort ihren eigenen Führungsstab haben, fühlte ich mich Danny gegenüber verantwortlich, weil ich ihn hergeholt hatte und natürlich auch wegen Bob. Ich habe versucht, ihn im Blick zu behalten, und sogar mit seinen Vorgesetzten geredet, nur hat das leider nicht viel genützt. Doch bevor er auch nur in die Nähe von Jesse kam, mussten sie ihn von der ganzen Sache abziehen. In Ballinger gab es nämlich einen unschönen Vorfall. Da war so eine junge Schwangere, die von dem Skinhead-Arsch, mit dem sie sich eingelassen hatte, als Punchingball missbraucht wurde. Danny konnte das nicht mit ansehen und ist dazwischengegangen. Die Frau ist wieder zu ihrer Familie nach Austin gezogen, also hat Danny sie wohl gerettet, aber, nun ja …«

»Was war mit dem Skinhead?«, fragte Chris.

»Tja, also atmen kann er noch, solange man nicht auf die Schläuche tritt, an denen er hängt. Ob er jemals wieder aufwacht, da stehen die Chancen fünfzig-fünfzig und werden mit jedem Tag geringer. Danny wurde vom Dienst suspendiert, aber ich habe meine Beziehungen spielen lassen und ihn in den Innendienst zurückgeholt. Wollen Sie wissen, wieso? Wir mussten Danny wieder auf Vordermann bringen. Wenn man sich mit solchen Leuten umgibt und sich Tag für Tag ihren Mist anhört, dann färbt die Scheiße irgendwann auf einen ab. Um das wieder abzukriegen, braucht es mehr als nur eine Dusche.« Er holte tief Luft. »Trotzdem hätte er sich irgendwann schon wieder berappelt und wäre eines Tages ein guter Ranger geworden.«

»Und wieso ist er jetzt in Killing?«, fragte Chris.

»Weil ich ihm sagen musste, dass Earl rauskommt. Dass dieser Hurensohn Bewährung bekommt, obwohl das das Falscheste überhaupt ist.«

»Aber da wussten Sie noch nicht, dass Earl einen Deal ausgehandelt hat, stimmt's? Sie hatten keine Ahnung von alldem.« Chris schaute von Dyer zu Nichols, der auf eines seiner Handys starrte. »Danny erfährt so nebenbei, dass der Mörder seines Vaters auf freien Fuß kommt, und ...«

»Er hat es nicht *so nebenbei* erfahren«, unterbrach Dyer. »Ich habe es ihm gesagt. Das war ich ihm schuldig. Und im Anschluss an unser Gespräch hat er seine Dienstmarke und die Waffe zurückgegeben. Zwei Wochen später erfahre ich von der Task Force, dass er in Lubbock ist und sich Jesses Gruppe anzuschließen versucht ... nur jetzt auf eigene Faust.«

»Und das ist ihm gelungen«, sagte Harp.

»So sieht es aus. Earls Zeugenaussage, das Vorgehen gegen die Gang-Aktivitäten und jetzt die Sache mit diesem Flowers, das fällt alles in den Zuständigkeitsbereich der Feds. Wir hatten damit nichts zu tun und haben auch nichts davon gewusst, ich wenigstens nicht.« Wieder schaute er zu Nichols, der seinem Blick emotionslos standhielt. »Und soweit wir wissen, hat Danny von alldem immer noch keine Ahnung.«

»Und jetzt reagiert er nicht mehr auf Ihre Anrufe«, sagte Harp. »Aber wenn er schon seit Wochen in Earls Nähe ist und das mit seinem Vater immer noch nicht verkraftet hat, warum verpasst er dem Mistkerl nicht einfach eine Kugel und Schluss?« Er schaute die anderen Männer an, als wäre das die naheliegende Lösung.

»Wir konnten Earl den Mord an Bob Ford nie nachweisen, und ich vermute mal, in all den Gesprächen, die Earl so gern mit Agent Nichols führt« – Dyer zeigte auf Nichols, der das Handy inzwischen weggelegt hatte –, »wurde das Thema nie erwähnt. Ich würde mein ganzes Geld darauf verwetten, dass Earl der Schütze war, nur ist das natürlich auch kein Beweis. Ich schätze mal, Danny will von Earl ein Geständnis hören. Aber ganz gleich, was Danny durchgemacht hat oder was ihm gerade durch den Kopf geht, er ist ein guter Junge, kein kaltblütiger Mörder.«

»Und wenn er von Earl ein Geständnis hört, was dann?«, fragte Chris. »Beschließt er dann, dass es in Ordnung ist, den Mann zu erschießen? Hoffen Sie alle nur darauf, dass Sie in meinem Krankenhaus demnächst nicht auf Earls Schläuche treten?«

»Er ist kein Mörder«, sagte Dyer, »aber ein Heiliger ist er auch nicht.«

Jetzt mischte Nichols sich doch ein. »Wie Sie sehen, Sheriff Cherry, die Situation ist vertrackt, aber das hat Ihnen der Major sicherlich schon am Telefon gesagt.«

Chris lachte. »Wie es aussieht, sind Sie derjenige, dem wir das zu verdanken haben, Agent Nichols. Sie haben uns die tickende Zeitbombe vor die Haustür gelegt. Und Sie haben es nicht für nötig gehalten, irgendeinen von uns in Ihre Geheimnisse einzuweihen. Sie haben dem DPS nichts von Ihrem Deal mit Earl erzählt, und mir haben Sie nichts von Ihrem Sondereinsatz in meinem County erzählt. Erst jetzt, wo es sich absolut nicht mehr vermeiden lässt, rücken Sie mit der Sprache raus.« Chris wies auf die Aktenordner auf dem Tisch. »Wie nennen Sie Ihre Operation eigentlich? Sie hat doch bestimmt auch so einen schönen Namen. Oder ist das auch ein Geheimnis?«

»Mit Geheimnissen hat das nichts zu tun, Sheriff, ich mache das nur aus Sicherheitsgründen. Aber wenn es Sie interessiert, wir nennen die Operation Sol Blanco. Weiße Sonne.«

Sie redeten noch über eine Stunde weiter.

Allmählich lichtete sich für Chris der Nebel. Niemand verlor mehr ein Wort über den Mord an Billy Bravo; der Fall war wie ein störendes Ärgernis einfach beiseitegeschoben worden. Im Mittelpunkt stand jetzt die endlose Diskussion zwischen Texas Ranger Dyer und Federal Agent Nichols; Chris und Harp waren in die Zuschauerrolle gedrängt worden. Dyer wollte Danny aus der Sache herausholen und ihm irgendwie die Information zukommen lassen, dass Earl unberührbar war. Das wiederum machte Nichols verständlicherweise nervös, denn es konnte ja sein, dass Danny Ford auch mit diesem Wissen an seinem Plan festhielt und Earl erschoss. Nach allem, was Nichols für den Deal mit Earl auf sich genommen hatte, musste er nun mit der Angst leben, dass ihm die ganze Sache um die Ohren flog. Wahrscheinlich hatte der Agent sich schon hundert Möglichkeiten überlegt, wie er Danny aus Killing herausholen konnte, nur war keine Methode wirklich durchführbar und alle bargen das Risiko, dass Jesse Earl und Flowers sich dann ebenfalls aus dem Staub machten. Vermutlich hatte er auch schon daran gedacht, Earl die wahre Identität von Danny zu verraten, nur musste er damit noch so lange warten, bis Flowers in Killing auftauchte – denn ganz gleich wie überzeugt er sich gab, so richtig vertraute Nichols dem alten Outlaw offenbar nicht. Er hatte keine Ahnung, wie Earl reagieren würde, wenn er erfuhr, dass Danny bis vor Kurzem nicht nur Cop gewesen war, sondern eben auch der auf Rache sinnende Sohn eines Texas Rangers, den Earl eigenhändig ermordet hatte.

Chris konnte Major Dyers Sorge um Danny absolut nachvollziehen, und so übel er Nichols die Geheimnistuerei auch nahm, er beneidete ihn nicht darum, dass er für die Operation die volle Verantwortung trug und für seine Vorgesetzten jederzeit erreichbar sein musste. Offenbar musste er ihnen rund um die Uhr Rede und Antwort stehen, das verrieten die vielen Handys, die Nichols vor sich ausgebreitet hatte und die er alle paar Sekunden checkte. Chris kam sogar der Gedanke, dass Earl ihn während der Besprechung auf einem kontaktiert hatte.

Bevor das Treffen für beendet erklärt wurde, zeigte Nichols ihnen weitere Fotos von Personen, die sich vermutlich mit Earl in Killing aufhielten, und er gab Chris ein Kärtchen mit einer Telefonnummer, unter der er Tag und Nacht zu erreichen war.

Doch als sich schließlich alle erhoben, da war Chris sich nicht sicher, ob sie überhaupt etwas entschieden hatten. Nichols wollte, dass Chris und seine Deputys die Ermittlungen im Mordfall Billy Bravo einstellten, ihn aber auf dem Laufenden hielten, falls Earl in Murfee auftauchte. Noch war es lediglich eine Bitte, doch daraus konnte schnell ein Befehl von ganz oben werden. Dafür brauchte es nur einen Anruf auf einem der Handys.

Das war das Einzige, worüber nach dem Treffen Klarheit bestand.

Major Dyer bat Stackpole, der die ganze Zeit kein Wort gesagt hatte, Chris und Harp nach draußen zu begleiten.

Niemand schüttelte Nichols zum Abschied die Hand, und er hielt sie auch keinem hin.

Sie hatten das Gebäude schon verlassen und gingen zu ihrem Pick-up, als Harp sich an Ranger Stackpole wandte.

»Scheiße, Rodney, ist das lange her.«

»Das kannst du laut sagen«, erwiderte Stackpole lächelnd. »Dass du beim Midland PD ausgestiegen bist, wusste ich, aber dann habe ich das mit deiner Frau gehört. Schlimm, es tut mir aufrichtig leid. Zuletzt hatte ich was läuten hören, dass du jetzt in Murfee bist, aber richtig geglaubt habe ich es erst nicht. Als du dann wegen John Wesley Earl angerufen hast, hat das erst mal ziemlich viel Staub aufgewirbelt. Ich habe dem Major alles über dich erzählt und auch gesagt, dass du ein Guter bist. Einer von uns.«

Chris schaute Harp verblüfft an. »Ihr kennt euch?«

Harp grinste. »Jep, Rodney und ich haben mal zusammengearbeitet, da war er noch so ein Jungspund wie Danny Ford.« Harp klopfte dem Ranger auf die Schulter, schielte dabei aber zum Bankgebäude hin, als wollte er prüfen, ob Nichols ihn vom Fenster aus beobachtete. »Ich habe ihn gleich wiedererkannt, aber gedacht, ich sage besser nichts.«

»Richtige Entscheidung«, sagte Stackpole. »Nichols weiß nicht, dass wir uns schon lange kennen, und der Major wird es ihm nicht verraten. Aber ich soll dich in seinem Namen bitten, Danny da rauszuholen. Egal wie.«

Chris mischte sich ein. »Lieutenant, Sie saßen stundenlang mit uns an einem Tisch und haben den Mund nicht aufgemacht, und jetzt kommen Sie uns damit?«

Stackpole schaute betreten zu Harp, dann zu Chris. »Sheriff, ich gebe Ihnen ja recht. Aber der Major wollte es so. Er kennt Danny schon lange und kann nicht tatenlos zuschauen, wie der Junge da immer tiefer reinrutscht. Früher oder später werden Earl und Danny durchschauen, was der andere vorhat.«

»Oder Nichols ruft Earl an und sagt es ihm«, warf Harp ein. »Nichols kann es nicht riskieren, dass seine goldene Gans von Danny eine Kugel verpasst kriegt, nur was soll er dagegen unternehmen? Er will ja auch nicht, dass ihm Flowers durch die Lappen geht.«

Stackpole nickte. »Egal wie, es kann nicht gut enden. Für Nichols ist Danny kein Cop mehr, sondern nur noch Zivilist. Ein Hindernis, ein Problem.«

»Er *ist* Zivilist. Er hat den Dienst quittiert. Niemand hat ihn rausgeworfen, er ist freiwillig gegangen«, erwiderte Chris. »Vielleicht will er gar nicht, dass wir ihm helfen.«

Stackpole griff in seine Jackentasche und zog eine Dienstmarke des DPS heraus – golden, mit dem Umriss von Texas in der Mitte – nicht die silberne der Texas Ranger. »Die gehörte Danny. Und in den Augen des Majors tut sie das immer noch. Er muss nur aus Killing raus und Earl und die anderen den Feds überlassen. Sie wissen doch, wie das ist – sobald man die Dienstmarke hat, kann man sie nie wieder ablegen. Bitte geben Sie sie ihm und erinnern Sie ihn daran, dass man immer Polizist bleibt.«

Harp legte eine Hand auf Chris' Arm. »Danny weiß nicht, dass er unsere Hilfe braucht, wir schon.«

Chris zögerte, dann nahm er die Dienstmarke entgegen und wog sie in der Hand. Ihm fiel wieder ein, dass Harp sich seine Dienstmarke zurückgeholt hatte, weil er *ihm* helfen wollte. Vor einem Jahr hatte er Amé dasselbe Gewicht in die Hand gelegt, und es seitdem bei Dale Holt, Tommy Milford und den anderen wiederholt.

Man bleibt immer Polizist …

Chris schloss die Hand um die Marke, steckte sie aber nicht ein. Er wusste noch nicht, was er Stackpole auf die Bitte antworten sollte. Stattdessen sagte er zu Harp nur:

»Fahren wir nach Hause.«

18

Chris kam spät nach Hause. Mel hatte ihm morgens gesagt, er könne in Lubbock übernachten, es würde ihr nichts ausmachen. Doch sie wusste, dass er sie auf der Far Six nur ungern allein ließ, und in Wahrheit fühlte sie sich auch nicht ganz wohl dabei. Als er hereinkam, saß sie mit einem aufgeschlagenen Buch auf dem Sofa, las aber nicht, sondern schaute sich eine Sendung im Fernsehen an. Chris sah müde aus, es war ein anstrengender Tag gewesen, und das hatte nicht nur an der langen Fahrt gelegen. Wie er meinte, hatte Ben auf dem Rückweg auf ihn eingeredet, dass sie sich endlich einen verdammten Hund oder ein, zwei Kinder zulegen sollten, damit Mel hier draußen Gesellschaft hatte ... jemanden, um den sie sich kümmern konnte.

Mel erwiderte nur, sie hätte doch schon jemanden.

Obwohl Chris erst nachts nach Hause gekommen war, war er bereits kurz vor der Dämmerung aufgewacht, und als sie etwas später selbst aufstand, sah sie ihn auf der Veranda sitzen, wo er etwas in einen seiner gelben Notizblöcke schrieb. Der Kaffeeduft hatte sie geweckt, und sie goss sich den Rest aus der Kanne ein und ging ebenfalls auf die Veranda. Etwas bedrückte Chris, und es war noch nicht lange her, da hätte er seine Sorgen für sich behalten. Inzwischen wusste sie, dass er sich ihr öffnen würde, wenn sie sich nur ein wenig geduldete. Sie stellte sich hinter ihn, wartete auf die Sonne, auf ihn, als sie sah, wie Chris den Notizblock weglegte und etwas in seiner Hand auf und ab hüpfen ließ ... einen Türknauf.

»Der ist im Bad abgegangen, aber ich besorge einen neuen.

Scheiße, immer ist was.« Er warf ihn Mel zu, sie fing ihn einhändig auf, verschüttete dabei keinen Tropfen Kaffee.

»Ich kümmere mich darum.« Sie steckte den Knauf in die Tasche ihres Bademantels und nippte an ihrem Kaffee. Das Brett unter ihren Füßen knarrte, es war das einzige Geräusch, denn selbst der Wind war noch nicht aufgewacht. Eine Eule drehte über ihren Köpfen bei und kreiste über dem Ocotillo-Busch; ansonsten war der Himmel leer, ohne Farbe. Chris sah aus, als wolle er wieder nach dem Notizblock greifen, tat es dann aber nicht.

»Diese Sache da in Terlingua ... der Mord an Billy Bravo ... das ist alles ein Riesendurcheinander, und das Treffen in Lubbock hat auch kein Licht in die Sache gebracht. Eigentlich hat es alles sogar noch undurchsichtiger gemacht. Harp hatte mich vorgewarnt, und leider Gottes hat er recht behalten.« Er schaute in die Ferne, zu den immer noch dunklen Bergen.

Sie trank einen Schluck Kaffee, wartete einen Augenblick und legte ihm dann eine Hand auf die Schulter. »Willst du darüber reden?«

Er wollte.

Er erzählte ihr alles. Über Danny Ford, über John Wesley Earl, über FBI Agent Austin Nichols. Über Lieutenant Stackpole, der ihm die Dienstmarke von Danny gegeben hatte. Über die Rückfahrt mit Ben und ihre Diskussion, wie sie sich jetzt verhalten sollten.

Während sie zuhörte, wurde ihr klar, dass er längst wusste, was er tun *wollte*, sich aber nicht ganz sicher war, ob er es wirklich tun *sollte*. Deshalb war er so früh aufgestanden und hatte wahrscheinlich auch schon die halbe Nacht wach gelegen. Und vermutlich war dieser Kampf mit sich selbst auch der eigentliche Grund, warum der dämliche Knauf an der Badezimmertür abgebrochen war ...

Er erzählte ihr alles und verfiel in Schweigen. Sein Kaffee war inzwischen kalt geworden, sie nahm den Becher und kippte den Rest auf den ausgetrockneten Boden vor der Veranda.

»Chris, wir wissen doch beide, dass du dich nicht aus der Sache raushalten wirst. Du wirst niemals zulassen, dass dem jungen Mann etwas zustößt oder er einem anderen etwas antut. So bist du nun mal nicht.«

»Die Sache geht mich nichts an, das ist nicht mein Problem. Dyer und Nichols sollen sich darum kümmern. Sie sind schuld an der ganzen Scheißsituation.«

»Chris Cherry, du bist davon nicht überzeugt, also versuche nicht, mich davon zu überzeugen.« Sie schüttete ihren Rest Kaffee ebenfalls weg. »Du hast einmal hier gestanden und zu mir gesagt: *So weit das Auge reicht, ich trage für all das die Verantwortung.* Vielleicht hast du es nur gesagt, weil du mir imponieren wolltest. Vielleicht dachtest du, dann würde ich eher mit dir hier rausziehen. Vielleicht wolltest du an dem Abend auch nur ein bisschen Spaß haben.« Sie lachte. »Aber das hast du wortwörtlich zu mir gesagt.« Jetzt lächelte er auch. »Damals hast du daran geglaubt und das tust du heute auch noch. Gehört es da nicht auch zu deiner Verantwortung, dich rechtzeitig einzumischen, bevor etwas Schlimmes geschieht?«

»Vielleicht sollte ich dir einen Stern anstecken und *dich* zum Deputy ernennen.« Er schüttelte müde den Kopf, lächelte aber trotzdem. »Aber in der Nacht hatten wir ziemlich viel Spaß, oder?«

»Ja, Sheriff.« Sie nahm seine Hand und zog ihn vom Stuhl hoch. »Und wir sollten es wiederholen …«

Sie führte ihn ins Schlafzimmer, wo sie ihren Bademantel abstreifte. Darunter trug sie nichts, und sie gönnte Chris einen langen Blick, bevor sie ihm T-Shirt und Boxershorts auszog. Zusammen fielen sie aufs Bett, und das Laken glitt wie eine Wolke über sie und schmiegte sich weich an ihre Haut. Sie nahm ihn in sich auf, zeigte ihm, dass es an ihrem Körper nichts gab, was er nicht kannte oder haben konnte. Dann drückte sie das Gesicht an seine Brust und bewegte sich mit ihm im selben Rhythmus. Er war langsam, noch müde vom gestrigen Tag und der schlaflosen Nacht, aber sie spürte, wie seine Kraft zurückkehrte, und als sich der Schweiß auf ihrer Haut miteinander vermischte und sie beide sich dem anderen entgegenbäumten, da ließ sie die Hände über seinen Körper gleiten und hielt ihn so fest, wie sie nur konnte, ohne Angst vor den Narben, die die Kugeln dort hinterlassen hatten und die für immer bleiben würden.

So wie sie selbst für immer bei ihm bleiben würde ...

Irgendwann glaubte sie, die Sonne würde aufgehen und das Zimmer noch mehr aufheizen, als es ihre Körper getan hatten. Doch als sie dann nebeneinanderlagen und Chris doch noch einschlief, blieb es im Zimmer zum Glück dunkel, als wäre die Sonne so gütig, mit dem Aufgehen auf sie beide zu warten ...

Als sie einige Zeit später aufstand, kam Chris ihr aus der Dusche entgegen. Auf dem alten Ledersessel in ihrem Schlafzimmer hatte er sich bereits eine frische Jeans, ein Hemd, die Dienstmarke und die Waffe bereitgelegt.

Er beugte sich zu ihr herunter, küsste sie, und Tropfen fielen aus seinen nassen Haaren auf ihre Wangen, ihre Wimpern. Die Sonne, die vorhin noch auf sie gewartet hatte, stand nun hoch am Himmel und brannte Löcher in den blanken Holzboden.

»Ich muss gleich ins Büro. Muss Royal Moody anrufen und um einen Gefallen bitten. Gerne tue ich das nicht, er wird ein Mordsgeschrei machen, aber ...« Chris verstummte und zog sich die Jeans an. »Glaubst du, die Hitze ist bald vorbei?« Das, worüber sie vor Sonnenaufgang geredet hatten, erwähnte er nicht mehr. Die Entscheidung war gefallen, es gab nichts mehr zu bereden. Das war der neue Chris, der die Schießerei auf der Far Six überlebt hatte.

»Gestern im Wetterbericht hieß es, nächste Woche soll es regnen.«

Er knöpfte das Hemd über seinen Narben zu, nahm den Sheriffstern und steckte ihn an seinen Gürtel.

»Wir könnten ein ordentliches Gewitter gebrauchen, das die verfluchte Hitze und den ganzen Staub endlich wegspült.«

19

Ich will gerade einen Revolver verstecken, als Jesse zu mir hochkommt.

Seit ein paar Wochen vergrabe ich auf dem Grundstück in Killing hier und dort eine Waffe. Earl kann es nicht leiden, wenn irgendjemand außer ihm bewaffnet rumläuft, dabei haben sie in Wahrheit so viele dabei, dass keiner mehr den Überblick hat; vor allem T-Bob nicht, und so habe ich einen Smith & Wesson 929 aus seinem Wohnmobil geklaut und in Sackleinen eingewickelt. Ich schiebe ihn schnell unter eine verrostete Motorhaube, die ich auf dem Hügel hinter dem Haus entdeckt habe. Es ist dieselbe Stelle, wo Earl oft rumsteht, raucht und telefoniert, weil der Handyempfang nur hier gut ist. Zu gern würde ich wissen, was er hier oben sonst noch tut. *Wohin schaut er?*

Versteckt er auch Sachen wie ich?

Da es nicht geregnet hat, sind die Abdrücke seiner Stiefel im Sand noch schwach zu erkennen. Er läuft nicht rum, steht einfach nur da und schaut in Richtung Süden, zu den Bergen hin. Manchmal fährt er mit seiner Harley früh morgens dorthin, obwohl der Boden für seine Low Rider eigentlich nicht geeignet ist. Die Maschine muss sich richtig abkämpfen, noch dazu gibt es in der Gegend absolut nichts.

Ich höre Jesses Schritte und rieche seine Zigarette, noch bevor ich ihn sehe.

»Danny, was machst du hier?«, fragt er hinter meinem Rücken. Im Kopf zähle ich die Schritte, die wir voneinander entfernt sein könnten, und überlege, wie schnell ich bei ihm wäre.

Als ich mich dann doch zu ihm umdrehe, schaut er nicht etwa

mich an, sondern auf die Motorhaube. Sie könnte von einem Bonneville stammen, und es sieht aus, als wäre der Rest des Autos im Sand versunken und nur noch dieses angefressene Stück Blech oben geblieben. Jesse sagt dazu nichts, aber sein Blick gefällt mir nicht. »Du bist fast schon wie mein Daddy, du schleichst rum, hältst dich abseits. Macht mich ganz nervös.« Er schnippt Asche weg, tritt sie aus.

»Hat nichts zu sagen, Jess. Mir wird's manchmal ein bisschen eng mit den ganzen anderen im Haus. Du weißt, wie das ist.«

»Ja, glaube schon. Deshalb hättest du auch mit T-Bob und mir nach Terlingua fahren sollen. Paar Biere zischen, mal rauskommen, und wenn's nur für zwei, drei Stunden ist.« Mit der Zigarette in der Hand macht er eine Geste, die die leere Wüste um Killing einschließt. Ich erinnere ihn nicht daran, dass es für ihn in Zukunft keine Ausflüge mehr geben wird. Sein Dad wird das verhindern, und wenn er Jesse an die Stoßstange des Wohnmobils ketten muss.

Jesse raucht schweigend weiter, schaut dabei von mir zur Motorhaube, zu den Bergen. Den Verstand und die Augen hat er von seinem Vater, und ich frage mich, was er wohl von seiner Mutter hat, aber Jesse redet nie über sie und Earl auch nicht. In den Polizeiakten, die ich gelesen habe, stand nichts über die Frau. Jesses Bruder Little B ist der Sohn von Earl und Sunny, und über sie weiß ich immerhin ein bisschen was. Sie hat ein paar Vorstrafen und selbst schon ein-, zweimal gesessen. Mit Earl ist sie mit Unterbrechungen seit über zwanzig Jahren zusammen. Little B hat sie gekriegt, als Earl zwischen zwei Knastaufenthalten kurz draußen war und nebenbei auch noch Zeit hatte, meinen Dad umzubringen; der Junge wurde von ihr und T-Bob großgezogen, und um Jesse haben sie sich auch gekümmert, aber er hat sich schnell selbstständig gemacht. T-Bob hat was für Sunny übrig und wird hibbelig, wenn Earl sie oder einen der Söhne schlecht behandelt. Aber er würde nie die Hand gegen seinen Bruder erheben und greift stattdessen zur Flasche. Durch T-Bob hat Jesse wohl auch zum ersten Mal von Thurman Flowers gehört, der für ihn inzwischen mehr Vater ist, als Earl es jemals war.

Die Spannungen zwischen Jesse und seinem Dad spüre ich in meinem Mund wie groben Kies, und manchmal glaube ich, ich ersticke noch daran. In den letzten Jahren hat Jesse sein eigenes Ding gemacht und sich mit Flowers diesen Mist überlegt. Die meisten im Haus waren *seine* Leute, doch dann kam Earl auf Bewährung raus. Jetzt wissen alle, wer hier wirklich das Sagen hat.

Earl ist der Einzige, der mich noch hier hält, aber in Wahrheit rede ich mir nur ein, dass ich überhaupt noch eine Wahl habe, dass ich etwas Gutes bewirken kann. Ich könnte zwar jederzeit aus Killing weg, doch Earls Anziehungskraft kann ich nicht mehr entkommen. Niemand würde mich aufhalten, Jesse am allerwenigsten. Vielleicht herrscht die Spannung, die ich wahrnehme, gar nicht zwischen Jesse und seinem Dad, sondern zwischen Jesse und mir. Vielleicht hat er mitgekriegt, wie Jenna mich manchmal ansieht, oder er nimmt mir die Schlägerei auf der Skinhead-Party übel, weil Earl alles mitgekriegt hat. Je mehr Earl mir vertraut und sich auf mich verlässt, umso verschlossener wird Jesse mir gegenüber und umso häufiger sucht er Streit mit uns beiden. Dass die Waffen und Granaten, die ich ihm versprochen habe, noch nicht da sind, macht es natürlich nicht besser, und ich glaube, ihm ist bereits klar, dass sie hier niemals ankommen werden.

Er weiß, dass ich ihn angelogen habe, nur nicht, warum, und das macht ihn noch nervöser, als er es sowieso schon ist. Sein Misstrauen und Earls Vertrauen sind wahrscheinlich der Grund, warum ich überhaupt noch am Leben bin; aber am Ende werden sie auch der Grund sein, warum ich sterben muss. Dann wird er sich mein Blut von den Händen waschen wie an dem Morgen nach seiner Rückkehr aus Terlingua.

Jesse bläst Rauch in die Luft. »Hab mit Thurman geredet. Er und Clutts sind in drei, höchstens vier Tagen hier.«

»Gut, sehr gut.« Marvin Clutts ist Flowers' rechte Hand. Ihn kenne ich bisher nur aus FBI-Akten.

»Dann weht hier ein anderer Wind. Thurman bringt seine Leute mit und ...«

»Leute wie Clutts?«

Jesse mustert mich, als wolle er abschätzen, wie groß das Loch im Boden für mich sein müsste. »Clutts ist nicht der Einzige, weiß Gott nicht, es werden sehr viele Leute herkommen. Wir werden sämtliches Land kaufen, Hektar für Hektar, und es zu unserem machen.«

Das alles habe ich schon hundertmal gehört, und ich bin nicht in der Stimmung, mir einen seiner White-Power-Vorträge anzuhören, aber er lässt nicht locker.

»Wir haben Pläne, Thurman und ich. Wir müssen nur den Anfang machen, dann werden die anderen schon kommen. Aber du kannst dich nicht die ganze Zeit in den Bergen verstecken. Jeder muss hier mit anpacken, du kriegst keine Extrawurst. Ganz gleich, was mein Daddy sagt, er kann dir keine geben ... und er selbst kriegt auch keine.«

»Dann klär das besser mit ihm. Ich hab dir doch gesagt, ich arbeite daran. Freunde von mir sind in Fort Bliss in El Paso stationiert. Die besorgen dir alles, was du willst, aber das dauert eben. Wenn du das schneller hinkriegst, nur zu. Aber du brauchst dafür Geld. Richtig viel.«

Jesse nickt langsam. Das ist der wunde Punkt. Wenn er sich mit Earl streitet, geht es häufig ums Geld. Flowers setzt ihn unter Druck. Beide glauben, Earl hätte irgendwo Geld versteckt, das er im Knast verdient oder vorher geklaut hat, vielleicht sogar bei dem Bankraub, an dem mein Vater dran war, als er ermordet wurde. »Okay, Danny-Boy, du arbeitest daran? Dann gib dir mal ein bisschen mehr Mühe. Und wenn du den Scheiß nicht auf diesem Hügel vergraben hast, verschwendest du hier nur Zeit. *Meine* Zeit.«

Fast wäre ich zusammengezuckt. »Verstanden, Jesse, klar und deutlich.«

Völlig überraschend macht er ein paar Schritte auf die Motorhaube und mich zu. Jesse ist eigentlich nicht der Typ, der die direkte Konfrontation sucht. »Die Gegend hier erinnert dich bestimmt an deinen Dienst in dem Dreckskaff am Arsch der Welt, oder?«

Alle meine Muskeln spannen sich an. Jesse schaut zu den Bergen hin, zu der schmalen, gewundenen Wüstenpiste, auf der ich Earl auf seinem Motorrad schon häufiger gesehen habe. Jesse kommt noch näher, geht durch meinen Schatten.

»*Das* Dreckskaff war aber schöner als das hier«, kontere ich. »Du hast dir echt eine Scheißgegend für dein Königreich auf Erden ausgesucht.«

Jesse schnickt seine Zigarette weg und geht an dem Punkt, wo ich bis vor wenigen Sekunden noch gekniet habe, in die Hocke, als wolle er nachsehen, was ich dort gemacht habe. Er grinst. »Gar nicht so leicht, den richtigen Ort zu finden, was? Aber das Land hier ist billig, Danny-Boy, das Land ist ...«

Er streckt die Hand in Richtung Motorhaube aus ...

»Das würde ich an deiner Stelle nicht tun.« Ich zeige auf den Boden vor ihm. »Hab da gerade eine Klapperschlange gesehen. Hat sich wohl darunter verkrochen. Gehört hab ich sie auch. Klang ziemlich groß.«

Er lacht, hält aber in der Bewegung inne. »Klang ziemlich groß? So was hörst du? Gehörte das auch zu deiner Scheißsuperheldenausbildung bei der Army?«

»Nein, aber ich hatte Verwandte in Sweetwater, wo sie einmal im Jahr so viele Klapperschlangen zusammentreiben wie nirgendwo sonst auf der Welt. Glaub mir, ich hab schon einige gesehen.«

Jesse hockt noch immer vornübergebeugt da, als würde er in der Luft hängen. Ich weiß nicht genau, was er vorhat, und er vielleicht auch nicht, aber dann hören wir, wie Earl den Hügel hochkommt und nach uns ruft. Jesse streckt jetzt beide Hände aus, hat fast schon die Stelle erreicht, wo ich den 929er versteckt habe, aber dann zieht er sie zurück und tut so, als hätte er nur die nächste Zigarette aus der Brusttasche angeln wollen.

Er kommt hoch, zündet sie an und schaut über die Schulter zu seinem Vater.

»Na, dann hoffen wir mal, dass hier draußen keiner von einer Schlange gebissen wird, was?«

Wir stehen schweigend nebeneinander, als Earl bei uns ankommt. So wie die Adern an seinem Hals hervortreten, muss er ziemlich angepisst sein. Er trägt ein Button-down-Hemd, aber sämtliche Knöpfe sind auf, es flattert wie Flügel und man sieht die Tinte auf seiner Brust und dem Bauch. So viel Tinte, dass man nicht mehr weiß, ob überhaupt Haut darunter ist. Der im Knast gestählte Bauch erschlafft langsam, auch die Killermuskeln an seiner Brust hängen durch, und es sieht aus, als hätte er Titten. Das harsche Licht der Sonne gräbt ihm die Falten tiefer ins Gesicht und lässt das Grau in seiner Haartolle noch stumpfer wirken. Seit ich ihn kenne, hat Earl nicht so alt ausgesehen. Killing lässt ihn altern. Und sein Sohn und ich können jedes seiner elendigen Jahre sehen.

Jesse grinst ihn an. »Woher die Pisslaune, JW?« Es ist die Frage von einem, der die Antwort bereits kennt.

Earl ballt die Hände zur Faust, öffnet sie wieder. »Hab gerade mit Jenna geredet. Sie sagt, dieser Sheriff aus Murfee hat heute für dich angerufen. Stimmt das?« Er sieht mich an, als hätte ich es gewusst. Doch Jesse hat Murfee nicht mehr erwähnt, seit wir aus der Stadt zurückgekommen sind.

Allerdings habe ich Earl auch nicht erzählt, dass Jesse mich damals aufgefordert hat, durch Murfee zu fahren, und er dann nur aus dem Fenster gestarrt hat.

»Jepp, als wir vor ein paar Tagen da waren, wollten die wissen, wie sie uns erreichen können. Du hast selbst gesagt, wir sollen kooperieren, damit die hier nicht noch mal aufkreuzen. Also hab ich denen Jennas Nummer gegeben und dann nicht mehr daran gedacht. Aber einer der Pisser hat heute angerufen. Ich glaube, der Sheriff. Hat eine Nachricht hinterlassen, dass er jetzt so einen Wisch vom Richter hat und T-Bob und ich Blut abgeben sollen. Damit hatten die uns letztes Mal gedroht, und ich dachte, das ist alles nur Bullshit, aber war wohl doch keine leere Drohung. Er hat höflich gefragt, ob wir noch mal hinkommen.«

Die Adern an Earls Hals treten noch deutlicher hervor. »Und wolltest du mir das noch sagen oder nicht?«

Jesse nimmt einen langen Zug von seiner Zigarette, weidet sich an Earls Wut. »Wollte ich noch, aber jetzt muss ich ja nicht mehr. Die Scheißbitch kann einfach den Mund nicht halten.« Er zeigt mit der Zigarette auf seinen Dad. »*Du* warst derjenige, der gesagt hat, wir sollen dahin. *Du* hast gesagt, redet mit denen, macht einen auf nett, tut so, als wollt ihr ihnen helfen. Und was hat mir das gebracht? Noch mehr Scheißärger. Für deine Pisslaune gibt's also gar keinen Grund.«

Earl dehnt den Nacken, knackt mit den Knöcheln. »Scheiße, Junge, den Ärger haben wir beide. Du weißt verdammt gut, warum ich euch hingeschickt hab. Ein Haus voller Ex-Knackis und dazu die ganzen Knarren und der andere Scheiß, den wir hier haben? Viel braucht es nicht, und ich fahr wieder ein, und dir und all den anderen fliegt die Scheiße nur so um den Kopf. Willst du das? Wo dein Freund Flowers schon auf dem Weg ist?«

Mir kommt es vor, als würde Earl mit seinem jüngeren Ich reden, mit dem Mann, der er früher war. Mit sich selbst in einem dunklen Spiegel streiten.

»Also, erstens nenn mich nicht *Junge*, das bin ich schon lange nicht mehr, *Daddy*.« Jesse spuckt das letzte Wort aus. »Zweitens musst du nicht bleiben, wenn du zu viel Schiss hast. Keiner hat dich eingeladen. Du hast einfach vor der Tür gestanden. Zwanzig Jahre warst du in dem Loch tot und begraben. Du bist nur hier, weil ich es erlaube und weil das okay für mich ist. Aber wenn du mir noch länger sagst, was ich tun und lassen soll, dann ist es für mich bald nicht mehr okay.«

Earl grinst wie ein Hai. »Stimmt, du bist ja jetzt erwachsen, hatte ich fast vergessen.«

Jesse grinst noch fieser. »Bin ich schon länger.«

Earl lacht seinem Sohn ins Gesicht. »Okay, okay, jetzt sag ich dir mal, wie wir es machen. Ich überlege mir heute was, aber ich schätze, du und T-Bob, ihr müsst dahin und denen geben, was die haben wollen. Und danach betet ihr, dass die kein Blut von euch an dem Bohnenfresserficker finden, mit dem du dich angelegt hast ...«

Jesse schnaubt. »Wir haben es schon so gemacht, wie du wolltest. Du hast gesagt, danach geben die Ruhe, aber das haben die nicht. Also machen wir es jetzt so, wie ich will.«

»Hast du eigentlich eine Ahnung, wer dieser Sheriff ist? Chris Cherry? Der ist hier in der Gegend so was wie ein Held, er stand sogar in der Zeitung, weil er eine Bande Bohnenfresser abgeknallt hat und dabei fast draufgegangen wäre. Der Typ ist hier das gottverdammte Gesetz, und wenn er so einen verdammten Wisch vom Richter hat, dann macht ihr, was er sagt. Und dann hoffen wir mal, dass die da nichts finden. Wenn nämlich doch, dann ist das Gesetz das Letzte, worüber du dir Sorgen machen musst.« Earls Augen sind ganz flach wie die Wüste um uns herum. Als wäre ein Sturm hindurchgezogen und hätte sie elektrisch aufgeladen. »Ich fackle den Laden hier einfach ab, Jesse. So wahr mir der Teufel helfe. Ich fahre nicht wieder ein, nur weil du Grütze im Schädel hast. Jetzt nicht mehr. Ich bin mit schuld dran, dass du so geworden bist, aber das hier ist nicht meine Schuld, und ich halte den Kopf nicht dafür hin.«

Jesse bläst Luft durch die Nase. »Dass ausgerechnet du mir so was erzählst, ist das Allerletzte. Soll das eine Drohung sein?«

»Nein, Junge, nur die Wahrheit. Wir machen es so und nicht anders. Und dann hat sich die Sache. Das verspreche ich dir. Aber wenn du es nicht tust, dann ...« Earl zuckt die Schultern.

Jesse spuckt auf den Boden. »Fick dich, Alter. Du laberst und laberst, und es kommt nur Scheiße aus deinem Mund. Du bist im Loch komisch geworden. Warst zu lange drin. Die Welt hat dich vergessen. Du hättest da bleiben sollen, wo du noch jemand warst. Hier draußen bist du ein Niemand.« Und damit verlässt Jesse der Kampfgeist. Er sieht mich kurz an, dann seinen Dad und marschiert davon.

Earl schaut ihm nach, schüttelt den Kopf. Wir sind allein wie an dem Vormittag, nachdem die Deputys in Killing waren. Er zieht ein Feuerzeug und ein Softpack Zigaretten aus seiner Brusttasche. Er hält mir das Päckchen hin und ich nehm mir eine.

»Drinnen waren die Dinger ein Scheißvermögen wert. Man konnte sie gegen alles eintauschen.« Er zieht fest an seiner Zigarette. »Sogar gegen das Leben eines Menschen.«

Ich erwidere nichts. Was soll ich auch sagen? Ich stehe neben dem Mann, der meinen Vater ermordet hat, und rauche eine seiner Zigaretten. Ich könnte es jetzt tun und danach wie Jesse den Hügel runtermarschieren, nur eben in die andere Richtung, zu der Wüstenpiste und den Bergen.

Immer weiter, ohne mich umzuschauen.

Augenblicke wie diesen gab es schon häufig – wir sind allein, niemand sieht uns. Niemand könnte mich aufhalten. Ich könnte es jetzt tun.

Meine Muskeln spannen sich an.

Er schaut nicht zu mir, sondern blickt seinem richtigen Sohn hinterher.

Der Revolver, den ich versteckt habe, ist zum Greifen nah ...

Ich kann es schaffen ... ich kann es schaffen ...

Zielen ... ausatmen ... abziehen ...

»Kann sein, dass ich noch mal deine Hilfe brauche«, sagt er in die Stille rein. »Nein, ich brauche deine Hilfe, hier ist sonst niemand, dem ich vertraue.« Er schaut mir in die Augen.

Und das hält mich auf.

»Es geht nicht nur um mich, das wirst du bald verstehen. Es geht um alle anderen. Die Frauen, den Jungen, diesen Kasper. Du redest oft mit ihm, er schaut zu dir auf.«

Ich suche nach den richtigen Worten, muss etwas sagen, damit er mir nicht länger in die Augen schaut. »Was soll ich für dich tun, JW? Soll ich Jesse und T-Bob zum Sheriff fahren? Soll ich ein Auge auf sie haben?«

»Das wohl auch«, sagt er, aber das ist nicht das, was ihn beschäftigt. Er schaut wieder dorthin, wo sein Sohn eben noch war, der jetzt im Schatten des Hauses verschwunden ist.

Was er dann sagt, beunruhigt mich. Wie die Karte, die ich von Murfee zeichnen sollte, wie das, was er über den Sheriff gesagt hat. Als würde er etwas wissen, das sonst niemand weiß. Mir läuft es trotz Hitze kalt über den Rücken.

»Wenn wir nichts unternehmen, bringt der Junge euch alle ins Grab ...«

20

Jesse Earl dachte oft an seine Mama.

Dabei konnte er sich weder an sie erinnern, noch hatte er Fotos von ihr oder wusste überhaupt, was für ein Mensch sie gewesen war. Sein Daddy hatte sie immer nur *diese Nutte* genannt, obwohl er das schlimme Wort fast sanft sagte. Deshalb konnte Jesse sie sich einfach so vorstellen, wie er wollte. Manchmal träumte er, sie würde tausend Meilen weit weg ein schönes Leben führen, wie in der Werbung oder in den Doku-Soaps, die Jenna so gern guckte. Das tat verflucht weh. Manchmal träumte er aber auch, ihr Leben wäre genauso beschissen wie seins, auch das tat weh, nur eben anders. In diesem Leben hauste sie in einem schrottreifen Trailer in Beaumont oder Waco, war viel zu fett oder zu dünn, pfiff sich irgendwelche Drogen rein oder hing an der Flasche wie T-Bob und musste sich um die Gören und die Probleme von irgendeinem Scheißtypen kümmern. Doch ganz gleich, was er träumte, immer gab es diese Sekunde, da standen sie sich gegenüber und er schaute ihr in die Augen, an die er sich nicht erinnerte, und fragte sie, was er und vor allem sein *Daddy* falsch gemacht hatten, dass sie einfach abgehauen war und ihn allein gelassen hatte.

Dass Sunny und T-Bob sich bei ihm keine Mühe gegeben hatten, hätte er nie behauptet; sie hatten eben getan, was sie tun konnten. Auch Flowers war für ihn da gewesen und hatte immer ein offenes Ohr für ihn gehabt. In den letzten fünfzehn Jahren hatte er mehr mit Thurman geredet als mit seinem Daddy im ganzen Leben. Aber wenn er sich eingebildet hatte, das würde sich ändern, nachdem sein Daddy überraschend aus Walls entlassen worden war, dann hatte JW ihm den Kopf schnell wieder zurechtgerückt. Seinem Daddy waren er und Little B noch genauso egal wie in all den Jahren, in denen er gesessen und nicht einmal geschrieben oder ein einziges Mal angerufen hatte. Als hätte es *sie* gar nicht gegeben, als wären sie diejenigen, die etwas Böses getan und in den Knast gewandert waren. Dabei hatten sie beide nichts verbrochen, sondern nur das Scheißpech, die Söhne von einem Typen wie JW zu sein. Ihr größter Fehler war, dass sie seine Fehler waren – zu viel Schnaps in einer Nacht, in der anderen die falsche Frau – *diese Nutte* – gevögelt. Deshalb würde er jetzt auf gar keinen Fall danebenstehen, wenn sein Daddy und Danny auf dem Hügel quatschten, als wären sie alte Freunde oder *Vater und Sohn*, und höchstwahrscheinlich auch noch über ihn redeten. Der verfickte Danny war in Killing offenbar der Einzige, gegen den sein Daddy nichts hatte, weil er nämlich der Einzige war, der JW nicht an all die Fehler erinnerte, die er in seinem erbärmlichen Scheißleben gemacht hatte, und das ging Jesse noch mehr auf den Sack als alles andere. Weil es nämlich gar keinen Sinn machte oder, schlimmer, überhaupt nur so Sinn, aber eigentlich war das auch egal, denn am Ende kam dieselbe Scheiße dabei raus.

Und dass JW so tat, als wäre er vollkommen pleite, war auch totaler Bullshit. Jesse wusste, dass er irgendwo Geld versteckt hatte, und Flowers wusste das auch, und ihre Pläne für Killing hingen nur von diesem Scheißgeld ab. Im Knast war sein Daddy lange Zeit eine richtig große Nummer gewesen. Er hatte das Kommando gehabt, hatte Sachen geregelt, hatte über Leben und Tod entschieden. Aber jetzt diese Scheiße mit dem Sheriff aus Murfee und seinen beiden Deputys, dem alten Sack und der kleinen Bohnenfresser-Bitch. Er hatte JW nichts von dem Anruf vom Sheriff gesagt, weil er ihm mal zeigen wollte, dass er genauso sein konnte wie er. Aber das war nicht alles. Er hatte nämlich Angst, richtige Scheißangst, dass er es diesmal komplett vergeigt hatte. Solange die

Deputys wegen dieser Terlingua-Geschichte keine Ruhe gaben, würde auch JW keine Ruhe geben. Früher hätte sein Daddy niemals zugelassen, dass diese Arschgeigen ihn rumschubsten. Er wäre niemals gesprungen, nur weil sie angerufen hatten ... er hätte sie dafür bezahlen lassen, dass sie es gewagt hatten, ihm etwas vorschreiben zu wollen ... doch dieser Mann war entweder gestorben oder im Loch geblieben. Jetzt hatte sein Daddy Angst vor dem eigenen Schatten und führte sich auf wie ein verdammter Schisser. JW tat zwar immer so, als wäre Jesse der Feigling (vor allem nach der Schlägerei in Lubbock), aber in Wahrheit war er es, der jetzt den Schwanz einzog.

Er war sich nicht sicher, ob er JW wirklich hasste oder ob er nur enttäuscht von dem Mann war, der er im Knast geworden war. An manchen Tagen war der Hass stark wie Gift, und heute war definitiv so einer. Aber bald würde Thurman da sein und alles regeln; Thurman fand nämlich auch, dass sein Daddy ihm jede Menge schuldete und die Zeit gekommen war, dass JW seine Schulden beglich.

Weil er die vielen Jahre, die er im Loch gesessen hatte, die vielen Jahre, die Jesse mit ihm verloren hatte, nicht zurückzahlen konnte, musste der alte JW die offene Rechnung eben mit dem versteckten Geld begleichen. Das beschissene Leben, das Jesse bisher gehabt hatte, konnte er damit zwar nicht wiedergutmachen, aber immerhin reichte es als *Vorschuss für seine Zukunft.*

Den Spruch hatte er in einer von Jennas Fernsehserien gehört und gleich aufgeschrieben.

Aber es ging noch um mehr, um etwas, das Jesse niemandem erzählen würde, schon gar nicht Flowers, der es sowieso nicht verstanden hätte. Die Schuldenuhr seines Daddys lief seit dem Tag, als er Jesses Mama in die Flucht getrieben hatte.

Denn dafür schuldete sein Daddy ihm am meisten.

Jesse blieb vor dem Hintereingang des alten Ranch-Hauses stehen und schaute noch einmal zu seinem Dad und Danny hin, die fast Schulter an Schulter auf dem Hügel standen. Wie es aussah, redeten sie nicht mehr, sondern blickten zusammen in die Wüste. Aus der Ferne hätte man fast meinen können, dass Jesse dort stand, aber das war natürlich Unsinn. Danny war vor einigen Wochen wie aus dem Nichts aufgetaucht und hatte großkotzig erzählt, er könnte Waffen und was nicht alles besorgen. Aber seit JW auf der Bildfläche aufgetaucht war, waren seine Versprechen auf der Strecke geblieben. Als hätte Danny von Anfang an nur nach seinem eigenen Vater gesucht.

Das Scheißgefühl kannte Jesse nur zu gut.

Er ging ins Haus, schloss die Tür und die beiden aus.

Dann machte er sich auf die Suche nach Kasper und Little B. Langsam war die Kacke richtig am Dampfen, und es wurde Zeit, mal rauszufinden, wie viel die kleine Bohnenfresserin aus dem Wikiup wirklich wusste ...

21

Harp saß in seinem Auto, nicht im Dienstwagen, beobachtete die Main Street und nippte an einer Coke mit einem Schuss Whiskey.

Für ihn war es immer noch Jackies Auto. In der Mittelkonsole steckten noch ihre alten Einkaufslisten, im Handschuhfach lag einer ihrer Ohrringe, dessen Gegenstück verschollen geblieben war. Das Auto roch nach ihr. Er musste daran denken, wie oft sie auf diesem Platz gesessen und einen Anruf von ihm bekommen hatte, weil bei der Arbeit wieder einmal etwas dazwischengekommen war und er erst spät nach Hause kommen würde. Er stellte sich vor, wie sie sich beim Telefonieren im Rückspiegel angeschaut und sich gefragt hatte, wo all die Jahre geblieben waren, die sie eigentlich zusammen hatten verbringen wollen. All die Tage, all die Stunden, sie waren für immer verloren und verschwanden im Rückspiegel, wie die Straße, auf der sie fuhr.

Einen Zweitwagen hatten sie sich nie zugelegt. Sie hatten keinen gebraucht, weil er meistens sowieso im Streifenwagen unterwegs war.

Aber er hatte ihr Hunderte Male versprochen, dass sich alles ändern würde, sobald er im Ruhestand wäre.

Das hatte er ihr fest versprochen.

Er nahm einen großen Schluck aus dem Pappbecher.

Und es hatte sich tatsächlich alles geändert.

Am Morgen nach der Besprechung in Lubbock hatte Chris schon in seinem Büro gesessen, als Harp aufs Revier kam. Der Sheriff hatte sich sämtliche Informationen zur Aryan Brotherhood of Texas und Thurman Flowers besorgt. Mit einer Kirche hatte dessen

Church of Purity wenig gemein; es war nur eine x-beliebige, von Hass getriebene White-Power-Gruppierung. Im Internet hatte Chris Predigten von Flowers gefunden, dazu noch etliche Pamphlete und andere schriftliche Ergüsse. Obwohl Nichols und Dyer ihm vieles erzählt hatten, war er alles selbst durchgegangen, um zu verstehen, mit wem sie es in Killing zu tun hatten.

Nachdem Chris mit seiner Recherche fertig war, hatte er die ausgedruckten Seiten auf Harps Schreibtisch gelegt. Aber Harp hatte sich den Bullshit nicht antun wollen. Er wusste auch so, dass Flowers und Earl Typen der übelsten Sorte waren.

Eigentlich hatte Harp für sich beschlossen, dass ihn die Sache mit den Earls und Danny nichts mehr anging. Doch dann war Chris gestern in sein Büro gekommen, wo er mit Till Greer gerade Kaffee trank und quatschte, und hatte zwei weitere Seiten auf den Papierstapel gelegt. Er hatte mit einem Finger fest darauf getippt und gesagt, Harp solle sich wenigstens die durchlesen.

Harp hatte Chris den Gefallen getan. Es handelte sich um richterliche Beschlüsse – T-Bob und Jesse wurden zur Abgabe einer DNA-Probe aufgefordert.

Wie er auf den Gedanken gekommen war, hatte Chris ihm später so erklärt: Angenommen, jemand im Big Bend County Sheriff's Department hätte vor, einmal mit Danny Ford zu reden, dann gab es nur eine Möglichkeit – er musste aus Killing weg. Da sie seine Handynummer nicht hatten, konnten sie ihn nicht direkt kontaktieren, außerdem wäre er vielleicht gar nicht ans Telefon gegangen. Deshalb mussten sie es so einfädeln, dass er zu ihnen kam. Als Chris überlegt hatte, wie sie es anstellen konnten, war ihm die DNA-Probe eingefallen, die Harp vor der Fahrt nach Lubbock vorgeschlagen hatte. Wenn nämlich ein richterlicher Beschluss vorlag, *mussten* Jesse und T-Bob nach Murfee kommen, und vielleicht fuhr Danny sie auch diesmal hin. Und während Chris den beiden anderen auf dem Revier die DNA-Proben entnahm, konnte Harp Danny abfangen und kurz mit ihm reden. Wenn er nicht zuhören wollte, dann nicht. Aber wenigstens hätten sie es versucht.

Ein Schuss ins Blaue, hatte Chris gesagt. Doch Harp wusste, dass der Sheriff im College ein verdammt guter Quarterback gewesen war. Ob Chris den Entschluss gefasst hatte, weil ihm das Treffen in Lubbock noch sauer aufstieß, oder ob es an den Hasspredigten von Flowers lag oder an der Tatsache, dass sich Flowers und Earls Bande in der Nähe von Murfee aufhielten, wusste Harp nicht. Nur eins war sicher: Leicht war ihm die Entscheidung nicht gefallen.

Denn dafür hatte der Sheriff bei Royal Moody um die richterlichen Beschlüsse betteln müssen. Und er hatte den Zorn von Agent Nichols auf sich gezogen, der in den letzten vierundzwanzig Stunden bestimmt hundertmal seine Nummer gewählt hatte. Offenbar hatte Earl sofort bei seinem Agent angerufen und ihm die Hölle heiß gemacht, weil sein Sohn und sein Bruder immer noch von diesen Hinterwäldler-Cops drangsaliert wurden. Chris hatte die Anrufe von Nichols nicht entgegengenommen, doch nach der letzten Schimpfkanonade, die der Agent auf seiner Mailbox hinterlassen hatte, meinte Chris zu Harp nur, es würde ihn nicht wundern, wenn der Agent ins Revier gerauscht käme und einen Haftbefehl für Chris präsentierte. Denn obwohl Chris wusste, dass das Ganze ein Nachspiel haben würde, hatte er keinen seiner Leute zu Richter Hildebrand geschickt, sondern die richterlichen Beschlüsse persönlich bei ihm abgeholt. Und danach hatte er selbst bei den Earls angerufen und sie darüber informiert. Harp hatte Mordsrespekt vor dem jungen Sheriff – er setzte sich für Danny Ford ein und riskierte dabei Kopf und Kragen.

Nur wusste Harp leider auch, dass nicht immer alles nach Plan lief; selbst wenn Chris' Rechnung aufging, mussten sie sich auf jede Menge Ärger einstellen.

Jetzt saß Harp bei voll aufgedrehter Klimaanlage in Jackies Auto, trank Coke mit Whiskey und hielt seit gefühlten Stunden auf der Straße nach den Earls Ausschau. Amé hockte etwa hundert Meter weiter auf der anderen Straßenseite in ihrem eigenen Pick-up, denn Chris hatte Harp nicht ohne Überwachung in Dannys Nähe lassen wollen. Außerdem war sie die einzige andere Person im Revier, die Danny und die Earls schon gesehen hatte, auch wenn das völlig egal wäre, falls die Jungs gar nicht erst auftauchten.

Er trank noch einen Schluck Whiskey, ließ ihn einen Moment lang im Mund, wo er ihm die Zunge verbrannte, und schaute wieder über die sonnengebleichte Straße. Doch blieb sein Blick jedes Mal an der silbernen Kette mit dem Medaillon hängen, die Jackie um den Rückspiegel gewickelt hatte. In das Medaillon in Form einer Dienstmarke war der Erzengel Michael eingraviert, der Schutzheilige der Cops. Michael hatte die himmlischen Heerscharen gegen den Teufel angeführt und gegen sämtliche Ungeheuer und Wölfe dieser Welt gekämpft.

Wie oft hatte Jackie dieses Medaillon in den Händen gehalten und für ihn gebetet? Gebetet, dass er am Leben blieb und wohlbehalten zu ihr zurückkehrte?

Und jetzt war er derjenige, der in ihrem Auto saß, und sie diejenige, die nicht mehr lebte.

Er hatte Angst, die Kette zu berühren. Denn das wäre so gewesen, als würde er ihre Haut noch einmal berühren. Das Gefühl würde ihn überwältigen, blind machen, in Staub verwandeln – und obwohl er sich oft nichts sehnlicher wünschte, wusste er, dass er noch nicht alles erledigt hatte. Ihre vielen Gebete mussten für irgendetwas gut gewesen sein. Noch war sein Kampfgeist nicht erloschen, und es gab da draußen genügend Wölfe, die es auf Menschen abgesehen hatten, die ihm inzwischen sehr viel bedeuteten.

Er trank den letzten Schluck, fischte zwei Minzbonbons aus seiner Hosentasche und schob sie sich in den Mund.

Vielleicht fuhren die Earls diesmal allein in die Stadt oder benutzten ein anderes Auto. Gut möglich, dass sie eigene Wachposten aufgestellt hatten. Oder sie kamen auf ihren Motorrädern oder gar nicht. Es war sogar denkbar, dass Agent Nichols zu Earl gesagt hatte, er könne die richterlichen Beschlüsse ignorieren, denn das, was in Terlingua geschehen war, spielte keine Rolle, genau wie das Gesetz in Murfee für den Agent keine Rolle spielte.

Vielleicht hatte Nichols ihm sogar Dannys wahre Identität verraten, und einer von ihnen war bereits tot – oder beide.

Die Chancen, dass der Plan scheiterte, waren hoch, und nicht viel sprach dafür, dass er tatsächlich glückte.

Harp schaute zum hundertsten Mal auf seine Uhr und wollte schon bei Chris und Amé anrufen, damit sie die Aktion abbliesen, als der Marquis mit den Einschusslöchern auf der Main Street in Sicht kam.

Da ihn die Sonne blendete, konnte Harp nicht erkennen, wer hinter dem Steuer saß.

Buck Emmett war groß und kräftig und erinnerte Chris von der Statur her an sein eigenes, jüngeres Ich. Buck war der Erste, den er nach seiner Wahl zum Sheriff als Deputy eingestellt hatte. Er ging fast jedes Wochenende mit seinem Bruder angeln oder jagen, und Chris hatte den Verdacht, dass Buck seine gesamte Zeit lieber in der Natur verbracht hätte, als in einem Gebäude eingesperrt zu sein, das sich bei seiner Größe viel zu klein anfühlen musste.

Dieses Gefühl kannte Chris nämlich nur allzu gut.

Buck brachte ihm die DNA-Testkits, die in seinen riesenhaften Händen winzig wirkten.

»Legst du die bitte in den Vernehmungsraum? Wenn die Jungs hier auftauchen, mache ich es dort.«

Buck nickte und schaute auf die Testkits. Bisher hatte er sie noch nicht benutzen müssen. »Harp meinte, das in Killing sind richtig üble Typen ... die beiden, die herkommen, sollen die Schlimmsten sein.«

»Sagen wir mal so, die haben ein paar Ecken und Kanten. Aber das mit den Tests ist kinderleicht. Dafür brauche ich nicht mal Doc Hanson. Ich streiche ihnen mit dem Tupfer innen über die Wangen, fertig.« In Wahrheit hatte Chris es selbst noch nie gemacht und sich im Internet sicherheitshalber ein Video angesehen. Heutzutage war jedes Revier mit DNA-Testkits ausgestattet. Jahrelang hatten viele Bundesstaaten ohne vorheriges Einverständnis Speichelproben von Sexualstraftätern und Gewaltverbrechern entnommen und die Ergebnisse in der landesweiten DNA-Datenbank hinterlegt; doch der Supreme Court hatte entschieden, dass Proben nur von Personen entnommen werden durften, die sich in Gewahrsam befanden. Trotz Protesten etlicher Bürgerrechtsanwälte wurde das Gesetz jetzt fast überall angewendet. Konnte man allerdings nicht genug vorbringen, um gegen jemanden einen Haftbefehl zu erwirken, brauchte man, sofern der Betroffene sich nicht freiwillig bereit erklärte, einen richterlichen Beschluss, um die Speichelprobe dennoch entnehmen zu dürfen. Solche Beschlüsse hatte Chris nach vielem Bitten und Betteln von Moody und Richter Hildebrand bekommen, obwohl Doc Hanson unter den Nägeln von Billy Bravo nur ein paar Haut- und Haarreste gefunden hatte und diese wahrscheinlich von Billys Freundin stammten. Moody hatte sich stundenlang quergestellt und gesagt, dass Chris sich ebenso gut von jedem, der sich in Terlingua aufgehalten hatte, eine DNA-Probe holen könne, bis Chris gedroht hatte, genau das dann eben zu tun.

Theoretisch hätte Chris seinen beiden Hauptverdächtigen im Mordfall Bravo Handschellen anlegen können, doch konnte er seinen Verdacht nur mit der Aussage einer Augenzeugin und Harps Bauchgefühl begründen. Außerdem wollte er die beiden nicht nur aus dem Grund verhaften, weil er einen Vorwand brauchte, um mit Danny Ford zu reden. Zu sehr wollte er Nichols dann doch nicht reizen. Für die Notwendigkeit der DNA-Proben konnte er immerhin plausible Gründe vorbringen, und die hatten am Ende sogar Moody überzeugt. Aber T-Bob und Jesse nach Murfee zu locken, um sie dann einzusperren? Damit hätte er eine rote Linie überschritten, von der es kein Zurück mehr gegeben hätte.

Buck stand immer noch im Zimmer und starrte auf die Testkits, als Chris' Handy summte. Er schaute auf die Nummer, zum Glück war es nicht schon wieder Nichols. Eigentlich war es komisch, dass sie das Geld für die DNA-Tests nur bekommen hatten, damit das FBI seine Datenbank weiter ausbauen konnte.

Vielleicht würde er eines Tages mit dem Agent darüber lachen, wahrscheinlich aber eher nicht.

Die Nachricht war von Harp. Chris las sie, bevor er die beiden Zettel zusammenfaltete.

»Okay, Buck, dann legen wir mal los. Offenbar stehen die Jungs schon vor der Tür.«

T-Bob und Jesse Earl waren seit zwei Minuten im Revier, aber Ben war noch nicht aus dem Auto ausgestiegen.

Der Fahrer des Marquis war sitzen geblieben, ob es sich um den ehemaligen Soldaten und Cop Danny Ford handelte, konnte America nicht erkennen.

Der Sheriff konnte die beiden zwar hinhalten, aber ewig auch nicht. Worauf wartete Ben? Sie schaute vom Marquis zum Eingang des Reviers und zurück. Das Auto passte nicht dorthin, es schien die gesamte Straße einzunehmen und warf keinen Schatten.

Angeblich sollte es bald regnen, aber der Himmel war so hell und leer wie die Erde darunter, und man konnte beides nicht mehr auseinanderhalten.

Chris und Ben hatten ihr alles über Danny Ford erzählt: wer er war … *wer er früher war* … und sie hatte versucht, sich den Mann aus Killing in einer Uniform vorzustellen, aber sie hatte immer nur die Tattoos gesehen.

Nur hatte es in Killing den einen Moment gegeben, als er sie angelächelt hatte, und im Rückblick schien das der wahre Danny Ford zu sein. Chris hatte ihr erklärt, warum jemand wie Danny bei Typen wie den Earls gelandet war. In Wahrheit hatte er es sich selbst erklären müssen; sie hatte es bereits gewusst. Wut und Trauer hatten sie selbst an dunkle Orte geführt, aber auch wieder nach Murfee, wo sie Deputy geworden war. Wer Rache nehmen wollte, musste schwierige Entscheidungen treffen. Eigentlich wollte man nur Blut sehen. So wie in dem Gebet von Vianey Ruiz an Santa Muerte; wurden solche Gebete erhört, hatte man selbst auch einen hohen Preis zu zahlen.

So gut wie sie würden Chris und Ben diesen Danny Ford niemals verstehen.

Sie wollte Ben gerade anrufen und fragen, warum er immer noch wartete, als er aus seinem Wagen ausstieg und zum Marquis ging.

Harp hatte den Marquis erreicht, beugte sich zum Fenster herunter und dachte im ersten Moment, er hätte es vermasselt. *Das Auto war leer.*

Der Motor knackte noch, und Harp wollte schon umkehren, als das Fenster auf der Beifahrerseite heruntergekurbelt wurde und Danny Ford zu ihm hochschaute.

»Kann ich Ihnen helfen, Deputy?«

Buck blieb mit verschränkten Armen im Vernehmungsraum stehen, weil er Chris offenbar nicht mit einem der Earls alleine lassen wollte.

Chris hatte die beiden ein paar Minuten warten lassen und dann T-Bob, den Onkel, ins Zimmer geholt. Der alte Mann stank nach Schmutz und Whiskey, seine dreckigen Hände zitterten. Earl hatte ihm mit Sicherheit gesagt, er solle die Klappe halten, denn er öffnete sie nur ein einziges Mal – damit Chris den Abstrich machen konnte.

Jesse Earl war eine andere Nummer.

America zählte die Sekunden, die Ben vor dem Auto stand, bis er endlich durchs offene Fenster mit jemandem redete.

Kurz sah es aus, als wollte er wieder weggehen, doch dann öffnete er die Autotür, vielmehr öffnete sie jemand von innen, und er verschwand im Marquis.

Laut Absprache hätte Ben mit Danny um den Block fahren sollen, damit er außer Sichtweite des Reviers war, aber das Auto blieb stur an seinem Platz stehen. Es bewegte sich so wenig, wirkte so tot wie an dem Tag, als sie es in Killing vor dem Haus gesehen hatte.

Sie biss sich auf die Unterlippe, trommelte mit den Fingern auf dem Lenkrad herum und hoffte inständig, dass der Marquis endlich losfuhr.

Da sich nichts tat, stieg sie schließlich selbst aus und marschierte hinüber.

Dieses Mal hatte er sich nicht die Mühe gemacht, seine Tätowierungen zu verstecken. Er trug zerschlissene Jeans, schwarze Schnürstiefel und ein dünnes, ärmelloses T-Shirt, und seine Haut leuchtete in Blau, Grün und einem halben Dutzend anderer Farben. Unter einem Arm glühten Chris die roten Augen eines Löwen entgegen.

Jesse Earl grinste. »Sie sind Sheriff Cherry. Der berühmte Sheriff Cherry. Mein Dad hat mir von Ihnen erzählt. Und ich habe mich auch ein bisschen umgehört. Ich möchte Ihnen zum Dank die Hand schütteln, weil Sie diese Scheißbohnenfresser erschossen haben. Je weniger es von denen gibt, umso besser für die Welt.«

Jesse streckte ihm seine Rechte entgegen, zielte mit einem eintätowierten Revolver auf Chris, der nicht reagierte.

»Wenn wir hier fertig sind, gebe ich Ihnen ein Bier aus, eins für jeden, den sie ins Grab geschickt haben. Wie ich gehört hab, gibt es hier eine coole Kneipe, wo ein durstiger Mann einen Drink kriegt. Ich hab's Ihrem Uralt-Deputy letztes Mal schon gesagt, ins Wikiup bringen mich keine zehn Pferde mehr.«

Jesse redete vom Earlys, das wusste Chris. Er schaute Jesse lange an, bevor er erwiderte: »Ich stoße nicht auf Männer an, die ich töten musste, ob sie es nun verdient hatten oder nicht.«

Jesse zuckte die Schultern. »Hängt von dem Mann ab, würde ich sagen. Was für ein Mann sind Sie, Sheriff? Einer, der an einem Tag einen Bohnenfresser erschießt und am nächsten einer kleinen Mexi einen Deputy-Stern ansteckt?«

Buck beugte sich vor, und sein massiger Schatten fiel auf Jesse. »Das geht Sie einen Scheiß an. Sparen Sie sich Ihre verdammten Sprüche, und lassen Sie den Sheriff seine Arbeit machen.«

Jesse lachte auf. »Sind Sie sein Köter? Bellen Sie, wenn er es befiehlt?«

Chris sah zu Buck, schüttelte den Kopf, damit der es gut sein ließ, dann klopfte er mit den Knöcheln auf die Tischplatte, damit Jesse wieder zu ihm schaute. Jesses Augen waren nicht zu ergründen.

»Ich sage Ihnen mal, was für ein Mann ich bin. Einer, der nicht wegschaut, wenn ein anderer einen Menschen totschlägt. Einer, der sich keine Drohungen bieten lässt, und seien sie noch so versteckt. Und als Sheriff vom Big Bend County, einer, der sich von Ihnen nichts gefallen lassen muss, verstanden?«

Jesse erwiderte nichts.

»Okay, und jetzt sparen Sie sich Ihre verdammten Sprüche und lassen mich meine Arbeit machen ...«

America öffnete die Tür und setzte sich auf die Rückbank, wo es nach heißem Leder und altem Bier roch. Beide Männer drehten sich um und schauten sie mit offenem Mund an. Ben hatte die Hände ausgebreitet, als wollte er etwas zeigen, das zu groß für das Auto war, aber Danny Ford machte ein Gesicht, als würden ihn Bens Worte nicht interessieren.

Vor allem sah er nicht so aus, als wollte er das Auto wegfahren.

Eigentlich wirkte er eher so, als hätte er Ben gerade aus dem Auto schubsen wollen und es sich nur anders überlegt, weil America aufgetaucht war.

»Viel Zeit haben wir nicht«, sagte sie. »Wir kennen uns aus Killing, und wir wissen, wer Sie in Wahrheit sind und noch einiges mehr. Wir wollen nur mit Ihnen reden. Deputy Harper hat Sie bestimmt aufgefordert, um den Block zu fahren, also tun Sie es, *por favor.* Tun Sie uns nur diesen einen Gefallen.«

Danny schaute von ihr zu Ben und wieder zurück, als würde er sich fragen, was die beiden Verrückten bei ihm im Auto zu suchen hatten.

»Es geht um Sie und Ihren *padre.*« Sie legte ihm eine Hand auf die Schulter. »Fahren Sie, bitte.«

Harp atmete auf, als Danny das Auto auf die Main Road lenkte und das Revier hinter ihnen verschwand.

Er erzählte Danny noch einmal alles in der Kurzfassung. Dass der Sheriff und er sich in Lubbock mit Special Agent Nichols und Major Dyer getroffen hatten. Dass der eine ihnen gesagt hatte, wie Dannys Vater ums Leben gekommen war, und der andere, was John Wesley Earl in Killing tun sollte.

»Wenn Sie sich nur für Ihren Vater rächen wollen, dann erschießen Sie das Arschloch und fertig. Aber Earl ist ein freier Mann und steht unter dem Schutz des FBI, weil er einen Deal mit denen gemacht hat. Wenn Sie ihn umbringen, wird das als Mord gewertet und Sie dürfen keine Gnade erwarten. Der Tod Ihres Vaters entschuldigt nichts.«

Danny umklammerte das Lenkrad, schaute Harp nicht an. »Sie wollen mir erzählen, Earl macht das alles nur, weil er *Jesse* beschützen will? Totaler Bullshit. Earl sind seine Söhne scheißegal. Eigentlich ist ihm jeder egal, er interessiert sich nur für sich selbst. Und Jesse ist auch nicht besser. Im Gegenteil. Die beiden hassen sich wie die Pest. Keine Ahnung, warum Earl dem FBI hilft, aber bestimmt nicht, weil er Jesse vor Thurman Flowers schützen will.«

»Und darauf wollen Sie Ihr Leben verwetten?«, fragte Harp.

Harp sah, dass Danny im Rückspiegel kurz zu Amé schaute, bevor er sich wieder auf die Straße konzentrierte. »Ich bin mir ganz sicher. Manchmal gehen er und Jesse sich gegenseitig fast an die Gurgel. Jesse macht mir Druck, weil ich ihm Waffen besorgen soll, und Earl geht er ständig um Geld an, damit er und Flowers in ihren kleinen Rassenkrieg ziehen können. Bei denen liegen die Nerven blank, weil keiner eine Ahnung hat, wie es weitergeht, wenn Flowers kommt. Aber da ist noch was ... ich weiß, es klingt verrückt, aber Earl vertraut mir mehr als allen anderen. Ich sollte mir Murfee genau ansehen und musste hinterher eine Karte von der Stadt zeichnen.« Er griff in seine Hosentasche, zog einen gefalteten Zettel heraus und gab ihn Harp.

Harp entfaltete das Papier, warf einen Blick darauf und reichte es an Amé weiter.

»Sieht aus wie eine militärische Karte. Vielleicht hätten Sie Architekt oder Stadtplaner werden sollen. Sie wissen schon, dass Sie einfach Google Maps benutzen können? Das weiß selbst ich, obwohl ich so ein alter Sack bin.«

Danny lächelte zaghaft. »Ja, aber Sie sind kein alter *Knastsack*, Sie waren nicht über zwanzig Jahre eingesperrt. Dem Internet vertraut er nicht, sagt, da wird man nur überwacht. Er hat mich als Babysitter für Jess und T-Bob mitgeschickt, damit ich mich in

Murfee umsehe. Und er telefoniert ständig, ich kann mir nicht vorstellen, dass das immer der FBI-Agent ist. Da steckt mehr dahinter ...«

»Und selbst wenn, was haben Sie vor? Wollen Sie auf eigene Faust weiter Detektiv spielen?«

»Was die machen, wenn Flowers da ist, weiß ich nicht. Und ich weiß noch weniger, was Earl in Murfee vorhat. Aber im Moment bin ich der Einzige, der vor Ort ist und beide aufhalten kann. Außerdem sind einige in Killing noch halbe Kinder. Die haben keine Ahnung, worauf sie sich da eingelassen haben.«

»Verstehe ich das richtig? Sie haben sich da eingeschleust, weil sie sich an dem Mann rächen, ihn töten wollten, und jetzt wollen Sie ihn und die anderen retten?«

»Den Typen? Niemals.«

»Aber hassen tun Sie ihn auch nicht«, warf Amé ein. »Wenigstens nicht so sehr, wie Sie früher geglaubt haben. Nicht genug, um zu Ende zu bringen, was Sie begonnen haben.«

»Doch, das tue ich noch, nur ... ich kann es nicht erklären. Es gab schon mehr als eine Gelegenheit. In einem Moment glaube ich, das Richtige zu tun, und im nächsten habe ich Angst, dass es das Falsche sein könnte. Fuck, er hat mir das Leben gerettet ...« Er umklammerte das Lenkrad. »Wegen Earl mache ich mir gar nicht mal so große Sorgen. Sondern wegen Jesse. Earl ist gefährlich, aber Jesse traue ich alles zu. Sie ermitteln in dem Mordfall in Terlingua, oder? Als er in der Nacht vom Wikiup zurückkam, war Blut auf seinem T-Shirt. Er hat es verbrannt.«

»Verdammt«, sagte Harp, ohne jeden Anflug von Triumph. »Aber das muss Sie nicht weiter beschäftigen. Wir kümmern uns darum.« Harp nickte in Amés Richtung. »Wir vertreten hier das Gesetz. Und Sie? Sie machen uns die Arbeit unnötig schwer, und deshalb sind Sie keinen Deut besser als diese Typen.« Harp meinte es nicht ernst. Er hasste sich fast für seine eigenen Worte, denn

Danny Ford sah aus, als hätte er ihm eine Ohrfeige verpasst. Aber er musste den jungen Mann provozieren, damit er wütend wurde und endlich wieder klar sah.

»Was soll die Scheiße?«, entgegnete Danny. »Ich habe nicht gesagt, dass Sie sich in mein Auto setzen und sich da einmischen sollen.«

»Stimmt, stattdessen haben Sie uns die Scheiße vor die Haustür geschleppt.« Harp zeigte auf einen freien Parkplatz am Straßenrand. »Fahren Sie kurz ran. Wir sind fast fertig.« Harp griff in seine Jackentasche und zog die Dienstmarke heraus, die Chris von Stackpole bekommen und ihm gegeben hatte. »Die ist für Sie, damit Sie sich erinnern.«

Danny nahm die Dienstmarke nicht entgegen. »Woran soll sie mich erinnern? Ich habe eine. Die von meinem Vater, die ich bei seiner Beerdigung bekommen habe.«

»Früher oder später wird Special Agent Nichols Earl verraten, wer Sie sind. Und was dann? Die bringen Sie um und verscharren Sie in der Wüste. Nichols hat alles auf Earl gesetzt, auf Sie keinen Cent. Die Dienstmarke Ihres Vaters wird Ihnen nichts nützen, die hier vielleicht. Sie wollen Earl erschießen, um Ihren Vater zu rächen? Nur zu, machen Sie es gleich heute und verschwinden Sie danach. Ich würde Sie nicht davon abhalten. Und wenn Sie glauben, dass Sie erst mal die jungen Leute in Killing retten müssen, dann sage ich Ihnen eins: Sie können nicht mal sich selbst retten. Aber wenn Sie wieder bei den Cops einsteigen und uns in Terlingua bei den Ermittlungen helfen und herausfinden wollen, was Earl an Murfee so interessiert, dann nehmen Sie jetzt die Marke und kommen mit uns mit. Dyer gibt Ihnen Ihren alten Job wieder. Wenn Sie lieber weiter den einsamen Undercover-Helden spielen wollen, gehen Sie höchstwahrscheinlich dabei drauf.«

Amé legte Danny eine Hand auf die Schulter. »Außerdem ist es dafür jetzt zu spät. Ich bin diesen Weg selbst schon mal gegangen, ich weiß, wovon ich rede. Bei Ben klingt es so, als könnten Sie Earl für den Mord an Ihrem Vater bluten lassen und dann einfach verschwinden. Aber so einfach ist das nicht. So etwas kann man nicht hinter sich lassen. Wer Blut sehen will, muss selbst dafür bluten. Das ist ein hoher Preis und Sie werden ihn Ihr Leben lang zahlen. Denn das Blut bleibt an Ihren Händen kleben. Ob der FBI-Agent Earl verrät, wer Sie sind, spielt keine Rolle. Er wird es sowieso bald selbst rausfinden. Oder Jesse. Sie sind in Gefahr und bringen die Menschen in Gefahr, denen Sie eigentlich helfen wollen.«

Harp hatte keine Ahnung, wovon Amé redete, aber ihre Worte hatten auf Danny eine größere Wirkung als alles, was er bisher gesagt hatte.

»*Blood in, blood out.* Das ist ein Spruch der Aryan Brotherhood. Earl hat es bestimmt schon hundertmal gesagt«, erwiderte Danny. »Diese Familie verlässt man nur im Sarg.«

»Bei den Mexikanern heißt es, *sangre exige sangre*, das ist im Grunde nichts anderes.«

Das Summen von Harps Handy unterbrach sie. Chris schrieb, er sei mit den Earls fertig. Ihre Zeit war um. Harp zog einen Zettel aus der Tasche und legte ihn aufs Armaturenbrett.

»Meine Telefonnummer. Rufen Sie mich an, falls Sie es sich anders überlegen. Wir haben getan, was Dyer von uns wollte. Unser Sheriff hat Ihretwegen eine Menge riskiert. Lassen Sie es nicht umsonst gewesen sein.«

Amé hatte eine Ecke der gezeichneten Karte von Murfee abgerissen und ihre Nummer darauf geschrieben. Bevor Harp sie davon abhalten konnte, hatte sie Danny das Stück Papier in die Hand gedrückt. »Man kann ja nie wissen.«

Danny schaute auf den Zettel, dann auf die Straße. »Der Empfang da ist grottenschlecht, und meistens kann ich nicht frei reden. Aber ich habe ein Prepaid-Handy, da sind noch ein paar Minuten drauf …« Er schwieg kurz und nannte seine eigene Nummer, die

Amé sich sofort notierte. »Danke, dass Sie mir helfen wollen. Aber ich brauche noch etwas Zeit, dann ist das alles vorbei.«

Harp öffnete die Tür und ließ einen Schwall heiße Luft herein. Beim Aussteigen sah er, wo Danny geparkt hatte.

Jesse ... geht Earl ständig um Geld an ...

»Verdammt, ich weiß, was Earl vorhat.«

»Ja?«, fragte Danny.

»Amé, gib mir doch noch mal die Karte, die Danny gezeichnet hat.« Als er sie in der Hand hielt, zeigte er auf einen Punkt. »Ihr Dad hat doch wegen eines Bankraubs gegen Earl ermittelt, oder?«

»Eine Bank in Roscoe, eine kleine Filiale.«

»Und Earl schickt Sie her, damit Sie sich hier umschauen?«

»Jepp.«

Harp gab ihm die Karte zurück und tippte auf ein eingezeichnetes Gebäude. Dann blickte er über seine Schulter zu einem Haus aus hellem Stein hin.

Danny und Amé schauten auf die Karte, dann zum Haus.

Die Federal Bank des Big Bend County.

22

Ich habe das schon mal gemacht.

Doch dieses Mal werden wir nicht zwei Stunden lang ziellos herumfahren. Dieses Mal weiß Jesse genau, wo er hinwill.

Als er ins Auto steigt, ist er nicht stinkwütend wie damals. Er schweigt, was irgendwie noch schlimmer ist. Nun bin ich derjenige, der total angespannt ist, weil er sich dort hinsetzt, wo nur wenige Sekunden zuvor noch Deputy Harper gesessen hat.

Jesse reibt sich die Wange, als würde der Tupfer immer noch in seinem Mund stecken.

Ich schalte das Radio ein, will die Stille füllen, aus Angst, Jesse könnte auffallen, wie nervös ich plötzlich bin. Einen Augenblick schaut er mich aufmerksam an, dann sagt er, ich soll das verdammte Radio ausmachen, und fragt T-Bob, ob er auch einen Drink vertragen könnte.

Jesse spuckt auf den Boden. »Von dem Scheißding habe ich einen ekligen Geschmack im Mund. Wie wär's, wenn Danny uns zu diesem Laden fährt? Zum Earlys? Davon hat doch der alte Joyce mal was gesagt. Wir genehmigen uns ein kaltes Bier, bevor wir zurückfahren. Ich gebe einen aus.«

Auf der Rückbank nickt T-Bob gierig, obwohl er es eigentlich besser weiß. Der noch arbeitende Teil seines Hirns hat Bedenken, aber seine Stimme klingt schwach. »Weiß nicht, Jess, dein Daddy meinte, auf der Ranch wartet eine große Flasche Texas Crown auf mich, wenn ich es nicht vermassle.«

»Earl hat gesagt, wir sollen sofort zurückkommen«, gebe ich ihm recht.

Jesse wirft seinem Onkel einen bösen Blick zu, doch sein Zorn gilt allein mir. »Er hat auch gesagt, du sollst auf uns warten, Danny-Boy, aber als wir rauskamen, stand das Auto nicht mehr da. Wo warst du?«

»Ein Truck hatte mir die Sicht versperrt. Deshalb bin ich um den Block gefahren.«

Jesse dreht den Kopf, als wollte er den Phantomtruck suchen, aber wir sind schon ein gutes Stück weiter, fast auf Höhe der Bank, vor der ich die beiden Deputys rausgelassen habe. »Earl sagt dies und ich sage ... scheiß auf euch beide. Seid ihr JWs Haus-Nigger? Ich hab gesagt, ich will ein Bier trinken, und das machen wir jetzt.« Er boxt mich gegen die Schulter, auf die Deputy Reynosa ihre Hand gelegt hatte, als sie mit mir sprach, aber er hat nicht halb so viel Kraft wie sie. »Er hat dir befohlen, mich zu fahren, also sei ein guter Nigger und mach das. Und wenn dir das nicht passt, dann schwing deinen Arsch hier raus und ich setze mich ans Steuer. Vielleicht nimmt dich ja der Truck mit, von dem du gelabert hast.« Er bringt das Gesicht so nah an mich heran, dass ich seinen Atem spüre.

Ich höre sein Herz schlagen.

»Ich kann damit leben, *Hero*, verdammt gut sogar. Vielleicht ist das schon längst überfällig. Denn du solltest dich lieber mal nützlich machen, als den ganzen Tag mit meinem Daddy Karten zu spielen.«

Ich gebe keine Antwort. Den Gefallen tue ich ihm nicht.

Ich fahre einfach.

23

Mel wusste sofort, mit wem sie es zu tun hatte, als er reinkam, im T-Shirt und bis zum Hals tätowiert. Sie waren zu dritt, aber er war der Anführer. Einer der Männer, von denen Chris erzählt hatte … diese üblen Gestalten, die sich in Killing verkrochen hatten. Er sah gut aus, wenn man auf derbe Typen stand, und erinnerte sie an die Ölarbeiter, zwischen denen sie aufgewachsen war. Aber die Tinte auf seiner Haut war das, was ihn ausmachte, was ihn zusammenhielt.

Sie fragte sich, ob ein Mensch darunter stecken würde, wenn man die Tinte von seinem Körper entfernte; vielleicht wäre darunter nur ein kleiner Junge, der sich mit Tattoos verkleidete, wie ein anderer mit dem Anzug seines Vaters Erwachsener spielt.

Vor der Jukebox in der Ecke blieb er stehen, steckte einen Vierteldollar in den Schlitz und Whiskey Myers' »Headstone« folgte ihm auf seinem Weg zum Tresen, während die beiden anderen sich an einen freien Tisch in Türnähe setzten.

Um diese Tageszeit war im Earlys nicht viel los, nur Javier Cruz saß am Ende der Theke, blätterte die Zeitung vom Vortag durch und trank ein Lone Star und einen Kaffee. Mel hatte die Frühschicht übernommen, weil ihre Kollegin mit ihrer Mutter zu einem Arzttermin nach Nathan musste.

Der Anführer hatte den Tresen erreicht, grinste sie an und haute mit der flachen Hand auf die Theke. »Mann, weiß gar nicht, was mir besser gefällt: du, wie du da so hübsch hinterm Tresen stehst, oder die drei eiskalten Pearls, die du uns gleich hinstellst.«

»Mit Schmeicheln kommst du hier nicht weit.« Sie lachte, als meinte sie es im Scherz, und entnahm dem Kühlschrank hinter der Bar drei Dosen Bier.

»Das wäre mir neu. Bisher hat mich Schmeicheln immer weit gebracht.« Er stützte die Ellbogen auf einen Barhocker, lehnte sich vor und ließ seinen Blick an ihrer Jeans herunterwandern. »Jepp, verdammt hübsch. Ich brauche außerdem noch zwei Fingerbreit Whiskey für meinen Onkel dahinten. Die Lady sucht aus.«

Sie schob ihm die eisüberzogenen Dosen hin. »Wenn ich aussuche, wird's aber teuer, Cowboy.«

Er lachte, aber wie bei seinem Lächeln blieben die Augen unbeteiligt. »Bei einer Frau wie dir hätte ich mit nichts anderem gerechnet. Als Braut von einem berühmten Sheriff ist für dich bestimmt nur das Beste gut genug.«

Mel merkte, dass Javy Cruz bei der Erwähnung von Chris die Zeitung sinken ließ. Jetzt schaute er zu dem Mann an der Theke hin. Cruz war älter als Ben Harper, doch die Jahrzehnte, die er auf einer Ranch gearbeitet hatte, hatten ihn ähnlich gut in Form gehalten wie den Chief Deputy. Vor ein paar Jahren noch wäre er wahrscheinlich nicht ins Earlys gegangen, doch seit Chris Sheriff war, saß er fast täglich hier.

Dem Jüngeren fiel ebenfalls auf, dass Cruz ihn anstarrte. »Guck woandershin, Alter. Das geht dich nichts an.« Er wandte sich wieder an Mel. »Ich heiße Jesse.«

Mel verschränkte die Arme vor der Brust. »Hab ich mir schon gedacht. Sie haben von mir und Sheriff Cherry gehört und ich habe ein bisschen was über Sie gehört. Dann sind wir wohl quitt.«

Jesse riss den Deckel einer Dose auf und trank geräuschvoll. »Nein, quitt sind wir nicht, ganz und gar nicht.«

Einer seiner Begleiter kam zum Tresen. Er war ungefähr so alt wie Jesse, hatte kurz geschorene Haare und sah ebenfalls gut aus, um einiges besser als Jesse. Er erinnerte Mel an die Jungs, die sie auf dem College gekannt hatte. Sie vermutete, dass es Danny Ford war.

Und wenn Jesse mit seinen Tattoos so tat, als wäre er ein anderer

Mensch, dann wirkte auch er so, als hätte er sich die Haut eines anderen geborgt – und würde jetzt Sachen sagen und tun, die ihm nicht behagten. Auf den ersten Blick ähnelten sich die beiden, aber Mels Bauchgefühl sagte ihr, dass sie grundverschieden waren.

»Danke für die Biere, Ma'am. Wir trinken die nur schnell aus und sind gleich wieder weg.«

»Ich warte noch auf T-Bobs Whiskey«, sagte Jesse ungerührt.

»Ja, stimmt.« Mel drehte sich zu den aufgereihten Flaschen um und zog den Balcones Brimstone heraus. Sie goss die dunkle Flüssigkeit in ein Glas und schob es Jesse hin.

»Es hieß ja, die Lady sucht aus.«

»Richtig, und der hier ist viel zu gut für meinen stinkenden Onkel.« Jesse kippte den Whiskey in einem Zug herunter. »Verdammt, ist der gut. *Scharf.*«

Sie stellte die Flasche zurück und begann den Tresen zu wischen. Javy Cruz gab ihr ein Zeichen. »Die Biere gibt Mr. Cruz dahinten aus, und der Whiskey geht aufs Haus.« Sie zog ein paar Scheine aus ihrer Jeanstasche und steckte sie in das Gurkenglas, das sie für Tip benutzten. »Und das Trinkgeld übernehme ich.«

Jesse schaute in das leere Whiskeyglas und donnerte es dann auf den Tresen. »Mein Geld ist hier also nicht gut genug? Du nimmst Geld von so einem Bohnenfresser, aber nicht von mir?«

»Darum geht's nicht. Du kannst dir hier nichts leisten, Cowboy. Ich tue dir nur einen Gefallen.«

»Verdammte Scheiße …« Jesse erhob sich von seinem Barhocker. »Ich muss mir so was nicht bieten lassen.«

Der andere, den sie für Danny Ford hielt, legte ihm eine Hand auf die Schulter. »Es reicht, Jesse. Die Lady findet, wir sollten gehen, und das tun wir auch.«

»Danny hat recht … *es reicht.* Ihr geht jetzt«, rief jemand von der Tür her. Es war Ben Harper, vom hereinströmenden Licht von hinten beleuchtet, Amé Reynosa direkt daneben. Seine Dienstwaffe zeigte auf die Stirn von T-Bob, der die zitternden Hände hochhielt.

Auch Amé hatte ihre Waffe gezückt, nur zeigte ihre auf den Boden.

»Shit, Ben, alles okay ... wir kriegen das schon geregelt«, sagte Mel beschwichtigend. Sie hatte Jesse ein bisschen provoziert, aber dass er deswegen erschossen wurde, wollte sie nicht.

Jesse trank einen Schluck Bier, stellte die Dose auf den Tresen und schaute zu Ben. »Wollen Sie etwa meinen Onkel abknallen, nur weil ich der Bitch hier mal meine Meinung gesagt hab? Was ist das hier für ein Hinterwäldlerkaff?«

Ben zuckte die Schultern und schwenkte seine Waffe ganz langsam in Jesses Richtung, während Amé ihre auf T-Bob richtete. Sie bewegten sich synchron, als hätten sie es stundenlang geübt. »Eins, wo man es nicht gern sieht, wenn ein Mistkerl wie Sie jemanden mit seiner Meinung belästigt. Und wenn Sie die Frau noch mal beschimpfen, stopfe ich Ihnen das schmutzige Wort in den Mund.« Er schaute kurz zu den beiden anderen. »Und damit meine ich Sie alle. Wollen Sie mich auf die Probe stellen? Nur zu!«

Danny trat vor Jesse, in Bens Schusslinie. »Nein, Deputy, wir wollten gerade gehen. T-Bob, los.«

Amé machte einen Schritt zur Seite, um den Onkel durchzulassen, hielt die Pistole aber weiterhin auf ihn gerichtet.

»Scheiße, ich hab mein Bier und den Whiskey nicht gekriegt«, beschwerte sich T-Bob im Rausgehen.

Danny legte Jesse eine Hand auf die Schulter und schob ihn zur Tür.

Jesse schüttelte ihn ab, ging aber trotzdem weiter. Er drehte sich noch einmal zu Mel um, warf ihr eine Kusshand zu. »Schön, dich kennengelernt zu haben. Wir laufen uns bestimmt wieder über den Weg.« Er streifte Ben und Amé im Vorbeigehen fast. »Und ihr beide? Wir haben ganz sicher noch mal das Vergnügen ...«

Damit war er verschwunden.

Ben wartete, bis die Tür hinter ihnen zugefallen war, marschierte zum Tresen und riss das Pearl auf, das eigentlich für T-Bob bestimmt gewesen war. Er prostete Javy zu, der sich wieder seiner Zeitung zugewandt hatte. Mel sah, dass er einen langen, spitzen Gegenstand in seinen linken Stiefel steckte.

Amé blieb neben der Tür stehen und beobachtete die Straße, während das von Jesse gedrückte Lied zu Ende ging und es im Earlys wieder ruhig wurde.

»Das waren also die Earls?«, fragte Mel.

»Zwei von ihnen«, erwiderte Ben und trank das Bier aus.

»Reizend. Danke, dass du eingeschritten bist, Ben, aber ich hatte die Situation im Griff.«

Ben zerdrückte die Bierdose und schob ein paar Dollarscheine ins Tip-Glas. »Solche Typen hat man nie lange im Griff.« Er nahm ihre Hand, drückte sie und wandte sich zur Tür um.

»Früher oder später muss man sie zur Strecke bringen.«

24

Harp hatte Chris noch nie so wütend erlebt.

»Das sagst du mir erst jetzt? Und Mel wollte es mir wohl gar nicht erzählen, oder wie?«

Harp stand auf, um die Tür zu Chris' Büro zu schließen, obwohl um diese Uhrzeit kaum noch jemand auf dem Revier war. Miss Maisie, die sich bereits ihre Tasche umgehängt hatte, schaute kurz in ihre Richtung, und er winkte ihr lächelnd zu, bevor er die Tür zumachte und sich wieder auf den Stuhl vor dem Schreibtisch setzte.

»Sie erzählt es dir bestimmt später zu Hause. Ich wollte nicht, dass sie aus einer Mücke einen Elefanten macht.«

»Einer *Mücke?* Verdammt, Ben, du hast im Earlys eine Waffe auf jemanden gerichtet. In der Bar, wo meine Frau ...« Chris verstummte, weil er Mel gerade als seine Frau bezeichnet hatte. Harp fragte ständig, warum sie sich nicht endlich zum Heiraten durchrangen. »... wo Mel arbeitet.«

»Okay, so verkürzt dargestellt, klingt es vielleicht übertrieben. Aber du hast Jesse Earl selbst erlebt. Mit Vernunft wird man ihm nicht beikommen. Aber mit dem Lauf einer Waffe? Glaub mir, das versteht er.«

»Verdammte Scheiße, wenn ich es nicht besser wüsste, würde ich denken, du willst ihn absichtlich provozieren. Du hoffst, dass dir einer von denen einen Grund liefert, damit du abdrücken kannst. Oder du erfindest bald selbst einen.« Chris atmete hörbar aus. »Amé stand daneben. Sie hat großen Respekt vor dir und schaut sich vieles bei dir ab. Was glaubst du, lernt sie bei solchen Aktionen?«

»Etwas, das sie früher oder später brauchen wird.«

»Wahrscheinlich schon morgen, wenn du so weitermachst. Willst du wirklich einen Krieg anzetteln? Mit diesen Typen?«

»Rede dir gern ein, dass die rein zufällig ins Earlys gekommen sind. Jesse und sein Vater haben dir eine Botschaft geschickt. Deshalb habe ich ihnen auch eine geschickt.«

»Und Danny war auch da?«

»Ja, aber wie lange er bei denen noch durchhält, weiß ich nicht. Er hat die Earls genauso wenig unter Kontrolle wie Nichols.«

»Und du glaubst, Jesse wollte mir nur zeigen, dass er weiß, wo Mel arbeitet?«

»Ich bin mir ganz sicher.«

»Mag sein. Er hatte es mehr oder weniger angedeutet ...«, erwiderte Chris langsam.

Harp warf ein Minzbonbon und eine Aspirin ein, kaute beides zusammen. »Genau. Und wer wohnt noch in Killing? Die Joyces, diese Inzuchtfamilie. Haben wir einen von denen nicht mal vorm Earlys betrunken im Auto erwischt? Die sind vermutlich keine großen Fans von dir, außerdem bist du hier eine Berühmtheit. Ich weiß, du magst den Ausdruck nicht, aber die Leute in der Gegend sehen das nun mal so. Und sei es nur, weil du in die Fußstapfen von Sheriff Ross getreten bist, und der war hier nun mal eine große Nummer.« Harp bot Chris sein letztes Bonbon an, aber der schüttelte den Kopf. »Jesse war nur im Earlys, um dir zu drohen. So sind Typen wie der nun mal.« Harp steckte noch eine Aspirin in den Mund und wechselte das Thema. »Hast du schon mit Nichols geredet?«

»Länger konnte ich es nicht hinauszögern. Ich habe ihn gleich angerufen, nachdem ich mit T-Bob und Jesse fertig war. Er hat geschrien und gezetert. Ich hätte ihm sagen sollen, dass *du* mir keine andere Wahl gelassen hast. Hätte er nicht so viel Schiss, dass seine kleine Geheimoperation auffliegt, wäre er Moody und Richter Hildebrand wahrscheinlich an die Gurgel gegangen, weil sie mir die Beschlüsse gegeben haben. Nichols wird die Sache nicht auf sich beruhen lassen.

Irgendwann wird er zu seinen Vorgesetzten gehen und sich über uns beschweren. Aber lassen wir das. Hast du Dyer erreicht?«

»Jepp, hab ihm berichtet, dass wir heute mit Danny geredet haben. Und dass der Junge okay wirkt. Aber ich hab ihm auch gesagt, dass ich keine Ahnung hab, ob er sich die Sache durch den Kopf gehen lässt.«

»Wird er das denn?«, fragte Chris, obwohl sie alles schon früher besprochen hatten.

»Der Junge ist durcheinander. Er arbeitet schon zu lange undercover. So was kann dich fertigmachen. Vielleicht kann er sich gar nicht mehr vorstellen, jemals wieder er selbst zu sein.«

»Hast du da eigene Erfahrungen?«

»Eine Zeit lang war ich bei der Drogenfahndung, kurz auch mal bei der Sitte. Da musste ich Nutten anquatschen und so. Aber das war kein Vergleich zu dem, was Danny durchmacht. Der Junge *lebt* seit Wochen bei diesen Leuten, vierundzwanzig Stunden am Tag. Ob man sich dabei selbst vergisst, kann ich nicht beurteilen, aber ich bin mir sicher, man vergisst manchmal, was man da tut und warum man es eigentlich tut. Leute, die du hassen willst, erzählen dir Witze, lachen mit dir, berichten dir von ihren Sorgen und Nöten, von ihren Kindern und Frauen. Oder einem stirbt der Hund und er heult sich deswegen die Augen aus – so was kann einem den Kompass durcheinanderbringen. Hier ...« – Harp wies auf seinen Kopf – »... und hier.« Er zeigte auf sein Herz. »Das geht gar nicht anders. Ein alter Hase aus der Drogenfahndung hat mir mal erklärt, bei der Undercover-Arbeit besteht das Geheimnis nicht darin, die Lügen überzeugend rüberzubringen. Es geht nur darum, wie viel Wahrheit man preisgeben möchte. Wie Danny das gelingt, weiß ich nicht. Aber ich glaube, Amé hatte einen besseren Draht zu dem Jungen als ich.«

»*Amé?* Sie hat auch mit ihm geredet?«, fragte Chris entgeistert. Das hatte Harp bei der ersten Besprechung nicht erwähnt.

»Was zum Henker hätte ich machen sollen? Sie ist einfach zu uns ins Auto gestiegen, und darüber bin ich im Nachhinein froh. Sie hat es sehr gut gemacht. Vielleicht lag das gar nicht mal an dem, was sie gesagt hat, sondern daran, wie sie es gesagt hat. Sie hat nicht versucht, Danny davon abzubringen, Earl eine Kugel zwischen die Augen zu verpassen. Aber er hat kapiert, was sie ihm zu verstehen geben wollte. Er hat ihr *geglaubt.*« Harp rieb sich über das Kinn. »Wir haben es wenigstens versucht, Chris, und das war richtig. Und ganz gleich, wie es für Danny ausgeht, ich weiß, wie es für die Earls ausgeht. So, wie es mit solchen Typen immer zu Ende geht. Einen anderen Weg gibt es nicht.«

»Langsam weiß ich echt nicht mehr, ob es eine gute Idee war, euch mit dem Jungen reden zu lassen.« Chris schüttelte den Kopf wie ein Mensch, der eine brennende Scheune sieht, aber nichts dagegen tun kann. »Es stört mich nicht, dass ich mich mit Nichols auseinandersetzen muss. Aber offenbar kommt ihr beide den Earls immer wieder in die Quere, ob ich es will oder nicht. Ich werde mich wohl damit abfinden müssen. Aber ich lasse nicht zu, dass Mel da mit reingezogen wird. Also bring sie um Gottes willen nicht in die Schusslinie wie vorhin im Earlys. Das ist Danny nicht wert, mir wenigstens nicht.«

»Du weißt ganz genau, dass ich alles tue, damit Mel nichts zustößt.«

»Jaja. Du bist mein Held.« Chris trank einen Schluck aus dem Kaffeebecher, der schon den ganzen Tag auf seinem Schreibtisch gestanden hatte. »Denkst du wirklich, Earl hat es auf die Bank abgesehen?«

»Definitiv.«

»Aber Earl arbeitet mit den Feds zusammen. Er hat einen Deal mit denen ... Die schauen ihm die ganze Zeit über die Schulter. Das macht keinen Sinn.«

»Nein, Chris, *wir* sind diejenigen, die ihm über die Schulter schauen. Nichols hofft und betet nur. Er ist blind und weiß nur das, was Earl ihm erzählt. Der glaubt ja auch, dass Earl alles nur für Jesse tut. Dabei sagt Danny, die beiden hassen sich wie die Pest. Nichols weiß das nicht – oder es ist ihm egal.«

»Und was ist mit dir? Das mit den Earls und Danny scheint dir richtig an die Nieren zu gehen.«

Harp rieb sich die Augen. »Ach, ich bin nur müde. Jeden Tag ein bisschen mehr.« Er konnte es Chris nicht länger verheimlichen. »Kann sein, dass mir ein paar Dinge langsam entgleiten. Kleinigkeiten, die ich früher vorausgesehen habe. Manchmal habe ich das Gefühl, alles um mich herum bewegt sich viel zu schnell. Oder ich werde einfach langsamer. Vielleicht ist irgendwann doch der Zeitpunkt gekommen, seine Pistole und die Sporen an den Nagel zu hängen.«

»Du hast für mich und das Revier schon genug getan. Ich habe dich hier gebraucht, sehr sogar. Aber das sind nicht mehr deine Kämpfe. Ich könnte gut verstehen, wenn du heute hier rausgehst und nicht mehr wiederkommst.«

»Das würde ich niemals tun. Vor allem jetzt nicht, wo hier die Hölle los ist. Du brauchst mich, auch wenn du das im Moment vielleicht noch anders siehst. Wir müssen die Earls aufhalten. Das ist es, was ich noch zu Ende bringen muss.«

»Na gut«, sagte Chris. »Ich möchte jetzt auch nicht länger über die Earls und Danny Ford reden. Ich muss mich auf das Treffen mit den DEA-Leuten in El Paso vorbereiten. Das ist in ein paar Tagen, und ich treffe mich da auch mit Garrison und bespreche mit ihm Nichols' Geheimoperation.«

Garrison war ein FBI-Agent, den Chris seit der Geschichte mit Sheriff Ross kannte. Er beriet das DEA-Büro in El Paso und war kurz vor der Schießerei auf der Far Six mit Chris in Kontakt getreten, viel mehr wusste Harp über den Mann nicht. Chris schien Garrison zu vertrauen und telefonierte gelegentlich mit ihm.

»Falls Nichols noch mal anruft, kannst du ihn zu mir durchstellen, mit dem selbstgefälligen Arsch werde ich schon fertig.« Harp lachte, stand auf und wurde wieder ernst. »Ich muss ständig an sie denken. Ich meine Jackie. Es ist hart, verdammt hart. Viel schlimmer als ich befürchtet hatte.«

»Ich weiß.«

Nur dass Chris es gar nicht wissen konnte. »Und jetzt fahr endlich nach Hause zu deiner Frau. Sie wird dir erzählen, was im Earlys los war. Und denk dran, es war nicht halb so wild, wie es bei ihr klingt.«

»Dann seid ihr beide Lügner. Und sie ist nicht meine Frau, das weißt du.«

Am liebsten hätte Harp erwidert, wie gern er das von jemandem hören würde: *Fahr nach Hause zu deiner Frau.*

Aber er riss sich zusammen, weil er nicht verbittert klingen wollte, und sagte stattdessen nur: »Dann wird es endlich Zeit.«

25

Die Fahrt von Jesse und T-Bob nach Murfee lag zwei Tage zurück, als Thurman Flowers in Killing ankam.

Earl wusste nach nur einem Blick, dass er den Typen von Anfang an richtig eingeschätzt hatte.

Er fuhr einen alten Transporter, vollgestopft mit White-Power-DVDs, Kartons mit Klamotten, einer Kochplatte und anderem Mist, und man konnte den Eindruck kriegen, dass er in dem Auto gewohnt hatte. Wahrscheinlich stimmte das auch. Ein zweiter Mann, Marvin Clutts, fuhr in einer ebenfalls mit Gerümpel vollgepackten Japsen-Schüssel mit Washington-Nummernschild hinter ihm her. Flowers trug eine dunkle Hose und ein weißes Hemd, das sich an den Achseln gelb verfärbt hatte. Die Haare hatte er sich mit irgendeinem Zeug, das in der Texassonne glänzte, zur Seite geklatscht. Er hatte einen kleinen Mund und winzige Augen, die hinter einer Froschbrille steckten, wodurch sie allerdings auch nicht größer wirkten. Earl erinnerte er an einen Wärter aus Dalhart, der sich den Insassen und Kollegen gegenüber wie ein mieses Arschloch aufgeführt hatte. Er hatte jeden schikaniert, nicht weil er sich stark gefühlt hätte, sondern aus purer Angst und Feigheit; er war jämmerlich an Mundkrebs krepiert, der ihn von innen aufgefressen hatte. Zuerst die Zunge, dann den Unterkiefer, schließlich das Gehirn. Ende der Geschichte.

Als er weg war, erwähnte ihn keiner mehr; niemand erzählte Geschichten über ihn. Keiner erinnerte sich an ihn, gerade so, als hätte es ihn nie gegeben.

Genau so ein Typ war Flowers. Er hielt sich selbst für wahnsinnig wichtig, dachte, er hätte über alles das Kommando und betrachtete die Welt durch seine Brille, als wäre sie das Gefängnis, das nach seiner Pfeife tanzt. Er würde nie hinter das Geheimnis kommen, das die etwas gewiefteren Wärter bald spitzkriegten: dass sie im Gefängnis nämlich rein gar nichts zu sagen hatten. Mit ihren Uniformen, ihren Waffen, ihren Regeln und ihren Mauern taten sie nur so, als hätten sie irgendetwas im Griff. Eigentlich hätten sie den ganzen Scheiß gar nicht gebraucht – denn alles funktionierte nur, weil die Insassen mitspielten. Die Welt innerhalb der Mauern war für viele leichter zu ertragen als die Scheiße, die sie draußen erwartete, deshalb gaben sich die meisten gar keine Mühe, jemals wieder rauszukommen.

Und wenn Flowers irgendwann nicht mehr wäre, würden sich die Leute genauso wenig an ihn erinnern wie an den Wärter aus Dalhart.

Denn keiner hätte ihn jemals wirklich gebraucht.

Am Morgen nach seiner Ankunft, nachdem er sich am Abend zuvor noch bei allen anderen vorgestellt hatte, kam Flowers als Letztes zu Earl, der mit Sunny und Little B vor der Veranda saß und rauchte. Der Junge trieb sich immer in der Nähe von seiner Mama und Earl rum und wartete nur darauf, dass Earl mit ihm redete. Auch Flowers hatte seinen Fanclub dabei – dieser Clutts stand neben ihm, wahrscheinlich machte Flowers ohne ihn keinen Schritt. Flowers wollte, dass man *ihn* für gefährlich hielt, aber Earl durchschaute sofort, dass es Clutts war, vor dem man sich eventuell in Acht nehmen musste. Clutts wollte bedrohlich wirken wie Joker, war dabei aber nicht mal halb so groß. Über den Daumen gepeilt, wog er etwas mehr als fünfzig Kilo und das meiste Gewicht stammte von seinen klobigen Schnürstiefeln. Er hatte ein Narbengesicht und große Zähne – zu groß für seinen Mund – und erinnerte Earl an eine Ratte. Sein Blick wanderte über Sunny und blieb an ihren Titten hängen, bevor er zu Earl schaute und seine Riesenzähne zu einem Grinsen bleckte.

Sunny tat so, als würde sie nichts mitkriegen, und schwenkte den letzten Schluck Eistee in ihrem Disney-World-Glas.

Auch Flowers schaute sie an, leckte sich über die dünnen Lippen und berechnete im Kopf ihre Maße. Earl schnickte die Zigarettenkippe an ihm vorbei, damit Flowers sich wegduckte, und zündete sich gleich die nächste an.

Flowers zog sich einen Stuhl heran und blickte über Killing hinweg, als würde ihm das Kaff bereits gehören.

Tat so, als wäre er hier der gottverdammte Wärter.

»Schön, dass wir endlich beisammensitzen, John. Jesse hat mir viel von Ihnen erzählt, und ich bin froh, dass wir endlich von Angesicht zu Angesicht reden. Und das auch noch hier, in Killing. An diesem Ort wird es uns gut ergehen, es wird der Neubeginn für mich, für Jesse, ja, auch für Sie. Vor allem aber für unsere Rasse. Hier werden wir etwas Großes aufbauen.«

Earl lachte und zeigte mit der Zigarette auf die halb verfallenen Gebäude in Killing. »In diesem Drecksloch wollen Sie Ihr weißes Königreich errichten? Sie wissen schon, in diesem Teil von Texas wohnen auf jedem Quadratzentimeter mehr Bohnenfresser als überall sonst. Und das da drüben«, er zeigte über die Schulter zu den Bergen, »ist Scheißmexiko. Sie sind hier von Bohnenfressern umzingelt. Das ist nicht Ihr Land und wird es auch nie sein. Das ist Feindesland, Prediger. Wir haben es nur gepachtet.«

Flowers nahm seine Brille ab, polierte sie mit einem dreckigen Hemdzipfel. Dann zog er ein gefaltetes Taschentuch hinten aus der Hose und betupfte sich damit den Mund. »Sie können mir glauben, ich bin mit der Geschichte Texas' bestens vertraut. Wir haben den Bastarden das Land abgenommen und werden es nicht mehr hergeben.« Er setzte die Brille wieder auf, behielt das Taschentuch aber in der Hand und wischte sich erneut den Mund ab. »Immerhin gibt es hier nicht so viele Nigger, was, Marvin?« Clutts lachte über den Witz, den er wahrscheinlich schon hundertmal gehört hatte. »Wie dem auch sei, Killing ist der verheißene Ort, und Gott hat uns hergeführt.«

»*Gott?* Der hat damit nichts zu tun. Wie es der Zufall wollte, hat Jesses Mädchen hier Verwandte. Sie hat ihm von Killing erzählt. Nicht Gott hat ihm das zugeflüstert, es war Jesses verdammter Schwanz.«

»Pastor Flowers ...«, begann Clutts.

Earl brachte ihn mit einem Blick zum Schweigen. »Und *du*, du hältst dein Scheißmaul. Hier reden Erwachsene ...« Er musterte Flowers von oben bis unten. »Mehr oder weniger.«

Clutts wartete auf einen Befehl von Flowers. Der hustete in seine Hand und nickte der schweigenden Sunny zu, als wollte er sich bei ihr entschuldigen, weil sie hier die einzigen vernünftigen Menschen waren. »Reden, John, das ist es, was wir tun müssen. Darüber, wie es jetzt, da ich hier bin, vorwärtsgeht. Vielleicht besprechen wir das unter vier Augen.«

»Alles, was Sie zu sagen haben, können Sie vor Sunny und dem Jungen sagen. Mich kratzt das nicht.«

Flowers zuckte die Schultern und gab Clutts mit dem Taschentuch ein Zeichen, dass er bleiben sollte. »Schön, wenn Sie es so wünschen. Und Sie haben recht, wir müssen voreinander keine Geheimnisse haben. Schon bald werden weitere Gleichgesinnte kommen. Seit Monaten verbreiten wir die gute Nachricht – hier werden wir einen Zufluchtsort errichten, in dem die Prinzipien der Rassenreinheit und Freiheit gelten. Wir werden unser Reich diesem Fleck Erde entreißen, ohne Einmischung der Regierung.«

»Mit einem Transporter voller lausiger DVDs und selbst gebastelter Hefte? Das ist für einen Neubeginn nicht gerade viel.«

»Nein, da gebe ich Ihnen recht. Wir werden sehr viel mehr brauchen. Wir müssen das Land aufkaufen, alles schöner machen.

Unsere neue Heimat schützen. Von hier aus werde ich meine Radiosendung in den Äther schicken. Und wir brauchen einen Gemeindesaal. Wir werden uns selbst versorgen, uns aus eigener Tasche finanzieren und wir werden ... nun, ich habe viele Pläne. Jeder wird mit anpacken und ... geben, was er eben kann.« Flowers rückte seine Brille gerade. »Jesse meinte, Sie wären womöglich in der Lage, uns ... uns zu unterstützen ... dass Sie über Mittel ...«

»*Jesse meinte?* Sie sind gerade mal eine Nacht hier und halten jetzt schon Ihre gottverdammte Hand auf?«

»Wie ich hörte ...« Flowers suchte nach Worten. »... waren Sie im Gefängnis eine einflussreiche Person. Sie hatten viele Freunde und haben immer gut für Ihre Familie gesorgt. Sie sind ein guter, ein hervorragender Geschäftsmann. Wir brauchen Ihren Sachverstand, und da ich vermute, dass Ihre Geschäftsbeziehungen mit Ihrer Entlassung nicht zum Erliegen gekommen sind ...«

»Sie haben null Ahnung, wer ich bin und was ich im Gefängnis oder draußen gemacht habe.«

»Schon gut. Mag sein, dass ich Sie falsch eingeschätzt habe. Nur sagt Jesse, Sie sind einer von uns. Dass Sie an unsere Sache glauben und daran teilhaben möchten.« Er faltete die Hände vor dem Bauch, als wären es zwei Vögel, die ins Nest zurückfanden. »Wenn das nicht der Fall ist, frage ich Sie: Warum sind Sie hier?«

Earl hätte ihn am liebsten angeschrien, schnippte stattdessen Asche von der Zigarette. »Wegen meines Jungen und meiner Familie, von der Sie so gerne reden. Aber ich hab's Jesse schon gesagt und jetzt sage ich es Ihnen: Ich habe kein Geld. Und selbst wenn, würde ich Ihnen keinen einzigen Nickel geben, damit Sie hier auf Ihrem Arsch sitzen und das nächste Gericht in die Luft jagen oder Cops oder Anwälte umbringen oder was für andere Pissideen Sie meinem Jungen in den Kopf gepflanzt haben.«

»Jesse ist ein Mann. Als Sie weg waren, ist er erwachsen geworden. Er hat eigene Vorstellungen und Ideen.«

»Sie begeben sich auf verflucht dünnes Eis, *Prediger*.«

Flowers stand auf und machte einen Schritt in Clutts Richtung, bevor er die Hände beschwichtigend hob. »Es war falsch von mir, mich so früh an Sie zu wenden. Das war unhöflich, nicht angemessen. Ich kann es nur kaum erwarten, mit diesem Projekt, von dem Jesse und ich nun schon so lange reden, anzufangen. Ich war gewissermaßen im Exil und bin endlich nach Hause gekommen.« Er runzelte die Stirn, als wäre ihm ein unangenehmer Gedanke gekommen und er wüsste nicht, wie er ihn aussprechen sollte. Dann schaute er lächelnd zu Little B und wieder zu Earl. »Es fällt uns schwer, uns dem Moment zu stellen, wenn unsere Kinder erwachsen werden und auf eigenen Beinen stehen. Wir sehen das Ergebnis unserer Entscheidungen, der guten wie der schlechten. Und wir erkennen, dass wir sterblich sind.«

Earl zog an seiner Zigarette und fragte sich, ob er Flowers unterschätzt hatte. Dass er ihn für ein mieses Stück Scheiße gehalten hatte, stimmte nach wie vor, doch besaß der Mann ein Talent, das er nur bewundern konnte: Er wusste mit Worten umzugehen, war tatsächlich der geborene Prediger. Am richtigen Ort und zur richtigen Zeit würde Flowers es schaffen, Menschen an sich zu binden, die nicht wussten, wonach sie suchten, bis er es ihnen sagte. Da war er nicht anders als George Chives, der Earl im Gefängnishof von Coffield angesprochen und für die ABT rekrutiert hatte. Oder nicht anders als er selbst, denn er wusste, welche Knöpfe er drücken musste, um andere auf seine Seite zu ziehen. In einer anderen Zeit und an einem anderen Ort hätte er sich einen Mann wie Flowers zunutze gemacht – oder einfach umgebracht.

»Sterblich? Wollen Sie damit etwa sagen, dass ich kurz vorm Abnippeln bin? Sterblich sind wir alle. Aber ich habe so üble Sachen gemacht, da schickt mich selbst die Hölle gleich wieder weg.«

»Ich hörte davon.« Flowers Augen waren hinter der Brille nicht zu sehen, die schmutzig blieb, sooft er sie auch putzte. Er wischte sich die Hände am Taschentuch ab und steckte es wieder in die Hosentasche.

»Männer wie wir, John, gestalten die Welt so, wie wir sie haben wollen. Da lässt es sich nicht vermeiden, dass eben auch mal Blut an unseren Händen klebt.«

Flowers und Clutts waren gegangen, und er hatte Sunny und Little B ins Haus geschickt, weil er allein sein wollte. Jetzt stieg er auf den Hügel hinter dem Haus. *Auf seinen Hügel,* obwohl er dort schon einmal auf Jesse und Danny gestoßen war, die sich angegangen waren wie räudige Köter. Irgendwann würde es zwischen den beiden zum Showdown kommen, doch war das ein Problem, für dessen Lösung er gerade weder Zeit noch Energie hatte. Wenn es aber so weit war, musste er sich auf eine Seite stellen, und wozu das unweigerlich führen würde, wollte er sich lieber nicht vorstellen.

Flowers hatte gesagt: *Es fällt uns schwer, uns dem Moment zu stellen, wenn unsere Kinder erwachsen werden und auf eigenen Beinen stehen. Wir sehen das Ergebnis unserer Entscheidungen, der guten wie der schlechten.*

Jepp, das traf es ziemlich gut.

Earl zündete sich eine Zigarette an, behielt den Rauch im Mund, bis es wehtat, und blies ihn dann in die unbewegte Luft. Gestern, kurz vor Flowers Ankunft, hatte er noch mal mit seinem alten *compadre* Manny telefoniert, und der hatte nur gesagt, seine Leute würden sich nun doch um *seinen* Sohn kümmern, und ihm ansonsten zum hundertsten Mal erklärt, wo sie sein Weihnachtsgeschenk versteckt hatten und wie er es auspacken musste. Immerhin hatte Manny versprochen, dass seine Leute nicht mal in die Nähe des Geschenks gehen würden. Doch Earl war sich nicht sicher, ob er ihm glauben sollte. *Compadre* hin oder her, das Geschenk war zu wertvoll, um es jetzt schon abzuschreiben.

Es war ein Geschäft, wie alles zwischen ihnen.

Und wenn Earl nicht bald etwas unternahm, würden Mannys Leute es todsicher tun.

Flowers hatte gesagt, Earl wäre im Gefängnis eine einflussreiche Person mit vielen Freunden gewesen. Das stimmte zwar, nur gehörte das der Vergangenheit an. Vor Monaten schon hatte er sich von seinen alten Freunden losgesagt und alle Brücken hinter sich abgebrannt. Jesse hatte gesagt, *hier draußen bist du niemand mehr*, obwohl der Junge gar nicht wissen konnte, wie recht er damit hatte. Nur dass es Earl inzwischen egal war, weil sich für ihn bald alle Wünsche erfüllen würden.

Nichols hatte ihn aufgefordert, sofort anzurufen, wenn Flowers auftauchte. Er hatte es bisher nicht getan. Weil Flowers jetzt da war, würde Nichols ihm richtig Dampf unterm Hintern machen, damit er das Ding eintüten konnte. Der Pisser drehte fast durch wegen dieses Sheriffs Cherry und seiner Stümper-Deputys. Dass der Sheriff diese Richterbeschlüsse aus dem Ärmel gezaubert hatte, damit hatten sie beide nicht gerechnet, nur hatte Nichols keinen Finger krummgemacht, um den Deckel draufzuhalten. Deshalb hatte Earl nun den Verdacht, dass der Nigger sich irgendwas ausdenken würde, um ihm den Mord in die Schuhe zu schieben, damit er, wenn alles vorbei war, immer noch was gegen ihn in der Hand hatte. Der Agent ließ es zwar nicht durchblicken, aber er hatte Muffensausen und verlor die Geduld, sodass Earl seine auch langsam verlor. Der Arschkriecher Nichols hatte zwar gesagt, er würde den dämlichen Dorfsheriffs genug hinwerfen, damit sie erst mal die Füße stillhielten. Nur ging Earl davon aus, dass sie ihn weiternerven würden. Offenbar wollten die ihren eigenen Stiefel durchziehen, und vielleicht reichte der Druck von Nichols nicht aus, um sie davon abzubringen.

Was würde Nichols tun, wenn Jesses Blut an diesem toten Pisser aus Terlingua klebte? Was würde Sheriff Cherry dann tun *müssen*?

Der ganze Zirkus war wie eine Partie Texas Hold'em, bei der

man nicht nur die Karten der anderen Spieler nicht sehen konnte, man sah nicht mal die *Mitspieler*.

Nach seiner Schätzung blieben ihm nur noch ein paar Stunden, wenn es hochkam, ein Tag. Mehr nicht.

Doch als Flowers und Clutts gestern in ihren Schrottkisten aufgetaucht waren, war ihm eine Idee gekommen. Danach hatte er die bisherigen Pläne aufgesteckt, weil keiner nur halb so gut war wie der neue. Bei jedem anderen hätte er nämlich seine Karten aufdecken müssen, bevor er sie überhaupt ausspielen konnte. Nach dem Telefongespräch mit Manny war klar, dass ihm die Zeit davonlief. Er hatte ein beschissenes Blatt auf der Hand und konnte nur bluffen, aber damit hatte er schon so manchen Pot gewonnen.

Allerdings war keiner so groß gewesen wie dieser hier.

Es ging um alles oder nichts.

Er sog den Rauch tief ein. Danny hatte er von Anfang an auf seine Seite gezogen, aber jetzt sah es aus, als müsste er sich noch woanders Hilfe holen.

Es wurde Zeit, mal mit der kleinen Schwuchtel zu reden.

Er lotste den Jungen von den anderen weg und zu der Stelle, wo das Wohnmobil, Flowers' Transporter und Clutts' Japsen-Schüssel vor dem Haus parkten. Nach nur einem Tag waren auch ihre Wagen mit dieser dünnen Sandschicht überzogen, unter der hier fast alles im Nullkommanichts verschwand.

Als würde sich ein Leichentuch über Tote legen.

Er hatte zwei Dosen Bier mitgenommen, riss sie auf und gab Kasper eine. Der Junge war blass wie der verfluchte Sand, die knochenweiße Haut war bereits verbrannt und schälte sich ab. Im Gegensatz zu den eindeutigen Tattoos von Earl und seinen Leuten – Hakenkreuze, Totenschädel, White-Power-Slogans – waren die von Kasper nur für Eingeweihte zu erkennen. Ein paar Keltenkreuze, Runen und Valknuts, über einem Ellbogen ein Spinnennetz, aber Gesicht und Hals hatte er frei gelassen, als wartete er auf den Tag, an dem er das alles hinter sich lassen und in sein altes Leben zurückkehren konnte. Kasper hatte immer diese Schrottgitarre dabei, die bei ihm klang, als würde eine Katze krepieren, und er quatschte mit Little B stundenlang über Bands wie Hatebreed, Blue Eyed Devils und Warfare 88. Vor allem aber schaute er zu Danny auf – was Earl sich nun zunutze machen wollte. Von Danny hatte er erfahren, dass der Junge wegen Autodiebstahl ein paar Monate gesessen hatte. Dass er ständig um Little B herumschlich und ihn, vermutlich mit Latte in der Hose, anschmachtete, kratzte Earl nicht, auch wenn sein eigenes Verlangen, einen Kerl zu ficken, etwa so groß war wie das, einen Scheißköter zu nageln. Er nahm es Kasper nicht mal übel, denn schließlich waren es die Mösen gewesen, die ihm sein Leben lang nur Ärger eingebracht hatten. Hätte er sich von ihnen ferngehalten, hätte er jetzt nicht so viele Scheißprobleme an der Backe gehabt.

Allein hatte Earl noch nicht mit Kasper geredet, aber er wusste, welche Knöpfe er bei ihm drücken musste.

»Danke, Mr. Earl.« Kasper nippte an seinem Bier, als hätte er Angst, zu viel auf einmal zu trinken.

»Lass das mit dem Mister und sag einfach JW.« Earl nahm einen tiefen Zug aus seiner Dose und wischte sich mit dem Handrücken über den Mund. »Was hältst du von dem Haus und allem? Bist du gern hier?«

»Ja, Sir.« Kasper nippte noch einmal am Bier. »Ich weiß auch nicht, wo ich sonst hinsoll.«

»Darauf trinke ich.« Earl prostete ihm lachend zu, exte das Bier und warf die leere Dose auf den Boden. »Jetzt, wo Pastor Flowers hier ist, wird es endlich vorangehen. Hier wird bald viel los sein ... mehr Leute werden kommen ... vielleicht sogar ein paar Weiber. Wir können hier weiß Gott mehr als zwei Paar Titten gebrauchen.«

Kasper lächelte verschämt, obwohl sie beide wussten, dass ihm Weiber und Titten herzlich egal waren. »Ich bin froh, dass der Pastor da ist. Froh, dass Little B und Jesse mich mitgenommen haben.« Er schaute auf Killing, als würde er sich selbst nicht glauben. »Wird bestimmt toll hier.«

»Bestimmt.« Earl tat so, als wäre ihm ein neuer Gedanke gekommen. »Sag mal, ich seh dich immer auf der Gitarre rumklimpern. Pastor Flowers meint, du willst eine Band gründen. Vielleicht klappt das jetzt ja. Du kannst das richtig gut. Ich krieg mit meinen Händen nichts hin, hab null Talent.«

»Geht so, aber ich werde besser. Meine Scheißhände waren schuld, warum ich Ärger gekriegt habe.«

»Geprügelt?«

»Nein, Sir, geklaut. Schon als ich ganz klein war. Erst Kaugummis und Comics, später Bier und Zigaretten für meine Freunde. Und noch später Autoradios und so.«

»Auch schon mal ein ganzes Auto, wie ich gehört hab.«

»Ja, irgendwann konnte ich das ziemlich gut. Meine Mom und ich haben im Third Ward in Houston gewohnt und ich hab auf dem Uni-Parkplatz Autos geknackt. Bin da gar nicht weiter aufgefallen.«

»Dann bist du schnell, was?«

Kasper lächelte verlegen. »Glaub schon, jedenfalls komme ich mit Autoschlössern besser zurecht als mit der Gitarre. Meine Mutter hat immer gesagt, dass der Teufel mir die Hand führt. Irgendwie hatte sie wohl recht.«

Earl zeigte auf die beiden Autos von Flowers und Clutts. »Und die da? Wette, du könntest die im Handumdrehen knacken und ganz schnell damit verduften.«

Kasper warf einen Blick auf beide Autos. »Jepp, kein Problem.« Er drehte die Bierdose hin und her, wich Earls Blick aus. »Sir, Sie wollen nicht, dass ich die klaue, oder?«

Earl lachte, nahm Kasper das Bier ab, trank es aus, bevor er zu Clutts Wagen ging und die Dose auf die Motorhaube stellte.

»Scheiße, nein. Doch nicht diese Schrottkarren ...«

• • •

Sunny schaute durchs verdreckte Fenster und sah Earl und diesen Kasper zusammen Bier trinken und lachen, als wäre hier alles in Ordnung. Earl schlief nicht mehr viel, trotzdem war sie es, die immer hundemüde war, und das wurde mit jedem Tag in dieser gottverlassenen Gegend noch schlimmer.

Scheiße fließt immer bergab. Das hatte ihre Mama oft gesagt, und auch sie dachte das jedes Mal, wenn sie Earl auf dem verdammten Hügel hinter dem Haus telefonieren sah. Sie hatte keine Ahnung, wen er da ständig anrief, und wenn sie gefragt hätte, hätte sie seine Faust im Gesicht gespürt und ihr Mund hätte den ganzen Tag nach Blut geschmeckt. Vielleicht war es eine andere Frau oder hundert andere, aber selbst das hätte sie nicht so angepisst wie jetzt mit anzusehen, wie er vor dem Haus bei Kasper den Daddy spielte, obwohl er ihren *richtigen* Sohn Little B gerade erst weggeschickt hatte. *Zeit* war sein Scheißproblem. Das sagte Earl ständig und tat immer so, als hätte er davon zum Abgeben zu wenig. Trotzdem hatte er genug Zeit, um den ganzen Vormittag mit seiner fetten Harley rumzufahren und nachmittags auf dem Scheißhügel zu telefonieren und zu rauchen. Wenn es ihm in den Kram passte, hatte er alle Zeit der Welt, aber mit Little B hatte er es zusammengezählt bisher keine zehn Minuten ausgehalten.

Jesse behandelte er auch nicht viel besser, und das pisste Jesse ziemlich an. Noch dazu musste der Junge miterleben, dass sein Dad diesen Danny behandelte, als wären sie gleich ... *als wäre der sein richtiger Sohn.* Sie und T-Bob hatten Jesse großgezogen, und der Junge tat ihr fast genauso leid wie ihr eigener. Sie kapierte nicht, warum Earl allen, die zu ihm gehörten, einen Tritt verpasste, und das ausgerechnet jetzt, wo sie ihn am meisten brauchten. Vor allem, weil jetzt auch noch dieser schmierige Flowers aufgetaucht war und den lieben langen Tag laberte, ohne dass was dabei rumkam.

Ein bisschen war es ihre eigene Schuld. Earl hatte ihr damals gesagt, sie sollte Little B wegmachen lassen, und ihr, als sie sich geweigert hatte, das Baby fast aus dem Bauch geprügelt. Das war das einzige Mal, dass sie Nein zu ihm gesagt hatte, und das hatte nicht nur ihn überrascht, sondern sie selbst auch. Seitdem hatte er sie jeden Tag dafür büßen lassen.

Sie fragte sich, ob Jesses echte Mom abgehauen war, weil er von ihr verlangt hatte, das Beste, was sie zusammen überhaupt haben konnten, umzubringen, und sie dann bestraft hatte, weil sie Nein gesagt hatte.

Immerhin hatte Earl sie und Little B nicht ganz im Stich gelassen. Früher waren regelmäßig Männer, meistens Nazi Low Riders oder welche vom Aryan Circle oder der ABT und einmal sogar ein Scheißbohnenfresser, auf ihren fetten Harleys gekommen und hatten eine Plastiktüte oder einen Turnschuhkarton mit dicken Geldrollen abgegeben. Mit den Typen hatte sie nie selbst geredet, das hatte T-Bob für sie übernommen, aber das Geld kam immer von Earl – er verdiente es mit seinen Knastgeschäften und mit seiner kleinen Privatbank draußen. Gefragt hatte sie ihn nie danach, denn dann hätte er ihr nur wieder eine gescheuert. Aber Jesse wusste, wo das ganze Geld herkam. Nach Jesses Meinung *schuldete* sein Daddy ihm für die vielen Jahre, in denen er nicht da gewesen war, einen großen Teil davon. Anders als Little B wollte er von Earl nur noch Geld. Für ihn war Earl kein richtiger Daddy mehr, aber ihr eigener Junge wollte immer noch, dass Earl ab und zu für ihn da war. Obwohl er zu seinem älteren Halbbruder aufschaute, wünschte er sich nur, dass Earl ihn akzeptierte. Er wollte sich Earls Wertschätzung verdienen, doch dafür hätte Earl ihm überhaupt mal eine Chance geben müssen.

Seit über zwanzig Jahren war sie nun schon mit John Wesley Earl zusammen. Sie hatte einen Sohn von ihm gekriegt und seinen zweiten großgezogen, trotzdem hatte sie keine Ahnung, wer der Mann eigentlich war. Es gab viele Dinge in seinem Leben, von denen sie nichts wusste, die sie nicht kapierte. Wenn er mal nicht hinter Gittern gesessen hatte, hatte er was mit anderen Frauen gehabt – Earl war ein Weiberheld, und ihr blieb nichts anderes übrig, als sich damit abzufinden. Doch manchmal fragte sie sich, ob er irgendwo noch eine andere Familie versteckt hatte; eine Frau, mit der er verheiratet war und die er mit Respekt behandelte, und dazu noch zwei Söhne, auf die er tatsächlich stolz war. Sie stellte sich junge Männer vor, die aufs College gingen und später Arzt oder Buchhalter wurden. Sie stellte sich ein Haus am Strand vor, grün und weiß gestrichen und mit Palmen davor. Dort war das Geld hingeflossen, das Jesse haben wollte – zu dieser Familie, in dieses Haus, in dieses Leben. Und sie fragte sich, ob es die andere Familie war, mit der er auf dem Hügel hinter dem Haus ständig telefonierte, und ob er ihnen versprach, bald für immer nach Hause zu kommen.

Sunnys Daddy war 1979 in einer brütend heißen Juninacht gestorben, in Sparks in Nevada war das gewesen, direkt vor ihrer Wohnung in Sichtweite der Lichter vom John Ascuaga's Nugget Casino. Sunny war damals elf gewesen und die größte Attraktion im Zirkus des Nugget waren die Elefantendame Bertha und ihr Baby Tina. Ihr Daddy hatte nachts im Nugget gearbeitet, doch dann hatten ihn zwei Männer auf dem Parkplatz vor Sunnys Kinderzimmerfenster erschossen. Sie hatte es gesehen, die beiden Schüsse *gehört*, während im Zimmer ihrer Mama die Bee Gees »Love You Inside Out« gesungen hatten, und das richtig laut, so laut, dass sie nicht wusste, ob ihr Daddy geschrien oder um Gnade gefleht hatte, als die beiden Typen ihm die Knarren ins Gesicht hielten ...

Aber es hatte verdammt danach ausgesehen, und irgendwann hatte sie sich vom Fenster weggedreht, weil sie nicht mehr hinsehen mochte.

Ihr Daddy war auf einem schmutzigen Streifen Beton zehn Schritte von ihrem Fenster gestorben, und später waren Cops gekommen, hatten die Leiche mitgenommen und Fotos gemacht und ihre Zigaretten auf den Boden geschmissen, wo ihr Daddy seinen letzten Atemzug getan hatte, und nur einen gelben Umriss aus Kreide zurückgelassen. Der Umriss war hässlich und leer gewesen, als wäre ihr Daddy ein Nichts gewesen.

Aber sie konnte sich noch daran erinnern, dass er sie ein paarmal zu den Elefanten mitgenommen hatte; dass er sie auf seine Schultern gesetzt und *You are my sunshine, my only sunshine* gesungen hatte; dass er nach Rasierwasser und Pomade gerochen hatte. Er war so viel mehr gewesen als ein leerer Umriss aus Kreide, den sie sich jeden Tag angeschaut hatte, bis er irgendwann unter den Schritten der Leute verblasst war.

Ein verdammter Umriss und eine Handvoll Erinnerungen, um die Leere darin zu füllen, das war alles, was ihr von ihrem Daddy geblieben war. Trotzdem war das hundertmal mehr als das, was Little B von Earl hatte.

Draußen legte Earl gerade einen Arm um Kasper und zog ihn zu sich, als wollte er ihm ein Geheimnis verraten. Sie hatte überhaupt nichts gegen Kasper, aber Scheiße, richtig war das nicht.

Sunny, die auf den Namen Mary Grace Deshazo getauft war, obwohl sie sich seit dem Sommer 1979 nie mehr so hatte nennen lassen, drehte sich vom Fenster weg.

Wieder einmal.

26

Sie zielte auf den Kopf, obwohl Ben es ihr anders beigebracht hatte.

Zwei in die Brust, Körpermitte, und so lange feuern, bis die Gefahrensituation vorüber ist. So hatte er es ihr erklärt.

Trotzdem visierte sie einen Punkt zwischen den Augen an und drückte ab.

Sie sammelte die leeren, im Sand glänzenden Patronenhülsen ein, als sie merkte, dass Chris zum Schießstand gekommen war. Er stand da und betrachtete die durchlöcherten Blätter, die sie aufeinandergelegt und mit den Schachteln ihrer Kaliber-40-Munition beschwert hatte. Sie benutzte nicht die Zielscheiben mit den schwarzweißen Ringen, sondern solche, auf denen Menschen dargestellt waren ... Verbrecher wie aus dem Comic, die eine Waffe oder ein Messer auf die Schützin gerichtet hatten.

Obwohl es Extramarkierungen gab, um Schüsse auf die Körpermitte zu trainieren, war dieser Bereich bei Amés Scheiben leer geblieben. Ihre Treffer konzentrierten sich auf Gesicht und Hals.

Weil die Schüsse in der Wüste besonders laut waren, trug der Sheriff Gehörschutz. Wahrscheinlich hatte er sie während der Fahrt schon durch die offenen Fenster wahrgenommen und die Kopfhörer aufgesetzt, bevor er im Schatten der Chapel Mesa zum Schießstand marschiert war. Die Anlage war erst vor vier, fünf Monaten mit dem Bulldozer in die harte Erde getrieben worden, im Grunde war es nur ein Graben mit einem Erdwall dahinter und einer Handvoll Zielscheiben auf rostigen Gestellen. Auf dem Wall hielten sich beharrlich ein paar stachelige Blackbrush-Pflanzen und

Red Yuccas, deren Blüten an Blutstropfen erinnerten. In Nathan gab es eine moderne Indoor-Anlage, aber die Mitarbeiter des Reviers benutzten nur diese; am häufigsten trainierten Harp und Amé hier.

Sie winkte dem Sheriff zu, und er nahm den Gehörschutz ab.

Er hielt eine Zielscheibe mit weggeschossenem Gesicht hoch. »Ich hatte keine Ahnung, wie gut du geworden bist.«

»Ich gebe mir Mühe«, rief sie und warf die Hülsen in einen Eimer.

Chris hielt das Blatt noch höher, schaute durch die Löcher. »Ich hab die Scheiben gesehen, die sie bei der Homeland Security benutzen. Da sind Zombies drauf, und angeblich zählen nur die Kopfschüsse. Das verstehen die wohl unter Spaß.« Er legte das Blatt zu den anderen und beschwerte den Stapel wieder mit der Schachtel. Dann half er Amé beim Einsammeln der Hülsen. »Wenn die Zombie-Apokalypse kommt, bist du also bestens vorbereitet. Harp wäre traurig, weil du ihn nicht mitgenommen hast. Hier haltet ihr euch doch am liebsten auf.«

Sie lächelte. »Er hat mir hier eine Menge beigebracht.«

Chris ließ die Patronenhülsen in der Hand hüpfen und warf sie in Amés Eimer. »Euretwegen werde ich noch das Budget für Übungsmunition erhöhen müssen. Bei Till Greer frage ich mich manchmal ernsthaft, ob er überhaupt weiß, wo seine Waffe ist, während du und Harp eure wahrscheinlich nachts unterm Kopfkissen liegen habt.«

Das kam der Wahrheit so verflucht nahe, dass sie dem Blick des Sheriffs auswich und angestrengt auf den Boden schaute. Sie hatte zwar keine Waffe unter dem Kopfkissen liegen, aber überall sonst in ihrem Haus welche versteckt. Falls Chris ihre Verlegenheit bemerkte, ließ er es sich nicht anmerken. Ihn beschäftigte etwas anderes.

»Wir hatten noch gar keine Gelegenheit, über euer Gespräch

mit Danny Ford zu reden. Wenn ich es nicht besser wüsste, würde ich denken, dass du mir seitdem aus dem Weg gehst. Harp hat mir berichtet, dass du auch was zu Danny gesagt hast, er meinte, du hättest es besser gemacht als er ...« Der Sheriff schien nach Worten zu suchen. »Also, ich bin froh, dass du es versucht hast. Das muss ich wohl sagen, obwohl ich mir nicht sicher bin, ob ich das wirklich so sehe. Eigentlich wollte ich nämlich sagen – du darfst niemals vergessen, dass Danny Ford nicht dein Bruder ist. Er ist nicht Rodolfo.«

»*Lo sé.* Die beiden sehen sich nicht mal ähnlich.«

Chris lachte, hob eine letzte Hülse auf und wischte den Sand darauf an seinem Hemd ab. »Du hast mich schon verstanden. Wir reden nie über das, was damals geschehen ist ... über das mit dir, mir ... und Caleb.« Er betrachtete die winzigen Buchstaben auf der Hülse. »Auch nicht über Sheriff Ross und Duane Dupree. Ich rede wohl nicht oft darüber, weil ich mich frage, ob das jetzt überhaupt noch einen Sinn hat. Das ist aus und vorbei. Wenn es aber noch immer deine Entscheidungen beeinflusst, dann müssen wir darüber reden. *Danny Ford ist nicht Rodolfo Reynosa.* Du hast keine zweite Chance bekommen, deinen Bruder zu retten.«

Sie hob den Kopf. »Das glaube ich doch gar nicht. Hat Ben das behauptet?«

»Nein, nein. Er macht sich deinetwegen Sorgen, wegen uns allen, aber aus einem anderen Grund. Er glaubt, die Sache mit den Earls wird nicht gut ausgehen, ganz gleich, wie wir uns verhalten.« Der Sheriff schaute zu einer Red Yucca hin, die sich im Wind bog. »Vielleicht hat er damit recht.«

»Ich werde nichts Dummes tun, wenn es das ist, was dir Sorgen macht. Ihr habt mir beide gesagt, ich soll nicht nach Killing fahren, und ich halte mich daran.«

Chris nickte zufrieden, als hätte er nur darauf gewartet, dass sie es aussprach.

Sie schwieg, dann: »Glaubst du wirklich, das Vergangene wird jemals ganz vorbei sein?«

Er zuckte die Schultern. »Das muss es.«

»Ben glaubt das nicht. Er sagt, Menschen ändern sich nicht. Wenn sie etwas Schlimmes getan haben, dann klebt es für immer an ihnen. Deshalb glaubt er, dass die Earls uns nur Ärger bringen. Ich hab auch schon Fehler gemacht, aber ich hoffe, dass sie hinter mir liegen. Ob das wirklich so ist, weiß ich nicht.«

»Du hast nichts Schlimmes getan, Amé, und du hast dich verändert. Du bist nicht mehr das Mädchen, zu dem mich Caleb geschickt hat, weil er meinte, du brauchst meine Hilfe. Tough warst du da schon, aber du hattest auch Angst ... sehr große sogar, und das zu Recht. Angst macht viele Menschen schwach, dich nicht. Dich hat sie sogar doppelt stark gemacht. Heute machst du einen Job, den dir die meisten nicht zugetraut hätten. Du bist mein bester Deputy, das weißt du selbst.«

»Harp mag uns alle, auch wenn er es uns nicht immer direkt zeigt. Mein Vater hat nie gesagt, dass er mich lieb hat. So jemand war er nicht. Aber wenn ich zu ihm gesagt habe, ich hätte in der Bücherei vergeblich nach einem Buch gesucht, dann lag es zwei Tage später auf meiner Kommode. Ich musste nur erwähnen, dass ich neue Stollen für die Footballschuhe brauche, und er ist losgefahren und hat sie mir noch vor dem nächsten Training besorgt. Wenn er sah, dass eine Glühbirne in meinem Zimmer kaputt war, hat er eine neue reingedreht, bevor es mir überhaupt aufgefallen war. Mit solchen Kleinigkeiten hat mein Dad mir gezeigt, wie sehr er mich liebt, ohne es jemals auszusprechen. Harp ist ganz ähnlich. Wenn er uns etwas erklärt, dann weil er will, dass uns nichts passiert. So zeigt er uns seine Liebe.«

Der Sheriff schleuderte eine leere Patronenhülse in die Wüste. Im Flug fing sie das Licht auf, sodass es aussah, als würde sie brennen. »Vielleicht hat Harp recht und wir können vor den schlimmen Fehlern, die wir gemacht haben, nicht davonlaufen. Denn die Narben, die zurückbleiben, begleiten uns ein Leben lang. Aber sie erinnern uns auch daran, dass wir dazugelernt haben. Nur so können wir überleben. Und ich glaube nicht, dass unsere Fehler uns zu dem Menschen machen, der wir sind. Meiner Meinung nach geht es eher darum, wie wir hinterher mit ihnen umgehen.« Er lächelte sie an. »Und du, America Reynosa, bist ein Mensch, der gut damit umgehen kann.«

America dachte an Billy Bravo – an seine schlechten und guten Seiten und daran, wie leicht er gewesen war, als sie seine Asche über dem Fluss verstreut hatten.

Du hast nichts Schlimmes getan …

Doch Chris wusste nichts von Máximo, dem jungen *sicario*. Er wusste nichts von dem Geld unter ihrem Bett oder den Waffen, die sie im Haus versteckt hatte, um sich und das Geld zu schützen. Sie fragte sich, ob dies der richtige Tag war, um ihm alles zu erzählen. Was würde er dazu sagen, was würde er danach von ihr halten?

Sie überlegte immer noch, als das Handy an ihrem Gürtel vibrierte. Im ersten Moment sagte ihr die Nummer nichts, dann fiel ihr ein, dass es Santino Paez war, der Anwalt von Avalos. Er hatte sie noch nie angerufen, und sie hatte keine Ahnung, was er von ihr wollte. Gut, er hatte sie gefragt, ob sie mit ihm in Artesia was trinken gehen würde, *aber* … eventuell ging es auch um Avalos, vielleicht hatte er sich doch bereit erklärt, mit ihr zu reden.

»Denkst du manchmal an ihn? Vermisst du ihn?«, fragte Chris unvermittelt.

»An Rodolfo? An einigen Tagen schon, an anderen nicht. Eigentlich immer seltener.«

»Nicht dein Bruder, ich meinte Caleb Ross … Wo wir gerade von der Vergangenheit reden.«

Nein, heute würde sie Chris nicht alles erzählen. Sie musste erst mit Paez reden. Danach würde sie es ganz bestimmt tun.

Als sie den Eimer mit den Hülsen hochnahm, wusste sie, dass sie den Sheriff wieder einmal anlügen würde.

Kam es in ihrem Leben auf ein Geheimnis mehr oder weniger überhaupt noch an?

»Nein, an Caleb denke ich nie.«

27

Mel hatte Bens Pick-up wegen des aufgewirbelten Sands, den er hinter sich herzog, schon auf der langen Zufahrt zum Haus gesehen und wartete auf der Veranda auf ihn. Sie stand zwar im Schatten, doch dort hatte sich die Hitze gesammelt und ihr frisches T-Shirt war bereits durchgeschwitzt. Es blieb ihr wohl nichts anderes übrig, als vor der Abendschicht im Earlys noch einmal zu duschen.

»Ist was, dass du die lange Fahrt auf dich genommen hast?«, fragte sie leicht besorgt. »Du hättest doch einfach anrufen können.«

Ben stieg aus, lehnte sich aber noch einmal ins Auto und tauchte mit einer Flasche und einem großen Karton wieder auf. Er grinste Mel breit an.

»Hätte ich vorher angerufen, hättest du vielleicht Nein gesagt.«

»Wozu?«

Harp stellte den Karton auf den Boden und trat ihn vorsichtig um.

»Zu ihm …«

Er war erst vier, fünf Monate alt, trotzdem schon sehr groß, mit dichtem, weißem Fell und Mandelaugen. Er lief im Kreis herum, bellte etwas an, das nur er sehen konnte, und tapste dann die Stufen zur Veranda hoch, wo er Mels nackte Füße beschnüffelte und ableckte.

»Guter Gott, Ben, ein Welpe!« Sie bückte sich lachend und wuschelte ihm durchs Fell.

»Tu nicht so, als hättest du noch nie einen gesehen.« Ben stieg mit der Flasche in der Hand ebenfalls die Veranda hoch.

»So einen noch nie.« Sie nahm den Hund auf den Arm und schaute ihm in die dunklen Augen, er blickte furchtlos zurück und leckte ihr übers Gesicht.

»Wenn du uns zwei Gläser besorgst, erzähle ich dir alles über ihn.« Er hielt die Flasche hoch, Balcones Brimstone, der gleiche Whiskey, den sie Jesse Earl eingeschenkt hatte.

Mit dem Hund im Arm ging sie ins Haus.

»Das ist ein Kuvasz, ein ungarischer Hirtenhund. Sehr nützlich, wenn ihr eine Herde Schafe oder so was hättet.« Harp hob sein volles Glas und zeigte auf das ungenutzte Land. Sie saßen auf Stühlen, der Hund hatte sich unter Mels Beinen zusammengerollt und blickte, den Kopf auf den Vorderpfoten, in die Ferne.

»Hättest du nicht einfach einen Schäferhund oder Dackel holen können?« Sie spürte den Hundeatem auf ihrer Haut.

»Ich hab mich ein bisschen umgehört und bin zufällig auf ihn gestoßen.«

»Auf den bist du niemals zufällig gestoßen. Du hast bestimmt lange gesucht. Er ist wirklich wunderschön, aber du hättest dir nicht so viel Mühe machen müssen.«

Ben nippte am Whiskey. »Ich hab dir gesagt, ich besorge euch einen. Jetzt ist er da. Und er ist für euch die beste Wahl. Er ist ein Wachhund. Er passt auf dich und eure Kinder auf, wenn es mal so weit ist. Die Rasse ist extrem treu und sehr kinderlieb. Aber wehe es kommt jemand Fremdes, da passen die richtig auf. Leider sind sie auch ziemliche Kläffer, aber hier draußen ist das wohl eher Segen als Fluch. Er wird die Kojoten und Wölfe verjagen. Man muss ihn natürlich erst mal abrichten, aber es wird sich lohnen.« Ben trank noch einen Schluck. »Ihr könntet euch jetzt ein paar Kühe oder Schafe holen, damit er was zu tun hat. Oder du nimmst ihn mit ins Earlys.«

»Ben, ich habe hier noch keinen einzigen Wolf gesehen, und im

Earlys werde ich todsicher auch keinen sehen. Das fehlte mir noch, dass er einen Gast beißt.« Erst jetzt ging ihr auf, was Ben eigentlich gemeint hatte.

Er zog die Augenbrauen hoch. »Bei einigen Gästen könnte das hilfreich sein.«

Sie strich dem Hund durchs Fell. Es fühlte sich an wie elektrisch geladen. Bestimmt hatte er Durst. Sie musste ihm dringend eine Schüssel Wasser besorgen. »Machst du dir immer noch Sorgen wegen dieser Sache im Earlys?«

»Ich bin Cop. Ich werde dafür bezahlt, mir Sorgen zu machen. Das steht quasi in der Stellenbeschreibung.«

»Chris hat sich wahnsinnig aufgeregt. Und sich richtig Sorgen gemacht. Fast hätte ich seinetwegen den Job hinschmeißen müssen. Und jetzt tauchst du mit einem Hund auf, das ist bestimmt purer Zufall.«

Ben ging auf die letzte Bemerkung nicht ein. »Dieser Mann würde dich niemals zu irgendetwas zwingen. So ist er nicht. Und du übrigens auch nicht.«

»Stimmt wohl.« Sie schaute zu dem Hund. »Was glaubst du, wie geht das mit Danny Ford und den Earls weiter?«

»Keine Ahnung ... dazu kann man jetzt noch nicht viel sagen.« Er widmete sich wieder seinem Whiskey. Dass er von keinem guten Ende ausging, merkte sie ihm an.

Sie trank ebenfalls einen Schluck, schmeckte Feuer, Zucker und Eiche. Der Alkohol brannte in ihrer Kehle, und sie musste sich schütteln. Ihre Lippen fühlten sich an wie tausend Stecknadeln.

»Ich hole schnell eine Schüssel Wasser für den Hund und Eis, um das hier zu strecken.« Sie hielt ihr Glas hoch und stand auf, auch der Kuvasz erhob sich und wedelte mit dem Schwanz. »Hat er einen Namen?«

»Noch nicht.« Harp schenkte sich das leere Glas wieder voll. »Das ist jetzt dein Hund. Du kannst ihn nennen, wie du willst.«

Als sie zurückkehrte, hatte sie den Eindruck, dass Ben sich mindestens noch zweimal nachgeschenkt hatte. Er war aufgestanden und seine Augen glänzten, und das lag nicht an der Sonne.

»Willst du schon wieder los? Du bist doch gerade erst angekommen.« Sie stellte die Schüssel auf den Boden, und der Hund steckte sofort die Schnauze hinein. »Außerdem ist die Flasche noch mindestens halb voll.«

»Chris muss morgen zu diesem Termin nach El Paso, und wir müssen vorher noch ein paar Dinge erledigen. Tommy wird heute wohl auch entlassen, ich muss also wieder ins Revier.« Er folgte ihrem Blick zur Flasche. »Und bevor du fragst – ja, ich kann noch fahren. Hier draußen gibt's doch sowieso nichts, wo ich reinkrachen könnte.«

Sie hielt ihn am Arm zurück. »Geht's dir gut, Ben Harper? Du machst dir Sorgen wegen mir, wegen Chris. Aber wer kümmert sich um dich?«

Er nahm die Flasche vom Tisch und klemmte sie sich unter den Arm. Mel befürchtete, er könnte sie auf der Strecke nach Murfee austrinken, und fragte sich jetzt, wie viel Kraft es ihn gekostet hatte, sie während der Hinfahrt ungeöffnet neben sich liegen zu haben.

»Nach Jackies Beerdigung kam der Priester, Pater Murray, zu mir und sagte, alles würde gut werden, ich würde darüber hinwegkommen.« Er senkte den Kopf. »Ich war nicht oft in der Kirche, er kannte mich kaum. Aber er kannte Jackie, weil sie jeden Sonntag in der ersten Reihe saß. Manchmal musste ich sonntags arbeiten, dann wieder hatte ich keine Lust ... nun, ich war nicht oft da. Ich hätte so viele Stunden mit ihr verbringen können, und hab's vergeigt.«

»Ben ...«

»Nein, schon gut. Lass mich bitte ausreden. Pater Murray, der mich wahrscheinlich für einen lausigen Ehemann hielt, sagt also mit ernstem Gesicht zu mir, ich würde darüber hinwegkommen. Dass meine Jackie jetzt vom Himmel aus über mich wacht. Vielleicht war das totaler Bullshit, weil wir beide ja wussten, dass ich das gar nicht verdient hatte. Aber er hatte erkannt, was für eine Frau sie war und wie groß ihr Herz war. Und dass er das wusste, hat mir gereicht. Damals und heute auch. Mehr brauche ich nicht.«

Ben ging zur Treppe, und der Hund kam hoch, als wollte er ihm hinterherlaufen. Dann schaute er von Harp zu Mel und rollte sich wieder in Mels Schatten zusammen.

»Siehst du, selbst der Hund gibt mir recht.«

»Aber wenn sie dich von da oben beobachtet, meinst du, ihr gefällt, was sie sieht? Was du dir antust?« Mel verkniff es sich, auf die Flasche zu zeigen.

»Hier unten hat ihr das auch nicht gefallen, aber sie hat mir immer alles verziehen. Sie kannte mich gut, hat mich verstanden. Wie kein Mensch vorher und auch in Zukunft keiner.« Ben hustete und schaute weg, damit Mel ihm nicht in die Augen schauen konnte. »So wie du und Chris euch kennt und versteht. Das ist ein Geschenk, vergiss das nie. Haltet euch daran fest, haltet euch aneinander fest. Und sei es auch nur diesem alten Mann hier zuliebe.«

Sie bückte sich, hob den Welpen hoch und hielt ihn im Arm. Er bewegte sich nicht, aber sie spürte sein Herz an ihrem.

»Das mache ich. Machen wir. Und danke für den Hund. Jackie hätte er bestimmt gefallen. So weißes Fell habe ich noch nie gesehen. Er ist bildschön.«

»Warte erst mal, bis er ausgewachsen ist. Und das Fell wurde übrigens aus einem guten Grund so weiß gezüchtet. Um Schönheit ging es dabei nicht.«

»Sondern?«

»Wegen des weißen Fells können die ungarischen Hirten ihre Hunde leichter von den Wölfen unterscheiden ...«

28

Sie hatten sich auf seinen Wunsch hin in dem neuen Restaurant in Artesia verabredet. America traf bei Sonnenuntergang ein – der Himmel färbte sich von Blau zu Violett und Schwarz –, doch zum Draußensitzen war es immer noch zu warm. Sie suchte sich einen Tisch in Nähe der Bar, bestellte ein Glas Wasser und wartete. Nach zwanzig Minuten kam er zur Tür herein. Den Anzug hatte er gegen Jeans, Boots und ein Hemd in Nebelgrau eingetauscht. Die Brille und die goldene Uhr hatte er zu Hause gelassen, auch die Haare waren nicht mehr so streng zurückgegelt, gerade so, als wäre der Santino Paez, den sie in dem Büro getroffen hatte, durch eine neue Person ersetzt worden; in vielem zwar ähnlich, aber eben nicht identisch.

Und im dunklen, fast leeren Restaurant sah der neue Santino Paez wesentlich echter und natürlicher aus als der alte.

Den ganzen Abend unterhielten sie sich auf Spanisch.

Dass sie zum letzten Mal nur in ihrer Muttersprache geredet hatte, war schon lange her. Sie hatte es sich angewöhnt, Sätze und Gedanken in der einen Sprache zu beginnen und in der anderen zu Ende zu führen. Ben machte sich ständig darüber lustig – sagte, dass er ein Spanischwörterbuch brauche, um sich mit ihr unterhalten zu können, dass sie mit einem Fuß immer auf der anderen Seite des Flusses stünde. Vielleicht traf das auch auf Paez zu, und die beiden Seiten, die er der Welt präsentierte, waren so unterschiedlich wie die Kleidung, die er dem Anlass entsprechend wählte. Ben würde das nie verstehen, und sie nahm es ihm nicht übel. Vielleicht waren sie und Paez sich doch nicht so unähnlich, wie sie geglaubt hatte.

Er bestellte für sie beide, für Amé ein Glas Sangria, für sich selbst eine *michelada*, einen Cocktail auf Bierbasis. Der Drink, den die Kellnerin auf den Tisch stellte, roch nach Salz, Tomate und Limette. Paez trank langsam, wartete, bis der Schaum sich gelegt hatte, und würzte mit Pfeffer nach. Er redete über alles Mögliche, nur nicht über den Grund ihres Treffens: über sein Studium, einige seiner Fälle, seine letzte Reise nach San Antonio. Seine Familie besaß in der Nähe von Mazatlán ein Häuschen, wo er als Kind die Sommerferien verbracht hatte. Mit seinen Cousins war er zum Angeln aufs Meer rausgefahren, und hatte einmal sogar einen Teufelsrochen unter ihrem Boot vorbeigleiten sehen. Ein anderes Mal hatten sie nachts auf dem Wasser den Gesang von Blauwalen gehört – wenigstens hatten seine Cousins das behauptet. Damals war er sechzehn und sie hatten schweigend den Rufen gelauscht und sich dabei eine Flasche Tequila geteilt.

Sie erzählte, dass sie eine Zeit lang am Meer gewohnt hatte und das Geräusch des Ozeans niemals vergessen würde. Es klang wie das Schlagen eines Herzens und erinnerte einen daran, wie klein man doch war.

Sie stießen mit leeren Gläsern auf das Meer an, und er bestellte die nächste Runde.

Sie waren sich wirklich gar nicht so unähnlich.

»Azahel Avalos kennt dich«, begann er irgendwann dann doch.

»Hat er das gesagt?«

Paez schob das leere Glas mit dem Salzrand zur Seite. »Er meinte nur, er hätte von dir gehört. Die Leute, für die er arbeitet, haben wohl mal von dir geredet. Das sind mächtige Leute, Avalos hat Angst vor ihnen, und ich glaube zu Recht.«

»Muss ich auch Angst haben?«

»Keine Ahnung. Was denkst du?« Er schaute sie durchdringend an. »Frag ihn am besten selbst.«

»Will er denn mit mir reden?«

»Ja, schon.« Er legte seine Serviette zusammen. »Es gibt da allerdings ein Problem.«

Sie lachte. »Das gibt es doch immer.«

Paez lachte nicht. »Er will keine Aussage machen. Das hat er klipp und klar gesagt. Nichts von dem, was er dir erzählt, soll vor Gericht verwendet werden, und der Staatsanwalt darf auf keinen Fall dabei sein. Er will mit dir allein reden.«

»Wenn er sich dadurch keine Strafmilderung erhofft, wieso will er dann mit mir reden?«

»Avalos glaubt, du hättest Einfluss und könntest ihm helfen. Dass nur du seine Situation verstehen kannst. Er hat wohl gehofft, dass sich gewisse Leute für ihn einsetzen, und fühlt sich von ihnen im Stich gelassen.« Paez legte die gefaltete Serviette auf den Tisch und lächelte Amé müde an. »Ich fürchte, mit seinem jetzigen Anwalt ist er nicht besonders zufrieden.«

»Ich verstehe das alles nicht«, erwiderte sie. »Ich bin doch nur Deputy ... ein Niemand.«

Soy la chica con la pistola.

»Nein.« Paez gab der Kellnerin ein Zeichen, ihm die Rechnung zu bringen. »Ich glaube nicht, dass du ein Niemand bist.«

Sie standen neben seinem Auto, abseits des Lichts aus dem Restaurant. Im Dunkeln konnte sie die Marke nicht erkennen, doch der Wagen erinnerte sie an Avalos' Nissan, nur dass dieser ein paar Jahre mehr auf dem Buckel hatte. Viel Geld verdiente ein Anwalt im Big Bend nicht, ein Pflichtverteidiger sogar noch weniger, vielleicht nicht mal so viel wie ein Deputy. In der Ferne blitzte es, aber der Donner klang schwach.

»Angeblich soll es diese Woche regnen, aber noch glaube ich nicht daran«, sagte Paez, der den Autoschlüssel bisher nicht aus der Tasche gezogen hatte. »Ich muss dir noch was sagen. Heute Morgen hat mich jemand angerufen, der Avalos helfen will. Ich bin nicht länger nur sein Pflichtverteidiger, sondern vertrete ihn in Zukunft als Wahlverteidiger. Man hat mir mehr Geld geboten, als ich jemals verdient habe. Außerdem wird mein Mandant die hohe Kaution morgen früh hinterlegen können. Dann kommt er sofort raus.«

»Eine Viertelmillion?«

»Ja.«

»Wer hat dich beauftragt?«

»Du weißt, dass ich dir das nicht sagen darf. Dass ich es dir überhaupt erzählt habe, war schon riskant genug.«

»Aber hast du nicht selbst gesagt, Avalos fühlt sich von den Leuten im Stich gelassen?«

»Ja, aber ich habe auch gesagt, dass *mich* heute jemand angerufen hat. Avalos weiß bisher nichts davon. Offenbar möchte der Anrufer nicht mit jemandem telefonieren, der im Gefängnis sitzt. Leider habe ich es noch nicht geschafft, Avalos von seinem Glück zu erzählen. Sagen wir mal so, mir ist eine Familienangelegenheit dazwischengekommen.« Paez grinste sie an. »Jedenfalls suche ich ihn gleich morgen früh auf und leite die nötigen Schritte in die Wege, damit er auf Kaution freikommt. Guten Gewissens kann ich ihn nicht länger hinhalten. Immerhin ist er mein Mandant, aber ...«

»Aber heute Abend kann ich mit ihm reden?«

»Ja, du hast ein kleines Zeitfenster. Er hat Angst vor den Männern, für die wir nun beide arbeiten, gleichzeitig ist er wegen seiner jetzigen Situation verzweifelt. Bisher waren die anderen extrem vorsichtig, inzwischen scheinen sie aber zu befürchten, dass er sich vor Gericht auf einen Deal einlassen könnte, der schlecht für sie wäre. Deshalb haben die mich heute angerufen. Egal was Avalos dir erzählt, vor Gericht wird es nicht verwendet werden können. Wenn er erst auf Kaution draußen ist, wird er wahrscheinlich abstreiten, dass er mit dir geredet hat.« Paez blickte in den Nachthimmel. »Sollte es hart auf hart kommen, werde ich behaupten, unsere Unterhaltung hätte nie stattgefunden. Das ist deine einzige Chance, von Avalos irgendetwas zu erfahren. Nur versprich mir eins: Behalte es für dich.«

»Warum willst du mir helfen, Santino? Wo du dabei doch Kopf und Kragen riskierst?«

Er lehnte sich an die Motorhaube seines Wagens. »Als ich gesagt habe *Familienangelegenheit*, war das nicht gelogen. Meine Mutter ist eine geborene Barriga Rivera. Sie hat einen Onkel, Octavio Barriga Rivera. Er ist über achtzig und war mehrmals verheiratet. Er war ein begnadeter Sänger und kam bei den Frauen immer gut an. Nur war er auch Kettenraucher, und seine schöne Stimme flog eines Tages davon wie ein Vogel, jetzt hängt er an einem Sauerstoffgerät. Er wohnt in Presidio, wo sich seine vielen Söhne, Töchter und Enkelkinder um ihn kümmern können. Eine Tochter besucht ihn fast jeden Sonntag, kocht ihm sein Lieblingsessen, liest ihm vor und alles.«

»Sie heißt nicht zufällig Vianey Ruiz?«

»Zufällig ja. Vianey *Barriga* Ruiz. Ihre Mutter Donatella Ruiz Alamo war kurz mit meinem Onkel verheiratet. Damals war er achtundsechzig, sie zweiundvierzig. Sie war wohl ein herzensguter Mensch, ist aber leider früh verstorben. Octavio wird am Ende noch alle überleben.« Er räusperte sich. »Vianey und ich verstehen uns gut, und nachdem ich das mit Billy Bravo erfahren hatte, habe ich sie angerufen. Sie hat mir erzählt, dass ihr zusammen Billys Asche verstreut habt und du ihr auch sonst geholfen hast. Dafür möchte ich dir danken.«

America fragte sich, ob er jetzt die Waffe erwähnen würde, die sie Vianey gegeben hatte. Weil er aber nichts sagte, erwiderte sie: »Ich hab nur meinen Job gemacht.«

»Mit deinem Job hatte das bestimmt nicht nur zu tun. In einer

Gegend wie dieser freut sich jemand wie Vianey schon über eine winzige freundliche Geste.«

»Ist das der Grund, warum du dich für Avalos einsetzt?«

»Wohl auch. Aber richtig froh bin ich über das Mandat nicht. Als ich Anwalt wurde, habe ich geglaubt, ich könnte was bewirken. Ich wollte unseren Leuten helfen. Wollte ihnen endlich Gerechtigkeit verschaffen, wollte andere für das Unrecht, das sie ihnen antun, bestrafen, und Unschuldige schützen. Nur ist mir irgendwann klar geworden, dass es auf der Welt nicht mehr viele Unschuldige gibt. Die meisten Menschen haben schmutzige Hände, an einigen klebt sogar Blut.« Er stieß sich von der Motorhaube ab und fischte seinen Autoschlüssel aus der Hosentasche. »Manchmal habe ich den Eindruck, dass ich nichts anderes mache, als Leuten die Hände zu waschen, damit sie wenigstens für den Moment sauber aussehen. Oft mag ich nicht mal mehr in den Spiegel schauen, weil mir nicht gefällt, was ich da sehe.«

»Trotzdem verstehe ich immer noch nicht, warum Avalos mit mir reden will, wenn ihm das vor Gericht doch gar nichts nützen wird.«

Paez öffnete die Autotür. »Amé, er ist nicht ohne Grund nach Murfee gekommen. Jemand hat ihn mit einem Auftrag hergeschickt. Offenbar glaubt er, du könntest ihm helfen, den Auftrag auszuführen. Aber nicht etwa, weil du Deputy bist.«

»Sondern?«

»Er denkt, deine Hände wären bereits so schmutzig wie seine.« Paez zögerte. »Du weißt bestimmt, was sich die Leute über dich und deinen Bruder erzählen. Ich möchte gern glauben, dass Avalos sich irrt, denn ich habe gesehen, wie gut du deinen Job machst, und ich weiß, was du für Vianey getan hast. Ich *muss* glauben, dass er sich irrt. Aber das werden wir wohl erst wissen, nachdem du mit ihm geredet hast. Und wenn das alles vorbei ist, hoffe ich, dass wir beide wieder in den Spiegel schauen können.«

Er langte unter den Fahrersitz, zog die Pistole, die sie Vianey Ruiz gegeben hatte, hervor und legte sie vorsichtig in Amés Hand.

Paez war längst fort, aber sie saß immer noch in ihrem Pick-up auf dem Parkplatz und dachte nach.

In dem Pick-up, den sie mit Nemesios Geld bezahlt hatte.

Er denkt, deine Hände wären bereits schmutzig ... Und wenn das alles vorbei ist, hoffe ich, dass wir beide wieder in den Spiegel schauen können.

In ihrer Hand die Pistole, die sie aus der Asservatenkammer entwendet hatte.

Der Himmel war ein samtiges Schwarz, wie ein Vorhang, der sich vor jede Andeutung von Licht gelegt hatte. Die Farbe erinnerte sie an das letzte Foto, das Duane Dupree ihr vor seinem Tod geschickt hatte.

Ein Foto von einem schwarzen Loch in der Wüste, in dem er ihren Bruder Rodolfo begraben hatte.

Sie legte die Pistole ins Handschuhfach, nahm ihr Handy und rief Victor Ortiz im Gefängnis an, damit er wusste, dass sie dorthin unterwegs war.

Und während sie fuhr, vermied sie es, ihr Gesicht im Rückspiegel anzuschauen.

29

Er kam nach Hause und fand Mel im Schlafzimmer, wo sie ein Zettelchaos zu sortieren versuchte.

Er hatte auf dem Nachttisch ein paar Seiten liegen lassen, die er für die Arbeit hatte durchgehen wollen, und den Rest auf dem Fußboden gestapelt. Der Welpe hatte kein Blatt auf dem anderen gelassen. Bei den meisten handelte es sich um Ausdrucke seiner Recherchen zur Aryan Brotherhood und anderer rechter, paramilitärisch organisierter Gruppierungen; dazu ein paar Zeitungsartikel über Thurman Flowers und seine Church of Purity.

Auf den anderen Zetteln hatte er sich ein paar Ideen zur Verbesserung der Arbeitsabläufe in seinem Revier notiert ... und sich auf einigen an einer Kurzgeschichte versucht. Weit war er nicht gekommen, hatte nur niedergeschrieben, was ihm auf einer langen Heimfahrt eingefallen war.

Die Handvoll Seiten, die er in einem gelben Notizheft gefüllt hatte, waren nicht mehr zu gebrauchen; aber darauf kam es nicht mehr an, er hatte beim Schreiben ohnehin den Faden verloren und nicht mehr gewusst, wohin seine Idee eigentlich führen sollte. Einen Schluss hatte er sich gar nicht mehr überlegt.

Nur ein paar Sätze, die nun wie die anderen Zettel auf dem Boden keine Bedeutung mehr hatten.

Mel war stinkwütend und hielt das zerfetzte Papier in den Händen, während der Hund, den Harp ihr geschenkt hatte, aus großen, braunen Augen zu ihnen aufschaute.

Chris hatte ihr geholfen, die Schnipsel aufzusammeln und in den Mülleimer zu werfen, und ihr versichert, alles sei halb so wild, sie solle sich keine Vorwürfe machen.

Jetzt, Stunden später, lief er durchs dunkle Haus, weil er nicht schlafen konnte. Er hatte den Hund rausgelassen und die Bewegungsmelder ausgeschaltet, damit der Hund sie nicht auslöste. Der Welpe war inzwischen wieder reingekommen und folgte ihm auf Schritt und Tritt. Mel hatte sich noch keinen Namen für ihn überlegt, und sie besaßen weder Leine noch Halsband oder richtiges Hundefutter. Da Chris am nächsten Morgen nach El Paso musste, hatte Mel sich vorgenommen, ebenfalls früh aufzustehen und nach Murfee zu fahren, um dort alles für das Tier zu besorgen.

Doch da draußen war etwas, das den Hund in Alarmbereitschaft versetzt hatte, denn er lief immer wieder kurz zur Eingangstür hin, senkte die Schnauze und schnüffelte.

Wimmerte.

Knurrte.

Chris ging ins Schlafzimmer und vergewisserte sich, dass Mel schlief. Dann holte er die Browning A5, die sie ihm geschenkt hatte, und kehrte zur Haustür zurück.

Eigentlich hätte er sauer auf Harp sein müssen, weil er Mel ohne vorherige Absprache den Hund gekauft hatte. Aber wenn er Mel mit dem Welpen sah, konnte er seinem Chief Deputy nicht böse sein: Sie hatte den Hund zur Veranda getragen und gestreichelt, während das Tier neben ihren Füßen lag; später hatte sie versucht, den Welpen dazu zu bringen, auf dem Kissen zu schlafen, das sie vor ihrem Bett hingelegt hatte. Aber der Hund hatte sich als so stur erwiesen wie sie beide zusammen. Außerdem war er bildschön und würde wahrscheinlich zu einem hervorragenden Wachhund heranwachsen. Chris hatte keine Ahnung, wo Harp ihn besorgt und was er gekostet hatte; aber da er wusste, wie wenig seine Deputys verdienten, hatte er leichte Gewissensbisse. Er hatte Harp angerufen, um sich bei ihm zu bedanken, aber der hatte nur erwidert, er wolle nicht mehr darüber reden. Der Hund sei ein Geschenk, das sie nicht zurückgeben könnten, deshalb sollten sie sich verdammt noch mal schnell an ihn gewöhnen.

Harps Stimme hatte betrunken geklungen. Deshalb hatte Chris darauf bestanden, dass Harp am Wochenende zu ihnen kam und sie ein paar Steaks auf den Grill schmissen. Harp hatte sich nicht festlegen wollen, bis Chris gesagt hatte, Mel würde eine Absage ganz sicher nicht akzeptieren. Wenn es sein müsse, würde sie persönlich nach Murfee kommen und ihn mit vorgehaltener Waffe zwingen, ins Auto zu steigen und zu ihnen rauszufahren. Harp hatte gelacht und gesagt, er würde in seinem Kalender nachschauen, ob er sich das Wochenende *freischaufeln* könne.

Aber bevor er aufgelegt hatte, warnte er Chris, es sich bloß nicht mit dieser Frau zu verscherzen.

Chris schaute durch das Fenster neben der Haustür, schaltete aber die Bewegungsmelder nicht wieder ein, sondern ging, das kaputte Knie verfluchend, in die Hocke und öffnete die Tür aus einer Sitzposition. Da er sich nicht gleichzeitig um Tür, Flinte und Hund kümmern konnte, rechnete er damit, dass der Welpe an ihm vorbei nach draußen schießen würde. Doch dieser stellte sich neben ihn, spähte angespannt ins Dunkle, rührte sich nicht.

Durch das Visier der Flinte suchte Chris die Veranda ab und blickte dann zum Horizont. Kein Mond war zu sehen, nur Sterne. In solchen Nächten, in denen sich selbst die Milchstraße zwischen Sternen verlor, stellte Chris sich vor, er könnte bis zum Ende des Universums blicken. Auf der Heimfahrt hatte er im Osten Blitze gesehen, aber der versprochene Regen war nicht gefallen. Von seiner Position aus erkannte er die dunklen Umrisse von seinem Dienstwagen und Mels Ford und sogar den Streifen, wo die gekieste Einfahrt in Wüste überging. Doch die lange Zufahrtsstraße lag verlassen da.

Der Hund hielt sich flach am Boden, sein Rücken war gespannt wie ein Draht ... er schien etwas zu beobachten, das nur er sehen und wittern konnte.

Ein Tier? Ein Mensch, der sich dem Haus näherte?

Chris stand auf und ging auf die Veranda, wo er sich so hinstellte, dass der Lichtschein aus dem Haus ihn nicht von hinten beleuchtete. Die schiefen Holzbohlen knarrten unter seinem Gewicht. Das Geräusch trug weit. Seit er Jesse Earl gegenübergesessen hatte und dieser danach bei Mel im Earlys gewesen war, war er nervös, dennoch konnte er sich nicht vorstellen, dass die Earls so dumm waren, einen Sheriff in seinem Haus anzugreifen.

Harp traute es ihnen allerdings zu. Außerdem hatte Chris sich selbst einige Feinde gemacht, als er hier draußen die Männer erschossen hatte.

Er nahm den lakritzartigen Geruch der Kreosotbüsche wahr und den etwas schwächeren Duft der Königin der Nacht, einer Kakteenart, deren große, weiße Blüten immer nur eine Sommernacht lang aufgingen. In der Nähe des Hauses standen außerdem einige Damianitabüsche, die ihren markanten Duft nur absonderten, wenn etwas ihre gelben Blüten streifte.

So wie jetzt.

Chris richtete die Flinte auf die Damianitas, die sich tatsächlich leicht im Wind bewegten.

War ein Kojote an ihnen vorbeigeschlichen ... oder ein Wolf.

Chris legte die A5 neu an, damit er, falls er abdrücken musste, durch den Rückstoß nicht das Gleichgewicht verlor. Er musste auf den Beinen bleiben, damit er nach dem Schuss sofort zu Mel laufen konnte.

Der Hund knurrte jetzt lauter und machte einen Schritt nach vorn. Er bellte einmal auf, bevor die Anspannung aus seinem Körper wich. Dann setzte er sich hin und schaute Chris an, als wollte er sagen: *Ich beschütze dich, niemand wird dir etwas tun. Und da draußen ist nichts.*

Nein, da draußen war nichts.

Chris stellte die Flinte in Reichweite ab und legte sich wieder ins Bett. Er hätte ein paar Stunden Schlaf vertragen können, aber seine Gedanken drehten sich im Kreis. Er dachte an Jesses Auftritt im Earlys und an Harps Verdacht, JW Earl könne es auf die Bank abgesehen haben. Er hatte sich bereits mit dem Direktor getroffen, der ihn durch den mit einer Stahltür gesicherten Tresorraum aus den Zwanzigerjahren geführt hatte. Da der Raum zusätzlich über ein Zeitschloss und hochmoderne Überwachungskameras verfügte, konnte Chris sich kaum vorstellen, dass Earl einen Versuch wagen würde, trotzdem hatte er Buck und Till angewiesen, Tag und Nacht in regelmäßigen Abständen am Gebäude vorbeizufahren. Nur fragte er sich, ob das letzten Endes reichen würde. *Reichte das, was er machte, überhaupt jemals aus?* Er dachte an America, die die Gesichter der Zielscheiben durchlöchert hatte, an Harps Geschenk, den Wachhund. War er selbst der Einzige, der tatenlos abwartete, ähnlich wie der Regen, der einfach nicht fallen wollte?

Es war reichlich dumm von ihm gewesen, auf der Veranda nach Eindringlingen Ausschau zu halten, denn wozu hatte er die Bewegungsmelder installiert? In Wahrheit hatte er nur das Gefühl haben wollen, als hätte er die Kontrolle. Er musste endlich eine Entscheidung treffen, die Führung übernehmen.

Und so kam er auf die Idee, am nächsten Morgen auf dem Weg nach El Paso einen Abstecher nach Killing zu machen, um sich diesen John Wesley Earl einmal aus der Nähe anzusehen.

Offenbar teilte der Hund seine innere Unruhe, denn er wollte sich immer noch nicht auf dem Kissen vor dem Bett schlafen legen. Stattdessen stand er auf den Hinterbeinen vor Chris' Bettseite und winselte. Chris gab irgendwann nach, hob den Hund hoch und legte ihn zwischen sich und Mel. Bald wäre er dafür zu groß, aber noch ging es in Ordnung. Außerdem hatte er sich in dieser Nacht einen gemütlichen Schlafplatz redlich verdient. Als er ein letztes Mal zum Hund schaute, hatte dieser den Kopf so hingedreht, dass er sie beide sehen und beschützen konnte.

30

Victor schloss Avalos' Zellentür wortlos auf. Ihre Waffe hatte Amé auf seinem Schreibtisch abgelegt und ihn gebeten, sie mit Avalos im Trakt einzuschließen, aber zur Sicherheit in der Nähe zu bleiben. Falls er etwas Verdächtiges hörte, sollte er zuerst Ben Harper anrufen, dann den Sheriff.

Und falls Avalos einen Fluchtversuch startete, sollte er sofort auf ihn schießen.

Zum zweiten Mal an diesem Abend sprach America ausschließlich Spanisch.

Avalos, der sich den Schlaf aus den Augen rieb, schaute sie von seiner Pritsche aus an, als würde er sich fragen, ob er nur träumte.

»Ich war mir nicht sicher, ob Sie wirklich kommen würden«, sagte er.

»Jetzt bin ich ja hier. Also erzählen Sie schon, was Sie mir sagen wollten.«

»Wären wir woanders, würden Sie mich sicher mit anderen Augen sehen.« Er zeigte zur Wand. »Hier sehen Sie mich nur als Gefangenen.«

»Ich sehe vor allem den Menschen, der meinen Kollegen angefahren hat.«

»Das war keine Absicht. Mein Anwalt meint, der Deputy hat den Unfall überlebt, trotzdem werde ich fürs Erste hierbleiben oder irgendwo hinkommen, wo es noch schlimmer ist.«

»Haben Sie ihn angefahren, weil Sie in Panik geraten sind?«

Avalos sah aus, als könne er jeden Augenblick in Tränen ausbrechen. »Ich war nervös. Man hatte mir einen Auftrag anvertraut, und ich durfte es unter keinen Umständen vermasseln. Mein Vater wollte, dass ich mir einen Platz an seiner Seite verdiene. Sie wissen, was ich meine. Sie sind die Frau mit der Pistole, die den Mord an ihrem Bruder gerächt und danach *seinen* Platz eingenommen hat.«

Als er ihren Bruder erwähnte, musste sie schlucken. »Ich war damals jung, naiv, er auch. Das war aber auch schon unsere einzige Gemeinsamkeit.«

»Sie sind tougher als Ihr Bruder. So hat man es mir gesagt, so habe ich es selbst erlebt.«

»Wer hat das gesagt? Ich habe keine Ahnung, in was Rodolfo verwickelt war, und habe damit nichts zu tun.«

»Ihr Bruder hat für Nemesio gearbeitet, wegen Ihres Onkels, Fox Uno. Er ist sehr mächtig, jetzt noch mehr als früher. Der Krieg an der Grenze hat alle geschwächt, weil auf den Straßen so viel Blut vergossen wurde. Sie sagen, es gibt gar nicht so viele Polizisten, die man schmieren könnte, nicht genug Soldaten, um den Krieg fortzusetzen. Jemand, der heute im Rang aufsteigt, wird morgen blutig gestürzt, und wofür? Eine Handvoll Pesos, eine staubige Wüstenstraße? Früher konnten wir alle reich werden, heute nicht mehr. Nur einer hält sich schon ewig, Fox Uno. Ohne das Wissen Ihres Onkels geschieht im Big Bend nichts. Er ist ein Pate, alle Narcos hören auf ihn. Selbst die, die nicht für ihn arbeiten, fragen ihn um Rat.«

»Für wen arbeiten Sie denn nun?«

»Nicht für Nemesio, für andere. Mein Vater arbeitet für die. Doch ohne Segen von Fox Uno hätte ich niemals herkommen dürfen. Und dafür hat er Geld bekommen.«

America wusste, dass er von *piso* sprach, dem Wegezoll, den sich die Kartelle gegenseitig zahlen mussten, wenn sie Drogen durch das Territorium eines Rivalen schmuggeln wollten.

»Ojinaga wird von Nemesio kontrolliert, von Ihrem Onkel, und das betrifft das gesamte Grenzgebiet diesseits und jenseits des Flusses. Also auch Murfee und Sie selbst. Er hat schon vor langer Zeit die Warnung herausgegeben, dass Ihnen nichts zustoßen darf. Jeder weiß das.«

Da war sie, die Antwort auf die Frage, die sie sich seit dem Moment stellte, als Máximo vor zwei Jahren aufgetaucht war. Damals war sie so naiv gewesen, zu glauben, sie hätte ihn durch Hexerei heraufbeschworen. In Wirklichkeit war es ihr *Blut* gewesen – das unsichtbare Band, das sie mit einem Mann verknüpfte, den sie nur vom Hörensagen kannte. Ihr Onkel kam nie über den Fluss, er hielt sich nur in der Gegend auf, in der ihre Eltern nun ebenfalls lebten. Fox Uno war einer der sechs Brüder ihrer Mama und für America nie mehr als ein Name gewesen. Doch Avalos ging davon aus, dass sie, wie Rodolfo, für ihn arbeitete, was zwar nicht stimmte, aber nachvollziehbar war. Vielleicht hatte Fox Uno so lange behauptet, sie würde in seinem Auftrag Geld und Drogen über die Grenze schmuggeln, bis die Lüge sich in den Köpfen der Menschen verselbstständigt hatte.

Er denkt, deine Hände wären bereits schmutzig … das hatte Paez gesagt. Das war der Grund, warum Avalos sie um Hilfe bat. Er hielt sie für korrupt. Und das war es auch, was sich die Leute in Murfee, Presidio und den Städten auf der anderen Seite des Flusses zuflüsterten: dass America die rechte Hand eines Onkels war, den sie selbst in Wahrheit kaum kannte.

In den Augen der anderen war sie für Rodolfo nachgerückt und gehörte nun ebenfalls zu den Narcos.

Alles, was sie getan hatte, um ein neuer Mensch zu werden – ein Mensch, dem Chris, Ben und einige mehr vertrauten –, hatte letzten Endes nichts genützt. Zwei Jahre lang hatte sie sich gefragt, ob sie ihre Fehler wiedergutmachen konnte; Avalos hatte ihr in wenigen Minuten gezeigt, wie dumm und naiv sie gewesen war.

Es gab nur eine Wahrheit: das, was die Leute von einem glauben wollen.

Das Geld hatte Avalos bisher nicht erwähnt: das Geld von Sheriff Ross, von Nemesio. *Das Geld ihres Onkels,* das sie an sich genommen hatte.

Avalos schaute sie misstrauisch an. »Sie wissen von alldem nichts?«

»Egal. Erzählen Sie mir bitte, warum Sie hergeschickt wurden und was ich für Sie tun soll. Wenn Sie es nicht tun, verschwinde ich und überlasse Sie den Männern, für die Sie arbeiten. Den Männern, die das Vertrauen in Sie verloren haben.«

Avalos zögerte und starrte auf die graue Zellenwand.

»Sie können mir helfen, meinen Auftrag auszuführen. Ich habe dem Ruf meines Vaters geschadet, aber wenn Sie mir helfen wollen, dann sagen Sie Ihrem Onkel bitte, dass ich ihn nicht hintergangen habe. Dass ich vor Gericht nicht gegen ihn aussagen werde, um eine mildere Strafe zu bekommen. Dann wird auch mein Vater davon erfahren, und ich muss im Gefängnis keine Angst haben.«

»Die können Ihnen im Gefängnis etwas antun?«

Avalos schaute zu Boden. »Das können sie jederzeit und überall.«

»Also, erzählen Sie schon.«

»In Wahrheit heiße ich Miguel Suárez, und es geht um Geld ...«

Dann erzählte er ihr alles.

31

Es gab vieles, woran er sich erinnerte, Geschichten, die er auffächern konnte wie die Spielkarten, die er von seinem Daddy bekommen hatte, dem einzigen Geschenk, das Mason William Earl ihm jemals gemacht hatte.

Sein Daddy hatte behauptet, es wären Karten aus der Zeit des Bürgerkriegs, und verdammt schön waren sie wirklich, fünfundfünfzig Stück und nicht ein Joker; ein Pik As mit einem Adler und dreizehn Sternen in verblasster blauer Tinte, eine Kreuzdame mit einem Loch in der Mitte, von dem sein Daddy behauptete, es stamme von einer Kugel, die ein Falschspieler bei einer Partie Faro abgefeuert hatte. Sein Daddy hatte auch gesagt, Billy the Kid hätte das Kartenspiel in Lincoln County, New Mexico, dabeigehabt, und noch Jahre später hatte ein junger John Wesley es immer und überall mit sich herumgetragen, obwohl ihm da längst aufgegangen war, dass sein Daddy Bullshit erzählt hatte und die Karten eine Fälschung waren. Auch als er das erste Mal in den Knast gewandert war, hatte er sie mitgenommen und zum Zeittotschlagen eine nach der anderen in den Mülleimer in seiner Zelle geschnickt.

Damals hatte er längst gewusst, dass sein nutzloser Daddy ihm die Karten niemals geschenkt hätte, wenn sie auch nur einen Cent wert gewesen wären; er hätte sie ihm wieder abgenommen und vertickt wie alles andere auch.

Aber er erinnerte sich ...

KREUZBUBE

Er ist vierzehn oder fünfzehn und fährt mit seinem Daddy in dem uralten Chevy mit dem dröhnenden Motor. Sie hören eine Kassette mit Johnny Rod und »Sundown« von Gordon Lightfoot. Sein Daddy trinkt eine Flasche Wild Turkey und gibt ihm hin und wieder einen Schluck ab, der seine Kehle runterbrennt bis zum Bauch und den er noch Meilen später auf den Lippen schmeckt, während sein Daddy fährt und fährt und dabei heult oder singt oder beides.

Mitten im Wald halten sie an, es riecht nach stehendem Regenwasser und Bäumen, und sein Daddy zieht einen dicken Ruger Blackhawk Revolver unter seinem Sitz hervor und sagt, er soll im Auto sitzen bleiben. Hinter der Windschutzscheibe sind irgendwo Lichter zu sehen, wie Sterne, die vom Himmel gefallen sind und nun zwischen den Kieferzweigen festhängen; ein Trailer oder ein Haus, draußen im Dunkeln, aber Beaumont liegt nun schon viele Meilen hinter ihnen, und er weiß nicht mehr, wo er ist. Sein Daddy sagt, er soll auf den Fahrersitz steigen und den Motor laufen lassen; er legt ihm die Flasche Wild Turkey in den Schoß und sagt, er soll immer bis zehn Mississippi zählen, einen kräftigen Schluck nehmen und auf ihn warten ... *warten*. Er grinst, zeigt ihm das Gold in seinen Zähnen und die Lücke vorn, bevor er im Dunkeln verschwindet.

Nach der zweiten oder dritten Mississippi-Runde hört er den Schuss, dann einen zweiten.

Die Sterne werden heller, werden zu Flammen, und dichter Qualm weht ihm ins Gesicht.

Sein Daddy kommt wieder, an seinem Hals, an seinen Händen ist überall Blut. Er wirft seinem Jungen den noch warmen Blackhawk in den Schoß, schnappt sich die Flasche Wild Turkey und trinkt sie in einem Zug leer. Dann schreit er – obwohl nur ein Flüstern rauskommt –, John Wesley soll verdammt noch mal endlich losfahren.

Und das macht er.

KARO ZWEI

Sein erster Tag auf dem Gefängnishof von Coffield ...

Er steht auf dem Sand, wo früher vielleicht mal Gras gewachsen ist, rechts von ihm, in der Nähe des Zauns, stemmt ein weißer Fleischberg Gewichte, während eine Handvoll Nigger vor ihm rumlatscht und Bullshit macht. Auf den Wachtürmen stehen die Aufseher, ihre Augen große dunkle Spiegel; manchmal richten sie ihr Zielfernrohr noch eine Sekunde länger auf die Insassen unten, dabei rauchen sie Luckies oder Camels und erzählen sich Witze. In ein paar Jahren werden die meisten Aufseher für ihn arbeiten – sie stecken ihm Camel-Päckchen zu für Sachen, die nur er für sie erledigen kann –, aber nicht an dem ersten Tag in Coffield, als er noch ein Grünschnabel ist.

Nicht, als er im Hof immer kleinere Kreise zieht wie Wasser, das den Abfluss runterläuft. Er hat zu viel Schiss, sich den Schlägertypen zu nähern, weil sie ihn unter sich begraben könnten, bis er einfach verschwindet.

Einer von den Niggern löst sich aus der Gruppe und kommt direkt auf ihn zu; sein Afro steht ihm vom Kopf ab, wird mit einem dreckigen Tuch nach oben geschoben. Alle schauen zu Earl, mustern ihn, schließen Wetten ab, was er tun wird, während Afro, Hände in den Hosentaschen, immer näher kommt und ihn angrinst, als wären sie an irgendeiner Straßenecke in Waco und er will sich von ihm eine Kippe schnorren oder nur nach dem Weg fragen. Alles, was danach in Coffield passiert, hängt von diesem Augenblick ab – selbst die Gewichte klacken nicht mehr –, und er bückt sich, als hätte er auf dem Boden was Interessantes gesehen, nimmt eine Handvoll Sand und Steine und schmeißt sie Afro ohne Vorwarnung in die Fresse. Afro macht ein Geräusch, hält sich die Hand vor die sandigen Augen, aber Earl drischt ihm die Faust mitten ins Gesicht und merkt, wie was Weiches nachgibt. Afro spuckt ihn an, geht in die Knie und kotzt auf den Boden. Jetzt rennen alle Nigger auf Earl los, aber er reißt die Fäuste hoch, bereit zum Kampf, weil ihm sonst nichts Besseres einfällt; er kann nur hoffen, dass die Aufseher ein paar Schüsse abfeuern, bevor ihn einer der Nigger umbringt. Aber dann fasst ihn gar keiner an, denn die Gewichtheber, alle weiß bis auf die Tattoos, stellen sich im Kreis um ihn auf, sodass am Ende nur ein bisschen rumgeschubst wird, bis die Aufseher über ihre Knarren hinweg schreien, sie sollen alle wegtreten.

Einer von den Jüngeren auf dem Hof, im Gesicht ein Kleeblatt und eine 666 tätowiert, legt ihm einen Arm um die Schultern und sagt, *das war verdammt richtig, genau richtig.* Er heißt George Chives, aber alle nennen ihn Nickel, warum, weiß Earl bis heute nicht, aber später sagen alle nur noch Big King zu ihm. Und dreißig Jahre später zündet Earl ihn in seiner Zelle an, verbrennt ihn bei lebendigem Leib mit einem Handschuh voller Feuerzeugbenzin. Aber an diesem Tag im Jahr 1980 fragt George nach seinem Namen und sagt, im Knast braucht jeder einen Freund, und dass Earl mit einem Schlag so viele Freunde gewonnen hat, wie er im ganzen Leben braucht.

Er hat solche Angst gehabt, unter einer Gruppe begraben zu werden, und dann ist es ganz anders gewesen.

Sie hat sich schützend vor ihn gestellt ...

KREUZDAME

Und dann Sierra ...

Sie ist Tänzerin in einem Stripschuppen in Sweetwater, dem Aces High. In Wahrheit heißt sie gar nicht Sierra, sondern Phyllis. Sie ist blutjung, könnte seine Tochter sein, denn er ist da schon zweimal Vater: Little B ist fünf oder sechs, Jesse wohl doppelt so alt. Eine harte Zeit, er ist immer unterwegs, schickt Sunny ab und zu Geld, auch was von dem Bankraub in Roscoe, mit dem die ganze Scheiße anfängt. Daryl Lynch erzählt nämlich, ein Texas

Ranger sucht ihn wegen dem Ding in der Bank und stellt tausend Fragen. Der Ranger hockt jede freie Minute im Aces High, dem Laden von Lynch, und quatscht alle hübschen Mädchen an. Als Nächstes kriegt Earl von einem gesteckt, dass Lynch selbst gern redet – der Typ ist ein Scheißspitzel. Es ist nur noch eine Frage der Zeit, bis das Geld, das der Ranger im Laden lässt, für Lynch mehr wert ist als alle Drohungen, die Earl auf der Flucht in seine Richtung schleudern kann.

Einmal kommt Earl aus einem Dollar Green, und der Ranger sitzt auf der anderen Straßenseite in seinem Pick-up und spiegelt sich dabei in der Fensterscheibe vom Laden, und es sieht aus, als würden Earl gleich zwei beobachten.

Und als ob das alles nicht schon gereicht hätte, sagt Phyllis ihm dann auch noch, dass sie schwanger ist. Er fickt sie seit ein paar Monaten und gibt ihr tonnenweise Meth, und alles nur, weil sie ihn an Jesses Mama erinnert. Dieselben Augen, dieselben Haare und wenn er ihn in sie reinsteckt, sagt sie seinen Namen genauso – aber Jesses Mama ist die einzige Frau, der er nie eine gezimmert hat.

Phyllis haut er eine rein, als sie erzählt, sie kriegt ein Kind von ihm, er prügelt sie windelweich und schreit, er will kein weiteres Scheißgör, und schon gar nicht mit so einer zugedröhnten Stripperin, aber sie schwört und schwört, dass es seins ist, und er hat keinen Grund, ihr das nicht zu glauben. Eigentlich hat er hundert Gründe – es hätte jeder Pisser sein können, der in den letzten Monaten im Aces High war –, nur weiß er, sie sagt die Wahrheit. Sie wohnt mit zwei anderen Mädchen in dieser Bruchbude hinter Sweetwater, und in ihrem winzigen Zimmer ist überall noch der Kram aus der Highschool: Cheerleader-Pokale, Bilder von Ex-Freunden und aus Heften, und auf dem Bett liegt sogar noch so ein rosa Plüschhund von der Texas State Fair 1989. Aber obwohl Phyllis jede Menge Scheißprobleme hat, eine verfluchte Lügnerin ist sie nicht.

Und er weiß auch, Phyllis wird ihr Baby genau wie Sunny behalten, da kann er sagen und tun, was er will. Also hält er sich drei, vier Tage von ihr fern und versucht, alles klar zu kriegen, aber der Pisser Lynch kaut ihm wegen des verdammten Rangers immer noch das Ohr ab und meint auch noch, er will endlich ein richtiger ABT werden. Lynch ist ein Peckerwood, der eigentlich nur zu kleinen Botenjobs taugt, aber Lynch sieht das natürlich anders und denkt, er hat sich seine Sporen verdient. Das hat er sich so in den Schädel gesetzt, dass es jedes Mal, wenn er den Mund aufmacht, wie eine Drohung klingt. Und auf Drohungen steht Earl gar nicht.

Es fühlt sich an, als hätte Lynch ihm eine Schlinge um den Hals gelegt, und damit er sich immer daran erinnert, wie das ist, lässt er sich, als er ein Jahr später wieder einfährt, eine Scheißschlinge um den Hals stechen.

Aber ein Jahr vorher besorgt er sich bei Mel »Krazy« Ketchum eine Schrotflinte und eine Pistole. Krazy holt die Knarren aus Tyler, wo sie einer vor sechs Monaten aus dem Haus eines Bundesrichters geklaut hat. Sollten die Cops sie jemals finden, werden sie diese also nicht direkt mit Earl in Verbindung bringen.

Danach sagt er zu Phyllis, sie muss nur eine kleine Sache für ihn erledigen, er sagt es fast als Witz, aber mit ein bisschen mehr Druck. Verspricht ihr, dass sie danach für ein paar Tage nach Corpus Christi fahren, wo sie am Strand schlafen, saufen und ficken können, und über Babynamen reden oder weiß der Geier.

Später geht er zu Lynch und sagt ihm, was er zu tun hat. *Blood in, blood out* – anders geht es nicht. Wenn er ein richtiger ABT sein will, muss er es machen, das müssen alle.

In der Nacht bläst einen der Wind fast weg, er und Lynch hocken im hohen Präriegras neben der Straße, das Gras legt sich richtig schief, weshalb sie sich vorkommen, als würden sie sich hinter nichts verstecken. Sie hocken da so lange, dass er seine Beine fast nicht mehr merkt, und beobachten Phyllis, die immer hibbeliger wird und eine nach der anderen raucht, bis sie dann alle drei die Scheinwerfer auf sich zukommen sehen.

Vom richtigen Auto.

Lynch atmet die ganze Zeit laut durch die bescheuerte Sturmhaube, die er nicht abnehmen will. Aber Earl will, dass Texas Ranger Robert Ford, der ihn seit Ewigkeiten beschattet und mit Blicken tötet, genau mitkriegt, wer ihn da wie einen Köter abknallt. Als Ford schon angeschossen auf der Scheißstraße liegt, geht er deshalb zu ihm hin und guckt ihm direkt in die Augen, während er ihm die Knarre ins Gesicht hält.

Nicht dass er persönlich was gegen den Mann gehabt hätte. Nein, *es geht nur ums Geschäft.*

Und das ist nun mal verdammt hart.

Für alle Beteiligten war es dumm gelaufen. Viel weiß er über Bob Ford nicht, nicht mal, ob er eine Frau und Kinder hat. Scheiße, eigentlich hat er null Ahnung von dem Typen, aber das ist im Grunde auch scheißegal.

Howdy, Bob ...

PIK-AS

Und dann wieder Phyllis ...

Ihre Augen flackern wie die Lichter in dem Trailer im Wald damals, doch dieses Mal gibt es danach kein Feuer.

Nur ein endloses schwarzes Loch, und sie fällt und fällt und ist weg.

Sie fahren nach Corpus Christi, wie er es ihr versprochen hat, so nah an den Strand vor Padre Island, dass alles mit Sand und Salz überzogen ist, sogar ihre Haare und später ihre offenen Augen, die nie mehr was sehen werden. Seit der Sache auf der Straße ist sie völlig von der Rolle, deshalb zieht er ihr eine Spritze auf mit allem, was er mitgebracht hatte: eine bröselige Mischung aus reinem Koks, verschnitten mit Milchpulver, aber auch mit noch reinerem Meth, das Krazy Ketchum extra für ihn gekocht hat. Sie guckt nicht mal hin, als er es ihr in die Vene drückt, wobei er ihren Arm richtig festhält, damit sie ihn nicht zu früh wegzieht, was sie sowieso nie machen würde. Sie nimmt alles mit und quasselt die ganze Zeit von dem Blut und dem Wind und sagt, sie hofft, das Baby wird ein Junge. Und sie quatscht auch dann noch weiter, als ihre Augen wegrutschen und erst ganz weiß werden und dann schwarz wie Löcher in ihrem Schädel, und ihr Atem so flach geht wie die Ebbe vor dem Motelfenster.

Sie wollte den Jungen *Jeb* nennen.

Hinterher sitzt er noch eine Weile neben ihr und raucht ihre letzten Zigaretten, dann nimmt er ihre Geldbörse und alles andere, wo ihr Name draufsteht, und verbrennt es in einem Mülleimer am Strand.

Zwei Tage, bevor sie aus Sweetwater weggefahren sind, hat er mit Daryl Lynch was Ähnliches gemacht: ein Feuer im Aces High, nur ist Lynch noch drin, die Scheißsturmhaube, die er nicht abnehmen wollte, über Augen und Mund gezogen und mit einer halben Rolle Klebeband schön festgeklebt.

Blood in, blood out, motherfucker.

Im Gegenzug für die Knarren, mit denen sie Texas Ranger Bob Ford erschossen haben, hilft er Ketchum bei einer kleinen Privatsache – der will nämlich einen ranghohen Bandido aus Abilene plattmachen, der seine Alte vögelt. Eine ziemlich riskante Nummer, bei der alle Bedenken haben, denn keiner will wegen Krazys Alten, die sowieso jeden Pisser in West Texas vögelt, einen Bikerkrieg anzetteln. Aber Earl ist dem Mann was schuldig, also bereitet er für den Bandido einen Hinterhalt vor, aber als dieser trotz drei Kugeln im Leib immer noch atmet, da taucht plötzlich so eine

Aufnahme mit Earl auf, wie er mit irgendwem über den Plan redet. Und damit haben sie ihn an den Eiern.

Von Anfang an – beim Ranger, bei Lynch, bei Phyllis – ging es nur darum, ihn aus dem verdammten Knast rauszuhalten, und als alles erledigt ist, wird er genau dort wieder hingeschickt. Und das ausgerechnet wegen eines *versuchten* Mords, mit dem er so gut wie nichts zu tun hat, und nicht etwa für den Bankraub in Roscoe oder die Morde in Sweetwater, die mit Sicherheit auf seine Rechnung gehen.

Aber das war jetzt alles Staub von gestern und nichts davon ging ihm sonderlich nahe, bis auf die Sache in Corpus Christi.

Bis auf Phyllis, manchmal.

Hinterher hatte er monatelang das Gefühl gehabt, sie noch im Arm zu halten, als wäre sie nie gestorben. Ein Geist, den er nun mit sich rumträgt. Wenn er die Augen zumachte, war sie da, sagte seinen Namen, redete über das gottverdammte Baby. Er wachte in der Zelle auf und roch Meerwasser, hatte das Gefühl, die Haare des Mädchens würden sein Gesicht streifen. Einmal hatte er vor seiner Pritsche sogar ein paar Sandkörner gefunden und keinen Scheißschimmer gehabt, wie sie dort hingekommen waren. Eine Zeit lang hatte er geglaubt, sie würde ihn nie mehr in Frieden lassen, aber über die Jahre war sie allmählich verblasst wie alles in seinem Leben, das er hinter sich gelassen hatte.

Nur eine weitere Karte in dem verdammten Spiel.

32

Chris fuhr früh morgens los, obwohl er in der Nacht kaum geschlafen hatte. Zum Abschied küsste er Mel, und sie erwiderte den Kuss, drehte sich dann aber zum Ventilator um, während der Hund, den Kopf auf ihre Schulter gebettet, Chris beobachtete.

Er verzichtete auf den Kaffee, steckte sich zuletzt nur noch den Colt ins Holster und nahm seine A5. Auf dem Weg zum Pick-up blickte er hoch zum grauen, diffusen Himmel, der bedrohlich wirkte, gerade so als hätte sich etwas Unsichtbares über ihre ganze Welt gelegt und hielte sie in seinem langen Schatten gefangen. Als er den Pick-up wendete, klang selbst der Motor in der weiten Wüste seltsam gedämpft. Nachdem er die lange Zufahrt hinter sich gelassen hatte und am äußeren Rand der Far Six den dunklen Asphalt erreichte, schlug er nicht den Weg nach El Paso ein, sondern bog Richtung Süden ab, nach Killing.

Zu Chris' Überraschung stieß er fast mit Earl zusammen, der ihm auf einer großen Harley auf der Farm Road 12 entgegenraste; er trug schwarze Jeans – weder Hemd noch Helm – und hatte die Haare so fest an den Kopf gegelt, dass selbst der Wind sie nicht bewegte.

Die Sonne kam eben erst zum Vorschein. Eigentlich hatte Chris vorgehabt nach Killing rein und bis zur alten Joyce-Ranch zu fahren, und nun traf er hier draußen auf Earl, der eine frühmorgendliche Spritztour machte, als wäre seine Welt in bester Ordnung.

Chris wendete abrupt, schaltete Martinshorn und Blaulicht an und fuhr dem Mann auf der Harley noch eine halbe Meile hinterher, bis dieser kurz über die Schulter schaute, das Tempo drosselte und rechts ranfuhr.

Als Chris auf ihn zuging, zündete Earl sich bereits eine Zigarette an.

Die Ähnlichkeit sprang einen förmlich an, und das lag gar nicht mal nur an den Tattoos: LIE OR DIE und GOD FORGIVES BROTHERS DON'T in großen Lettern, genau wie bei Jesse. Um den Hals eine Henkerschlinge, auf der Brust eine von Flammen umringte Landkarte von Texas mit den Buchstaben ABT in der Mitte. Rechts über der Brust die Wörter HONOR und LOYALTY, links ein Kreuz, um das sich Schlangen wanden – auf jeden Zentimeter seiner Haut waren Zahlen und Symbole gestochen. Und doch war es eher die Art, wie Earl auf seiner Harley hockte, leicht zusammengesunken, und trotzdem gespannt wie ein Draht, die Chris an Jesses Auftritt in Murfee erinnerte. Auch wenn Danny Ford glaubte, dass Vater und Sohn sich wie die Pest hassten, gab es zwischen ihnen zu viele Gemeinsamkeiten, als dass einer von ihnen darüber hätte hinwegsehen können.

Wenn sie sich anschauten, mussten sie sich vorkommen, als würden sie in einen gesprungenen Spiegel blicken.

Earl schnippte Asche ab. »Warum halten Sie mich an, Sheriff? Es ist noch früh, und so schnell war ich nun auch nicht unterwegs.«

Chris nickte. »Stimmt wohl. Müssen Sie um diese Uhrzeit denn irgendwo hin?«

»Nee. Schlaf manchmal nicht so gut, kann das hier nicht abstellen.« Earl tippte mit den beiden Fingern, in denen er die Zigarette hielt, an seine Schläfe.

»Schlimme Träume?«

»Auch, und paar richtig schlimme Gedanken.« Earl lachte.

»Sie sind John Earl, stimmt's? Hab schon viel von Ihnen gehört.«

Earl drehte das Gesicht von der Sonne weg. »Ich auch von Ihnen, Sheriff, ich auch von Ihnen.«

Chris zeigte auf einen Felsen, hinter dem die Straße verschwand. »Wo wollten Sie denn nun hin?«

»Nur ein bisschen rumfahren, um die Uhrzeit bin ich gern unterwegs. Pustet mir den Kopf frei, wenn ich sowieso nicht schlafen kann. Damals im Knast hab ich mich im Hof gerne auf den Rücken gelegt, die Augen zugemacht und mir vorgestellt, ich wäre mit meinem Bike unterwegs. Die anderen Peckerwoods und die Wärter haben mich für verrückt gehalten. Scheiße, vielleicht war ich das auch ... wenn man so lange sitzt, kommt das schon mal vor. Aber ich lag da in der Sonne und bin im Kopf zwei-, dreihundert Meilen gefahren. Hab an all die Ecken gedacht, wo ich mit meinem Bike schon mal war, und mich an jedes Straßenschild, an jeden einzelnen Hügel erinnert. Hinter meinen Augen war so eine Landkarte, und es war besser als in echt.«

»Und das hat Ihnen geholfen?«

Earl bot Chris eine Zigarette an, und als er ablehnte, steckte er das Päckchen wieder in die Hosentasche. »Eine Weile ja, aber da drinnen hilft einem auf Dauer nichts.«

Rauch von Earls Zigarette stieg auf und kräuselte sich in der Luft. In Lubbock hatte Chris einen von Nichols' Aktenordnern durchgeblättert, der Fotos enthielt, die im Lauf der Jahre von Earl im Gefängnis gemacht worden waren. Auf den ersten war er jung gewesen, glatt, unverbraucht, aber mit jedem Foto sah er älter und härter aus. Die Tattoos hatten sich vermehrt, die Fältchen an seinen Augen hatten sich wie Narben in die Haut gegraben, bis der Mann herausgekommen war, der jetzt vor Chris auf dem Motorrad hockte. Das war es, was das Gefängnis mit einem machte – es veränderte einen äußerlich wie innerlich.

»Ihr Sohn war wegen der Speichelprobe bei uns auf dem Revier. Ich weiß, dass Sie ihn dazu gebracht haben. Danke.«

Earl erwiderte nichts.

»Kann mir vorstellen, dass man es mit ihm nicht immer leicht hat, mit Jesse, meine ich. Er ist bestimmt niemand, den man mit Bitten zu irgendwas bringt. Und mit Druck wahrscheinlich noch viel weniger.«

Earl lachte. »Verdammt richtig. Er ist ein Sturkopf, hat er von seiner Mutter.«

»Wo lebt sie jetzt? Sehen die beiden sich oft?«

»Nee, zwischen uns ist es schon lange aus. Wollte mit uns beiden nicht viel zu tun haben, mit mir am wenigsten. Mein Bruder und Sunny, die Mutter von meinem Jüngsten, die haben ihn großgezogen, als ich im Knast saß. Aber was sollen die Fragen? Sie wissen das doch alles sowieso schon.«

»Stimmt«, erwiderte Chris. »Muss hart für ihn gewesen sein.«

Earl kniff die Augen zusammen, überlegte. »Sheriff, das Leben ist hart für uns alle.« Er aschte ab. »Ich bin nicht fürs Vatersein gemacht. Fällt mir nicht leicht, das hab ich wohl von *meinem* Daddy. Jesse hatte schon immer seinen eigenen Kopf. Das wird sich nie ändern.«

»Hat er Ihnen gesagt, dass er in Murfee in einer Bar war und da mit Leuten aneinandergeraten ist?«

»Mit Ihrem Mädchen, nicht?« Earl zuckte die Schultern. »Davon hab ich gehört.«

»Unter anderem.« Chris schwieg kurz. »Nach der Sache da in Terlingua sollte er sich besser von Bars fernhalten. Von allen Bars. Punkt.«

Earl nickte langsam. »Hab ich wohl auch schon gedacht. Nur hebt sein Onkel eben gern einen, da wird das schwierig. Aber ich richte ihm Ihren gut gemeinten Rat aus. Nur kann ich mir bei ihm den Mund fusselig reden, er macht doch, was er will.«

»Er hat letztens auf Sie gehört, meinen Sie nicht, er tut es noch mal?«

»Schwer zu sagen, manchmal stört ihn das, was sein Dad zu sagen hat. Letztens meinte jemand zu mir, das tun fast alle Kinder.« Earl musterte ihn. »Haben Sie und Ihr Mädchen auch welche?«

»Nein.«

Earl nickte und zerrieb Asche mit seinem Stiefel. »Nach Jesse und Little B hab ich gewusst, mehr will ich nicht haben. So unter uns, die beiden wollte ich auch schon nicht haben. Wie gesagt, bin nicht fürs Vatersein gemacht.« Er zwinkerte Chris zu. »Wenn Sie mich heute fragen, wäre ich mir bei den beiden immer noch nicht so sicher. Die reißen alles an sich. Das tut eine Familie immer, aber die verfluchten Kinder sind die Schlimmsten. Wenn man die lässt, fressen die einen mit Haut und Haaren und spucken einen wieder aus.«

»Das ist eine ganz schön beschissene Sichtweise, wenn Sie mich fragen.«

»Sie können mir gern was anderes erzählen, wenn Sie selbst mal welche haben.« Earl warf die Zigarettenkippe über die Schulter. »Aber egal. Ich gehe mal davon aus, das war kein Zufall, dass Sie den ganzen Weg hier rausgefahren sind. Und Sie sind bestimmt nicht hier, weil Sie mit mir über Kinder und den anderen Scheiß reden wollen. Wenn es Sie ärgert, dass Jesse bei Ihnen in der Stadt ein bisschen Staub aufgewirbelt hat, dann versuche ich, ihn an die Leine zu nehmen.«

»Sie haben offenbar komische Vorstellungen von Familie.« Chris zeigte auf die ABT-Tattoos auf Earls linkem Arm. »Loyalität, Gemeinschaft, Familie – geht's bei denen nicht darum?«

»Gang und Familie, das ist dasselbe. Hab lange an den ganzen Scheiß geglaubt, bis mir klar wurde, dass das gar nicht zählt. Man gibt und gibt und gibt, und am Ende hat man nichts in der Hand. Wie gesagt, die fressen einen mit Haut und Haaren.«

»Sie meinen, Jesse zählt nicht?«

»In seinen Adern fließt dasselbe But wie in meinen, also bin ich wohl mit für ihn verantwortlich, aber bluten werde ich deshalb nicht für ihn.«

»Also geht's am Ende nur um Sie?«

Earl zuckte die Schultern. »Na, um irgendwas muss es ja gehen, oder, Sheriff?«

Chris schaute Earl fest in die Augen, und dieser hielt dem Blick stand. Er musste den Namen Nichols nicht aussprechen, Earl wusste auch so, worum es ging.

»Sie sollten besser nie vergessen, dass die Leute in Murfee zu *meiner* Familie gehören. Ich werde nicht zulassen, dass ihnen irgendwas zustößt, verstanden?«

»Und sehen *Ihre* Leute das genauso? Werden die sich auch für Sie einsetzen?«

Es klang wie eine Drohung, und Chris war klar, dass Earl das auch beabsichtigt hatte.

»Das spielt keine Rolle. Ich erwarte nicht, dass sie es tun.«

Earl grinste. »Das ist gut, denn sonst würden Sie nur eine Enttäuschung erleben. So ist es letzten Endes immer. Es kommt nämlich nur darauf an, zu wissen, *wer* man ist und wozu man selbst bereit ist. Alles andere ist scheißegal. Die ganzen Jahre im Bau hab ich gedacht, ich hätte nur zum Überleben einen Pakt mit dem Teufel geschlossen. In Wahrheit hab ich ihn mit mir selbst geschlossen. Was anderes machen wir nämlich nie. Und wenn einem das erst mal klar ist, fällt einem jede Entscheidung leicht.«

»Eine Entscheidung kann ich Ihnen sogar abnehmen. Solange Sie dafür sorgen, dass Ihre Leute und Ihre Söhne in Killing bleiben und keinen Ärger machen, sorge ich dafür, dass meine sich von Ihnen fernhalten. Das geht nur uns beide etwas an, niemand sonst erfährt davon. Erledigen Sie, was Sie hier erledigen sollen, und verschwinden Sie, verstanden?« Auch dieses Mal musste Chris die Namen Nichols und Flowers nicht aussprechen. Earl hatte kapiert, worum es ging.

Earl hob die Hand zum Abschiedsgruß, streckte den Mittelfinger dabei ein kleines bisschen höher, und ließ den Motor seiner Harley aufheulen. »Keine Sorge, Sheriff«, rief er gegen den Lärm an, »ich hab hier fast alles erledigt, und danach sehen Sie mich nicht wieder. Das verspreche ich Ihnen. Ich hab von dem Drecksloch so die Schnauze voll, dass es für den Rest meines Lebens reicht.«

33

Jenna ist nackt. Nicht zum ersten Mal, aber das muss endlich aufhören.

Ihretwegen bringen die mich noch um.

Sie hat mitgekriegt, dass ich da bin, und kommt nackt aus dem Badezimmer. Sie ist größer als ich, ihre Haut so blass wie der Mond, und ihre nassen Haare sind nach hinten gekämmt. Sie sind blond gefärbt und glänzen metallisch; in ihrem Gesicht sind noch Wassertropfen. Auf ihrer Hüfte steht in Schreibschrift ein Name, aber Jesse ist es nicht; er lenkt meinen Blick auf den dunklen Pfeil zwischen ihren Beinen. Ihre Brüste sind schwer, über der rechten ist ein Tattoo – ein Delfin, der aus einer unsichtbaren Welle springt. Sie behauptet immer, sie hätte früher gesurft, und ich überlege oft, ob sie sich beim Aufwachen fragt, wie sie nur hier landen konnte, so weit vom Meer, von jedem Wasser entfernt. Der Bereich um ihre Brustwarzen ist dunkler als ihre übrige Haut, und die Nippel sind aufgerichtet. Auch auf ihren Brüsten sind noch Wassertropfen.

Würde sie sich umdrehen, könnte ich die Schmetterlinge auf ihrer Schulter sehen und die Blumenwiese, die sich über ihren Rücken erstreckt und in tausend Farben leuchtet. Doch keine Farbe strahlt so stark wie ihre Augen.

»Hab dich gar nicht gesehen, Danny«, lügt sie.

»Entschuldigung.« Ich trete einen Schritt zur Seite und schaue weg, in das Gesicht von Thurman Flowers, der uns beobachtet.

Jenna verdreht die Augen und geht an uns vorbei. Er schaut ihr hinterher und leckt sich die Lippen, bevor er sich mir zuwendet.

»Wir müssen mal miteinander reden.«

Eine geschlagene Stunde muss ich ihn ertragen, wir sitzen draußen in der Morgenhitze und er faselt in einer Tour von Niggern und Bohnenfressern und Juden und all den anderen Menschen, die er hasst; von dem bevorstehenden Rassenkrieg, für den nur er uns rüsten kann. Er ist wie eine grottenschlechte Karikatur, nur ohne jeden Witz, wie er da eine Welt beschreibt, die es – das wissen wir beide – nicht gibt, und eine Zukunft, die niemals eintreten wird. Eigentlich kann man sich nicht vorstellen, dass *irgendwer*, der nicht selbst bis zum Hals in dem Mist drinsteckt, diesen vergifteten Schwachsinn glaubt. Aber ich habe solche Sprüche schon tausendmal gehört. In Afghanistan und selbst beim DPS haben einige sie abgeschwächt wiedergekäut. In McKinney, Tyler und Ballinger haben etliche sie aus voller Kehle geschrien – in den verschissenen Vereinsheimen und verdreckten Wohnungen oder draußen auf dem Land bei Feiern wie der in Lubbock, wo Nachwuchsskins sich gegenseitig verprügeln, weil es sonst niemanden zum Verdreschen gibt. Und natürlich auch von Little B und Jesse, fast Wort für Wort, nur Earl scheint den blinden Hass längst hinter sich gelassen zu haben. Er mag einfach niemanden, unabhängig von der Hautfarbe. Da ist es eigentlich kein Wunder, dass er Flowers und auch Jesse verachtet.

Jetzt höre ich mir alles wieder an, nicke an den richtigen Stellen und werfe sogar ein *Heil Hitler* ein, worauf Flowers lächelt und die unnatürlich weißen Zähne bleckt. Ich frage mich, wie viel er selbst von dem Bullshit glaubt und wann er endlich zu dem kommt, worüber er in Wahrheit mit mir reden will. Seit dem Gespräch mit den beiden Deputys in Murfee kann ich mich noch schlechter auf die Situation hier konzentrieren, wenn ich aber zu unaufmerksam werde, besteht Gefahr, dass einer von ihnen mich umbringt.

Das, was America Reynosa gesagt hat, umkreist mich wie ein dunkler Vogel.

So etwas kann man nicht hinter sich lassen. Wer Blut sehen will, muss selbst dafür bluten.

Und dann kommt er endlich zu dem Thema, über das er eigentlich reden wollte.

»Wie viele Kameltreiber hast du da drüben umgebracht?«, fragt er und zeigt über meine Schulter, als würde er über etwas reden, das auf der anderen Straßenseite vorgefallen ist.

»Weiß nicht.« Die richtige Antwort wäre, zu viele. »Hab nicht mitgezählt.«

»Das solltest du aber, Daniel. In Wahrheit ist es nämlich ein Spiel mit Zahlen, eine simple Rechnung, die aufgehen muss. Je weniger es von denen gibt, umso mehr bleibt für uns und unsere Kinder. Die Welt schrumpft mit jeder Minute, bald fehlt es an Land, Nahrung, Wasser. Unsere Welt, unsere Heimat, die wir hier für unsere Kinder aufbauen wollen, wird von Termiten weggefressen. Sie nehmen sich und nehmen sich. Und schwächen das Fundament, bis unser Haus nicht mehr sicher ist. Was aber macht man, wenn ein Haus von Ungeziefer befallen ist?«

Ich antworte nicht. Er nimmt die Brille ab, putzt sie mit einem Taschentuch und grinst breit, bevor er sie wieder aufsetzt. Unheimlich, als würde eine tote Schlange das Maul verziehen.

Er legt mir eine gewichtslose Hand auf die Schulter.

»Na, was wohl? Man ruft den Kammerjäger, damit er sie ausrottet.«

Dann fragt er mich nach den Waffen und dem Sprengstoff und will wissen, wann ich alles besorgen kann.

Vor allem aber fragt er mich nach Earls Geld.

Später, als ich einen Augenblick allein sein und mir, obwohl es noch nicht mal zehn Uhr morgens ist, ein Bier holen will, um den Nachgeschmack des Gesprächs wegzuspülen, fängt mich Sunny in der Küche ab. Sie fühlt sich hier nicht wohl und mag es nicht, wie Earl ihren gemeinsamen Sohn behandelt. Little B ist schwach, zerbrechlich, nicht halb so stark wie Jesse, und vermutlich regt es Earl auf, dass der einzige Sohn, der ihm zuhören *will*, derjenige ist, mit dem er am liebsten überhaupt nicht reden möchte. Darunter leidet Sunny sehr.

Sie hat Jesse großgezogen und sieht, was aus ihm geworden ist; dass er sich nur die schlimmsten Eigenschaften seines Daddys abgeschaut hat, all das, was Sunny an Earl längst nicht mehr erträgt.

Früher muss sie hübsch gewesen sein, aber die einsamen Jahre in Freiheit waren für sie schlimmer als Earls Jahre im Gefängnis. Seinetwegen hat sie selbst kurz gesessen, und auch das hat Spuren in ihrem Gesicht hinterlassen. Um ihren Mund sind tiefe Falten, auch unter ihren Augen, die immer überschattet wirken, als wären sie nach einem Schlag geschwollen. Man weiß nie genau, wo sie hinschaut oder was sie denkt, und über die Jahre ist sie gut darin geworden, ihre wahren Gefühle zu verbergen. Auf ihren Händen sind erste Flecken zu sehen; sie wird älter und weiß es ... sie sieht es täglich im Spiegel. Und so wie Jenna sich wohl fragt, wo das Meer geblieben ist, fragt sie sich vermutlich, wo all die Jahre geblieben sind und ob sie sie zurückhaben kann. Doch sie hat sie für immer verloren und nur Killing ist ihr geblieben.

Sunny und ich reden nicht oft miteinander, weil Earl es nicht leiden kann, wenn sie mit irgendjemandem redet. Deshalb bin ich überrascht, als sie ein Bier aus dem Kühlschrank holt, einen großen Schluck daraus trinkt und mir die Dose reicht.

»JW weiß doch bestimmt nicht, dass Jesse Little B und Kasper losgeschickt hat, damit sie nach so einer kleinen Bohnenfresserin aus der Kneipe suchen, dem Wikiup, oder wie der Laden heißt.«

Ich erwidere, davon hätte ich auch nichts gewusst, und es ist seit Wochen das erste Mal, dass ich nicht lüge. »Kann mir nicht vorstellen, dass JW das weiß. Und Flowers? Hast du mit JW schon geredet?«

»Nein, geht mich ja auch nichts an. Du weißt doch, wie er manchmal ist. Und er hat gesagt, er will nicht, dass die Jungs hier so viel Wind machen, und schon gar nicht wegen ... wegen der Geschichte da, und wenn er es nicht weiß, na ja ... der wird echt durchdrehen, wenn er das spitzkriegt. Den Ärger braucht Little B von seinem Daddy nicht auch noch, also hab ich Little B gesagt, er soll das lassen, und wenn Jesse ihm was anderes erzählt, dann soll der mal zu mir kommen. Und was der kleine Scheißer Kasper damit zu tun hat, weiß ich schon mal gar nicht.«

Wie Earl reagieren wird, wenn er rausfindet, was Jesse hinter seinem Rücken tut, das weiß sie mit Sicherheit, und sie will nicht, dass er seine Wut an Little B auslässt.

Bei Kasper und auch Jesse ist das was anderes. Sunny würde sie jederzeit opfern, wenn sie ihrem Sohn dadurch einen Wutausbruch von Earl ersparen kann.

»Und was soll ich jetzt tun, Sunny?«

Sie schaut mich mit Augen an, die nichts preisgeben.

»Na ja, Hero, manchmal glaube ich, du bist der Einzige, dem JW überhaupt zuhört. Und ich fand, du solltest das wissen. Jemand muss über die Scheiße, die hier abgeht, Bescheid wissen.«

Dann nimmt sie mir das Bier wieder weg und geht raus.

Ich halte mich immer für so verdammt schlau ... dieser ganze Bullshit, den ich Deputy Harper und Deputy Reynosa erzählt habe. Ich gebe nur Lügen von mir und bilde mir ein, ich wüsste, dass Jenna und Sunny sich fragen, wie sie hier landen konnten. Dabei müsste ich mir die Frage eigentlich selbst stellen.

War der Tod meines Vaters wirklich der Grund, warum ich jetzt hier bin? Oder etwas ganz anderes?

Ging es von Anfang an nur um mich selbst?

Hätten mich alle Wege früher oder später hierhin geführt?

Ich habe Sunny gefragt, was ich tun soll, dabei kannten wir beide die Antwort längst.

Ich finde ihn auf der Veranda, wo er neben Jenna sitzt, die sich inzwischen was angezogen hat, wenn auch nicht viel – enge Shorts, noch engeres T-Shirt. Flowers ist auch da und sein Handlanger Clutts. Alle lachen über irgendwas, das Jesse gerade gesagt hat, und er dreht sich zu mir um, weil er sehen will, ob ich es auch gehört habe ... ob ich auch grinse.

Das tue ich.

Deshalb trifft ihn meine rechte Faust völlig unvorbereitet und haut ihn glatt vom Stuhl. Nach dem Schlag wären die meisten Männer k.o. gegangen, denn ich habe alles hineingelegt. Doch Jesse rollt sich nur auf die Seite und steht wieder auf, während das Blut aus der Platzwunde an seiner Stirn schießt. Auch auf Jennas Gesicht landet Blut, und sie kreischt. Aber da ist noch ein anderes Geräusch, jemand zieht eine Pistole, wahrscheinlich Clutts. An meinem Hinterkopf spüre ich die Mündung einer weiteren Waffe, aber damit kann ich mich jetzt nicht aufhalten. Jesse geht auf mich los, ich bin schneller. Einen richtigen Kampf kriegt er nicht mehr hin, er taumelt, kippt fast um. Immerhin versucht er es, wohl um Flowers zu imponieren. Ich ramme ihm einen Ellbogen ins Gesicht, sein Kopf ruckt nach hinten, und ich donnere ihm eine Handkante gegen die Kehle. Er reißt den Mund auf, ringt nach Atem, und ich nutze die Schrecksekunde, wuchte ihn hoch, drehe mich einmal mit ihm um die eigene Achse und schmeiße ihn auf den Stuhl, der in einer Wolke aus Holzsplittern und Sand zusammenkracht.

Jesse liegt unten, spuckt Blut und kotzt das gesamte Frühstück über sein T-Shirt. In seinen Augen sammeln sich Tränen, seine angeschlagene Kehle arbeitet, versucht, Luft in die Lungen zu saugen. Er glotzt zu mir hoch, sein Mund öffnet und schließt sich, und falls er es bisher nicht gewusst hat, dann weiß er es jetzt: Ich hätte ihn umbringen können und vielleicht tue ich es noch.

Ich drehe den Kopf in die Richtung, wo ich die Pistole vermute, und stelle überrascht fest, dass Earl hinter mir steht und seinen Ruger auf mich richtet, während Sunny sich hinter ihm im Türrahmen halb weggeduckt hat. Ich hatte mitbekommen, dass Earl morgens mit seiner Harley losgefahren war, nicht aber, dass er zurückgekommen ist. Jetzt zielt er mit dem Ruger, mit dem er mir in Lubbock das Leben gerettet hat, zwischen meine Augen. Clutts hält ebenfalls eine Waffe, senkt sie nun, steckt sie weg. Die Augen von Flowers, der hinter ihm steht, sind so weit aufgerissen wie bei Jesse.

Earl entspannt den Hahn des Revolvers. »Junge, jetzt will ich aber eine verdammt gute Geschichte hören, warum du Jesse das Frühstück rausprügelst. Und zwar schnell.«

Ich pule Hautfetzen von meinen Knöcheln. »Jesse hat Little B und Kasper losgeschickt, damit sie die Freundin von dem Toten aus Terlingua suchen. Sie machen Jagd auf das Mädchen, als würde es niemand mitkriegen, wenn sie plötzlich verschwindet. Ist das in deinem Sinn, JW? Hast du ihnen das *befohlen*?« Ich schaue zu Flowers. »Oder waren Sie das? Am Ende kommen nur noch mehr Cops und schnüffeln hier rum. Wir wurden fast erschossen, weil Jesse sich in Murfee mit der Frau des Sheriffs angelegt hat. Jetzt macht er Jagd auf die einzige Zeugin, die sie für den Mord haben.« Ich spieße Flowers mit meinem Blick auf. »Hat es eigentlich jemand für nötig gehalten, Ihnen mal zu erzählen, dass die Cops Jesse wegen eines Mords im Visier haben?«

Bevor Flowers etwas erwidern kann, macht Earl ihn mit einem Schwenk seines Rugers mundtot und richtet die Waffe sofort wieder auf mich.

»Die Scheißcops will hier niemand haben. Aber bist du dir ganz sicher? Von wem weißt du das, von Little B?«

Ich schaue überall hin, nur nicht zu Sunny. »Ich weiß es einfach. Aber wenn du Little B fragst, wird er dich nicht anlügen. Er macht es nur, weil Jesse ihm das gesagt hat, wahrscheinlich denkt er, du willst es so.« Ich wische Jesses Blut an meinem Hemd ab. Jesse hat sich hingesetzt, Jenna kniet neben ihm. Er vermeidet es, mich oder seinen Dad anzuschauen.

»Du« – Earl richtet seine Waffe auf Jesse – »gehst jetzt rein und machst dich sauber. Wir reden später.« Er wirft einen finsteren Blick in die Runde. »Ihr anderen macht, dass ihr wegkommt. Du nicht, Danny, du bleibst verdammt noch mal hier.«

Da die Sonne noch nicht ihren höchsten Punkt erreicht hat, liegt die Veranda halb im Licht, halb im Schatten. Wir stehen jeweils auf einer Seite, meine ist die dunkle.

Als alle anderen weg sind, steckt Earl den Ruger in seinen Hosenbund.

»Wie lange weißt du das schon?«

»Hab's eben erst mitgekriegt.«

»Und da bist du nicht erst mal zu mir gekommen? Wolltest du es so regeln?« Er zeigt auf Jesses Blut, das auf den schmutzigen Holzbohlen gerinnt.

»Ich wollte, dass er mir mal gut zuhört.«

»Das ist dir verfickt noch mal gelungen.« Earl steckt sich eine Zigarette an. »Und ich dachte, du bist hier der Vernünftige. Darauf hatte ich mich verlassen. Wenn du so weitermachst, bringt Jesse dich um, das weißt du, oder? Vielleicht nicht heute oder morgen, aber irgendwann.«

»Er wird es versuchen. Aber bis dahin solltest du ihn besser an die Kandare nehmen. Du hast selbst gesagt, wenn wir nichts unternehmen ... bringt er uns alle in den Knast oder ins Grab.«

»Stimmt, das hab ich wohl«, erwidert Earl gedehnt. »Aber gibst du jetzt hier die Befehle, oder was?«

Ich reibe über die aufgeplatzte Haut an meiner rechten Hand.

Eigentlich müsste es höllisch wehtun, tut es aber nicht. »Nein, ich dachte nur, das wäre in deinem Sinn. Die ganze Zeit spiele ich Babysitter für deinen Jungen, zeichne für dich diese Karten da. Du hast was vor, und ich warte nur auf deinen Marschbefehl. Aber daraus wird ganz sicher nichts, wenn Jesse uns vorher in die Scheiße reitet.«

»Wohl nicht.« Er lässt den Rauch seiner Zigarette zwischen uns aufsteigen und schaut auf das Blut, das auf den Planken schwarz wird. »Aber jetzt geht es bald los. Bin dem Sheriff heute früh zufällig begegnet. Er stört sich ein bisschen an Jesse und uns anderen ... Die Zeit drängt, und ich frage dich, stehst du voll und ganz auf meiner Seite, Danny? Das muss ich wissen.«

Dass er Sheriff Cherry getroffen hat, erwischt mich eiskalt, aber ich lasse mir nichts anmerken, blinzle nicht mal. Und jetzt muss ich etwas sagen, das ich ums Verrecken nicht sagen möchte. Jedes Wort tut mir weh, als würde ich ein Messer schlucken; als würde ich frische Erde auf das Grab meines Vaters werfen. »Scheiße, wo stehe ich denn gerade?«

»Na gut«, sagt er langsam. »Wir dürfen keine Zeit verlieren. Wir müssen die Sache heute Nacht, allerspätestens morgen früh durchziehen.«

Ich zögere, will es genau wissen. »Flowers hat mich nach dem Geld gefragt. Nach deinem Geld. Er glaubt, du hast bald welches. Es geht um die Bank in Murfee, richtig?«

Earl raucht. »So ähnlich. Sagen wir einfach, ich feiere Weihnachten im Sommer. Scheiß auf Jesse und Flowers. Die dürfen das nicht mitkriegen, kapiert?«

»Okay. Aber ich muss es vorher wissen, JW. Muss wissen, worauf ich mich einlasse.«

»Schau dich mal um. Ich glaube, für die Frage ist es ein bisschen spät.«

Er zertritt die Zigarette. »Nur eins noch: Wenn du meinem

Jungen noch einmal eine reinhaust oder ihn vor den anderen bloßstellst, dann bringt er dich um. Es geht nur noch um einen Tag, aber halte dich von ihm fern. Wenn es nämlich hart auf hart kommt, stelle ich mich ihm nicht in den Weg. Komme, was da wolle, er ist immer noch ein Earl.«

»Blut ist dicker als Wasser, und ich gehöre nicht dazu?«

»Richtig, auch wenn das echt schade ist. Du hättest einen verdammt guten Earl abgegeben, Junge. Aber Angst hab ich um dich nicht. Du bist ein zäher Bursche, so schnell macht dich in einem fairen Kampf niemand platt. Nur musst du wachsam sein, wenn er sich nämlich traut, wird er dich von hinten angreifen. Du bist ein durch und durch harter Hund, bisschen wie ich. Das mag ich an dir, solche Männer brauche ich.«

Mein Vater wurde zu Grabe getragen, weil man ihm auf einer dunklen Straße aufgelauert hatte. Man hat ihm nicht mal eine Chance gegeben.

Du hättest einen verdammt guten Earl abgegeben, Junge.

Das hat er gerade gesagt.

Earl zieht den Ruger aus seinem Hosenbund, legt ihn mir in die Hand und klopft mir auf die Schulter.

Mit seiner Schusshand.

Als er weg ist, bleibe ich auf der Veranda stehen.

Hoch oben am wolkenlosen Himmel zieht ein Geier Kreise über einer Stelle, wo ein Tier verendet sein muss. Ein zweiter kommt hinzu, dann noch einer. Drei schwarze Flecken im endlosen Blau, die einzigen Narben am Himmel, und ich frage mich, warum sie so lange damit warten, sich das tote Tier zu holen, das ihnen doch längst gehört.

Im Haus lacht jemand, offenbar läuft der Fernseher.

Die ganze Zeit rede ich mir ein, ich würde Jenna und Kasper und auch Sunny helfen. Vielleicht haben die Deputys recht, und ich muss erst einmal mit mir selbst klarkommen, bevor ich ihnen helfen kann.

Es war nur eine weitere Lüge, die ich selbst glauben musste ...

Doch es gibt etwas, das ich tun kann. Deputy Reynosa und Chief Deputy Harper eine Nachricht schicken, dass die Frau aus Terlingua in Gefahr ist, und ihnen alles mitteilen, was ich über Earls Plan weiß. Vielleicht geht es um die Bank, vielleicht um etwas anderes. Doch ganz gleich was er vorhat, ich kann dafür sorgen, dass die Deputys und ich vorbereitet sind.

Der Himmel ist jetzt wieder leer. Die Geier sind nicht mehr da.

34

Nur ein Traum ...

Sie sind auf dem See, sie sitzt vorn im Boot, hat die Haare nach hinten gebunden und lacht über etwas, das er gerade gesagt hat. Das Wasser hinter ihr ist blau, fängt das Sonnenlicht und schickt es zurück zum Himmel. Alles ist gleißend hell, sie hat die Sonnenbrille aufgesetzt, und er kann ihre Augen nicht sehen. Sie wirft den Kopf zurück, das Licht spielt auf ihrem Hals, und ihre Haut schimmert wie ein neuer Tag ...

Ein Wind trocknet die auf sie spritzenden Tropfen sofort, gerade so, als hätte das Wasser sie nie berührt.

Aus der Ferne ein Radio, ein Stück von den Eagles, ihr Lieblingslied, und sie singt mit.

Er wünscht sich nur, er könnte ihre Augen sehen ... wünscht, er wüsste, womit er sie zum Lachen gebracht hat, damit er es noch einmal sagen kann, immer und immer wieder, bis in alle Ewigkeit. Er kann den Blick nicht von ihrer schimmernden Haut lösen, er will sie an sich ziehen, damit er das Schimmern an den Händen spürt ... sie festhalten ... damit sie zusammen strahlen können. Aber er ist die Dunkelheit, ist es immer schon gewesen und wird nie etwas anderes sein. Und er schämt sich, weil er nur existiert, wenn er sich in ihr spiegelt, ihr das Licht raubt.

Ihr macht es nichts aus, hat es nie. Sie hat nie gedacht, er würde ihr etwas wegnehmen, hat ihm alles freiwillig gegeben ...

Sie sagt etwas, das er nicht versteht, weil der Wind die Wörter verweht. Vielleicht war es »ich liebe dich« oder nur sein Name ... für ihn ist das ein und dasselbe. Er ruft ihr zu, doch sie hat am Ufer etwas entdeckt, hat das Gesicht weggedreht und blickt übers Wasser.

Ihr Zopf hat sich gelöst, ihre Haare gleiten an ihrem Gesicht, an ihrem Hals herunter wie die Erinnerung an Sternschnuppen.

Er will zu ihr hin, sie auffangen, festhalten, bevor sie auf dem Boden auftrifft.

Nur ein Traum.

Mehr wird es nie wieder sein.

Doch jetzt ist er bereit.

Harp wachte auf, weil jemand an seine Tür klopfte, auch in seinem Schädel hämmerte es, und um die Couch herum lagen die leere Flasche Balcones und etliche andere, an die er sich nicht erinnern konnte. Auch Schachfiguren waren auf dem Boden verteilt, als hätte er eine Partie begonnen und das Brett dann umgeworfen. »So What« von Miles Davis war das letzte Lied, das er gehört hatte, bevor ihm schwarz vor Augen geworden war. Das Stück war neun Minuten lang, aber er musste länger ausgeknockt gewesen sein. Vorhin war es noch dunkel, nun brannte grelles Morgenlicht durch die dünnen Vorhänge, die Modelle Greer vor die Fenster gehängt hatte.

Er hatte keine Ahnung, wie spät es war, wusste nicht mal, welcher Tag war. Er fühlte sich uralt, schwach, verloren. Ihm fiel der Colt wieder ein, den er zuletzt in der Hand gehalten hatte, und er stellte fest, dass sich die Waffe noch immer dort befand. Er war mit ihr eingeschlafen, und als ihm aufging, was das bedeutete, überlief es ihn selbst in der heißen Wohnung eiskalt.

Vielleicht hatte er davon geträumt, sich die Mündung an die Schläfe zu halten oder das Metall an seinen Zähnen zu spüren. Ein Traum, mehr war es bestimmt nicht gewesen.

Ohne ihn noch einmal anzusehen, schob er den Colt unter das Kissen auf der Couch.

»Jaja, ich bin wach, komm rein, es ist nicht abgeschlossen.«

Die Tür ging auf und Amé trat ein. Sie sah aus, wie er sich

fühlte. Ihre Augen wirkten überschattet, hohl. Er hatte sich immerhin in den Schlaf gesoffen; sie machte den Eindruck, als hätte sie überhaupt nicht geschlafen. Er versuchte, aufzustehen, nur spielte sein Körper noch nicht mit.

Amés Blick wanderte über die Flaschen, aber sie sagte nichts, sondern schob nur einige mit ihren Stiefeln beiseite und setzte sich neben ihn.

»Wir haben uns morgens schon mal frischer gefühlt, was?«, sagte er und nahm den Becher Kaffee entgegen, den sie mitgebracht hatte. »Alles okay bei dir? Oder war was, etwa mit den Earls …?«

»Nein. Mit denen nicht.« Sie hatte eine Papiertüte dabei und zog ein Fläschchen Aspirin und mehrere Rollen Pfefferminzbonbons heraus. »Die wirst du brauchen. Du musst dich in den Griff kriegen. Wir müssen heute was erledigen.«

»Klingt nach was Wichtigem. Du weißt schon, dass Chris heute früh nach El Paso gefahren ist?« Er blies auf den viel zu heißen Kaffee.

»*Sí.* Und dass er heute nicht da ist, ist wohl auch besser.« Sie öffnete die Pillenflasche, schüttete vier Aspirin in Harps Hand und legte zwei Pfefferminzbonbons dazu. »Hab gestern Abend mit Azahel Avalos geredet.«

Harp schluckte. »Du meinst den Wichser, der Tommy über den Haufen gefahren hat und bei uns noch immer in der Zelle sitzt? Den Pisser, dem du eine gescheuert hast?«

»*Sí.*«

Er zerkaute die Bonbons und Tabletten, bevor er es noch einmal mit dem Kaffee versuchte. »Wieso? Er hat einen Anwalt. Du darfst nicht mit ihm reden.«

»Er wollte das.«

»War Paez auch dabei?«

»Nein.«

Harp nahm sich noch eine Aspirin. »Dann hilft uns das nicht weiter und ihm auch nicht. Das ist so, als wärst du nie da gewesen.«

»*Lo sé.* Aber genau darum ging es.« Sie rutschte nach hinten, stutzte und zog eine Schachfigur und Harps Colt unter dem Kissen hervor. Die Schachfigur warf sie auf den Boden, machte sich aber nicht die Mühe zu prüfen, ob die Waffe geladen war, weil sie es auch so wusste. Sie betrachtete den Colt, bevor sie das Magazin herauszog und die eine Patrone aus der Trommel in ihre Hand fallen ließ. Waffe und Magazin legte sie so auf den kleinen Couchtisch, dass der Lauf von ihnen wegzeigte. Nur die Patrone behielt sie in der Hand.

»Da hat sie also gesteckt«, versuchte Harp einen Witz. Er stellte den Kaffeebecher neben der Waffe ab und entdeckte Jackies Anhänger mit dem Erzengel Michael, der ebenfalls auf dem Couchtisch lag und das Licht der Sonne einfing. Er konnte sich nicht daran erinnern, ihn aus dem Auto mit hochgenommen zu haben.

»Als ich reinkam, hast du sofort gedacht, es geht um die Earls.«

»Stimmt.« Er zuckte die Achseln. »Avalos hatte ich komplett vergessen.«

»Das hatten wir alle«, sagte sie, und Harp wusste, dass sie log; sie hatte den Typen nicht eine Sekunde vergessen. »In Wahrheit geht es aber auch um die Earls. Um John Wesley Earl.«

»Ich verstehe kein Wort.«

Sie schnappte sich den Becher. »Ich am Anfang auch nicht.« Sie nippte am Kaffee, aber er war immer noch zu heiß. »Angefangen hat alles mit meinem Bruder Rodolfo ...«

Später warteten sie in der Sonne auf den Zollbeamten Elgin Bartlett.

Harp hatte ihn vor über einer Stunde angerufen, aber Elgin war noch mit einem Truck beschäftigt, der mit einer Ladung Zwiebeln bei Presidio über die Grenze gekommen war – mit einer Ladung Zwiebeln plus einer Tonne Marihuana. Gefunden hatte die Drogen Bartletts Spürhund Big Max. Tausende stinkende Zwiebeln aus Ahumada in Chihuaua, trotzdem hatte der Schäferhund-Labrador-Mischling das darunter versteckte Gras gerochen.

Bartlett hatte Harp getextet, er würde sich auf den Weg machen, sobald er in Presidio fertig wäre; er und die anderen Grenzer müssten noch etliche weitere Trucks überprüfen, Big Max und er würden sich dumm und dämlich schuften. Manchmal schickten die Kartelle mehrere Fahrzeuge los, weil sie glaubten, wenn eines aus dem Verkehr gezogen wurde, konnten die anderen die Grenze mit größerer Wahrscheinlichkeit unbehelligt passieren. Manchmal hofften sie sogar, dass eine Ladung beschlagnahmt wurde – weil sie gerne eine Tonne Gras opferten, wenn sie dafür hundert Kilo Kokain, Meth oder Heroin über die Grenze schmuggeln konnten.

Wer Geschäfte machen wollte, musste eben hin und wieder einen Preis dafür zahlen.

Der Verwahrparkplatz bot nicht viel Schatten, und sie hätten im Revier warten können, doch Harp wollte lieber draußen bleiben, weil er hoffte, die Sonne würde den letzten Rest seines Katers wegbrennen. Amé hatte nichts dagegen, und wenn sie eine Pause brauchten, setzten sie sich kurz in Harps klimatisierten Pick-up.

Aber erst, nachdem sie den Wagen von Azahel Avalos – *Miguel Suárez* – zum dritten, vierten, fünften Mal gründlich durchsucht hatten.

Trotzdem weigerte er sich stur, sein Geheimnis preiszugeben.

Noch in Harps Wohnung hatte Amé ihm alles über ihren Bruder Rodolfo erzählt – dass er im Big Bend beim Grenzschutz gearbeitet, in Wahrheit aber für das Nemesio-Kartell Drogen und Geld über den Fluss geschmuggelt hatte. Geholfen hatten ihm dabei der damalige Sheriff Stanford Ross und sein Chief Deputy Duane

Dupree. Irgendwann aber hatte Rodolfo spitzgekriegt, dass der Sheriff und Dupree mit Nemesio ein doppeltes Spiel trieben und heimlich Geld beiseiteschafften, und war deshalb von Dupree ermordet worden. Dupree war schwer methabhängig gewesen und hatte noch dazu Amé gestalkt und bedroht. Rodolfo hatte Amé kurz vor seinem Tod eine Pistole und ein Handy gegeben, das er von Nemesio bekommen hatte. In ihrer Verzweiflung hatte Amé das Handy einmal benutzt, und kurz danach war ein Junge namens Máximo über die Grenze gekommen und hatte blutige Rache geübt.

Einiges davon hatte Harp sich schon gedacht, anderes bereits von Chris erfahren, der selbst eine Rolle in der Geschichte gespielt hatte. Aber wie Amé betonte, hatte Chris nie von Máximo erfahren und wusste auch nicht, wo das Geld geblieben war, das Sheriff Ross dem Kartell gestohlen hatte.

Niemand wusste etwas darüber, bis auf Caleb, der Sohn des ehemaligen Sheriffs.

Und Amé.

Elgin Bartlett war von kräftiger Statur und trug eine durchgeschwitzte, blaue Zoll-Uniform. Seine Mütze saß schief, und man sah den Sonnenbrand auf seinem Schädel durch die dünnen Haarsträhnen leuchten.

Man merkte ihm deutlich an, wie beschissen sein Vormittag gewesen war.

Auch Big Max, der im schmalen Schatten von Bartletts Pick-up hockte, wirkte geschlaucht. Der Hund beobachtete sie mit einem Blick, der wohl besagen sollte: *Ich weiß, wer hier gleich die ganze Arbeit machen muss.*

Bartlett nahm die Mütze ab, wischte sich damit über die Stirn, aber es half nichts, denn die Mütze war ebenfalls klitschnass.

»Verfluchte Scheiße, Harp, hättest du nicht bei Vazquez am

Checkpoint an der I-67 oder bei irgendeinem von der Sierra-Blanca-Station anrufen können? Die haben da auch Hunde, wie du weißt. Wir werden inzwischen nämlich alle in derselben Scheißakademie ausgebildet.«

»Hätte ich, hätte ich. Nur ist keiner so gut wie du und Big Max. Nicht mal halb so gut. Blaue Hemden, grüne Hemden, ich weiß nicht mal mehr, wie man euch Typen auseinanderhält. Aber was ein guter Hund ist, das weiß ich.«

Bartlett warf einen verstohlenen Blick zu Amé, die gerade ihr Handy checkte. »Du wolltest Vazquez nur nicht, weil er Mexikaner ist.«

Harp verdrehte die Augen. »Meine *Partnerin* ist Mexikanerin, du dämlicher Rassist. Und wenn Big Max aus Mexiko wäre, wäre mir auch das scheißegal. Können wir jetzt endlich anfangen?«

»Okay, okay.« Bartlett klopfte auf seine Gesäßtasche, in der ein zusammengerolltes gelbes Handtuch steckte, die Belohnung für den Hund. Big Max sah das Zeichen und stand auf. Als Bartlett und der Hund an Harp vorbei zum Nissan gingen, stieg Harp der saure Geruch von Zwiebeln in die Nase.

»Sag mal«, rief Bartlett über die Schulter, »hast du eigentlich bei dem Züchter in Sanderson angerufen, von dem wir geredet hatten? Hat er dir den Hund besorgt?«

Harp sah, dass Big Max bereits mit gesenkter Nase vor dem Nissan stand. »Ja, danke noch mal für den Tipp. Hab ihn bekommen. Aber er war nicht für mich.«

Morgens hatte er es dann doch nicht ausgehalten und den viel zu heißen Kaffee mit etwas Eis und einem Schuss Bourbon gestreckt, nur einen Fingerbreit, um sich auf Vordermann zu bringen. Vor dem Wegstellen hatte er die Flasche demonstrativ hochgehalten, damit Amé sah, dass er es dabei beließ.

»Was mit Dupree und Sheriff Ross war, interessiert heute niemanden mehr, Amé. Für mich klingt es, als hätten sie nur bekommen, was sie verdient hatten. Ganz gleich was du getan hast, früher oder später hätte es sie sowieso erwischt. Und was das Geld angeht? Der Sheriff sucht nicht danach, und mir ist es scheißegal. Wenn du dein schlechtes Gewissen erleichtern willst, dann geh zur Beichte. Ansonsten, drauf geschissen. Hoffentlich hast du dir was Schönes gekauft. Was Schöneres als dein Häuschen in Beantown ...« Harp war verstummt. »Tut mir leid, ich wollte das Wort nicht benutzen. Ich hoffe, du hast dir viele schöne Sachen gekauft.«

»Ich bin mir nicht sicher, ob ich schöne Sachen verdiene«, erwiderte sie. »Aber lassen wir das. Als ich gemerkt hab, dass Avalos mich kennt, hab ich Angst gekriegt, er ist wegen des Geldes hier. Denn wenn er davon weiß, dann weiß Nemesio es auch. Deshalb wollte ich mit ihm reden. Ich hatte Angst, dass du und Chris da mit reingezogen werdet.«

»Danke, aber wir können gut auf uns selbst aufpassen. Avalos kennt dich also?«

»Er hat von mir gehört. Er sagt, jeder weiß von meinem Bruder und mir. Wir haben einen Onkel, er nennt sich Fox Uno. Er gehört zum Nemesio-Kartell, so wie Rodolfo damals, und jetzt glauben alle ...«

»... du gehörst auch dazu.« Er setzte sich wieder zu ihr auf die Couch. »Das ist doch hirnverbrannter Bullshit. Dieser Mann hat nichts mit dir zu tun.«

»*Él es la familia.*«

»Das glaubst du doch nicht wirklich. Der Sheriff ist deine Familie. Mel auch. Und ich und all die anderen Arschlöcher, mit denen du zusammen arbeitest. Nur musst du das auch zulassen. Wir sind die einzige Familie, auf die es ankommt, nicht dieser Verbrecher auf der anderen Flussseite. Wenn Leute das anders sehen wollen, dann scheiß auf die und beweise ihnen das Gegenteil.«

»Als wäre das so einfach. Du bist hier nicht aufgewachsen, du weißt nicht, wie das ist.«

»Mag sein. Aber ich weiß, vieles macht man sich selbst unnötig schwer.«

Sie nickte, steckte sich ein Aspirin aus dem mitgebrachten Fläschchen in den Mund und spülte es mit einem Schluck Bourbon-Kaffee hinunter.

»Wenn Avalos nicht geschickt wurde, um dir Angst einzujagen oder das Geld zu holen, was will er dann? Und wie hängt das alles mit den Earls zusammen?«

»Um Geld geht es trotzdem, nur eben nicht um das, das ich vor zwei Jahren an mich genommen hab.«

Big Max bellte einmal, zweimal und hockte sich neben den linken vorderen Kotflügel des Nissan.

»Sieht aus, als hätten wir sechs Richtige«, sagte Bartlett, mehr zu sich selbst, aber doch laut genug, dass Harp es hören konnte …

»Avalos meinte, im Auto gibt es ein Geheimfach, in dem man Geld, Drogen oder sonst was schmuggeln kann. Die Leute, für die Avalos arbeitet, haben auch mit Earl und der ABT zusammengearbeitet. Während er im Gefängnis saß, haben sie ihn mit den Drogen, die er verkauft hat, versorgt, und den Gewinn für ihn aufbewahrt. Avalos sollte Earl das Geld und einen neuen Pass und Führerschein bringen. Angeblich ist alles im Auto versteckt, und Earl weiß als Einziger, wie man da rankommt.«

»Ich glaub's nicht. Earl vertraut diesen Pissern mehr als seinen eigenen Leuten, seiner eigenen Familie?« Harp hatte gelacht, dann: »Ich lag mit meinem Verdacht also gar nicht mal so falsch. Nur sind die Mexikaner die ganze Zeit die Bank gewesen, und der Nissan ist der Scheißtresor.«

»Sí. Gestern Abend hat Avalos mich gebeten, ihm dabei zu helfen, das Auto mit dem Geld zu Earl zu bringen. Aber da war er verzweifelt. Heute wird er erfahren, dass er auf Kaution rauskommt.«

»Und Santino Paez hat ihm das nicht gleich gesagt, sondern erst dafür gesorgt, dass er mit dir redet? Wieso?«

»Das hat nun wiederum mit seiner *familia* zu tun.« Sie schwieg.

»Ach, je weniger ich darüber weiß, umso besser. Aber der Anwalt ist ein echtes Risiko eingegangen. Das rechne ich ihm hoch an.« Er stand auf, machte sich auf die Suche nach seiner Dienstmarke, dem Koppel. »Der Wichser Earl hatte niemals vor, seinem Sohn oder Nichols zu helfen. Er wird nie vor Gericht aussagen. Er geht nicht ins Zeugenschutzprogramm und lässt sich nicht von Nichols oder einem anderen FBI-Agent für den Rest seines Lebens auf die Finger schauen. Der macht sich aus dem Staub und fertig.«

»Und wie gehen wir jetzt vor?«

Er stellte den Kaffeebecher auf den Couchtisch und nahm seinen Colt hoch.

Er schob das Magazin wieder in die Waffe und nahm die Patrone entgegen, die Amé die ganze Zeit über in der Hand gehalten hatte.

»Erst mal stellen wir fest, ob Avalos oder Miguel oder wie auch immer er heißt die Wahrheit gesagt hat. Dann sehen wir weiter.«

»Was da genau drin ist und in welcher Menge, kann ich nicht sagen. Aber irgendwas ist da. Max hat angeschlagen. Das bedeutet Dope oder Geld.«

Big Max hockte noch neben dem Nissan und kaute auf dem gelben Handtuch herum.

»Wir haben den Wagen x-mal durchsucht und nichts gefunden«, warf Amé ein.

»Die Typen lassen sich heutzutage ganz schön was einfallen«, erwiderte Bartlett. »Die haben Leute, die den ganzen Tag nichts anderes tun, als sich neue Verstecke auszudenken und sie in die Autos einzubauen. Manchmal muss man irgendwelche Knöpfe in einer bestimmten Reihenfolge drücken, etwa erst das Radio einschalten, dann die Klimaanlage und zum Schluss das linke Fenster runterlassen. Manchmal ist das Versteck mit einem Magneten gesichert oder man muss es aufschneiden. Bei uns können wir den Röntgen-Scanner drüberjagen, dann sieht man es besser.«

Harp trat gegen einen der platten Reifen. »Dafür brauchen wir erst mal einen Abschleppwagen.«

Bartlett nickte. »Jepp, von allein bewegt sich die Kiste hier nicht so schnell weg. Heute ist bei uns die Hölle los. Aber wenn ihr sie morgen oder übermorgen vorbeibringt, nehmen wir sie uns vor. Gib meinen Leuten einen halben Tag, egal was da drin ist, wir finden es.«

»Danke für deine Hilfe.« Harp streckte ihm die Hand entgegen. »Ich schulde dir ein Bier und einen Burger.«

»Zwei, einen für Big Max.« Bartlett schüttelte Harp die Hand und nickte Amé zu, bevor er mit dem Hund zu seinem Pick-up ging.

Harp schaute zu Avalos' Auto und war wütend auf sich selbst. Auf seinen zerfetzten Reifen stand es genau dort, wo sie es an dem Tag abgestellt hatten, an dem der Pisser Tommy Milford angefahren hatte.

Verflucht.

Der Sheriff hatte ihm schon vor Tagen gesagt, er solle einen Hund für das Auto besorgen. Aber dann hatten sie Bravos Leiche gefunden und der Ärger mit den Earls war losgegangen, und darüber hatte er die Aufgabe vollkommen vergessen. So wie er in letzter Zeit vieles vergaß.

Immer wieder hatte er Chris Vorträge gehalten, er solle agieren statt reagieren, hatte dem jungen Sheriff vorgeworfen, zu langsam, zu abwägend, zu unentschlossen zu sein. Und jetzt stand er vor Avalos' Auto, mit der Erkenntnis, dass er rein gar nichts getan hatte.

Die ganze Zeit hatte der Wagen vor seiner Nase gestanden und auf ihn gewartet.

Verflucht.

»Was machen wir jetzt?« Amé schaute ebenfalls zum Auto.

»Avalos hat die Wahrheit gesagt. Auseinandernehmen können wir das Auto heute nicht, aber wir können Danny Ford sofort aus Killing rausholen.«

»*Sí,* hatte mir schon gedacht, dass du das sagst.«

Harp schüttelte den Kopf. »Es gibt nicht einen Grund, warum er noch länger bei denen bleiben muss. Dieser Irrsinn ist komplett aus dem Ruder gelaufen. Ich fahre hin und hole ihn da raus, und wenn ich schon mal da bin, lege ich diesem verlogenen Earl auch gleich Handschellen an ...«

»Das halte ich für keine gute Idee ...«

»Das war keine Frage, *niña*. Für Danny wird es in Killing mit jeder Minute gefährlicher.«

»*Verdad*, aber das war gestern auch schon so. Und das hier« – sie zeigte zum Auto – »macht es nicht schlimmer. Ich kann dich gut verstehen, aber wir müssen jetzt Chris anrufen und ihm erzählen, was wir rausgefunden haben. Dann kann er Agent Nichols kontaktieren, damit der entscheidet, wie es mit Earl weitergehen soll. *Ese es su problema.*«

Harp traute seinen Ohren kaum, merkte aber auch, wie sehr Amé innerlich mit sich kämpfte: Sie wollte das eine tun, sich aber auch an das halten, was der Sheriff von ihnen verlangt hätte. Bei Chris hatte er ähnliche innere Kämpfe beobachtet; vielleicht hatte das Gespräch mit Avalos aber auch eine tiefere Wirkung auf sie gehabt, als ihr bewusst war.

»Amé, Earl weiß mit Sicherheit, dass das Auto hier ist. Wahrscheinlich schon von Anfang an. Und er wird es sich holen, koste es, was es wolle. Das ist dir klar, oder? Und das ist dann wiederum *mein* Problem.«

Amé schirmte die Augen gegen die Sonne ab, schaute über den Parkplatz, zum hohen Zaun und auf die zerfetzten Reifen des Nissan. »Du meinst, *unser* Problem. Und so leicht kommt er an das Auto erst mal nicht ran.«

»Das stimmt zwar, aber früher oder später wird er es versuchen. Und Danny muss da so schnell wie möglich raus …«

Amé hielt ihr Handy hoch. »Dafür müssen wir aber nicht nach Killing fahren. Danny hat mir getextet, dass er sich mit uns treffen will. Wie er schreibt, sind die jetzt hinter Vianey Ruiz her. Ich fahre gleich zu ihr, und du rufst den Sheriff an und bringst ihn auf den neusten Stand.«

»Chris wird durchdrehen. Und er wird uns anweisen, die Füße stillzuhalten. Dann ruft er diesen Pisser Nichols an, und bald weiß auch Earl, dass wir das mit dem Auto rausgekriegt haben, und macht sich aus dem Staub.«

»Nichols *muss* es aber wissen, und wenn Earl dann abhaut, ist das sein Problem.«

»Tu nicht so, als wäre dir das egal. Du willst Earl doch auch drankriegen. Und wir verhandeln hier nicht …«

»*Sí, sí,* Ben Harper, genau das tun wir. Ich will Billy Bravos Mörder kriegen, aber wir wissen beide, dass es Jesse Earl war, nicht sein Vater. Und im Moment geht es mir vor allem darum, dass Vianey und Danny nichts zustößt. Dafür können wir sorgen, und das werden wir jetzt tun. Wenn du trotzdem nach Killing fahren willst, dann komme ich mit. Verlässt du den Parkplatz ohne mich, rufe ich Greer, Emmett und Holt, damit sie dich aufhalten. Ich rufe den Staatsanwalt an und erzähle ihm alles. Ich sorge dafür, dass die Grenzer dich abfangen, bevor du Killing erreichst. Und wenn es gar nicht anders geht, fessele ich dich mit Handschellen an den verfluchten Nissan.«

»Du bist echt tough, weißt du das?« Harp musste lächeln. Sie hatte ihn bei den Vernehmungen ausgetrickst und jetzt schon wieder einen Trumpf gegen ihn ausgespielt. Sie wusste genau, er würde sie niemals mit nach Killing nehmen.

Sie lächelte ebenfalls. »Ich hatte einen sehr guten Lehrer.«

»Na dann hoffe ich mal, du kennst einen Ort, wo wir uns unbemerkt mit Danny treffen können. Und sobald er aus Killing raus ist, lassen wir ihn nicht mehr dorthin zurück.«

Amé steckte das Handy ein. »Sí, ich weiß, wo wir uns am besten treffen.«

35

Earl musste das Handy vom Ohr weghalten, weil Nichols ihn beim täglichen Kontrollanruf anbrüllte wie ein Irrer.

Zuerst hatte er geglaubt, Nichols hätte das mit Manny und seinen Leuten spitzgekriegt, aber das war es nicht.

Dann dachte er, es hätte mit seinem Schwätzchen mit Sheriff Cherry zu tun. Aber er hatte dem Sheriff geglaubt, als dieser gesagt hatte, das Gespräch sei nur für ihre Ohren bestimmt. Außerdem war schnell klar, dass Nichols trotz seines Gekläffes auch davon nichts wusste.

Eine Sache wusste Nichols allerdings: dass Thurman Flowers längst in Killing war und Earl es mit keinem Wort erwähnt hatte.

Der Agent brüllte jetzt irgendwas von Chat-Gruppen im Scheißinternet. Was Earl im Grunde nur verriet, dass der emsige kleine Köter ihm die ganze Zeit aus Hunderten Meilen Entfernung hinterhergeschnüffelt hatte.

Dabei wusste der Pisser nicht mal die Hälfte.

Earl hatte den Agent schon wütend erlebt, aber so noch nie. Er vermutete, dass ihm irgendwer aus Washington, D.C., oder wo auch immer seine Vorgesetzten saßen, die Hölle heißgemacht hatte und er den Druck nun weitergab.

Earl sagte, er solle die Klappe halten, und das machte Nichols nur noch wütender.

Dass ihm *seine* Zeit davonlief, war Earl von Anfang an klar gewesen, doch dass es dem Agent genauso ging, damit hatte er nicht gerechnet.

Er sagte Nichols noch mal, er solle die Fresse halten, schließlich würde alles noch genauso laufen, wie sie es abgesprochen hatten.

Flowers war erst seit ein paar Tagen da, und Earl ging nicht davon aus, dass es in Murfee noch mal Ärger geben würde. Ein, zwei Tage mehr, dann hätte er alles geregelt. Natürlich war das kompletter Bullshit, das wussten sie beide, und Nichols lachte sogar, bevor er überhaupt ausgeredet hatte. Der Agent sagte, so sehr er Flowers auch drankriegen wolle, die Anklage gegen die ABT würde er unter gar keinen Umständen in Gefahr bringen. Jesse hätte mit der Scheiße in Terlingua schon alles versaut, aber Earl hätte noch einen draufgesetzt, weil er ihm nicht sofort gesteckt hatte, dass Flowers bereits in Killing war. Jetzt würde er – Special Agent Austin Nichols – sich höchstpersönlich auf den Weg nach Murfee machen, um den ganzen Mist wieder geradezubiegen. Und wenn Earl seinen Arsch nicht ebenfalls nach Murfee bewegte und dort auf ihn wartete, würde Nichols den Stecker ziehen. Schluss, aus, vorbei.

In Wahrheit interessierte Earl das alles einen Scheiß, denn er wäre sowieso längst über alle Berge, bevor Nichols in Dallas überhaupt seinen Koffer gepackt hatte. Aber dass dieser Typ ihn ankackte, gefiel ihm absolut nicht, also sagte er Nichols, er solle sich ins Knie ficken. Earl erinnerte den großkotzigen Agent daran, dass er ohne ihn eine Null war, dass Earl von Anfang an alles aufs Spiel gesetzt hatte, während Nichols überhaupt nichts riskiert hatte.

Darauf schwieg Nichols so lange, dass Earl schon dachte, er hätte aufgelegt, doch dann lachte der andere leise und sagte: *Ich bin eine Null? Ich habe nichts riskiert? Ohne mich gibt es Sie gar nicht. Sie leben überhaupt nur noch, weil ich es erlaube, und ich kann Sie mit einem Fingerschnippen auslöschen. Sie sind ein dämlicher weißer Wichser, der noch immer im Knast vergammeln würde, wenn ich nicht aufgetaucht wäre. Sie sind nichts weiter als eine Unterschrift auf einem Blatt Papier. Wissen Sie was, ich erzähle Ihnen mal was ...*

Dann sagte Nichols einen Namen.

Danny ...

Er ging ins Haus, wo Jesse, Flowers und Clutts schon auf ihn warteten.

Auf die drei hatte er absolut keinen Bock, nicht jetzt, nachdem er von Nichols diese Scheiße erfahren hatte. Aber so, wie sie ihn anglotzten, würde er nicht so ohne Weiteres an ihnen vorbeikommen.

»Danny hat endlich das Okay von seinen Kumpels in Fort Bliss gekriegt. Er trifft sich heute mit denen«, sagte Jesse. Dort, wo Dannys Faust ihn getroffen hatte, hatte sich die Haut dunkellila verfärbt, und das Auge leuchtete rot wie die untergehende Sonne.

»Darauf habt ihr doch alle gewartet«, erwiderte Earl und hätte beinahe laut gelacht. *Und was für ein Scheißzufall*, dass das geheimnisvolle Treffen kurz nach dem Anruf von Nichols stattfinden sollte.

Ich erzähle Ihnen mal was …

Flowers: »Vertrauen Sie Danny überhaupt noch, nachdem er Jesse verprügelt hat? Alles, was wir hier aufbauen, beruht nämlich auf gegenseitigem Vertrauen. Das werden Sie mit Sicherheit wissen.«

»Fuck, ich habe kein Vertrauen zu *Ihnen*, Flowers. Ich vertraue nämlich niemandem.« Trotzdem hatte er Danny vertraut, wenigstens so weit, wie es für ihn nützlich gewesen war, und jetzt sah er, was ihm sein Scheißvertrauen beinahe eingebrockt hatte. »Und ich hätte Jesse eigenhändig verdroschen, wenn ich gewusst hätte, dass er nach der Bohnenfresserin sucht. Aber ich hab klipp und klar zu Danny gesagt, dass er Jesse ja nicht noch mal anfasst. Macht er es trotzdem, prügle ich ihn windelweich. Und das mache ich auch mit Ihnen, wenn Sie mich oder meinen Jungen irgendwie zu linken versuchen.«

Flowers hob abwehrend die Hände. »Die Gefahr besteht nicht. Jesse und ich sind in vielen Dingen einer Meinung, auch, was die Bedenken wegen Danny angeht. Jesse findet, jemand sollte ihm hinterherfahren, damit wir wissen, was er wirklich vorhat. Und ich sehe das genauso.«

Jesse nickte. »Der alte Deputy-Sack aus Murfee hat ihn *Danny* genannt, als wir in der Kneipe waren. Als wären sie uralte Freunde, JW, als wären sie *gute* Freunde.«

Dass Jesse das mitgekriegt hatte, beeindruckte Earl dann doch. Nur fragte er sich auch, warum er erst jetzt damit rausrückte. »Wollt ihr von mir die Erlaubnis haben oder nur meine Meinung dazu hören?«

Flowers legte eine Hand auf Jesses Schulter ... *als wären sie gute Freunde.* »Genau genommen nichts von beidem. Wir fanden nur, Sie sollten es wissen. Von wegen Vertrauen und so. Ich wollte nur sichergehen, dass es da keinen Ärger gibt.«

Wissen Sie, wer »Danny Ferro« in Wahrheit ist ...?

Wissen Sie, warum er bei Ihnen ist?

Sie dämliches Stück Scheiße ...

Denken Sie echt, Sie können mich verarschen?

Nein, es würde keinen Ärger mehr geben.

»Mir ist es egal.« Er wandte sich an Jesse. »Kriegst du das hin?«

»Jepp, er fährt mit seinem Bike hin. Ich kümmere mich darum.«

Wenn er Jesse hinter Danny herfahren ließ, hätte er auch gleich die Namen der beiden Jungs in den Hut werfen können. Aber für ihn war das okay. Denn es wurde endlich Zeit, sämtliche Karten auf den Tisch zu legen. Ihm ging auf, dass Danny sich einen Namen gegeben hatte, der ähnlich klang wie das alte Kartenspiel Faro. Bei dem Gedanken hätte er fast laut gelacht.

Wissen Sie, wer »Danny Ferro« in Wahrheit ist ...?

Sie dämliches Stück Scheiße ...

Wissen Sie, warum er bei Ihnen ist?

Er riss sich aus seinen Gedanken, schaute zu Jesse. »Okay, leih dir von den Joyces ein Auto, das erkennt er nicht so leicht. Zur Sicherheit sollen Joker und Lee dir mit etwas Abstand im Marquis folgen. Damit sie gucken, ob es irgendwo Ärger geben könnte.«

Es kam darauf an, dass sie die richtigen Autos nahmen, denn davon hing sein weiterer Plan ab.

Und er würde auf Danny verzichten müssen, denn Danny Ferro, *Danny Ford,* würde mit Sicherheit nicht mehr nach Killing zurückkehren.

»Fahrt los, dann sehen wir, ob er die Wahrheit gesagt hat.«

Dabei kannte Earl die Antwort längst.

Er hätte es dabei belassen können, doch eine Sache gab es noch, die er erledigen musste. Er suchte Danny und fand ihn hinter dem Haus, wo er neben seiner Harley kniete.

»Wie ich höre, wollen deine Army-Kumpels sich endlich mit dir treffen.«

Danny schaute von seinem Bike hoch. Eine schöne Maschine mit blauer Lackierung und viel Chrom, der dort, wo Danny gerade mit einem Poliertuch drüberging, wie Quecksilber glänzte. »Jepp, die haben sich endlich gemeldet. Ich muss mich sofort mit ihnen treffen, kann sie nicht warten lassen, schließlich hab ich ihnen die ganze Zeit Druck gemacht. Sie kommen nach Van Horn, lange werde ich also nicht weg sein. Heute Abend bin ich zurück, könnte aber spät werden. Wenn du willst, fahre ich durch Murfee und schaue mich noch mal um.«

»Stimmt das denn auch?« Earl stellte sich so hin, dass sein Schatten auf Danny fiel. »Ich hab so das Gefühl, es gibt keine Army-Kumpels, die sich mit dir in Van Horn treffen. Vielleicht fährst du stattdessen einfach weiter. Hast du das vor, *Danny*?«

Danny stand auf, wischte sich die Hände an der Jeans ab. »Seit du mir in Lubbock das Leben gerettet hast, warst du immer ehrlich zu mir, deshalb bin ich es auch. Ich hab die Jungs um das Scheißtreffen gebeten, weil ich Jesse und Flowers das versprochen hab.

Also zieh ich das schnell durch, komme sofort zurück und helfe dir bei der anderen Sache.«

Wissen Sie, wer »Danny Ferro« in Wahrheit ist …?

»Okay, aber bevor du losfährst, gibst du mir die Knarre wieder, die da hinten in deiner Jeans steckt. Wenn dich jemand anhält oder irgendwas schiefläuft, wäre es keine so gute Idee, jemanden mit einer unserer Waffen zu erschießen. Und die da hat meinem Daddy gehört. Ich hänge sehr daran.«

Danny zögerte eine Sekunde, bevor er den Revolver aus dem Hosenbund zog. Er drehte ihn mit dem Griff zu Earl, sodass die Mündung auf seinen eigenen Bauch zeigte.

Wissen Sie, warum er bei Ihnen ist?

»Immer noch Bedenken, JW? Nach allem, was ich für dich getan hab? Eigentlich ist Flowers hier der Pastor, aber manchmal glaube ich, ich bin der Einzige, der Vernunft predigt. Wie soll ich mich jetzt verteidigen, wenn was passiert?«

Earl grinste und steckte die Waffe in seinen Hosenbund.

»Ach, darüber würde ich mir keine Gedanken machen. Das sind doch deine Kumpels, oder? Außerdem hab ich schon zweimal gesehen, wie gut du mit blanken Fäusten kämpfen kannst. Dich erledigt so schnell keiner. Da sind wir uns ähnlich. Ich wette, wenn das alles vorbei ist, stehen wir beide gut da …«

36

Das Treffen in El Paso fand in einem Bürogebäude nahe der Klinik statt, in der Chris nach der Schießerei auf der Far Six behandelt worden war.

Mel hatte in der Zeit in einem Hotel gewohnt, an dessen Namen er sich nicht erinnern konnte. Jeden Tag hatte sie im Krankenhaus an seinem Bett gesessen und seine Hand gehalten, während sich ihr Blut mit seinem vermischte. Ein Arzt hatte gesagt, er wäre eine Minute tot gewesen, aber Mel hatte geholfen, ihn ins Leben zurückzuholen. Sie hatte ihm so viel von ihrem eigenen Blut geschenkt, wie er in der Wüste verloren hatte.

Er war gestorben und zu ihr zurückgekehrt.

Ein komischer Gedanke, dass ein Teil von ihr immer in ihm war. Er trug sie überall bei sich. Jeden Atemzug, jeden Herzschlag verdankte er ihr.

Ohne dich kann ich nicht leben. Es gab Menschen, die sich so etwas sagten.

Mel und er wussten, was es bedeutete.

Das Treffen war Teil des HIDTA-Programms – die Abkürzung stand für High Intensity Drug Trafficking Area –, das von der Regierung initiiert worden war, um die Bekämpfung von Drogenkriminalität mit öffentlichen Geldern zu unterstützen. Ein kleines Revier wie das von Chris war auf das Geld dringend angewiesen, nur war es an Bedingungen geknüpft, zu denen unter anderem das vierteljährliche Treffen gehörte. Chris begriff es als Chance, sich mit Mitarbeitern anderer Abteilungen des Polizeidiensts auszutauschen und von ihren Erfahrungen zu profitieren. Er war mit Abstand der jüngste Sheriff in Texas, und für eine der größten Regionen zuständig, die zudem noch auf eine lange Outlaw-Geschichte zurückblicken konnte. So viel er auch recherchierte und las, er lernte mehr von den Kollegen, die oftmals schon ihr Leben lang im Polizeidienst standen.

Aus diesem Grund hatte er sich auch Harp ins Team geholt und Kontakt zu anderen gehalten, die im Zweifel ins Big Bend gekommen wären, um ihm beratend zur Seite zu stehen. Dennoch beschlich ihn manchmal das Gefühl, dass Harps Erfahrung auch ein paar Nachteile mit sich brachte, denn in manchen Punkten war seine Meinung doch recht eingefahren.

Agieren statt reagieren.

Da draußen laufen Wölfe rum, Chris ... Outlaws ... üble Typen – nenn sie, wie du willst ... manchmal müssen wir die Wölfe sein ... das geht nicht anders.

Vielleicht hatte Harp damit recht, vielleicht auch nicht. Oft fragte er sich, ob es auch mit Sheriff Ross und Duane Dupree so begonnen hatte. Waren sie irgendwann so oft die Wölfe gewesen, dass sie gar nicht mehr anders konnten?

Um nicht wie Sheriff Ross zu werden, ging Chris die Arbeit anders an. Er wollte sein Revier ins 21. Jahrhundert überführen und die Vergangenheit hinter sich lassen. Nur manchmal beschlich ihn die Angst, dass er niemals ganz aus dem langen Schatten seines Vorgängers heraustreten konnte.

Erschwerend kam hinzu, dass ihm das Gesicht von Sheriff Ross bei jedem Treffen in El Paso entgegengrinste. Fünfmal war der alte Sheriff zum Texas Lawman of the Year gewählt worden, und alle Fotos, die bei den feierlichen Verleihungen gemacht worden waren, hingen noch an den Wänden des HIDTA-Büros. Ein Foto sah aus wie das andere – gestärktes Uniformhemd, stahlgrauer Bürstenschnitt und ein Lächeln im braun gebrannten Gesicht des Sheriffs.

Und diese Augen: durchdringend, jung und alt zugleich, die Farbe wie Mondlicht, das sich auf dem Lauf einer Flinte spiegelt.

Von Colleen Worrel, der Sekretärin des HIDTA, hatte Chris erfahren, dass die Fotos jedes Mal neu aufgenommen worden waren. Trotzdem sah Sheriff Ross immer gleich aus.

Er schien nicht zu altern, veränderte sich kaum, hatte Colleen gesagt. *Hätten wir doch bloß alle so viel Glück.*

Im Gegensatz zu Sheriff Ross hatte Garrison sich in nur zwei Jahren sehr stark verändert. Sein Spitzbart war ergraut, auch an seinen Schläfen glänzte es silbrig. Außerdem hatte er zugenommen, vor allem im Gesicht und am Bauch. Die Krawatte saß zu eng, und er nahm sie schnell ab und entblößte einen roten Hals. Chris hatte ihn schon mit Ehering am Finger gesehen, doch heute trug er keinen, und Chris hatte keine Ahnung, ob das etwas zu bedeuten hatte.

Sie kannten sich nicht so gut, als dass er ihn danach hätte fragen mögen, daher erwähnte er es nicht.

Nach dem HIDTA-Treffen holten sie sich in einem Diner in der Nähe des Freeway einen Kaffee und fuhren in getrennten Autos zum Concordia Cemetery, in Sichtweite von Ciudad Juárez und der Grenze. Der Friedhof nahm eine einundzwanzig Hektar große sandige Fläche ein und war übersät mit grauen, schiefen Grabsteinen und morschen Holzkreuzen, ein Einschussloch im Herzen von El Paso. Er wirkte wie eine verlassene Filmkulisse. Wie Garrison sagte, wurde der Friedhof schon seit dem frühen neunzehnten Jahrhundert genutzt und in der vertrockneten Erde lagen über sechzigtausend Menschen. Hier und da gab es scheinbar ein paar Lücken, doch waren die alten Holzkreuze dort nur längst von der Zeit und dem Wind zu Staub zermalmt worden.

»Angeblich soll es hier spuken, vor allem dort, wo die Kinder liegen. Niemand weiß, wie viele von ihnen hier begraben wurden. Die Verwaltung bietet Geistertouren an, und am Día de los

Muertos ist die Hölle los«, erklärte Garrison. »Obwohl ich in El Paso wohne, bin ich nur zweimal hier gewesen, aber unter unseren Füßen liegt jede Menge Geschichte.«

»Auch der Revolverheld John Wesley Hardin, richtig?«

»Ja, er gehört wohl zur ruhmreichen Geschichte.«

»Dann suchen wir doch mal seinen Stein.«

Mit einem schlichten Stein hatte man sich nicht begnügt – die Grabstätte, die eine Plakette des Staates Texas trug, erinnerte Chris an eine Gefängniszelle: Der Marmorgrabstein wurde von vier Säulen aus grobem Fels und schmiedeeisernen Gittern eingerahmt. Am spitzen Gitterdach war ein Metallschild angebracht, aus dem die Buchstaben JWH herausgefräst waren, darüber hingen zwei Six-Shooter. Die Revolver sahen aus wie Flügel, die die Initialen in den Himmel trugen. Erst im Näherkommen erkannte Chris die Ähnlichkeit mit den Waffen, die Jesse Earl auf seinen Unterarmen eintätowiert hatte. Über dem Grabstein befand sich eine Tafel, deren Inschrift Chris durch die Gitterstäbe las:

> John Wesley Hardin (26. Mai 1853 – 19. August 1895). Geboren in Bonham, Texas, wurde John Wesley Hardin nach dem Begründer der methodistischen Bewegung benannt. »Wes« Hardin war Vater, Cowboy und Outlaw und behauptete von sich, mehr als 30 Männer getötet zu haben. Er sah sich selbst als eine Stütze der Gesellschaft und tötete nach eigenem Bekunden nur in Notwehr. Hardin saß wegen Mordes 15 Jahre im Gefängnis, wurde begnadigt und eröffnete im Mai 1895 in El Paso eine Anwaltskanzlei. 3 Monate später wurde er von City Constable John Selman erschossen.

»Wie ich gelesen habe, hat Selman ihm in den Hinterkopf geschossen. Hardin hatte keine Chance.« Garrison zuckte die Schultern.

»Selman war selbst kein Heiliger, er war erst Gesetzeshüter, dann Gesetzloser. Nur ein paar Monate später wurde er von einem U.S. Marshal erschossen, und angeblich liegt er auch hier, in der katholischen Ecke. Man hat das Grab nie gefunden, einen Stein gab es nicht.«

»Ich hätte Sie nie für jemanden gehalten, der so viele Bücher zur Geschichte von Texas liest.«

»Und ich hätte Sie nie für jemanden gehalten, der gern mit einer Waffe rumläuft. Ich hätte gedacht, dass Sie sich mit einem Buch wohler fühlen als mit einer Dienstmarke. Das meine ich nicht böse, Chris.«

»Ich nehme es Ihnen auch gar nicht übel. An manchen Tagen denke ich das sogar selbst. Aber gibt es da nicht so einen Spruch? Wer etwas kaputt macht, muss es auch kaufen. Mir geht das so mit Murfee und dem Sheriff Department des Big Bend County.«

»Sie haben nichts kaputt gemacht, das war Sheriff Ross. Sie reparieren die Schäden, und wenn Sie mich fragen, haben Sie Ihre Sache gut gemacht. Sie können jederzeit aufhören. Ruhm bringt einem diese Arbeit sowieso nicht ein, das können Sie mir glauben.« Garrison schüttelte den Kopf. »Aber Sie sind nicht hier, um sich von mir Belehrungen anzuhören. Sie hatten mich gebeten, Informationen zu FBI Special Agent Austin Nichols einzuholen, und das habe ich.«

»Und?«

»Er ist zur Außenabteilung in Dallas versetzt worden. Ein Senkrechtstarter, bevor er zum FBI ging, hat er in Georgia Jura studiert. Unsere Leute haben noch nie mit ihm zusammengearbeitet, weil er auf Bandenkriminalität und Inlandsterrorismus angesetzt ist, nicht auf reine Drogenkriminalität. Darf ich fragen, ob das mit der Straßensperre zusammenhängt, von der Sie mir letztens in einer E-Mail geschrieben hatten? Nachdem einer Ihrer Deputys angefahren wurde?«

»Nein«, erwiderte Chris. »Jedenfalls glaube ich das nicht.« Nach Avalos' Fahrerflucht hatte Chris zuerst gezögert, mit Garrison Kontakt aufzunehmen, weil er der Diskussion aus dem Weg gehen wollte, die sie nun schon seit zwei Jahren führten. Garrison kam nicht darüber hinweg, dass einer seiner Agents in Murfee ermordet und eine zweite Mitarbeiterin lebensgefährlich verletzt worden waren. Und er hielt es für falsch, dass Chris sich America Reynosa als Deputy ins Boot geholt hatte. Doch Chris wusste, dass der DEA-Agent sich nicht nur an Amé störte, er hatte etwas gegen die Stadt Murfee an sich.

Deshalb hatte Chris ihn nicht angerufen, sondern in einer kurzen E-Mail darum gebeten, den Namen Azahel Avalos einmal durch die Datenbank der DEA zu jagen.

»Wie ich Ihnen schon geschrieben hatte«, sagte Garrison, »taucht der Name bei uns nirgends auf. Das heißt aber nicht, dass er keinen Dreck am Stecken hat. Er wird schon nicht ohne Grund durch Ihre Stadt brettern und Ihre Deputys über den Haufen fahren.«

Chris wusste, dass Garrison auf Murfees Vergangenheit als Umschlagplatz für Drogenschmuggler anspielte. »Sie vertrauen wirklich niemandem.«

»Und Sie wollen jedem vertrauen, das ist Ihr Problem. So läuft das im Leben nicht, und in unserem Job schon mal gar nicht.«

»Sie klingen wie einer meiner Deputys.«

Garrison schaute zu den schmutziggrauen Wolken hoch. »Apropos Deputys, wie macht sich Miss Reynosa?«

Und los ging's.

»Sie macht sich sehr gut.«

Langes Schweigen, dann: »Freut mich zu hören.«

»Seien wir doch ehrlich, es freut Sie nicht, es *wundert* Sie.«

»Ich möchte nur, dass Sie die Augen offen halten.«

»Sie war noch sehr jung, als das mit ihrem Bruder passiert ist. Für sie ist das kein Thema, deshalb ist es für mich auch keins.«

»Sie ist immer noch sehr jung ... eine junge Frau mit bewegter Vorgeschichte.«

»Wenn man an die Geschichte mit Sheriff Ross denkt, könnte man über mich wohl dasselbe sagen.« Chris wandte sich von Hardins Grabstätte ab und schaute Garrison an. »Ihre Familie ist aus Murfee weggezogen. Soweit ich weiß, fährt sie nie nach Ojinaga. Sie lebt allein, arbeitet wie besessen und will ein guter Cop sein. Ich brauche sie, damit sie mir bei unseren mexikanischen Mitbürgern hilft. Ihr vertrauen sie mehr als jedem anderen Deputy. Was Sie und Ihre Kollegen über sie und ihre Verwandten gehört haben, stimmt so nicht.«

»Sie dürften wissen, dass immer ein Fünkchen Wahrheit dahintersteckt.«

»Ich möchte jetzt nicht mehr über Miss Reynosa reden, okay?«

»Verstanden.« Garrison betrachtete wieder die niedrigen Wolken. »Wieso haben Sie mich nach Nichols gefragt?«

Chris schaute zu Hardins Grab hin. »Es geht um einen gewissen John Wesley Earl.«

Chris erzählte Garrison alles. Dieser hörte schweigend zu und schaute dann auf seine Uhr, als müsse er erst einmal seine Gedanken sammeln.

»Mit Gefängnisgangs hatten wir schon oft zu tun. Das sind Schwerverbrecher, die drinnen und draußen tonnenweise Drogen verschieben. Die lassen sich iPhones in den Knast schmuggeln, damit sie ihre Deals aus der Zelle heraus organisieren können. In Lynaugh hatten wir einen mexikanischen Informanten, der seinen Mithäftlingen erzählte, er würde draußen jemanden kennen, der ohne Probleme zwanzig, dreißig Kilo besorgen könnte. Der Spitzel gab eine Telefonnummer weiter, die in Wahrheit einem meiner Undercoveragenten gehörte. Der hatte dann urplötzlich Leute an der Strippe, die bei ihm Großbestellungen aufgaben. Und als

Nächstes hockten dann Black Disciples aus Chicago in einem Motel 6 mit einer Viertelmillion Dollar im Kofferraum. Die Welt hat sich verändert, Chris. Alle Gangs sind inzwischen richtige Großunternehmen, da müssen sie zwangsläufig zusammenarbeiten, im Gefängnis und draußen. Sie verschieben Drogen, übernehmen Auftragsmorde, alles, was man sich nur vorstellen kann.«

»So was Ähnliches sagt Nichols auch.«

»Die Operation, die er da leitet, ist hochriskant. Aber wenn er sie erfolgreich zu Ende führt, geht es für ihn steil nach oben.«

»Würden Sie sich da rantrauen?«

»Er will der Führungsriege der ABT das Herz rausreißen und ein Schwergewicht wie Thurman Flowers aus dem Verkehr ziehen? Das wäre ein richtig dicker Fang.«

»Aber lohnt sich der hohe Einsatz? Diese Leute hocken in meinem Hinterhof, und Nichols hat sie reingelassen.«

Garrison schaute über die Gräber. »Wo Sie gerade von Hinterhof reden – es ist etwa zehn Jahre her, da hatten die Grenzschützer einen Informanten in Juárez angeworben.« Garrison zeigte in Richtung Freeway, hinter dem die Grenze zu Mexiko verlief. »Er leitete das sogenannte Todeshaus, wo das Carrillo-Fuentes-Kartell zahllose Menschen ermorden ließ. Die Leichen wurden einfach im Hinterhof vergraben. Der Informant fuhr die Opfer dorthin und gab den Killern die Waffen und Folterwerkzeuge. Einen Mord hat er sogar mit dem Handy aufgenommen und seinen zuständigen Agents am Telefon vorgespielt. Die haben sich das Ganze angehört und ihn *trotzdem* weiter für sich arbeiten lassen. Sie haben ihm lediglich gesagt, er soll so was nicht noch mal machen, aber das hat er natürlich trotzdem. Später bekam er als Belohnung eine Viertelmillion Dollar, denn seine Informationen führten zur Verhaftung von sechzig Personen. Aber wie viele Menschen mit seiner Hilfe ermordet wurden, das weiß niemand. Steht das also in irgendeinem Verhältnis? Sagen wir mal so, es war nicht gerade eine Sternstunde des FBI.«

Garrison drehte sich um, ging zu seinem Wagen zurück, Chris folgte ihm. »Aber das ist nun mal das, was wir tun, Chris. Das sind die Risiken, die wir eingehen müssen. Ich habe ein paar Typen von der schlimmsten Sorte als Informanten angeworben und sie aus dem Knast direkt wieder auf die Straße geschickt. Die ganze Zeit über habe ich da die Luft angehalten. Es gibt Hunderte von Regeln und Vorschriften, die wir bei solchen Aktionen beachten müssen, und das aus gutem Grund, denn sie schützen uns und unsere Informanten. Trotzdem kann man sie nicht rund um die Uhr überwachen. Da bleibt einem nichts anderes übrig, als die Luft anzuhalten. Denn ganz gleich was für Dreckskerle das sind, dass ihnen etwas zustößt, will man nicht. Doch vor allem muss man aufpassen, dass sie niemandem etwas antun. Nicht, wenn man für sie die Verantwortung trägst.«

»Wie damals bei Rodolfo Reynosa.«

Garrisons Mund wurde schmal. »Genau.«

»Meine Frage haben Sie damit noch nicht beantwortet.«

Garrison blieb stehen. »Doch, habe ich. *Das ist das, was wir tun.* Und was diesen Earl angeht, da könnte sich der Einsatz lohnen. Aber wenn es meine Operation wäre, wäre ich verdammt vorsichtig. Und ich würde sichergehen, dass dieser Thurman Flowers den Scheißaufwand auch wirklich lohnt. Nach allem, was Sie mir erzählt haben, zieht sich das alles schon ewig hin, da muss man verdammt lange die Luft anhalten.«

»Und was ist mit Danny Ford? Wie würden Sie sich verhalten, wenn er einer Ihrer Agents wäre, der aus einem falsch verstandenen Pflichtgefühl bei den Earls festsitzt?«

»Geht es da nicht eher um Rache? Schwierige Frage. Aber mein Agent ist und bleibt mein Agent, komme, was da wolle. Man lässt die Leute, die für einen arbeiten, nicht im Stich, schon gar nicht, wenn sie verletzt oder gar getötet werden könnten. Nicht, wenn man für sie die Verantwortung trägt. Denn hinterher muss man mit der Frau reden und ihr helfen, das Ganze zu verkraften. Man muss den Kindern erklären, warum die Arbeit ihres Dads so wichtig war, dass man seinen Tod dafür in Kauf genommen hat.«

»Und ist sie es?« Chris war klar, dass Garrison von den beiden Agents sprach, die Duane Dupree damals angegriffen hatte.

»Auch hier lautet meine Antwort: Das ist nun mal das, was wir tun. Wie Ihre lautet, weiß ich nicht. Das müssen Sie selbst entscheiden. Und zwar jeden Tag, an dem Sie sich die Dienstmarke anstecken, aufs Neue.«

Garrison war längst fort, doch Chris saß in seinem Pick-up und schaute über die Kreuze und Grabsteine. Er versuchte, sie zu zählen, gab es irgendwann auf.

Eigentlich hätte er sich auf die lange Heimfahrt machen müssen, aber vorher wollte er noch etwas für Mel besorgen. Etwas, woran er schon seit Wochen dachte. Er rief sie zu Hause an, sie war mit dem Welpen draußen, er hörte ihn im Hintergrund bellen.

Wie sie sagte, hatte sie den Türknauf, den er vor ein paar Tagen abgerissen hatte, repariert und wieder angeschraubt.

Dann rief er Harp an, der erst nach dem siebten oder achten Klingeln ranging und müde klang. Chris fragte, ob in der Stadt irgendetwas los sei, weil er Angst hatte, bei seiner kurzen Unterhaltung mit Earl in ein Hornissennest gestochen zu haben. Doch Harp meinte, alles sei ruhig. *Totenstill* war das Wort, das er benutzte. Er sagte es langsam, zögerlich, und Chris hatte kurz das Gefühl, er wolle noch etwas hinzufügen, aber es kam nichts mehr. Was immer Harp beschäftigte, es konnte offenbar warten. Chris erklärte, er wolle in El Paso noch ein paar Besorgungen machen und würde erst später zurückfahren. Harp erwiderte, er könne sich gern Zeit lassen; wenn alles weiterhin so ruhig bliebe, würde er mit Amé zum Schießstand fahren und ein paar Zielscheiben durchsieben.

Vor dem Auflegen sagte Harp noch, er solle auf sich aufpassen.

Chris ließ den Motor an, schaute zu den Wolken hoch – sie waren dunkel, verhießen Regen – und fragte sich, ob sie ihn bis ins Big Bend begleiten würden. Doch dann brach die Sonne durch, und er griff nach seiner Sonnenbrille.

Er fuhr zur Hauptstraße, vorbei an den langen Schatten der Kreuze.

37

Ich komme an, als die Sonne schon am Horizont steht; noch ist es hell, doch der Himmel verdunkelt sich bereits. Deputy Reynosa hat mir eine Nachricht mit dem Treffpunkt geschickt, und ich habe von dem Ort schon mal gehört. Die Geisterlichter von Murfee, aber viel zu sehen gibt es nicht – eine gekieste Zufahrt, ein Picknickplatz mit Tischen und Bänken, ein kleiner Pavillon. Dahinter rissige Erde und Kreosotbüsche. Ein Auto fährt gerade weg – Eltern, zwei Kinder, ein blonder Junge und seine Schwester. Laut Nummernschild kommen sie aus Arizona, und sie schauen mich an, als ich an ihnen vorbei auf den Parkplatz fahre.

Der Junge winkt mir zu, als würde er mich kennen.

Die Deputys warten in ihrem Pick-up schon auf mich. Reynosa wirkt erleichtert, als sie mich sieht, Harper eher erstaunt. Sie steigen aus, und wir stehen neben der Motorhaube. Reynosa sagt, die Freundin von Bravo sei in Sicherheit. Harper erzählt irgendwas von einem Mann namens Azahel Avalos und einem liegen gebliebenen Nissan voller Geld. Ich werde erst bei Earls Namen hellhörig. Das Auto ist also sein *Weihnachten im Sommer.* Seit Avalos' Verhaftung überlegt er, wie er es vom Verwahrparkplatz kriegen kann. Das hat er heute Nacht vor, dabei hätte ich ihm helfen sollen. Er hat alle belogen: das FBI, mich, Sunny, Jesse, einfach jeden.

Ich erwähne, dass Earl heute früh Sheriff Cherry begegnet ist, und sie wechseln einen besorgten Blick.

Sie wollen ihn schützen, das sehe ich ihnen an. Vor den Earls, vor mir.

Sie fragen, wie Earl das Auto vom Parkplatz fahren will und was er danach vorhat. Das weiß ich nicht, erwidere ich, darüber hat er mit mir nie geredet. Sie überlegen laut, ob er es auch dann noch versuchen wird, wenn ich nicht zurückkomme. Da bin ich mir ganz sicher. Er kann gar nicht anders, es gibt für ihn kein Zurück mehr.

Als ich losfuhr, hatte ich das Gefühl, er weiß jetzt, wer ich bin. Trotzdem hat er mich nicht aufgehalten.

Deputy Reynosa sagt, es gibt für mich keinen Grund mehr, dorthin zurückzukehren. Sobald Nichols von Avalos und dem Auto erfährt, wird das FBI in Killing einfallen. Dann ist es vorbei.

Es ist nur noch eine Frage der Zeit.

An eine Geschichte mit meinem Dad erinnere ich mich noch gut.

Ich bin etwa acht, er steht vor mir, und ich sehe die Sonne nicht mehr. Wir sind angeln gegangen. Es ist heiß, ich rieche Wasser und Erde, den öligen Gestank von Fisch. Er zeigt mir, wie ich einen Wurm auf den Haken spießen muss, aber ich will nicht. Ich mag den Wurm nicht anfassen, und mein Dad ist genervt. Irgendwann kniet er sich neben mir hin und atmet mir ins Gesicht. Er hat Bier getrunken.

Er nimmt meine kleinen Hände. Seine sind voller Erde aus dem Wurmglas. Meine sind sauber, weil ich sie in die Hosentasche gesteckt hatte. Dann verschwinden meine Hände in seinen, und ich spüre, wie sich der dicke Wurm windet und die Spitze des Angelhakens in meine Handfläche sticht. Er führt meine Hände, spießt mit mir zusammen den Köder auf. Dabei redet er die ganze Zeit, und ich möchte am liebsten weinen, weil ich den Wurm nicht töten will, ihm nicht wehtun will. Als wir fertig sind, lässt er meine Hände los, und jetzt sind sie so schmutzig wie seine, von Matsch und Wasser und Blut.

Später macht er meine Hände sauber. Er hält ein Stück Seife und zaubert einen Eimer Wasser herbei. Zum zweiten Mal kniet er neben mir, nimmt meine Hände, lässt kaltes, klares Wasser darüberlaufen, schrubbt sie mit der Seife, bis sie wieder sauber sind, bis unsere Hände ganz weiß sind, und trocknet sie dann mit seinem Hemdzipfel ab.

Er steht auf, verwuschelt mir mit einer sauberen Hand die Haare und sagt, *was für ein richtig schöner Tag ...*

Dann sitze ich im Auto auf der Rückbank, die Fenster sind unten, er fährt und singt ein Lied im Radio mit. Obwohl ich die Erinnerung schon unzählige Male im Kopf abgespielt habe, weiß ich nicht mehr, welches Lied es war, so sehr ich mir das auch wünsche ...

Zum Schluss liege ich zu Hause im Bett und höre, wie mein Dad und meine Mom in der Küche reden und lachen. Ich rieche den Fisch in der Pfanne. An meiner Wand hängen Poster, Spider-Man und Superman, aber weil die Sonne noch durchs Fenster scheint, wirft irgendetwas einen Schatten, sodass sie im letzten Licht unseres richtig schönen Tages nicht mehr zu erkennen sind. Ich liege da, betrachte meine Hände, drehe sie hin und her und rieche den Duft der Seife und nicht den Gestank des Blutes oder des Fisches, und es ist nicht der zappelnde Wurm am Haken, den ich spüre, sondern die schwieligen Hände meines Vaters, die meine festhalten.

Es ist vorbei.

Während wir reden, hält Deputy Reynosa die Arme vor der Brust verschränkt, als würde sie sich gegen eine nicht vorhandene Kälte schützen. Nur ein leichter Wind weht, zerzaust ihr die Haare, lässt sie die Augen zukneifen. Sie ist eine schöne Frau, atemberaubend, und als sie mich fragt, wo ich in Gedanken war, erzähle ich von dem Angelausflug mit meinem Vater, und sie lächelt, als würde sie mich verstehen, und Deputy Harper schaut von ihr zu mir und sagt, er würde Angeln fast so sehr mögen wie einen guten Whiskey und dass wir in den nächsten Wochen mal zusammen zum Falcon Lake müssen.

Wir lachen, und für einen Moment ist alles in Ordnung.

Reynosa schaut zu mir, aber auch zur Straße, deshalb sieht sie die beiden Autos, die auf uns zukommen noch vor Harper und mir. Sie gibt ihm ein Zeichen, er schaut an meiner Schulter vorbei, und auch ich drehe mich um. Das erste Auto, das auf die gekieste Zufahrt einbiegt, habe ich noch nie gesehen. Da die Geisterlichter bei Touristen beliebt sind, kommen natürlich oft Leute her, vor allem abends. So wie die Familie aus Arizona, die ich vorhin gesehen habe. Der Aussichtspunkt liegt an der Straße, die nach El Paso, Fort Bliss und Van Horn führt, wo meine ausgedachten Kumpel sich niemals mit mir treffen werden. Weil Reynosa hier in der Gegend aufgewachsen ist, hat sie gewusst, dass wir hier unentdeckt bleiben können.

Ich will sie fragen, ob es die Lichter wirklich gibt, doch wir schauen jetzt gebannt zu den beiden Autos hin. Das erste hat den Pavillon erreicht, das andere nähert sich von rechts, beide Schnauzen sind auf uns gerichtet wie die Spitze eines Pfeils, der auf unsere Herzen zielt.

Eine verrückte Sekunde lang denke ich, es ist die Familie aus Arizona, die zurückkommt, weil sie noch Fotos machen will, und mir der blonde Junge immer noch zuwinkt, als wäre er niemals weggewesen. Doch selbst im schwächer werdenden Licht sehe ich, dass diese Autos viel älter sind und schmutziger, als hätten sie lange draußen gestanden.

Als wäre die Staubschicht darauf so dick und fest, dass selbst die Fahrt über den Highway sie nicht abschütteln konnte.

Sie erinnern mich an die Autos und das Wohnmobil vor dem Haus in Killing; ich denke, dass die Sonne sie altern lässt, und will es gerade sagen, als ich das zweite Auto erkenne.

T-Bobs uralter Marquis.

Dann geht die Tür des ersten Autos auf …

… und die Hand von Deputy Reynosa wandert zu ihrer geholsterten Pistole.

38

Den Pisser Danny zu verfolgen, war nicht schwer: raus aus Killing, weg vom Alamito Creek, dann zum U.S. 67, der zum U.S. 90 wurde und Richtung Westen nach Valentine und schließlich Van Horn geführt hätte. Mit Abstand rasten sie hinterher, verloren Danny kurz aus den Augen und sahen dann, dass er sich nur in eine Kurve gelegt hatte, denn die Sonne strahlte von seiner Harley ab. Die Maschine war ein verschwommener Punkt, weil Danny auf den geraden Strecken voll aufdrehte.

Eigentlich war sie das Einzige, das sich in der öden Wüste überhaupt bewegte.

Jesse kannte sich in der Gegend einigermaßen aus; bei ihren Fahrten nach Murfee waren er und Danny oft hier durchgekommen.

Und als sie die Stadt hinter sich ließen, dachte Jesse schon, Danny würde wirklich nach Van Horn fahren, und richtete sich auf eine lange Fahrt ein. Danny war ein ganzes Stück weit weg, aber sie holten auf. Jesse trank ein warmes Bier und versuchte, Clutts auszublenden, der ihm schon seit Killing auf den Sack ging. Clutts hatte zu allem irgendeine Geschichte, eine größer als die andere, und wenn er nur halb so viele Dinger gedreht hatte, wie er behauptete, dann war er gleich in vier Bundesstaaten der gefährlichste Outlaw überhaupt – nur wusste Jesse, dass die Scheiße gar nicht stimmte. Joker und Lee Malady waren ein paar Autolängen hinter ihnen, und Jesse hätte alles gegeben, wenn er mit einem von ihnen in der Karre gesessen hätte statt mit diesem Vollpfosten, und das sagte echt eine Menge aus.

Er war kurz davor, Clutts anzublaffen, dass er endlich die

Scheißfresse halten sollte, als er weiter vorn auf dem Parkplatz von irgend so einer Sehenswürdigkeit einen Pick-up mit dem Sheriff-Abzeichen vom Big Bend County entdeckte. Da stand eine Holzhütte, daneben ein paar Tische und Bänke und ein Zaun drumherum. Er exte das Bier, zerdrückte die Dose und warf sie unter den Sitz, behielt dabei den Tacho im Blick, damit er nicht schneller als die vorgeschriebenen fünfundsiebzig fuhr. Er überholte den Pick-up und fragte sich, wie Danny es geschafft hatte, an dem Auto vorbeizubrettern, ohne den Cops in die Tempofalle zu gehen, da sah er, wie einer der letzten Sonnenstrahlen Chrom aufblitzen ließ ... *Dannys Harley.* Sie stand hinter dem Pick-up, und ein paar Schritte weiter, sah Jesse drei Menschen: Danny, den alten Deputy, der in der Kneipe in Murfee mit der Knarre auf ihn gezielt hatte, und die kleine Bohnenfresserin. Er trat so hart auf die Bremse, dass Clutts *Scheiße, was soll das?* rief und das Auto über den Mittelstreifen schlitterte, bevor die Reifen den Kies der Zufahrt zu fassen kriegten.

Dieser Motherfucker.

Er brüllte Clutts an, er solle das Scheißhandy rausholen und Lee anrufen, damit der Bescheid wusste. Dann fuhr er den Wagen in den Schatten der Holzhütte. Er hatte Leute sagen hören, sie wären so wütend gewesen, dass sie nicht mehr richtig sehen konnten. Selbst hatte er es auch schon oft erlebt – diese rasende Wut, die ihm so viel Ärger eingebracht hatte –, aber das jetzt war eine andere Nummer. Er war so scheißwütend, dass er nur noch Danny sah und um ihn herum flimmernde weiße Hitze. Die Holzhütte war nicht mehr da, Marvin Clutts saß nicht mehr neben ihm, das Auto war verschwunden, sogar den Himmel und die Berge gab es nicht mehr. Alles war ausgelöscht, weggebrannt – als wäre von Anfang an nie etwas dagewesen. Es gab nur noch Danny ... *dieses verlogene Stück Scheiße,* und der drehte sich jetzt zu den beiden Autos um und erkannte nicht, wer hinterm Steuer saß.

Jesse sah nicht mal den Revolver, der irgendwie in seiner Hand gelandet war; er spürte kaum das Gewicht der schweren Waffe, die sein Daddy diesem verfluchten Danny wieder weggenommen und ihm, seinem Sohn, gegeben hatte, bevor sie aus Killing weggefahren waren.

Aber dass sie da war, das wusste er.

39

Jesse Earl sprang brüllend aus dem Auto und blieb neben der offenen Tür stehen.

Er hielt die rechte Hand hinter der Tür, aber Harp wusste, was er versteckte. Amé wusste es auch, aber sie drehte sich halb zur Seite, um das zweite Auto im Blick zu haben, damit sie bei einem Schusswechsel in einer guten Position stand. Sie sagte Danny, er solle sich hinter sie stellen, und Harp hielt ihn am Arm fest, damit er nicht zu Jesse lief, der noch immer wie ein Verrückter schrie.

»Du Stück Scheiße! Daddy und ich haben so viel für dich getan, und du triffst dich mit den Cops?«

Danny hob die Hände. »Jesse, hör mir zu. Die beiden müssen dir was erzählen. Es geht um deinen Dad. JW hat uns alle verarscht. Du, Thurman Flowers, ich, wir sind ihm scheißegal. Er hat uns von Anfang an nur benutzt. Wir sind seine Tarnung ... Er will ...«

Selbst aus der Ferne sah Harp, dass Jesse zitterte.

»Halt deine verlogene Fresse. Erzähl mir nichts von meinem Daddy. Du kennst ihn ja nicht mal. Du weißt einen Scheiß über ihn, *Hero*. Einen verdammten Scheiß!« Jesse spuckte auf den Boden. »Du bist keiner von uns, er ist nicht dein Scheißdaddy ...«

Harp schaute zu dem Auto hin, versuchte zu erkennen, ob sich darin jemand bewegte, doch wegen der einsetzenden Dämmerung konnte er das nicht feststellen. Langsam ließ er die Hand zu seinem Colt wandern, nur hatten Jesse und die Person, die möglicherweise im Auto saß, einen klaren Vorsprung. Es war die gleiche Situation wie damals vor dem Haus in Killing. Vielleicht waren Waffen auf sie gerichtet und sie merkten es erst zu spät, wenn jemand das Feuer eröffnete.

Amé atmete schneller, aber regelmäßig, als würde sie innerlich bis zehn zählen.

Danny hob die Hände höher, zum Beweis, dass er unbewaffnet war. »In Wahrheit weiß ich zu viel, Jesse. Von Anfang an schon. Ich bin ein Cop und war es schon, als wir uns in Lubbock kennengelernt haben.«

Jesse brüllte nicht mehr, zitterte nicht mehr. Der Wind und das leise Summen der Motoren waren die einzigen Geräusche. Dann nickte Jesse und lachte, als hätte er soeben einen irrsinnig komischen Witz gehört.

»Wenn das so ist, Motherfucker, dann hast du mich wohl gerade zum ersten Mal nicht angelogen.«

Er zog die Hand hinter der Autotür hervor, zielte mit dem Revolver auf Dannys Herz und drückte ab.

40

Alles um sie herum wurde langsamer, dabei ging es ganz schnell.

America *hörte* die Schüsse aus Jesse Earls Revolver, sah ihn aber nicht schießen, weil sie das andere Auto fest im Blick behielt. Sie nahm nur wahr, dass Ben Danny aus der Schusslinie zog. Mindestens ein Projektil prallte scheppernd vom Pick-up ab, ein anderes durchschlug eine Scheibe, ein drittes grub neben ihrem rechten Fuß ein Loch in den Boden, und das letzte erwischte Ben. Er stöhnte auf, fiel beinahe gegen sie, ging auf ein Knie und schoss trotzdem weiter. Etwas Heißes streifte ihr Gesicht, sie musste blinzeln, ließ das andere Auto trotzdem nicht aus dem Blick … den uralten Marquis, den sie aus Killing kannte. Und als das hintere Seitenfenster herabglitt, ein Gesicht und der Lauf einer Flinte darin auftauchten, drückte sie ab, einmal, zweimal, dreimal, so wie sie es am Schießstand in der Wüste trainiert hatte. Funken flogen, weil ihre dritte Patrone nur die Fensterkante traf, doch die ersten beiden hatten ihr Ziel gefunden.

Das Gesicht löste sich auf, Blut spritzte auf die Autotür.

Sie ging neben dem Pick-up auf ein Knie, machte sich klein, um möglichst wenig Angriffsfläche zu bieten. Dann richtete sie die Waffe auf Jesse, der mindestens einen Treffer von Ben kassiert und sich hinter seiner Autotür in Sicherheit gebracht hatte. Er benutzte die Tür als Schild, versuchte, sich in das Auto hochzuziehen, das wie von allein wegrollte.

»Den Fahrer«, rief Ben ihr zu, der nun bäuchlings auf dem Boden lag. Zuerst dachte sie, er wäre umgefallen – er war blutüberströmt –, dann ging ihr auf, dass er nach einer guten Position suchte, um auf Jesses Beine zu schießen, den einzigen ungeschützten Teil seines Körpers. Er legte an, ließ sich Zeit ... zu viel Zeit ... sein Blut bildete bereits eine Lache. Amé befolgte seine Anweisung, richtete die Waffe auf einen Punkt in der Windschutzscheibe, wo jemand hinter dem Lenkrad sitzen musste, feuerte zwei Schüsse ab und durchsiebte dann die Vorderseite des Autos, bis es stehen blieb. Sie warf das leere Magazin aus, schob ein neues in die Waffe und drückte es mit einer Stiefelspitze fest, als sie sah, dass sich der Marquis wieder in Bewegung setzte und geradewegs auf ihren Pick-up zurollte.

Danny war jetzt hinter ihr, in der Kabine des Pick-ups, suchte Harps AR-15. Nur blieb ihm keine Zeit mehr.

Keinem von ihnen blieb noch Zeit.

Ben wollte aufstehen, rief nach Amé, aber der Marquis hatte sie fast erreicht.

Amé sprang auf, stellte sich vor Ben und Danny und feuerte auf Reifen und Windschutzscheibe des herannahenden Autos.

Jeweils zwei Schüsse, immer und immer wieder, bis das Magazin leer war ...

41

Um überhaupt aus El Paso herauszukommen, hatte Chris erheblich länger als geplant gebraucht, was nicht zuletzt an den beiden Unfällen auf dem I-10 lag, die ihn zum Schritttempo gezwungen hatten. Doch nun war es geschafft, und er fuhr der untergehenden Sonne davon Richtung Osten nach Murfee, über das sich bereits die Dämmerung senkte.

Am Himmel tauchten die ersten Sterne auf. Darunter, quer über dem Horizont, lag eine dunklere Schicht Wolken, die dem Big Bend vielleicht den lang erwarteten Regen bringen würden.

Er wählte Harps Nummer, doch der nahm nicht ab, und auch bei Amé hatte er kein Glück. Da Harp angekündigt hatte, dass sie den Rest des Tages womöglich am Schießstand verbringen würden, verwunderte ihn das nicht. Er stellte sich vor, wie sie im Schatten der Chapel Mesa eine Zielscheibe nach der anderen durchlöcherten und außer einem gelegentlichen *guter Schuss* kaum ein Wort miteinander wechselten. Wahrscheinlich würden sie hinterher eine Menge leerer Patronenhülsen einsammeln müssen.

Zuletzt versuchte er es bei Buck Emmett, der nach dem dritten Klingeln ranging. Er aß gerade einen Burger im Hamilton, im Hintergrund hörte Chris die Gespräche der anderen Gäste, das Klirren von Gläsern, das Scheppern von Besteck. Wie Buck meinte, war im Revier nicht viel los; alles war ruhig. Das, was Harp vor ein paar Stunden auch zu Chris gesagt hatte. Buck war ein paarmal an der Bank vorbeigefahren und hatte Harp und Amé am Vormittag auf dem Verwahrparkplatz gesehen, wo sie den Nissan des Mexikaners untersucht hatten; danach waren sie zu einem Einsatz gefahren und hatten seitdem nichts mehr von sich hören lassen. Das beunruhigte Chris nun doch ein wenig, denn Harp hatte davon am Telefon nichts gesagt. Immerhin hatte er endlich die Untersuchung von Avalos' Wagen in Angriff genommen.

Chris sagte Buck, er solle in Ruhe seinen Burger essen und Feierabend machen. Er selbst sei noch ein paar Stunden unterwegs und würde dann gleich nach Hause fahren. Falls er Harp noch sah, solle Buck ihm ausrichten, er möge ihn noch anrufen und erzählen, was er über Avalos' Wagen herausgefunden hatte.

Nach dem Auflegen rief er Mel an und sagte ihr, er wäre auf dem Heimweg. Sie hatte ihre Abendschicht im Earlys bereits begonnen und erzählte, was sie tagsüber gemacht hatte, wie es dem Welpen ging. Er fragte, ob es auf der Far Six nach Regen ausgesehen habe, doch sie erwiderte, es habe zwar viele Wolken und ein paar Blitze gegeben, mehr aber nicht. Doch lange könne es nicht mehr dauern, das spüre sie.

Der Rio Grande floss rechts von ihm, man erkannte es an dem grünen Band aus Bäumen, das ihn auf dieser Uferseite säumte. Zwischen den Bäumen lagen ein paar Farmen, die nur dank des Flusses überlebten. Oft fuhr er nicht nach El Paso, doch das Grün kam ihm heute sehr blass vor, ausgebleicht von der Dürre, wie alles ringsum. Im Flusstal gingen die ersten Lichter an, bereit, so viel Dunkelheit wie nur möglich zu vertreiben.

Er ließ das Fenster runter, damit frische Luft ins Auto kam, und schaute zu, wie der Himmel langsam seine Farbe veränderte.

42

Ich fahre in die Wüste rein, weg von dem blonden Jungen.

Er ist nicht mehr da, trotzdem sehe ich ihn. Ich muss uns alle mitsamt dem Irrsinn von dem Pavillon und der Hauptstraße wegschaffen, damit kein Auto mit einer Familie auf der Suche nach den Geisterlichtern von einem Querschläger getroffen wird.

Ich fahre und T-Bobs Marquis verfolgt uns, ein Scheinwerfer fehlt, doch der andere blutet Licht wie ein riesiges Auge.

Der Marquis hat uns nicht gerammt. Deputy Reynosa hat ihn davon abgehalten, indem sie ein weiteres Magazin auf den Wagen abgefeuert hat. Doch er hat das Heck ihres Pick-ups geschrammt und die hintere Stoßstange abgerissen. Deputy Harper ging bei dem Aufprall zu Boden, und ich wurde beinahe aus der Kabine geschleudert. Blech kreischte, als der Fahrer den Marquis wieder zurücksetzte; trotzdem wurden wir weiter beschossen, entweder vom Fahrer oder von Jesse und dem Fahrer des anderen Wagens. Der erste Schuss von Deputy Reynosa hat jemanden im Marquis getroffen, das habe ich selbst gesehen und gleich gewusst, dass es ein tödlicher Treffer war, denn das Blut spritzte nur so aus dem Fenster. Trotzdem fuhr der Wagen weiter, wollte nicht aufgeben, als wäre das Auto selbst wütend. Ich meinte, Jokers massige Gestalt hinter dem Lenkrad zu erkennen, und wenn er es tatsächlich ist, wird er uns niemals entkommen lassen.

Deputy Reynosa hat Harper in die Kabine gezogen, mir einen blutigen Schlüssel in die Hand gedrückt und geschrien, ich solle losfahren. Sie bugsierte den älteren Mann auf die Rückbank, schnappte sich die AR-15, die er dort abgelegt hatte, prüfte, ob sie geladen war, und schoss dann aus dem Rückfenster auf die Windschutzscheibe des Marquis. Der Sitz neben mir platzte auf, weil ein Projektil aus dem Fahrzeug hinter uns den Weg in unser Auto gefunden hatte und sich durch Leder und Schaumstoff fraß, bevor es im Funkgerät im Armaturenbrett stecken blieb. Ich startete den Motor, durchbrach einen Zaun, rammte einen Picknicktisch, und dann waren wir in der Wüste und rasten querfeldein.

Deputy Harper lag blutüberströmt auf der Rückbank.

Auch Deputy Reynosa blutete im Gesicht, vielleicht hatte sie ein Projektil gestreift.

Erst da wurde mir klar, dass ein Teil des Blutes im Pick-up auch von mir stammte.

Ich rase durch die Wüste, aber der Pick-up macht langsam schlapp. Das merke ich, weil das Lenkrad in meinen Händen zittert.

Der Kühler spuckt Flüssigkeit durch die durchlöcherte Motorhaube, mindestens ein Reifen hat ebenfalls eine Kugel abbekommen. Der Marquis hinter uns macht keinen besseren Eindruck, klebt aber immer noch an uns. Man könnte über die Verfolgungsjagd in Zeitlupe fast lachen, wäre die Lage nicht so verdammt ernst. Ob Jesse tot ist, weiß ich nicht, er und das andere Auto sind beim Pavillon geblieben, doch Joker im Marquis ist ganz bestimmt nicht tot. Noch nicht, obwohl Deputy Reynosa sich alle Mühe gibt. Weil unser Wagen so sehr ruckelt und im Zickzack fährt, kann sie unseren Verfolger nicht richtig anvisieren, trotzdem gibt sie nicht auf.

Beide Autos ziehen eine Wolke aus Rauch und Staub hinter sich her. Wir können kaum noch was erkennen, haben uns in der Welt verirrt.

Im Pick-up liegen überall leere Patronenhülsen, einige hüpfen noch warm in meinem Schoß herum, legen auf dem Armaturenbrett einen Stepptanz hin. Mit blutigen Händen wische ich mir über die Augen, während ich nach einer Straße, einem Pfad, Ausschau halte, damit ich nicht länger diesem leeren, dämmrigen Nichts folgen muss – ich suche irgendeine gerade Linie, die dem, was um mich herum geschieht, eine Richtung oder Bedeutung gibt.

Der Mond taucht auf, verschwindet direkt wieder hinter einer Wolke und lässt weiches, blasses Licht zurück.

Auf dieses Licht halte ich zu.

Ich kann nicht weiterfahren. Der Pick-up ist am Ende. Deputy Harper auch.

Wie schwer ich verletzt bin, weiß ich nicht, denn alles ist voller Blut. Ich verfluche den Pick-up, hämmere auf das nutzlose Lenkrad ein. Harper versucht, sich aufzurichten, keucht, ich solle damit aufhören. *Endlich aufhören.* Fünfzig Yards hinter uns, ein halbes Footballfeld entfernt, ist auch der Marquis stehen geblieben, sein verbliebener Scheinwerfer hat sich himmelwärts verkantet und sendet Licht zu den Sternen. Reynosa will zum Marquis gehen und zu Ende bringen, was sie begonnen hat, aber Harper hält sie zurück, packt den heißen Lauf ihrer Flinte mit einer blutigen Hand und zieht Reynosa zu sich.

Sie wehrt sich, aber er lässt sie nicht los. Ich weiß, was er von mir erwartet, deshalb halte ich sie ebenfalls fest, während das nächste Projektil über unser Dach zischt. Es klingt wie ein sanftes Schnurren, dann ist das Geräusch verklungen, wie eine Raubkatze, die im Dunkeln über uns hinweggesprungen ist.

Reynosa flüstert etwas auf Spanisch, und ich weiß nicht, was sie sagt, und frage mich, ob Harper es versteht. Er nimmt ihr Gesicht in beide Hände, hält es ganz nah an seins, damit sie sehen kann, wie schlimm es um ihn steht.

Sie schaut überall hin, nur nicht auf ihn, trotzdem hält das ihre Tränen nicht auf ...

43
Nur ein Traum …

Er hatte keine Ahnung, wie viel Zeit ihm noch blieb, aber viel war es nicht. Er konnte nur hoffen, dass sie reichen würde.

»Ihr beiden, ihr werdet nicht hier draußen sterben, verstanden? *Nein!* Ihr müsst es in die Stadt schaffen, damit ihr Chris alles berichten könnt. Erzählt ihm von dem Auto, von Avalos, von John Wesley …«

Amé nahm seine Hand. »Das hast du ihm doch schon alles gesagt. Das hattest du versprochen. *Te creí.*«

Harp wollte den Kopf schütteln, aber der Schmerz war zu stark. Vom Hals abwärts brannte sein Körper, aber er würde nicht an sich herunterschauen. Er wusste, dass er einen Bauchschuss und vielleicht noch mehr abbekommen hatte. »Hab ich nicht. Hab mit ihm gesprochen … aber … Scheiße, ich wollte es allein regeln. Damit er Nichols erst mal nicht anruft … Ich …«

»Du hast mich angelogen, Ben Harper.« Immerhin hörte sie auf zu weinen, und Harp dankte Gott dafür. Er wollte, dass sie wütend wurde, so wie er es bei Danny in Murfee gewollt hatte. Denn nur Wut würde ihr jetzt weiterhelfen.

»Hab ich, tut mir leid. Bin ein schlechter Mensch, das hab ich nun davon. Ich mach's nie wieder, versprochen.« Er spuckte Blut, wollte ihr zuzwinkern, aber sein Auge ließ sich nicht mehr öffnen. »Verdammt, ich werde zu alt für diesen …«

Sie sind auf dem See, sie sitzt vorn im Boot, hat die Haare nach hinten gebunden und lacht über etwas, das er gerade gesagt hat. Das Wasser hinter ihr ist blau, fängt das Sonnen-

licht und schickt es zurück zum Himmel. Alles ist gleißend hell, sie hat die Sonnenbrille aufgesetzt, und er kann ihre Augen nicht sehen. Sie wirft den Kopf zurück, das Licht spielt auf ihrem Hals, und ihre Haut schimmert wie ein neuer Tag …

Er war kurz weggedriftet, rutschte auf der Rückbank in seinem eigenen Blut aus, doch dann packten ihn Hände und richteten ihn wieder auf.

»Ich komme hier nicht mehr weg, ausgeschlossen. Aber ihr beiden könnt und werdet es schaffen. Ich passe auf, dass ihr nichts abkriegt. Gebt mir die Flinte und raus hier. Um den Wichser im Auto kümmere ich mich noch. Dann ruhe ich mich kurz aus. Bin so müde.«

»Nein, Sie sind viel zu schwach. Wir lassen Sie nicht allein zurück«, sagte Danny.

»Dafür reicht meine Kraft noch. Du bringst sie hier raus. Das schuldest du mir, ich hab die Kugeln abgekriegt, weil ich dir helfen wollte. Und Deputy Reynosa, ich befehle dir, mitzugehen. Ich bin hier immer noch der verdammte Chief Deputy.«

»*Vete a la mierda.*«

»Das ist mein Mädchen.« Er lachte, spuckte wieder Blut, eher schwarz als rot. »Hab noch ein Geschenk für dich …«

Er wünscht sich nur, er könnte ihre Augen sehen … wünscht, er wüsste, womit er sie zum Lachen gebracht hat, damit er es noch einmal sagen kann, immer und immer wieder, bis in alle Ewigkeit. Er kann den Blick nicht von ihrer schimmernden Haut lösen, er will sie an sich ziehen, damit er das Schimmern an den Händen spürt … sie festhalten … damit sie zusammen strahlen können …

Er drückte ihr die Kette mit dem Anhänger in die Hand. »Das ist Erzengel Michael, der Schutzheilige der Cops. Der gehörte Jackie, sie hat immer für mich gebetet, und es ist immer gut ausgegangen. Jetzt brauchen wir ihn beide nicht mehr. Behalte ihn. Warst eine verdammt gute Partnerin, America Reynosa.« Er schloss ihre Finger um den Anhänger. »Einer der besten Cops, mit denen ich jemals zu tun hatte.« Er schaute über ihre Schulter, hin zum Marquis. »Und jetzt helft mir aus dem Auto. Es wird Zeit.«

Er ist die Dunkelheit, ist es immer schon gewesen und wird nie etwas anderes sein. Und er schämt sich, weil er nur existiert, wenn er sich in ihr spiegelt, ihr das Licht raubt.
Ihr macht es nichts aus, hat es nie. Sie hat nie gedacht, er würde ihr etwas wegnehmen, hat ihm alles freiwillig gegeben …

Sie halfen ihm aus dem Auto und er kniete sich nicht hin, ging nicht in Deckung, weil er sonst nie wieder aufstehen würde.

Amé reichte ihm die Flinte und küsste ihn auf die Stirn, schnell, flüchtig, er spürte ihre Lippen kaum. Und falls sie oder Danny noch überlegten, wie sie ihn von seinem Vorhaben abbringen konnten, dann gaben sie den Gedanken spätestens jetzt auf, als sie bemerkten, dass auch Danny getroffen worden war. Obwohl Harp ihn aus der Schusslinie gezogen hatte, hatte sich eine von Jesses Kugeln durch seine linke Seite gefräst. Vielleicht war es sogar dieselbe Kugel, die durch Harps Bauch hindurchgewandert war. Wieder das verfluchte Glück der Outlaws – dieses Glück, das dafür sorgte, dass die Kugel eines flüchtenden Verbrechers die einzige Schwachstelle in der Schutzweste eines Cops fand. Dieses Glück, das dafür sorgte, dass die vier oder fünf Schüsse des Cops den Flüchtenden nicht erwischten. Deshalb durfte Harp es nicht riskieren, dass Danny und Amé in eine weitere Schießerei mit dem Fahrer des Marquis verwickelt wurden. Denn das Glück der Outlaws wendete sich immer gegen denjenigen mit der Dienstmarke. Im schwindenden Licht konnte er nicht erkennen, wie schwer Danny verletzt war, aber er verlor eine Menge Blut und musste so schnell wie möglich zu einem Arzt.

»Im Auto ist ein Verbandkasten.« Harp zeigte auf Dannys Schusswunde. »Damit kannst du die Blutung stoppen, viel mehr leider nicht.« Er machte einen Schritt nach vorn, fiel fast um, fing sich im letzten Moment. »Das Funkgerät wurde getroffen, ihr müsst auf die Hauptstraße zuhalten und es mit euren Handys versuchen, bis ihr Empfang habt. Geht nicht wieder zu den Geisterlichtern, vielleicht ist Jesse noch da und wartet auf euch. Lasst euch abholen. Und dann fahrt ihr nach Killing, schleift den verdammten John Wesley Earl aus seinem Versteck und verpasst ihm eine Kugel. Und richtet ihm aus, die ist von mir.«

Amé kam ein letztes Mal zu ihm, legte ihre Hände auf seine Schultern, aber er spürte sie nicht mehr. Ihm war so kalt, er spürte gar nichts mehr.

»*Puedo hacerlo.* Ich bin in besserer Verfassung als ihr beide. Und ich bin jetzt auch die bessere Schützin.«

»Ich weiß, und gerade deshalb lasse ich es nicht zu.« Er atmete tief ein, schmeckte keine Luft. »Ich muss das tun. Ich hab's vergeigt … das mit Avalos' Auto … hab Chris nicht alles gesagt. Ich muss es geradebiegen.«

»Hast du nicht selbst gesagt, man kriegt keine zweite Chance, um irgendwas geradezubiegen?«

»Man muss es wenigstens versuchen, für die Menschen, die man liebt.« Er brachte die AR-15 in Position, richtete sie auf den Marquis. »Ich glaube nur nicht daran, dass es immer gut geht. Aber ich bin bereit. Es wird Zeit, sie wartet auf mich. Pass auf dich auf, Deputy Reynosa. Pass auf den Sheriff auf. Er ist ein guter Mensch, und er wird deine Hilfe brauchen.« Er wollte sie wegschieben, sie blieb beharrlich stehen.

»Verschwindet. Es wird Zeit, zu Ende zu bringen, was ich begonnen habe.«

Sie sagt etwas, das er nicht versteht, weil der Wind die Wörter verweht. Vielleicht war es »ich liebe dich« oder nur sein Name … für ihn ist das ein und dasselbe. Er ruft ihr zu, doch sie hat am Ufer etwas entdeckt, hat das Gesicht weggedreht und blickt übers Wasser.

Er bewegte sich vom Pick-up weg, den Kopf gesenkt, die AR-15 schussbereit. Umkreiste den Marquis, blieb nach jedem zweiten Schritt stehen und lauschte – aber nie zu lang, aus Angst, umzukippen und nicht mehr hochzukommen. Das Scheißradio lief, Musik wehte über die Ocotillo-Sträucher hinweg, er glaubte, den Text zu verstehen. Er lächelte. Die Eagles, Jackies Lieblingsgruppe. Einmal hatten sie Karten für ein Konzert in Dallas gehabt, doch dann hatte er arbeiten müssen. Er hatte sie gebeten, allein zu fahren oder mit einer Freundin, weil die Karten scheißteuer gewesen waren, doch ohne ihn wollte sie nicht hin.

Ihr Zopf hat sich gelöst, ihre Haare gleiten an ihrem Gesicht, an ihrem Hals herunter wie die Erinnerung an Sternschnuppen.

Er sah die Umrisse des Marquis', jemand versuchte, auszusteigen. Harp erkannte ihn sofort: der Muskelberg Joker. *Der Tod auf dunklen Schwingen.* Im Licht des einen Scheinwerfers tanzte ein Wirbel aus Sand; er stieg himmelwärts, wo schon Sterne funkelten wie Lampen in weit entfernten Räumen. Wieder hörte er das Radio, ihr Lied …

Dann bestand die Nacht nur noch aus Sternen.

Sie erleuchteten alles.

Aber da war kein Lied. Er hatte sich alles nur eingebildet.

Er will sie festhalten, bevor sie auf dem Boden auftrifft.

Joker versuchte, hochzukommen, und Harp ging so schnell, wie er noch konnte, auf ihn zu. Auch Joker war schwer verletzt; Amé hatte es ihm richtig gegeben. Allein wäre er wohl wie Harp langsam verblutet, doch so richtete er sich noch einmal auf, stützte sich auf seine lange Flinte, während hinter ihm Musik lief, die es nicht gab. Harp sang jetzt mit, obwohl ihm jeder Atemzug schwerfiel. Noch war sein Kampfgeist nicht erloschen.

Nur eine Sekunde später und Joker hätte Harp nicht gehört. So aber schwenkte er seine Flinte in Harps Richtung, zielte auf sein Gesicht und feuerte blind in die aufziehende Dunkelheit.

Das verfluchte Glück der Outlaws.

Nur ein Traum.
Mehr wird es nie wieder sein.

Er drückte ab und alle Sterne wurden weiß.

Harp war schneller, *Agieren statt reagieren.*

Er hatte Chris so vieles gesagt, nur nie die Wahrheit.

Manchmal machte es keinen Unterschied.

44

Jesse und Clutts kamen erst im Dunkeln zurück, und Jesse blutete wie ein Schwein.

Seine Eingeweide waren im Eimer, überall Blut, und er brüllte vor Schmerzen, als er ins Haus kam, und sofort war die Hölle los. Clutts schrie auch, irgendwas mit Danny; er hatte sich mit einem Cop getroffen oder war selbst einer. Unterwegs war es richtig scheiße gelaufen, Joker und Lee Malady würden nicht mehr wiederkommen. Earl sagte Sunny, sie solle Jesse nach hinten bringen und ihm einen Scheißverband umlegen. Jenna sagte er, sie solle ihm ein Bier holen.

Dass T-Bob, Little B und Kasper nicht da waren, fiel keinem auf.

Doch Earl sah, wie Clutts leise mit Flowers redete, und das gefiel ihm gar nicht. Er würde sich um die beiden kümmern, sobald er rausgekriegt hatte, was passiert war, und wusste, ob Jesse die Nacht überstehen würde.

»Er hat sich mit den Deputys aus Murfee getroffen, dem Alten und der Bohnenfresserin. Er hat mit ihnen *geredet*«, sagte Jesse. Er war blass, auf dem Bettlaken sammelte sich frisches Blut, auch sein Gesicht war damit gesprenkelt. Sunny wollte es abwischen, Earl schob sie weg.

»Er ist ein Cop, hat er selbst gesagt. Hat uns bespitzelt.«

»Du hast ihn doch abgeknallt?«

Jesse nickte. »Hab ihn getroffen, glaube ich, den alten Deputy auch. Das Mädchen hat auf Joker und Lee geschossen. Joker ist mit dem Auto in die Wüste rein, hinter denen her.«

Sunny schaute Earl über die Schulter, Jenna tauchte auf und verschwand wieder. Auch Cole Malady stand plötzlich in der Tür, wollte wissen, was mit seinem Cousin war, passte auf, dass Flowers und Clutts nicht reinkamen.

Earl nahm Jesse den leeren Ruger seines Daddys ab. »Dann hast du sie *nicht* abgeknallt? Die sind immer noch da draußen?«

»Keine Ahnung. Alle haben losgeballert ... scheiße ... *Daddy.*« Jesse biss sich auf die bleiche Unterlippe. »Alle bis auf den Drecksack Clutts. Er hat sich im Auto versteckt. Ich glaube, der hat gar nicht geschossen. Kein einziges Mal.«

Earl lehnte sich zurück, lud den Ruger mit Patronen aus einer Schachtel neben dem Bett. In der Wüste fuhren zwei verletzte Deputys rum, und Danny war bei ihnen. Möglich, dass sie da draußen krepierten; wenn nicht, würde es in Killing bald nur so von Cops wimmeln. Jesse hätte hinter Joker herfahren und gottverdammt noch mal dafür sorgen müssen, dass die anderen krepierten, ob er nun wie ein Schwein blutete oder nicht. Nichols hatte sich bei Earl nicht mehr gemeldet, er hatte also ganz sicher noch nicht erfahren, was passiert war. Noch nicht, aber das hieß gar nichts ...

Vielleicht rief Nichols nie wieder bei ihm an.

»JW, was nun?«, nervte Sunny. »Wir müssen Jesse ins Krankenhaus bringen.«

»Alte, wenn ich deine Meinung hören wollte, würde ich dich fragen, verdammte Scheiße. Für so einen Mist hab ich jetzt keine Zeit.« Sie zuckte zusammen, wich einen Schritt zurück.

Jesse packte Earls Hand, zog ihn zu sich nach unten. »Danny hat noch mehr gesagt, Daddy. Er hat Scheiße gelabert, *über dich.* Dass wir dir nicht über den Weg trauen können, dass du eigene Pläne hast. Das hat er gesagt.«

Earl schaute hoch, ob Sunny es ebenfalls gehört hatte, aber ihr Gesicht war wie versteinert. Dasselbe Gesicht, das sie gemacht hatte, wenn sie ihm Dope oder anderes Zeug in den Knast geschmuggelt hatte.

»Und was denkst du, Junge?«

Jesse grinste, seine Schneidezähne waren blutverschmiert. »Er hat Scheiße erzählt, und ich hab auf den Verräter geschossen. Aber ich hab es genau gehört ... Clutts auch.« Jesse sank aufs Bett, er atmete flach, seine Augen blickten ins Leere. »Ich hab's richtig gemacht, oder, Daddy?«

»Ja, Junge ... hast du.«

Earl stand auf, schaute zu Sunny. »Du kümmerst dich um ihn, guckst, ob es schlimmer wird. Und hier soll keiner reinkommen und mit ihm reden, nicht mal seine kleine Schlampe.«

Er nickte Cole Malady zu. »Du kommst mit.«

Es wurde Zeit, sich Flowers vorzunehmen.

Er ging ins Wohnzimmer und sah überall noch das Blut von seinem Jungen. Flowers und Clutts waren da, Jenna auch. Er wusste nicht, wie viel sie gehört hatte.

»Schlimmer hätte es kaum kommen können«, sagte Flowers. »Marvin hat mir alles erzählt. Jesse hat auf Cops geschossen, John.«

»Was ich so höre, hat Ihr Laufbursche Clutts auf keinen einzigen geschossen.«

»Ist doch egal. Hätte er Jesse nicht hergefahren, würde Ihr Sohn immer noch in der Wüste liegen und verbluten. Ich würde sagen, damit sind die beiden quitt. Aber wir können nicht hierbleiben, wir müssen sofort weg.«

Earl nickte, als würde er ernsthaft über den Vorschlag nachdenken. »Und wo wollen Sie jetzt noch hin? Sie haben doch ständig von Krieg geredet, würde sagen, jetzt haben Sie ihn.«

»Aber nicht so. Das habe ich bestimmt nicht gewollt. Wir sind noch nicht so weit.« Er stand auf, rückte die Brille zurecht. »Wir fahren, John.«

Earl zog den Blackhawk hinten aus dem Jeansbund und richtete ihn auf Flowers Herz. Auch an der Waffe klebte Jesses Blut. Er war schneller als Clutts, der seine Waffe ebenfalls ziehen wollte. Doch als Cole Malady mit einer Flinte im Anschlag hinter Earl aus dem dunklen Flur trat, ließ er es bleiben.

Clutts machte einen halben Schritt zur Tür, blieb stehen.

»Ihr fahrt nirgendwo hin. Wir bleiben alle schön hier und rauchen ein paar Zigaretten, während Jenna in die Küche geht und uns kaltes Bier und eine Flasche Whiskey holt. Sie und Clutts können mir alles über Ihr Weißes Königreich erzählen, und ich tue so, als ob mich dieser Bullshit interessiert. Wird bestimmt richtig nett, als wären wir eine Scheißfamilie.«

»Das ist doch verrückt, John. Sie haben den Verstand verloren.«

Earl lachte, hielt die Waffe aber weiter auf Flowers gerichtet.

»Wird sich wohl noch zeigen.«

Komischerweise war es Clutts, dem plötzlich aufging, wer im Zimmer stand und wer nicht. Er blickte zu Earl und dem Revolver, dann schob er die verdreckte Gardine einen Spaltbreit zur Seite. Er schaute durch die dunkle Scheibe, fluchte leise.

»Was ist, Marvin?«, fragte Flowers.

»Unser Transporter ist weg, Thurman, der Scheißtransporter ist *weg*. Die haben alles, was noch drin war, rausgeschmissen. Das liegt da jetzt rum und weht durch die Gegend.«

Flowers schaute zu Earl. »Das war nicht nötig. Meinetwegen hätten Sie ihn auch so benutzen können. Sie hätten nur fragen müssen.«

»Da ist noch was.« Clutts drehte sich vom Fenster weg und starrte Earl an.

»Sie haben die Reifen von meinem Auto abgenommen. Die sind auch weg.«

Teil drei
Sundown Town

45

Kaspers Angst wuchs mit jeder Meile, die er sich von Killing entfernte. Dabei hätte er sich freuen sollen, dass er dort endlich wegkam.

Er hockte hinter T-Bob und Little B in Flowers Transporter, der nach Wunderbaum und Fastfood stank. T-Bob saß am Steuer, hatte aber vor der Abfahrt eine Flasche Scotch aus dem Wohnmobil geholt, den er jetzt wild entschlossen in sich reinkippte. Little B zappelte auf dem Beifahrersitz herum und quasselte in einer Tour. Die beiden Earls beachteten Kasper nicht, der eingequetscht zwischen den Reifen von Clutts' Auto und zwei rostigen Benzinkanistern im Laderaum saß. Zu seinen Füßen lagen außerdem eine zwölfkalibrige Remington 870 und eine Browning-Flinte. Er wünschte sich, sie würden rechts ranfahren und ihn aussteigen lassen, aber das würde niemals geschehen. Nicht, bevor sie in Murfee waren und er das Auto von Mr. Earl kurzgeschlossen hatte. Wenn er die Klappe hielt und sich beeilte, das hatte Mr. Earl gesagt, würde T-Bob ihm hinterher zweihundert Dollar geben und ihn in Murfee absetzen, falls es das war, was er wollte. Im Moment klang das nach einer guten Idee. Vor ein paar Tagen hatte Mr. Earl gesagt, er solle ein Auto klauen, aber Little B und Danny nichts davon erzählen. Eigentlich hatte er auch gesagt, Danny würde dabei sein. Doch dann war Danny auf seiner Harley weggefahren, und Jesse und Joker waren im Auto hinter ihm her. Danach hatte Mr. Earl ihm hinter dem Haus eine Hand auf die Schulter gelegt und leise gesagt: *Ich glaube nicht, dass Danny zurückkommt, und du willst doch eigentlich auch gar nicht hier sein, oder?* Das war eine dieser Fragen, die in Wahrheit gar keine waren, eine von denen, die seine Mom immer so gerne gestellt hatte:

Tyler, willst du eigentlich wieder in den Jugendknast?

Tyler, bist du eine Scheißschwuchtel?

Was soll ich nur mit dir machen, Ty? Was bitte soll ich mit dir machen?

Jahrelang hatte seine Mom immer nur Fragen gestellt, auf die sie beide die Antwort längst kannten oder auf die es gar keine Antwort gab. Er hatte gehofft, wenn er bei Little B, Jesse, Pastor Flowers und den anderen blieb, würde sich das ändern, weil sie in Killing zusammen etwas aufbauten – doch jetzt hatte er das Gefühl, dass das alles in wenigen Stunden in Trümmern liegen würde, obwohl sie nicht mal den ersten Stein gelegt hatten. Und nun war er auch noch in einem Transporter gefangen, in dem der Gestank von billigem Scotch, Reifengummi und auslaufendem Benzin immer schlimmer wurde, und hielt nach Blaulicht Ausschau. T-Bob und Little B hatten noch mehr Waffen dabei, und bevor sie losgefahren waren, hatte Earl ihnen noch zwei dieser Fragen gestellt, die eigentlich keine waren …

Ihr wollt euch bestimmt nicht schnappen lassen, oder? Ich hab euch genau erklärt, was ihr für mich tun sollt, ja?

Sie hatten nichts erwidert, weil es darauf nichts zu erwidern gab.

Kasper wusste, dass Mr. Earl nicht die Wahrheit gesagt hatte. Wäre es nämlich nach ihm gegangen, würden jetzt Kasper und Danny nach Murfee fahren, nicht T-Bob und Little B. Aber Danny war weg, Little B hätte für seinen Daddy alles getan und T-Bob machte sowieso immer, was man ihm sagte.

Kasper war nur mitgefahren, weil er zu viel Schiss gehabt hatte, Nein zu sagen.

Wie sehr er sich wünschte, Danny wäre bei ihm. Am schlimmsten war nämlich, dass Danny abgehauen war, ohne sich von ihm zu verabschieden …

Obwohl Earl ihnen eingeschärft hatte, sich zu beeilen, ließ T-Bob sich wahnsinnig viel Zeit. Er tat so, als würde er auf die Dunkelheit warten, dabei ging es, wie Kasper vermutete, eher darum, dass er noch nicht genug getrunken hatte.

Um sich zurechtzufinden, hatten sie eigentlich die Karte dabeigehabt, die Danny von Murfee gezeichnet hatte. Nur hatte Little B sie auf der Fahrt irgendwann aus dem Fenster geschmissen.

Deshalb waren sie eine halbe Ewigkeit durch die Gegend geirrt und hatten sich fast verfahren, als sie Murfee schließlich doch noch erreichten. Richtig spät war es noch nicht, trotzdem wirkte die Stadt, als würde sie schlafen. Es gab einen Dollar Green, einen Pizza Hut, einen Burgerladen, das Hamilton. Sie kamen an ein paar Autos vorbei, aber niemand schaute zu ihnen hin; Earl hatte vorher gesagt, es würde keiner nach einem weißen Transporter mit Nummernschild aus Washington suchen. Trotzdem machte T-Bob einen großen Bogen um das Sheriff's Department und bog am Ende der Main Street in eine Straße ein, die zu einem Viertel mit älteren Häusern führte. Doch für die *andere Sache,* die sie erledigen sollten, bevor er Mr. Earls Auto klaute, lag das Viertel viel zu nah am Stadtzentrum. Diese andere Sache war es auch, die Kasper solche Angst machte. T-Bob und Little B fingen an zu streiten. Kasper saß stumm im Laderaum und kaute auf seinen Nägeln. T-Bob grummelte, er wäre nur *zweimal in dem Dreckskaff* gewesen, und jedes Mal wäre es draußen hell gewesen und der *Pisser* Danny hätte am Steuer gesessen. Er bog in irgendwelche Straßen ein, und irgendwann kamen sie wieder bei der ersten Kreuzung an. Jetzt übernahm Little B das Kommando und sagte T-Bob, wo er langfahren sollte.

Sie kamen an einer Kneipe vorbei mit dem Namen Earlys auf einem Neonschild, das T-Bobs Blicke anzog wie ein Magnet, erreichten dann Eisenbahnschienen, hinter denen man die Lichter vieler Häuser sah. Darauf hielten sie zu und erreichten bald ein

Viertel mit kleinen, dicht gedrängten Häusern. Sie fuhren auf einen Schotterparkplatz vor einem kleinen Laden, aus dem sofort eine Handvoll Männer rausmarschierte, die Bier tranken und zum Transporter zeigten. Weil die Fenster unten waren, konnte Kasper verstehen, dass sie Spanisch redeten, hatte aber keinen Schimmer, was sie sagten. Little B grunzte *verdammte Bohnenfresser* und zeigte ihnen grinsend den Stinkefinger.

Little B schaute erst zu T-Bob, dann zu Kasper und zeigte auf eine Reihe Häuser auf der anderen Straßenseite.

»Hier sind wir richtig, Jungs.«

46

Thurman Flowers wusste, dass John Wesley Earl vor Wut kochte.

Bei Jesse Earl kam das auch oft vor; er trug seine Wut wie eine zweite Haut. Aber Jesses Wut verlieh Thurman *Stärke*, sie war pure Energie, und das brauchte er für sein neues Königreich. Sie war der Treibstoff, der ihn ans Ziel bringen würde – denn er hatte mit den Jahren herausgefunden, wie man diese Energie nutzte, konzentrierte, steuerte. Männer wie Clutts hatte er immer gebraucht, sie waren ein schlagkräftiges Werkzeug; ein Hammer, der jeden, der sich als Nagel anbot, bearbeitete – denn Thurman sah sich selbst als Zimmermann. Doch in Jesse hatte er ein weit größeres Potenzial erkannt.

Er war ein Messer, eine Kugel, die ins Schwarze treffen würde.

John Wesley Earl hatte er dagegen immer als Risikofaktor empfunden, und als er erfahren hatte, dass Jesse mit seinem Daddy im Schlepptau nach Killing kam, hätte er die ganze Sache fast abgeblasen. Die ständigen Streitereien der beiden hatten Thurman noch mehr zu denken gegeben, aber seine Pläne waren schon zu weit fortgeschritten, als dass er sie noch hätte aufgeben können. Grund für Jesses Wut war fast immer sein verdammter Daddy – er hatte den dauerabwesenden Vater so dringend gebraucht, dass das Bedürfnis irgendwann in Hass umgeschlagen war und eine tiefe Narbe hinterlassen hatte, die Thurman immer und immer wieder aufgekratzt hatte. Er brauchte diese Narben, musste dafür sorgen, dass die Wunden niemals ganz verheilten. Thurman wusste, dass Männer wie Jesse ihm hauptsächlich wegen solcher alten Wunden folgten, die ihnen Freunde und Verwandte beigebracht hatten, und nicht etwa wegen seiner großartigen Vision oder seiner Fähigkeit, sie wahr werden zu lassen. In Wahrheit stand seine Macht über andere auf tönernen Füßen, was ihm zum Glück schon vor langer Zeit klar geworden war. Er war es gewohnt, sich auf dünnem Eis zu bewegen, und hatte von Anfang an gewusst, dass es nur zu Spannungen führen konnte, wenn er und Earl sich zur selben Zeit in Killing aufhielten und wie zwei Teufel Tauziehen um Jesses Seele spielten.

Thurman hatte alles vorausgesehen, als wäre es eine Prophezeiung aus der Bibel. Trotzdem hatte er nicht lockergelassen. Aus einem ganz einfachen Grund.

Er brauchte das verdammte Geld.

»Ziehen wir in die letzte Schlacht, John? Oder bleiben wir hier sitzen und warten so lange, bis wir von hundert bewaffneten Männern umzingelt sind?«

Earl blies einen Rauchring in die Luft und trank einen Schluck Bier. Diese Jenna hatte schon hundertmal gefragt, ob sie zu Jesse reingehen durfte, und Earl hatte jedes Mal lächelnd erwidert, sie solle die Scheißfresse halten. Clutts stand rechts von Thurman, in der Nähe der Tür und des Fensters und schaute regelmäßig nach draußen, weil er offenbar glaubte, Transporter und Reifen wären plötzlich wieder aufgetaucht.

Cole Malady lehnte mit seiner Schrotflinte an der Wand und löcherte Earl ebenfalls mit Fragen. Was mit seinem Cousin war? Wann er wiederkam? Wann sie nach Arkansas zurückkonnten? Der Schwachkopf kapierte einfach gar nichts.

Und solche Menschen waren es, auf die Thurman angewiesen war.

Earl schaute alle paar Minuten auf seine Uhr, als hätte er noch etwas Dringendes vor. Außerdem lagen in seinem Schoß zwei Handys, als wartete er auf einen Anruf.

»Ihr Sohn stirbt da hinten, bringen wir ihn wenigstens ins Krankenhaus. Die Frauen können ihn hinfahren, dann sind sie hier weg.«

»Meinen Sohn lassen Sie mal meine Sorge sein.«

»Sind Sie jetzt der hingebungsvolle Vater? Das wäre aber neu.«

»Sie sind ganz schön vorlaut für einen Mann, auf den eine Waffe gerichtet ist.«

Thurman nahm seine Brille ab, hielt sie von sich weg und schaute hindurch, bevor er sie wieder aufsetzte. »Oder liegt es gar an dem, was Danny über *Sie* erzählt hat. Ziehen Sie Ihren eigenen Stiefel durch? Lohnt es sich, uns alle, ja, sogar Ihre Familie dafür zu opfern?«

Earl stellte die leere Bierdose ab, nahm sich aber keine neue aus dem Sixpack neben seinen Füßen. »Prediger, tun Sie nicht so, als hätten Sie keine eigenen Pläne. Um meinen Jungen ging es Ihnen nie.«

»Da irren Sie sich gewaltig. Es ging mir immer nur um Jesse. Ich habe ihm vertraut, an ihn geglaubt. Er ist der Sohn, den ich nie hatte. Und ich glaube, für ihn war ich der Vater, den er ...«

»Es *reicht*, Prediger. Wenn Sie nicht den Mund halten, erschieße ich Sie. Ihr Leben ist für mich keinen *verfluchten Cent* wert, verstanden?«

Thurman lächelte, weil er einen kleinen Sieg über Earl errungen hatte; nun musste er ihn weiter bearbeiten, während er sich den nächsten Schritt überlegte.

Ihr Leben ist für mich keinen verfluchten Cent wert ...

Und plötzlich ergab alles Sinn.

»Es geht nur um das Geld, John, oder? Von Anfang an schon. Sie kriegen Ihr Geld und hauen ab, das ist der Plan, stimmt's?«

Earl schnaubte. »Als ob Sie so anders wären. Sie und Jesse und das verdammte Geld. Glauben Sie, wenn ich was hätte, würde ich mich hier mit Leuten wie Ihnen verkriechen?«

»Nein. Und das ist genau der Punkt. Sie sind nur noch hier, weil

Sie das Geld noch gar nicht haben. Aber es wird bestimmt nicht mehr lange dauern, bis Sie es kriegen.«

Letzten Endes hatte Jesse ihn damit nach Killing gelockt: Stundenlang hatte er von dem vielen Geld erzählt, das sein Daddy irgendwo versteckt hatte; Geld, das sie Earl abnehmen konnten, notfalls mit Gewalt. Und Thurman brauchte das Geld, nicht nur für sein Königreich, nein, er musste außerdem noch Schulden begleichen. Diese Fotze von einer Ex-Frau forderte Unterhalt für den Jungen, den er ihretwegen nie besuchen durfte; seit Monaten hatte er ihr keinen Cent mehr gegeben und sie hatte sogar gedroht, das Geld einzuklagen, falls er nicht endlich damit rausrückte. Wenn der Pastor der Church of Purity wegen rückständiger Unterhaltszahlungen im Gefängnis saß, würde es kein Königreich mehr geben, und so war er jetzt auf der Flucht vor ihr *und* den Feds. Manchmal dachte er, sie würde mit den Feds zusammenarbeiten, und stellte sich vor, er wäre Lot und seine Ex würde sich nach dem zerstörten Sodom umdrehen und zur Salzsäule erstarren.

Leider ging es nicht nur um die Unterhaltsforderungen. Er hatte Spielschulden, über den Daumen gepeilt fünfundsiebzigtausend. Eigentlich war er nach Killing geflüchtet, um nicht selbst zur Salzsäule zu erstarren. Kurz vor seinem Aufbruch aus Tacoma hatten nämlich zwei Vietnamesen vor seiner Tür gestanden, die Betreiber der Spielbank, die er regelmäßig aufsuchte. Die Schlitzaugen waren bewaffnet gewesen, einer hatte einen Hammer dabei, an dem noch das Preisschild hing, dazu einen roten Plastikeimer und eine Rolle Abdeckplane; der andere einen Elektroschocker, Kondome und Zigaretten. Wäre Clutts nicht da gewesen und hätte seine Waffe auf die beiden gerichtet, sie hätten Thurman mitgenommen und gefoltert.

Killing sollte sein Zufluchtsort werden, sein sicherer Hafen, und Earls Geld war dazu gedacht, Zeit zu gewinnen und Land aufzukaufen. Nun hatte sich all das zerschlagen, er saß hier mit einem Verrückten fest und wartete auf das Ende. Earl war schlimmer als seine Ex und die beiden Schlitzaugen zusammen.

Earl war ein Hindernis, das er so schnell wie möglich aus dem Weg räumen musste. Er war einer dieser *Scheißnägel*, doch Thurman hatte seinen verlässlichen Hammer dabei.

Er schaute zu Clutts hoch.

Der schien nur auf ein Zeichen von ihm zu warten, damit er seine Waffe ziehen konnte ...

47

Little B suchte das Haus aus. Drinnen brannte kein Licht. T-Bob parkte den Transporter und stellte den Motor ab, dann warteten sie fünfzehn, zwanzig Minuten, aber im Haus rührte sich nichts. Ein paar Straßen weiter fuhr ein Auto vorbei, die Scheinwerfer streiften einen windschiefen Zaun, das war's. Little B nickte zufrieden und sagte Kasper, er solle ihm mit den Benzinkanistern helfen.

»Müssen wir das wirklich machen?«, fragte Kasper. Wieder eine dieser überflüssigen Fragen. Little B war sein Freund und in seinen Träumen noch so viel mehr. Seit Monaten hatten sie davon geredet, eine Band zu gründen, er an der Gitarre und Little B an dem Instrument, für das er sich am Ende entscheiden würde. Eigentlich wollte Little B singen, aber so sehr Kasper ihn auch liebte, seine Stimme fand er nicht gut genug. Wenigstens nicht für die Musik, die sie machen wollten, solche wie die Bully Boys oder RAHOWA. Doch seit sein Daddy aufgetaucht war, interessierte Little B sich nicht mehr für Kasper, die Musik oder die gemeinsame Band.

Earl hatte Little B gesagt, er solle ein Feuer legen, und Little B wollte nur eins auf der Welt: seinem Dad gefallen.

Trotzdem …

»Ich hab deinem Dad gesagt, das mit dem Auto kriege ich ganz schnell hin. Dauert keine fünf Minuten. Das hier brauchen wir gar nicht, B.« Er wollte dem anderen eine Hand auf die Schulter legen, traute sich aber nicht.

Little B schaute ihn an, während T-Bob hinter seiner Flasche verschwand und den Scotch exte. »Das Auto knacken, ist aber nicht alles. Wir müssen noch mehr machen, Kaz.« Er zeigte auf die

Reifen neben Kasper. »Wir müssen schnell sein, trotzdem kann es eng werden. Daddy meinte, wir können uns auch das Scheiß-Earlys vornehmen, aber das Haus ist besser. Wir müssen die Cops ablenken, also los.«

Sie stiegen aus, jeder mit einem schweren Kanister in der Hand. Kasper, der seit Stunden eingequetscht im Laderaum gehockt hatte, streckte sich; sein Körper tat nach der langen, holprigen Fahrt richtig weh. Im Dunkeln wartete er auf einen leichten Windhauch im Gesicht. In einem der Nachbarhäuser lief der Fernseher, das Geräusch kam als Flüstern bei ihm an.

»Ich glaube, ich komme nicht wieder mit nach Killing, B. Du musst auch nicht. Wir können einfach abhauen, nur du und ich, bitte.«

Little B schien zu überlegen, ob er sich eine Zigarette anstecken sollte, ließ es wegen des Benzinkanisters aber bleiben. »Das mache ich nicht. Die Leute in Killing, das ist meine Familie. Die brauchen mich. Aber wenn du gehst, bin ich nicht sauer.« Kasper dachte, Little B würde noch sagen, dass er es wegen der Band schade fand. Stattdessen: »Irgendwann kannst du mal ein Lied über das hier schreiben. Einige werden sich gern an den Scheiß erinnern.«

Kasper erwiderte nichts, weil ihm plötzlich einfiel, dass er seine Gitarre in Killing vergessen hatte. Seine Mutter hatte sie ihm gekauft, es war das einzig Wertvolle, das er besaß. Jetzt würde er sie und seinen Freund nie wiedersehen.

Das machte ihn wütend auf sich selbst, und er sagte nur: »Okay, bringen wir es hinter uns.«

Sie verteilten Benzin auf dem vertrockneten Gras im Garten, verbanden das Haus, das Little B ausgesucht hatte, mit dem daneben. Little B malte seine Anfangsbuchstaben in den Garten und besprühte einen verkrüppelten Mesquitebaum wie ein Hund, der seine Duftmarke pisst. Kasper kippte den Rest Benzin auf ein Beet mit verdorrten Blumen und warf den leeren Kanister weg.

Little B wischte sich die Hände zwei-, dreimal an seiner Jeans ab und zündete sich die Zigarette an, auf die er vorhin verzichtet hatte. Er bot Kasper einen Zug an, aber er lehnte ab. Er wollte nur noch in den Wagen steigen und wegfahren. Wollte verschwinden und nie wieder zurückschauen.

Deshalb sah er auch nicht, dass Little B die brennende Zigarette ins Gras schnippte.

• • •

Die Zündtemperatur von Benzin liegt bei etwa 255 Grad.

Die Glut einer Zigarette kann nach einem kräftigen Zug eine Temperatur von 425 Grad erreichen. Wegen der Dürre war das verteilte Benzin ohnehin schon sehr warm, vor allem, weil die Kanister seit Tagen im Wohnmobil gelegen hatten. Das trockene Gras band die Dämpfe, es bildete sich eine dünne Schicht, noch leichter entflammbar als flüssiges Benzin.

Das Feuer brach los, bevor die Zigarette auf den Boden traf.

Ein Geräusch, als würde alle Luft mit einem Mal eingesogen, dann ein weiß-oranger Blitz, der noch zwei Blocks weiter sichtbar gewesen wäre, hätte denn jemand hingesehen. Die Flamme schoss empor, raste über die für sie gelegten Pfade und zog eine Spur hungriger Funken hinter sich her, die sich durchs Gras fraß und von Garten zu Garten übersprang.

Die Wände des ersten Hauses fingen Feuer, Sekunden später war das nächste an der Reihe.

Als der weiße Transporter mit dem Nummernschild aus Washington das Viertel verließ und sich auf den Weg zum Big Bend County Sheriff's Department machte, schlugen die Flammen meterhoch.

48

Ich höre den ersten Schuss, dann den zweiten. Und sie hört es auch.

Wir können gar nicht anders, so laut sind sie. Sie hallen durch die leere Wüste, scheinen von überall zu kommen, als würden tausend Pistolen abgefeuert.

Sie wird ihn nicht hier liegen lassen, und ich werde sie nicht davon abhalten. So habe ich es in Wanat gelernt – wir lassen keinen von unseren Leuten zurück.

Noch bevor das Echo verstummt, kehrt sie um und rennt dorthin zurück, wo wir Deputy Harper zuletzt gesehen haben.

Ich renne mit.

Er liegt auf dem Boden, die Augen sind offen, starren hoch zu den Sternen.

Vom Marquis ist er keine zehn Meter entfernt, und er hält die AR-15 noch in der Hand. Selbst im Fallen hat er sie nicht losgelassen. Ich gehe zu ihm, während Deputy Reynosa sich links von mir auf das Auto zubewegt, wo sich niemand mehr rührt, nur das Radio läuft noch. Ein Rauschen, ein Liedfetzen, lautes Spanisch, ein Erweckungsprediger, dann brummt und zischt es. Das Radio geht aus, der eine Scheinwerfer erlischt, als würde sich ein Auge schließen. Um uns herum ist es so dunkel, als wären wir in ein Loch gefallen.

Wir warten, bis unsere Augen sich an das Sternenlicht gewöhnt haben, dann versuche ich, Harp die AR-15 abzunehmen. Ich muss seine kalten Finger aufbiegen, und selbst dann scheint er sie noch nicht hergeben zu wollen. Sobald ich sie einmal habe, winke ich

Reynosa damit zu, damit sie weiß, wir können uns dem Marquis nun gemeinsam nähern. Falls sie nickt, sehe ich es nicht, aber als ich mich in Bewegung setze, geht sie leicht versetzt neben mir her wie ein Schatten.

Wir bewegen uns von beiden Seiten auf den Marquis zu und sehen den Fahrer, Joker, links daneben. Anders als Harper liegt er mit dem Gesicht nach unten und seine Beine hängen noch halb im Auto. Die Flinte ist eine Armlänge von ihm entfernt, und der Großteil seines Gehirns klebt am Dach und am Türrahmen. Es hat eine komische Farbe, die im schwachen Licht noch unnatürlicher aussieht; die Masse dampft, als wäre sie noch warm. Ich nehme den Kupfergeruch von Jokers Blut wahr und den beißenden Gestank von Pisse; als Harper ihm ins Gesicht geschossen hat, hat er sich außerdem in die Hose geschissen.

Früher oder später wäre er sowieso gestorben, denn im Näherkommen entdecke ich zwei weitere Austrittswunden. Trotz der holprigen Fahrt durch die Wüste hat Reynosa ihn erwischt. Sie ist eine verdammt gute Schützin.

Lee Malady finden wir auf der Rückbank, oberhalb seiner Augen ist nichts mehr, Knochen und Hirn haben sich im Innenraum verteilt. Ich ziehe die Leiche aus dem Marquis, nehme den Toten die Waffen ab, während Reynosa zu Harper schleicht.

Sie kniet vor ihm nieder wie zum Gebet, und ich lasse sie kurz mit ihm allein.

Ich schaue in den Verbandkasten, den ich aus dem Pick-up mitgenommen habe, und finde darin mehr, als ich erwartet habe. Er enthält vieles, was ich von meinen Afghanistan-Einsätzen kenne: ein Antiseptikum, Trauma-Bandagen, ein paar Rollen hämostatischer Verbände. Mehr als genug, um meine Blutung zu stoppen und die Wunde zu verbinden. Damit wäre auch Deputy Harper etwas länger am Leben geblieben, allerdings niemals so lange, um ihn zu Fuß hier rauszuschaffen.

Ich versuche, nicht daran zu denken, dass er sich für Reynosa geopfert hat.

Und für mich.

Nachdem ich die Wunde versorgt habe, gehe ich zum Marquis. Reynosa sitzt am Steuer. Sie hat Harper die Hände über der Brust gefaltet und ihm die Augen geschlossen. Jetzt versucht sie, das Auto zu starten, so wie ich es gerade vergeblich beim Pick-up versucht habe.

»*Nada*«, sagt sie. Zwei Fahrzeuge stehen uns zur Verfügung, aber keins springt an. Wir gehen mit unseren Handys in verschiedene Richtungen, versuchen es ein paar Male, haben aber keinen Empfang.

»Wir müssen näher an den Highway, dann kommen wir durch«, sagt sie.

Dann kommen wir durch.

Nach einem Kampfeinsatz in Afghanistan hatte es immer solche Augenblicke gegeben – wenn dir klar wurde, dass du irgendwie überlebt hattest. Wenn du die Toten sahst und begriffst, dass du um Haaresbreite davongekommen warst; als wäre ein Hai in einem dunklen Meer an dir vorbeigeglitten und in der Tiefe verschwunden. In solchen Augenblicken war alles viel klarer, heller. Die Stimmen um dich herum waren zu laut. Und obwohl alles davor noch rasend schnell gegangen war, lief es mit einem Mal in Zeitlupe ab. Vielleicht musstest du gegen Tränen ankämpfen und deine Hand zitterte so stark, dass du die Waffe kaum halten konntest; aber wenigstens war es das Zittern der Lebenden.

Es war der Augenblick, wenn dir klar wurde, dass du unversehrt geblieben warst, auch wenn sich die wahren Verletzungen vielleicht erst noch zeigten.

Ich gehe zu Harper und richte ihn auf. Mit Reynosas Hilfe ziehe ich ihn mir über die Schulter und halte ihn im Gamstragegriff. Anders als die Dienstmarke meines Vaters bei der Beerdigung oder Jesses blutiges T-Shirt nach dem Mord ist er erstaunlich leicht.

Als wäre der echte Ben Harper und alles, was ihn ausgemacht hat, bereits davongeflogen.

Reynosa schaltet die Taschenlampe ein, die sie Harper abgenommen hat. Sie schaut an mir vorbei in die Wüste, wo sich am Horizont ein dunkler Streifen abzeichnet. Er frisst die Sterne, einen nach dem anderen.

»Was ist das?«, frage ich.

Sie geht voran, Richtung Highway.

»Regen.«

49

Buck Emmett war kein Trinker, saß aber gerne in der Kneipe.

Noch lieber war er auf dem Fluss unterwegs, ging in den Chisos wandern oder legte sich neben der Fährte eines Weißwedelhirsches auf die Lauer, nur konnte man ja leider nicht das ganze Leben in der Natur verbringen.

Außerdem stand er ein bisschen auf die Freundin des Sheriffs und schaute immer im Earlys vorbei, wenn Mel die Spätschicht hatte. Dann bestellte er ein Coors Light oder ein Bud, setzte sich an die Bar und ließ das Bier langsam warm werden. Und er quatschte mit Javy Cruz oder Ben Harper – der ebenfalls sehr viel Zeit im Earlys verbrachte, aber dabei *richtig* tief ins Glas schaute –, erzählte Anekdoten und Witze und ließ seinen Blick ständig zu Mel wandern und lächelte ihr zu, sobald sie in seine Richtung sah. Mel beschwerte sich nie, erwiderte sein Lächeln jedes Mal. Sie goss das Bier weg, das er nicht getrunken hatte, und stellte ihm ein neues hin, ohne jemals ein Wort darüber zu verlieren. Und sie fand immer Zeit, ihn zu fragen, wie sein Tag gewesen war oder wie es seinem Bruder Birch ging. Er hielt Mel für eine der hübschesten Frauen im gesamten Big Bend County, obwohl natürlich auch Amé Reynosa schön anzusehen war. Eine Zeit lang hatte Tommy Milford in der Stadt rumerzählt, Amé sei eine *lesbo* (das Wort hatte er benutzt), aber irgendwann hatte Buck ihn zur Rede gestellt und gesagt, er solle mit dem Quatsch aufhören. Buck hatte schon vor langer Zeit entschieden, dass ihn solche Sachen nichts angingen und jeder machen konnte, was er wollte, aber es war nicht in Ordnung, dass Tommy Milford Gerüchte über eine Kollegin verbreitete. Überhaupt sollte man über keine Frau Gerüchte verbreiten.

Er hatte den zweiten Hamburger und die restlichen Pommes aus dem Hamilton mitgebracht und aß am Tresen. Eigentlich hätte er ein bisschen abnehmen müssen, die Uniform saß am Bauch und an den Schultern etwas eng, aber sein Daddy war auch kräftig gewesen (bis sein Herz aufgegeben hatte) und sein Bruder war es ebenfalls. Mit jedem Lebensjahr ein, zwei Kilos zuzulegen, war der Fluch der Emmetts. Das Einsteigen in seinen Pick-up fiel ihm langsam schwer, auch das Aussteigen war kein Vergnügen, genauso wenig wie das stundenlange Herumsitzen an seinem winzigen Schreibtisch auf dem Revier. Doch wenn er zelten, jagen oder fischen ging, spürte er das überflüssige Gewicht nicht mehr.

Dann fiel alles von ihm ab, und er war wieder siebzehn: groß und stark und sonnenverbrannt, die Haare vom Sommer kupferrot gebleicht, der Bauch flach.

Damals hätte sich eine Frau wie Mel vielleicht nach ihm umgedreht, aber das war nun schon lange, lange her. Jetzt reichte es ihm, wenn er mit ihr redete und sie ihm zuhörte, um sich wieder wie ein Teenager zu fühlen; als würde sie ihn so sehen und nicht als stämmigen, alternden Mann. Dafür lohnte es sich, seinen fetten Arsch in die Kneipe zu schleppen und auf dem unbequemen Barhocker zu sitzen.

Jetzt lehnte sie sich zu ihm rüber und erzählte von ihrem neuen Hund. Erst hatte sie ihn mit in die Kneipe nehmen wollen, dann aber doch zu Hause gelassen, was ihr ein schlechtes Gewissen machte. Der Welpe war in einem Zimmer eingesperrt und wartete auf den Sheriff. Irgendwann würden sie in der Haustür eine Hundeklappe einbauen, nur hatte sie noch keine Ahnung, wie groß er einmal werden würde.

Außerdem, sagte sie lachend, wäre sie sich nicht sicher, ob sie wirklich wollte, dass der Sheriff im Haus noch einmal mit Werkzeug rumhantierte.

Buck lachte mit. Die Geschichten von Sheriff Cherrys Handwerkskünsten waren inzwischen fast schon legendär.

»Wie soll der Hund denn heißen?«

Mel rückte ein paar Gläser gerade. »Weiß noch nicht. Ich hab ihm einen ganzen Tag Namen zugerufen«, sie lachte wieder, »aber wie es aussieht, fand er keinen gut.«

Buck tat, als würde er einen Schluck Coors trinken. »Als Kind hatte ich mal einen Welpen. Ein Mischling, von allem ein bisschen. Hab ihn Rocket genannt, was eigentlich komisch war, denn er war ein bisschen dusselig und wahnsinnig langsam. Wenn ich in die Schule musste, hat er sich neben die Küchentür gelegt, und wenn ich zurückkam, lag er immer noch da. Keine Ahnung, ob er mich vermisst hat oder einfach nur faul war. Aber, Junge, wie ich den Hund geliebt habe.«

»Rocket. Schöner Name. Ich überlege mal und frage Chris, was er davon hält. Und ich gucke mal, ob dem Hund der Name gefällt.« Sie zwinkerte ihm zu.

»Du gibst dem Hund den Namen, der dir gefällt. Hunde und Männer sind sich ziemlich ähnlich. Wenn uns eine hübsche Frau ruft, kommen wir sofort angerannt ...«

Später trat er aus der Tür des Earlys und reckte sich, damit sich sein Hemd von der verschwitzten Haut löste. Mel musste noch zwei Stunden arbeiten, und an den meisten Abenden hätte er bis zum Schluss am Tresen gesessen und sie dann zu ihrem Auto begleitet, obwohl sie immer nur ein paar Schritte von der Tür entfernt parkte. Doch er hatte dem Sheriff versprochen, noch einmal bei der Bank vorbeizufahren, und Javy Cruz hatte gesagt, er würde Mel zum Wagen begleiten. Es wunderte ihn, dass Harp sich bisher nicht hatte blicken lassen, und er überlegte, ob er den älteren Kollegen anrufen sollte, als er den Transporter sah.

Buck stand neben dem Lichtkreis einer hohen Natriumdampflampe, als der Wagen vorbeifuhr. Er kam aus Beantown und sah aus wie die anderen Schrottkarren, die die mexikanischen Rancharbeiter fuhren: mehr Rost als Blech, und das Ganze nur noch zusammengehalten von Klebeband und Draht. Das Nummernschild konnte er nicht erkennen, aber es hätte ihn nicht gewundert, wenn der Wagen in Chihuahua registriert wäre. Hätte Buck schon im Pick-up gesessen, er hätte den Transporter rechts ranfahren lassen und womöglich ein paar Illegale darin gefunden, die er an die Grenzer hätte übergeben können. Aber der Wagen wäre mit Sicherheit längst verschwunden, bevor er überhaupt seine Autotür geöffnet hatte.

Er wollte sich gerade abwenden, als er den Fahrer sah.

Buck Emmett hatte Übergewicht und war mehr als nur ein bisschen schwerfällig, aber er hatte richtige Adleraugen, an die nicht mal die von seinem Daddy oder seinem Bruder Birch rankamen. Deshalb hatten die beiden ihn auch so gern auf die Jagd mitgenommen. Bei der Jagd ging es nämlich nicht allein um den richtig platzierten *Schuss*, es ging vor allem ums *Sehen*. Und Buck war in der Lage, alle Geräusche um sich herum auszublenden und sich nur aufs Sehen zu konzentrieren.

Deshalb erkannte er in der Sekunde, als der Transporter vorbeifuhr, dass hinter dem Steuer kein Mexikaner saß. Es war der alte Mann, der damals mit Jesse Earl zum DNA-Test auf dem Revier gewesen war ... *Bob* oder so ähnlich. Und der Mann hatte den Kopf vorgeschoben und spähte angestrengt in die Dunkelheit.

Als hätte er Angst ... richtig Schiss.

Dann war der Transporter wieder weg – Buck sah nur noch zwei Hecklichter, die in Richtung Murfee verschwanden.

In Richtung Bank.

Er fischte den Autoschlüssel aus der Tasche und stampfte zu seinem Pick-up. Sein Atem ging heftig, aber er musste den Wagen unbedingt einholen. Dass Jesse Earl den Sheriff damals respektlos behandelt hatte, hatte ihm nicht geschmeckt. Noch schlimmer war, dass er später auch noch ins Earlys gekommen und Mel blöd angemacht hatte. Der ältere Mann, dieser Bob, war nicht ganz so grob gewesen. Nur wusste Buck nicht, ob hinten im Transporter sonst noch jemand saß.

50

Chris war bereits auf der Zufahrtsstraße zur Far Six und sah über den Chisos den lang erwarteten Sturm aufziehen, als sein Handy einmal klingelte. Er hatte nicht mal rangehen können, und die Nummer des Anrufers wurde auch nicht angezeigt. Doch er war ohnehin zu sehr davon abgelenkt, dass die Welt hinter seiner Windschutzscheibe erst dunkler, dann schwarz wurde und schließlich über den Rand der Erde rutschte. Um die trockenen Flussläufe zu überschwemmen, musste der Sturm gar nicht lange toben, und danach würde alles, was jetzt an Kupfer, Rost und ausgebleichte Knochen erinnerte, zu neuem Leben erwachen und wenigstens für einen kurzen Moment ergrünen und atmen.

Er fragte sich, was der Hund gerade tat, ob er sich vor Angst unter dem Bett versteckt oder bereits das Schlafzimmer verwüstet hatte. Der verflixte Welpe war gerade mal achtundvierzig Stunden bei ihnen, und schon machte Chris sich Sorgen. Noch war er klein, doch bald wäre er ausgewachsen und würde jedem, der sich dem Haus unerlaubt näherte, das Leben schwer machen. Und dass Mel hier draußen nun nicht länger allein war, beruhigte Chris doch mehr, als er sich zuerst hatte eingestehen wollen.

Er hielt Ausschau, aber das Haus war hinter dunklen Wolken verschwunden.

Ein Windstoß fegte über seine Frontscheibe, gefolgt von prasselnden Regentropfen, als hätte jemand einen großen Eimer Wasser über dem Auto ausgekippt. Er umklammerte das Lenkrad, merkte, wie die Reifen fast vom Boden abhoben, als die nächste Windböe den Pick-up erfasste. Alles wackelte, er drosselte das Tempo, blieb stehen, weil die Scheibenwischer nicht mehr gegen den Regen ankamen und das Scheinwerferlicht vollständig geschluckt wurde. Er war gefangen im wilden Herzen des Sturms, zählte die Sekunden zwischen Blitz und Donner, versuchte auszurechnen, mit welcher Geschwindigkeit sich das Unwetter fortbewegte, wann es über Murfee hereinbrechen würde. Der Regen war zwar bitter nötig, aber er würde auch für Chaos sorgen, denn ein solcher Sturm würde wahrscheinlich sämtliche Rinnen überfluten, die Camper im Nationalpark aufscheuchen und ihre Autos wegspülen, die sie trotz Warnhinweisen in den trockenen Flussläufen abgestellt hatten. Er wollte gerade Mel anrufen, um ihr zu sagen, sie solle im Earlys bleiben, als das Handy ein zweites Mal klingelte.

Ohne auf die Nummer zu achten, ging er ran und hörte die Stimme, abgehackt, wie aus weiter Ferne.

Amé.

Er verstand kaum, was sie sagte ... es ging um Harp ... einen *Notfall.* Auch den Namen Danny meinte er zu verstehen, dann noch ein letztes Wort, bevor die Verbindung abbrach.

Geisterlichter.

Erst vor einer knappen Stunde war er an dem Pavillon vorbeigekommen, hatte aber nicht weiter auf ihn geachtet. Er konnte sich nicht daran erinnern, im Vorbeifahren etwas Ungewöhnliches gesehen zu haben, aber das hieß natürlich gar nichts. Amé war dort, mit Harp und Danny Ford. Er musste sich sofort auf den Weg machen, auf der Fahrt würde er versuchen, die anderen Deputys mit dem Handy zu erreichen, oder das Funkgerät nehmen, sobald er näher an Murfee heran war.

Er schaltete das Blaulicht ein, aber es wurde vom Regen fast verschluckt, sodass er immer noch nicht besonders weit sehen konnte. Um den Sturm abzuwarten, blieb ihm keine Zeit mehr.

Er trat das Gaspedal voll durch und trieb den Pick-up zur Höchstgeschwindigkeit an.

51

Eine Viertelstunde, nachdem Buck Emmett die Verfolgung des weißen Transporters aufgenommen hatte, stand Mel vor dem Earlys fast an derselben Stelle wie er zuvor.

Sie hatte es sich angewöhnt, ihre Pausen vor dem Laden zu verbringen, damit die Nachtluft den Geruch von Bier, Zigaretten und Staub kurz vertrieb. Manchmal rauchte sie vor der Tür, aber sie hatte ihre Marlboros in der Handtasche vergessen, und so stand sie einfach nur da und blickte nach oben, weil sie wissen wollte, ob ihr die Wolken, die sie über der Far Six gesehen hatte, bis in die Stadt gefolgt waren. Chris würde bald nach Hause kommen, vielleicht war er bereits da, und sie freute sich schon auf ihn. Als sie zum letzten Mal mit Chris im selben Auto aus der Stadt gefahren war, hatte er schwer verletzt auf dem Beifahrersitz gesessen, weil er auf der Ranch, die nun ihr Zuhause war, angeschossen worden war.

Seitdem betete sie, eine solche Nacht niemals wieder erleben zu müssen. Dabei wusste sie, wie albern der Wunsch war, wenn man einen Mann liebte, der Dienstmarke und Waffe trug. Ben hatte Mel viel von seiner Ehe erzählt, und sie wusste, welche Opfer seine Frau Jackie wegen seines Berufs gebracht hatte – all die schlaflosen Nächte und die Angst, die sie jedes Mal ergriffen hatte, wenn das Telefon klingelte. Auch Mel hatte solche Momente schon oft erlebt, im Earlys etwa, wenn Buck oder Ben oder einer der Deputys zur Tür hereinkam – echte Schrecksekunden, weil es ja sein konnte, dass sie nicht auf ein Bier, einen Kaffee da waren, sondern mit ihr sprechen mussten. Dass sie Mel am Arm nach draußen führten, damit sie ihr die schlechte Nachricht überbringen konnten, ohne dass es in der Kneipe jemand mitbekam.

Jeden Moment mit dem eigenen Tod rechnen zu müssen war schlimm, aber es war nun mal das Leben, das Chris sich ausgesucht hatte. Vielmehr war es das Leben, das sie beide sich zusammen ausgesucht hatten. Sie musste sich eben damit arrangieren, nur fiel ihr das in einigen Nächten leichter als in anderen.

Sie glaubte, Rauch zu sehen. Vielleicht saß jemand mit einer Zigarette in seinem Wagen ... und wartete. Kurz fielen ihr die Männer aus Killing wieder ein, die sich im Earlys so aufgespielt hatten; die Männer, die Chris schon seit Tagen beschäftigten. Sie blickte sich nach einem verräterischen roten Punkt hinter einer Windschutzscheibe um, aber die Handvoll Autos auf dem Parkplatz waren alle verlassen. Da die Menschen aus Murfee und Umgebung bei der anhaltenden Dürre keine Kippen achtlos wegwarfen, ging sie nicht davon aus, dass irgendwo ein Busch oder trockenes Gras Feuer gefangen hatte. Außerdem war der Rauch inzwischen so dicht, dass er weder von einer Zigarette noch brennendem Gras stammen konnte.

Sie ging zur Straße, schaute sich um und sah es.

Ein Feuer war in Beantown ausgebrochen, wie einige Leute aus Murfee das Hispano-Viertel am anderen Ende der Stadt abfällig nannten. In der Dunkelheit hob sich das rote Flackern deutlich ab. Es sah aus, als würde ein Haus, vielleicht sogar mehrere in Flammen stehen. Mel wusste, dass Amé in dem Viertel wohnte, musste sich zu ihrer Schande aber eingestehen, dass sie keine Ahnung hatte, wo ihr Haus stand.

Sie ging ein paar Schritte in die Richtung, versuchte zu erkennen, wie ernst die Lage war. Das Handy hatte sie hinter dem Tresen liegen lassen, aber Buck Emmett war noch nicht lange weg, und sie würde ihn von drinnen anrufen oder vielleicht besser gleich die Feuerwehr.

In diesem Moment hörte sie das Einsatzhorn.

52

America wollte Ben Harper nicht ins Gesicht schauen.

Er hatte die Augen geschlossen, als würde er über Dannys Schulter schlafen. Besonders groß war er nie gewesen, doch nun schien er mit jeder Sekunde zu schrumpfen. Sie hatte Angst, er könnte ganz verschwunden sein, bevor sie den Highway erreichten.

Sie hielt die Taschenlampe und den Anhänger, den er ihr geschenkt hatte, in der einen Hand, die Pistole in der anderen.

Seit einigen Minuten schon hatten Danny und sie nicht mehr gesprochen, denn viel zu sagen gab es nicht. Die einzigen Geräusche waren ihrer beider Atem und das Knirschen ihrer Stiefel auf dem karg bewachsenen Sand. Mit der Taschenlampe leuchtete sie den Boden vor Dannys Füßen ab, damit er nicht über einen Stein, eine Wurzel stolperte. Inständig hoffte sie, dass ihr letzter Anruf zu Chris durchgedrungen war. Obwohl Ben sie davor gewarnt hatte, hielten sie auf den Pavillon zu, weil Chris oder einer der Deputys sie dort finden würde. Doch so oft sie auch in die Richtung blickte und nach Scheinwerfern Ausschau hielt, alles blieb dunkel.

Danny hielt an, ging auf ein Knie. »Bitte, nur eine Sekunde, ich krieg kaum noch Luft.« Auch er blickte in Richtung des Highways, und America merkte, wie viel Kraft es ihn kostete, Ben trotz seiner eigenen Verletzung zu tragen. Dennoch legte er den Toten nicht einfach auf dem Sand ab.

»Tut mir leid«, sagte er.

»Sie sind verletzt, also machen wir eine Pause. Es wird sowieso dauern, bis uns jemand abholt.« Sie kniete sich so neben ihn, dass sie Bens geschlossene Augen nicht sehen musste.

»Das meinte ich nicht. Meinetwegen haben Sie alle so viel auf sich genommen. Ich hatte keine Ahnung, dass es so kommen würde. Ich dachte nur ...«

»Das kann man nicht ahnen. Davor wollte ich Sie damals warnen. *Sangre exige sangre.* Wir wissen nie, welchen Preis wir für unsere Rache bezahlen müssen. Aber er ist immer viel zu hoch. Denn wir bezahlen nicht selbst, das tun andere für uns.«

»Blut fordert Blut«, wiederholte er. »Das haben Sie im Auto zu mir gesagt, als Sie und ...« Den Namen Harper sprach er nicht aus. Er schaute sie an, sah den Anhänger in ihrer Hand. »Sie reden aus eigener Erfahrung, oder? Das wollten Sie mir in Murfee eigentlich sagen.«

»*Mi hermano*«, sagte sie nach kurzem Zögern. »Er wurde von Männern ermordet, die so waren wie die Earls. Die haben ihn in der Wüste verscharrt, wie einen Hund, und er wäre vergessen worden, wenn Sheriff Cherry nicht gekommen wäre und ...« Sie stand auf. »Darauf kommt es jetzt nicht mehr an. Er ist tot.«

Auch Danny stand auf, langsam, damit Ben ihm nicht von der Schulter rutschte. »Welchen Preis haben Sie bezahlt?«

»Wer sagt denn, dass ich nicht immer noch dafür bezahle, Danny Ford?«

Beim Gehen fing er an zu erzählen, von einem Ort namens Wanat, einem Gefecht und einem Sergeant Wahl, der dort gefallen war. Er sagte, das Big Bend würde ihn an Afghanistan erinnern – die Berge, die schroffe Landschaft. Dann ging es um eine Frau, die ihn gebeten hatte, auf sie aufzupassen, aber irgendetwas Schlimmes war geschehen. America konnte der Geschichte nicht folgen, trotzdem hörte sie zu, ließ Danny reden. Wahrscheinlich suchte er nach einer Erklärung, warum er hier gelandet war und jetzt mit einem Toten, den er kaum kannte, durch eine dunkle Wüste marschierte. Er hatte sich bei ihr entschuldigt, und das genügte ihr, denn sie würde ihm nicht die Schuld an allem geben. Wie hätte sie das können, wo sie doch selbst so viel angerichtet hatte, als sie Rodolfos Tod rächen wollte?

Sangre exige sangre.

Im Gegensatz zu Danny wusste sie, wie hoch der Preis war. Sie hatte gesagt, die Männer, die Rodolfo getötet hatten, wären wie die Earls gewesen. *Hombres malos.* Ben hatte solche Männer *Wölfe* genannt. Sie waren gefährlich, man konnte ihnen nicht über den Weg trauen. Sie umkreisten einen, und es wurden immer mehr. Sie trugen die Schuld an dem, was ihrem Bruder, Billy Bravo und nun auch Ben Harper zugestoßen war.

Würde es jemals aufhören? Konnte man es beenden?

Chris wollte an das Gesetz glauben, an *das Richtige.* Wegen seiner Erlebnisse mit Sheriff Ross hielt er an der Vorstellung fest, dass es so etwas wie das Richtige gab. Wegen ihrer Erlebnisse mit Duane Dupree, mit dem *sicario* Máximo, mit Vianey Ruiz, die die Asche von Billy Bravo über dem Fluss verstreut hatte, mit Azahel Avalos in seiner Zelle, mit ihrem Kollegen und Freund, der nun tot über Danny Fords Schulter hing, hatte sie Angst, dass es so etwas wie das Richtige nicht gab.

Es gab nur das, was man tun musste, um sich gegen die Wölfe zu wehren.

Das hatte Ben ihr beibringen wollen: Wenn man einmal anfing, Blut zu vergießen, dann würde das bis in alle Ewigkeit weiteres Blut fordern. Und wenn es sowieso nie aufhörte und sich das Blut niemals abwaschen ließ, dann musste man es eben hinnehmen. Das war der wahre Preis, den man zu zahlen hatte, wenn man *hombres malos* bekämpfte ... wenn man Dienstmarke und Waffe trug.

Sie dachte an das Gebet, das Vianey zur Nuestra Señora de la Santa Muerte gesprochen hatte. Sie versuchte, sich an die Wörter zu erinnern, und mit jedem Schritt fielen ihr weitere ein. Als der Pavillon in Sicht kam, hatte sie das ganze Gebet beisammen.

Santa Muerte, te convoco. Santa Muerte, te invoco. Verschaffe mir Gerechtigkeit und übe Rache an meinen Feinden …

Dannys Motorrad war noch da, Jesse Earl nicht mehr. Er hatte es umgeschmissen, mit Kugeln durchsiebt und die Reifen zerstochen.

Im Licht der Taschenlampe glitzerten die verschossenen Patronenhülsen wie goldene Münzen, wie herabgefallene Sterne. Auch dunklere Flecken waren zu sehen, wahrscheinlich Blut. Sie und Danny gingen zum Pavillon, und Danny ließ Bens Leiche vorsichtig auf den Tisch dort gleiten, damit sie nicht mit dem Boden in Berührung kam.

Sie wollte ihr Handy aus der Tasche ziehen, aber Danny tippte sie an und zeigte zum Highway, wo Blaulichter auf sie zurasten.

Sie hatten schon lange zu den Lichtern hingeschaut, als sie das Einsatzhorn hörten.

53

Die Hölle brach los. Diesen Spruch hatte Buck schon oft gehört.

Und er passte haargenau zu dem, was sich in Murfee abspielte.

Beantown brannte.

Till Greer war hingefahren, um die Feuerwehr zu unterstützen, und schrie übers Funkgerät, dass sie aus einem der brennenden Häuser beschossen wurden. Das ergab eigentlich keinen Sinn, aber Buck hatte die Schüsse mit eigenen Ohren gehört – im wilden Durcheinander aus Einsatzhorn, entferntem Gewitter und lauten Rufen.

Kurz davor hatte Sheriff Cherry ihn erst vergeblich auf dem Handy angerufen und es dann über Funk versucht. Der Sheriff raste von der Far Six in die Stadt, wo Amé und Harp etwas zugestoßen war, eventuell hatte es mit den Earls zu tun. Deshalb hatte also niemand die beiden Deputys erreichen können. Mindestens einer von ihnen war verletzt, sie warteten bei den Geisterlichtern auf Hilfe, und der Sheriff war dorthin unterwegs. Doch dann hatte Buck ihm gesagt, dass er einen Transporter verfolgte, den einer der Earls fuhr und der aus Richtung des brennenden Beantown gekommen war. Während Buck dem Sheriff über Funk Bericht erstattete – fast flüsternd, obwohl er allein war –, hatte der Transporter den Verwahrparkplatz mit ausgeschaltetem Licht ein paarmal umrundet. Buck hatte seinen Pick-up am Straßenrand abgestellt und sich auf dem Sitz klein gemacht. Davor hatte er noch gesehen, wie eine Person mit Bolzenschneider aus dem Fahrzeug gesprungen und zum Tor des Parkplatzes gehuscht war.

Trotzdem hatte der Sheriff gesagt, er solle sich nicht von der

Stelle rühren. Sich den Earls unter gar keinen Umständen alleine nähern und sie auch nicht verfolgen, falls sie wegfuhren. Der Sheriff wollte Dale Holt über Funk zu den Geisterlichtern schicken und selbst sofort zum Verwahrparkplatz fahren. Weil Till drüben in Beantown war, Amé und Harp in der Nähe der Geisterlichter herumirrten und Tommy Milford noch im Krankenhaus lag, standen keine weiteren Deputys zur Verfügung.

Vor dem Auflegen hatte der Sheriff noch einmal mit Nachdruck gesagt, Buck solle sich *unter gar keinen Umständen* von der Stelle rühren.

Das war nun zehn, fünfzehn Minuten her und seitdem saß Buck in seinem Pick-up und hörte über Funk mit, wie Till von den Schüssen aus dem brennenden Haus berichtete und Dale auf dem Weg zu den Geisterlichtern Amé und Harp zu erreichen versuchte. Alle taten *etwas*, während er nichts tat, außer sich zu verstecken. Und das, obwohl die Earls, die mit Sicherheit seinen Freunden etwas angetan und dann Beantown in Brand gesteckt hatten, nur wenige Meter weit weg waren. Er hatte keine Ahnung, was sie auf dem Parkplatz suchten, und sich nur gewundert, weil sie nicht zur Bank weitergefahren waren. Wie er vermutete, ging es um das Auto, das Tommy angefahren hatte; das Auto, das Amé und Harp den ganzen Vormittag untersucht hatten. Wieso es eine Verbindung zwischen den Earls und dem jungen Mexikaner geben sollte, konnte er sich nicht erklären. Aber eigentlich war das auch egal, denn die Typen standen auf dem Verwahrparkplatz und würden vermutlich bald verschwinden. Wie lange der Sheriff noch brauchen würde, wusste er nicht, befürchtete aber, dass er zu spät käme.

Also würde er nur tatenlos herumsitzen und zusehen, wie sich die Earls aus dem Staub machten.

Er stellte sich vor, wie er später im Earlys auf einem Barhocker saß und sich schämte, weil er *diese* Geschichte erzählen musste; wie er seinem Bruder Birch erklärte, er hätte nur Befehle ausgeführt. Er dachte an Chief Deputy Harpers ständigen Spruch vom *agieren statt reagieren.* Wenn er im Pick-up sitzen blieb, tat er weder das eine noch das andere. Zum Zuschauen verdammt, das war er.

Da hätte er ebenso gut ein Geist sein können.

Er zog seinen Colt aus dem Holster, setzte sich aufrecht hin und blickte zu der Stelle, wo er den Transporter zuletzt gesehen hatte.

Mit Birch zusammen hatte er fast jedes Tier gejagt, das in Texas heimisch war. Ziegen, Antilopen, Maultierhirsche, Weißwedelhirsche, ja, sogar Alligatoren. Erst letztes Jahr hatten sie in Solitario einen gewaltigen Puma erlegt, was eigentlich illegal war, aber das Tier hatte auf der Ranch von Dave Wilcher Schafe gerissen und die angefressenen Kadaver liegen gelassen. Birch hatte die Fährte aufgespürt, aber Buck hatte den Puma zuerst gesehen und den tödlichen Schuss abgefeuert. Aus fast fünfzig Metern Entfernung.

Und der Verwahrparkplatz lag sogar noch näher.

Er stellte das Funkgerät ab, schaltete das Handy stumm und öffnete die Tür. Trotzdem wartete er noch eine Minute, nicht aus Angst, er wollte dem Sheriff nur mehr Zeit geben. Doch auf der Straße blieb es dunkel, also atmete er einmal tief ein und stieg aus.

Es war wie jagen gehen, redete er sich ein.

54

Das Schloss des Nissan zu knacken und den Motor kurzzuschließen war kein Problem gewesen. Kasper hatte ähnliche Modelle schon etliche Male geklaut, und auch bei diesem hatte er keine fünf Minuten gebraucht. Dass sie jetzt nicht vorankamen, lag an den Scheißreifen, denn sie mussten die zerfetzten durch die austauschen, die sie von Clutts' Auto abgenommen hatten. Der Zeitfresser waren die verfluchten Radbolzen, die zwar ziemlich ähnlich waren – fünf Stück, zwölf Zentimeter lang –, aber eben nicht genau gleich. Mr. Earl hatte ihn danach gefragt, als er ihm beim Biertrinken gesagt hatte, er würde seine Hilfe brauchen. Im Internet hatte Kasper sich die Reifengröße für den Nissan rausgesucht (denn Mr. Earl wollte nicht nach Murfee fahren und neue kaufen), und dabei festgestellt, dass vor der Tür ein fast passender Ersatz stand.

Nämlich die Reifen des Autos, auf dessen Motorhaube Mr. Earl damals seine leere Bierdose abgestellt hatte.

Fast passend, aber eben nicht haargenau. Deshalb hockte T-Bob, der sternhagelvoll war und zum Himmel stank, immer noch vor dem Nissan und brach sich mit dem letzten Reifen einen ab. Little B richtete zwar die ganze Zeit schon eine Taschenlampe auf die zittrigen Hände des alten Mannes, aber Kasper merkte, wie die Sekunden mit jeder arschlangsamen Umdrehung von T-Bobs Schraubenschlüssel nur so wegrasten. Mr. Earl hatte gesagt, das Feuer auf der anderen Seite der Stadt würde ihnen viel Zeit verschaffen, und falls sie auf dem Parkplatz einen Alarm auslösten, würde das wegen der Aufregung keiner mitkriegen. Bisher war die Rechnung aufgegangen, denn auf den Straßen rundherum war nichts zu hören. Kasper hatte jahrelang Autos geknackt und wusste, dass es darauf ankam, schnell und unsichtbar zu sein. Das erste konnten sie vergessen, weil sich der Reifenwechsel hinzog wie Kaugummi, und das zweite auch, denn sie standen auf einem offenen Parkplatz. Zwar wurde er nur von zwei hohen Lampen beleuchtet, aber es gab kaum andere Fahrzeuge, die ihnen Sichtschutz geboten hätten. Jeder, der um die Ecke schaute, würde sofort wissen, wer sie waren – drei Männer, die sich einen abbrachen, ein Auto zu klauen.

»Verdammte Scheiße, lass mich mal.« Er riss T-Bob den Schraubenschlüssel aus der Hand. »T-Bob, du nimmst die Taschenlampe und hältst sie so, dass ich meine Hände sehe. Little B, geh du zum Tor und guck, ob keiner kommt. Oder park den Transporter um, damit uns von der Straße keiner sieht. Ich beeile mich.«

Little B flüsterte seinem Onkel etwas zu, bevor er ihm die Taschenlampe gab. Er stellte sich neben Kasper und schaute auf ihn runter. »Hast du jetzt das Sagen, Kaz? Plötzlich Eier gekriegt, oder was?«

Und in dem Moment klang er genau wie sein Daddy oder sein großer Bruder.

Kasper wollte auf den letzten Bolzen spucken, damit er sich leichter drehen ließ, nur war sein Mund vor lauter Angst so trocken, dass er erst mal Spucke sammeln musste. »Verdammte Scheiße, ich hab nicht das Sagen. Ich will nur so schnell wie möglich fertig werden, damit wir nicht im Knast landen. *Dein Daddy* hat gesagt, wir sollen das Auto klauen.«

»Jaja, ich weiß. Und ich hab mich gefragt, wieso eigentlich. Bestimmt ist im Auto genug Geld für alle.«

Für alle.

Daran glaubte Kasper inzwischen nicht mehr. Was immer in dem Auto versteckt war, es war nur für Mr. Earl bestimmt. »Wenn wir die Karre nicht hier wegbringen, hat keiner was davon. Also, B, hilf mir, bitte.«

»Fick dich, Kaz. Du klingst wie 'ne kleine Bitch, wie die dämliche Jenna. Aber ich park den Wagen um, wenn es dann endlich schneller geht.« Little B boxte seinem Onkel in die Schulter, weil der mit jeder Sekunde mehr in sich zusammensackte. Das Licht der Taschenlampe glitt an Kaspers Händen vorbei und verlor sich unter dem Auto. Dann drehte Little B sich um, ging zum Transporter und stieg ein.

Und du klingst wie einer, der was sein will, was er nicht ist.

»T-Bob, halt sie bitte gerade« sagte Kasper. »Ich schwöre, wir haben's gleich ... ich brauche nur mehr Licht, weil ...« Er beendete den Satz nicht, weil ihnen im selben Moment jemand vom Tor was zurief.

»Hebt eure Scheißhände so hoch, dass ich sie sehen kann, und kommt ganz langsam auf mich zu ...«

Schnelligkeit und ein bisschen Glück.

Nur noch ein, zwei Minuten, mehr hätten sie nicht gebraucht.

Kasper kam im selben Moment hoch, als T-Bob sich umdrehte. Ein dicker Deputy stand in der Einfahrt und zielte mit seiner Waffe auf sie. Kasper sah die Dienstmarke an seinem Gürtel, ein goldener Stern.

Er ließ den Schraubenschlüssel fallen.

Es ist vorbei, Gott sei Dank. Jetzt fahre ich nach Hause, rufe meine Mom an und ...

T-Bob hob die Hände, der Deputy machte einen Schritt nach vorn. »Ihr geht jetzt langsam auf mich zu.« Er schaute zum Transporter, der so stand, dass er nicht in die Fahrerkabine blicken konnte.

»Sind hier noch andere Personen?« Er kam näher, schaute abwechselnd auf Kasper und T-Bob und die Beifahrertür des Transporters. Als er das Heck fast erreicht hatte, blieb er stehen und horchte, ob sich im Auto etwas rührte. Kasper wollte gerade *Ja, da ist noch jemand* rufen, als T-Bob den Mund aufmachte.

»Nein, Sir, nur wir beide, glaube ich.«

»*Glauben* Sie?«, wiederholte der Deputy verwirrt, als Little B mit der zwölfkalibrigen Remington hinten aus dem Transporter sprang. Er hatte die Tür aufgetreten, und war nur wenige Schritte vom Deputy entfernt, der sich ruckartig zu ihm umdrehte. Little Bs erster Schuss zerschmetterte nur die Windschutzscheibe eines alten Taxis. Der Deputy ging auf ein Knie, erwiderte das Feuer, und etliche seiner Kugeln fanden ihr Ziel. Little Bs zweiter Schuss riss dem Deputy die Beine weg, er fiel um und landete in seinem eigenen Blut. Little B fiel rückwärts auf die Ladefläche des Transporters, trotzdem schoss er weiter, so wie der auf dem Boden liegende Deputy.

Direkt vor seinen Augen starben zwei Männer, das wusste Kasper. Der Deputy und Little B schrien und schrien, und obwohl Kasper sich die Ohren zuhielt, war ihr Gebrüll lauter als alles, was er je gehört hatte.

Vielleicht schrie er sogar selbst, nach Little B oder seiner Mutter, denn das Mündungsfeuer war unerträglich grell und die davon ausgehende Hitze verbrannte die Luft um ihn herum.

Sie war doppelt so heiß wie das Feuer, das sie am anderen Ende der Stadt gelegt hatten.

55

Chris kam zu spät.

Das wusste er, als er an Bucks leerem Pick-up vorbeifuhr.

Eigentlich hatte er es schon vorher gewusst, denn er hatte den Deputy seit zwanzig Minuten nicht mehr über Funk erreichen können. Immer und immer wieder hatte er Bucks Namen gerufen und nur Schweigen gehört. Ohrenbetäubendes Schweigen. Eine abgedroschene Phrase, die sich in den nervenzehrenden, totenstillen Minuten als allzu wahr erwiesen hatte.

Nicht mal den eigenen Herzschlag, den eigenen Atem hatte er noch gehört. Vergeblich hatte er gelauscht, ob Buck ihm vielleicht doch noch antwortete.

Blaulicht und Scheinwerfer hatte er bereits ausgeschaltet, als er auf den Verwahrparkplatz einbog. Es brannten nur die beiden hohen Lampen, und selbst in ihrem schwachen Licht sah er, dass jemand die Sicherungskette durchgeschnitten hatte und der Platz mit dunklen Flecken übersät war. Sie waren verschmiert wie Fingerfarben, und Chris brauchte einen Moment, um zu begreifen, worauf er da schaute. Doch als er Buck in ihrem Zentrum liegen sah und erkannte, dass sich die Farbe kreisförmig vom toten Deputy ausbreitete, da wusste er es.

Beim Flüchten waren sie durch Bucks Blut gefahren, über den Toten hinweg, hatten ihn ein paar Meter über den Asphalt geschleift. Der Transporter, den Buck verfolgt hatte, stand noch da, die offene, hintere Ladetür war mit Einschusslöchern durchsiebt, also waren die Täter in einem anderen Fahrzeug entkommen. Um sicherzugehen, dass sie wirklich fort waren, musste Chris den Transporter überprüfen, nur konnte er den Blick einfach nicht von Bucks entstelltem Körper lösen. In Gedanken versuchte er, Buck wieder zusammenzusetzen, ihn wieder lebendig zu machen.

Und er betete, dass Buck schon tot gewesen war, bevor sie über seinen Kopf gefahren waren.

Die A5 auf die offene Transportertür gerichtet, stieg er aus. Er bewegte sich langsam auf das Fahrzeug zu, blieb nach jedem zweiten Schritt stehen, horchte. Vorsichtig ging er um das Blut des Deputys herum und sah in einer Lache den Abdruck eines Reifens. Rasch zählte er die auf dem Parkplatz abgestellten Fahrzeuge, obwohl er tippte, dass die Täter in Avalos' Nissan geflüchtet waren. Buck war nun also schon der zweite Deputy, dessen Blut an diesem Fahrzeug klebte.

Wenn er den Nissan fand, würde er ihn komplett auseinandernehmen, damit kein Mensch jemals wieder damit fuhr.

Hinter dem Transporter war ein Geräusch zu hören, das ihn beinahe zu Tode erschreckte, doch dann sah er, wie im Schatten Hände gehoben wurden. Er hätte einfach abdrücken können, niemand hätte jemals ein Wort darüber verloren; keiner, der Bucks blutige Leiche sah, würde seine Entscheidung hinterfragen. Trotzdem zwang er sich dazu, den Finger vom Abzug zu nehmen. Er atmete tief ein und schaute zu dem Mann hin, den er beinahe erschossen hätte.

Zu dem Jungen, den er beinahe erschossen hätte und der jetzt aus dem Schatten auf ihn zu wankte.

»Bitte nicht schießen ... bitte.«

»Runter auf den Boden. Keinen Schritt weiter.«

Der Junge legte sich auf den Asphalt, das Gesicht nur Zentimeter von Bucks Blut entfernt.

»Ist noch jemand hier?«

Der Junge schüttelte den Kopf. »Die sind weggefahren. Einer, der andere ist tot.«

Chris blickte sich um, sah aber keine weitere Leiche. Vielleicht lag sie im Transporter.

»Ihr wart zu dritt?«

»Ja.«

»Wer waren die anderen?«

Der Junge schien mit Tränen zu kämpfen. »T-Bob Earl und sein Neffe Little B … Er ist tot, der Deputy hat ihn erschossen. Ich hab gehört, wie er gestorben ist, er hat so komische Geräusche gemacht, so was hab ich noch nie gehört und …«

»Das reicht.« Chris ging zu ihm, schulterte die A5 und legte ihm Handschellen an. Er zog ihn hoch, stellte ihn an die Seitenwand des Transporters, durchsuchte ihn und fand nichts. Ein paar Straßen weiter flackerte Blaulicht, und jetzt roch auch er das Feuer, das im Westen der Stadt ausgebrochen war. Er musste Till anrufen und fragen, ob sie den Brand langsam unter Kontrolle bekamen. Nach der langen Trockenheit konnte das gesamte Viertel abbrennen. Mit sehr viel Glück kam ihnen das Wetter zur Hilfe, und der aus dem Süden aufziehende Sturm erreichte Murfee.

Der Junge redete weiter, aber Chris forderte ihn auf, still zu sein. Im Transporter war so viel Benzin verschüttet worden, dass Chris es fast schmecken konnte, und der nach der Schießerei in der Luft hängende Schwefel reizte seine Augen.

»Das Feuer habt ihr gelegt, stimmt's?«

»Ja. Mr. Earl wollte das.«

»John Wesley Earl?«

Der Junge nickte, wollte sich die Augen reiben, aber seine Hände waren gefesselt.

»John Wesley Earl steckt hinter allem, was heute Abend geschehen ist?«

»Ja, und vorher war noch was anderes. Heute Morgen. Jesse, Joker und Lee Malady sind hinter Danny her … er wollte mit seiner Harley irgendwo hin. Mehr weiß ich nicht.«

Was anderes. Darum war es gegangen, als Amé ihn zu erreichen versucht hatte. Sie und Harp waren wegen Danny mit Jesse aneinandergeraten. Und Buck hatte auf dem Parkplatz Earls zweiten Sohn erschossen. Vielleicht waren seine beiden Söhne an einem Tag gestorben. Dem alten Outlaw mochten seine Kinder zwar scheißegal sein, aber er würde ihren Tod zum Anlass nehmen, an Chris und seinen Deputys Rache zu üben.

Das Feuer in Murfee war womöglich erst der Anfang.

Der Junge redete jetzt mit sich selbst. »Wir wollten eine Band gründen ... eine Band ... und ich glaube, ich hab ihn geliebt ...«

Was hat Earl vor? Was hat Earl bloß vor?

Das fragte er sich noch, als Dale Holt mit Blaulicht und Einsatzhorn auf den Parkplatz fuhr.

Amé stieg zuerst aus, dann Danny Ford. Beide waren voller Blut, und Chris hätte nicht sagen können, ob es von ihnen selbst oder einem anderen Menschen stammte. Danny humpelte stark, doch das nahm Chris nur am Rande wahr.

Was seinen Blick fesselte, war der Mann, der auf der Ladefläche des Pick-ups lag, der Mann, der sich nicht bewegte.

Der Mann, der jetzt so starr und kalt war wie Buck Emmett.

Bitte, lieber Gott, nicht Harp. Bitte nicht Ben.

Doch er war es.

56

T-Bob fuhr in dem geklauten Auto in den Sturm rein, mit seinem toten Neffen auf der Rückbank.

Dass Little B tot war, daran bestand kein Zweifel. Sein Herz hatte aufgehört, dickflüssiges Blut über die Rückbank zu pumpen, doch T-Bob roch den Gestank im Auto, kupferig, als hätte er eine Rolle Münzen im Mund. Er hatte Little B aufrecht hingesetzt, aber der Junge war umgekippt und in seinem eigenen Blut (und wohl auch seiner eigenen Scheiße und Pisse) ausgerutscht. Jetzt war er nur noch ein lebloses Etwas und starrte oben an die Decke und auf T-Bobs Hinterkopf. Ja, Little B war mausetot, trotzdem schaute T-Bob stur geradeaus und bloß nicht nach hinten zu seinem Neffen. Er hatte Angst, die toten Glasaugen könnten zwinkern oder die Zunge könnte aus dem Mund schnellen und sich über die kalten Leichenlippen lecken. Oder der Junge könnte sich aufrecht hinsetzen, einen blutigen Arm um T-Bob schlingen und was Klugscheißerisches sagen ... oder was richtig Schreckliches.

Es war der Schnaps, der ihn so was denken ließ, oder eher die Tatsache, dass er schon zu lange nichts mehr getrunken hatte. Die Flasche Scotch hatte fürs Erste geholfen, mehr aber auch nicht. Vielleicht half aber auch kein Schnaps der Welt mehr, wenn dein toter Neffe auf der Rückbank sich jeden Moment wieder hinsetzen und was sagen konnte.

Der Regen setzte ein und fiel wie Blutstropfen auf die Scheibe. T-Bob hatte die Klimaanlage voll aufgedreht und hoffte, das würde den Gestank wegpusten. Er zitterte, aber an der Kälte im Auto lag es nicht.

Er blickte angestrengt durch die Scheibe, versuchte, die Straße zu erkennen, zwischen den Markierungen zu bleiben. Seit Monaten war es knochentrocken gewesen, jetzt bedeckte das Wasser langsam die ganze Welt. Nur seine Kehle blieb trocken, sehnte sich nach einem Drink. Little B, Jesse und auch JW hatten das nie verstanden. Sie kannten diesen verfluchten Durst nicht, der den echten Trinker quälte. Bis Mitte zwanzig hatte T-Bob, der fast zehn Jahre älter war als JW, keinen Tropfen getrunken, weil er sich um seinen kleinen Bruder kümmern musste, weil ihr Daddy kaum da war, und wenn, dann selber soff und mit seinen Dämonen kämpfte. Nachdem T-Bob dann den ersten Schluck getrunken hatte, war er seinem Daddy bis zum Grund der Flasche gefolgt. Es war das Einzige, was sie jemals gemeinsam gehabt hatten. JW war von Anfang an Daddys Liebling gewesen, und das nur noch mehr, als T-Bob mit dem Trinken angefangen hatte – als hätte sein Daddy in ihm die eigenen Fehler wie durch ein Vergrößerungsglas gesehen.

Am Ende war er so geworden wie sein Daddy, und Mason William Earl hatte ihn dafür gehasst, hatte ihm die Schuld an all dem Mist gegeben, den die Earls erlebt hatten.

Als JW zum ersten Mal in den Knast gewandert war, hatte sein Daddy im Trailer gesessen, Radio gehört, sein Lieblingslied von Johnny Rodriguez mitgesungen und sich die Tränen weggesoffen. Die ganze Zeit hatte er T-Bob nicht angeschaut, und T-Bob wusste, was sein Daddy dachte. Dass sie den falschen Sohn eingesperrt hatten und Mason William genauso gut selbst im Knast hätte sitzen können. Und als er richtig komisch im Kopf wurde und man kaum noch mit ihm klarkam, da hatte er manchmal nach dem Sohn gerufen, der nicht da war, und mit seinen schlaffen Fäusten nach dem geschlagen, der noch da war. Lange vor JWs Entlassung war Mason gestorben. T-Bob hatte ihn allein beerdigt, und sein Bruder hatte nie gefragt, wie es mit ihrem Daddy zu Ende gegangen war oder wo sein Grab lag.

Aber wenn JW was vorhatte, war ihm sowieso alles andere

scheißegal. So wie jetzt mit diesem verfluchten Auto. Er hatte Himmel und Hölle in Bewegung gesetzt, um an das Auto ranzukommen, und es hatte ihn schon einen Sohn gekostet und vielleicht auch noch den zweiten. Nur würde JW das niemals so sehen. T-Bob hatte so eine Ahnung, dass es JW nie um seine beiden Jungs gegangen war. Ganz gleich, was sich in diesem Auto befand, es war nicht für sie oder Sunny bestimmt. Little B war wegen dieses Nichts gestorben, aber JW würde natürlich trotzdem T-Bob dafür die Schuld geben.

Er spürte fast, wie die Augen seines Daddys ihn von der Rückbank aus böse anglotzten; seine Leiche oder sein Geist saß da hinten in Little Bs Blut, hielt die Hand des toten Jungen und nickte zufrieden.

Verdammt richtig, alles deine Schuld ... wie immer ... wie immer ...

T-Bob machte das solche Angst, dass er beinahe gewendet und Texas verlassen hätte, um nach Kalifornien oder Nebraska oder sonst wohin zu fahren. Erst hatte Jesse beim Wikiup Scheiße gebaut, dann waren sie mit dem Sheriff und seinen Deputys aneinandergeraten und jetzt das mit Little B. T-Bob war überall dabei gewesen, sodass der ganze Mist, der seit ihrer Ankunft in Killing passiert war, auch seine Fingerabdrücke trug. Er musste unbedingt was trinken, was richtig Starkes, damit sein Daddy auf der Rückbank ihn nicht mehr anglotzte und sein toter Neffe nicht mehr so fürchterliche Sachen flüsterte. Und bald würde er seinem Bruder gegenüberstehen, der ihn wahrscheinlich nicht nur böse anglotzen, sondern gleich umbringen würde.

Er hasste JW, konnte ihn aber genauso wenig im Stich lassen wie ihren Daddy, der ihn immer beschimpft hatte und ihm einmal sogar – als die letzte Sicherung in seinem Hirn durchgebrannt war – seine verdammte Ruger ins Gesicht gehalten und gefragt hatte, wo sein richtiger Sohn war.

Sein richtiger Sohn.

Trotzdem, Sunny konnte er nicht allein lassen, und wie weit würde er auch schon kommen mit einer Leiche auf der Rückbank und den ganzen anderen Toten um ihn rum?

JW hatte T-Bob genau gesagt, wo er das Auto abstellen sollte. Auf einem Stück Papier hatte er es aufgemalt und gesagt, T-Bob solle sich das verdammt noch mal merken, bevor er den Zettel dann zerrissen hatte. Zum Ranch-Haus sollte er das Auto nicht bringen, denn Earl wollte nicht, dass Flowers oder Clutts was mitkriegten. Bei dem ganzen Regen, der alles in Matsch verwandelte, war T-Bob sich nicht mehr so sicher, ob die Idee wirklich so gut war – denn das winzige Japsen-Auto war bestimmt nicht geländetauglich –, aber er würde es nicht schon wieder vermasseln.

JW sagte immer, T-Bob solle nicht denken, sondern machen, was man ihm sagt, und das würde er jetzt tun. Selbst wenn die Hölle zufror oder die Sintflut kam, er würde das gottverdammte Auto zu seinem Bruder bringen.

Hölle oder Sintflut. Er musste lachen, denn der Regen fiel jetzt richtig heftig, und man sah die Nacht gar nicht mehr.

Er drückte ein paar Knöpfe, wollte die Scheibenwischer und das Radio anmachen, vielleicht lief irgendwo sogar »Ridin' My Thumb to Mexico« von Johnny Rodriguez – alles war ihm recht, wenn nur das Geflüster auf der Rückbank aufhörte –, doch dann ging plötzlich die Klimaanlage aus und es knirschte laut. Er schrie auf, dachte erst, Little B würde von der Rückbank nach vorn klettern. Dann sah er, dass unter dem Armaturenbrett eine Klappe aufgesprungen war. Sie war so winzig, er hätte sie nie gefunden, wenn er danach gesucht hätte. Er hatte keine Ahnung, was er getan hatte, damit sie aufgegangen war. Die Scheibenwischer bewegten sich nicht mehr, die Klimaanlage knackte zwar noch, pustete aber nur noch heiße Luft.

Durch das Gebläse wurde ein Stück Papier aus der Klappe hochgeweht und landete in T-Bobs Schoß.

Er nahm es, kam dabei fast von der Fahrbahn ab, und als er es auseinanderfaltete, sah er, dass es nicht irgendein Stück Papier war. Er hielt es hoch, damit sein Neffe und sein Daddy von der Rückbank einen Blick darauf werfen konnten.

Auf den Hundert-Dollar-Schein.

57

Murfee brannte.

Und das erste Haus, das Kasper und Little B angezündet hatten, war das von Amé Reynosa.

Die Feuerwehr aus Murfee hatte erst vor Kurzem ein gebrauchtes Löschfahrzeug Ferrara Intruder 2 gekauft. Das Fahrzeug mit dem Dreitausend-Liter-Tank war das einzige, das sie im Brandfall einsetzten. Rechnete man Chief Ross Everly, den ersten und zweiten Captain – seine Brüder Ron und Rick – sowie alle aktiven und im Notfall abrufbaren Feuerwehrleute der Stadt (zu denen auch Ross' zwanzigjährige Tochter Becky gehörte, die hin und wieder mit Tommy Milford ausging) zusammen, bestand die Mannschaft aus acht Personen; die meisten von ihnen waren Familienangehörige der Everlys und einige von ihnen nebenbei noch als Rettungssanitäter und Schatzmeister der Feuerwehr tätig. Ihren letzten Einsatz hatten sie vor zwei Wochen gehabt, weil sich ein Auto überschlagen hatte, und in der Woche davor hatten sie ein paar brennende Sträucher gelöscht, weil sich ein geplatzter Truckreifen auf dem Highway 90 entzündet hatte. Einige Zaunpfähle hatten ebenfalls Feuer gefangen, und der Brand hatte sich über eine Fläche von fünfundsiebzig mal hundert Meter erstreckt. Zum Löschen hatten sie knapp zwei Stunden und ungefähr sechstausendfünfhundert Liter Wasser benötigt.

Hinterher wurde spekuliert, wie hoch der Schaden wohl gewesen wäre, wenn der Sturm nicht über die Stadt gefegt wäre. Als er hereinbrach, hatten die acht Feuerwehrleute seit über einer halben

Stunde gegen den Brand angekämpft, der zwei Straßenzüge mit kleinen, dicht gedrängten Häusern ergriffen hatte und sich über etwa anderthalb Hektar erstreckte. Wegen der anhaltenden Dürre war alles vollkommen ausgetrocknet, viele der Häuser erfüllten keine Sicherheitsstandards und waren zudem mit leicht brennbaren Sachen vollgestopft.

Die Flammen breiteten sich ungehindert von Hinterhof zu Hinterhof, von Dach zu Dach aus.

Trotzdem gaben die acht Feuerwehrleute alles; der zweite Captain Rick Everly erlitt an beiden Armen Verbrennungen zweiten Grades, als das Verandadach eines Hauses, das er durchsuchen wollte, teilweise einstürzte und die Kunststoffverkleidung des Hauses zu schmelzen begann.

Das Feuer war so heiß, dass selbst Häuser und Grundstücke, die nicht direkt betroffen waren, Schäden davontrugen: Planschbecken kochten, Gartenfiguren aus Plastik schmolzen wie Wachs, Reifen von Fahrrädern und Kinderwagen platzen.

Ein brennendes Huhn rannte im Kreis auf der Straße herum und zog eine Spur aus angesengten Federn hinter sich her.

Innerhalb kürzester Zeit hatten die Everlys den Wassertank des Ferrara Intruder 2 leer gepumpt, sämtlichen Löschschaum versprüht und das eigentlich schon ausrangierte, wesentlich kleinere Löschfahrzeug dazu geholt. Sie versuchten es mit dem einzigen Hydranten im Viertel, nur waren sämtliche Hydranten in Murfee schon seit Jahren im schlechten Zustand, worüber Chief Everly sich oft beschwert hatte. Einige funktionierten gar nicht mehr, bei anderen reichte der Druck nicht aus und ein paar waren nicht mal ans Wassernetz angeschlossen. Letzteres traf auch auf den Hydranten in Brandnähe zu, und als Chief Everly klar wurde, dass ihnen bald das Wasser ausgehen würde, betete er und rief die Kollegen in Artesia und Nathan zur Hilfe, obwohl er wusste, dass das Feuer längst außer Kontrolle geraten wäre, wenn sie in Murfee eintrafen.

Doch dann kam der Regen.

Der Sturm, der Sheriff Cherry von den Chisos nach Murfee gefolgt war, brach über die Stadt herein.

Es war der erste Regen seit über sechzehn Wochen – ein sintflutartiger Wolkenbruch –, und in weniger als einer Stunde gingen fast tausend Hektoliter Wasser auf die anderthalb Hektar brennendes Land nieder.

58

Alle beobachteten ihn, das merkte Chris.

Sie warteten ab, wollten wissen, was er als Nächstes zu tun gedachte, gerade so, als hätte er bisher gar nichts getan.

Dabei hatte er bereits Nichols angerufen, zuerst noch ruhig, dann das Telefon immer fester umklammernd, weil er an das Chaos denken musste, das John Wesley Earl in seiner Stadt, seinem *Zuhause* angerichtet hatte. Irgendwann hatte er Nichols angeblafft, er solle seinen Arsch endlich nach Murfee schaffen und ihm dabei helfen, der ganzen Scheiße ein Ende zu bereiten. Nichols hatte nur erwidert, er sei bereits auf dem Weg, Chris und seine Leute sollten sich aus der Sache raushalten, er und das FBI würden ab jetzt alles regeln.

Chris hatte gesagt, er hätte schon zu lange mit angesehen, wie Nichols Dinge regelte, und das Gespräch beendet, indem er das Handy in die Ecke gefeuert hatte.

Und das war nicht der einzige Anruf gewesen, obwohl er für die nächsten ein anderes Telefon benutzen musste. Er hatte Bethel Turner und seine Ranger sowie sämtliche Grenzschützer der Gegend alarmiert, damit sie den Nissan und die anderen Autos und Motorräder der Earls nicht durch die Checkpoints ließen. Auch die Sheriffs aus Midland, Pecos und Terrell hatte er entsprechend instruiert und Till Greer beauftragt, ihnen per Fax die Namen und Fotos aller Personen zu schicken, die Danny identifiziert hatte. Mit jedem Anruf, jedem Fax, jeder E-Mail wurde die Schlinge enger um das Big Bend County gezogen, ähnlich wie die, die Earl als Tattoo um seinen Hals trug.

Trotzdem schauten Danny Ford und Amé immer noch durch

die offene Bürotür zu ihm hin, nicht anklagend, eher so, als würden sie *mehr* von ihm erwarten. Eigentlich ging das schon so, seit die beiden auf dem Verwahrparkplatz berichtet hatten, was bei den Lichtern geschehen war, und dann mit ihm ins Gebäude gegangen waren. Dale Holt kümmerte sich inzwischen um den Gefangenen, Till um die Toten.

Die Toten.

Er schloss die Augen, sah sie aber immer noch vor sich – Harp und Buck. Nicht nur ihre übel zugerichteten Leichen, sondern auch die Menschen, die sie einmal gewesen waren.

Harp, wie er seine Jazz-CDs hörte und auf dem Barhocker im Earlys Geschichten erzählte. Wie er über etwas lachte, das Chris gesagt hatte, wie er ihn für etwas kritisierte, das er getan hatte.

Buck, wie er von einer Jagd mit seinem Bruder erzählte und mit den Händen die Geweihgröße des erlegten Hirsches demonstrierte. Wie er immer als Erster im Revier gesessen und Berichte getippt hatte, mit einem Finger, die Wörter laut mitsprechend.

Auch nach ihrer Beerdigung würde er die beiden noch lange vor sich sehen. Major Dyer und Garrison hatten recht gehabt: Sie waren seine Leute und würden es immer sein.

Und sie waren gestorben, als er die Verantwortung für sie trug.

Als er die Augen öffnete, saßen Amé und Danny in seinem Büro. Becky Everly hatte Dannys Wunde versorgt, aber eigentlich musste er dringend ins Krankenhaus. Chris kannte Danny bisher nur von Fotos, er war größer, als er gedacht hatte. Weil Becky sein blutdurchtränktes T-Shirt hatte aufschneiden müssen, trug er nun ein Hemd aus dem Spind eines Deputys, aber die Tattoos auf seiner Brust und den Armen verdeckte es nicht ganz. Adler, Pistolen, Totenschädel, Superhelden ... Bilder aus Comicheften. Becky hatte die Reste seines T-Shirts in einen durchsichtigen Beutel getan, der sich langsam rot färbte, während Danny erzählte, dass Ben Harper sich der Kugel in den Weg gestellt hatte, die Jesse Earl für Danny bestimmt hatte.

»Wo werde ich jetzt gebraucht?«, fragte Amé.

»Im Moment nur hier«, erwiderte Chris. »Heute Abend kommen Leute vom FBI, morgen früh noch mehr. Wir ziehen nicht los und machen im Dunkeln Jagd auf die Earls. Draußen tobt ein Sturm, außerdem läuft eine Ringfahndung, so schnell kommen die hier nicht weg. Die stecken in Killing fest.« Er konnte ihr nicht mal raten, heimzufahren, denn ihr Haus gehörte zu den acht, die vollständig niedergebrannt waren. Die Schüsse, denen Till Greer während der Löscharbeiten ausgewichen war, stammten von der Munition in Amés Haus. Als Ross Everly ihr gesagt hatte, dass ihr Haus und alles darin verbrannt waren, hatte sie laut gelacht. Er würde sie später fragen müssen, warum sie so reagiert hatte.

»Da bin ich mir nicht so sicher«, sagte Danny, der starr auf die Landkarte hinter Chris' Schreibtisch blickte.

»Was soll das heißen?«

»Ich glaube nicht, dass die in Killing feststecken. Earl jedenfalls nicht. Ich glaube, ich weiß, was er vorhat. Er hat es schon lange geplant, und wenn wir warten, macht er sich aus dem Staub.«

»Was heißt hier *wir*? Sie sind nicht mehr im Dienst, außerdem gehören Sie ins Krankenhaus.«

»Mag sein, Sheriff, aber ...«

»*Aber was?*« Chris wollte sich aufregen, doch seine Wut war verflogen, nachdem er das Handy in die Ecke gefeuert hatte. Er fühlte sich nur noch leer, stumpf. »Denken Sie mal an das, was hier heute los war. Das hat längst nichts mehr mit Ihnen und Ihrem Vater zu tun.«

»Ich weiß. Aber ich habe heute erlebt, wie ein Mensch durch eine Kugel gestorben ist, die eigentlich für mich bestimmt war. Obwohl er mich kaum kannte, wollte er mir helfen, mich beschützen. Und derjenige, der alles in Gang gesetzt hat, läuft noch da draußen rum und kann jederzeit wieder zuschlagen. Vielleicht tötet oder verletzt er Menschen, die Ihnen nahestehen, die in Ihrer Stadt leben. Wir können hier rumsitzen oder wir fahren los und tun etwas. Ich muss es versuchen.«

»Sie müssen *was versuchen?* Wissen Sie was? Ich dulde Sie auf meinem Revier als Besucher, niemand hat Sie hergebeten. Sie hatten Ihre Chance, Richter, Geschworener und Henker in einer Person zu spielen, und ich bin mir gerade nicht mehr sicher, ob Earl das alles in Gang gesetzt hat, oder ob Sie es waren. Sie sind kein Cop mehr, auch wenn Harp und Dyer mich vom Gegenteil überzeugen wollten. Und das hier ist allein Aufgabe der Polizei.«

Danny schaute zur Tür, wo vor wenigen Minuten die Leichen von Chris' Kollegen vorbeigeschoben worden waren. »Und was haben Sie jetzt vor? Wollen Sie mich verhaften?«

Chris spürte, wie seine Wut erneut hochkochte, und stand auf. »Ja, genau das mache ich jetzt. Ich rufe Deputy Holt, damit er Sie ins Krankenhaus bringt, wo Sie bleiben, bis das FBI eintrifft. Sollen die sich mit Ihnen auseinandersetzen. Und sagen Sie mir ja nicht noch mal, was ich als Sheriff zu tun habe ...«

»Sheriff, bitte«, mischte Amé sich ein.

»Nein, du auch nicht. Du und Harp, ihr habt mir Informationen vorenthalten. Ihr wusstet das mit Avalos und dem Auto und habt euch mit Danny getroffen, ohne mir vorher Bescheid zu geben. Bei Harp hätte ich mit so einem Bullshit gerechnet. Aber nicht bei dir, Amé.«

»Ich dachte, Ben *hat* dich angerufen. Und ich ...«

»Willst du mir jetzt erzählen, dass du kein Vertrauen zu mir hast? Nach allem, was wir zusammen schon durchgemacht haben?«

»Nein, nein. Ich wollte dich schützen.«

»Wovor? Vor meinem Job?«

»Vor mir. Vor Dingen, die ich getan habe. Vor dem, was Avalos über mich und meine *familia* weiß. Aber das ist jetzt egal. Ben und Buck sind tot, und ich darf die Männer, die sie umgebracht haben, nicht davonkommen lassen. Und du darfst das auch nicht.«

»Ich *darf* das nicht? Ihr tickt doch beide nicht mehr ganz richtig.«

Amé stand ebenfalls auf. »Sheriff, wenn Danny mit allem recht hat, dann läuft uns die Zeit davon.«

In diesem Moment schob Dale den Kopf ins Zimmer. »Sheriff, Mel ist da. Sie ist vom Earlys rübergekommen.«

»Schick sie rein. Und, Dale?«

»Ja, Sir?«

Chris zeigte auf Amé und Danny. »Nimm die beiden mit und behalte sie im Blick. Sie dürfen nicht weggehen oder telefonieren, verstanden?«

Dale schluckte und vermied es, Amé anzuschauen. »Gilt das auch für America, Sir?«

»Ja, vor allem für sie.«

Mel hatte schon von Ben und Buck gehört, aber sie sagte nichts dazu, sondern zog Chris nur an sich. Sie hielt ihn fest, musste sich an ihm festhalten, außerdem wollte sie nicht, dass er ihre verweinten Augen sah.

»So eine Scheiße, Mel ...«

»Ja, Chris.« Sie wusste, dass er sich Vorwürfe machte, weil er nicht rechtzeitig gehandelt hatte. »Was bei den Geisterlichtern geschehen ist – Harp hätte es nicht anders gewollt. Das weißt du auch, du hast ihn gekannt.«

Er löste sich sanft von ihr. »Das macht es nicht leichter. Es ging um Geld, Mel. Mehr nicht. In dem Auto, mit dem Tommy Milford angefahren wurde, waren Drogengelder für John Wesley Earl. Murfee war nur der Übergabeort. Earl und seine Leute sind nur hier, weil sein Sohn Jesse und Thurman Flowers sich zufällig

Killing ausgesucht haben. Wäre ihre Wahl auf irgendeinen anderen Ort gefallen, wäre all das nie passiert.«

»Stimmt, aber das macht es nicht ungeschehen.«

»Zwei meiner Leute sind tot.«

»Ja. Was hast du jetzt vor? Wie geht es weiter?«

Chris lehnte sich erschöpft an den Schreibtisch. Sie wollte ihn festhalten, stützen. »Ich habe mit dem FBI geredet, die kümmern sich um die Earls und Thurman Flowers. Ein zweites Waco braucht niemand, deshalb verlangen sie von mir, dass ich mich mit meinen übrigen Deputys nicht einmische. Trotzdem habe ich die Sheriffs der angrenzenden Bundesstaaten gebeten, jeden mit einer Dienstmarke und Waffe nach den Earls Ausschau halten zu lassen. Wir können nur warten.«

»Richtig zufrieden wirkst du nicht.«

Er schaute durch die offene Tür in den Flur, wo Amé und Danny miteinander redeten und Dale etwas ratlos danebenstand. »Ganz ehrlich? Nein, bin ich nicht. Und die beiden da auch nicht. Danny behauptet, er wüsste, was Earl als Nächstes vorhat, und sagt, wir müssen ihn aufhalten.«

»Und Amé?«

»Die sieht es genauso. Wenn ich nicht aufpasse, schleichen die beiden sich raus und versuchen, allein gegen die Earls vorzugehen.«

»Wäre das denn so schlimm?«

Chris schaute sie an, als wüsste er nicht mehr, wen er vor sich hatte. »Ja, allerdings. Wir sind weder Kopfgeldjäger noch Racheengel. Die werden da wahrscheinlich angeschossen, vielleicht sogar getötet, und davon hatten wir heute schon mehr als genug.«

»Verstehe. Und sie sehen das sicher ein, sonst wären sie nicht mehr hier und würden versuchen, dich vom Gegenteil zu überzeugen.« Sie ergriff Chris' Hand. »Was würde Ben dazu sagen?«

Er entzog ihr die Hand. »Frag mich das *nie* wieder. Das ist unfair. Bens Dienstauffassung ist der Grund, warum er jetzt tot ist – ›agieren statt reagieren‹ und dieser ganze Mist. Überall hat er nur Wölfe gesehen.« Chris' Miene verdüsterte sich. »Vielleicht hatte er damit gar nicht mal so unrecht. Das ist es, was mir so zu schaffen macht. Er hat mir immer wieder davon abgeraten, trotzdem tue ich es schon wieder.«

»Du wartest ab.«

»Genau.« Er rieb sich die Augen. »Ich rede mir ein, es waren nur unglückliche Zufälle. Dass die Earls in Killing aufgetaucht sind und alles. Vielleicht stimmt das gar nicht. Vielleicht liegt es an mir. Wäre irgendwas davon geschehen, wenn Sheriff Ross noch hier wäre? Hätte er es verhindern können?«

Wieder ergriff sie seine Hand. »Du denkst, Sheriff Ross wäre so ein harter Hund gewesen, dass Earl sich nicht mit ihm angelegt hätte?«

Chris gab keine Antwort, doch sie wusste auch so, dass das sein Gedanke war. Dass er an sich zweifelte und glaubte, er wäre nicht stark genug, um seine Leute zu schützen.

»Es geht nicht darum, was Ross getan hätte, und ja, du hast recht, es geht auch nicht darum, was Ben gesagt hätte. *Du* bist der Sheriff. Ich liebe dich, ich vertraue dir und werde jede deiner Entscheidungen mittragen. Das weiß ich, seit ich beschlossen habe, in Murfee zu bleiben. Ich will nicht lügen, ich mache mir rund um die Uhr Sorgen. Aber das bringt dein Beruf nun mal mit sich, also werde ich damit leben. Und du musst es auch.«

»Das ist keine Antwort auf meine Frage.«

»Eine andere habe ich nicht. Und jedes Wort stimmt.« Sie drückte seine Hand. »Es ist noch nicht lange her, da hast du auf unserer Veranda gesagt, du überlegst, ob du Danny helfen sollst. Du hast versucht, dich rauszureden, aber wir wussten beide, dass du es tun wirst. Wie hast du damals selbst gesagt? *So weit das Auge reicht, ich trage für all das die Verantwortung.* Denn das, Chris, ist nun mal dein Beruf.« Sie zwang ihn, sie anzusehen. »Und wenn du jetzt auf das FBI wartest, und Earl abhaut und noch jemanden verletzt? Jemanden, der keine Dienstmarke und Waffe trägt und sich nicht wehren kann. Was, wenn es mich treffen würde, Chris? Wie würdest du damit fertigwerden?«

»Noch so eine unfaire Frage.«

»Sie ist berechtigt. Und du musst sie dir selbst beantworten. Ich sehe doch, wie viel Gutes du hier bewirkt hast. Ich weiß, was für ein Mensch du bist und woran du glaubst. Und ganz gleich, welche Entscheidung du auch treffen magst, so wie er wirst du niemals sein.«

»Wie wer?«

»Du bist nicht Sheriff Ross. Das muss endlich in deinen Kopf rein.«

»Bist du nur gekommen, um mir das zu sagen?«

»Nein, ich wollte dir sagen, dass ich jetzt nach Hause fahre. Unser armer Hund ist den ganzen Tag schon allein eingesperrt.«

»Du darfst nicht allein da raus. Der Sturm ... die Earls ...«

»Und du kannst hier auf keinen deiner Leute verzichten. Ihr seid sowieso schon zu wenige ...«

Er lächelte schwach. »Ich sage Tommy, er soll dich begleiten. Gehen kann er zwar noch nicht, aber schießen, wenn es sein muss. Er bleibt bei dir, bis ich hier fertig bin.«

Mel fragte nicht, wann das sein würde. Sie würde nach Hause fahren und vergeblich versuchen, nicht um Harp zu weinen.

Und auf Chris warten, bis es vorbei war.

Warten, warten, warten.

Aber das brachte sein Beruf nun mal mit sich.

Er küsste Mel zum Abschied und ging in den Flur, wo Amé und Danny immer noch standen. Er bat Dale, Tommy anzurufen und ihm zu sagen, dass Mel gleich vorbeikommen würde und er sie zur

Far Six begleiten solle. Er solle Dienstmarke, Pistole und Gewehr mitnehmen und so lange bei Mel bleiben, bis Chris telefonisch Entwarnung gab. Außerdem solle Dale Till unterstützen, dessen Aufgabe es wäre, alles zu regeln, was in der Stadt zu regeln war.

Chris hatte etliche Leute angerufen, hatte alles getan, was von ihm erwartet wurde, trotzdem reichte es nicht aus. Wenigstens nicht in seinen Augen. Schließlich waren seine Leute, seine Freunde ums Leben gekommen. Und er würde nicht herumsitzen und darauf warten, dass Nichols und das FBI die Sache auf ihre Art regelten.

Seine Leute, seine Entscheidung.

Denn er allein war für das Big Bend County verantwortlich.

Chris schaute zu Danny und Amé. »Okay, was wolltet ihr sagen?«

59

Earl aß einen Apfel und überlegte zum hundertsten Mal, ob er Flowers und Clutts nicht einfach auf der Stelle erschießen sollte, als T-Bob ins Wohnzimmer kam.

Allein.

Er hatte sich durch die Hintertür reingeschlichen – durch dieselbe Tür, durch die er vor einer gefühlten Ewigkeit mit Little B und Kasper verschwunden war. Er war wohl erst in der Küche gewesen, denn er hatte ein Sixpack Pearl dabei und hielt in der anderen Hand noch etwas. Er war klitschnass, auf Jeans, T-Shirt und Gesicht klebte Schlamm, dunkel, fast rot. Als wäre er wie eine Schlange auf dem Bauch herumgekrochen.

Offenbar hatte ihn der Regen überrascht.

»Was zum Henker ...?« Earl schaute an seinem Bruder herunter. Cole Malady machte einen Schritt zur Seite, um T-Bob vorbeizulassen. Jetzt blickten alle auf die übel zugerichtete Gestalt, die eine Spur matschiger Schuhabdrücke hinter sich herzog. »T-Bob, wo sind die anderen?«, fragte Earl und wusste schon, die Antwort würde ihm nicht gefallen.

Sein Bruder hatte alles vermasselt, wie immer.

T-Bob lachte wie ein Irrer, ein Geräusch, von dem Earl Gänsehaut bekam. Dann hob er die Faust und warf den Gegenstand darin Earl zu.

Ein zusammengeknüllter, durchweichter Hundert-Dollar-Schein.

»Little B ist tot, JW. Aber du wärst stolz auf ihn. Der andere ist getürmt oder so. Aber ich hab gemacht, was du gesagt hast, es steht da, wo du es haben wolltest. Motor läuft, Scheinwerfer sind an.

Leicht zu finden. Ich hab geschworen, ich mach's, selbst wenn die Sintflut kommt.« Wieder das irre Lachen, dann zog er ein Bier aus dem Träger, riss es auf.

Der dämliche T-Bob zog eine richtige Show ab. Sein Bruder muckte zum ersten Mal auf und bot Earl die Stirn.

Flowers schaute zu Earl, auf den Schein in seiner Hand.

»Großer Gott, ich hatte recht. Da ist das gottverdammte Geld«, sagte er. »Das Geld, das Sie angeblich nicht hatten. Das Geld, von dem Sie Jesse nichts abgeben wollten. Ich hoffe, es hat sich gelohnt, Ihre Söhne dafür zu opfern. Aber, wie heißt es schon im ersten Korintherbrief? *Weder Diebe noch Habgierige noch Trunkenbolde noch Lästerer noch Räuber werden das Reich Gottes erben.*«

Earl steckte den Schein in die Tasche. Er drehte seinem Bruder den Rücken zu und zielte mit dem Blackhawk seines Daddys auf Flowers Stirn.

»Na los, halten Sie mir eine Predigt über Habgier. Sie kennen sich damit ja aus, wo Sie doch der habgierigste Pisser unter der Sonne sind ...«

Die Warterei auf T-Bob und die anderen hatte sich ewig hingezogen, was dadurch nicht besser wurde, dass er mit dem schwachsinnigen Cole, Flowers und seinem Handlanger im Wohnzimmer eingepfercht war. Sie hatten Bier getrunken, geraucht, und er war ab und zu nach hinten gegangen und hatte nach Jesse gesehen, der mit jeder Minute beschissener aussah – blasser und blasser, als würde er sich vor Earls Augen in einen Geist verwandeln. Bevor er ins Zimmer kam, dachte er jedes Mal, Jesse hätte sich inzwischen ganz aufgelöst und auf dem Bettlaken nur sein Blut zurückgelassen. Zu allem Überfluss hatte Sunny ihn auch noch ständig gefragt, wo Little B war, und wenn er ins Wohnzimmer zurückkam, saß Jenna heulend da und bettelte, Jesse sehen zu dürfen. Ihr Geflenne hatte ihn irgendwann so genervt, dass er sie zu Jesse gelassen hatte, aber als sie das viele Blut sah, hatte sie noch mehr gejammert. Sie hatte Jesse in den Arm genommen und geküsst, bis es Earl gereicht hatte. Er wollte sie da haben, wo er sie im Auge behalten konnte, deshalb hatte er sie zurück ins Wohnzimmer geschickt, wo sie mit dem Blut seines Sohns an den Händen dagesessen, aber endlich die Klappe gehalten hatte.

Trotzdem hatte sie ununterbrochen auf ihre Hände geglotzt, als könnte sie sich nicht erklären, wie das viele Blut dorthin gekommen war.

Die Warterei hatte sich verflucht lange hingezogen.

Und als ob die ganze Scheiße nicht schon schlimm genug gewesen wäre, zog dann noch dieser verdammte Sturm über sie hinweg. Bevor der Regen überhaupt eingesetzt hatte, hatten die Lampen im alten Ranch-Haus nur noch so geflackert. Jedes Mal, wenn das Licht kurz ausging, hatte er damit gerechnet, dass Clutts zum Angriff überging und sich das dunkle Zimmer mit Feuer und Hitze füllen würde. Zwei, drei Male hätte er fast selbst abgedrückt, aber das Licht war viel zu schnell wieder angegangen, und er und Clutts hatten sich weiter angestarrt und die Gedanken des anderen gelesen.

Eigentlich wollte er Clutts und Flowers nicht gleich erschießen, denn sie konnten ihm noch nützlich sein. Und so hatten sie alle bloß rumgesessen, während das Licht wie ein gestörter Herzschlag flackerte, und zugehört, wie die anderen atmeten und der Sturm sich am Haus abarbeitete. Bis T-Bob ins Zimmer gekommen war wie der Teufel höchstpersönlich …

»Wir machen es jetzt so, Prediger. Cole gibt euch Jungs den Schlüssel für das Wohnmobil und ihr zieht eurer Wege. Unsere trennen sich nämlich hier.«

Flowers schnaubte. »Sie wollen uns mit dem einzigen Fahrzeug losschicken, das die sofort erkennen? Nach dem jeder in der Gegend Ausschau halten wird? Und Sie hauen derweil mit unserem Transporter ab oder mit dem Auto, das Ihr Bruder irgendwo für Sie abgestellt hat? Das, in dem das ganze Geld steckt? Klingt nach keinem guten Deal, würde ich sagen.« Flowers zeigte auf T-Bob und Cole. »Ihr kapiert, was er vorhat, oder? Er benutzt uns als Köder, als Ablenkungsmanöver.« Er schaute T-Bob an. »So wie er Sie und Little B losgeschickt hat, um die Drecksarbeit für ihn zu erledigen. Er selbst wollte nicht erwischt werden, aber Ihr Leben hat er, ohne zu zögern, aufs Spiel gesetzt. Immer höhnt er rum, Jesse sei ein Feigling, jetzt zeigt sich, dass er der größte Feigling von allen ist.«

Er lachte. »Wenn wir wegfahren und euch mit ihm allein lassen, was glaubt ihr, macht er dann? *Er lässt seinen eigenen Sohn dahinten verbluten.* Glaubt ihr im Ernst, dass er auch nur im Traum daran denkt, euch mitzunehmen? Wie lange haben Sie das alles geplant, John? Wochen, Monate? Sie haben mit diesen Menschen, mit Ihrer Familie, das Brot gebrochen, obwohl Sie wussten, dass alle sterben würden. Sie haben unter Toten gelebt. Wie wollen Sie da jemals wieder mit sich ins Reine kommen?«

Earl schaute zu seinem Bruder, versuchte, seine Gedanken zu lesen, aber T-Bob wich dem Blick aus. Cole, der Schwachkopf, blinzelte, seine Augenlider flackerten wie vorhin die Lampen. Hatte er die auf Clutts und Flowers gerichtete Schrotflinte nicht bereits einige Zentimeter gesenkt?

»Eine wirklich schöne Rede, Flowers, nur bedeuten Ihre Worte nichts. Ich gebe Ihnen den Schlüssel, dann können Sie verschwinden. Wenn Sie ihn nicht haben wollen, auch gut. Wir lassen Sie hier und …«

Und dann stand Sunny im Zimmer und zog an T-Bobs schlammverkrustetem T-Shirt. Sie blickte sich um, suchte ihren Sohn und schrie Earl an.

»Wo ist Little B? *Wo ist unser Sohn, John Wesley?* Du hast gesagt, er kommt bald zurück. Er kommt zurück, das hast du selbst gesagt.«

»Sunny, es ist was schiefgelaufen. Was genau, weiß ich nicht, das muss T-Bob erzählen. Aber jetzt ist dafür keine Zeit. Geh wieder zu Jesse, ich komme gleich nach. Wir sind hier fast fertig.«

Flowers sagte etwas, leise, trotzdem hörte man es im ganzen Zimmer. »Sunny, Little B ist tot. John hat ihn geopfert. Er hätte den Jungen genauso gut auf den Altar legen und ihm eigenhändig das Messer reinstoßen können. Er hat Ihren Sohn getötet, und er wird auch Sie töten.«

Entsetzt riss Sunny die Augen auf.

»Flowers, Sie verfluchter Pisser.« Earl zielte mit dem Blackhawk auf das Gesicht des anderen, aber Sunny hing plötzlich an seinem Arm, schlug die Finger hinein wie Klauen.

»Sag, dass das nicht stimmt, JW ...«

»Klappe, Bitch ...« Er wollte sie wegschubsen, aber ...

... dann geriet alles in Schieflage, als hätte sich das Zimmer gedreht. Sunny umklammerte seinen Arm, er konnte die Waffenhand nicht bewegen. Außerdem stand sie vor Malady, in der Schusslinie seiner Schrotflinte, die er inzwischen viel zu tief hielt. Dann lief auch noch T-Bob dazwischen und riss Sunny von Earl weg. Er hatte die Hälfte seines Biers verschüttet, sie rutschten aus, fielen hin, und seinem Bruder liefen Tränen herunter und zogen Furchen durch den Schlamm in seinem Gesicht.

Durch das Blut in seinem Gesicht ... das Blut von Little B.

Jeder stand jedem im Weg, und Earl merkte, wie sich das Zimmer jetzt richtig drehte und sie allesamt zu Boden riss.

Im selben Moment rief Flowers, *Los, Marvin,* und Clutts zog seine Waffe.

60

Ich sitze hinten und sage Sheriff Cherry, wo er langfahren muss. Er und Deputy Reynosa sitzen vorn. Wir sind hinter Killing, im offenen Gelände, fahren durch die regendurchweichte Wüste, folgen dem angeschwollenen Lauf des Alamito Creek, den ich auf der alten Landkarte im Büro des Sheriffs wiedererkannt habe, und suchen die Schotterpiste hinter dem Ranch-Haus. Die Piste, zu der Earl immer hingeschaut hat ... auf der er mit seiner Harley unterwegs war. Der Weg, der sich in den Bergen verliert.

Folgt man ihm lange genug, landet man mit Sicherheit in Mexiko.

Wie Earl die Grenze oder den Fluss überqueren will, weiß ich nicht, aber das war von Anfang an sein Plan.

Sinn ergibt das natürlich. Schon die Outlaws damals haben es so gemacht – wenn es hier zu brenzlig wurde, sind sie nach Süden und über die Grenze abgehauen. Der Gesetzeslose Dave Rudabaugh hat es gemacht. Auch der feige Ike Clanton, der bei der Schießerei am O.K. Corral dabei war, hat es so gemacht, auch wenn er später nach Tombstone zurückkehrte und dort wegen Viehdiebstahls erschossen wurde.

Earl wird nicht zurückkehren. Wenn er es über die Berge und den Fluss schafft, lässt er sich hier nie wieder blicken.

Ich habe keine Waffe.

Das war Teil unserer Abmachung. Ich habe versprochen, ihnen zu helfen, dafür mussten sie mich mitnehmen, nur hat er sich geweigert, mir eine Pistole zu geben, und wenn wir gefunden haben, wonach wir suchen, darf ich nicht aus dem Auto steigen. In Murfee hat er ernsthaft überlegt, mir Handschellen anzulegen, vielleicht macht er das später noch.

Ich trage zwar das Hemd eines Deputys, aber er hat mir klipp und klar gesagt, dass ich keiner bin.

Links von uns sieht man Lichter flackern. Es muss das Ranch-Haus sein und hinter dem Hügel muss irgendwo das Auto des Mexikaners versteckt sein, das T-Bob, Kasper und Little B für Earl geklaut haben. Das Auto, das ich für Earl klauen sollte. Bevor wir losgefahren sind, habe ich kurz mit Kasper geredet. Der Junge weint immer noch um Little B und hockt jetzt in der Gefängniszelle, in der, wie Deputy Reynosa meinte, heute Vormittag noch der Mexikaner saß.

Dass Little B tot ist, will immer noch nicht in meinen Kopf rein. Er war anders als Jesse und Earl, obwohl er sich immer gewünscht hat, genauso zu sein.

Deputy Buck Emmett hat Little B erschossen, aber Earl ist derjenige, der ihn auf dem Gewissen hat.

Sheriff Cherry stellt das Auto ab und macht das Licht aus. Der Pick-up wird vom aufgeweichten Lehmboden nach unten gezogen. Der lange Schwanz des Sturms ist zwar weitergezogen, aber er hat Spuren hinterlassen und tobt nun nördlich von uns und bringt jede Menge Regen. Der Creek wirbelt und schäumt, an einigen Stellen ist er inzwischen breit wie ein Fluss, an anderen bereits über die Ufer getreten. Es ist fast wie in der Bibel: sintflutartige Wassermassen, die sich vor unseren Augen in der Wüste ausbreiten.

Der Sheriff schnappt sich eine Taschenlampe und Handschellen.

Er sagt mir, ich soll mich nach vorn setzen.

Er kettet meine rechte Hand ans Lenkrad. Der Sheriff und Deputy Reynosa haben Funkgeräte dabei, falls etwas passiert, wird er mich über den Empfänger im Auto informieren. Und wenn sie in einer Stunde nicht zurück sind, soll ich mit dem Pick-up nach Murfee fahren und den anderen Deputys und FBI-Agent Nichols und seinem Team Bescheid geben. Ansonsten darf ich das Funkgerät nicht benutzen und soll mich ruhig verhalten.

»Das ist nicht nötig.« Ich hebe die festgekettete Hand etwas höher.

»Tut mir leid, Danny, anders geht es nicht. Sollten Sie uns folgen und Earl oder einen seiner Leute erschießen, dann würde das als Rachemord gewertet. Und selbst wenn der Staatsanwalt die Anklage auf Totschlag herabstufen sollte – ich werde nicht zulassen, dass Sie sich so etwas antun.«

»Und für Sie gilt das nicht, nur weil Sie zufällig eine Dienstmarke tragen?«

Er prüft, ob die Handschellen nicht zu fest sitzen.

»Nein. Denn ich kann am Ende sagen, ich habe nur meinen Job gemacht.«

Deputy Reynosa schultert ihr AR-15. Sie sagt nichts, versucht nicht, den Sheriff umzustimmen. Während der Fahrt hat sie kaum geredet. Sie verfällt oft in Schweigen, beobachtet nur. Doch als wir bei den Geisterlichtern durch die Wüste marschiert sind, hatte ich den Eindruck, für einen Moment ihr wahres Ich zu sehen. Vielleicht kann man sie ein Leben lang kennen, ohne jemals ganz zu durchschauen, was hinter ihren Augen vorgeht. Sie ist etwas jünger als ich, wirkt aber weder nervös noch ängstlich, als sie aus dem Pick-up steigt, um in der Dunkelheit einen Mann zu stellen, der keine Sekunde zögern würde, sie zu töten.

Earl hat keinen blassen Schimmer, wer da Jagd auf ihn macht.

Ich sehe beide weggehen und verschwinden.

Ich möchte mir den Arm durchbeißen, um die Hand freizukriegen, möchte das Lenkrad herausreißen, damit ich ihnen folgen kann. Mir fallen die Waffen ein, die ich hinter dem Haus in der Wüste vergraben habe, und ich frage mich, ob sie noch da sind oder Earl sie gefunden oder der Regen sie weggespült hat. Ab und zu fallen Tropfen aufs Autodach, als würde jemand darauf herumtrommeln, und ich kann nichts anderes tun, als ihnen zuzuhören.

Dann schaue ich dorthin, wo Deputy Reynosa noch vor Kurzem gesessen hat, und sehe ihn, in den Sitz geklemmt, gleich neben dem Gurtschloss. Hätte Sheriff Cherry hingeschaut, er hätte ihn auch gesehen.

Ich muss den linken Arm ziemlich strecken, komme aber heran. So wie Reynosa es von Anfang an geplant hat.

Es ist der Schlüssel für die Handschellen.

61

Zuerst dachte Sunny, sie wäre tot.

Erlöst.

Aber ... in ihren Ohren hallte es, also musste sie noch am Leben sein. Sie warf sich über Jesse, wollte ihn schützen, während sich Schrot und Kugeln durch die dünne Wand bohrten. Die Lampe neben dem Bett flog an die Zimmerdecke, die Fensterscheibe zersplitterte, die Scherben prasselten auf Sunny ein, kühlere Luft wehte durchs Zimmer. Sie schrie, schmeckte den Regen, spürte Tropfen im Gesicht. Sie wäre nicht mehr am Leben ... wäre T-Bob nicht gewesen, der sie aus der Hölle im Wohnzimmer in den Flur gestoßen hatte, damit sie sich ins Schlafzimmer retten konnte.

Das Letzte, was sie gesehen hatte, war sein Gesicht gewesen.

Das von T-Bob. Nicht von JW.

Jesse, der von dem Krach aufgewacht war, wollte sich aufrichten, aber sie hielt ihn mit ihrem Gewicht unten. Es hörte sich an, als wären zwei Autos durch die Tür gedonnert und im Wohnzimmer zusammengestoßen. Mehr Kugeln fraßen sich durch die Wand, schickten Streifen von Putz durchs Zimmer, die sich wie Rauch in der Luft drehten.

»Scheiße, was ist das?«, fragte Jesse, und sie hielt ihn fest und wartete darauf, dass der Krach endlich aufhörte.

Irgendwann wurde es still, und sie glaubte zuerst, ihre Ohren wären kaputt gegangen. Dann hörte sie einen lauten Schuss und schrak hoch. Stille. Noch ein Schuss. Dann das Geräusch schwerer Stiefel, wieder ein Knall, leiser als der erste. Auch ohne es zu sehen, wusste sie, was das bedeutete. Anders als in jener Nacht im Jahr

1979, als sie beobachtet hatte, wie man ihrem Daddy vor ihrem Kinderzimmerfenster in den Kopf schoss.

JW machte die Tür zum Schlafzimmer auf. In seinem Gürtel steckten zwei Pistolen, er hielt den Revolver seines Daddys, sein Hemd und sein Gesicht waren mit Blut gesprenkelt. Er lehnte sich gegen den Türrahmen, senkte den Kopf, als würde er nachdenken.

»JW, was ist ...?« Sie hörte die eigene Stimme kaum.

»Da drinnen sieht es nicht gut aus. Da willst du nicht mehr rein, Sunny.«

»Wo sind T-Bob und Cole?«

Er schüttelte den Kopf, schaute auf den Revolver in seiner Hand.

Jesse schob sie von sich weg. Seine Augen waren glasig, die Pupillen schossen wild hin und her – die Lippen waren dünn, fast unsichtbar. »Jetzt ist alles gut, ja, Daddy? Fahren wir?«

JW schaute auf den Revolver, wog ihn in der Hand, und Sunny überlief es eiskalt. Sie hielt Jesse fest, der keine Ahnung hatte, dass sein Bruder tot war und im Wohnzimmer noch mehr Leichen lagen. Er begriff nicht, was eigentlich geschehen war.

»John ... bitte ... nicht.«

Er kam mit erhobener Waffe ins Zimmer; sie schwebte ewig lange vor Sunnys Gesicht, bevor er den Griff nach vorn drehte und sie ihr in die Hand drückte. »Flowers, der Pisser, ist entkommen, er hat Jenna als Schutzschild benutzt. Jetzt läuft er da draußen rum. Keine Ahnung, ob er bewaffnet ist. Clutts hatte zwei Pistolen dabei, eine im Wadenholster. Er hat T-Bob erwischt, beide sind tot. Cole hat Clutts das halbe Hirn weggepustet. Sonst ist keiner mehr da.« Er richtete sich auf, drehte sich um. »Wie gesagt, es sieht da drinnen nicht gut aus.«

»Was hast du vor? Wo willst du hin?«

»Jesse kann nicht laufen, Sunny. Das Auto, das T-Bob für mich besorgt hat, ist unsere Fahrkarte hier raus. Ich hole es, komme zurück und wir fahren weg. Du bleibst bei Jesse. Behalte den Revolver, falls Flowers wieder auftaucht. Pack alles ein, was ihr braucht, wir kommen nicht mehr zurück.«

»Das Wohnmobil, können wir nicht ...«

»Nein. Das ist auf T-Bob zugelassen. Damit wäre es zu gefährlich. Flowers hatte recht, alle Cops werden danach suchen.«

»Wann kommst du zurück?« Sunny setzte sich hin, legte den Revolver in ihren Schoß.

Er zwinkerte ihr zu. »Scheiße, du hast jahrelang auf mich gewartet. Das dauert nur ein paar Minuten.«

Er schaute noch einmal zu Jesse und verschwand.

Sie saß auf dem Bett, dachte an Nevada, an ihren Daddy, der vor ihrem Fenster verblutet war.

Dann klappte sie die Trommel des Revolvers heraus, sah, dass er nicht geladen war, und wusste, JW würde nie mehr zurückkommen ...

• • •

Earl ging durchs Haus und suchte die Seesäcke, in denen T-Bob sein Zeug aufbewahrt hatte. Als er sie fand, kippte er den Inhalt auf den Boden und trat die Klamotten, Bücher, Fotos, leeren Flaschen und den anderen Müll seines Bruders zur Seite.

Er legte zwei Taschen in die dritte und hängte sie sich über die Schulter.

Dann nahm er das Handy von Nichols und schaltete es ein. Allein in der letzten Stunde hatte Nichols zwanzigmal angerufen und ein Dutzend Nachrichten geschickt. Earl warf das Handy auf den Boden, trat es kaputt, damit sie ihn nicht orten konnten.

Kurz überlegte er, ob er ins Schlafzimmer gehen und die Sache dort zu Ende bringen sollte. Aber er wollte den beiden nicht mehr in die Augen schauen. Die Geschichte erinnerte ihn jetzt schon zu sehr an Phyllis und Corpus Christi, an das Flackern in ihren

Augen, bevor ihr Herz stehen geblieben war und sie nur noch schlaff in seinen Armen gelegen hatte. Noch Jahre später hatte er sie in seinen Armen gespürt. Viel zu lange hatte sie ihn heimgesucht, sogar in seinen Scheißträumen, und auf so was konnte er in Zukunft gut verzichten.

Die Handys, die Tasche mit den Klamotten, den Revolver seines Daddys, den er Sunny gegeben hatte, und alles, was er sonst noch mit nach Killing gebracht hatte – die ganze Scheiße, die sich in seinem Leben angesammelt hatte – all das würde er ein für alle Mal zurücklassen.

Bis auf die leeren Seesäcke und die Waffen, die er Clutts abgenommen hatte, würde er überhaupt nichts mitnehmen.

62

Sie gingen durch die Wüste und hätten die Taschenlampen gar nicht gebraucht. Der Regen hatte die Welt reingewaschen, der Himmel war jetzt wolkenlos, ein silberner Mond füllte ihn fast aus und färbte alles um sie herum metallisch grau. Ein merkwürdiges Licht, aber ausreichend. Sie marschierten über den steinigen Boden, an Mesquite-Bäumen, Ocotillo-Büschen, Katzenkralle und Regenbogenkakteen vorbei und hörten, wie das Wasser im nahe gelegenen Flussbett des Alamito Creek laut ein- und ausatmete. Der frische Lehm saugte sich an Americas Stiefeln fest, wollte sie nach unten ziehen, trotzdem fing sie fast an zu laufen, überholte Chris. *Nicht so schnell*, rief er ihr mehrmals leise zu, doch sie konnte sich nicht mehr bremsen. Sie wollte John Wesley oder Jesse Earl als Erste finden und die Sache ein für alle Mal zu Ende bringen. Ben hatte gesagt, sie solle sich um den Sheriff kümmern, weil er ein guter Mensch sei. Denn Ben hatte durchschaut, wer sie war und wie weit sie im Notfall gehen würde.

Ben hatte das akzeptiert, und sie tat es auch.

Denn jetzt war auch sie ein Wolf.

Alle ihre Bedenken – ihre Schuldgefühle – waren mit dem versteckten Geld in ihrem Haus in Flammen aufgegangen. Davor war ihr gar nicht klar gewesen, wie schwer das Geld auf ihr gelastet hatte, denn es war das Letzte, was sie mit ihrem alten Leben verbunden hatte – mit Rodolfo, Caleb Ross, Duane Dupree und Máximo. Jetzt war es nur noch Asche und Rauch, fort wie die anderen, aber sie war noch da.

Libre.

Sie war Chris schon um etliche Schritte voraus, als der Boden unter ihr wegbrach und sie am steilen Abhang eines tiefen Arroyos stehen blieb, einem Seitenarm des Alamito, der sich mit wütend schäumendem Wasser gefüllt hatte. Im grauen Licht des Mondes sah sie, dass große Teile der Flatlands überflutet waren und einige Mesquite-Bäume halb im Wasser verschwanden. Irgendwo dort musste auch die Schotterpiste verlaufen, von der Danny geredet hatte. Mit dem Auto würde hier niemand so schnell wegkommen.

Und dann, bevor Chris sie erreichte, entdeckte sie es im vom Wasser aufsteigenden Dunst. Vor wenigen Stunden erst hatte sie es auf dem Verwahrparkplatz in Murfee gesehen, doch nun wirkte es fremd, störend, fehl am Platz.

Es leuchtete in seinem eigenen Licht.

Das Auto von Azahel Avalos.

Aber im Wagen war noch etwas, sie musste näher heran, um sich ganz sicher zu sein.

Sie war fast da, als sie ein Lachen hörte.

63

Jesse lag im Sterben.

Irgendwo hatte er mal gehört, man würde dann das ganze Leben im Schnelldurchlauf sehen, vor allem die schönen Sachen, nur sah er überhaupt nichts. Bis auf schwarze Löcher, die ihn einsaugten. Ab und zu wurde er kurz wach, weil es donnerte oder Schüsse fielen.

Seine Welt bestand nur noch aus Fetzen, an denen er sich nicht festhalten konnte.

Dann war Sunny über ihm, sie sagte was vom Wohnmobil und einem Schlüssel, und sein Daddy stand in der Tür, zwinkerte.

Als Nächstes fiel die Tür hinten laut zu.

Das Einzige, was er klar und deutlich vor sich sah, war das Gesicht des verlogenen Schwanzlutschers Danny – wie die Arschgeige in die Wüste davongefahren und der verrückte Hund Joker ihm gefolgt war. Jesse war mit raushängenden Eingeweiden zurückgeblieben. Auf dem ganzen Weg nach Killing hatte er sie festgehalten, wieder reingestopft, und es hatte höllisch wehgetan. Mit einem Bauchschuss konnte man noch scheißlange leben, und am Ende erwartete einen ein richtig mieser Tod, denn *sterben*, das musste er mit Sicherheit. Er roch sein eigenes Blut, seine eigene *Scheiße*, und wusste, er würde darin krepieren und überhaupt nichts Schönes mehr sehen.

Das hieß dann wohl, dass in seinem ganzen Leben nur Scheiße passiert war, und er die Welt verlassen musste, ohne seine Mama zu kennen, und er sich nur noch an den Wichser Danny erinnerte ...

Gerecht war das nicht.

Im Haus waren Geräusche zu hören, vielleicht suchte Sunny den Schlüssel, von dem sie geredet hatte. Außer ihr war niemand mehr da. Sein Daddy hatte vor wenigen Minuten noch dort gestanden, aber jetzt war er auch fort … die Tür, die zugefallen war. Jesse versuchte, sich aufzurichten. Seine Eingeweide rutschten seitlich weg, und ein unerträglicher Schmerz schoss ihm bis in die Augen. Als es wieder einigermaßen ging, sah er den Revolver in seinem Schoß – den Blackhawk, der seinem Daddy und davor seinem Granddaddy gehört hatte. Mit ihm hatte er auf Danny und den alten Deputy geschossen. Immer hatte er davon geträumt, dass er eines Tages ihm gehören würde. Als er auf das Bett gefallen war, hatte er ihn noch gehalten; jetzt nahm er ihn wieder hoch, freute sich über das Gewicht in seiner Hand. Er gab ihm Halt, sorgte dafür, dass er nicht in die Löcher fiel, sondern in *dieser* Welt blieb. Als die nächste Welle Schmerz kam, lenkte er sie in seinen Arm, in den Revolver.

Der Blackhawk schien von allein zu leuchten. Heller als die Bilder aus seinem beschissenen Leben.

So hell, dass Jesse kein anderes Licht brauchte, als er aus dem Bett stieg, um rauszufinden, wo sein Daddy abgeblieben war …

64

Earl lachte, denn was anderes fiel ihm nicht mehr ein.

Selbst wenn die Sintflut kommt. Das hatte T-Bob gesagt, und jetzt ergab endlich alles Sinn – deshalb war sein Bruder mit Schlamm verkrustet gewesen und hatte so irre gelacht, als er ihm den Geldschein zugeworfen hatte.

T-Bob hatte ihm tatsächlich einmal die Stirn geboten; er hatte einen Witz auf seine Kosten gemacht, dessen Pointe nur er kannte.

Die Sintflut.

Verdammt wahr.

T-Bob hatte das Auto, das der Sohn von Manny Suárez nach Murfee gebracht hatte, neben einer Gruppe Mesquite-Bäume abgestellt, genau wie Earl es ihm gesagt hatte. Doch nun war der Nissan von Wasser umgeben, es reichte bereits bis zu den Radkasten und stieg mit jeder Sekunde höher. T-Bob hatte den Motor des kurzgeschlossenen Autos nicht ausgestellt und die Scheinwerfer angelassen, sogar die Scheißtür stand offen. Jetzt drehte sich schlammiges Wasser im Wageninneren wie eine dunkle Schlange und trug etliche seiner Geldscheine mit sich fort. Sie trieben auf dem Creek nach Süden, in dieselbe Richtung, in die er auch verschwinden wollte. Und auf der Rückbank saß Little B, den Kopf an die Scheibe gelehnt, als würde er zu Earl hochschauen und darauf warten, dass er einstieg und losfuhr. Auf die Vater-Sohn-Spritztour, die sich der Junge immer so sehr gewünscht hatte.

Die kleine Bohnenfresserin mit der Dienstmarke war auch da unten und schaute zum Auto. Als sie ihn hörte, drehte sie sich um, aber er hatte bereits eine von Clutts' Pistolen auf sie gerichtet.

»Scheiße, bist du mir in den letzten Tagen auf den Sack gegangen. Und jetzt nimmst du schön das Gewehr runter.« Er warf ihr den Seesack vor die Füße. »Dann kriechst du ins Auto und sammelst so viele Pesos ein, wie du zu fassen kriegst. Gut, dass ich die Säcke dabeihabe, auch wenn sie jetzt wohl ein bisschen leichter werden. Eigentlich hätte mein Geld richtig fest im Auto stecken sollen, wie ein Schwanz in einer engen Pussy. Deshalb musste ich die Scheißkarre aus eurer Stadt holen. Aber mein Bruder hat mal wieder alles vermasselt. Scheiße, ich wollte die Karre benutzen, um aus diesem Dreckskaff wegzukommen ...« Er sah, wie noch mehr Geld im dunklen Wasser verschwand, und schüttelte den Kopf. »Nach all dem Ärger habe ich mir wohl was verdient. Und ich werde nicht zugucken, wie alles den Bach runtergeht.« Er schwenkte die Pistole kurz zum Auto. »In dem Loch unterm Armaturenbrett liegen noch ein Reisepass und andere Sachen. Du schnappst dir alles, was du zu fassen kriegst, und stopfst es in den Sack. Und lass dich von Little B nicht stören, der tut dir nichts. Wie es aussieht, bist du jetzt meine Fahrkarte hier raus.«

Sie senkte das Gewehr, ließ es aber nicht fallen, schaute auch nicht auf den Seesack.

Earl zog die zweite Pistole aus seinem Hosenbund und richtete auch diese auf ihr Herz. »Hörst du schlecht, Schlampe? Ich hab gesagt ...«

Ein greller Lichtstrahl landete auf seinem Gesicht.

»Das war's. Es ist aus, Earl.«

Er kniff die Augen zusammen, versuchte, hinter dem Lichtkegel irgendetwas zu erkennen. Dann sah er ihn, Sheriff Cherry, der eine abgesägte Flinte auf ihn gerichtet hatte und in der anderen Hand eine Taschenlampe hielt. Er schaute zu Earl und dem mit Wasser vollgelaufenen Auto.

»Wusste doch, dass wir den Regen bitter nötig hatten ...«

65

Chris schrie gegen das tosende Wasser an.

»Sie lassen jetzt beide Waffen fallen und gehen langsam auf meinen Deputy zu. Sie legt Ihnen Handschellen an, dann erzählen Sie uns, wer sich noch in dem Haus in Killing aufhält. Verstanden?«

Earl lachte wieder, es war das Geräusch, auf das Chris zugehalten hatte, als er Amé gefolgt war. »Verdammte Scheiße, mit euch Leuten hier ist wirklich immer was. Könnt ihr mich nicht einmal in Ruhe lassen?«

»Wir haben Sie nicht gebeten, herzukommen.«

»Verdammt, glauben Sie mir, ich will auch nicht hier sein. Doch jetzt stehen wir beide hier, obwohl ich eigentlich nur Weihnachten im Sommer feiern wollte. Mein großer Zahltag sollte es werden, und dann ab nach drüben ...« Er schwenkte den Lauf einer Pistole in Richtung der Berge. »Den ganzen Tag am Strand Tequila saufen. An einem Strand voller kleiner Bohnenfresserinnen wie Ihr hübscher Deputy da. Für mich wär's das gewesen. Und Sie und Ihre Leute hätten mich nie wiedergesehen.«

»Sie hätten niemals in Mexiko untertauchen können, Earl. Nicht mit Ihren Tattoos. Sie hätten sich die Haare abschneiden, Ihren Namen ändern können, aber aus Ihrer Haut hätten Sie nicht gekonnt. Jeder hätte gesehen, wer Sie wirklich sind. Es ist aus, Earl. Lassen Sie die Waffen fallen oder ich schieße.«

Earl hielt eine Pistole noch auf Amé gerichtet, und die andere zielte jetzt auf einen Punkt zwischen Chris' Augen. Er musste Earl schnell überwältigen, weil er keine Ahnung hatte, wer sich im Dunkeln noch herumtrieb – vielleicht Jesse oder einer der anderen. Sein Bauchgefühl sagte ihm, dass Earl allein war, aber sicher konnte er sich da natürlich nicht sein.

Wölfe.

Er konnte fast hören, wie Harp ihm ins Ohr flüsterte.

Doch dann kam wie aufs Stichwort eine andere Stimme. »Der geht niemals zurück ins Gefängnis, Sheriff. Also müssen wir ihn wohl erschießen.«

Danny Ford trat hinter Earl in den Lichtkegel der Taschenlampe, in der einen Hand eine Dienstmarke, in der anderen eine Waffe, die aussah, als hätte er sie aus dem Schlamm gezogen. Irgendwie hatte er sich aus den Handschellen befreit und zielte nun mit der Waffe auf Earl.

»Danny, halten Sie sich raus«, warnte Chris.

Earl schaute kurz zu Danny, sah das Uniformhemd, die Dienstmarke, die Waffe. »Bist du wieder mit deinen Scheißleuten vereint? Die ganze Zeit warst du ein verdammter Cop. Du bist echt gut, das muss ich dir lassen. Nichols meinte, er hat dich nicht auf mich angesetzt, aber geglaubt hab ich das nie. Hat er dich als Spitzel geschickt?«

»Danny«, befahl Chris, »rede nicht mit ihm.«

Bei allen stieg die Anspannung wie das Wasser ringsum.

»Niemand hat mich geschickt. Ich hab das alles nur für mich gemacht. Du hast meinen Vater ermordet. Texas Ranger Robert Ford.«

Earl streitet es weder ab, noch gibt er es zu. Er schaut mich nur an und sagt: »Wusste nicht mal, dass er einen Sohn hat.«

Das reicht mir nicht.

So löscht man das Leben eines Menschen aus.

Zielen …

»Sag es mir ins Gesicht. Du hast meinen Vater nachts auf einer Straße erschossen. Sprich es aus, dann knalle ich dich ab.«

Ausatmen ...

Sheriff Cherry schreit, aber ich höre ihn nicht mehr. Es gibt nur noch eins, was ich hören will – das, was als Nächstes aus John Wesley Earls Mund kommt.

»Darauf hast du die ganze Zeit gewartet, du feige Sau?«, fragt Earl nur.

Dann flackern die Lichter des Autos und gehen aus.

Eine Sekunde später fällt Earl nach hinten, und Mündungsfeuer erhellt die Nacht ...

Earls Hände bewegten sich. Die Pistolen *bewegten* sich von allein ...

Oder doch nicht?

Agieren statt reagieren.

Wenn er jetzt nichts unternahm, würde Danny den Mistkerl Earl vor seinen Augen töten.

Der geht niemals zurück ins Gefängnis.

Er hätte schwören können, dass sich die Pistolen von allein bewegten. Die Mündung, die auf Amé gerichtet war, wurde mit jedem Herzschlag größer, als wollte sie sich über seinen Deputy stülpen, sie verschlucken. Und die andere Mündung, in die er geschaut hatte, drehte sich leicht in Dannys Richtung.

Nur ein winziges Stück, aber das reichte.

Die Pistolen bewegten sich von allein.

Und als dann die Scheinwerfer des Nissan erloschen, und Jesse aus dem Nichts hinter seinem Vater und Danny auftauchte – ein Schattenriss im einzig verbliebenen Lichtkegel der Taschenlampe –, da stand Harp tatsächlich neben ihm und sagte, dass ihm jetzt keine andere Wahl mehr blieb als endlich abzudrücken.

Ein Herzschlag, mehr Zeit hatte er nicht, um diese wichtige Entscheidung zu treffen.

Das ist dein Job, Sheriff.

Mach deinen Job.
Und das tat Chris.

Earl fällt, aber jetzt steht da Jesse, mit dem ich nicht mehr gerechnet habe. Er kommt hinter mir aus dem Dunkeln, schreit, drischt mir den Revolver seines Daddys ins Gesicht, bricht mir sämtliche Knochen am linken Auge.

Er schlägt ein zweites Mal zu, schlingt einen Arm von hinten um mich, hält mir die Waffe an die Schläfe.

Sie brennt ein Loch in meine Haut, und ich lasse die Dienstmarke meines Vaters und die Pistole fallen.

Ich reiße mich zusammen, damit ich nicht das Bewusstsein verliere. Jesse schreit Cherry und Reynosa an, ruft Earl zu, er soll aufstehen, *steh verdammt noch mal auf, Daddy,* und ich versuche, ihn mit letzter Kraft wegzuschubsen, seine Waffe rutscht an meiner Schläfe runter und landet unter meinem kaputten Auge. Ich spüre, wie sich der Hahn des alten Revolvers spannt.

Ein lauteres Geräusch werde ich nie mehr hören.

Ich bin tot.

Alles ging wahnsinnig schnell.

Chris schoss genau in dem Moment auf den alten Earl, als Jesse aus dem Nichts auftauchte, Danny mit einem Revolver ins Gesicht schlug, ihn packte und als Schutzschild benutzte. Es ließ sich kaum erkennen, wer wer war, sie rangen miteinander – um Leben und Tod –, Jesses Revolver war an Dannys Schläfe, und Jesse schrie seinen Vater an, er solle aufstehen, aber Amé war sich nicht sicher, ob er das jemals wieder tun würde. Sie brachte ihr Gewehr in Anschlag, aber einen gezielten Schuss konnte sie nicht abgeben.

Das hieß nicht, dass sie gar keinen Schuss abgeben konnte.

Auch wenn America Reynosa es nicht wusste: Als sie über den Lauf ihrer AR-15 schaute und sich ganz auf ihr Zielfernrohr verließ, wendete sie dieselbe Technik an, die Danny beim Militär gelernt hatte.

Doch sie hielt sich nur an das, was Harp ihr in den unzähligen Stunden am Schießstand beigebracht hatte.

Sie machte dasselbe wie zuvor bei Hunderten Zielscheiben, die sich im Wind bewegten.

Zielen.

Ausatmen.

Jesse Earls Gesicht war dem von Danny so nah, als wären sie Liebende, und die Mündung von Jesses Revolvers befand sich nur knapp unter Dannys Auge ...

Abziehen.

So löscht man das Leben eines Menschen aus ...

Teil vier
Blood Out

66
Zwei Tage später

Ich bin nicht tot, aber richtig lebendig fühle ich mich auch nicht.

Ich wache auf, versinke in Dunkelheit, wache wieder auf und von vorn. Als würde ich versuchen, aus einem tiefen Brunnen voller kaltem Wasser hochzusteigen. Ich tauche auf, hole kurz Luft, bevor mich mein Gewicht wieder nach unten zieht.

Nur die Hälfte des Zimmers kann ich sehen, die andere liegt im Schatten.

Menschen kommen und gehen, viele kenne ich nicht, manche schon, einige sind nicht wirklich da. Major Dyer steht vor mir, er sieht besorgt aus. Dann beugt sich Deputy Reynosa zu mir runter, und wir sind wieder in der Wüste, über uns die Sterne. Das Mädchen aus Ballinger schläft auf der anderen Seite des Zimmers. Sie dreht sich zu mir um und fragt, ob ich auf sie aufpasse – ob ich immer auf sie aufpassen werde –, dabei weint sie und ihr Gesicht ist ganz blau und geschwollen ...

Einmal sitzt sogar John Wesley Earl an meinem Bett und raucht eine Zigarette.

Er sagt *Howdy, Danny* und hält mir eine Pistole an den Kopf.

Mein Dad ist da und verschwindet.

»Als ich das letzte Mal im Krankenhaus lag, ging's mir in etwa wie Ihnen«, sagt Sheriff Cherry. »Eine Bande hatte mich auf einer Ranch hinter Murfee aus dem Hinterhalt angegriffen. Ungefähr dort, wo jetzt mein Haus steht. Ich hatte solche Angst, ich hab einfach drauflosgeschossen. Zeit zum Überlegen hatte ich nicht, trotzdem habe ich drei Männer erschossen. Anders als in Killing, denn da habe ich bewusst eine Entscheidung getroffen, aber niemanden getötet.«

»Was soll das heißen?«

Cherry lehnte sich auf dem Stuhl zurück. »Ich habe John Wesley Earl nur angeschossen, er ist nicht gestorben. Als es vorbei war, hat er noch geatmet. Bis gestern lag er hier im Krankenhaus, aber er wurde verlegt. Es hat ihn schlimm erwischt, vielleicht wird er nie wieder gehen können. Aber er wird es wohl überleben. Ben Harper nannte es das *Glück der Outlaws.*«

»Sie hätten mich schießen lassen sollen. Ich stand neben ihm.«

Cherry nickt. Er sieht müde aus, abgezehrt. »Sie haben oft neben ihm gestanden, Danny. Sie hätten es etliche Male tun können, aber Sie sind kein Mörder, auch wenn Sie sich das einreden wollten.«

»Hat er ... hat er irgendwas über meinen Vater gesagt?«

»Nur das, was wir beide gehört haben. Sonst nichts.«

Cherry erzählt mir, dass Reynosa Jesse mit einem Kopfschuss getötet hat und dass ich Glück hatte, weil sein Revolver nämlich gar nicht geladen war. Jesse kann das nicht gewusst haben, denn er hat mir den Revolver an den Kopf gehalten und abgedrückt. Er ist ohne eine einzige Patrone zu einer Schießerei gekommen, also muss das Glück der Outlaws wohl diesmal auf meiner Seite gewesen sein. Der Sheriff sagt, Jesse hätte mich trotzdem übel zugerichtet, es sei noch nicht klar, ob ich bleibende Schäden am Auge davontrage. Es wird noch etwas dauern, bis die Ärzte die Verbände entfernen und feststellen können, ob ich jemals wieder richtig sehen werde.

Als er es sagt, schaut Sheriff Cherry auf seine Hände, nicht in mein unverletztes Auge.

Dann erzählt er mir den Rest der Geschichte ...

Von dem Auto, in dem die Leiche von Little B und das Geld lagen.

Eine Handvoll Scheine wurde weggespült, aber als das Wasser weiter stieg, versank das Auto in einem schlammigen Grab. Little B wurde zwar noch rechtzeitig geborgen, nicht aber das Geld von Earl. Irgendwann wird der Abschleppdienst das Auto holen und zum Schrottplatz in Murfee bringen.

Von dem Ranch-Haus.

Eine Spezialeinheit des FBI hat es umstellt, und als sich drei Stunden lang drinnen nichts rührte, schickten sie einen Roboter rein. Im Wohnzimmer hatte es offenbar eine wilde Schießerei gegeben. Cole Malady, T-Bob und Clutts sind tot. Niemand weiß, wie Earl da lebend rausgekommen ist, es war wohl wieder das verdammte Glück der Outlaws. Bisher kann noch niemand mit Sicherheit sagen, was sich im Haus abgespielt hat, aber die vorläufige Obduktion der drei Leichen hat ergeben, dass sie, obwohl sie ohnehin nicht mehr lange zu leben gehabt hätten, per Kopfschuss hingerichtet worden waren.

Weil jemand auf Nummer sicher gehen wollte.

Von Thurman Flowers und Jenna.

Beide waren blutüberströmt, aber quicklebendig zu einem Kontrollpunkt marschiert, den die Border Patrol auf der Interstate 169 errichtet hatte. Sollte sich Flowers Version des Tathergangs als wahr erweisen, wird man ihn mit hoher Wahrscheinlichkeit nicht vor Gericht belangen können.

Wie es aussieht, wird er Murfee als freier Mann verlassen.

Und von Sunny …

Sie wurde auf dem Highway 67 angehalten, wo sie in dem alten Wohnmobil zum I-10 unterwegs war, Richtung Arizona und Kalifornien. Deputy Till Greer hatte sie gestoppt, sie bedrohte ihn mit einer Waffe und weigerte sich zwei Stunden lang, auszusteigen. Sheriff Cherry ließ das Fahrzeug nicht stürmen, weil er kein weiteres Menschenleben gefährden wollte. Da das FBI mit dem Einsatz in Killing beschäftigt war, fuhr er selbst zum 67er und redete so lange auf Sunny ein, bis sie ohne Schusswechsel ausstieg.

Weinend war sie auf ihn zugewankt, und er hatte sie zuerst zu ihrem toten Sohn ins Leichenschauhaus und dann ins Gefängnis gebracht.

»America, also Deputy Reynosa hat Sie ein paarmal besucht.«

»Ich glaube, ich hab sie gesehen ... genau erinnere ich mich nicht mehr.« Vielleicht tue ich das doch. Sie saß an meinem Bett und lächelte mir zu, wenn sie dachte, ich wäre wach. Dieses geheimnisvolle Lächeln, das so viel bedeuten könnte ... Ich warte darauf, dass er mich fragt, wie ich an den Schlüssel für die Handschellen gelangt bin. Oder woher ich die Waffe hatte, die ich hinter dem Haus in Killing ausgegraben habe. Aber er fragt nicht. Vielleicht musste Reynosa ihm schon Rede und Antwort stehen.

»Dass America ihn erwischt hat, grenzt fast an ein Wunder. Die Chancen für einen solchen Schuss stehen eins zu einer Million. Sie haben wohl nur deshalb überlebt. Jesse hätte Sie mit dem ungeladenen Ruger totschlagen können. Sie haben mit ihm gerungen und waren im Dunkeln kaum auseinanderzuhalten – ich hätte es wohl nicht gekonnt, außerdem musste ich aufpassen, dass Earl nicht wieder aufsteht und uns alle erschießt. Es gibt nur einen anderen Menschen, der den Schuss hinbekommen hätte, und ich kann ohne Scham sagen, ich bin es nicht.«

Ich muss ihn nicht fragen, wen er meint.

»Ich habe Ihnen etwas mitgebracht.« Er drückt mir die Dienstmarke meines Vaters in die Hand, die ich Earl an jenem Abend vors Gesicht gehalten habe. Die Dienstmarke, die ich seit Jahren immer bei mir trage. Er hat sie poliert, und sie strahlt im weißen Licht des Krankenhauses. »Sie haben sie fallen lassen. Sie gehörte Ihrem Vater, richtig?«

»Ja, ich habe sie bei der Beerdigung bekommen. Damals war ich neun. Seitdem habe ich sie fast jeden Tag dabeigehabt.«

»Sie haben Ihre eigene Dienstmarke abgegeben, aber diese behalten?«

Er steht auf.

»Danke«, sage ich.

»Danken Sie nicht mir.« Er zeigt auf die Dienstmarke meines Dads. »Ich habe nicht Ihretwegen auf Earl geschossen. Ich wollte ihn nicht für das, was er Ihrem Vater angetan hat, töten. Und ich wollte mich auch nicht wegen Harp und Buck an ihm rächen. Nein, er hatte eine Waffe auf meinen Deputy gerichtet. Er ist meinen Aufforderungen nicht nachgekommen und stellte eine lebensbedrohliche Gefahr für meinen Deputy und andere Personen dar. *Ich habe die Gefahr gebannt.* Das ist mein Job. Hätte er sich ergeben ...«

»Er hätte sich niemals ergeben, ich weiß das, und Sie wissen das auch. Freiwillig wäre er nicht wieder ins Gefängnis gegangen. Es musste so ausgehen.«

Einen Augenblick steht er da, als wollte er noch etwas sagen, dann nimmt er seinen Hut. »Viel Glück, Danny Ford. Ich drücke Ihnen wirklich die Daumen.«

»Wie geht es jetzt weiter?«

»Sie kurieren sich aus. Nichols und Major Dyer werden jede Menge Fragen an Sie haben.« Er setzt sich den Hut auf. »Und ich muss zu zwei Beerdigungen ... danach schauen wir beide nach vorn ...«

Nachdem er weg ist, gehe ich mit der Dienstmarke meines Dads ins Bad und schaue in den Spiegel. Um den Kopf trage ich einen

Verband, der das linke Auge vollständig bedeckt, und der Bluterguss darunter zieht sich über die gesamte Wange hin. Die Haut ist dunkelrot und erinnert mich an eine Blutlache auf der Straße. Im Weiß des anderen Auges sind einige Äderchen geplatzt, färben es rot. Meine Haare wachsen schon nach, doch wegen des Verbands haben sie meinen Schädel an einigen Stellen kahl rasiert. Die meisten würden mich nicht erkennen, und wer weiß, wie ich nach den Operationen, die zur Wiederherstellung meines Gesichts nötig sind, aussehen werde. Bestimmt nicht mehr wie früher.

Das ist nicht mein Gesicht.

Und dann wieder doch.

Seit langer Zeit sehe ich mich selbst.

Als ich mich hinlege, fällt mir auf, dass ich die Dienstmarke meines Dads im Waschbecken liegen gelassen habe. Aber das stört mich nicht. Ich stehe nicht wieder auf, um sie zu holen.

Wenn ich sie haben will, wird sie auch später noch dort liegen.

67
Eine Woche später

America stand vor den verkohlten Überresten ihres Hauses. Über dem Uniformhemd trug sie noch die schwarze Armbinde, die alle Kollegen für Harps Beerdigung angelegt hatten. Die Trauerfeier hatte in Midland stattgefunden, über dreihundert aktive und ehemalige Polizisten hatten teilgenommen sowie Dutzende Bürger aus Murfee, die die Fahrt im Konvoi zurückgelegt hatten. Obwohl es noch früh am Morgen gewesen war, hatte der glühende Himmel bereits die Farbe von Sand gehabt, und wegen der Windstille hingen alle Fahnen schlaff herunter.

Er war in dem Grab neben Jackie bestattet worden, unzertrennlich über den Tod hinaus.

Auf dem Rückweg war America bei Chris mitgefahren. Melissa war auch bei der Beerdigung gewesen, aber mit Dale Holt nach Murfee zurückgekehrt, damit Chris und America ungestört miteinander reden konnten. Er saß am Steuer und trank eine Coke, während sie aus dem Fenster schaute und ihm alles erzählte: dass sie eine Waffe aus Billy Bravos Trailer entwendet und Vianey Ruiz gegeben hatte, dass sie den Schlüssel für Dannys Handschellen im Auto hinterlegt hatte, dass sie sich mit Santino Paez ausgetauscht und Azahel Avalos heimlich im Gefängnis besucht hatte. Sie berichtete ihm, was Azahel Avalos damals auf dem Highway zu ihr gesagt hatte und was er über ihre Familie und ihren Onkel, Fox Uno, wusste. Sie gestand, dass sie vor zwei Jahren mit dem Handy ihres Bruders jemanden auf der anderen Seite des Flusses angerufen hatte und daraufhin Máximo aufgetaucht war und Duane Dupree umgebracht hatte. Sie ließ nicht aus, dass es Máximo gewesen war, der Duprees Kopf abgetrennt und sein Haus mitsamt Leiche in Brand gesteckt hatte, dass er danach zu ihr gekommen war, mit Asche im Haar und Blut unter den Fingernägeln. Und sie erzählte ihm, dass Caleb Ross ihr einen Koffer mit Geld dagelassen hatte, das sein Vater dem Nemesio-Kartell gestohlen hatte, und sie es für ihre Flucht mit Máximo benutzt hatte. Dass sie den jungen Mexikaner in Houston eines Nachts verlassen hatte, ihm aber noch ein dickes Bündel Scheine und die Pistole ihres Bruders hingelegt hatte. Die silberne Pistole mit den eingravierten grinsenden *calaveras* und dem Schutzheiligen der *narcos*, Jesús Malverde, die vermutlich ein Geschenk ihres Onkels war.

Zuletzt sagte sie noch, dass sie den Rest des Geldes in ihrem Haus versteckt gehabt habe und es mit allem anderen verbrannt sei.

Chris hörte schweigend zu und erzählte dann seine Version der Geschichte – die *Wahrheit*, die damals nicht in der Zeitung gestanden hatte. Dass Caleb ihn im Krankenhaus in El Paso besucht und von dem Geld erzählt hatte, ohne allerdings zu erwähnen, was er damit machen wollte, und im Anschluss nach Murfee zurückgefahren war, um seinen Vater zu töten. Dass Chris seinen Vorgänger in dem alten Büro mit vorgehaltener Waffe zur Rede gestellt hatte, Ross aber abgehauen und in seinem Haus in einen Hinterhalt von Dupree geraten war.

Zuletzt sagte er noch, dass er sich immer gefragt habe, wer Dupree ermordet und damit die ganze Geschichte beendet hatte.

Sie waren gerade fertig geworden, als sie die Überreste von Americas Haus erreichten. Sie stiegen aus und standen eine Zeit lang schweigend davor.

Wenn sie genau hinschaute, dachte America, würde sie unter den Trümmern bestimmt noch einen angesengten Dollarschein entdecken.

»Weißt du noch, als wir zum ersten Mal vor einem niedergebrannten Haus gestanden haben?«, fragte Chris.

»*Sí*, das Haus von Dupree. Ich war gerade nach Murfee zurückgekehrt und du hast mich gefragt, ob ich Deputy werden will.«

»Hattest du damals das Geld dabei?«

»Im Kofferraum, einen Teil habe ich benutzt, um mir das Haus zu kaufen ...«

»Aber auch jede Menge Waffen, stimmt's?«

Er meinte die Munition, die beim Brand explodiert war und die Löscharbeiten erschwert hatte. »*Sí*. Ich hatte immer Angst, jemand würde nach mir und dem Geld suchen. Und nach der Geschichte mit Máximo wollte ich mich nie wieder auf fremde Hilfe verlassen müssen.«

»Verstehe.«

»*Lo siento.*«

Chris schaute sie an, doch seine Augen waren hinter der Sonnenbrille nicht zu erkennen. »Das höre ich in letzter Zeit oft.«

»Dass ich dir nicht schon früher alles erzählt habe, tut mir wirklich leid. Aber das mit Duane Dupree tut mir nicht leid. In den letzten zwei Jahren hatte ich Schuldgefühle wegen der schlimmen Sachen, die ich getan habe. Aber es war anders, als du jetzt vielleicht denkst. Ich habe mich gehasst, weil ich mich nicht schlecht genug gefühlt habe.« Sie zuckte die Schultern. »Ich bin froh, dass Dupree tot ist. Froh, dass Máximo getan hat, was ich nicht tun konnte. Ich hatte ein paarmal Gelegenheit, Dupree zu töten, habe aber aus Angst zu lange gewartet. So ähnlich wie Danny bei John Wesley Earl. Um die Earls tut es mir auch nicht leid. *Eran hombres malos.* Buck und Ben mussten ihretwegen sterben.«

»Es geht bei unserem Job nicht um Rache, es geht um Gerechtigkeit.« Resigniert zuckte Chris die Achseln. »Du weißt schon, nach wem du klingst?«

»*Sí.* Und vielleicht hatte Ben Harper recht und du bist viel zu gut, um es zu verstehen.«

»Bist du das nicht auch?«

Sie legte eine Hand auf seinen Arm. »Da bin ich mir nicht so sicher. Aber Ben musste mir nicht erst erklären, dass es auf der Welt schlechte Menschen gibt. Das weiß ich seit Duane Dupree.«

Chris erwiderte nichts, und sie zog die Hand weg, nahm ihre Dienstmarke ab, wollte sie ihm zurückgeben.

»Was soll das denn jetzt?«

»Mir tut das alles *nicht* leid. Ich habe Danny den Schlüssel für die Handschellen hingelegt, ich habe dich angelogen. Wenn Azahel Avalos recht hat, dann glauben die meisten in Murfee und fast alle auf der anderen Seite des Flusses, dass ich wie mein Bruder für unseren Onkel arbeite und Drogen schmuggle. Und wenn die Leute hier kein Vertrauen zu mir haben, bin ich dir keine große Hilfe. Im Gegenteil.«

Chris drückte ihre Hand, in der sie die Dienstmarke hielt. »Darf ich das bitte selbst entscheiden? Ich habe zwei Deputys verloren und einer ist nach wie vor nicht einsatzfähig. Ich kann es mir nicht leisten, noch einen zu verlieren. Und wenn du Danny den Schlüssel nicht zugesteckt hättest, wären wir jetzt vielleicht alle tot. Ich weiß nicht, wer von uns beiden recht hat. Und vielleicht kommt es darauf auch gar nicht an. Wenn du in zwei, drei Monaten immer noch den Dienst quittieren willst, dann reden wir noch mal. Im Moment lasse ich dich nicht gehen. Denn jetzt, wo Ben nicht mehr da ist, bist du meine beste Schützin.« Er ließ ihre Hand los, zeigte auf die Dienstmarke. »Du hast sie dir verdient. Aber von jetzt an gibt es zwischen uns keine Geheimnisse mehr.« Er schaute auf seine Hände. »Ganz ehrlich? Ich weiß nicht, ob Ben recht hatte und ich wirklich so ein guter Mensch bin.«

»Wieso das?«

»Als ich auf Earl geschossen habe, hatte er seine Waffe zwar auf dich gerichtet, aber ... eine Sekunde lang ... war ich mir nicht sicher, ob er sie nicht doch fallen lässt und sich ergibt. Eine Sekunde später ... ich weiß nicht ...«

»Eine Sekunde später? Vielleicht hätte er mich dann getötet. Außerdem hast du ihn nicht erschossen.«

»Aber ich habe es versucht. Weil ich den Mistkerl ein für alle Mal erledigen wollte.«

»Tja, dann solltest du nächstes Mal etwas höher zielen ...«

Er schaute auf die Trümmer ihres Hauses. »Besuchst du Danny eigentlich noch?«

»Ich war ein-, zweimal da.« Weil er ihr einen Seitenblick zuwarf, hob sie abwehrend die Hände. »Okay, es war öfter. Er ist die ganze Zeit allein, und die Ärzte wissen immer noch nicht, ob er das Auge behalten wird. Wir reden nur. Vielmehr redet er, und ich höre zu. Nicht über die Earls, sondern über seine Zeit in Afghanistan und die Undercover-Einsätze danach. Ich glaube, bisher hat er noch mit niemandem darüber geredet.«

»Ich habe mich bei Major Dyer erkundigt. Sein Antrag auf Entlassung wurde nie bewilligt. Bevor er eigenmächtig Jagd auf Earl gemacht hat, hätte er eigentlich nur einen internen Psychologen aufsuchen sollen. Das sollte er jetzt in jedem Fall tun. Vielleicht darf er dann sogar in den Dienst zurück.«

»Ich bezweifle, dass er das will. Ich glaube, er wird erst einmal hierbleiben.«

Chris seufzte, drehte sich um und ging zum Pick-up zurück. »Das hatte ich befürchtet.« Dann: »Er bleibt wegen dir, das ist dir klar, oder?«

»Ich weiß nicht ...«

»Eigentlich geht mich das nichts an. Ich bin ja nur dein Chef. Aber wie ich schon mal sagte, Danny Ford ist nicht dein Bruder. Und Caleb Ross ist er auch nicht.«

»*Lo sé.*«

»Okay, und nachdem du dir jetzt so viel von mir angehört hast, möchte ich wissen, was du über ihn denkst.«

Sie dachte daran, wie sie an seinem Krankenbett gesessen hatte. Wenn es im Zimmer dunkel wurde, ergriff er ihre Hand, weil er sich vergewissern musste, dass jemand bei ihm war. Ein paarmal hatte er sie sogar gebeten, auf ihn aufzupassen, während er schlief, und noch da zu sein, wenn er wieder aufwachte.

»Ich glaube, für ihn ist es so, als würde er aus einem schlimmen Albtraum erwachen. Er weiß nicht, wo er ist, wie lange er geschlafen hat, nur dass sich die Welt seitdem verändert hat. Und er weiß nicht mehr, wo sein Platz darin ist und wie es jetzt weitergehen soll.«

»Da ist er weiß Gott nicht der Einzige.« Chris hielt ihr die Beifahrertür auf. »Machen wir uns auf den Weg. Nach Bucks Beerdigung morgen hat sein Bruder alle zum Grillen in ihr Haus in Pecos eingeladen. Mel und ich gehen hin, halb Murfee wird da sein. Ich weiß, das ist eigentlich nicht dein Ding, aber das hier ist deine Stadt, das sind deine Leute. Wenn sie dich einmal so sehen, wie ich dich sehe, dann würde auch das Gerede über dich aufhören. Komm bitte mit, wir fahren dich später auch nach Hause.«

»Okay.«

»Ach und noch was – bitte hol die Waffe zurück, die du Vianey Ruiz gegeben hast.«

»Hab ich schon«, sagte sie, ohne zu erwähnen, dass Santiano Paez sie ihr zurückgegeben hatte. Das war sie dem Anwalt schuldig. Billy Bravo fiel ihr wieder ein. »Hast du eigentlich das Ergebnis vom DNA-Test bekommen?«

»Noch nicht. Aber bringt es jetzt noch was, wenn wir beweisen können, dass Jesse Earl ihn umgebracht hat?«

Ihre Hand wanderte wie von selbst zu der Kette mit dem Anhänger des Erzengels Michael, die sie seit Harps Tod nicht mehr abgelegt hatte. »Mir nicht. Aber wie sieht es bei dir aus?«

Er ließ den Motor an, und wenn er auf die Frage eine Antwort hatte, dann behielt er sie für sich.

68
Ein Monat später

Er hatte gedacht, sie würden ihn wieder nach Walls bringen, aber seine Verletzungen waren so schwer, dass er stattdessen ins zentrale Gefängniskrankenhaus in Galveston verlegt worden war, wo er unter den wachsamen Blicken bewaffneter Wärter in Plastikbeutel pisste und kackte. Daran hätte er sowieso nichts ändern können, denn sein verfluchter Körper wollte sich vom Bauch abwärts nicht mehr bewegen, da konnte er machen, was er wollte. Also lag er reglos da und hörte mit an, wie sie Witze über ihn rissen und lachten, wenn die Krankenschwestern kamen und ihm wie bei einem Baby den Hintern abwischten, ohne den Gestank, der von ihm ausging, jemals ganz wegzukriegen.

Jetzt war er nicht mehr nur im Knast gefangen, sondern auch noch in seinem eigenen Scheißkörper.

Earl schaute nicht auf sein Spiegelbild in den verchromten Teilen der Maschinen, die ihn am Leben hielten; er drehte das Gesicht immer in die andere Richtung. Und weil er sich in diesem Zustand nicht sehen wollte, lag er die meiste Zeit mit geschlossenen Augen im Dunkeln.

Wie früher versuchte er, im Kopf mit seinem Motorrad rumzukurven, aber auch das wollte nicht mehr klappen.

Er hatte von Wind geträumt – von heißem Wind auf trockenem Präriegras und seiner Haut, vom Gewicht einer Schrotflinte in seiner Hand –, wachte auf und sah Nichols vor sich sitzen. Der FBI-Agent war mit seinem Handy beschäftigt. Als er merkte, dass Earl wach war, senkte er das Telefon, lächelte aber nicht.

Die Wärter waren alle weg.

»Wie geht es uns denn heute, mein Kronzeuge?«

»Leck mich, ich hab dir nichts zu sagen.« Er hatte seine Stimme schon so lange nicht mehr benutzt, dass er sie selbst kaum erkannte.

Nichols schaute wieder auf sein Handy und steckte es in die Tasche. »Vor ein paar Monaten hatten Sie mir noch jede Menge zu sagen, John Wesley. Da wollten Sie gar nicht mehr mit dem Reden aufhören.«

Earl schwieg und starrte an die Wand.

»Sie leben noch und werden wieder einigermaßen gesund. Gehen werden Sie zwar nie mehr können und mit Sicherheit auch nicht wegrennen. Denn das haben Sie doch die ganze Zeit gemacht, oder? *Wegrennen.*«

Nichols betrachtete seine Fingerkuppen. »Wenn die hier nichts mehr für Sie tun können, lasse ich Sie ins Hochsicherheitsgefängnis in Beaumont bringen. Das ist ein Bundesgefängnis, alles darunter kommt für Sie nicht mehr infrage. Wahrscheinlich tue ich Ihnen damit sogar einen Gefallen, und Sie können mir glauben, gerne tue ich das nicht. In Ihre alte Zelle wollen Sie bestimmt nicht zurück. Wie ich von meinen Quellen weiß, hat sich inzwischen rumgesprochen, was für ein Typ Sie sind.«

»Was redest du da für eine Scheiße?«

Nichols löste den Blick von seinen Händen und schaute Earl an. Seine Augen waren undurchdringlich. Earl kam der Gedanke, dass der Mann auf einem Golfplatz besser aufgehoben wäre. Und erst jetzt fiel ihm auf, wie jung der Agent war, vermutlich nicht viel älter als Jesse.

Nichols beugte sich zu ihm runter, und Earl roch das teure Aftershave, sah den blutigen Fleck, wo der andere sich morgens beim Rasieren geschnitten haben musste. Das getrocknete Blut war fast so dunkel wie seine Augen. »Ihre Freunde vom *Wheel* haben rausgefunden, warum Sie George Chives in Wahrheit beseitigt haben. Die wissen jetzt, dass nicht er der Spitzel war. So was spricht sich schnell rum, auch hinter Gittern. Sie wollten die Chips von Chives einlösen, stimmt's? Und dann mit dem *ganzen* Geld über die Grenze flüchten.« Nichols zog ein eingeschweißtes Kartenspiel aus der Tasche, machte es auf und begann zu mischen. »Aber das ist jetzt auch egal. Von Manny Suárez kriegen Sie und Ihre Leute nichts mehr. Ich habe Ihre Geschäftsbeziehung persönlich beendet.«

»Und wenn schon. Das macht gar nichts. *Nada*, wie Manny sagen würde.«

Nichols lachte und mischte weiter. »Sie sind eine verdammt harte Nuss, Earl. Und Sie hätten es fast geschafft. Aber mal so unter uns, als wir die Tür zu Mannys schickem Haus in Arizona eingetreten haben, da hat er nicht *nada* gesagt. Im Gegenteil: Als ich ihm gedroht habe, seinen Sohn Miguel Suárez oder Azahel Avalos, wie er sich auch nennt, für ein paar Jahre wegzusperren, da hat er richtig *gesungen.*«

Earl machte den Mund auf und wieder zu.

»Irgendwie ist wohl durchgesickert, dass Sie mit dem FBI zusammengearbeitet haben. Oft geschieht das nicht, und ich habe keine Ahnung, wie es dazu kommen konnte, aber die ABT weiß jetzt, dass Sie derjenige waren, der sie verraten wollte. Und nach allem, was in Killing vorgefallen ist, habe ich keine Verwendung mehr für Sie als Zeugen. Ihre Aussagen von damals sind nur noch wertloses Papier. Außerdem hat Sheriff Cherry wegen Ihres kleinen Blutbads im Big Bend richtig Krach geschlagen. Sie können den Deal vergessen, er ist in Flammen aufgegangen wie die Häuser, die Ihr nichtsnutziger Sohn in Murfee angezündet hat. Es gibt für Sie kein Zeugenschutzprogramm, nichts, *nada*. Ich kann Sie nur noch begraben. Solange Sie leben, werden Sie nie mehr frei sein.«

»Wenn sich die Sache rumgesprochen hat und ich in kein

Schutzprogramm komme, dann bringen die mich um, selbst wenn ich im Bundesknast sitze. Ich bin schon tot.«

Nichols zuckte die Achseln. Er schaute auf eine Karte und steckte sie zurück in den Stapel. »Ja, wahrscheinlich. Da ist Ihr Name wohl doch noch *in den Hut* gewandert. Heißt das bei Ihnen und Ihren Inzuchtfreunden nicht so, wenn einer dran glauben soll?« Nichols stand auf.

»Deputy Harper hat bei einem Treffen mal zu mir gesagt, einem guten Cop hilft es, wenn ihm die Arbeit persönlich nahegeht. Damals habe ich gesagt, das ist Bullshit, aber eigentlich war ich, so wie Sie, von Anfang an nicht hundertprozentig ehrlich. Das mit Flowers ist mir persönlich nahegegangen, ich wollte ihn drankriegen. Wissen Sie, ich hatte ein sehr gutes Verhältnis zu meinem Großvater, er war ein guter, rechtschaffener Mensch, aber dann gab es in dieser Kirche in Georgia eine Schießerei und …« Nichols beugte sich wieder zu ihm runter, flüsterte ihm etwas ins Ohr. Dann tätschelte er ihm die Wange und richtete sich auf.

Doch bevor er ging, teilte er noch ein Texas-Hold'em-Blatt aus, legte für jeden von ihnen zwei Karten mit der Vorderseite nach unten auf Earls Bett und warf die restlichen in den Mülleimer.

»Sie sind nicht der einzige Kartenspieler, Earl.«

»Du warst es, du Wichser. Du hast ihnen gesteckt, dass ich mit euch zusammengearbeitet hab.«

Nichols tat so, als würde er überlegen, dann zog er sein Handy aus der Tasche und ging zur Tür.

»Keine Ahnung, wovon Sie reden.«

Nachdem Nichols gegangen war, schlief er erschöpft ein. Er hätte erwartet, von Jesse oder Jesses Mom oder Little B oder T-Bob oder sogar Sunny zu träumen, aber das waren nicht die Menschen, die ihn heimsuchten. Nur Phyllis war da, und ihre Haare brannten vom Mündungsfeuer der Flinte, mit der er Robert Ford in Sweetwater erschossen hatte. Ihr Haar stand in Flammen, ihre Haut war feucht von Meerwasser, ihre Augäpfel waren verdreht und sie sagte immer und immer wieder *ich und das Baby haben auf dich gewartet, schon so lange auf dich gewartet …*

Als er aufwachte, lagen die vier Karten von Nichols immer noch da, und ihm ging auf, dass er endlich zu Hause sein würde, wenn er es bis ins Bundesgefängnis in Beaumont schaffte.

Dann fiel ihm auf, dass die Wärter, die sonst immer in seinem Zimmer saßen, nicht zurückgekehrt waren.

Er erkannte den Pfleger wieder, obwohl er ihn noch nie gesehen hatte. Das lag an den *Augen.* Es waren seine eigenen, und sie schauten ihn aus zwanzig Jahren Entfernung an. Der Junge war nervös, aber entschlossen.

Ein Rekrut … *Blood in.*

Unter dem Krankenhauskittel trug er ein langärmliges Shirt, wohl um die Tattoos zu verstecken; die Bilder, die sie ihm mit Kugelschreibern und Nadeln und angespitzten Gitarrensaiten, die vom winzigen Motor einer elektrischen Zahnbürste angetrieben wurden, gestochen hatten. Beim ersten Mal war der Junge sicher nicht lange im Knast geblieben, ein paar Monate höchstens, wegen Diebstahl, Körperverletzung oder sonst was, aber das nächste Mal würde er länger einfahren, sehr viel länger, wenn sie ihn für das, was er vorhatte, drankriegten. Earl hätte ihm gern gesagt, dass es okay sei, dass er sowieso den Rest seines Lebens im Gefängnis verbringen würde, ob man ihn nun einsperrte oder nicht. Ein Gefängnis, das er sich selbst geschaffen hatte; weil man seine Entscheidungen traf und seinen Einsatz machte, und es entweder überlebte oder dabei draufging.

Man machte mit dem Teufel Geschäfte, nur um am Ende festzustellen, dass man selbst der Teufel war.

Der Junge schob Nichols' Spielkarten vom Bett, ohne einen

Blick darauf zu werfen, sodass Earl nie erfahren würde, welche es waren ... aber ob Joker oder Asse, darauf kam es jetzt nicht mehr an.

»Na los, Peckerwood, bringen wir es hinter uns ...« Earl schloss die Augen, suchte nach seinen Söhnen, nach Sunny, seinem Bruder, seinem Daddy oder Phyllis, aber da war niemand.

»Ist schon gut ...«

Niemand mehr, er war allein.

Der Junge beugte sich zu ihm runter, wie Nichols es vorher getan hatte. Earl spürte den Atem des Jungen auf seinen geschlossenen Augen und hatte den Eindruck, er würde weinen. Vielleicht auch nicht.

»*Blood out,* Wichser ...«

69
Sechs Wochen später

Chris bereitete es Kopfzerbrechen, die richtigen Wörter zu finden, vielleicht lag es auch einfach an der Geschichte. Ihm fiel kein richtiges Ende ein, und ein Anfang auch nicht.

Dass Rocky ihn unentwegt anschaute, als ob er seine Gedanken lesen könnte, machte es nicht einfacher.

Er legte den Schreibblock beiseite und schaute zu, wie die Sonne am Himmel unterging und die Berge lange Schatten auf die Far Six warfen. Nach dem Unwetter in der Brandnacht war die ganze Gegend wieder ausgetrocknet. Auf den unbeschriebenen Seiten und auf seinen Fingerkuppen waren sogar Sandkörner. Er hatte Rocky einen Napf Wasser auf die Veranda gestellt, den der Hund bereits ausgetrunken hatte.

Den passenden Namen für den Hund zu finden, war auch nicht einfach gewesen. Kurz hatten sie überlegt, ihn »Harp« zu nennen, aber richtig wohl war ihnen dabei nicht gewesen. Ihre Trauer war noch zu groß. Dann war Mel eingefallen, dass Buck als Kind einen Hund gehabt hatte, den er »Rocket« getauft hatte – er hatte es ihr bei ihrem allerletzten Gespräch im Earlys erzählt, bevor er die Bar verlassen und den Weg der Earls gekreuzt hatte –, aber auch der schien nicht zu passen. Mel war auf »Rocky« gekommen, und dieser Name gefiel ihnen beiden, auch wenn sie sich nicht sicher waren, ob es dem Hund genauso ging. Manchmal hörte er darauf, manchmal nicht (und spätestens das erinnerte Chris wieder an Harp), aber er spitzte jedes Mal die Ohren, wenn sie ihn so riefen. Er wusste, dass es sein Name war. Nur zog er es hin und wieder eben vor, nicht darauf zu reagieren.

Vielleicht war der Name auch der Grund, warum Chris mit der Geschichte nicht weiterkam. Sofern man überhaupt von einer Geschichte sprechen konnte, eigentlich waren es nur verschiedene Ideen, aus denen er etwas basteln wollte. Der Name der Hauptfigur war wichtig; Chris, die Leser und die Figur selbst mussten schließlich Seite für Seite damit leben. Alle Eigenschaften der Figur konnte er sich vorstellen, nur eben nicht ihren Namen.

Verdammt.

Er warf den Schreibblock auf den Tisch, wusste aber, dass er ihn früher oder später wieder zur Hand nehmen würde. Wie jedes Mal. Manchmal wachte er mitten in der Nacht auf, weil ihm eine neue Idee gekommen war. Vor wenigen Tagen hatte er die Dialoge, die er sich bisher ausgedacht hatte, heimlich an Mel ausprobiert, weil er wissen wollte, ob er den richtigen Ton traf. Wahrscheinlich wusste sie längst, dass er zu schreiben versuchte, fragte ihn aber nie, was auf seinen vielen Zetteln stand.

Nur eine Geschichte.

Die Pistolen bewegten sich von allein.

Das war die andere Sache, die ihn mitten in der Nacht aufweckte – Träume von John Wesley Earl und dieser einen Sekunde, bevor Chris abgedrückt hatte. Sheriff Ross hatte einmal zu ihm gesagt, es würde einem schwerer fallen, einen Menschen zu erschießen, wenn man ihm dabei ins Gesicht schaute und mitbekam, wie das Leben und das Licht in dessen Augen erloschen. Damals hatte Chris gedacht, Ross hätte ihn nur davon abhalten wollen, die Waffe, die er auf ihn gerichtet hielt, abzudrücken. Und in jener Nacht hatte er es nicht getan. Er hatte Sheriff Ross aus dem Big Bend Sheriff's Department entkommen lassen, nur hatte das am Ende keine Rolle gespielt, denn Dupree hatte da schon in Ross' Haus gewartet und den alten Sheriff in seinem Wohnzimmer erschossen. Chris hatte Sheriff Ross zwar nicht selbst getötet, trotzdem war der Mann gestorben. Und bei John Wesley Earl war es nicht anders gewesen. Vor zwei Wochen war Earl in dem Gefängniskrankenhaus erstochen worden, wo er wegen der Folgen der Schussverletzung behandelt wurde, die Chris ihm beigebracht hatte.

Die Pistolen bewegten sich von allein.

Nach der Sache in Killing war Chris ein paar Tage lang mit Schreibtischarbeit beschäftigt gewesen und hatte bei verschiedenen Stellen Beschwerde wegen Nichols eingereicht. Nichols war kurz nach dem Mord an Ben und Buck bereits in Murfee gewesen, und Chris fragte sich, ob der Agent Earls Plan vorher durchschaut oder befürchtet hatte, bei Earl eine Kurzschlussreaktion ausgelöst zu haben, als er ihm die Wahrheit über Danny Ford erzählt hatte. Earl hatte es selbst gesagt: *Nichols meinte, er hat dich nicht auf mich angesetzt, aber geglaubt hab ich das nie …*

Chris hatte noch erfahren, dass es interne Untersuchungen zu Nichols' Vorgehen geben würde, und die Sache dann auf sich beruhen lassen.

Nichols würde damit leben müssen; und Chris konnte von sich nicht behaupten, ein reines Gewissen zu haben. Im Gegenteil, er hatte große Zweifel, ob er das Richtige getan hatte.

Doch in seinen Träumen hatte er keine Zweifel. Dann sah er alles deutlich vor sich, als würde die ganze Szene von einer hoch stehenden Sonne beleuchtet. Earl stand im Zentrum, die Waffe auf Amé gerichtet, und Chris blieb nichts anderes übrig, als abzudrücken. Doch wenn er aufwachte und sich noch einmal ins Gedächtnis zu rufen versuchte, wie es damals gewesen war, dann wurde wieder alles dunkel.

Ich wollte ihn erledigen.

Und das habe ich.

Die Pistolen bewegten sich von allein.

Vielleicht war das die Geschichte, die er sich selbst erzählen wollte.

Mel kam aus dem Haus und hielt etwas hinter ihrem Rücken. Rocky stand auf, gähnte herzhaft, ging zu ihr und setzte sich neben ihre Füße. Der Hund tolerierte Chris, mochte ihn an guten Tagen vielleicht sogar ein bisschen, aber Mel vergötterte er. Manchmal allerdings ertappten sie ihn dabei, wie er am Ende der langen Zufahrt saß und in die flimmernde Hitze starrte, als rechnete er damit, dass jemand daraus auftauchte. Dann konnten sie ihn rufen, so lange sie wollten, er blieb dort sitzen, bis er genug gestarrt hatte.

»Wie läuft's?« Mel nickte in Richtung des Schreibblocks.

»Ach, nicht so gut.«

»Das wird schon.«

»Ja, vermutlich.«

»Vianey Ruiz hat heute ihre erste Schicht im Earlys. Mal sehen, wie sie sich macht.«

»Schön, dass du ein gutes Wort für sie eingelegt hast.«

»Dein Deputy ist manchmal ganz schön hartnäckig. Mit einem Nein hätte America sich niemals zufriedengegeben. Ich bin mir sicher, Vianey kriegt den Job gut hin. Ich werde dann zwar ein paar Stunden abgeben müssen, aber das ist für mich okay. Wahrscheinlich wird es sowieso bald nötig sein.«

Chris nickte, war in Gedanken aber woanders. Seit er das Ergebnis des DNA-Tests erhalten hatte, war eine Woche vergangen, aber er hatte das Schreiben bisher nur aus dem Büro mit nach Hause genommen und nicht geöffnet. Als er mit Amé vor den Überresten ihres Hauses gestanden hatte, hatte sie auf seine Frage, ob es ihr noch etwas bringen würde, wenn sich Jesses Blut an Billy Bravos Leiche nachweisen ließe, mit Nein geantwortet. Und als sie ihm die Gegenfrage gestellt hatte, war er ihr die Antwort schuldig geblieben. Eigentlich hätte sie Ja lauten müssen. Denn darin lag der Unterschied zwischen Rache und Gerechtigkeit. Und nur das durfte für ihn zählen.

Er riss sich aus seinen Gedanken und konzentrierte sich wieder auf Mel. »Wieso wird das bald nötig sein?«

Sie grinste verlegen. Ihre Haare waren nicht zusammengebunden, und er bemerkte, dass sie in letzter Zeit ziemlich gewachsen waren. Ein paar Strähnen fielen ihr ins Gesicht, bedeckten fast ihre strahlenden Augen. »Du warst ein böser, böser Junge ...« Sie zog die Hand hinter dem Rücken hervor.

Darin lag ein längliches Plastikstäbchen. Er brauchte einen Moment, um zu begreifen, worum es sich handelte.

»Heißt das ...?« Ihm fiel die Nacht ein, als er von dem Treffen mit Nichols in Lubbock zurückgekommen war. Mel und er hatten lange geredet und dann noch sehr viele andere Sachen gemacht ...

»Das heißt es. Das hast du als fantastischer Ermittler natürlich sofort erkannt. Aber ich habe den Test noch nicht gemacht. Um es zu hundert Prozent sagen zu können, ist es eigentlich noch zu früh ... nur bin ich mir ziemlich sicher ...« Sie hielt den Teststreifen hoch. »Also, ich wollte ihn jetzt machen. Nicht besonders romantisch, ich weiß.«

Er nahm ihr das Stäbchen ab und legte es auf den Tisch. »Lieber nicht, Schatz. Das wäre so, als würde man in einem Buch die letzte Seite zuerst lesen, weil man unbedingt wissen will, wie die Geschichte ausgeht. Lassen wir uns einfach überraschen ...« Er stand auf. »Und wo wir gerade bei nicht besonders romantisch sind, warte kurz.«

Er ging ins Haus und zog die Schatulle unter dem Bett hervor, die er nach dem Treffen mit Garrison in El Paso gekauft hatte. Es war die Besorgung gewesen, die ihn an dem Abend, als Ben und Buck erschossen wurden, so lange aufgehalten hatte. Mel würde er es zwar nie erzählen, aber vermutlich reimte sie es sich auch so zusammen.

Er kehrte auf die Veranda zurück. »In den letzten Wochen passte es nie richtig. Harp hat mir ständig in den Ohren gelegen, ich soll dich endlich heiraten, und wenn wir jetzt Eltern werden, gibt es wohl keinen besseren Zeitpunkt.«

Er wollte die Schatulle öffnen, aber sie legte ihre Hand auf seine, bevor er ihr den Ring zeigen konnte. Die andere legte sie auf ihren Bauch, als wollte sie das neue Leben jetzt schon beschützen. »Nein, warten wir lieber erst mal ab.«

»Das eine hat für mich mit dem anderen nichts zu tun. Ich hätte dich sowieso gefragt.«

»Das weiß ich doch, Chris. Ich frage mich nur ... sind wir wirklich schon bereit dafür? Für das alles, meine ich.« Jetzt legte sie auch die zweite Hand auf ihren Bauch und schaute ihm lange in die Augen, bis Rocky mit einem Mal zu bellen anfing und ins Gebüsch rannte, als jagte er einen Hasen oder einen Schatten oder gar Wölfe.

Chris zog Mel an sich, hielt sie und das Baby, das in ihr heranwuchs, fest.

»Jetzt vielleicht noch nicht, aber bald. Diese Geschichte bringen wir gemeinsam zu Ende ...«

Später, als sie längst schlief, ging er in sein Arbeitszimmer, in dem vielleicht bald Kindermöbel stehen würden. Er setzte sich an den Tisch, nahm den Umschlag mit dem DNA-Testergebnis und wog ihn in der Hand. Jeder, den sie des Mordes an Billy Bravo verdächtigt hatten, war inzwischen tot. Vielleicht hatte der Test gar nichts ergeben, trotzdem handelte es sich um ein nicht aufgeklärtes Schwerverbrechen, das in seinem Dienstbezirk geschehen war. Harp hatte immer wieder auf ihn eingeredet, dass er die Verantwortung für seine Deputys trug und gegen die üblen Typen angehen musste. Doch auch für die Opfer dieser üblen Typen trug er die Verantwortung. *Das war sein Job.* Vielleicht war es sogar seine wichtigste Aufgabe als Sheriff.

Deshalb trug er Dienstmarke und Waffe.

Außerdem hatte Danny erwähnt, dass Jesse Earl ihm ein blutiges T-Shirt zum Verbrennen gegeben hatte …

Er riss den Umschlag auf, zog die Seite heraus und las sie. Dann lächelte er zufrieden, faltete den Zettel in der Mitte und legte ihn weg.

Er nahm seinen Schreibblock, trommelte mit dem Kugelschreiber darauf herum und schaute hinauf zum Mond.

Er leuchtete nur für ihn, wies ihm den Weg.

Chris brauchte nur einen guten Namen, dann würde er mit der Geschichte endlich weiterkommen.

Wenn er nicht damit anfing, würde er sie nie zu Ende bringen.

Ben.

Später

La Chica con la Pistola

Sie kam aus Bens ehemaliger Wohnung, die sie gemietet hatte, bis sie eine neue Bleibe fand, als sie das Paket vor der Tür sah. Es war nicht groß, in Papier eingeschlagen und lag auf der obersten Treppenstufe.

Erst befürchtete sie, es könne Sprengstoff enthalten, und hielt Abstand. Doch je länger sie es betrachtete, umso abwegiger kam ihr der Verdacht vor. Sie hockte sich hin, nahm das Paket vorsichtig hoch und trug es in die Wohnung.

Es war schwerer, als es aussah.

Kurz überlegte sie, Danny anzurufen und ihm zu erklären, warum sie zu spät zu ihrer Verabredung im Earlys kam. Eigentlich hatte sie keine Geheimnisse vor ihm, entschied dann aber, dass sie zuerst das Paket öffnen wollte.

Ein Empfänger stand nicht darauf, nichts verriet, dass es für sie bestimmt war. Sie wusste es auch so.

Langsam streifte sie das Papier ab. Darunter war ein einfacher Karton, nicht verklebt. Sie drehte ihn ein paarmal hin und her, sah an den Seiten keine Beschriftung und klappte ihn schließlich auf. Ein silberner Gegenstand reflektierte das Licht der Deckenlampe.

Eine Pistole.

Erst befürchtete sie, es wäre die Waffe ihres Bruders, die sie in dem Hotel hinter Houston bei Máximo zurückgelassen hatte. Von der Art her war sie recht ähnlich, nur hatte sie andere Gravierungen: *Calaveras* wie bei Rodolfos Pistole, aber kein Jesús Malverde oder Pancho Villa, keine Jungfrau von Guadalupe. Stattdessen war nur ein Skelett dargestellt, eine Frau – eingehüllt in einen langen

Umhang, hielt sie in der einen Hand eine Sense, in der anderen eine Weltkugel, und richtete den knöchernen Schädel grinsend auf America.

Nuestra Señora de la Santa Muerte.

Nur ein Schädel ohne Gesicht, aber sie hätte schwören können, dass er ihre Züge trug.

La chica con la pistola.

America nahm die Pistole aus dem Karton und prüfte, wie Ben Harper es ihr beigebracht hatte, ob sie geladen war ...

Dank

Dies ist mein zweites Buch, und der Schreibprozess verlief gänzlich anders als beim ersten.

Die weite Leere führte sozusagen ein Eigenleben; es waren keine Erwartungen daran geknüpft, es gab keine Deadline, keinen Vorgänger als Konkurrenz oder Vergleichsmöglichkeit. *Weiße Sonne* wurde hingegen im Schatten des ersten Buchs geboren, bei dem mir noch nicht klar war, dass ich eine Fortsetzung oder gar ein zweites schreiben würde (die wohl größte Angst jedes Debütanten). Ich hatte mir zwar schon Stichpunkte zu einem jungen Cop notiert, der undercover in einer Neonazigang ermittelt, nur fiel mir leider kein überzeugender Einstieg in die Geschichte ein ... doch dann schrieb ich die ersten Seiten der Sweetwater-Episode nieder und den Anfang des ersten Kapitels um Danny Ford: *So löscht man das Leben eines Menschen aus ...*

Danach fiel mir die Entscheidung leicht, Dannys Konfrontation mit den Earls in mein fiktives Big Bend County zu verlegen und auch Sheriff Cherry und America Reynosa wieder auftreten zu lassen.

Und obwohl der Schreibprozess so anders verlief als beim ersten Buch, halfen mir bei der Fertigstellung dieselben wunderbaren Menschen, deshalb erneut ...

Vielen Dank an meine Agentin Carlie Webber, die immer noch überzeugt ist, dass ich weiß, was ich tue, sowie an Sara Minnich, Ashley Hewlett, Allison Hargraves, Anna Jardine und alle anderen bei Putnam, die mir geholfen haben, ihr Vertrauen zu rechtfertigen. Ohne ihre unermüdliche Hilfe würde keines der beiden Bücher existieren. Ein herzliches Dankeschön auch an: Delcia Scott (jedes Wort ist für dich), unsere drei Mädchen, die Familien Scott und Martin und alle Freunde, die mich über zwei Bücher und fast eintausend Manuskriptseiten unterstützt haben. Sitze ich an einem langen Buch wie diesem, geht mir die Arbeit an manchen Tagen leichter von der Hand als an anderen, aber zum Glück gibt es immer ein paar Leute, die vorbeischauen und sich erkundigen, wie es so läuft. In diesem Fall waren es Julianne C., Angie D., Vianey M. (die »echte« Vianey), Brian P. und mein ehemaliger Chef, Will R. Glaspy, der mit Abstand authentischste Texaner, den ich kenne. Bedanken möchte ich mich auch bei Autoren, die ich während des Schreibens kennen und schätzen gelernt habe: Jeff Abbott, Ace Atkins, Jay Busbee, Reed Farrell Coleman, David Joy, Robert Knott und Brian Panowich. Diese Gentlemen verstehen es, eine Geschichte zu erzählen, und hätten vor über hundert Jahren eine verflucht gute Bande abgegeben.

Mein Dank gilt auch Staatsanwalt Rod Ponton, der so freundlich war, mir etliche Fragen zu beantworten. Falls sich sachliche Fehler eingeschlichen haben, gehen sie auf meine Kappe.

Zuletzt möchte ich mich bei euch allen bedanken, die ihr euch in den Sattel geschwungen habt und mir auf diesem hoffentlich noch langen Ritt folgen wollt.

Ob und wann wir uns wiedersehen, weiß ich nicht, aber Bier und Whiskey gehen in jedem Fall auf mich …

Lyrisch und brutal

Ein Nachwort von John Bassoff

Am Ende von J. Todd Scotts Thriller *Weiße Sonne* legt Sheriff Chris Cherry seine Waffe weg und nimmt einen Stift zur Hand. Auch wenn man einen Autor niemals mit einer seiner fiktiven Figuren verwechseln darf, springen einem die Parallelen zwischen Scott, dem zum Schriftsteller gewordenen ehemaligen DEA-Agenten, und Sheriff Cherry förmlich an. Während Cherry sich jedoch mit seiner Geschichte – »eigentlich … nur verschiedene Ideen, aus denen er etwas basteln wollte« – reichlich quält, ist Scott ein konzentrierter und selbstbewusster, ja, meisterhafter Autor. Der Roman ist lang, aber nie langatmig. Trotz einer Vielzahl von Handlungssträngen werden alle kunstvoll miteinander verwoben. Neid auf einen Kollegen gibt kein Autor gerne zu, aber ich gestehe ihn in diesem Fall bereitwillig ein. Ich bin beim Lesen des Buchs neidisch geworden, weil Scott diese großartige Story gelungen ist. Das Buch steckt voller Ideen, und Scott schreibt lyrisch und authentisch, brutal und mitfühlend.

Weiße Sonne liest sich wie ein Thriller inklusive Verfolgungsjagden und Schießereien, aber im Grunde steht der Roman in der Tradition des amerikanischen Western. Beim Lesen spüren wir den heißen Wüstenwind, schmecken wir den roten Sand, hören wir die entfernten Schüsse. Wie in allen großen Western zieht Scott eine klare Grenze zwischen Gut und Böse, zwischen Richtig und Falsch, und er zeichnet seine Figuren so genau, dass wir ihre Beweggründe und Wünsche nachvollziehen können, sogar diejenigen der Rassisten und Mörder. Wie in Western-Klassikern wie *Spiel mir das Lied vom Tod* fallen gewalttätige und skrupellose Männer in eine kleine Stadt ein, um dort für Unruhe, Unfrieden und Chaos zu sorgen. Es sind furchteinflößende Gestalten, von oben bis unten mit rassistischen Tattoos übersät, einem von ihnen, dem stummen Psychopathen Joker, fehlt sogar die Zunge. Bei unserer ersten Begegnung mit dieser verkommenen Verbrecherbande hausen die Männer und Frauen auf einer heruntergekommenen Ranch, an einem »toten Ort …, wo die Felsen die Farbe von getrocknetem Blut hatten und der Sand so hell war wie ausgebleichte Knochen.« Das bringt es auf den Punkt. Der Schlimmste von ihnen ist der Anführer John Wesley Earl (eine Anspielung auf den Gesetzlosen John Wesley Hardin, mit Anleihen beim Outlaw aus Flannery O'Connors Kurzgeschichte »Ein guter Mensch ist schwer zu finden«). Auf jeden Zentimeter seiner Haut sind »Keltenkreuze und Totenschädel, Spielkarten und Nazisymbole« eintätowiert, und er hat den trägen »Blick eines Menschen, der es gewohnt ist, sich der Texashitze ohne Sonnenbrille auszusetzen«.

Der Soziopath JW Earl, der nur sich selbst gegenüber loyal ist, hat in der Tat wenig Schätzenswertes an sich, entpuppt sich dafür aber als beeindruckender Bösewicht, mit seiner ständigen Gewaltbereitschaft, seiner Skrupellosigkeit, andere für seine Ziele zu benutzen, und seiner absolut gefährlichen Schläue. Kennzeichnend für seinen Charakter ist das Fehlen von emotionaler Sympathie für seine beiden Söhne, die sich wiederum verzweifelt nach seiner Anerkennung sehnen. Und als er anfängt, Danny Ford wie einen Ersatzsohn zu behandeln, dann nur, weil Danny ihm mehr zu bieten hat als der eigene Nachwuchs. Daher kommt es einem kathartischen Moment gleich, wenn Earl am Ende nicht nur zum Gefangenen der Justiz, sondern auch seines eigenen Körpers wird. Er schaut nicht mal mehr »auf sein Spiegelbild in den verchromten Teilen der Maschinen, die ihn am Leben« halten. In seiner letzten Szene ist er bereit, seinem Schöpfer gegenüberzutreten, und stellt fest, dass »man mit dem Teufel Geschäfte [macht], nur um am Ende festzustellen, dass man selbst der Teufel [ist]«. Nichts weniger als der Teufel in Menschengestalt, das ist er.

Wie alle guten Western kreist auch *Weiße Sonne* um sittliche Werte und Normen, wobei in diesem Fall die Sehnsucht nach einer verlorenen Familie im Zentrum steht. Da wäre zum einen das bereits erwähnte Verhältnis von JW Earl und seinen Söhnen, zum anderen aber auch Harps Sehnsucht nach der verstorbenen Frau, Americas Trauer um den toten Bruder und Dannys Wunsch, den ermordeten Vater zu rächen. Sämtliche dieser Figuren treffen ihre Entscheidungen aus dem Gefühl eines Verlusts heraus. Harp opfert sein Leben zwar, weil er America und Danny schützen will, aber dies geschieht auch aus dem Bedürfnis heraus, wieder mit seiner Frau vereint zu sein. America versucht immerzu, die eigenen Handlungen mit dem Tod ihres Bruders zu rechtfertigen, doch steht sie wegen ihrer Entscheidung, Deputy zu werden, auf der richtigen Seite. Wenigstens für den Moment. Und dann gibt es noch Danny Ford. Er trägt den Tod seines Vaters wie eine Last – symbolisiert durch die Schwere der geerbten Dienstmarke – mit sich herum. Er lässt sich die Haut mit rassistischen Tätowierungen verschandeln, mischt bei gewalttätigen Auseinandersetzungen mit und schmeichelt sich bei einer Horde Neonazis ein, und das alles nur, weil er an John Wesely Earl, den mutmaßlichen Mörder seines Vaters, herankommen will. Doch dann geschieht etwas Merkwürdiges. Ob es daran liegt, dass Earl für ihn immer mehr zum Vaterersatz wird oder er selbst nicht das Zeug zum Mörder hat, er bringt Earl jedenfalls selbst dann nicht um, als sich ihm die Gelegenheit bietet. Im Tiefsten seines Inneren weiß er, dass dieser Akt der Gewalt weder seinen Vater wieder lebendig macht noch ihm selbst den ersehnten Frieden bringen wird. Stattdessen würde Danny dadurch immer mehr zu einem der Menschen werden, die er hasst und verabscheut.

Und so wird letzten Endes Sheriff Cherry, der Mann, der eine Geschichte schreiben möchte (was dabei wohl rauskäme?), zum moralischen Kompass des Romans. Zwar hat auch er sein Päckchen zu tragen, trotzdem macht er sich gut als Stimme der Vernunft und des Gesetzes, obwohl sein Vorsatz, sich an die sittlichen Normen und Werte zu halten, ihn oft daran hindert, die ungezügelte Gewalt um ihn herum ein für alle Mal zu beenden. Selbst nachdem er auf Earl geschossen hat, kommen ihm noch Zweifel. Hat er richtig gehandelt? Zu America jedenfalls sagt er: »Als ich auf Earl geschossen habe, hatte er seine Waffe zwar auf dich gerichtet, aber … eine Sekunde lang … war ich mir nicht sicher, ob er sie nicht doch fallen lässt und sich ergibt. Eine Sekunde später … ich weiß nicht …« Solche Zweifel kennt America natürlich nicht. Hätte er noch länger gewartet, erklärt sie ihm, wäre sie womöglich tot gewesen. Und er vielleicht auch. Es ist dieser Blick nach innen, gepaart mit dem Willen, sich an das Gesetz zu halten, der Sheriff Cherry zum Helden des Romans macht. Wie Raymond Chandler einmal schrieb: »Durch diese schäbigen Straßen muss ein Mann gehen, der selbst nicht schäbig ist, der eine reine Weste hat und keine Angst. Er ist der Held, er ist alles. Er muss ein ganzer Mensch sein, ein gewöhnlicher Mensch und doch außergewöhnlich. Er muss, um ein abgedroschenes Wort zu benutzen, ein Ehrenmensch sein – aus dem Instinkt heraus, aus einer Zwangsläufigkeit heraus, ohne jemals darüber nachzudenken oder es gar auszusprechen. Er muss in seiner Welt der beste Mensch sein und in jeder anderen zumindest sehr gut.« Raymond Chandler hatte Sheriff Cherry vor Augen.

J. Todd Scott ist etwas Bemerkenswertes gelungen. Er hat einen Roman von reiner Schönheit geschrieben, der gleichzeitig eskapistische Genre-Literatur und anspruchsvolle Literatur ist. Ich hoffe, Ihnen hat das Buch so gut gefallen wie mir. Und ich bin schon gespannt, wohin der texanische Wind Scott als Nächstes tragen wird.